I0662173

LES

OUBLIES

DE

L'HISTOIRE

Écrit par

Maurice, Américo, LEAO

Ceci est une œuvre de fiction.
Toute ressemblance avec des personnes existantes
ou ayant existé
des lieux ou des événements réels
ne serait que le fait du hasard

Les oubliés de l'histoire

Deuxième édition. octobre 2018.
ISBN 978-2-490413-13-3
e-Book 978-2-490413-14-0
Copyright © 2018 Maurice, Américo LEAO.
Dépôt légal 4 -ème trimestre 2018.

Par
Maurice, Américo LEAO

Code de la propriété intellectuelle interdit les copies ou reproductions destinées à une utilisation collective. Toute représentation ou reproduction intégrale ou partielle faite par quelque procédé que ce soit, sans le consentement de l'auteur ou de ses ayants cause, est illicite et constitue une contrefaçon sanctionnée par l'article L.335-5 et suivant du Code de la propriété intellectuelle.

Toute ressemblance avec des personnes existantes ou ayant existé ne serait que le fait du hasard.

Eh bien, dans l'histoire que je me propose de vous conter, un personnage, un seul, est réel. Il s'agit d'Yves, le fils du facteur. J'aurais souhaité en parler plus longuement. Sa modestie naturelle s'y est opposée, et ne m'a autorisé que quelques lignes.

Yves est natif de Saint Pierre d'Aurillac. En décembre 1941, âgé de 18 ans à peine, son engagement est validé. D'abord, le 2e Dragon à Auch, puis aussitôt c'est l'Algérie où il rejoint l'armée d'Afrique.

Le débarquement américain en Afrique du nord le 8 novembre 1942, bouleverse les donnes en Méditerranée occidentale. Il est intégré dans une unité de reconnaissance blindée « l'Escadron André » du nom de son capitaine. Le 15 août 1944, avec les groupes d'assaut américains, sous les feux de l'ennemi, il aborde les côtes de Provence sur la plage du Dramont à Agay.

Lorsque les belligérants ont rompu le contact, la reconnaissance intervient pour rechercher et retrouver les positions ennemies. Ces actions se déroulent toujours dans des conditions extrêmement difficiles et dangereuses, car en terrain inconnu et découvert, alors que l'ennemi est sur ses gardes, dissimulé et protégé.

Son escadron immédiatement engagé effectuera une chevauchée fantastique des côtes de Méditerranée jusqu'en Allemagne. Son parcours est jalonné de la libération de Marseille, puis la poursuite de l'ennemi en déroute dans la vallée du Rhône, la prise de Chalons, les combats meurtriers pour la libération de Beaune et de Dijon, les dures campagnes des Vosges, d'Alsace et d'Allemagne, dans des conditions climatiques épouvantables. Yves, le fils du facteur, est blessé une première fois le 8 octobre 1944 à Xoarupt dans les Vosges, puis une deuxième fois le 24 avril 1945 aux portes de la ville d'Ulm, quinze jours avant la fin des hostilités.

Sur les 164 hommes qui composaient l'escadron André, bien peu sont revenus.

Yves, nous sommes fiers de vous, et fier d'être votre ami.

Les oubliés de l'histoire
Les noces de Mariette

1

À Colmar, en Alsace, il est une rue commerçante qui jouxte immédiatement le marché couvert. Construit en mille huit cent soixante-sept, dans le style Second Empire, il est baigné sur un côté par la petite rivière, La Lauch. Cette disposition permet aux producteurs de décharger directement les marchandises depuis les barques à fond plat, qu'ils utilisent pour leurs déplacements.

C'est une vaste halle, lieu de rencontres privilégiées des agriculteurs, maraîchers, vignerons, et leurs clients. Cette rue, qui aujourd'hui porte le nom de rue des vignerons, borde la façade opposée du marché. On y trouve tout ce qui de près ou de loin, touche à la culture de la vigne, la récolte du raisin, la vinification et le commerce du vin.

C'est là qu'Honoré Worms, et son épouse Philomène gèrent le négoce de vins que leur a légué le père d'honoré. À sa mort, en mille huit cent soixante et onze, l'affaire était déjà prospère, et employait plusieurs personnes.

Les plus proches voisins sont des gens de bonne vie, un tonnelier et une auberge à l'enseigne, Les Trois Épis, en hommage à l'apparition de la Vierge Marie, au hameau, le trois mai mille quatre cent quatre-vingt-onze, à un forgeron du nom de Schoere.

C'est un endroit très animé dès le matin, très tôt. C'est le cœur de la cité où se font et se défont les affaires, comme la renommée des gens. Véritable forum, où tout se sait, tout se discute, tout se dit, le bon comme le mauvais.

En cette fin du mois de février mille huit cent soixànte-dix, la neige s'est mise à tomber depuis le matin, et recouvre toute chose de son manteau. La nuit arrive de bonne heure en cette saison, et il n'y a plus de client. Honoré, tout en enfilant une chaude pelisse, se dirige vers la sortie du magasin. Au moment de pousser la porte, il se retourne et s'adresse à Philomène, son épouse, occupée à faire les comptes de la journée.

— Pendant que tu termines tes écritures, je vais voir le père Schiller. Ne t'inquiète pas, je ferme le magasin.

Philomène sait bien que le père Schiller, le tonnelier, c'est à l'auberge des Trois Épis, qu'honoré va le rencontrer. C'est l'occasion de vider une chope de bière, ou deux, tout en commentant la manière dont le pays est gouverné.

— Oui, vas-y, répondit Philomène, mais essaye d'être à l'heure pour le souper.

— Aucun problème, je serai à l'heure, ma chérie.

En quelques enjambées, Honoré parvient à l'auberge. Aussitôt la porte poussée, on se trouve dans une grande salle au plafond soutenu par d'énormes poutres. Installé sur le mur du fond, un grand calorifère répand une chaleur bienfaisante. Plusieurs consommateurs, sont assis à de longues tables disposées de part et d'autre. Gustav Schiller est déjà installé près du calorifère. Il fume un tabac odorant dans une pipe de porcelaine. Honoré, pour sa part, n'a jamais fumé. Dès qu'il l'aperçoit, son ami l'invite à venir le rejoindre.

— Hé ! Honoré vient donc t'asseoir, j'ai déjà commandé deux chopes, de la meilleure.

Au moment où il s'assoit, la servante apparaît, portant les consommations qu'elle dépose sur la table. Avant d'engager la conversation, les deux hommes prennent le temps d'avaler une bonne rasade de bière. C'est Gustav le premier qui rompt le silence.

— Il paraît qu'il y a encore de la manœuvre chez les Prussiens.

— Allons, bon ! Quelle mauvaise surprise nous préparent-ils encore ? Ces gens-là ont toujours cherché midi à quatorze heures. Cela n'a pas suffi à Guillaume de mettre l'Autriche à genoux, il en veut encore.

— Je crois bien, reprend Gustav, je tiens la nouvelle d'un cousin officier, qui sert à Paris, dans l'armée impériale.

— Si ton parent dit vrai, ajoute Honoré, j'ai bien peur que nous ne soyons les prochaines victimes.

— Je le pense aussi, mais c'est moins Guillaume, que son âme damnée, ce Bismarck qu'il faut craindre. C'est un fourbe, un intrigant.

— C'est certain, approuve Honoré, tu verras qu'il amènera notre benêt d'empereur exactement où il le désire, et lui fera déclarer la guerre, alors que c'est lui qui la recherche.

— Rappelle-toi, ajoute Gustav, comment en mille huit cent soixante-six, il l'a roulé, au sujet de l'Autriche, comment il l'a honteusement trompé ?

— C'est vrai, et le résultat en a été les traités d'alliance entre les États du Sud et la Prusse.

Pendant que Gustav rallume sa pipe, Honoré commande deux nouvelles bières. Une fois servis, ils reprennent leur conversation.

— En tous les cas, rajoute Honoré, voilà la Prusse à la tête d'une armée bien plus puissante que la nôtre.

— C'est hélas bien vrai, reprend Gustav, il faut espérer que l'empereur saura éviter les pièges de Bismarck.

— Il faut l'espérer, approuve Honoré, ce n'est pas l'Espagnole qui va le raisonner. Tout le monde sait qu'elle est contre la Prusse. Il est plutôt à craindre qu'elle ne le pousse à la guerre.

C'est l'impératrice Eugénie, qu'honoré qualifie d'Espagnole. La conversation revient, vers la vie locale, et après quelques minutes, il prend congé de son ami. Il a promis à son épouse, d'être à l'heure pour le souper.

***

Fils unique, Honoré a hérité de l'ensemble des biens de son père. L'ayant assisté pendant plusieurs années, il n'a eu aucune difficulté à en poursuivre la gestion. En mille huit cent cinquante, Honoré a épousé la fille aînée du vieux Kasper Garder, un exploitant forestier qui possédait des parcelles forestières sur les pentes, associées à une scierie à Muhlbach sur Munster, au pied même du Hohneck, mais aussi une exploitation viticole sur les côtes de Turckheim, au carrefour de la route qui mène au village des Trois Épis.

Cette dernière est constituée de plusieurs parcelles de surfaces inégales, comme c'est l'habitude dans la région. Cette disposition permet de contrer partiellement le mauvais temps. En effet, s'il tombe de la grêle sur un coteau, l'autre à des chances d'être épargné. Ceci permet de sauver une partie de la récolte et de n'être pas totalement ruiné par un mauvais coup du sort.

***

C'était le grand-père Garder qui avait acheté ces deux affaires, au moment de la vente des biens nationaux. Lorsque les biens des nobles émigrés furent confisqués à partir de mille sept cent quatre-vingt-douze, pour être revendus. De nombreux bourgeois ont profité de l'aubaine. Au décès du vieux Kasper, lors du partage des biens, Philomène, conseillée par Honoré, a hérité de cette exploitation viticole, à l'excellent cépage de pinot et de tokay, alors que son jeune frère Gaston conservait les parcelles forestières et la scierie qui complète le lot, affaire de sa compétence et aussi plus rentable.

L'exploitation viticole est menée par un homme de confiance, Joachim Keller. Bien qu'encore jeune, il montre beaucoup de dispositions et de compétences. Il s'avère efficace dans la profession, c'est un gestionnaire avisé. Honoré s'occupe de chapeauter les deux affaires. Du fait qu'il se déplace constamment entre la ferme, le magasin, et les divers producteurs locaux, c'est Philomène qui assure la gestion du négoce et la vente des vins après qu'honoré a fixé les prix.

Le vin produit par la propriété de Turckheim est gardé à la ferme. Il s'agit d'un ensemble de bâtiments, construits autour d'une grande cour carrée. La grange est au fond. À droite de l'entrée, la cave et le pressoir, avec l'habitation au-dessus. À gauche, l'étable et les écuries. Un petit logement adossé au mur d'enceinte, à gauche de l'entrée, est réservé au régisseur Joachim Keller et à sa femme, Perrine. Ce sont les seuls hébergés à la ferme. Les autres ouvriers sont des journaliers.

En ce qui concerne le magasin, il est situé au niveau de la rue. C'est une grande bâtisse à deux étages dont la toiture très pentue se trouve encadrée par des pignons en créneaux, typiquement alsaciens. La façade, aux colombages de bois sombre, est bâtie en torchis passé au lait de chaux. À chaque étage, et sur toute la largeur du bâtiment, une galerie sculptée, agrémentée d'un auvent, est garnie de fleurs, lorsque la saison s'y prête.

En raison des crues toujours possibles de La Lauch, il n'y a pas de cave. Le rez-de-chaussée est constitué d'une immense salle voûtée, surélevée, où Honoré stocke les barriques de vins achetées aux divers producteurs en attendant de les commercialiser à son tour.

Le couple demeure au-dessus du magasin avec leurs deux garçons, Ferdinand, l'aîné presque dix-huit ans, et Augustin, de cinq ans son cadet. C'est un vaste appartement, où chaque pièce est garnie de beaux meubles en bois ciré.

Commerçant aisé, Honoré ambitionne d'être élu à la Mairie. Cependant, il ne perd pas de vue sa succession et il fait donner à ses enfants une éducation très correcte. Ferdinand est pensionnaire dans un établissement renommé de Strasbourg, où il est supposé acquérir les connaissances nécessaires pour, un jour, reprendre le négoce parental.

C'est un bon élève qui obtient des résultats satisfaisants. Pourtant, il ne partage pas les vues de son père. Lui ne rêve que de faire carrière dans l'armée. À plusieurs reprises, il lui a demandé de l'inscrire dans de prestigieuses écoles militaires. Certain d'y faire une carrière honorable. Toujours sans succès ! Honoré n'en démord pas, Ferdinand prendra sa suite à la tête des biens familiaux.

***

Les événements allaient bientôt s'avérer favorables à Ferdinand. Depuis mille huit cent soixante-huit, le trône d'Espagne était vacant. Le régent, le général Prim chargé de trouver un successeur, proposa le prince allemand Léopold de Hohenzollern Sigmaringen, cousin de Guillaume Ier, roi de Prusse. Cette disposition ne pouvait en aucun cas plaire à l'empereur Napoléon III. La France, se trouverait alors prise entre deux États solidaires. En cas de conflit, sa position serait particulièrement critique.

Les transactions menées par Benedetti, ambassadeur de France auprès de la Prusse, apportèrent le retrait de cette proposition. L'affaire en serait restée là, sans les manœuvres sournoises du chancelier Otto Von Bismarck, qui remirent en cause cette renonciation. Les représentations de l'ambassadeur auprès du roi Guillaume, dénaturées par Bismarck, sont présentées, pour à la fois irriter les Prussiens et les Français. Pour les premiers, on voulait humilier la Prusse, pour les seconds, on avait outragé la France. Ces manœuvres touchèrent au but, et imposèrent à Napoléon III, déjà fragilisé par la maladie, poussé en outre par son épouse, l'impératrice Eugénie, de déclarer la guerre à la Prusse le dix-neuf juillet mille huit cent soixante-dix.

***

Otto Von Bismarck, renseigné par ses espions, ne pouvait ignorer la faiblesse de l'armée française. Sans doute désirait-il reconquérir les territoires annexés par la France lors des guerres précédentes. Colmar s'était mis sous la protection des rois de France depuis mille six cent trente-cinq. Le roué chancelier du Roi Guillaume Ier avait calculé son affaire ; des alliances avaient été négociées et toute l'Allemagne s'unit alors autour de la Prusse.

La mobilisation de l'armée commence dès le quinze juillet mille huit cent soixante-dix. Elle provoque un désordre total. Rien n'est prêt. Pourtant, confiant, le maréchal Leboeuf, ministre de la Guerre, déclare : il ne manque pas un bouton de guêtre. Hélas pour elle ! L'armée française compte trois cent mille hommes, de bons soldats, bons combattants, mais mal commandés par des officiers peu instruits, et de mauvais généraux. En outre, Napoléon, était persuadé que des alliances avec l'Autriche et l'Italie se réaliseraient en quelques heures. Elles ne se concrétisèrent pas, le laissant seul devant la coalition des États allemands.

C'est toujours l'armée de conscription avec ses dispenses et ses remplacements. Le résultat, c'est que moins de la moitié des citoyens effectuent un service armé. L'armée prussienne au contraire est recrutée par un service militaire obligatoire. Elle compte cinq cent mille hommes, immédiatement disponibles, et une réserve de cent cinquante mille hommes.

La France, elle, n'a au maximum que quatre-vingt mille réservistes. Si son fusil, le chassepot est supérieur au Dreysse allemand, son artillerie est largement dépassée.

Alors que l'armée française ne dispose encore que de vieilles pièces, aux canons se chargeant par la bouche, et nécessitant un nombre important de servants, les Prussiens, eux, ont développé un modèle beaucoup plus sophistiqué. Il s'agit du, Krupp approvisionné par la culasse, plus facile à déplacer, à mettre en batterie et d'une portée largement supérieure.

***

Bien que plus âgé, Frantz Werbert est l'ami de Ferdinand Worms. Ils se connaissent depuis longtemps, car, originaires du quartier du marché couvert de Colmar. Dans leur première jeunesse, ils ont pêché ensemble dans les eaux de La Lauch, la rivière qui traverse la ville. D'origine modeste, il n'a pas bénéficié d'une instruction poussée. Cependant, il est intelligent, et se rend bien compte de la situation dans laquelle il se trouve, ainsi que celle de l'Alsace à la veille de la guerre.

Fils d'une cantinière, et d'un soldat de passage, il n'a pour ainsi dire pas connu ses parents. Son père s'était engagé de nouveau en mille huit cent soixante-six dans l'armée prussienne pour la guerre contre l'Autriche, et n'en était pas revenu. Mort sans doute sur quelque champ de bataille, ou bien acoquiné avec une quelconque gueuse de l'autre côté du Rhin. Lasse d'attendre un mari inconstant, sa mère, était partie un matin sans rien dire à personne pour refaire sa vie aux Amériques.

Frantz s'était retrouvé seul dès l'âge de douze ans. Depuis, il travaille à la scierie de Gaston Garder, tantôt à la coupe des arbres, où à ses débuts, il ébranchait les troncs abattus par les bûcherons plus âgés que lui, tantôt à la scierie à dégager le banc de coupe. Par la suite, devenu un solide jeune homme, il s'est reconverti à la Schlitte.

Il n'a pas été facile de se former au pilotage de cet engin, utilisé pour descendre dans la vallée, les bois coupés sur les hauteurs. Il s'agit de retenir le véhicule, par la seule force de l'homme, en prenant appui de ses pieds sur des troncs solidement ancrés dans le sol. Il suffit de rater un seul tronc, et la catastrophe peut arriver. Cette activité beaucoup plus dangereuse est mieux payée. Les accidents sont courants. Et les schlitteurs qui ont perdu un membre, voire la vie sous leurs traîneaux, sont nombreux. Depuis qu'il est schlitteur, Frantz a mis de côté une petite somme d'argent, et ambitionne d'épouser Catherine, la fille d'un compagnon forgeron, employé chez le maréchal-ferrant, Maître Khôl, propriétaire d'un atelier de charronnage à la sortie de Colmar, sur la route de Turckheim.

Les parents de Catherine ont donné leur accord pour une union future. Ces menaces de guerre ne font pas du tout ses affaires, il craint d'y laisser sa vie. Et même, s'il en revient, Catherine l'aura-t-elle attendu ?

Ferdinand, issu d'un milieu de petite bourgeoisie, propriétaires et commerçants, a bénéficié d'une instruction beaucoup plus complète. L'origine d'une partie des biens de sa famille, et plus particulièrement plusieurs parcelles de vignes qui composent l'héritage de sa mère, Philomène, remonte aux années qui ont suivi la Révolution française. En effet, ses grands-pères et arrière-grand-père, comme Kasper Garder, ont réalisé l'acquisition de biens nationaux et du clergé. Les générations qui ont suivi, à force de travail, et par une gestion saine, ont fait fructifier ce patrimoine.

Frantz vient d'avoir vingt ans, il est en âge d'être conscrit. Au cours d'une discussion avec Ferdinand, alors qu'ils se trouvent, aux Trois Épis, et qu'il a bu plus que nécessaire, il se laisse aller.

— Il paraît que l'on tire mardi prochain.

— Oui, approuve Ferdinand, j'ai entendu le tambour du sergent de ville. Il y avait foule autour de lui pour écouter les publications.

— J'y étais aussi, déclare Frantz, il nous reste encore cinq jours. Avec la chance que j'ai, je suis sûr de tirer un mauvais numéro.

— Ne sois pas pessimiste, le console Ferdinand, ce n'est pas dit que tu tires un mauvais numéro.

— On voit que tu n'es pas concerné. Cette maudite guerre nous engloutira tous.

— Allons, buvons encore une bonne chope, propose Ferdinand.

— Tu as raison, en attendant mardi, rajoute Frantz dans un soupir.

***

C'est d'un pas traînant, que Frantz Werbert se dirige vers la Mairie où a lieu le tirage au sort des futurs conscrits. Il est d'humeur morose, il s'imagine déjà marcher en rang avec d'autres malheureux. Il entend les cris des officiers, en avant, en avant, à la baïonnette. Pendant ce temps, les tirs d'artillerie font des coupes sombres dans les rangs. Les balles sifflent à ses oreilles, autour de lui les camarades tombent les uns après les autres.

Il s'est arrêté à quelques mètres de la mairie, indécis, va-t-il aller jusqu'au bout de son destin, ou bien va-t-il s'enfuir dans les bois, où les gendarmes lui donneront la chasse. Il en est là de ses pensées lorsque, derrière lui, une voix l'interpelle.

— Alors ! Werbert, on hésite à faire son devoir ?

C'est le sergent de ville, celui-là même qui a donné du tambour pour annoncer la date du tirage au sort. Ce n'est plus le moment de réfléchir.

— Pas du tout, j'attendais quelques-uns de mes camarades, répond Frantz en se mêlant à un groupe de jeunes hommes qui arrive opportunément.

Dans la salle du conseil, derrière une table, sont installés outre Monsieur le Maire, un officier du recrutement, un officier de gendarmerie et un officier de santé. Du premier coup d'œil Frantz a remarqué la toise installée devant la table. Il ne se fait pas d'illusion, il dépasse la traverse d'une bonne tête.

À l'appel de son nom, un frisson parcourt son échine. Une urne déposée sur la table contient autant de bulletins portant des numéros différents, qu'il y a de conscrit devant concourir à la désignation.

— À vous Werbert.

D'une main mal assurée, il plonge la main dans l'urne et en retire un billet. Il hésite une fraction de seconde à la déplier, puis sentant peser sur lui le regard des officiers, il s'y résout.

— Le treize. Je n'ai plus qu'à acheter un ruban noir pour mettre à mon chapeau, dit-il.

— Il vous portera chance, l'encourage, Monsieur le Maire.

En face de son numéro, un gendarme inscrit son nom, son prénom, ceux de son père et de sa mère, son domicile, sa taille et les grands traits de son signalement.

Sur la place devant la Mairie un groupe de conscrits danse au son d'une clarinette et d'un violon. Ils frappent la terre du talon, essayent de paraître joyeux alors qu'ils ont la mort dans l'âme.

Les trois jours suivants, Frantz trompe sa peine comme il peut. Le soir, il trouve du réconfort dans les bras de Catherine, sa promise. Le quatrième soir, il rejoint Ferdinand à la taverne des Trois Épis la bière coule à flots.

— Hier, les gendarmes m'ont apporté la feuille de route pour aller à Belfort, rejoindre mon régiment. Nous les pauvres, nous n'avons pas de chance. J'ai tiré un mauvais numéro, et je n'ai pas d'argent pour me faire remplacer. Dès demain, je passe en Suisse. Sitôt que j'aurai trouvé de l'ouvrage, Catherine me rejoindra et nous nous marierons.

— Frantz, Frantz, tu ne peux pas faire cela, ce serait une désertion, tu ne peux pas abandonner notre Alsace au moment où elle est en danger !

— Pourquoi veux-tu que je reste à défendre les biens des riches ? Moi, je n'ai que ma peau et je ne veux pas la perdre pour vous. De plus, si par malheur, les Prussiens gagnent la guerre, ce qui pourrait bien vous arriver, tu peux être sûr que les descendants des anciens émigrés vont revenir. Tu imagines les problèmes que va avoir ton père, lui, dont les aïeux ne se sont pas gênés pour en acheter, des biens nationaux.

— Mais, Frantz, les biens nationaux acquis par mes parents, ils sont à nous, et bien à nous. Tu sais bien que le Roi Charles X, en mille huit cent vingt-cinq, avait fait voter la fameuse Loi du milliard pour les dédommager.

— Oui peut-être, pour ceux qui sont revenus en courbant l'échine, mais ceux qui sont restés chez Guillaume reviendront, et, eux, ils n'ont rien eu. Attends-toi à ce qu'ils te chauffent les fesses. De plus, la majorité des Français ont été irrités par cette loi injuste.

Les arguments de Frantz font mouche. Ferdinand imagine déjà les anciens seigneurs ou plutôt leurs progénitures, venir réclamer leurs biens. Sans réfléchir davantage, il propose alors.

— Frantz, écoute-moi bien, puisque tu ne veux pas partir, je vais prendre ta place. Tu n'as qu'à me donner ta feuille de route. Je fais plus que mon âge, personne n'y verra rien.

— Tu as raison, dit Frantz, de plus demain l'un des compagnons de Maître Khôl change de ville. C'est le Bordelais, je crois. Les autres lui feront certainement la conduite. Nous en profiterons pour partir chacun de notre côté.

Les deux hommes ont de nombreux points physiques communs et le subterfuge est possible. Son jeune frère Augustin qui n'a que treize ans, assiste à cette discussion passionnée. Sitôt que Frantz se retire, il s'inquiète.

— Mais enfin, Ferdinand, je ne comprends pas pourquoi tu veux aller te battre alors que tu pourrais rester tranquillement à la maison. C'est Frantz qui a tiré un mauvais numéro, ce n'est pas toi.

— Tu es trop jeune pour me comprendre. Si tous se défilent, qui va défendre notre terre, nos maisons, les biens de notre famille ?

— Frantz n'était pas le seul à avoir tiré un mauvais numéro, ils sont des centaines d'autres, ils défendront notre Alsace sans toi.

— Écoute-moi ! Augustin, il s'agit d'une question d'honneur. Ma décision est prise, que Frantz parte en Suisse et épouse sa Catherine, c'est son choix. Le mien est de faire mon devoir, il me commande de prendre les armes et défendre nos terres.

— Mais Ferdinand, tu n'as même pas l'âge d'être conscrit.

— Personne n'y verra rien, je fais plus que mon âge.

— Père va être furieux après toi, prophétise Augustin.

— Et bien, tu ne diras rien jusqu'à mon départ. Promets-le-moi !

Après quelques hésitations, Augustin finit par promettre de garder le silence jusqu'au départ de son frère.

Rentré chez lui, Ferdinand prépare son sac en cachette de ses parents. Comme l'avait prévu Frantz, le lendemain matin, de bonne heure, le compagnon du devoir, Pierre Dupont, dit Bordelais, l'ami du trait, change de ville pour poursuivre son Tour de France. La coutume veut que les autres compagnons lui fassent ce qu'ils appellent, La conduite. C'est-à-dire qu'ils l'accompagnent jusqu'à la sortie de la ville. En l'occurrence, jusqu'à la gare où il doit prendre le train pour Strasbourg. C'est donc un groupe d'une quinzaine de compagnons qui défile à travers la ville. Tous ont arboré les rubans à la couleur de la profession, et sont porteurs de la canne. Ces attributs leur ont été remis au cours d'une cérémonie d'initiation. Maître Kholl, lui-même, en sus de la canne et de la couleur, porte aux oreilles les anneaux d'or, les joints qui désignent un compagnon dit, fini.

Ce sont deux jeunes apprentis qui tirent un charreton sur lequel se trouvent les bagages de Bordelais, l'ami du trait. Sur leur chemin, les habitants toujours curieux de ce spectacle, s'arrêtent pour les regarder passer. Profitant de cette distraction, Ferdinand prend la route pour rejoindre le régiment où Frantz Werbert est affecté, alors que ce dernier, sensiblement à la même heure, prend la direction de la Suisse.

Nous sommes le vingt juillet mille huit cent soixante-dix, la veille, Napoléon III a déclaré la guerre à la Prusse.

2

À son arrivée à la citadelle de Belfort, qui du haut de son rocher domine la ville, Ferdinand est reçu par un Adjudant. Après avoir vérifié sa feuille de route, il l'inscrit sur le registre des présents sous le nom de Frantz Werbert. Il lui jette un regard soupçonneux au moment de vérifier son signalement. Ferdinand connaît un instant d'incertitude, mais le dissimule si bien, qu'il soutient le regard du sous-officier. Celui-ci ne fait aucune remarque, l'armée de l'empereur est si faible que ce n'est pas le moment de faire le difficile.

L'homme qui est devant lui paraît plus jeune que ne le mentionne sa feuille de route, mais il semble suffisamment solide pour porter une arme. Il le confit ensuite aux bons soins d'un sergent qui le fait habiller et percevoir son équipement.

Lorsque ces opérations sont terminées, c'est un caporal qui le prend en compte. Encombré de tout son barda, Ferdinand le suit à travers un labyrinthe de couloirs, puis les deux hommes traversent une cour, pour pénétrer dans un autre bâtiment. Là, après avoir gravi deux étages, le caporal pénètre dans une chambrée où se trouvent déjà d'autres hommes. De nouvelles recrues comme lui, mais aussi des anciens, de vieux soldats qui ont déjà connu la bataille.

La chambrée est d'une crasse repoussante.

Ferdinand ne s'attendait pas à de telles conditions d'existence. Jusqu'à ce jour, il avait vécu dans un certain confort, voire une certaine opulence au sein d'une famille bourgeoise. Cependant, il décide de ne pas laisser paraître sa déconvenue et de faire semblant de trouver les lieux accueillants.

Tous les regards se tournent vers lui. Les anciens le dévisagent sans retenue.

— Installe-toi ici, dit le caporal Pirlout, en lui désignant une paillasse inoccupée.

Le temps que Ferdinand dépose son barda, il rajoute.

— Je vais te faire inscrire chez le sergent instructeur, sur la liste des derniers arrivés.

À peine a-t-il tourné le dos que, le plus ancien, un vieux soldat couvert de cicatrices l'interpelle.

— Dis donc toi, le nouveau, d'où c'est que tu viens, t'es ben jeune pour être conscrit.

Ferdinand s'attendait à ce genre de remarque, aussi avait-il préparé ses réponses. Il avait soigneusement étudié la feuille de route de Frantz Werbert.

— De Colmar, je viens de Colmar, j'étais schlitteur dans la montagne.

Il se contente de donner les seuls renseignements qui s'y trouvent. Il n'a aucune peine à parler du village de Turckheim, et de la ville de Colmar, puisque, tout comme Frantz, il y a toujours vécu. Mais l'ancien insiste toujours sur le jeune âge apparent de Ferdinand.

— C'est qu'à te voir, même si tu as l'air solide, tu es bien jeune. Je me demande si tu ne t'es pas vendu pour remplacer quelque richard, fils de famille qui n'a pas le courage de défendre son pays.

Ferdinand se garde bien de révéler la vérité. En effet, si le fait de s'être vendu comme remplaçant est courant, dans la chambrée un autre conscrit se trouve dans ce cas. Il serait bien difficile de justifier devant lui ce remplacement gratuit de Frantz. À tous les coups, il passerait pour dément.

Les autres soldats se sont rapprochés, et, sans participer à la discussion, restent attentifs. C'est l'un d'entre eux, le nommé Richepot, un Parisien qui involontairement met un terme à l'interrogatoire.

— Calmez-vous les amis, puisque Ferdinand est le dernier arrivé à l'escouade, il paiera, un pichet à l'estaminet du quartier.

Tout le monde approuve la proposition et Ferdinand plus que les autres, heureux de mettre fin à l'affaire. Lorsque le caporal revient, l'ancien qui, en son absence, le remplaçait lui fait part de la proposition de Richepot. Il approuve cette initiative, et accepte de participer à la dégustation. Le reste de la journée se déroule sans aucun problème. Bien sûr, Ferdinand, dernier arrivé, est chargé des corvées. Balayage de la chambre, mais aussi accompagner le caporal pour percevoir les diverses fournitures de la journée.

L'escouade composée de six hommes est commandée par le caporal Pirlout, l'ancien se nomme Binet, tous les deux se connaissent, ils ont participé déjà à des batailles pendant la campagne d'Italie, à Magenta et Solferino. Une solide amitié semble les lier. Si le caporal sait lire, et écrire, Binet est totalement analphabète. Il en est de même pour Richepot, le Parisien et les deux autres soldats Banlot, et Lorpas, de solides bûcherons. Sans contestation possible, Ferdinand possède une instruction de beaucoup supérieure à celle du caporal. Cependant, il juge plus prudent de ne rien laisser paraître et de s'aligner sur le savoir de son chef.

***

Dès le lendemain, les quatre nouveaux sont soumis à l'instruction avec d'autres conscrits. Ce sont d'interminables manœuvres pour marcher au pas, faire le quart de tour, puis le demi-tour, rattraper le pas lorsqu'il est perdu. Ensuite, les commandements en campagne, comment monter la tente, former les faisceaux et tout le reste. Et, pour terminer, les dispositions de combat et le maniement du fusil.

L'entraînement est particulièrement intensif. En effet, il est urgent de former les nouvelles recrues, car les derniers combats ont clairsemé les rangs. Le quatre août, l'armée avait été éprouvée à Wissembourg. Le six, c'est une nouvelle bataille à Woert-Froeschviller. Les Français résistent bien, et les fameux, Turcos, tirailleurs algériens, font des prodiges de courage. Cependant, courant le risque d'être encerclé, Mac Mahon doit faire sortir son armée d'Alsace.

Ferdinand, épuisé, rompu de fatigue, le soir venu, s'écroule comme une masse sur son lit. Lorsque le soir du dix-huit août, après une instruction militaire des plus succincte, l'ordre est donné à son escouade de rejoindre le camp de Châlons, pour compléter le cent trente-septième régiment d'infanterie.

Trois semaines d'instruction, à peine. C'est envoyer au front, en grande partie, de jeunes conscrits qui n'ont jamais connu le feu ni la dure vie en campagne. Pourtant, Ferdinand ne peut dissimuler son contentement.

La plupart des autres unités du septième corps d'armée sont déjà parties depuis le douze août. S'il avait su ce qui l'attendait, Ferdinand aurait sûrement été moins heureux. Ils sont entassés dans les wagons, dont le nombre a été porté de vingt-quatre à quarante, pour embarquer le maximum de soldats. Le voyage se fait jusqu'à Paris, où ils arrivent le vingt août en début d'après-midi, sans avoir pu se restaurer, ni se reposer réellement tant, les conditions de transport étaient précaires.

Sur place, ils peuvent prendre un semblant de repas à l'aide des provisions emportées de Belfort. Le soir même, tout le monde rembarque en direction de Châlons. Le vingt et un, au petit matin, une partie des soldats embarqués à Belfort descend en gare de Reims. À la halte de Paris, il leur avait été précisé que les régiments auxquels ils allaient être incorporés stationnaient dans les villages périphériques.

Ferdinand, son escouade, ainsi qu'une centaine de soldats, qui n'ont reçu aucun ordre, poursuivent jusqu'à Châlons, où ils arrivent en fin de matinée du vingt et un août. Une grande agitation y règne. Il comprend alors que la situation est grave. C'est que l'armée prussienne n'est plus très loin. À cette perspective, il se sent un regain d'énergie, teintée d'une certaine appréhension malgré tout.

De suite, Ferdinand et ses camarades sont remis en route, pour rejoindre, à pied, leur régiment, qui campe à Suippes, distant d'une vingtaine de kilomètres où ils arrivent enfin. Richepot qui, depuis le départ de Châlons, ne cesse de se plaindre des contretemps est sermonné par le caporal Pirlout. Ferdinand pense comme Richepot, mais n'ose pas faire remarquer le manque de coordination dans les mouvements de troupes.

Le vingt-trois au matin sous un ciel chargé de gros nuages qui ne tardent pas à libérer une pluie diluvienne, le septième corps d'armée, dont fait partie le cent trente-septième régiment d'infanterie, se met en route. Son chef, le général Félix Douay, dont le frère Abel, général comme lui, a été tué le quatre août à Wissembourg, par l'explosion d'un caisson d'artillerie, a reçu des ordres. Seuls, quelques officiers de son état-major savent la destination finale. Les commandants de régiments, et à plus forte raison les hommes, sont tenus dans l'ignorance. Verdun ? Peut-être.

D'autres corps d'armée se trouvent également au camp, ou en bivouac dans les villages périphériques de Châlons. Les ordres de départ n'ont pas été échelonnés, aussi c'est un fouillis inextricable de régiments de toutes sortes qui s'entremêlent et se gênent les uns les autres.

Des hommes isolés se traînent ici ou là, sales, dépenaillés. Ils déclarent appartenir au premier corps d'armée de Mac Mahon, durement éprouvé à Wissembourg, Woert et Forbach. La distribution des vivres est des plus aléatoires, chacun doit se débrouiller plus ou moins honnêtement. Les ordres sont donnés à tort et à travers. Les troupes réunies au camp lui semblent disparates et ressemblent davantage à un troupeau qu'à une armée.

L'ambiance générale reflète la peur. Ferdinand prend de plus en plus conscience de ce manque de préparation, et commence à douter de la compétence des chefs suprêmes. Qu'importe, il veut défendre son Alsace natale. Il sait bien que cette région sera la première envahie et certainement occupée par les Prussiens en cas de victoire. Il veut combattre, repousser l'ennemi de l'autre côté du Rhin, chez lui.

Cependant, il commence à trouver que le sac et le fusil sont bien lourds, la route bien longue. Ses pieds commencent à le faire souffrir en raison du contrefort de sa chaussure gauche qui, sans le blesser réellement, ne parvient pas à se faire correctement. Il aurait préféré continuer sa route en chemin de fer, mais, contrairement aux Prussiens, qui l'utilisent en permanence, les généraux français n'ont pas encore pris la mesure de l'intérêt stratégique de ce moyen de transport. Toute la journée, et celle du vingt-quatre août, le régiment marche par les villages de Souhain, Perthes les Hurlus, Sommepy, Tahure et Mazagran, laissant sur sa gauche Jonchery sur Suippes et Saint-Hilaire, pendant que sur sa droite, d'autres régiments du septième corps cheminent eux aussi vers l'est.

À l'étape, à Tourcelles-Chaumont, Ferdinand prend sa part de corvée à monter la tente, ou aller chercher de l'eau pour cuire les aliments. C'est le Parisien Richepot, un nom prédestiné, qui s'occupe de la popote.

Le vingt-cinq de bonne heure, départ en passant par Grisy Loisy et Vrizy, et franchissement de l'Aisne au nord de Vouziers. Mais arrivés à Vandy, une estafette vient porter l'ordre du général d'y bivouaquer et d'attendre les consignes. Les hommes de l'escouade en profitent pour se reposer, en effet, l'étape de la veille a été longue et fatigante.

Le vingt-six n'apporte pas de consigne de mise en route, et les hommes s'énervent, se demandent ce que l'on attend sur place à ne rien faire. Ferdinand est de plus en plus persuadé de l'incurie du commandement. Lui aussi pense que ce temps perdu profite à l'ennemi. Il pleut toujours, les sacs s'imbibent d'eau et s'alourdissent, les hommes sont trempés jusqu'à l'échine.

Le vingt-sept, départ de Vandy par Quatre-Champs, Noirval, sur la droite arrive un autre régiment qui vient de Toges. Les routes et les chemins, fragilisés par les pluies des jours précédents, sont défoncés par le passage des chariots de matériel. Les hommes pataugent dans une boue glissante. Le cent trente-septième poursuit sa route, par Les Petites Armoises, puis Sy, et bivouaque aux Grandes Armoises.

L'intendance n'a pas suivi, et les provisions manquent. Les hommes mangent leurs derniers biscuits et commencent à chaparder dans les champs et les poulaillers.

Le vingt-huit, départ des Grandes Armoises, le défilé de la Stonne, La Besace et Raucourt, où de nouveau une estafette vient apporter l'ordre d'attendre sur place, de manière à faire la jonction avec les régiments qui progressent sur la droite. Ils rejoignent le cent trente-septième en fin de journée, et bivouaquent également à proximité. Pendant ce temps, le colonel commandant le bataillon, a réussi à acheter des bœufs qui sont immédiatement abattus et distribués. L'escouade hérite d'un beau morceau dont Richepot s'empare, pour jeter dans la marmite, qui se trouve déjà au feu.

Le vingt-neuf et le trente, poursuite du chemin par Autrecourt, Angecourt et Aillicourt. Le passage de la Meuse est très long en raison du grand nombre de régiments et du fait de l'existence d'un unique pont, déjà encombré par des habitants des villages alentour, qui tentent de se réfugier à Sedan. Le cent trente-septième parvient à passer le trente dans l'après-midi, et bivouaque à Remilly, entre la rive droite de la Meuse et la petite rivière Le Chiers.

Le trente et un août, départ par Bazeille, La Moncelle Daigny et Givonne. Un secteur de défense est attribué au cent trente-septième dans un petit bois sur la route de Illy.

C'est le bois de La garenne. Il était temps d'arriver, la nuit tombe. Il faut préparer le repas, et, comme le bois où ils se trouvent ne présente pas de ressource en eau, il faut aller en chercher à La Givonne. Ferdinand est désigné pour cette corvée. Le combustible est à profusion, même vert, les feux ne tardent pas à être allumés. Le temps que le caporal Pirlout et l'ancien Binet montent la tente, Lorpas et Banlot font comme les autres soldats, ils pillent les champs de légumes alentour.

En descendant à la rivière, Ferdinand ne peut s'empêcher de penser que si, clairons et tambours de l'armée française faisaient leurs sonneries et batteries tout comme à la caserne, sans-souci de l'ennemi, ce dernier opérait son mouvement dans le plus grand calme, sans qu'un seul feu brille de son côté. Quelle différence : chez les Français, l'insouciance et le brouhaha, chez les Prussiens, le calme et le silence. L'un ne songe qu'à manger et dormir, l'autre pense à la victoire. Entre-temps, d'autres régiments s'installent, des Turcos, des Zouaves et d'autres troupes coloniales.

Au matin du premier septembre mille huit cent soixante-dix, toute la division se met en route. Le ciel paraît pur, les brumes se sont abaissées dans les bas-fonds. La journée s'annonce belle. Le soleil est levé depuis presque deux heures. Le cent trente-septième régiment d'infanterie se trouve à l'abri dans le creux d'un petit ravin.

Ferdinand pense qu'il peut y soutenir une attaque. Tout à coup, dans le bas, il entend des coups de fusil, clairsemés d'abord, puis de plus en plus nourris jusqu'à devenir une véritable fusillade.

C'en est fait, l'ennemi doit avoir franchi la rivière et attaqué. La bataille est engagée. Puis, c'est le canon qui tire plusieurs projectiles. Les premiers passent au-dessus du ravin, mais les tirs se resserrent et certains commencent à tomber sur le versant droit. D'autres tombent à proximité d'une maisonnette qui a été transformée en poste de secours. La position devient dangereuse, les blessés et les morts s'accumulent.

Durant la nuit, les Prussiens ont installé leurs pièces d'artillerie, les fameux Krupp, sur des positions reconnues à l'avance. Leurs tirs font des ravages dans les rangs français. Vers onze heures, le colonel crie.

— Sac au dos.

Cet ordre est exécuté sur-le-champ, mais avec une certaine inquiétude. Il est facile de reconnaître sur les visages du caporal Pirlout et de Binet que le moment est venu pour le cent trente-septième, de s'engager dans la fournaise.

À peine sorti du ravin, il se retrouve en plein dans la bataille. Son flanc gauche à l'ennemi. Les rangs sont rapidement clairsemés, des centaines d'hommes éperdus, se trouvent directement sous le feu du canon. C'est une masse humaine dans laquelle les projectiles taillent à loisir, soulevant des gerbes de sang et de membres déchiquetés. C'est une véritable hécatombe. Par chance, Ferdinand n'est pas touché. Il est maintenant convaincu de l'incurie de ses chefs, qui engagent l'infanterie comme si elle allait au-devant d'une autre armée à pied, ou à la limite, des uhlans. Alors qu'elle se trouve clouée sur place par les canons, sans apercevoir le moindre allemand ni tirer un seul coup de fusil. Les officiers crient sans cesse.

— Serrez les rangs, serrez les rangs.

Ces ordres absurdes n'ont d'autre effet que d'offrir, à la mitraille ennemie, une masse compacte de victimes. C'est un triste désastre, de la boucherie.

À la mi-journée, c'est la retraite générale de toutes les divisions engagées. Elles refluent pour se réfugier dans Sedan. C'est la cohue, un désordre indescriptible. La panique, fait autant de victimes, sinon plus, que les derniers coups de canon. La population déjà importante de la ville, est accrue subitement de soixante-dix à quatre-vingt mille soldats, dans le pêle-mêle le plus insensé, découragés, en proie à la terreur.

La ville est indéfendable, il n'y a plus qu'une solution, capituler.

C'est ce que fait l'empereur Napoléon III. Dans la soirée, aux environs de dix-neuf heures, plus aucun coup de feu, plus aucun coup de canon ne retentit. Le plus effrayant, après le vacarme de la bataille, c'est le calme de la honte, de la consternation. C'est ce que ressent Ferdinand, sorti indemne de cet enfer de mitraille. Le cœur gros de cette défaite, due à l'incurie des généraux, au manque de caractère et de discernement de l'empereur qui a déclaré une guerre inutile, mais hélas, aussi, combien néfaste à son peuple.

***

Le deux septembre mille huit cent soixante-dix, après une nuit passée, sous un chariot, presque sans sommeil dans une rue de Sedan, affamé, Ferdinand et les rescapés du cent trente-septième régiment d'infanterie, sous la conduite de quelques gradés survivants, se rendent au point de ralliement qui leur est affecté. Ils n'ont plus rien, que leurs vêtements sales, déchirés, couverts de sang qu'ils portent sur eux.

La pluie qui tombe depuis le matin transforme le terrain en un cloaque boueux, où tous pataugent misérablement. Le cheminement de cette triste cohorte de gueux est très lent. Quelques soldats qui sont de la région comprennent l'objectif des Prussiens.

Il est clair, entasser les vaincus dans une boucle du fleuve La Meuse, fermée par un canal qui relie les deux bras de cette boucle. Un seul pont permet de franchir le canal, il n'y en a pas sur la rivière. D'une superficie d'une quarantaine

33

d'hectares, c'est ce que les gens du pays appellent, La presqu'île de Iges. Cette disposition des lieux facilitera grandement la surveillance des prisonniers par les armées des États allemands.

Au cours de l'après-midi, Ferdinand remarque que certains officiers repartent librement. Renseignement pris, il apparaît que ceux-là, étant officiers, ont eu la possibilité de ne pas être faits prisonniers, sous réserve de déclarer sur l'honneur de ne pas reprendre les armes contre les armées allemandes.

Il est atterré, scandalisé par cette situation. Où est l'honneur de ces officiers ? Il ne l'accepte pas. Le mouvement pour pénétrer dans cette prison à ciel ouvert est très lent. À la tombée du jour, Ferdinand est toujours à proximité des remparts de la ville. Il est clair que lui et ses compagnons devront coucher là, sans abri, sans aucune nourriture.

— Ce n'est pas possible, c'est une honte pour l'armée, ces hommes n'ont pas d'honneur.

— De qui parles-tu, questionne Lorpas, qui, serré contre Ferdinand, tente de trouver un peu de chaleur.

— De ces officiers qui renient leur devoir, le pays, pour éviter la captivité.

— Tu as raison, ce ne sont que des gueux. Nous les troupiers, nous allons crever de faim, sur place.

— Ce n'est pas sûr, réplique Ferdinand. Je n'ai pas l'intention de pourrir dans leur presqu'île.

— Tu as une idée de derrière la tête.

— Oui, j'ai une idée, tu en es ?

— Bien sûr, tout vaut mieux que de rester ici.

Au cours de la nuit du deux au trois septembre, ils décident de s'enfuir. Ils sont imités en cela par plusieurs de leurs camarades du cent trente-septième régiment d'infanterie. Ils n'ont pas mangé depuis deux jours. Affamés, en guenilles, ils parviennent à tromper la surveillance des postes de contrôle et des patrouilles allemandes.

Au matin, avec Lorpas, seul survivant de son escouade, ils trouvent refuge dans la grange d'une ferme où, ivres de fatigue, ils s'endorment dans la paille. Lorsqu'ils se réveillent, le soleil est déjà haut dans le ciel. Des crampes leur tordent l'estomac. Le premier, Lorpas aperçoit dans un recoin de la grange, une poule dans un nid.

À pas de loup, ils s'approchent du volatile dans l'intention bien arrêtée de lui tordre le cou. Ils trouveront bien plus tard, de quoi la faire cuire. Pendant qu'ils avancent vers elle, la poule semble indifférente, mais au premier mouvement brusque, elle s'échappe en caquetant. Dans le nid, quatre œufs que les fuyards se partagent. À l'aide de la pointe de son couteau, Ferdinand perce un petit trou sur l'arrondi, et le gobe goulûment. Lorpas fait de même.

Les bruits d'une discussion animée dans la cour de la ferme les mettent en alerte. Risquant un œil au travers d'une fente entre deux planches disjointes, ils aperçoivent une patrouille allemande qui, à l'évidence, est à la recherche de déserteurs de l'armée française. Celui qui semble le chef explique tant bien que mal sa présence. La femme qui lui répond déclare qu'elle n'a rien remarqué de suspect. Plutôt jolie, elle semble âgée d'une trentaine d'années. Lorsque la patrouille est hors de vue, elle se dirige vers la grange, où Ferdinand et Lorpas se dissimulent tout de suite derrière un tas de bois.

La femme ouvre en grand la porte restée entrebâillée, par où s'est échappée la poule, et pénètre dans la grange. Derrière le tas de bois, les deux hommes retiennent leur souffle. Ils ignorent s'ils ont été repérés, et quelles sont les intentions de cette femme. Elle se dirige vers le coin où la poule a pondu. Voyant que le nid est vide, elle comprend tout de suite :

— Ah ! Les cochons, ils m'ont volé les œufs !

Puis se retournant, elle reprend :

— Vous pouvez sortir, je sais que vous êtes cachés derrière le tas de bois !

Ferdinand et Lorpas ne savent que faire. Ils pourraient maîtriser cette femme, mais ils n'ont nulle intention de lui faire du mal. De plus, sitôt qu'ils seront partis, elle pourrait alerter une patrouille allemande, et, alors, ils risquent d'être pris. Ferdinand, le premier, quitte sa cachette et s'avance vers la femme en essayant de la rassurer :

— N'ayez pas peur, Madame, nous ne sommes pas des voleurs, nous souhaitons seulement rester jusqu'à la nuit, puis nous partirons.

En voyant ces deux hommes en haillons, sales et couverts de sang, elle a un haut-le-corps, mais elle se ressaisit aussitôt.

— Je vois, vous êtes de ces courageux soldats de l'empire. Vous nous avez abandonnés aux barbares. Maintenant, ce sont eux qui font la loi dans le pays.

— Nous avons été battus, car mal commandés par des généraux dépassés par leurs responsabilités. Si nous sommes là, Madame, c'est que nous nous sommes enfuis pour éviter d'être amenés captifs en Allemagne.

Ferdinand s'avance d'un pas en direction de la fermière.

Se méprenant sur ses intentions, elle s'empare d'une fourche qui se trouve appuyée contre les planches et menace Ferdinand.

— N'approchez pas ou je vous pique !

Elle semble déterminée, puis, sans raison, elle se met à pleurer. Ferdinand et Lorpas n'ont alors aucune peine à la désarmer.

***

Elle s'appelle Clémentine.

— Avec mon mari, Firmin, nous exploitions cette ferme jusqu'à ce que les troupes prussiennes passent hier, après avoir combattu les Français. Firmin, ayant refusé de leur donner deux cochons qu'il nourrissait pour nous-mêmes, ils l'ont froidement abattu, sous mes yeux et ceux de notre petite fille, Germaine âgée de huit ans. Depuis, je suis seule pour mener la ferme et élever mon enfant.

En séchant ses pleurs, Clémentine conduit les deux hommes derrière la grange où se trouve une tombe surmontée d'une croix de bois. Ils ont le cœur serré, devant sa détresse, mais le mal est fait, il est irréparable. Lorpas remarque alors que les champs ont besoin de travaux qui ne peuvent attendre, et propose à Clémentine de s'en occuper.

— Si vous le voulez bien, Madame, il est encore temps de faire les labours d'automne de votre champ. Mon camarade et moi, nous pouvons nous en occuper. Par la suite peut-être pourrez-vous embaucher un homme de peine à la journée.

— Je ne suis pas assez riche pour payer quelqu'un, mais puisque vous voulez bien vous charger des labours, je vous assure le gîte et le couvert. Après quelques secondes d'hésitation, elle rajoute, mais rien de plus, je pense que vous me comprenez.

— Marché conclu, accepte Ferdinand.

Clémentine leur prépare alors un vrai repas.

— Vous allez retirer vos tenues de soldats, elles sont déchirées, et couvertes de sang. Mon pauvre Firmin n'a plus besoin de ses vêtements.

Il ne faut que quelques minutes aux deux hommes pour se changer. Leurs haillons tachés de sang finissent au feu dans la cheminée. La petite Germaine se montre accueillante, peut-être que l'un de ces soldats restera à la ferme pour aider maman. Elle, de son côté fait tout ce qu'elle peut, mais elle n'a que huit ans.

Affamés, les deux hommes font honneur au plat de pomme de terre et de lard généreusement offert par Clémentine.

— La ferme est toute proche du village de Douzy, prévient la jeune femme. Lorsque vous aurez fini les labours, si vous voulez éviter les patrouilles allemandes, il vous faudra prendre la direction du sud, atteindre au moins Mouzon. À partir de là, vous pourrez vous estimer en sécurité.

— Nous n'avons plus qu'à nous mettre au travail, déclare Lorpas en repoussant sa chaise.

***

Quinze jours plus tard, ils ont terminé les labours. Le champ est prêt à être ensemencé. Ils ont retrouvé des forces. Travaillant dur, mais mangeant à leur faim. La veille du départ, au cours du repas du soir, Lorpas déclare à Ferdinand.

— Je reste ici, j'ai discuté avec Clémentine, et nous en avons convenu. Je l'aiderai dans les travaux de la ferme, et puis Germaine a besoin d'un papa.

Clémentine approuvait.

— C'est vrai, cela le changera de sa vie errante de soldat, et puis Germaine a besoin d'un petit frère.

Il n'y avait pas à revenir sur la question. Il avait fait son choix. Le lendemain, vingt-deux septembre mille huit cent soixante-dix, au petit jour, après avoir pris congé, Ferdinand, correctement vêtu, porteur d'une musette bien remplie, reprend la route. Il évite soigneusement les villages où il risque de rencontrer des patrouilles allemandes, cheminant surtout de nuit jusqu'à Mouzon, comme le lui avait indiqué Clémentine.

Avant de quitter la ferme, il a pris la précaution de se débarrasser de tout ce qui pourrait dénoncer son bref séjour dans l'armée de l'empereur. En effet après Mouzon, ce sont les contrôles des gendarmes français à la recherche des déserteurs qu'il doit éviter.

Il a repris son identité, il est désormais trop jeune pour être conscrit, mais on ne sait jamais. Il a décidé de rejoindre Verdun, pour essayer de se glisser dans un train pour Paris. Pour cela, le plus simple est de suivre la route qui longe le canal de l'est, puis la Meuse. À plusieurs reprises, il est forcé de s'arrêter dans des fermes, pour effectuer quelques journées de travail, et renouveler ses provisions. Lorsqu'il ne trouve pas d'ouvrage, il chaparde ce qu'il peut.

Enfin, il arrive à Verdun.

À la gare, c'est un tel désordre, qu'il n'a aucune peine à se glisser dans un train de marchandises en partance pour Paris. Dans la capitale aussi, c'est une agitation extraordinaire, des gens en armes sont partout. Tous ne sont pas des soldats. Les contrôles sont permanents, il ne peut rester dans la gare sans courir le risque de se faire prendre. Avec beaucoup de précautions, il parvient à sortir. Il lui faudra y revenir pourtant.

En effet, il a décidé de tenter de s'introduire à nouveau dans un train pour gagner Belfort, puis Colmar. Il ne lui reste que quelques fruits, et un demi-pain, il lui faut gérer ces provisions au plus juste.

Il est tard, la nuit est venue depuis plus d'une heure, il fait froid. À l'entrée de la gare, des gendarmes et des soldats vérifient l'identité des gens. Ils semblent, eux aussi, rechercher des déserteurs. Ferdinand ne possède aucun document. Il juge plus prudent de contourner le bâtiment. Il longe les voies sur plusieurs centaines de mètres. Là encore, quelques soldats, de loin en loin, gardent les lieux.

Il allait désespérer, lorsque son attention est attirée par l'éclat de discussions qui proviennent d'un petit estaminet. Il se rend compte qu'il s'agit d'une sorte de cantine où les cheminots ont l'habitude de se réunir avant de prendre leur service. Sans hésiter, il entre, et dépense ses derniers sous à commander une chopine de vin rouge. Très naturellement, il s'assoit à une table où sont déjà quelques cheminots, et engage la conversation.

— Salut, les gars, je suis nouveau, et à la gare on m'a dit de venir vous rejoindre pour prendre le service.

Tout en parlant, il débouche sa chopine et offre un coup. Les hommes ne se font pas prier.

— Au moins, voilà un nouveau qui sait vivre, déclare l'un d'entre eux, tu es dans quelle équipe ?

— Je n'en sais encore rien, reprend Ferdinand, c'est ma première prise de service, il paraît que je suis affecté à un train qui part vers la Suisse.

Il se garde bien de révéler que son idée, en s'embarquant clandestinement sur le train de Belfort, est d'ensuite rejoindre Colmar.

— Écoute, dit un second cheminot, en tendant son verre, tu n'as qu'à rentrer dans la gare avec nous, et nous t'indiquerons sur quelle voie est garé le train de Bâle. Tu n'auras qu'à te présenter au chef de train, il te dira ce que tu dois faire.

— C'est d'accord, ajoute Ferdinand, je vous remercie les gars.

— Ce n'est rien, reprend le troisième, entre nous, il faut bien s'entraider.

Quelques minutes plus tard, Ferdinand pénètre dans l'enceinte de la gare avec ses nouveaux camarades. Celui qui semble être le plus ancien lui indique, en quelques mots, où se trouve le train qui l'intéresse. Il n'a aucune peine à se glisser dans le fourgon à bagages, au milieu des colis divers, caisses, malles, et toutes sortes de marchandises.

Une grande partie de la journée, les villes défilent les unes après les autres. Par chance, à aucun arrêt, le fourgon à bagages n'a été ouvert. Il semble que la grande majorité des voyageurs se rende directement en Suisse. En fin d'après-midi, le convoi fait une halte à Belfort. Ferdinand en profite pour descendre à contre-voie, et, discrètement, gagne la ville.

***

Nous sommes le quinze octobre, il fait déjà très froid, mais peu importe, Ferdinand se retrouve en pays connu. Il a déjà eu l'occasion de se rendre avec ses parents et son jeune frère Augustin, à l'auberge des sept écus, dont le patron, Simon Garder est un cousin de sa mère. Il sait pouvoir y trouver de l'aide.

De nombreux régiments stationnent aux alentours et dans Belfort même. Des régiments allemands sont en train de se regrouper dans la région de Mulhouse. La tension des habitants est à son comble. Il ne fait aucun doute qu'une offensive contre la citadelle de Belfort se prépare. Enfin, il arrive à l'auberge. Il est sale, ne s'est pas rasé depuis plusieurs jours. Il a maigri, et ses traits se sont durcis. Lorsqu'il entre, la première réaction du patron est de le mettre à la porte.

— Holà, pas de traîne-savates chez moi. À moins que vous ne cherchiez de l'ouvrage.

— Chercher de l'ouvrage peut être bien, Monsieur Garder !

Surpris d'être appelé par son nom par cette espèce de vagabond dépenaillé, l'aubergiste marque un temps d'arrêt, et observe Ferdinand de plus près. Il a l'impression de l'avoir déjà vu.

— Vous me connaissez ?

— J'ai beaucoup changé ces temps-ci, mais vous me connaissez. Je suis le fils de Philomène, votre cousine de Colmar.

— C'est vrai, maintenant que tu me le dis, je te reconnais. Mais dis-moi, comment se fait-il que tu sois dans cet état ?

En quelques mots, Ferdinand fait le récit de son aventure depuis son départ de Colmar.

— Eh bien, tu ne manques pas de courage, mais tu fais aussi preuve d'une belle dose d'inconscience. Tu aurais pu te faire tuer cent fois.

— C'est vrai, reconnaît Ferdinand, mais c'était pour notre Alsace. Je ne regrette qu'une chose, c'est la peine que j'ai pu faire à mes parents lorsque je suis parti sans rien dire.

— Honoré a fait des recherches, et j'étais au courant de ton absence, mais jamais je n'aurais pensé que ce soit pour aller te battre contre les Prussiens, alors que tu n'as même pas l'âge d'être conscrit. Maintenant, que comptes-tu faire ?

— Je vais essayer de rejoindre Colmar, tout simplement, je suis dégoûté par la conduite de nos généraux et couvert de honte par notre défaite.

— Voilà des sentiments qui t'honorent, mais sais-tu que notre défaite a provoqué la proclamation de la République, depuis le quatre septembre ? En attendant, tu vas rester ici quelques jours, le temps de te refaire une santé. De toutes les manières, tu ne peux pas passer par Mulhouse, car tu serais pris entre les armées françaises et prussiennes. Ce n'est pas une situation enviable.

De plus, les liaisons télégraphiques ne marchent plus avec toute la région occupée. Il est impossible de prévenir ta famille de ta présence ici.

— Je pense qu'il faudra passer ailleurs, dit Ferdinand, mais en attendant, j'accepte votre invitation, je saurai me rendre utile.

Quatre jours plus tard, Ferdinand se sent capable de reprendre la route. Simon lui a fait part de la concentration de régiments, depuis la veille, à la citadelle. Ce sont des signes qui ne trompent pas. Une bataille se prépare.

— Je pense que le mieux, pour toi, est de passer par les Vosges. Je connais une personne qui peut t'amener dans sa voiture jusqu'à Gérardmer, où elle se rend pour affaires. Ensuite, ce sera à toi de rejoindre Colmar. Grâce à ton oncle Gaston, mon cousin, tu devrais pouvoir passer le Hohneck sans trop de problèmes.

Le vingt octobre, au lever du jour, Ferdinand prend place dans la voiture du notaire, l'ami de Simon. Il s'agit d'une sorte de carriole, agrémentée d'une cabine en bois, modifiée de manière à guider le seul cheval de l'attelage depuis l'intérieur. De cette manière, les occupants, chaudement vêtus sont partiellement protégés du mauvais temps. Il se rend à Gérardmer pour régler une succession difficile. Avant son départ, son oncle l'a doté d'une petite somme, suffisante pour régler sa participation aux frais d'auberge.

Pendant toute la durée du voyage, Ferdinand a dû raconter presque chaque jour les événements qu'il a vécus depuis son départ de la maison familiale. Sur la fin du voyage, ils étaient devenus une paire d'amis, si bien qu'au lieu de se rendre directement à Gérardmer, le notaire proposa de lui-même de le déposer à La roche du diable, c'est-à-dire au plus près du Hohneck, sans prendre pour lui de risque trop grand. Il est à peine plus de dix heures le dimanche vingt-trois octobre mille huit cent soixante-dix, lorsque les deux hommes se séparent.

3

Il ne neige pas, mais le ciel est couvert, et il fait très froid. Résolument, Ferdinand attaque la montée. La maison de son oncle Gaston, se trouve à l'entrée du village, à quelques kilomètres de la route des crêtes, sur l'autre versant. Il chemine avec précaution, car il est probable que des patrouilles ennemies surveillent le secteur.

La pente est rude, et ce n'est qu'en milieu de l'après-midi qu'il franchit la crête. Il s'arrête pour souffler, mais aussi regarder le paysage. Malgré le froid, il est en sueurs. Le point de vue sur la vallée de Munster est magnifique.

Au loin Colmar, avec sa rivière, la Lauch qui serpente entre les maisons et miroite au soleil. Tout à coup, un bruit de bottes l'incite à se dissimuler dans une faille de rocher. Sitôt que le bruit s'est éloigné, il s'enhardit à sortir la tête. C'est une patrouille de soldats allemands. Heureusement qu'il n'y a pas de neige, sinon la trace de ses pas l'aurait trahi. Sans s'attarder davantage, il reprend sa descente, en évitant les chemins de schlittage qui risquent d'être surveillés. C'est par des sentiers à peine tracés qu'il parvient à l'entrée du village de Muhlbach sur Munster. C'est là, que l'oncle Gaston demeure à proximité de sa scierie. Le jour décline rapidement, et Ferdinand hâte le pas.

Il fait presque nuit lorsqu'il arrive devant sa porte. De la lumière filtre par la fente d'un volet. À l'intérieur des bruits de voix lui parviennent. Lorsqu'il frappe le silence se fait, puis.

— Qu'est-ce que c'est ? Qui est là ?

— Ferdinand, votre neveu.

— Je ne vous crois pas. Mon neveu a disparu depuis plusieurs mois.

— C'est vrai, je suis parti de Colmar sans rien dire à mes parents, répond-il. Mais je suis bel et bien le fils de votre sœur Philomène.

Pendant une minute de silence, Ferdinand entend des chuchotements derrière les volets, puis enfin celui de gauche s'entre ouvre, une main porteuse d'une lanterne l'éclaire.

— Vous me reconnaissez enfin mon oncle ?

Ferdinand a beaucoup changé, Gaston l'observe pendant quelques secondes.

— C'est ma foi vraie, mais d'où viens-tu ?

— Laissez-moi entrer sous votre toit, et m'approcher de votre feu, je suis transi de froid.

La porte s'ouvre enfin sur l'oncle Gaston et son épouse Amélie.

Quel plaisir de retrouver un foyer chaleureux ! Cependant, Gaston semble soucieux, comme s'il avait des ennuis !

— Hé ! Bien, mon oncle, vous semblez contrarié, serait-ce de me voir chez vous.

— Ho que non mon garçon, c'est plutôt qu'une bonne partie de la région soit occupée par les armées allemandes.

— Hélas, je m'en suis aperçu, savez-vous comment cela se passe à Colmar. Les lignes télégraphiques sont coupées, et votre cousin Simon n'a pas pu me renseigner, ni prévenir mes parents de mon retour.

— Vois-tu, dans leurs bagages, ils ont ramené les descendants des émigrés, ce sont de véritables charognards qui viennent réclamer les biens qui ont été confisqués à leurs aïeux, dont ma sœur Philomène, ta mère, et moi-même, avons hérité de nos parents.

Ferdinand se remémore les paroles de son ami, Frantz Werbert : Ceux qui n'ont pas été dédommagés reviendront vous chauffer les fesses. Ainsi, sa prédiction se réalise.

— Mais enfin mon oncle, que peuvent-ils réclamer maintenant, il est bien trop tard.

— Pas pour ceux-là, dit Gaston, maintenant que les Allemands sont les maîtres, ils prétendent nous chasser, et récupérer nos biens. Ton père a déjà reçu la visite d'un petit-fils des, De Gracies, et m'a fait prévenir. Il entend récupérer les vignes de Turckheim.

— Eh bien ! Mon oncle, nous allons résister et nous défendre. Cet homme est-il déjà passé vous voir ?

— Oui, il est venu la semaine dernière me faire part de ses intentions. Après un temps d'hésitation, Gaston poursuit, à toi je vais le dire, tu informeras ton père. Ce charognard d'émigré ne redescendra pas dans la vallée.

À ses mots, Ferdinand sent qu'un drame s'est noué.

— Que s'est-il passé ?

— Eh bien ! Alors qu'il redescendait, il a eu un accident.

Ferdinand se rend compte que Gaston hésite à poursuivre.

— Comment cela, un accident ?

— Oui, il m'a demandé quel était le chemin le plus aisé pour gagner le col de la Schlucht, par où il désirait retourner, alors que, à l'aller, il était venu depuis Munster, et, s'étant égaré, avait eu de la peine à venir jusqu'ici.

— Ce n'est pas bien compliqué, dit Ferdinand, pour rejoindre la route des crêtes.

— Oui, ce n'est pas compliqué, mais il a certainement mal compris mes explications, car il est parti en direction de Stosswihr. Je n'ai pas eu le temps de lui crier qu'il se trompait, il était déjà trop loin.

— La route de Stosswihr, mais, c'est très dangereux, reprend Ferdinand, vous savez bien mon oncle que le passage le long de la corniche est très étroit, plein de dangers. De plus, il arrive souvent que des pierres se détachent de la paroi et tombent sur le chemin. Celui qui ne connaît pas, a de fortes chances de dévaler au fond du ravin.

— C'est exactement ce qui s'est passé, d'autant plus qu'au moment de son départ, j'ai constaté que son cheval était en train de perdre un fer. Je suppose qu'une pierre se sera détachée. L'animal aura pris peur, et, déséquilibré, aura entraîné son cavalier dans la chute. Les deux sont morts.

— Je suppose mon oncle, que cet accident ne vous aura pas causé un chagrin démesuré ! Car cela résout les problèmes.

— Effectivement, cela résout les problèmes, mais, s'il ne s'était pas trompé de route, cela ne serait pas arrivé.

En écoutant les explications de Gaston, Ferdinand remarque une fugitive lueur de malice dans son regard. Il n'est pas dupe. Il sait très bien que c'est sciemment que Gaston a fait passer le descendant des, De Gracies par la corniche. Surtout avec un cheval en train de perdre un fer. Il ne fait aucun commentaire. Il pense qu'il est aussi concerné par les biens hérités par sa mère.

Le lendemain vingt-quatre octobre, de bonne heure, Ferdinand se met en route pour rejoindre Munster, où il prend la diligence pour Colmar, il y arrive en fin d'après-midi. Il fait déjà sombre, mais il s'attarde au relais, afin d'attendre que la nuit soit complète.

Sans se faire remarquer des voisins, il arrive à la maison. Il y a encore dans le magasin un client en conversation avec Honoré. Aussi, par précaution, il pénètre par l'arrière-boutique pour vérifier s'il peut sans danger monter à l'étage. Il ignore l'état d'esprit des gens à son égard, maintenant que les Allemands sont en Alsace. Sitôt que ce client est parti, et que son père a fermé la porte d'entrée, Ferdinand se fait voir.

— Père… C'est moi !

— Ferdinand ! Mon fils, longtemps je t'ai cru mort à cause de cette maudite guerre manigancée par ces, Teutons, avides de territoires.

Le premier instant de surprise passé, les deux hommes se jettent dans les bras l'un de l'autre.

— Quelle joie de te savoir sain et sauf !

— Ce fut une bien piètre bataille, confesse Ferdinand, de bien mauvais généraux et notre Empereur dépassé, berné, soumis. Mais la mort n'a pas voulu de moi, et je suis là.

— Alors, mon garçon, tu as connu la grande aventure militaire, celle dont tu rêvais. Tu vois où elle t'a conduite, tu aurais bien pu y rester. Mais va, je te pardonne tous les soucis que tu nous as faits, à ta mère et moi. Après un silence d'une fraction de seconde, il rajoute, je suis fier de toi.

— J'ai fait mon devoir de citoyen, plus que cela, mon devoir d'alsacien. Moi aussi j'en suis fier.

Honoré prend son fils par l'épaule, tout en essuyant furtivement une larme.

— Alors, monte vite, ta mère et ton frère, c'est certain, seront heureux de te revoir en vie.

Bien que vieilli par cette campagne désastreuse, Ferdinand ne parvient pas à s'affranchir totalement de l'autorité parentale qu'il a pourtant déjà bravée une fois.

***

L'Allemagne, annexe une grande partie du territoire situé entre la chaîne des Vosges et le Rhin, qui devient, Reich land, directement administré par les organes de l'empire. Mais ce n'est pas tout. L'occupant désire chasser d'Alsace les éléments pros français, susceptibles de se révéler des facteurs de troubles.

Dans son immense bonté, le tout nouveau Kaiser Guillaume donne quelques mois à ceux qui veulent rester Français, pour quitter les territoires annexés. Ils restent libres de conserver les immeubles situés en Alsace.

Il faut être bien naïf, pour imaginer que les sujets allemands qui vont, à coup sûr, venir s'installer ne feront pas main basse dessus. Lorsqu'ils paieront, ce sera un prix dérisoire. De plus, il accorde l'amnistie à ceux qui durant la guerre auront porté les armes contre la Prusse. À ce sujet, Ferdinand ne risque rien puisque son service a été effectué sous le nom de Frantz Werbert.

Depuis quelques mois, Ferdinand a repris ses études, son père et lui ne pensent plus à cet ultimatum.

La question se pose pour de bon, lorsque le dix mai mille neuf cent soixante et onze est signé le traité de Francfort. En effet, l'article deux prévoit que les Français d'origine ont jusqu'au premier octobre mille huit cent soixante-douze pour quitter l'Alsace. À défaut, passé cette date, ils deviennent automatiquement sujets du nouvel Empire allemand. Honoré, décide de rester en Alsace, il ne parvient pas à renoncer aux biens, durement acquis pendant plusieurs générations. Il n'en va pas de même pour Ferdinand.

— Non, c'est impossible, jamais je ne serais Allemand. Père, je vais aller m'installer en Algérie. Là-bas, c'est encore la France. Je ne suis pas fainéant, je trouverai du travail, ou bien je m'engagerai dans l'armée de la République.

— Eh alors, si tu pars en Algérie pour t'engager dans l'armée, tu ne pourras jamais revenir ici. Les Allemands te l'interdiront. De plus, si le sort t'est contraire, tu seras loin de nous, démuni de tout. Et encore, je crains fort que, si tu pars, ton frère Augustin en subisse les conséquences. Crois-moi, Ferdinand ne pense plus à faire une carrière militaire.

Ferdinand laisse croire à son père qu'il l'a convaincu. La réalité est quelque peu différente. Depuis son retour, son histoire a fait le tour de la ville, il est considéré en héros, mais la vraie raison qui le fait rester au pays porte un nom.

Ce nom, c'est Mathilde.

Il la connaît bien, Mathilde. Avant qu'il ne parte en remplacement de Frantz Werbert, il n'avait pas bien fait attention à cette jolie blonde, qui pourtant, le regardait avec les yeux de Chimène. C'est la fille de Schiller, le tonnelier qui tient son atelier dans la même rue que le magasin d'honoré Worms. À son retour, elle l'avait embrassé sur les deux joues, et lui avait dit.

— Ferdinand, tu t'es conduit en héros, je suis fière de toi.

Le jeune homme se trouva tout bête devant cette spontanéité un peu naïve. De plaisir, il rougit jusqu'aux oreilles. De ce moment, son regard change sur Mathilde. Il s'aperçoit que ce n'est plus une enfant, mais une belle jeune fille, avec beaucoup de charme.

— Tu es gentille Mathilde, mais je n'ai fait que mon devoir d'alsacien, qui de plus n'a servi à rien, car l'occupant est là.

— Tu sais, Ferdinand, des garçons de ton âge, il y en a des douzaines à Colmar. Tu es le seul, qui a essayé de lutter pour nous l'éviter, cette occupation. Et même, certains sont partis se cacher en Suisse.

Faisait-elle allusion à Frantz Werbert ? Un instant, Ferdinand est sur le point de lui poser la question, mais il renonce. À ce moment, le père Schiller sort dans la rue. Il surprend les deux jeunes gens dans leur discussion.

— Ah, Mathilde tu es là avec Ferdinand. Dépêche-toi de rentrer car ta mère te réclame pour l'aider à préparer le dîner.

Avant de retourner dans son atelier Gustave Schiller adresse un sourire à Ferdinand. Lui aussi est au courant de son escapade dans l'armée impériale. Au-delà, il sait les affaires d'Honoré florissantes. Il ne lui déplairait pas d'avoir Ferdinand pour gendre.

Au moment de prendre congé, Mathilde embrasse de nouveau Ferdinand, et lui murmure à l'oreille.

— En tous les cas, tu es mon héros à moi !

Finesse féminine, certainement, plus que naïveté. Ferdinand sent son cœur battre plus vite. Un peu désemparé, il a juste le temps de lui répondre maladroitement.

— Tu es très jolie !

— Tu trouves ?

— Oui, tu es la plus jolie.

Mathilde à son tour sent les couleurs lui monter au visage. Elle se dirige vers l'atelier de son père, puis au moment de pousser la porte, se retourne et dit :

— À demain ! Si tu veux.

— Oui, à demain, s'empresse de confirmer Ferdinand.

Depuis ce jour, les jeunes gens se voient chaque fois qu'ils le peuvent, ce qui ne déplaît pas au père Schiller, qui a de l'estime pour Ferdinand. Tout va bien jusqu'à la promulgation de ce fameux traité. Honoré hésite pendant plusieurs jours avant d'en parler à son fils, sachant bien que celui-ci est encore capable de partir à l'aventure. Il désire surtout le protéger contre lui-même, lui éviter de nouvelles désillusions. Ce qu'il ne sait pas, c'est que la jolie Mathilde a déjà persuadé Ferdinand de rester.

Par contre, la marraine de cette dernière, une sœur de sa mère, a préféré, avec son mari, quitter l'Alsace pour rester Française. Ils ont réalisé tous leurs biens, pour acquérir une propriété viticole dans le Sud-Ouest, à Saint Pierre d'Aurillac, proche d'une petite ville du nom de Langon.

Il laisse penser à son père que ses arguments l'ont dissuadé d'émigrer en Algérie. Il poursuit, et termine honorablement ses études à Strasbourg. À l'issue, il revient à Colmar, où il l'assiste dans son commerce de négoce de vins. Honoré est persuadé d'avoir convaincu son fils.

Cependant, ce dernier reste, pour cette tout autre raison qui s'appelle Mathilde.

Les mois passent, le seize avril mille huit cent soixante-douze, Ferdinand fête ses vingt ans et arrive le moment pour lui, d'effectuer le service militaire dû au nouvel Empire allemand. C'est l'article cinquante-neuf de la constitution du seize avril mille huit cent soixante et onze de l'empire qui stipule.

Tout Allemand capable de porter les armes, appartient pendant sept ans à l'armée permanente, en règle générale à partir de l'âge de vingt ans accompli jusqu'au commencement de la vingt-huitième année, à savoir : les trois premières années sous les drapeaux, les quatre dernières années dans la réserve, et pendant les cinq années suivantes il fait partie de la Landwehr.

— Nous y voilà ! S'exclame Ferdinand. Il m'est odieux d'imaginer un instant revêtir l'uniforme de l'occupant.

— Tu ne peux t'y soustraire, argumente Honoré.

— Si, je le peux, il me suffit de passer en France.

— Pense à ton frère Augustin, c'est lui qui subira les représailles des Teutons.

— Il n'a que quinze ans, et je pense qu'il fera comme moi.

Honoré ne sait comment vaincre l'entêtement de Ferdinand. Il lui reste un argument.

— Pense à Mathilde, sa situation ne serait pas sans danger, elle aussi pourrait subir des représailles.

***

Ferdinand est incorporé, dans un régiment de Uhlans, à Breslau, en Silésie, tout prêt de la frontière avec l'empire russe.

Sans doute l'affectation des Alsaciens et Lorrains, loin de leur région d'origine, est-elle motivée par le désir de les couper de leurs racines, et ainsi, pour les officiers allemands, les germaniser plus à leur aise. À tout le moins, éviter les désertions. En corollaire, les permissions sont attribuées avec parcimonie, et réservées en priorité, aux hommes mariés.

Déjà, avec un total manque de prudence, Ferdinand ne fait pas mystère de ses idées autonomistes. Il ne se méfie pas suffisamment de ses camarades, certains apprécient fort bien leur situation, et ne manquent pas de renseigner les officiers. Ce qui lui attire une attention particulière lors des séances d'instruction. Cependant, il reste impénétrable à la doctrine germanique. Le plus dur pour lui, c'est de voir, en grosses lettres dorées, sur le drapeau du régiment, la mention : Sedan 1 870 - Paris 1 871.

L'humiliation est à son comble, il est incorporé dans un régiment contre lequel il a eu à combattre. Il ne peut que ravaler sa rancune, c'est la solution la plus sage, sinon, les trois années de service militaire, que l'Allemagne lui réclame, se transformeront très vite en un enfer quotidien. Les officiers ne sont pas tendres avec les Alsaciens et Lorrains dont ils se méfient. La discipline, déjà sévère, leur est appliquée sans faiblesse.

Pragmatique, Ferdinand s'efforce de retenir le meilleur, le positif. À contrecœur, il est bien obligé de reconnaître que la défaite des Français à Sedan est le résultat de leur impréparation, leur indiscipline et surtout, leur manque de sentiments patriotiques. Toutes choses, qui, au contraire, sont inculquées aux Allemands dès le plus jeune âge.

Il considère comme trahison et orgueil déplacés ce que font certains de ses camarades, de se faire photographier, à cheval, en grande tenue de parade, où, à l'aide d'un montage, ils apparaissent au côté de l'empereur Guillaume II.

À l'issue de son temps de service, en avril mille huit cent soixante-quinze, sans jamais avoir obtenu la moindre permission, il retourne au pays, où, rapidement, il rejoint les rangs des protestataires.

Même si l'école a été rendue obligatoire, seule la langue allemande y a droit de cité. Le français en a été banni, dès mille huit cent soixante-treize. Candidat malheureux au Reichstag, qui est l'assemblée législative du jeune Empire allemand, il ne peut faire entendre ses revendications.

Dès qu'il en a l'opportunité, il s'investit dans un parti, qui, en échange de l'acceptation de l'annexion, réclame un gouvernement autonome, dans le cadre de l'empire. Ce parti n'obtient toujours que des demi-mesures, et l'Alsace reste toujours régie par les lois promulguées par le Reichstag.

***

Honoré, tombé malade début mille huit cent soixante-dix-huit, décède au mois de juillet de cette même année. Philomène, son épouse, était morte l'année précédente. Augustin vient d'avoir dix-neuf ans. Contrairement à son frère Ferdinand, rien ne le retient à Colmar. Il a longuement réfléchi à sa situation.

Depuis que Ferdinand gère l'héritage, il est devenu difficile à vivre. Très près de ses comptes, dur en affaire. Augustin quelquefois se trouve dans l'obligation de réclamer son dû. Aussi, il ne désire pas partager la gestion de l'héritage avec son frère, sachant que tôt ou tard, elle aboutirait à une discorde.

Alors qu'il revient de la ferme de Turckheim, où il a supervisé des travaux effectués par Joachim Keller, dont l'épouse vient de mettre au monde Jonathan, son premier enfant, il se décide à affronter son frère.

Les couverts sont prêts, ils semblent un peu isolés tout au bout de la grande table de la salle à manger. Ferdinand n'est pas encore rentré de sa visite journalière chez les vignerons dont il commercialise la production.

— Faut-il attendre Monsieur Ferdinand, demande Maud, qui depuis le décès de Philomène s'occupe de gérer la maison.

— Oui, je pense qu'il ne va pas tarder, dit Augustin.

— Il va falloir réchauffer les plats, grommelle-t-elle.

Au rez-de-chaussée, la porte vient de claquer. Le pas rapide d'un homme qui gravit l'escalier, résonne sur les marches de bois. L'instant d'après Ferdinand fait son entrée dans la salle à manger. Il est en sueurs.

— Quelle chaleur, j'ai bien failli rôtir cet après-midi sur les routes. Une bonne bière serait la bienvenue. Qu'en penses-tu Augustin ?

— C'est une excellente idée, d'autant plus que j'aimerais t'entretenir d'une question qui me tient à cœur.

Pour Maud, ce n'est pas une bonne idée. Si les deux frères s'engagent dans une discussion sans fin, elle n'est pas près de rentrer chez elle.

— Eh bien je peux commencer à réchauffer le dîner, dit-elle, d'une voix suffisamment forte pour ne laisser place à aucun doute.

Conscient que Maud a aussi un foyer où l'attend sa famille, Ferdinand la libère.

— Portez-nous seulement un pichet de bière, puis vous pourrez nous laisser, nous ferons le service nous-même.

Augustin prend le temps d'avaler une grande gorgée de bière, puis, sans prendre de précautions inutiles, il déclare.

— L'an prochain, ce sera mon tour de rendre le service militaire de trois ans dû à l'Allemagne. J'ai bien l'intention de m'y soustraire.

Ferdinand ne s'attendait pas à une telle décision de la part de son frère. Cependant les pensées s'enchaînent dans sa tête. Si Augustin refuse le service militaire en Allemagne, il va être contraint de passer en France.

— As-tu pensé aux conséquences de cette décision. Tu seras recherché. Si tu passes en France, ou en Suisse il me sera difficile de te faire parvenir de quoi subvenir à tes besoins. Comment et de quoi vivras-tu ?

Augustin a de suite compris où Ferdinand veut en venir. À l'endroit où lui-même voulait l'amener. Il pressent que la négociation va être âpre.

En outre, rajoute Ferdinand avant que son frère n'ait donné une réponse.

— Il me faudra embaucher un employé pour te remplacer. Tout cela coûte cher.

— J'ai conscience, de la situation dans laquelle tu vas te trouver pour me faire parvenir de quoi subvenir à mes besoins. Aussi, je pense que le mieux, pour nous deux, est que je te vende ma part.

Ferdinand n'espérait même pas, que cette solution soit si rapidement abordée, de plus, sans qu'il ne l'ait sollicitée lui-même.

— Tu te rends compte que cela demande un peu de temps pour faire l'inventaire des biens que nous a légué notre père, et surtout les faire estimer à leur juste valeur.

En réalité, l'un comme l'autre a déjà une idée assez précise de ce que représente l'héritage.

— Cette estimation, a déjà été effectuée lors de notre passage chez le notaire, au décès de notre père.

— C'est exact, mais depuis, la situation a évolué, objecte Ferdinand.

— Il me reste encore presque une année avant d'être invité à rejoindre un régiment. Nous avons largement le temps de régler ce problème, dit Augustin.

— Soit, capitule Ferdinand, et où comptes-tu te rendre. En France je suppose ?

— Oui, en France, J'ai déjà pris quelques contacts avec un négociant de Villerupt. Il est bien possible que je prenne sa succession.

— Tu restes donc dans la profession.

— C'est la meilleure solution, de plus, je pourrai commercialiser tes vins.

À la fin du dîner, les deux frères sont parvenus à un accord satisfaisant pour chacun.

**

Ce n'est qu'en mille huit cent quatre-vingt que Ferdinand épouse Mathilde sa fiancée, laquelle apporte en dot la propriété viticole située en France, dans le Sud-Ouest, à Saint Pierre d'Aurillac, dans la région de Langon.

Elle en a hérité à la mort de sa marraine dont le couple n'a pas eu d'enfant. C'est bien, mais il ne lui est pas aisé de se rendre dans cette région. Des difficultés pour quitter le territoire, lui sont faites par l'occupant, motivées par ses activités politiques.

En attendant, la propriété est gérée par un homme de confiance, Mathurin Largeau, ce qui ne convient pas à Ferdinand. Il le trouve trop jeune, de plus, ce n'est pas lui qui l'a choisi. N'ayant pas la possibilité de faire autrement, il s'en accommode. C'est donc Mathilde, qui lorsque c'est nécessaire, se rend dans le Sud-Ouest. Elle en revient toujours enchantée.

Du couple de Ferdinand, naissent un garçon Cyprien en mille huit cent quatre-vingt-cinq, et tardivement en mille huit cent quatre-vingt-quinze, une fille Marie Henriette, surnommée Mariette.

Les affaires marchent bien, et, aux environs de mille neuf cent trois, n'ayant pu réaliser l'achat d'une magnifique maison bourgeoise qui jouxte sa propriété, Ferdinand se résout à faire rénover et installer le confort moderne dans la ferme de Turckheim. Il décide d'y résider avec sa famille. Pour réaliser ces transformations selon ses désirs, il se trouve contraint de déménager la cave et le pressoir pour récupérer le rez-de-chaussée, et le transformer en salon, salle à manger, cuisine et autres pièces de service.

La cave et le pressoir sont alors installés à la place de la grange, qui elle, s'installe à l'extérieur de l'enceinte de la ferme, dans un bâtiment tout neuf. Il a pris cette décision en raison de l'augmentation du volume de ses affaires, et l'appartement qu'il y occupait est désormais, en partie, transformé en bureaux. Ils effectuent chaque jour le trajet à l'aide d'un cabriolet attelé d'un seul cheval, une bête très docile, bien mal nommée, Brutus.

***

Schiller, le tonnelier, est décédé, son épouse trop âgée pour s'occuper de l'affaire est venue s'installer chez sa fille. Elle ne survit que quelques mois à son mari. Mathilde hérite d'un nouveau bien, Ferdinand en assure la gestion. Ce dernier, au décès de ses parents, s'était endetté pour racheter la part des affaires à son jeune frère Augustin, parti en France, ouvrir un autre négoce de vins à Villerupt. Cette dette remboursée, ils se trouvent à la tête de biens conséquents, le commerce et la vigne sont d'un bon rapport.

Il possède un compte à la Société Générale Alsacienne de Banque, mais aussi un autre compte ouvert dans une banque de Bordeaux. C'est sur ce dernier qu'il verse les revenus de la propriété dont Mathilde a hérité.

Chaque fois que cela lui est possible, il règle à partir de la banque Alsacienne des fournitures et frais divers afférents à la propriété de Saint Pierre d'Aurillac et fait figurer ces dépenses sur l'exploitation de Turckheim. S'agissant de deux exploitations viticoles, les besoins sont très proches. Pendant ce temps, à la banque bordelaise, le compte se gonfle. Ferdinand agit ainsi par simple principe de frauder le Trésor allemand, c'est l'une de ses manières de protester.

4

Depuis leur victoire sur la France, les Allemands ont mis en place leurs fonctionnaires. À Colmar, le Bezirkspräsident, l'équivalent d'un préfet, vient d'être rappelé à Berlin. Son remplaçant, Manfred Von Querbecke, est nommé le trente janvier mille neuf cent trois.

Bien que ses bureaux soient situés en centre-ville, il préfère installer sa résidence familiale en campagne. Il choisit la petite commune de Turckheim. Il s'agit d'une grande maison bourgeoise, entourée d'un vaste parc arboré. Elle est située sur les coteaux de la route des Trois Épis, et jouxte directement la propriété viticole où Ferdinand vient de s'installer depuis quelque temps avec sa famille.

Ce voisinage n'est pas de son goût, car il avait des vues sur cette résidence. En effet, il était en pourparlers avec son propriétaire, et pensait, en faisant durer la négociation, en faire baisser le prix. L'empire allemand, lui, n'est pas chiche sur le loyer pour loger ses serviteurs. De ce fait, les pourparlers sont en suspens jusqu'à une date inconnue, tant que l'intrus sera là.

***

Manfred Von Querbecke est le père d'un jeune garçon prénommé Ludwig. Il a dix ans, pour Mariette, qui n'en a que huit, c'est un grand. Les enfants fréquentent les mêmes établissements scolaires. Ils demeurent à proximité l'un de l'autre, et souvent, ils se retrouvent sur le chemin de l'école.

Des liens d'amitié se créent entre les deux jeunes gens, qui n'y voient pas le moindre mal. En effet, nés après la guerre de mille huit cent soixante-dix, qui a vu la défaite de la France, et l'occupation de l'Alsace et d'une partie de la

Moselle par l'Allemagne, ils se sentent totalement étrangers aux motivations de leurs anciens.

Ferdinand tente de limiter la fréquentation de Mariette et Ludwig, mais comment expliquer à une enfant de huit ans, qu'elle ne peut partager ses jeux avec son petit voisin, sous le seul prétexte qu'il est allemand d'origine ? Il craint fort que Mariette, avec la spontanéité de son âge, ne laisse échapper un mot qui pourrait éclairer le Bezirkspräsident sur ses sentiments antiallemands.

La position, occupée par ce haut fonctionnaire, l'incite à la prudence. Il est préférable de ne pas fâcher cet influent voisin. Ludwig et Mariette ne sont après tout que des enfants. Elle n'a connu que cette situation de sujet allemand. L'ancienne génération d'avant mille huit cent soixante-dix commence à disparaître. Cela fait plus de trente ans que la France a perdu cette guerre. Ferdinand, par contre, n'oublie pas sa décevante aventure, l'humiliante défaite de Sedan qui l'a terminée, et encore moins son pénible séjour dans les rangs de l'armée allemande.

***

Ferdinand, au fil des ans, se laisse gagner par le besoin de posséder toujours davantage. Il s'accroche aux biens amassés dans la famille par le biais des alliances et des héritages. C'est presque viscéral, aussi s'efforce-t-il de faire bonne figure, et de se montrer sous un jour avenant à ce voisin, à qui pourtant il pardonne difficilement de lui avoir soufflé, à son nez et à sa barbe, la belle demeure qu'il convoitait.

De par ses fonctions, Manfred Von Querbecke est parfaitement informé des activités politiques à tendances autonomistes, où Ferdinand commence à avoir une certaine influence. À plusieurs reprises, des rapports, sur les réunions de ce parti, tout juste toléré, sont parvenus jusqu'à son bureau. Il n'a pas jugé utile d'y donner suite.

Cyprien est âgé de dix-huit ans maintenant. Il n'apprécie pas non plus le voisinage de Ludwig, et lorsqu'il vient à la ferme, pour rendre visite à Mariette, c'est toujours avec un certain dédain, qu'il annonce à voix basse à son père :

— Le petit boche est là !

Mathilde le sermonne, et l'invite à plus de discrétion.

— Si Ludwig entend, et rapporte ces propos à son père, il est certain que la qualité de notre voisinage s'en trouverait compromise. Ce genre de situation conflictuelle, nous ne pouvons pas nous le permettre.

— Ta mère a raison, insiste Ferdinand, soit prudent dans tes propos.

— N'empêche insiste Cyprien que c'est un petit boche.

Souvent, Ludwig attend Mariette pour faire ensemble le chemin de l'école. Il arrive parfois que Manfred Von Querbecke les conduise avec sa voiture. Ferdinand, pour ne pas être en reste, à contrecœur, fait la même chose.

Les relations des hommes se résument à ces transports d'enfants. Les opinions politiques de Ferdinand, ne lui permettent pas de se rapprocher de Manfred. Pour ce dernier, c'est encore plus simple, sa position de fonctionnaire du Reich, lui en fait presque une interdiction.

***

Les années passent, et les enfants partagent les mêmes jeux, puis, deviennent des adolescents, leur amitié peu à peu se transforme en un sentiment plus tendre, ils se promettent mille choses. Bref, ils s'aiment. À partir de cette époque, bien que leurs parcours diffèrent, ils continuent à se rencontrer. Ludwig entre dans une école militaire où il fait de brillantes études. Mariette prend des cours de gestion et comptabilité. Son père attend d'elle, une participation à l'administration de son négoce de vins, où son fils aîné est déjà employé.

Cyprien a aménagé dans la partie restée libre du logement de ses parents, au-dessus du magasin. Il est toujours célibataire et craint bien de le rester encore longtemps. Il y a déjà deux années de cela, alors qu'il avait rendu une visite à son grand-oncle Gaston, sur la coupe de bois, des pentes du Hohneck, il avait eu la prétention de descendre un chargement de bois jusqu'à la scierie.

On ne s'improvise pas schlitteur. La manœuvre de ce traîneau très lourd est dangereuse. Sourd aux mises en garde de son parent, Cyprien a persisté dans son intention de faire une descente. Tout s'est bien passé jusqu'au dernier virage.

Le traîneau prenait de la vitesse. Fort heureusement, l'oncle Gaston, prévoyant le manque d'expérience de Cyprien, avait pris la précaution de le faire assister de l'un de ses meilleurs schlitteurs, qui à l'arrière du traîneau, à l'aide d'une solide corde, pouvait en ralentir la course si nécessaire.

Le pied de Cyprien rata un rondin sur lequel il était censé s'appuyer. Dans un réflexe, il se jeta sur le côté, pas assez vite pour éviter que sa jambe droite ne soit cruellement prise sous le patin de l'engin. L'homme de manœuvre, lui, s'en tirait sans dommage. Sans sa présence, il ne fait aucun doute que Cyprien ne fût écrasé sous le poids du chargement. Le traîneau terminait sa course au fond du ravin.

La fracture fut incorrectement soignée, et Cyprien ne retrouva jamais l'usage complet de sa jambe. Cette blessure lui valut en mille neuf cent cinq, d'être dispensé du service militaire, il boitait. Lui qui à l'image de son père, était antiallemands, ressentit pourtant, cette décision d'inaptitude comme une humiliation. Son caractère devint ombrageux, renfermé. Ludwig, surtout lui inspirait une jalousie irraisonnée.

L'enfant d'autrefois devenait, au fil du temps, un jeune homme de belle prestance. Cyprien à part sa jambe abîmée, n'avait pourtant pas à se plaindre de son aspect physique. Mais la jalousie a-t-elle besoin de bonnes raisons pour naître ?

Il n'a pourtant aucune excuse logique d'être ombrageux, en effet, les affaires marchent très bien. La tonnellerie voisine apporte des bénéfices substantiels. Des placements judicieux font des Worms une famille largement à l'abri du besoin.

Le modernisme aidant, Ferdinand a fait l'acquisition en mars mille neuf cent douze de l'une des premières Mercedes, le modèle 37-95. Son moteur de quatre-vingt-quinze chevaux est capable d'entraîner ses mille neuf cent cinquante kilogrammes à la vitesse de pointe de cent quinze kilomètres heure. Il est très fier de cette marque de réussite.

Issu d'une bonne famille, Ludwig reçoit une éducation conforme aux mœurs de l'époque. Entre autres, son père lui fait apprendre le violon. Il s'agit d'un instrument de bonne facture qu'il a fait venir spécialement d'un atelier de Mirecourt dans les Vosges voisines. Ceci n'est pas pour lui déplaire, et, pour charmer Mariette, il lui arrive de lui jouer quelques airs à la mode. Un jour, pour épater la jeune fille, il lui joue un air de sa composition qu'il intitule, L'ode à Mariette. Séduite, elle l'écoute avec beaucoup d'attention, puis coquette, elle le redemande souvent, au point qu'elle en connaît la mélodie par cœur.

***

Premier juin mille neuf cent douze, ça y est, la cérémonie de remise des galons vient de se terminer à l'école militaire de Lichterfelde, dans la banlieue de Berlin, où Ludwig, après son passage à l'école des Cadets de Postdam, a poursuivi sa formation.

Ses parents sont présents. Manfred est fier de sa progéniture. Inge son épouse, émue, essuie discrètement, à l'aide de son mouchoir, une larme, qui perle au coin de ses yeux. Tout le monde est rassemblé dans la cour d'honneur, élèves et instructeurs, parents et amis. Les discussions sont animées au sujet des affectations de chacun.

Ludwig a obtenu un bon classement, il est versé au régiment bavarois stationné à Colmar. Dans son bel uniforme de parade, il bombe le torse, tourne la tête à droite, puis à gauche, de nouveau à droite, comme si les galons, tout neufs, de Lieutenant fraîchement accrochés à ses épaules, allaient tout à coup disparaître. Son père, amusé, le regarde faire avec un sourire à peine voilé.

— Allons, mon grand, tu les as enfin, ces galons, mais, tu sais, ce n'est que le début. Il faudra te remettre en question, chaque fois que tu voudras obtenir les suivants et qui sait, peut-être jusqu'à ceux de général.

Les pensées de Ludwig à ce moment ne sont plus fixées sur une fin de carrière flatteuse. Elles sont déjà à Turckheim, où est restée Mariette. Pour la énième fois, il questionne son père.

— Comment va-t-elle ? Tu la vois de temps en temps. Je regrette que son père n'ait pas voulu la laisser venir à la cérémonie, cela m'aurait fait un grand plaisir.

— Oui, reprend Manfred, je la rencontre assez souvent, elle demande toujours de tes nouvelles, et je lui fais remettre par les servantes, les lettres que tu me confies pour elle. Son vieux filou de père, ne les lui donnerait pas si tu les adressais directement chez elle.

— Je l'aime. Je suis sûr de mes sentiments, et je désire l'épouser. Je sais bien que les activités politiques de son père ne te conviennent pas. Mais, si je l'épouse, je demanderai à quitter le régiment bavarois de Colmar où je suis affecté, et en solliciterai un autre plus éloigné.

— Tu es un bon fils, reprend Manfred, mais je doute fort que le père Worms te donne sa fille sans rechigner. En tous les cas, puisque tu l'aimes et si elle partage tes sentiments, tu as tout mon soutien.

— C'est une jeune fille sage, rajoute Madame Von Querbecke, elle est belle, et instruite. Je pense qu'avec elle, tu seras heureux.

Pour une mère, tout ce qui compte, c'est le bonheur de son enfant. Pour moi, les activités politiques de son père n'ont aucune importance.

Ludwig est heureux du soutien de ses parents. Il se sent plus fort pour affronter Monsieur Worms. Avant de rejoindre le régiment où il est affecté, il est titulaire d'une permission. Il rentre à Turckheim le soir même. Il se fait fort d'obtenir l'accord de Mariette. Reste à convaincre son père.

***

Joachim Keller, le responsable de l'exploitation viticole, est épaulé dans ses diverses tâches par son fils Jonathan né en mille huit cent soixante-dix-huit. Il a maintenant trente-quatre ans. Bien que marié depuis plusieurs années à Marie-Anne la fille d'un journalier du village, le couple n'avait jusqu'à ce jour pas réussi à procréer. Aussi, tenaient-ils jalousement caché le ventre de Marie-Anne qui s'arrondissait de jour en jour. Lorsqu'il ne fut plus possible de dissimuler cette grossesse, c'est du bout des lèvres, par superstition sans doute, qu'ils se décidèrent à en parler. Elle fut alors l'objet de toutes les attentions. Perrine, prenant pour elle-même les travaux les plus pénibles.

La joie se lisait sur le visage et dans les yeux de Joachim et de son épouse. Enfin, ils allaient avoir un petit être à dorloter.

Hans est né le huit juillet mille neuf cent douze.

Perrine Keller est chargée de s'occuper de la maison. Chez les Worms depuis de nombreuses années, elle a servi de nourrice à Mariette. Elle est la confidente de ses peines et de ses joies. Mathilde, trop occupée à seconder Ferdinand, entre le négoce de vin, et la tonnellerie léguée par son père, n'est pas assez disponible pour consoler ses peines d'enfants, puis les années passant, les petits bonheurs, et tourments de l'adolescence.

Elle ne s'est jamais aperçue de l'amour que sa fille porte à leur jeune voisin. Perrine, par contre, n'en ignore rien. Lorsqu'elle se trouve seule avec Mariette, ce sont de longues discussions. Elle le sait bien, elle, que Mariette bout d'impatience en attendant le retour de Ludwig. Même si elle ne le lui a pas dit, son amour transparaît à travers tous les mots qu'elle prononce le concernant.

À maintes reprises, Perrine a joué la factrice pour lui faire passer les mots doux, qu'il lui envoyait, par l'intermédiaire de Greta, la servante des Von Querbecke. Les deux femmes se rencontrent au marché de Turckheim, ou chez les commerçants. Il leur est facile d'échanger les tendres missives. Perrine se cachait de Cyprien pour les remettre à Mariette. À plusieurs reprises, elle l'avait entendu annoncer la visite de Ludwig par les mots.

— Le petit boche est là !

Depuis qu'il s'est installé au-dessus du magasin, c'est beaucoup plus facile.

Mariette sait, que Ludwig a terminé sa formation militaire et qu'il est rentré à Turckheim la veille. Depuis la fenêtre de sa chambre, elle guette avec anxiété, la carriole de Perrine. Depuis qu'il a acquis une automobile, Ferdinand a abandonné son cabriolet au couple Keller. Ils l'utilisent pour les besoins de la ferme. Brutus, le cheval, a bien vieilli, et la route jusqu'à Colmar devenait pénible. Sitôt qu'elle aperçoit l'attelage, Mariette se précipite à sa rencontre. À peine la voiture est-elle arrêtée devant la porte de la cuisine, qu'elle questionne.

— Alors, tu l'as vu ?

Espiègle, Perrine fait durer le suspense :

— Vu... qui ?

— Mais Greta !

— Non, je ne l'ai pas vue, elle est malade et n'est pas venue au marché aujourd'hui.

Le cœur gros de n'avoir pas de courrier de son amoureux, Mariette sent une boule d'angoisse monter le long de sa gorge. Voyant son trouble, Perrine rajoute.

— Mais, je l'ai vu, lui ! Mon Dieu qu'il est beau. Je comprends qu'une jeune fille puisse en être amoureuse.

Mariette, d'un coup, découvre les tourments de la jalousie.

— Et qui est-ce qui est amoureuse de Ludwig ?

— Mais, c'est toi. Cela se voit à trois lieues d'ici.

— Perrine, ma Perrine, ne me fait pas languir, il t'a donné quelque chose pour moi ?

— Mais, oui, petite amoureuse impatiente.

Tirant de son giron, la missive de Ludwig, elle la tend à Mariette, qui s'en empare d'un geste vif. Embrassant Perrine sur les deux joues, elle s'enfuit en disant.

— Tu es un amour Perrine, je vais la lire dans ma chambre.

Le mot de Ludwig est très court. Demain, à dix heures, route des Trois Épis. Elle n'a pas besoin de plus de détail. Sur la route des Trois Épis se trouve une petite auberge, où, depuis leur adolescence, ils se donnent rendez-vous. Située juste à la sortie de Turckheim, au bas de la première côte, c'est un endroit discret. C'est là que se retrouvent les jeunes gens du pays. C'est là que se nouent ou se dénouent les idylles. C'est là que Ludwig, avant de partir pour son école de Lichterfelde, lui a dérobé son premier baiser.

En riant, Mariette l'avait accusé d'être un voleur, et avait exigé la restitution immédiate du baiser volé. Inutile de préciser que Ludwig n'a pas fait d'histoire pour le lui rendre, et d'autres encore. C'est là, toujours, que se tenant par la main, ils ont échangé les plus tendres promesses.

L'auberge est proche de la ferme, et, en passant par les vignes, Mariette y est en quelques minutes. Elle a attendu que ses parents soient partis à Colmar à bord de leur belle automobile, pour, à son tour, prendre la route des Trois Épis. Ludwig est déjà arrivé, bouillant d'impatience. Il guette Mariette. Dès qu'il l'aperçoit, il s'avance jusque sous la tonnelle pour l'accueillir.

— Ma chérie, tu ne peux imaginer comme je suis heureux de te voir. Si tu savais combien tu m'as manqué. J'ai pensé à toi pendant tout ce temps passé à l'école, sans aucune permission pour venir te serrer dans mes bras.

Tout en lui murmurant ces mots doux à l'oreille, Ludwig serre Mariette contre lui, sans se rendre compte qu'il lui bloque la respiration.

— Arrête, arrête, moi aussi je suis heureuse de te revoir, mais tu m'étouffes. Souhaites-tu m'ôter la vie ?

En déposant un baiser sur ses joues, Ludwig s'excuse.

— Non, non, ma bien-aimée, je veux que tu vives, et que tu sois ma femme. Tu veux bien m'épouser ?

Mariette attendait cette proposition, et, sans réfléchir davantage, elle répond :

— Ho ! Oui, mon chéri, c'est mon vœu le plus cher.

Heureux comme il est possible de l'être à cet âge, ils se dévorent réciproquement du regard. Ludwig propose.

— Veux-tu que nous fassions quelques pas sur la côte ?

— Avec plaisir, cela nous rappellera lorsque nous faisions la course jusqu'à la croisée de la Madone. Je gagnais plus souvent que toi, me semble-t-il.

La croisée de la Madone est distante tout au plus d'un kilomètre de l'auberge, mais la montée est rude. Si Mariette arrivait souvent la première, c'est que Ludwig, pour lui être agréable, lui laissait toujours une confortable avance.

Ce matin, aucun des deux ne court. Bras dessus, bras dessous, ils prennent la direction de la croix au pas de promenade. Chemin faisant, ils font des projets d'avenir.

— Lorsque nous serons mariés, je demanderai une affectation dans un régiment plus éloigné.

— Pourquoi donc ? S'exclame Mariette.

— Je ne voudrais pas créer de problème entre nos parents.

— Tu as sans doute raison, les idées autonomistes de mon père ne coïncident pas avec celles du Bezirkspräsident.

Mariette sait que son père a des activités politiques, mais ne s'est jamais inquiétée de leur nature exacte. Pour elle, c'est un monde inconnu qui ne l'intéresse pas.

— Oui, approuve Ludwig, d'autant plus qu'il est l'objet d'une surveillance de la part de la police allemande.

Mariette étouffe un petit cri et porte la main à sa bouche

— Une surveillance de la police ? Mon père est surveillé par la police ?

— Depuis bien longtemps, confirme-t-il, mais tu sais, les rapports échouent sur le bureau de mon père.

— Et alors ? S'inquiète Mariette.

— Et alors, reprend Ludwig, il reprend ces rapports et en retire tout ce qui peut être gênant pour le tien. Du moins tant que cela ne compromet pas la sécurité de l'Alsace.

Mariette pousse un soupir de soulagement.

Qu'importe, lorsqu'ils seront mariés, elle suivra Ludwig où il ira. Pour l'instant, il faut faire la demande officielle auprès de ses parents, obtenir leur consentement, préparer les consciences.

Pour Mathilde, sa mère, Mariette n'est pas trop inquiète. Absorbée par ses commerces, elle ne s'est jamais beaucoup préoccupée de sa fille. Cependant, elle subit la forte influence de son mari. C'est cela surtout qui alimente ses craintes. Elle les confie à Ludwig.

— Le plus difficile sera de convaincre papa. Je suis mineure, et ne puis me marier sans son consentement.

Ludwig tente de la rassurer.

— Nous proposerons d'abord de nous fiancer, et, si ton père refuse, nous attendrons que tu sois majeure pour nous marier sans son consentement.

Cette solution ne plaît pas à Mariette, car alors, à coup sûr, il faudrait rompre les relations familiales, ce qui lui causerait beaucoup de chagrin.

— Oui mon chéri, tu as raison, mais nous tenterons d'abord de le convaincre. Je vais en parler à maman, pour qu'elle-même aborde la question avec mon père, et le prépare à ta demande. Mais il est presque midi, et il faut redescendre, sinon Perrine va se fâcher si je suis en retard pour le déjeuner.

Pressant le pas, les deux jeunes gens retournent au village. Après un dernier baiser, ils se séparent. Mariette traverse les vignes paternelles, Ludwig, par la route, regagne son domicile. Il a droit à huit jours de permission, à l'issue il doit rejoindre son régiment à Colmar, dans l'une des vieilles casernes dont l'armée de Napoléon III a été chassée en mille huit cent soixante-dix.

Tout l'après-midi, Mariette tente sans succès de fixer son attention sur son ouvrage. Toutes les cinq minutes, ses pensées repartent vers Ludwig. Comment va-t-elle aborder sa mère pour présenter son projet de mariage ? Elle est décidée à rentrer tout de suite dans le vif du sujet. Elle craint, sinon, de s'empêtrer et de perdre ses moyens.

— Maman, je voudrais te parler, c'est important. Oui, voilà comment elle va commencer. Sa mère lui répondra.

— Mais, certainement, allons dans ta chambre, ce sera plus facile.

C'est parti, ensuite, il n'y a qu'à poursuivre.

— Maman, Ludwig m'a demandé de l'épouser. Elle lui répondrait.

— Voilà une très bonne nouvelle, je vais tout de suite en parler à ton père. Il sera d'accord.

C'est sûr, il n'y aura pas de problème, cela se passera tout seul. Tout l'après-midi, Mariette se rassure, elle invente un dénouement heureux à sa demande.

Enfin, l'automobile de ses parents stoppe devant la porte d'entrée. Mathilde en descend en pressant le pas pour entrer. Pendant ce temps, Ferdinand va garer la voiture à côté du pressoir, dans l'ancienne grange. Le cœur battant la chamade, Mariette attend dans l'entrée. Vingt fois, cent fois, elle s'est répété les premiers mots de sa demande. Ceux qui doivent faire tomber l'appréhension, et rendre facile la suite de la conversation. Mathilde pousse la porte d'entrée, et se dirige tout de suite vers sa chambre. Mariette s'élance.

— Maman, je voudrais te parler.

Mathilde ne lui laisse pas le temps de finir sa phrase.

— Pas maintenant ma fille, j'ai une horrible migraine et je vais me coucher. Si c'est important, parles-en à ton père.

— Mais, Mamannnn !

— Non, non, je t'en prie, sois raisonnable et laisse-moi me reposer. Parles-en à ton père.

À ce moment, Ferdinand entre à son tour dans la maison, et entend les dernières paroles de son épouse.

— Que se passe-t-il, de quoi veux-tu me parler, Mariette ?

Désemparée par l'échec de son plan, Mariette, sur le point de pleurer, répond.

— Rien, c'est à Maman que je voulais parler, mais elle a la migraine.

Ferdinand, habitué aux indispositions migraineuses de son épouse, et à la sensibilité de Mariette, pense que cette dernière désirait parler de problèmes particuliers aux femmes, et n'insiste pas.

— Ce n'est pas grave, tu lui parleras demain. En attendant, allons voir ce que Perrine a préparé de bon ce soir pour le dîner.

Le cœur gros, Mariette passe à la salle à manger où Ferdinand la précède, il demande à Perrine.

— Vous pouvez enlever le couvert de mon épouse, elle est souffrante, et ne dînera pas.

Tout en faisant le service, Perrine observe Mariette. Elle ne touche presque pas aux aliments, et sitôt le dessert avalé, elle prétend être fatiguée, pour aller s'enfermer dans sa chambre. Là, elle se jette sur son lit, par un effort de volonté, elle retient les pleurs qui lui montaient aux yeux.

L'établissement scolaire où elle est pensionnaire est fermé, c'est la période des grandes vacances. Ceci ne l'empêche pas, élève studieuse et volontaire, de faire des révisions chez elle. Pour tromper son chagrin, jusque tard dans la nuit, elle se plonge dans ses livres et ses cahiers.

L'année scolaire qui vient est la dernière, elle sera sanctionnée par la délivrance d'un diplôme, pour celles qui auront passé les épreuves avec succès. Elle s'est juré d'avoir un bon classement.

C'est pour Ludwig qu'elle veut être brillante, elle sera l'épouse d'un officier. Elle désire lui faire honneur, qu'il soit fier d'elle comme elle est fière de lui. Brisée de fatigue, elle se couche lorsque les coqs du voisinage commencent à chanter pour annoncer l'aurore.

Lorsqu'elle se réveille, ses parents sont déjà partis à Colmar. À la cuisine, son bol est prêt sur la table. Perrine a fait griller des tartines de pain, une motte de beurre et un pot de confiture de mirabelles n'attendent que son bon vouloir. Le pot au lait est au chaud sur l'imposante cuisinière qui trône au milieu de la vaste pièce.

La vieille servante est occupée à éplucher des légumes pour le déjeuner. À l'arrivée de Mariette, elle se retourne.

— Bonjour ! Mariette, tu as bien dormi ? Cela n'allait pas bien fort hier au soir, tu n'as rien mangé.

— Bonjour ! Perrine, non, cela n'allait pas très fort. Je voulais parler avec maman, mais, encore une fois, elle avait la migraine. C'était important pour moi.

— Je ne crains pas d'être indiscrète, dit Perrine, je pense que c'est au sujet de Ludwig. Depuis le temps que Greta et moi faisons les factrices, je ne doute pas que vous ayez des idées d'avenir tous les deux ?

Alors que Mariette est occupée à beurrer une tartine de pain grillé, tout en discutant, Perrine empoigne le pot au lait, et emplit son bol.

— Oui, reprit Mariette d'une toute petite voix, il a terminé sa formation d'officier, et il est affecté au régiment bavarois de Colmar.

Perrine connaît bien Mariette, certainement mieux que Mathilde, sa propre mère. Sans en avoir l'air, elle la pousse à se livrer.

— C'est très bien, vous allez pouvoir vous rencontrer plus facilement. Du moins, on peut le supposer !

Après avoir avalé une bouchée de sa tartine, Mariette répond.

— Il m'a demandé de l'épouser.

Perrine a une petite moue, dubitative, et reprend.

— Je m'en doutais.

— C'est pour cela que je voulais parler à maman, parce que papa, ce n'est pas aussi facile, et je voulais qu'elle le prépare à la visite de Ludwig et de son père.

À ce moment, en étouffant une larme, elle s'enfonce dans le giron de Perrine. Cette dernière, plus émue qu'elle ne le voudrait, la console de son mieux.

Mariette passe toute la journée plongée dans ses études, pour s'empêcher de penser à Ludwig, qui attend de savoir comment s'est déroulée l'entrevue avec sa mère. Si, la veille, elle a tourné court, elle espère que ce soir elle pourra avoir lieu.

Bien que les commerces de ses parents ne soient éloignés de la ferme, que d'une dizaine de kilomètres, ils ne rentrent pas à la maison prendre le repas du midi. Ils ont pris l'habitude de déjeuner soit, à l'auberge des Trois Épis, soit avec Cyprien, dans son appartement. Lorsqu'ils se déplaçaient avec le cabriolet, tiré par Brutus, le temps de trajet était trop long. Maintenant qu'ils ont une automobile, ils ont gardé cette disposition. Mariette reste seule à la maison où Perrine lui prépare ses repas.

Ce n'est pas un jour de marché, et elle ne peut faire passer un courrier par l'intermédiaire des servantes. La journée s'étire interminable, elle a beaucoup de peine à fixer son attention sur ses études. Elle compte toutes les heures qui sonnent à la grande pendule du salon, puis enfin, elle entend la voiture qui s'arrête devant la porte d'entrée. Sans perdre un instant, elle se précipite au-devant de sa mère, avant qu'elle n'aille dans sa chambre.

— Maman, maman, je voudrais te parler de quelque chose d'important.

— C'est si important que cela, et ne peut attendre le repas ? Nous en parlerions en dînant.

Tout à coup, Mathilde s'inquiète, qu'a donc Mariette de si important ? Elle ne l'a pas vue grandir, toujours occupée par son commerce. Et si elle avait fait une bêtise ? Elle accepte.

— Bon, d'accord, allons dans ta chambre.

Dès que la porte se referme derrière les deux femmes, Mariette, tout à coup, ne trouve plus ses mots. Les belles phrases convaincantes qu'elle avait imaginées ne viennent plus.

— Bon, alors, je t'écoute, que se passe-t-il ?

Mariette est déstabilisée, sa belle confiance a disparu. En rougissant, elle balbutie.

— Je… je voudrais me marier.

Pendant quelques secondes, Mathilde reste sans voix.

— Tu n'y penses pas à ton âge, tu n'as même pas terminé tes études, puis, s'apercevant enfin que Mariette est devenue une femme, elle rajoute, j'espère que tu n'as pas fait de bêtise, tu as eu tes règles ce mois-ci ?

Choquée par cette question, qui est presque une accusation, Mariette, blessée par cette maladresse, dissimule sa peine derrière un sourire, et très calme, répond.

— J'ai eu mes règles, maman. Je suis quelqu'un de sage. Je pensais que tu le savais, et m'accordais ta confiance.

Mathilde se rend compte qu'elle a vexé sa fille, mais, trop orgueilleuse pour le reconnaître et tenter de se rattraper, elle fait semblant de rien.

— Je peux savoir quel est l'élu de ton cœur ?

Mariette hésite, une fraction de seconde, puis, voyant que sa mère s'impatiente, elle se jette à l'eau.

— C'est Ludwig, il a terminé sa formation militaire, et maintenant, il est Lieutenant au régiment bavarois de Colmar.

— Comment ? Ludwig Von Querbecke, le fils du Bezirkspräsident ! Tu n'y penses pas, Mariette. Jamais ton père ne donnera son consentement. Il va être furieux.

Tu connais ses opinions politiques, il ne supporte pas la présence des Allemands chez nous.

— Mais maman, nous aussi, nous sommes allemands.

— Ah ! Non, ce n'est pas la même chose. Nous sommes devenus allemands, contraints, et forcés par les armes. Ensuite, ton Ludwig est militaire. Sais-tu que ton père s'est battu contre eux en mille huit cent soixante-dix ?

Sans s'en rendre compte, Mathilde a élevé la voix. Ferdinand revient de ranger la voiture et se rend à la salle à manger. En passant devant la porte de la chambre de Mariette, il perçoit la dernière phrase de Mathilde. Intrigué, il frappe, et entre avant d'y être invité. Il s'adresse à son épouse.

— Pourquoi racontes-tu à Mariette que je me suis battu contre les Allemands en mille huit cent soixante-dix ? Elle n'a pas besoin de le savoir.

— Je le raconte, car elle veut se marier avec l'un d'entre eux !

Ferdinand reste sans voix. Mariette, se marier ? Elle a juste dix-sept ans et n'a même pas terminé ses études. Avec un boche en plus, ce n'est pas possible. Il fallait y mettre bon ordre. À son tour, il questionne.

— Je suppose que c'est l'un de ces matamores bavarois qui parade en ville.

Mariette n'ose pas répondre. C'est Mathilde qui reprend.

— Oui, c'est le petit boche.

Ferdinand est furieux, il explose :

— Comment, le fils Von Querbecke, ce n'est pas possible, comment peux-tu nous faire cet affront ?

Mariette apprend ainsi que son bien-aimé, est surnommé par sa famille, Le petit boche. Nouveau coup au cœur après les doutes de sa mère sur sa virginité.

Dans un sursaut d'orgueil, elle répond :

— Oui, c'est lui ! Même si vous l'appelez, Le petit boche. Je l'aime, lui aussi il m'aime, et il m'a demandé de l'épouser.

N'importe qui d'autre que Ferdinand aurait donné son accord. La situation sociale de la famille Von Querbecke est enviable. Mais lui n'a pas digéré la défaite de Sedan. Sa rancune envers l'occupant n'a pas faibli. Lui, qui est membre dirigeant du mouvement autonomiste, ne peut se résoudre à laisser sa fille épouser un Allemand, sans avoir le sentiment de trahir sa cause. Il est prisonnier du carcan qu'il s'est lui-même passé au cou.

Par contre, comment refuser cette union sans se mettre à dos le père de Ludwig ? Il va falloir finasser, faire durer. C'est cela, gagner du temps. Laisser pourrir la situation en évitant au maximum de s'engager.

— Nous reparlerons de tout cela plus tard. J'ai besoin de réfléchir. En attendant, c'est l'heure de dîner.

Mariette ne sait quelle attitude adopter. Considérer la réponse de son père comme une acceptation envisageable, ou bien l'inverse ?

Dès le lendemain, jour de marché, elle s'empresse de faire connaître à Ludwig qu'elle a parlé à ses parents, mais qu'ils n'ont donné aucune réponse, et demandent à réfléchir ! À son retour, Perrine est porteuse d'un courrier lui donnant rendez-vous à l'auberge habituelle, sur la route des Trois Épis, pour le jour même à quatorze heures.

Sitôt le déjeuner avalé, par le chemin à travers les vignes, Mariette se rend à l'auberge, où Ludwig est déjà arrivé. Tout en se promenant, elle lui explique comment s'est passée l'entrevue, mais ne dit rien sur la question de virginité posée par sa mère. Sa pudeur le lui interdit. De même, mais, cette fois par amour, elle ne dévoile pas à Ludwig qu'ils l'ont surnommé, Le petit boche. Alors qu'ils atteignent la croix de la Madone, Ludwig propose.

— Crois-tu que si je demande à mon père de rendre visite au tien, il ne se sentirait pas obligé d'être bien plus précis dans sa réponse que, J'ai besoin de réfléchir ?

— Je ne sais pas, il me semble réticent à dire franchement si notre union lui convient. En tous les cas, je vais en parler tous les jours. Nous verrons bien sa réaction, s'il se décide et donne une réponse claire.

— Oui ma chérie, tu as raison, et, si sa réponse est négative, je t'enlève et nous irons nous marier en Bavière où résident mes grands-parents.

— Mais, non, nous ne pouvons pas faire cela. Tu aurais des ennuis avec tes supérieurs, peut-être t'enverraient-ils dans une garnison lointaine, et moi je serais obligée de retourner chez mes parents.

— Tu as raison, le plus simple est de le contraindre à répondre.

Tout en parlant, ils ont atteint la croix de la Madone. Avant de faire demi-tour, Mariette veut faire une prière pour que la sainte exauce son vœu. Élevée dans la foi catholique, elle est pratiquante. Pour rien au monde, Ferdinand ne manque l'office du dimanche, auquel il entraîne femme et enfants.

5

Ludwig, dont la permission tire à sa fin, s'est confié à son père, sur la réponse floue, des parents de Mariette. Il faut débloquer la situation. Habitué aux roueries de la diplomatie, il a échafaudé un plan.

Manfred Von Querbecke, lui, est de culte protestante, mais rien ne l'oblige à rentrer à l'église pour rencontrer Ferdinand. Il suffit de l'attendre, dissimulés non loin de sa voiture, s'avancer vers lui lorsqu'il s'approche, et feindre la rencontre fortuite.

Il a préféré cette solution, à celle de solliciter une entrevue formelle auprès des parents de Mariette, ce qui l'aurait mis dans la position de demandeur. Situation qu'il souhaite éviter.

Mariette est informée de la manœuvre. À peine sortie de l'église, du haut des marches, elle fouille les environs du regard, à la recherche de Ludwig. Ce faisant, elle marque un temps d'arrêt. Cyprien qui arrive derrière elle la pousse en grognant.

— Tu rêves ma pauvre Mariette, et tu gênes les gens qui veulent sortir.

— Excuse-moi Cyprien, répond Mariette, j'attendais papa et maman.

— Ils sont justes derrière nous, dit Cyprien de mauvaise humeur.

Réunie au bas des marches de l'église, toute la famille se dirige vers la voiture garée non loin de là.

À ce moment, Manfred et Ludwig se dirigent à leur rencontre comme prévu. Mariette les aperçoit, elle sent son cœur battre plus vite. Cyprien les remarque à son tour, il commente à voix basse.

— Tien voilà le petit boche, et avec son père en plus !

Vexée de cette remarque gratuite et déplacée, Mariette se maîtrise pour ne pas remettre son frère en place. D'ailleurs, il est trop tard. Les deux groupes sont sur le point de se croiser. Ludwig, le premier salue la famille Worms.

— Bonjour, Monsieur Worms, mes hommages Madame, salut, Cyprien, bonjour, Mariette.

— Bonjour, Ludwig, bonjour Monsieur Von Querbecke, répond Ferdinand, qui s'oblige à serrer la main qui lui est tendue.

Il tente d'éviter la discussion qu'un sixième sens lui fait pressentir. D'autant plus qu'en pleine rue, tout le monde peut le voir. Il est hors de question de se laisser aller à un mouvement d'humeur, ou de hausser le ton avec un interlocuteur comme Manfred Von Querbecke. Ce dernier engage la conversation.

— Monsieur Worms, quel plaisir de vous rencontrer. Bien que voisins, nous n'avons pas souvent l'occasion de nous voir. Je suis heureux de constater que vous semblez en forme, ainsi que votre petite famille. Madame est resplendissante, et Mariette de plus en plus jolie.

Sous le compliment, les deux femmes rosissent de plaisir. Ferdinand commence à comprendre qu'il est tombé dans un traquenard. Il n'est pas possible que cette rencontre soit le simple fait du hasard. Cyprien s'efforce de paraître aimable, il connaît les hautes fonctions de son voisin. Mariette et Ludwig se regardent sans rien dire, mais avec au fond des yeux une lueur complice. Ferdinand est obligé de répondre.

— Je vous remercie, Monsieur Von Querbecke, grâce à Dieu, tout le monde se porte bien. Je constate que vous n'avez rien à nous envier, et semblez aussi en très bonne forme. Mariette nous a expliqué, que Ludwig avait terminé sa formation, et était sorti de l'école d'officiers avec un bon classement.

À peine, Ferdinand a-t-il terminé sa phrase, que, mentalement, il se traite d'imbécile. C'est lui qui ouvre la voie à la discussion qu'il veut éviter. Manfred Von Querbecke est aux anges. Il n'en demandait pas tant, aussitôt il s'engouffre dans la brèche ouverte.

— En effet, il a beaucoup travaillé, et a reçu la récompense de ses efforts. Je pense qu'il peut prétendre à une carrière intéressante.

À ce propos, il m'a fait part d'un projet d'avenir. Un projet où votre fille Mariette occupe la première place. Mon épouse et moi-même serons très heureux de l'accueillir dans notre famille. Si, bien sûr, vous n'y voyez pas d'obstacle.

Cyprien n'était pas informé de ce désir d'union. Il faillit prendre la parole, mais un regard de Ferdinand le cloue sur place. N'empêche, le petit boche veut épouser sa sœur. Alors ça, il ne peut l'admettre. Après quelques secondes passées à remuer la tête, faire des roulements d'épaules, et piétiner, Ferdinand reprend.

— Oui, je sais, Mariette nous en a parlé. Je lui ai répondu qu'il fallait réfléchir avant de prendre une décision qui engage toute une vie. Elle est encore jeune, à peine dix-sept ans, et puis elle n'a pas terminé ses études. Je souhaite lui confier des responsabilités dans mes affaires.

Un militaire est appelé à de fréquentes mutations, dans des villes lointaines, à l'étranger parfois. Je pense qu'il est plus sage de patienter quelque temps et de parler mariage lorsque le moment sera venu.

Ferdinand se remet en marche vers sa voiture, espérant, par-là, faire comprendre à Manfred et Ludwig, sans les vexer, que la discussion est close. Manfred, en se déplaçant légèrement, lui barre la route. En lui-même, il se dit. Le gredin, il tente de fuir puis il reprend.

— Certes, nos enfants sont jeunes, et il est peut-être prématuré de parler mariage dans l'immédiat. À mon avis, si la proposition vous convient, il semble raisonnable qu'une période de fiançailles, disons de quelques mois, voire une année, précède les noces.

Ferdinand se sent piégé, la situation lui déplaît, mais il ne désire pas attaquer de front Von Querbecke, qui est un puissant personnage, mais, en même temps, il cherche le moyen de lui refuser sa fille pour son fils. De nouveau, il tente de tergiverser.

— Je pense aussi qu'une période de fiançailles est souhaitable, nous pourrons en reparler plus tard.

Le misérable, pense Von Querbecke, en reparler plus tard. Et quand ? Mille Dieux, il se dérobe encore. Il reprend,

— Je constate avec plaisir que vous abondez dans mon sens. De plus, pendant cette période, Mariette pourra s'initier à vos affaires, qui, si j'en crois mes services, sont pour l'instant florissantes.

Le gueux pense Ferdinand, le voilà rendu aux menaces. Pourquoi, pour l'instant ? Cela veut dire quoi ? Il peut me couler ? Me faire enfermer pour mes idées autonomistes ?

— J'espère bien qu'elles vont continuer à être florissantes. Après tout, je désire laisser du bien à nos enfants.

Von Querbecke, pense. Enfin, il lâche du lest, il dit nos enfants, donc il inclut Ludwig. Avant qu'il ne puisse répondre, Ferdinand poursuit.

— Il y a encore un point que j'aimerais aborder, c'est celui de la foi chrétienne. Il me semble que vous ne pratiquez pas de la même manière que nous. Cela me gêne beaucoup.

Ferdinand, en évoquant ce problème de religion, espère décourager Von Querbecke. Ce dernier se dit. Le gredin, il tire sa dernière cartouche. Il reprend.

— Monsieur Worms, j'ai souvenir que votre bon roi Henri IV, pour accéder au trône de France, a accepté le baptême. Croyez bien que je ne vois aucun inconvénient, et Ludwig non plus, à ce que par amour, la plus belle des choses au monde, il imite votre ancien souverain. Il peut quitter le temple pour l'église, pour nous, c'est toujours, la maison de Dieu.

Ferdinand ne trouve rien pour contrer cette réponse. Il ne peut qu'acquiescer. Voyant qu'il a fait mouche, Von Querbecke poursuit.

— Mon épouse et moi-même, serions très heureux de faire plus ample connaissance. Vous nous feriez honneur en acceptant d'être nos invités pour une petite collation cet après-midi, disons vers seize heures, le temps que Greta prépare quelques douceurs.

Ferdinand sent qu'il ne peut éluder cette invitation sous peine de froisser Von Querbecke. Il tente cependant d'y échapper.

— Je ne voudrais pas déranger, Madame, votre épouse un dimanche, jour du Seigneur.

— N'ayez aucune crainte, vous ne la dérangerez nullement, elle vous tient en grande estime, au contraire, elle sera heureuse de vous recevoir.

— C'est entendu, nous vous rendrons visite cet après-midi.

***

Sitôt que Ludwig et son père se sont éloignés, et que la famille Worms est installée dans la voiture, Cyprien ne peut s'empêcher de commenter le projet d'union de sa sœur.

— Alors, comme cela, ma petite sœur est amoureuse du petit boche ? Tu veux devenir toi aussi une boche, et faire plein de petits boches ? Il ricane, fier de son humour discutable.

Cette sortie n'est pas du goût de sa mère, laquelle, entre-temps, a réfléchi que Ludwig est, malgré tout, un parti enviable pour sa fille.

— Cyprien, il est inutile d'être désagréable avec ta sœur en étant grossier, alors, garde tes remarques au fond de ta poche.

— D'accord, Maman, reprend Cyprien, mais n'empêche que Mariette, désormais, est une petite boche ou presque.

Mariette, désolée de la réaction primaire, bête et méchante de son frère, préfère ne rien dire. Ferdinand soutient son épouse.

— Cyprien, ta mère t'a demandé de te taire, et garder tes commentaires pour toi.

Le reste du trajet jusqu'à la ferme se fait sans que personne ne prenne la parole. Sur le siège arrière, Mariette est d'un côté, Cyprien de l'autre, la regarde d'un air moqueur. Il fredonne, en passant par la Lorraine, une comptine qui se veut protestataire à la présence allemande en Alsace.

Le déjeuner se déroule dans une ambiance lourde. Cyprien, malgré les rappels à l'ordre de sa mère, est désagréable avec Mariette, qu'il nomme, la boche, chaque fois qu'il s'adresse à elle. Bouleversée par tant d'agressivité et de bêtise, elle quitte la table avant la fin du repas. Cyprien s'adresse alors à ses parents.

— Vous n'allez quand même pas laisser Mariette épouse le petit boche. Que vont penser nos amis autonomistes, vont-ils crier à la trahison ?

Mathilde tente d'éviter que la discussion n'aille trop loin. En définitive, tout bien pesé, elle est plutôt favorable au mariage avec Ludwig. Elle corrige.

— Cyprien, autonomie ne veut pas dire indépendance, ni même retour à la France. Je connais plusieurs familles qui ne feraient pas tant d'histoires, et seraient heureuses de voir leur fille épouser un officier. Lequel soit dit en passant, est beau garçon, de famille noble et fortunée.

— Si je comprends bien, maman, reprend Cyprien, tu es pour que Mariette épouse le petit boche. Eh bien moi, cela ne me plaît pas d'avoir un beau-frère booooche.

Ferdinand, qui jusqu'à maintenant, écoutait sans prendre part à la conversation, rajoute.

— Moi non plus, cela ne me plaît pas. Je me rends compte, Mathilde, que cela n'est pas ton avis.

— Après tout, dit Mathilde, puisque Mariette et Ludwig s'aiment, il semble plus raisonnable d'oublier ces querelles politiques et de les marier. Une seconde plus tard, elle rajoute après une période de fiançailles bien sûr.

— Oui, reprend Ferdinand, une période de fiançailles. Je suis bien sûr que cet après-midi, chez Von Querbecke, nous aurons droit au choix d'une date.

— Certainement, rajoute Mathilde, mais nous pouvons discuter et la choisir assez lointaine.

— Bien sûr, dit Ferdinand, le plus loin possible, et après, nous ferons durer. Peut-être qu'un événement imprévu nous permettra d'y échapper.

— En tous les cas, rajoute Cyprien, moi je ne viens pas. Je n'ai pas envie de voir le petit boche et son père.

— Si tu imagines que cela me fait plaisir, dit Ferdinand, et bien, tu te trompes de beaucoup. Je vais la repousser au maximum cette date. Et si, entre-temps, la guerre éclate avec la Russie, et qu'il aille se faire tuer là-bas, ce ne sera que mieux.

— Ce n'est pas très chrétien ce que tu dis, lui reproche Mathilde, en ce qui me concerne, Ludwig ne me déplaît pas, et j'aurais de la peine s'il lui arrivait malheur.

— Mathilde, je ne veux pas de ce mariage, tu m'entends, je n'en veux pas ! Je n'ai jamais admis la présence des Allemands en Alsace. C'est l'occupant, ils n'ont rien à faire ici. Je regrette d'avoir écouté mon père et je serais parti faire ma vie en Algérie.

— En attendant, reprend Mathilde, la vie que tu risques de gâcher, c'est celle de ta fille.

À ce moment, la porte de la salle à manger s'ouvre, poussée par Perrine, qui apporte le dessert. Mariette, d'une pâleur de cire, entre derrière elle. Quelques minutes après avoir quitté la table, agacée par les remarques déplacées de son frère, elle est revenue pour s'excuser auprès de ses parents pour son manque de respect à leur égard.

Alertée par le bruit des voix, elle est restée derrière la porte et a suivi la conversation entre Cyprien et ses parents. Désormais, elle sait à quoi s'en tenir sur les intentions de son père. L'avis de sa mère, qui lui semble favorable, ne pèsera pas lourd dans la décision finale. Cyprien, inutile d'en parler, il est infect. Mariette regagne sa place. Mathilde remarque sa pâleur, et s'en inquiète.

— Tu es bien pâle Mariette, tu ne te sens pas bien ?

— Ce n'est rien maman, j'avais une petite migraine, mais, maintenant, cela va mieux. Je voulais m'excuser d'avoir quitté la table au milieu du repas.

— Eh ! Bien, rajoute Cyprien, puisque la boche va mieux, nous allons pouvoir passer au dessert.

Mariette a décidé de ne pas répondre à ces provocations imbéciles. Son silence, en lui-même, exprime son mépris pour celui qui les profère. Le laps de temps passé derrière la porte, à écouter ses parents, a déclenché, en elle, une force morale dont elle ne se croyait pas capable. Ainsi, son père en est rendu à souhaiter la mort de Ludwig. Les deux ou trois minutes passées derrière la porte ont transformé la jeune fille sage, en autre chose.

***

La collation servie chez les époux Von Querbecke est un régal. Greta, aidée par Madame, s'est surpassée. Les pâtisseries sont délicieuses. Manfred a débouché ses meilleures bouteilles. Puis vient le moment de parler des fiançailles.

— Et bien, Monsieur Worms, si nous fixions une date pour les fiançailles de nos enfants ?

Avec une mauvaise foi évidente, alors que le mois de juin est tout juste entamé, Ferdinand répond.

— Je n'y ai pas encore vraiment réfléchi, l'an mille neuf cent douze est presque terminé, que pensez-vous de l'an prochain. Il me semble que cela serait raisonnable.

Allons bon, pense Von Querbecke, ce vieux gredin tente encore de fuir, nous allons voir. Il reprend.

— Cela me semble un peu loin pour nos deux amoureux, mais après tout, que pensez-vous du premier septembre ?

Ferdinand faillit bondir de sa chaise. Cette date lui était odieuse. Elle correspond à la défaite de l'armée française en mille huit cent soixante-dix à Sedan. Faisant effort sur lui-même, il répond.

— Cette date, pour moi, évoque un mauvais souvenir, je préfère un autre choix. Pourquoi ne pas arrêter le vingt-cinq décembre ?

Von Querbecke pense, il est incorrigible, il faut désarmer ce bonhomme, il réplique.

— Le vingt-cinq décembre pour nous, protestants, n'a pas la même valeur que pour les catholiques. Cette fois, c'est moi qui ai un problème. Je conçois aisément que le premier septembre éveille en vous de mauvais souvenirs. Le vingt-cinq décembre pour nous, protestants, pose problème. Pour nous accorder, je propose une date qui a son importance dans l'histoire de France. Que pensez-vous du Quatorze juillet ?

Ferdinand, flatté par cette référence à la Révolution française, s'empresse d'accepter.

82

— D'accord, va pour le Quatorze juillet mille neuf cent quatorze.

Ludwig et Mariette, qui écoutent sans rien dire, sont consternés par ce recul dans le temps. Von Querbecke reprend.

— Mille neuf cent quatorze, non, non, je pense à cette année. Nous avons encore tout un mois pour organiser la fête et lancer les invitations.

Muet de stupeur, Ferdinand reste bouche bée. Prenant ce silence pour une acceptation, Mathilde approuve.

— Eh bien ! Un mois, c'est un peu court, mais suffisant pour s'organiser.

Aussitôt, la proposition est reprise par Madame Von Querbecke, et Ludwig. Mariette, embrasse Ferdinand sur les deux joues et s'exclame.

— Ho ! Merci, papa, je suis la plus heureuse des filles du village.

Ludwig, pour ne pas rester en arrière, lui saisit la main et la serre très fort, en disant.

— Je vous remercie Monsieur Worms, je vous promets de rendre votre fille heureuse.

Manfred Von Querbecke, dissimule un petit sourire, se disant pour lui-même, j'ai fini par l'avoir, ce vieux gredin. Puis remplissant de nouveau les verres, il propose.

— Allons, buvons aux accordailles, et au bonheur de nos enfants.

Vaincu, Ferdinand porte le verre à ses lèvres. Peut-être trouve-t-il alors un goût d'amertume, à ce vin, qui un instant auparavant, était un régal pour le palais. Mathilde a répondu à sa place, mais, lui, il n'a pas donné son accord. Pris de court, il n'a pas eu le temps de contrer Von Querbecke.

Pendant que les parents restent au salon, pour discuter des préparatifs de la cérémonie, Ludwig et Mariette sortent se promener, sous les grands arbres, dans le parc de la résidence. Il est rassuré sur l'accueil fait à sa demande. Il est vrai que Manfred, son père, a conduit les débats de main de maître. En souriant, il taquine Mariette.

— Tu vois ma chérie, que ton père n'est pas l'ours mal embouché que tu me disais. Il est d'accord pour nos fiançailles dès le mois prochain.

Mariette temporise.

— Ne chantons pas victoire, car ce n'est que poussé à bout, par ton père, et parce que ma mère l'a mis devant le fait accompli, qu'il n'a pas répondu, car je te signale qu'il n'a rien dit. Je ne l'ai pas entendu donner son accord. Il ne pouvait pas désavouer maman devant tes parents. Je suis persuadée que ce soir, à la maison, il va lui reprocher sa précipitation, qui l'a empêché d'argumenter contre notre projet.

— Peut-être, que tu as raison reprend Ludwig, mais alors, il reste la solution que je t'ai proposée. Je t'enlève et nous allons nous marier en Bavière.

— Je t'ai dit que je souhaite préserver le lien familial avec mes parents. J'arriverai à convaincre mon père. J'ai ma petite idée sur le sujet, mais, pour l'instant, je préfère ne pas t'en faire part.

— Tu n'as pas confiance en moi ? Dit Ludwig.

— Si, j'ai confiance en toi. Je sais que mon idée te ferait plaisir, mais il est trop tôt pour en parler. Maintenant, il faut rentrer.

Se tenant par la main, le couple retourne à la maison, où les pourparlers pour les festivités ont pris fin. Les parents de Mariette prennent congé de ceux de Ludwig.

Les Worms partis, Ludwig remercie son père pour son soutien.

— Tu es le meilleur papa. Mariette pensait que son père serait beaucoup plus difficile à convaincre.

— Je n'en suis pas sûr, reprend Manfred, je crains que Worms ne nous réserve un tour à sa façon. Je ne l'ai pas convaincu. À l'inverse de ce que tu crois. Il est resté muet lorsque j'ai parlé de cette année, et c'est son épouse en acceptant qui lui a soufflé la réplique. La décence ne lui permettait pas de la désavouer.

— C'est exact papa, tout à l'heure, lorsque nous nous promenions dans le parc, Mariette m'a fait la même analyse que toi.

— La date des fiançailles est fixée, dit Manfred, nous verrons bien plus tard.

De retour à la ferme, Ferdinand, avec la plus parfaite mauvaise foi, reproche à Mathilde,

— Si tu n'avais pas été aussi pressée de répondre à ma place, j'aurais pu faire valoir mes arguments. Un mois, nous avons un mois pour préparer des fiançailles que nous voulions les plus éloignées possible. Si tu m'avais laissé parler, j'aurais refusé cette date, sans pour autant en donner où accepter une autre. En laissant traîner les pourparlers, nous aurions découragé ces Teutons prétentieux.

— Ferdinand, reprend Mathilde, je ne suis pas d'accord avec toi. En répondant pour te couper la réplique, je t'ai évité de te ridiculiser en t'enfermant dans un entêtement impossible à justifier. Ce teuton comme tu dis, est beaucoup plus habile que toi dans l'art de débattre. De plus, je ne vois pas pourquoi tu persistes à refuser Mariette à Ludwig. Après tout, nous aussi nous sommes allemands.

— C'est justement cela que je ne supporte pas, reprend Ferdinand. Sur un ton qui n'admet pas la réplique.

— Eh bien ! Je te l'ai déjà dit, et je le répète, tu feras le malheur de ta fille.

Cet échange de vues se déroulait sans pudeur, devant une Mariette effondrée, et un Cyprien soutenant son père.

— Tu as raison papa, nous ne devons pas accepter de nous incliner devant les désirs de messieurs les boches. Ludwig n'a qu'à épouser l'une des grosses Bavaroises de son pays.

Se sentant soutenu par Cyprien, Ferdinand s'entête davantage, s'adressant à Mariette.

— C'est vrai que Von Querbecke m'a eu par la ruse. Nous allons les faire ses fiançailles, je ne peux pas désavouer ta mère. Mais ta dernière année d'étude, c'est dans une autre pension que tu vas la passer, chez les religieuses à Strasbourg. Peut-être que l'éloignement te fera prendre conscience de ton erreur.

Mariette s'attendait à des désillusions, mais la pension chez les religieuses de Strasbourg ne lui était pas venue à l'esprit. Son père voulait l'éloigner de Ludwig dans l'espoir qu'elle l'oubli. Et puis, peut-être, comme il l'avait dit la veille, qu'il perde la vie dans une quelconque bataille contre les Russes ! En attendant, elle avait un mois pour préparer ses fiançailles.

***

Ludwig, en uniforme de parade, Mariette, en grande toilette, forment un très beau couple. Les invités ne tarissent pas d'éloges. Ferdinand n'a pas fait les choses à moitié, Manfred ne reste pas en arrière. Le tout Colmar est là, les amis politiques de Ferdinand ont un regard légèrement moqueur, mais ne font aucun commentaire.

Manfred a invité le commandant du régiment de Ludwig, ainsi que quelques autres officiers. La journée est une réussite totale. La bague est magnifique.

En sa qualité d'officier, Ludwig n'est pas tenu de loger à la caserne de Colmar. Tout le temps libre que lui accordent les nécessités du service, il le passe à Turckheim. Sa position de fiancé officiel de Mariette lui donne beaucoup plus de liberté pour rencontrer la jeune fille.

— Tu sais Ludwig, mon père a encore inventé quelque chose pour nous séparer.

— Allons, bon, de quoi s'agit-il ?

— Il m'a inscrite pour ma dernière année d'étude à Strasbourg dans une école gérée par des religieuses. Il espère ainsi que je t'oublie.

— Rien ne pourra nous séparer, et je sais que tu ne m'oublieras pas, malgré les roueries de ton père.

Elle préfère taire le souhait formulé par ce dernier, qu'il perde la vie dans un quelconque combat. Le jeune homme est très déçu de cette nouvelle rouerie, mais comment y échapper ?

— Lorsque nous nous sommes promenés dans le parc je t'ai dit que j'avais une idée pour le forcer à donner son accord à notre mariage. Je vais te la révéler maintenant.

Au début, Ludwig est réticent, non que l'idée soit désagréable, bien au contraire. Il trouve que c'est un manque d'honnêteté et de respect, envers leurs parents respectifs.

Manfred éclate de rire lorsque Ludwig lui fait part de l'idée de Mariette. Quant aux parents de cette dernière, lorsqu'ils seront informés, il sera trop tard.

***

Les jours passent, la date pour intégrer la pension religieuse de Strasbourg approche. Mariette sait déjà qu'elle n'y restera pas très longtemps.

À la fin de septembre, lorsqu'elle part pour Strasbourg Mariette n'est plus réglée. Sa mère, par sa remarque maladroite de juin, sur sa virginité, puis l'attitude négative de Ferdinand, et encore, les remarques idiotes de son frère Cyprien. Tu vas nous faire plein de petits boches, ont poussé Mariette à cette solution.

À Noël, elle ne pouvait plus cacher sa grossesse, ce dont d'ailleurs elle n'avait nulle envie, au contraire. Aussi elle n'est pas surprise lorsque la supérieure du couvent la fait demander dans son bureau.

— Mademoiselle Worms, je me refuse à croire que c'est dans mon établissement, que vous avez trouvé la possibilité de vous mettre dans cet état. Je considère donc que votre place n'est plus avec nous. Je ne puis tolérer plus longtemps que vous soyez un mauvais exemple pour les autres pensionnaires.

— Non ! Madame la Supérieure, ce n'est pas ici que j'ai eu, comme vous le dites, l'occasion de fauter. Si je me suis conduite ainsi, c'est parce que mon père refuse de me laisser épouser l'homme que j'aime.

— Vous n'y pensez pas, Mademoiselle. Après vous avoir engrossée, l'homme que vous aimez voudra-t-il vous épouser ?

Rien n'est moins sûr, et après vous regretterez amèrement de vous être dressée contre l'autorité de votre père.

— Madame, j'ai confiance en mon fiancé. Il ne m'abandonnera pas, et nous nous marierons.

— Je vous le souhaite,.Mademoiselle, en attendant, vous allez rentrer chez vous.

Le deux janvier mille neuf cent treize, à la demande de la supérieure du pensionnat, Ferdinand vient chercher la pécheresse. Il se trouve confronté à une situation qu'il n'avait pas prévue. Il n'admet pas la ruse employée par Mariette pour lui arracher son consentement. Il s'entête dans son refus, reste sur ses positions.

— Mais enfin Mariette, que s'est-il passé dans ta tête pour te conduire de la sorte ? Tu es la honte de la famille. Tu penses vraiment que Ludwig va t'épouser maintenant, qu'il a abusé de toi.

— Père, j'ai confiance en Ludwig. Je suis certaine qu'il ne demande qu'à m'épouser. Si je me suis conduite de cette manière, c'est de votre faute.

— Comment de ma faute ? Se défend Ferdinand.

— Oui, je vous ai entendus, toi et Cyprien, espérer que Ludwig aille se faire tuer dans une guerre contre les Russes. Eh bien ! Maintenant que je suis enceinte, vous ne pouvez pas me refuser de l'épouser.

— Alors là, ma fille, tu fais erreur. Tu es encore mineure, et tu as besoin de mon consentement, après un temps d'arrêt, Ferdinand rajoute, mon consentement, tu ne l'auras pas. Je ne veux pas d'un boche dans ma famille.

— Vous préférez me rendre malheureuse, plutôt que d'oublier vos querelles, et vous conduire d'une manière humaine.

— Mariette, tu n'as pas à juger si je me conduis ou non d'une manière humaine. La discussion est terminée. Tu vas dans ta chambre !

Le cœur gros, Mariette rejoint sa chambre, où, en pleurs, elle se jette sur son lit.

Le huit mai mille neuf cent treize, elle donne naissance à des jumeaux, Gontran, le garçon et Katrina la fille.

Ferdinand pousse l'entêtement à son point culminant. Il préfère assumer l'éducation des deux nouveau-nés, et garder Mariette pour l'assister dans la gestion de ses biens. Il n'ose pas lui interdire de se rendre chez Von Querbecke, qui désire voir ses petits-enfants.

Pour leur premier anniversaire, Manfred offre à chacun d'eux une petite peluche vêtue à la mode bavaroise, qu'il a baptisée, Boris pour Gontran, et Olga pour Katrina.

Ludwig se rend à Turckheim le plus souvent possible. Ferdinand se débrouille pour les empêcher de se retrouver seuls. Les permissions sont réduites, le service de plus en plus prenant, en raison de tensions entre l'Allemagne et ses voisins.

***

S'il n'est pas fin négociateur, et qu'il s'est laissé piéger par Manfred Von Querbecke, Ferdinand, par contre, analyse fort bien la situation politique de l'Europe. Depuis l'année mille neuf cent douze, il pressent que la situation se dégrade en Allemagne pour plusieurs raisons.

La population a fortement augmenté, et des difficultés apparaissent pour nourrir tout le monde. Le déséquilibre entre les riches et les pauvres s'accentue. Mais surtout, ce qui à ses yeux est révélateur, l'armée monte en puissance d'une manière significative, et enfin, la presse allemande se livre à une campagne de dénigrement systématique envers les nations voisines, et plus particulièrement, contre la France. Il est clair, qu'à l'étroit dans ses frontières l'Allemagne a l'intention de les repousser à l'ouest, et pour cela prépare la guerre. Elle n'attend qu'une occasion quitte à la provoquer par ruse, ses dirigeants en ont une expérience certaine. Il est très possible que Ludwig soit un jour engagé dans un combat qui lui soit fatal. Les événements n'allaient pas tarder à confirmer ses prévisions, du moins sur certains points.

6

Le vingt-huit juin mille neuf cent quatorze, l'archiduc François Ferdinand d'Autriche et son épouse, sont assassinés à Sarajevo en Bosnie, par un activiste serbe. Usant de manœuvres sournoises, l'Allemagne, tout en s'en défendant, pousse l'Autriche, le vingt-huit juillet mille neuf cent quatorze, à déclarer la guerre à la Serbie.

La Russie est engagée par des accords avec ce pays. C'est le fatal engrenage. Le trente et un juillet, l'Allemagne adresse un ultimatum à la Russie et à la France. Le premier août, la France mobilise ses régiments de réserve, l'Allemagne déclare la guerre à la Russie, puis occupe le Luxembourg et lance un ultimatum à la Belgique.

Le trois août, elle déclare la guerre à la France. Le quatre août, l'Angleterre s'engage ses côtés. Dès lors, c'est le début, de la bataille des frontières. Elle consiste, pour les régiments pré positionnés, à reconquérir les cols des Vosges, tenus par l'Allemagne depuis mille huit cent soixante-dix.

**

Dès le début juillet, Gaston Garder, l'oncle de Ferdinand, a remarqué des mouvements de troupes côté français de la frontière vosgienne. Renseignées par ses espions et sympathisants, les autorités allemandes sont, elles aussi informées.

Depuis le mois de juin, le régiment bavarois de Colmar est en alerte. Ludwig, commandant en second de la deuxième compagnie, est consigné à la caserne avec ses hommes, prêts à intervenir.

Le quatre août, à la déclaration de guerre, le cent cinquante-deuxième régiment d'infanterie quitte ses positions de couverture, face à la vallée de Munster, et s'empare du col de la Schlucht, puis poursuit son offensive vers Colmar. Les combats sont rudes, mais le dix-sept, il occupe Munster. Le dix-neuf, les Trois Épis. Les bûcherons et leurs familles fuient les zones de combat, certains y perdent la vie. Les tirs d'artillerie se rapprochent dangereusement de Turckheim.

Ferdinand s'est préparé à partir. Il emmène, avec lui, son épouse Mathilde, Mariette et les enfants. Cyprien en accord avec son père a décidé de rester. Reconnu inapte au service par l'armée allemande, en raison de sa jambe handicapée, il ne risque pas d'être mobilisé.

Le plan est simple, dès que l'armée française a libéré Turckheim, à bord de son automobile la famille passe en France, direction le sud-ouest. L'idée a germé dans sa tête, dès que son oncle Gaston lui a parlé des mouvements de troupes à la frontière. Depuis plusieurs jours, la voiture est prête. Il ne se rend à Colmar que pour traiter, avec son banquier, de transfert de fonds vers Bordeaux. Cyprien s'occupe de faire fonctionner les affaires, mais se rend tous les soirs à la ferme de Turckheim.

Depuis le début des combats, plusieurs bûcherons s'y sont réfugiés, avec leur famille. Ferdinand, sous le contrôle de Jonathan Keller et de son épouse Anne-Marie, les a laissés s'installer dans la nouvelle grange, d'où, lorsque les soldats français seront passés, ils pourront regagner les hauteurs.

Mathilde et Mariette s'occupent comme elles le peuvent à seconder Cyprien. Dans l'après-midi du dix-neuf août, les tirs se déchaînent. Des batteries d'artillerie de 75, sont installées sur les côtes des Trois Épis, et tiennent sous leur feu le village de Turckheim. Le cent cinquante-deuxième régiment d'infanterie a reçu l'ordre de s'en emparer, et de pousser en direction de Colmar.

Les combats montent en intensité, Ferdinand décide que le moment est venu de regagner la ferme, puis mettre son plan à exécution. Alors que son automobile aborde le chemin qui y conduit, plusieurs obus tombent sur les bâtiments. La grange, où se trouvaient les bûcherons et leurs familles, est totalement détruite. Tous sont morts, déchiquetés, méconnaissables, au moment où Ferdinand arrête la voiture, la grange s'enflamme. Impossible de porter secours.

L'habitation elle-même est touchée. Mariette se précipite à l'intérieur. Perrine gît au sol, une énorme plaie à la tête, assommée par une grosse pierre qui s'est détachée du mur, à ses côtés, le petit Hans pleure à grosses larmes. Joachim son mari a disparu. Katrina pleure dans son berceau, elle n'est pas blessée, mais aucune trace de Gontran.

À ce moment, une nouvelle salve d'artillerie atteint la ferme. Mariette est touchée par une poutre qui se détache du plafond. Elle perd connaissance, lorsqu'elle revient à elle, la nuit est presque tombée. Les recherches effectuées par Ferdinand et Cyprien, pour retrouver Gontran sont demeurées vaines.

Le temps que Mariette était inconsciente, bravant le danger, Manfred Von Querbecke s'est précipité pour porter secours à la famille Worms. Ferdinand l'aperçoit, courant entre les obus. C'est alors que lui vient à l'esprit une idée diabolique. Il explique à Cyprien.

— Tu vas montrer à Von Querbecke les morts qui sont dans la grange en train de brûler, en partie ensevelis sous les décombres. Ils sont méconnaissables. Laisse-lui croire qu'il s'agit de nous et que tu es le seul survivant.

Cyprien se porte au-devant de Von Querbecke, pour ne pas qu'il arrive jusqu'à la ferme, et l'entraîne jusqu'à la grange en feu, où, dans les décombres, c'est tout juste si l'on distingue les corps mutilés, défigurés.

— Regardez où elle nous a conduits cette sale guerre, déclarée par vos chefs. Lorsque les premiers obus sont tombés sur la maison, mes parents sont partis se réfugier dans la grange. Moi, avec ma jambe malade, je suis resté en arrière. C'est ce qui m'a sauvé la vie. Ils sont tous là-dessous, papa, maman, Mariette et les jumeaux.

Abasourdi, Manfred ne parvient pas à réaliser que tous sont morts. Mariette, ses petits-enfants, qu'il adorait. Comment annoncer ce drame à Ludwig ?

La rage au cœur, désespéré, pendant que Cyprien regagne la ferme, Manfred, s'en retourne vers sa demeure, qui elle aussi a souffert des tirs d'artillerie. C'est alors que dans un buisson, à quelques mètres à peine de la ferme, en direction de la grange en feu, il entend des gémissements, suivis de pleurs d'enfant. Aussitôt, un immense espoir le pousse en avant.

Sous un buisson, à moitié nu, Gontran pleurniche. Il porte une grosse bosse à la tête, mais ne semble pas être blessé ailleurs. Il tient dans sa petite main, l'ourson, cadeau de son premier anniversaire. Von Querbecke ne se pose aucune question. Mariette et Katrina sont mortes. C'est à lui que revient l'enfant de son fils Ludwig. Avec précaution, il prend le bébé dans ses bras, serrés contre lui. Il s'assure que Cyprien ne peut pas le voir, et s'empresse de quitter les lieux.

***

Selon les instructions de Ferdinand, Cyprien refait le plein du réservoir de l'automobile, à l'abri des regards, derrière la ferme. Bien qu'ayant repris ses esprits, Mariette est encore sous le choc de n'avoir pas retrouvé Gontran. Il lui est impossible de se reposer, hors de question de sommeiller même. Inlassablement, elle fait le tour des bâtiments à sa recherche. Elle découvre alors le berceau de l'enfant, à quelques mètres de la grange qui continue de brûler.

Il est vide.

Une douleur sans nom la prend aux entrailles. C'est clair, Gontran dans un premier temps, projeté hors de la maison, est retombé ici, puis, éjecté du berceau, il aura roulé jusqu'à la grange. Lui aussi est là-dessous, mort. Aucun son ne sort de sa bouche. Elle prend le berceau entre ses bras, revient à la ferme, le dépose au pied de ses parents, puis perd connaissance.

Dans le même temps, pour fuir l'avance de l'armée française, Manfred Von Querbecke, avec son épouse et Gontran, rejoint Colmar, pour se mettre sous la protection du régiment bavarois. Ludwig avec ses hommes participe à une contre-attaque dans la vallée de Munster. Manfred n'a aucun moyen de le prévenir du malheur qui le frappe.

En pleurs, terrorisé, le petit Hans s'efforce de trottiner en s'accrochant aux jupes de Mathilde. Il tombe, se relève, elle finit par le prendre dans ses bras.

— Que fait-on de celui-ci, demande-t-elle.

— On ne va pas s'encombrer, laisse-le avec Cyprien.

Mariette vient de reprendre conscience, un élan irraisonné s'empare d'elle. La perte de Gontran son propre fils sans doute la motive, elle-même ne le sait pas.

— Non, s'écrie-t-elle, ses parents sont morts, brûlés dans cette grange, amenons-le avec nous.

Ces paroles sont dites avec une telle force, que Ferdinand ne songe même pas à s'y opposer. Déjà, elle s'est installée sur la banquette arrière de la voiture Katrina dans ses bras, la tête d'Hans reposant sur sa cuisse. L'enfant a cessé de pleurer, de temps à autre, il laisse échapper un gros sanglot.

Les premières lueurs de l'aube incitent Ferdinand à hâter le départ. Il s'éloigne de quelques pas, et recommande à Cyprien.

— Si Ludwig survit à la guerre, et cherche à nous retrouver, dis-lui bien que nous sommes tous morts. Lorsque nous serons partis, enterre sans tarder ces gens sous nos identités, que personne ne puisse venir nous contredire. Ne parle de cela ni à ta mère ni à Mariette.

Cyprien conçoit bien les raisons non exprimées de son père. Il nourrit, lui-même, à l'égard de Ludwig une haine irraisonnée, il acquiesce.

— Ne t'inquiète pas, s'il se manifeste, je te préviendrai. Le mieux serait qu'il n'en revienne pas de sa guerre.

Au moment de partir, Mariette sollicite Cyprien.

— Je voudrais te demander un service Cyprien. Je sais que tu ne l'aimes pas beaucoup, le petit boche, comme tu l'appelles, mais fais cela pour moi. Dis-lui que nous sommes partis dans le Sud-Ouest, à Saint Pierre d'Aurillac. Que sa fille Katrina est avec moi. Nous n'avons pas retrouvé Gontran. Je pense qu'il est mort. Dis-lui bien que je l'aime, et que je l'attendrai.

Les dernières paroles de Mariette se finissent en crise de larmes. Elle sent ses jambes se dérober sous elle. Il faut l'asseoir dans la voiture où serres l'un contre l'autre, les deux enfants ont fini par s'endormir. Cyprien se contente de lui répondre.

— Compte sur moi.

Plus enclin à obéir à son père, pour contenter sa haine de Ludwig, que de faire plaisir à sa sœur.

C'est l'instant qu'attendait Ferdinand. Sitôt les soldats français du cent cinquante-deuxième régiment d'infanterie passés, il s'empresse de faire traverser sa famille dans les Vosges, en franchissant le col de la Schlucht avec son automobile. Puis, par Gérardmer, en trois jours, après avoir passé les nuits dans des hôtels, ils arrivent à Saint Pierre d'Aurillac. Dans un premier temps, ils s'installent à la ferme, puis Ferdinand, avec les fonds transférés depuis la banque de Colmar, fait l'acquisition d'une grande demeure au quartier Mérigon, on y accède par une grande allée bordée de platanes.

Entourée de grands arbres où une colonie de tourterelles a élu domicile, c'est une grosse maison de Maître construite sur une cave voûtée. Au rez-de-chaussée se trouvent les pièces à vivres, cuisine, deux salons, une salle à manger, et une vaste pièce que Ferdinand aménagera en bureau. À l'étage se trouvent six chambres, qui, comble du luxe, disposent chacune d'un petit cabinet de toilette. Un vaste grenier coiffe l'ensemble. Séparées de l'habitation, des dépendances abritent des remises diverses.

Construite entre la voie ferrée et la route nationale cent vingt-sept, qui traverse le village, elle ne jouxte pas directement la propriété. Cela n'a pas d'importance, puisque Ferdinand n'a pas l'intention de gérer lui-même la ferme et la vigne qui l'entoure. Il s'agit de plusieurs parcelles qui totalisent près de vingt-huit hectares. Sa méfiance du début a disparu, car dirigée, avec compétence, elle est en plein rapport. Il est plus judicieux de ne pas changer le personnel qui s'en occupe, d'autant plus que l'époque des vendanges se rapproche. Son régisseur, homme de confiance, Mathurin Largeau, aidé de son fils Sébastien, a toujours fourni des comptes exacts.

Les plus proches voisins, les Monsegues, sont aussi des viticulteurs. Ils exploitent en famille plusieurs parcelles sur les coteaux.

7

Albert Monsegues est le fils de Justin et Mélanie. Le couple exploite une vingtaine d'hectares à Saint Pierre d'Aurillac. Il s'agit d'une propriété de moyenne importance. Elle est d'un rapport tout à fait correct, et permet au couple d'élever dignement Albert, et même d'avoir une certaine aisance. En raison d'un énorme pied de glycine qui court le long de la façade du bâtiment d'habitation, elle a reçu le nom, Des glycines.

Outre le bâtiment principal où demeure la famille, la ferme comporte une annexe où sont logés les saisonniers lors des vendanges, mais également une écurie, un chai où se trouvent les cuves et le matériel pour la vinification ainsi qu'une remise pour les charrues, tombereaux et autres charrettes.

Albert est le second enfant du couple. Un premier-né, Firmin, est décédé quelques jours après sa naissance. Justin et Mélanie ne se sont jamais vraiment consolés de cette perte.

Justin a un frère prénommé Jérémie, il est patron d'une gabare à moteur, La belle de Langon, avec laquelle il effectue des transports divers entre l'arrière-pays et le port de Bordeaux. Il s'agit de l'une des toutes premières gabares équipées d'un moteur diesel, déjà expérimenté en mille neuf cent trois sur le canal de la Marne au Rhin, sur la péniche Le Petit Pierre.

Il est le père de Léopold. Quelque temps après sa naissance, sa mère est décédée de maladie.

L'enfant n'avait que quatre ans. Justin et Mélanie se sont proposés pour élever leur neveu avec leur propre fils à peine plus âgé de quelques mois. Cette offre est déclinée par Jérémie, qui préfère garder Léopold auprès de lui.

Jusqu'à l'âge de quatorze ans, il vivait en partie sur le bateau où il se rendait utile à de multiples tâches secondaires, et la maison de l'éclusier de Castets en Dorthes. L'épouse de ce dernier s'occupait de lui à sa sortie de l'école en attendant le retour de son père. Il faut savoir que la navigation sur la Garonne n'est pas si simple, en grande partie soumise aux aléas des marées, qui se font ressentir jusque loin dans les terres, les heures de retour sont souvent incertaines.

Par un matin d'avril mille neuf cent dix, la Belle de Langon chargée de tonneaux de vin, se rend au quai des Chartrons à Bordeaux pour livrer un négociant. Un problème technique à l'ouverture de l'écluse a fait perdre presque deux heures sur la marée descendante.

Malgré la baisse du niveau des eaux, pressé par le négociant qui lui-même expédie les vins sur l'Amérique, Jérémie fait engager la gabare sur le fleuve, moteur à demi-régime. Entraînée par la marée, la Belle de Langon file rapidement. Le timonier suit scrupuleusement les consignes de Jérémie, et serre au plus près la rive gauche, là où les eaux sont les plus hautes.

En effet, à la hauteur du port de Saint Pierre d'Aurillac, un gros rocher plat se trouve au beau milieu du fleuve. À marée haute, on passe sans problème à vitesse normale. Cette fois, avec deux heures de retard il faut surveiller la vitesse et ne pas se laisser gagner. Il est plus difficile de franchir le passage.

À peine sorti du port de Castets en Dorthes, au premier coude du fleuve, un léger brouillard persiste et réduit la visibilité. Jérémie fait baisser le régime moteur. Il se porte à la proue, côté tribord, pour éventuellement signaler la présence du fameux rocher. S'il arrive à le distinguer au travers de l'eau, il est nécessaire et urgent de donner un coup de barre à bâbord.

À ce moment, le timonier aperçoit une barque qui se détache de la rive gauche. À bord, deux hommes rament de toutes leurs forces. Certainement des pêcheurs d'aloses de Saint-Pierre de Mons. Sans doute ont-ils tendu leur filet, et voyant arriver le bateau, tentent-ils de le relever avant qu'il ne soit emporté ?

Malgré les coups de sirène répétés pour signaler sa dangereuse présence, les pêcheurs ne dévient pas leur route. En désespoir de cause, il donne un coup de barre à tribord, espérant qu'il y a encore assez de fond pour passer le rocher. Jérémie fait de grands gestes et crie à perdre haleine, en pure perte.

Lourdement chargée, la Belle de Langon, n'obéit à la manœuvre qu'avec un certain retard. Tout à coup, apercevant la masse sombre du rocher, à moins d'un mètre à peine de la surface, Jérémie alerte le barreur qui inverse la manœuvre.

Trop tard, hélas ! Pour éviter complètement l'obstacle son flanc tribord racle sur la roche et déséquilibre Jérémie. Précipité à l'eau, il est emporté par le courant et disparaît de la vue du timonier. La barque des pêcheurs, elle aussi déstabilisée par le sillage engendré par la manœuvre du bateau, tangue dangereusement et chavire. Ses deux occupants sont eux aussi emportés par le courant. Ne pouvant porter secours ni à Jérémie ni aux pêcheurs, il n'a d'autre solution que d'aborder au port de Saint-Macaire pour donner l'alerte. Bien entendu, hélas ! Les recherches demeurent vaines.

La gabare, plus sérieusement endommagée que ne le pense Léopold, nécessite de grosses réparations, le prix de revente du bateau couvre juste le crédit qui reste à payer.

Il n'a plus que la solution d'accepter l'offre faite à son père quelques années auparavant. À la vie de marinier, qui lui semblait promise sur le canal et la Garonne, se substitue une existence de terrien au milieu des vignes de son oncle. Qu'importe, ce n'est pas un fainéant, et il s'adapte. Et cela d'autant mieux, qu'il reçoit un accueil chaleureux. Son oncle et sa tante, s'ils sont durs au travail, ne font pas de différence avec Albert, leur propre fils.

***

Sur la Garonne, les accidents sont choses courantes. Si pour les gens du fleuve, ils imprègnent longuement les mémoires, il n'en est pas de même pour les terriens.

Le drame de La Belle de Langon, pour eux, n'est qu'un petit fait divers déjà oublié.

Les années passent et les deux cousins s'entendent comme larrons en foire. Sensiblement du même âge, tous deux sont nés en mille huit cent quatre-vingt-seize, Albert en février et Léopold en septembre.

Leur ressemblance est frappante, et lorsqu'ils se rendent au village, les gens ont tendance à les prendre pour deux frères.

Ils ne les détrompent pas, par jeu, tout simplement. Quand l'un se rend à Saint-Pierre d'Aurillac, il est courant qu'il soit pris pour l'autre. Il faut dire que la confusion est favorisée par la rareté de leurs visites au village. Tenus par les travaux de la vigne, l'oncle et les deux cousins sont en permanence sur la brèche. Quand ce n'est pas la taille et descendre les sarments, ce sont les traitements ou tirer les cavaillons.

Le mois d'août a été très chaud, pas une goutte de pluie n'est tombée depuis le début de juillet. Au pied des coteaux, le soleil couchant de ce début septembre teinte d'un rouge orangé la vallée de la Garonne. Le travail est dur, les journées sont longues, mais qu'importe. Léopold est traité comme un fils. Pour Albert, ce n'est plus son cousin, c'est son frère. Il se surprend à aimer cette vigne qui n'est pas la sienne et sur laquelle il ne peut prétendre à aucune part d'héritage.

La journée terminée, il ne peut s'empêcher de passer entre deux rangées de ceps, de tâter les feuilles, caresser les souches elles-mêmes, de cueillir délicatement quelques baies et les porter à sa bouche pour en apprécier le degré de maturité. Objet de soins attentifs, la vigne a été épargnée par le mildiou et autres ennemis du raisin. La vendange s'annonce abondante.

— Eh bien Léopold ! L'interpelle Albert, c'est l'heure de la soupe, tu ne vas pas dormir ici.

— Il s'est pris à la magie mystérieuse de la vigne, renchérit Justin en souriant.

— C'est vrai reconnaît Léopold, mais rentrons, je commence à avoir faim.

— D'autant plus que Mélanie nous a préparé une garbure dont elle a le secret, précise Justin.

C'est Mélanie qui le plus souvent se rend au village, voire à la ville de Langon pour les achats nécessaires à la vie de tous les jours, ou les produits de traitement, surtout le sulfate de cuivre qui sert à préparer la bouillie bordelaise. Ce n'est guère que pour les vendanges que la famille a des contacts avec l'extérieur. À cette occasion, il est courant d'embaucher à la journée ou pour la durée des vendanges, quelques jeunes gens des alentours.

Depuis septembre mille neuf cent treize, Marion Thauros est de ceux-là. C'est une jolie rousse bien faite de sa personne, à peine plus jeune que les deux cousins, puisqu'elle aura dix-sept ans à Noël. Pas farouche et bien décidée à profiter de sa jeunesse avant l'issue fatale du mariage, où, pour s'occuper des gosses et du ménage, elle devra mettre un terme à ses fredaines.

Pendant les vendanges, elle loge à la ferme, dans un bâtiment annexe, et il n'est pas rare, pensent-ils à l'insu l'un de l'autre, que Léopold ou Albert, le soir venu, vienne partager sa couche. Si pour Léopold ce n'est qu'un besoin physique, Albert au contraire, petit à petit, se laisse prendre au piège des sentiments. Il faut dire que la petite, rouée commère, s'est mis en tête qu'elle pourrait être une très bonne épouse pour le fils du patron. Aussi, la donzelle ne ménage pas compliments et gentilles attentions à celui qu'elle a choisi.

Un soir où Léopold pense avoir le champ libre, pour rendre visite à Marion, Albert le prend de court.

— Tu sais, Léopold cette petite Marion elle me plaît beaucoup, je pense même qu'elle ferait une bonne épouse.

Sur le moment, Léopold ne sait que répondre. Sans le crier sur les toits, il ne s'est jamais caché de ses visites nocturnes chez Marion.

Est-il possible qu'il n'y ait qu'Albert pour ne pas être au courant ? Par contre, lui sait que Marion leur accorde ses faveurs à tous deux. Le premier instant de saisissement passé, Léopold garde ses remarques pour lui.

— Tu es bien sûr de toi, tu aimes vraiment Marion au point de vouloir l'épouse ?

Albert marque un temps d'arrêt, comme s'il voulait révéler quelque chose à son cousin, il réprime un hochement de tête et reprend.

— Oui, je suis sûr de moi, et je pense qu'elle m'aime aussi.

Il ne cherche pas à détourner Albert de son projet. De ce jour, pour ne pas jouer les trouble-fêtes, il met un terme à ses visites à la jeune fille.

Cette dernière, a l'occasion de lui faire savoir qu'elle lui est reconnaissante de sa discrétion, mais qu'après le mariage, peut-être. Elle n'en dit pas plus. Léopold sait à quelle espèce de femme il a affaire. En lui-même, il plaint Albert de l'amour bien mal mérité et si mal partagé, qu'il lui voue.

Cette conversation entre les deux cousins se situe au début du mois de juillet mille neuf cent quatorze, après la fête du village qui se déroule fin juin. Des rumeurs de guerre courent, la tension monte entre la France, l'Angleterre et l'Allemagne.

**

L'Allemagne désire la guerre, et profite de l'assassinat à Sarajevo, de l'archiduc d'Autriche François Ferdinand et de son épouse, pour pousser l'Autriche à attaquer la Serbie, et par là entraîner les autres pays dans le conflit.

Une ville si lointaine que personne au village n'en a jamais entendu parler. La guerre, grand Dieu, et pourquoi ? Pour défendre des intérêts qui n'ont rien à voir avec notre pays.

Pendant tout le mois de juillet mille neuf cent quatorze, la tension ne cesse d'augmenter entre les nations, jusqu'aux vingt-huit où l'Allemagne parvient à ses fins. L'Autriche déclare la guerre à la Serbie.

Le premier août, l'Allemagne déclare la guerre à la Russie et décrète la mobilisation générale. Et viole le même jour la neutralité du Luxembourg.

Le deux août, c'est la France qui mobilise ses armées.

Le trois août, c'est l'Allemagne qui déclare la guerre à la France.

Le quatre, la Belgique est agressée à son tour. Le même jour l'Angleterre déclare la guerre à l'Allemagne.

En seulement quelques jours, c'est presque toute l'Europe qui s'embrase.

Malgré l'angoisse de la situation, les travaux de la vigne n'attendent pas. Justin n'a pas été mobilisé, car déjà trop âgé. Mais si cette guerre éclate réellement, et qu'elle dure, qu'adviendra-t-il d'Albert et Léopold ?

Il en a l'estomac noué. Ils sont occupés à traiter les plans à la bouillie bordelaise, lorsque la cloche de Saint Pierre d'Aurillac se met à sonner. Justin n'y prend pas garde sur le moment, puis c'est celle de Saint Pierre de Mons de l'autre côté de la Garonne, relayée par celles de Saint Macaire puis de Langon qui résonnent sur le fleuve. Au loin, sur la route qui longe la propriété, des hommes courent, ils ont abandonné leur ouvrage. Ils crient, mais sont trop loin pour se faire comprendre. À ce moment, Mélanie surgit entre deux rangées de ceps.

— C'est le tocsin, c'est le tocsin.

— Mon Dieu, c'est la guerre laisse tomber Justin, les larmes aux yeux.

— Seigneur, ayez pitié de nos enfants, rajoute Mélanie en se signant.

— Ne vous inquiétez pas, les calmes Albert, nous sommes trop jeunes pour partir.

— Et d'ici que nous ayons l'âge, la guerre sera finie, rajoute Léopold, et nous l'aurons gagnée.

8

Le cinquante-septième régiment d'infanterie, en garnison à Libourne et Rochefort, rappelle ses réservistes. Par chemin de fer, il est acheminé vers la Lorraine. Il débarque le sept août en même temps que le dix-huitième corps d'armée dont fait partie la trente-cinquième division d'infanterie à laquelle il est rattaché. Il est mis à la disposition de la deuxième armée de Nancy.

Les premières offensives françaises apportent quelques succès et plusieurs villes et villages d'alsace dans la région de Colmar, occupés depuis la défaite de mille huit cent soixante-dix sont libérés. Ces victoires, hélas, pour les habitants de ces villes et villages, ne durent que quelques jours. En effet, les armées allemandes contre-attaquent, mais, surtout, les armées françaises sont retirées d'Alsace pour être acheminées sur un autre front, où l'État-major général craint une percée ennemie.

La joie des Alsaciens est aussitôt refroidie par le retour de l'occupant. Si quelques-uns, ici ou là, ont profité du désordre pour se réfugier en France, la grande partie du peuple se trouve de nouveau sous la botte allemande. Des représailles sont craintes, car, toujours possible.

Justement, les propriétaires de l'exploitation voisine ont saisi cette opportunité pour fuir l'Alsace, et venir s'occuper eux-mêmes de leur affaire. Jusqu'à maintenant, c'était le père Mathurin qui gérait le domaine. Ils l'ont gardé. Ces gens, les Worms, semblent avoir beaucoup d'argent, car, dès leur arrivée, ils ont acquis une grande maison au lieu-dit Mérigon, ils ne sont pas sur la propriété même, et c'est Mathurin et son fils qui restent à la ferme.

Cette famille est composée des parents, d'une jeune femme et de sa petite fille Katrina. Militaire, le père de l'enfant serait mort lors des premiers combats, Monsieur Worms reste évasif à son sujet.

Un petit garçon prénommé Hans vit également avec eux. Il semble l'avoir recueilli par pure charité chrétienne, d'autant plus que ses parents, morts dans les bombardements de leur village, étaient à son service.

Léopold trouve la jolie veuve à son goût, mais que peut-il espérer, il n'a rien ? Tout appartient à son oncle, et, un jour, c'est son cousin Albert qui héritera.

**

Les premières batailles se sont montrées très dévoreuses en hommes. Cette guerre que l'on pensait courte va se prolonger bien longtemps, trop longtemps. À la mobilisation du deux août mille neuf cent quatorze, l'active comptait plus de huit cent mille hommes.

L'appel des réservistes en apporte près de trois millions qui complètent les régiments et la territoriale. Même avec les engagés volontaires, ce n'est pas suffisant. La classe quinze est mobilisée en décembre mille neuf cent quatorze, et la seize en avril mille neuf cent quinze.

Lorsque les Gendarmes apportent les ordres de mobilisation pour Albert et Léopold, les hommes sont à la vigne, occupés à pulvériser de la bouillie bordelaise. Justin, né en mille huit cent soixante-cinq, a échappé de justesse à la mobilisation du deux août mille neuf cent quatorze. C'est Mélanie qui les reçoit. Lorsque les hommes rentrent pour le repas de midi, elle n'a pas le courage de le leur dire.

Elle passe l'après-midi à imaginer toutes sortes de solutions pour éviter ce départ. Elle sait bien que ce serait un miracle s'ils en reviennent tous les deux. Il n'y a rien à faire, ils doivent partir.

Le soir venu, c'est la mort dans l'âme qu'elle révèle le passage des Gendarmes. Les deux cousins, doivent se rendent à la Brigade de Saint Macaire dès le lendemain matin, pour signer le récépissé et percevoir l'ordre de convocation.

Marion qui, depuis sa relation suivie avec Albert, s'est assagie et lui a soutiré une promesse de mariage, s'inquiète de cette maudite guerre qui risque de réduire ses projets à néant.

— Tu me jures de prendre soin de toi, je t'écrirai, et j'attendrai ton retour pour nous marier.

— Je te promets de veiller à ma peau, mais, toi, tu vas être seule, loin de moi. J'espère que tu ne vas pas t'oublier dans d'autres bras. Je sais que tu aimes bien les garçons, mais tâches d'être sage.

— Mon chéri, comment veux-tu que je t'oublie, je penserai à toi chaque jour.

Albert sait bien que la fidélité n'est pas la vertu dominante de Marion, mais il n'a pas le choix. Il l'aime, d'un amour aveugle, déraisonnable, qui lui fait tout accepter.

Il n'y a pas de ligne de chemin de fer directe pour aller à Libourne depuis Langon. Il faut changer de train à Bordeaux. En attendant la correspondance, les deux cousins se rendent dans un café, et la conversation vient sur Marion.

— Vois-tu Léopold, nous partons tous deux pour cette sale guerre que nous imposent les Allemands, je ne sais pas si j'en reviendrai.

— Pourquoi veux-tu y rester, il n'y a pas de raison particulière ? Et puis nous reviendrons tous les deux, assène Léopold avec une assurance feinte.

— Oui, nous pouvons l'espérer, mais si par malheur je ne devais pas revenir, je voudrais te demander quelque chose.

— Et quoi donc ? S'étonne Léopold, ne sois pas pessimiste, nous reviendrons tous les deux.

— Laisse-moi te dire ce que j'attends de toi. C'est de Marion que je veux te parler.

À ces mots, Léopold craint une explication orageuse.

— Je suis au courant de la relation que tu as eue avec elle lors des premières vendanges aux glycines.

Surpris par la soudaineté de cette révélation Léopold reste sans voix, ne sachant où Albert désire en venir.

— Lorsque je t'ai dit que je l'aimais et désirais un jour l'épouser, tu t'es effacé sans protester. C'est pourquoi je ne t'ai jamais gardé rancune de cette relation, alors que tu étais le tout premier à avoir, connu, Marion.

Léopold avait fini par conclure qu'Albert n'était pas au courant de cette relation. Il n'en était rien. Il ne savait que répondre à son cousin.

À ce moment, d'autres mobilisés entrent dans le café, et, comme ils se dirigent vers eux. Rapidement, à voix basse, Albert s'adresse à Léopold.

— S'il m'arrivait malheur, ne laisse pas tomber Marion.

— Mais il ne t'arrivera rien, et nous rentrerons tous les deux.

— Je n'en suis pas si sûr. Promets !

— Je te promets Albert, je ne la laisserai pas tomber.

Sur le moment, il donne sa parole, bien décidé à ne pas la tenir. Marion, pour aussi belle qu'elle soit, est bien trop volage pour convenir à Léopold. Et puis il espère bien qu'ils rentreront tous deux de cette fichue guerre.

Connus pour être des villages alentour de Saint Pierre d'Aurillac, les nouveaux venus s'attablent avec eux. Après avoir consommé quelques frontignans, le groupe se rend à la gare. Le train des mobilisés est sur le point de partir.

Parcourir les quelques centaines de mètres qui séparent la gare de la caserne Proteau, garnison libournaise du bataillon de dépôt du cinquante-septième régiment d'infanterie, ne prend qu'une poignée de minutes.

L'habillement et la perception de l'équipement sont aussi rapides. La tenue bleu horizon a enfin remplacé le pantalon rouge, qui était une cible idéale pour les tirs ennemis.

L'instruction est menée tambour battant, quelques exercices de combat la complètent. C'est très insuffisant, mais les batailles auxquelles le régiment a participé ont été très meurtrières. Le cinquante-septième est à bout de souffle, il est urgent de boucher les trous en complétant les effectifs.

Dès la mi-juillet mille neuf cent quinze, les premiers éléments sont mis en route par chemin de fer. C'est dans le secteur de Verneuil, dans la Somme, qu'ils rejoignent leur unité. Albert et Léopold sont affectés ensemble à la deuxième compagnie du premier bataillon.

Là, sans même voir un Allemand, ils sont employés à fortifier la nuit les positions, maniant la pelle et la pioche pour aménager les tranchées. Ceci, sous les bombardements constants de l'artillerie ennemie qui frappent à l'aveuglette. Lorsque le bataillon est de repos, il complète l'instruction des nouveaux à l'arrière, hors de portée des canons. Cette situation dure jusqu'au printemps mille neuf cent seize, où, par étapes, le régiment gagne les bords de la Marne, puis par chemin de fer la région de Verdun.

Jusqu'au début de mille neuf cent dix-huit, Albert et Léopold participent à de nombreux combats. La chance est avec eux, aucun ne reçoit de blessures graves. Par contre, comme tous les autres poilus, ils sont méconnaissables, amaigris, la peau tannée par la vie dans les tranchées, le froid, les intempéries, la faim souvent. Se soutenant de l'un à l'autre, ils tiennent.

***

En mars, les Allemands tentent une percée dans le secteur de Saint-Quentin dans l'Aisne, à la jonction des armées françaises et anglaises. La trente-cinquième division d'infanterie est envoyée avec trois bataillons du cinquante-septième régiment d'infanterie dans le secteur de Noyon. Il est chargé, à compter du vingt-six, de la défense du Mont Renaud.

Son altitude n'est pas très élevée, quatre-vingt-cinq mètres, mais le commandement a décrété que c'est un site d'importance stratégique. À proximité immédiate de la route de Compiègne, il défend, par-là même, celle de Paris. Il est crucial de tenir cette position. Les Allemands veulent la prendre, les Français ont ordre de les en empêcher. C'est une succession d'attaques et contre-attaques meurtrières des deux côtés.

La compagnie d'Albert et Léopold a pris possession des anciennes positions de mille neuf cent dix-sept. D'où pendant plusieurs jours elle repousse les assauts allemands. Dans les tranchées, la vie s'organise comme elle peut, sous les obus qui tombent à l'aveuglette sur les hommes du cinquante-septième régiment d'infanterie. La nuit, ils s'allongent à même le sol, à la recherche d'un sommeil qui les fuit les laissant au matin dans un état nerveux extrême.

L'artillerie ennemie a fait de nouvelles victimes, sur les parapets, dans les trous, elles gisent le crâne ouvert, la poitrine transpercée par des éclats d'obus. Les blessés sont nombreux, certains ne peuvent même pas être secourus.

Albert, Léopold et quelques autres hommes de leur escouade ont réussi à passer la nuit dans une cagna où ils étaient protégés des éclats d'obus. Au matin, ils tentent d'avaler un semblant de café. Au-dessus de leurs têtes, les 75 Français répondent à l'artillerie allemande.

Le treize avril mille neuf cent dix-huit, le régiment est mis à rude épreuve. Une contre-attaque est prévue pour reprendre la ferme du Mont Renaud, dont l'ennemi a réussi à s'emparer de nouveau. À quinze heures, leur compagnie est désignée pour donner le premier assaut et reprendre le terrain perdu la veille. Sitôt à découvert, la mitraille fauche les premiers fantassins. De part et d'autre d'Albert et Léopold, les hommes tombent. Eux se trouvent à côté de leur Adjudant. Un jet de grenade bien ajusté fait taire la mitrailleuse qui les prenait pour cibles.

Dans un dernier bond en avant, leur progression les amène dans la tranchée allemande où les serveurs de la mitrailleuse gisent dans une mare de sang. Ce qui reste de la compagnie a suivi. La tranchée est aux Français, pour combien de temps ? Du regard, Léopold cherche Albert. Un frisson lui parcourt l'échine. Son cousin est allongé au fond de la tranchée si durement conquise. Il ne bouge pas, semble inanimé, du sang s'écoule de sa manche droite.

— Albert ! Bon sang, ce n'est pas le moment. On a presque gagné cette foutue guerre.

— Il n'est que blessé constate l'Adjudant, après l'avoir sommairement ausculté.

À ce moment, Albert pousse un soupir, retient une grimace de douleur.

— Mon bras, mon bras ! Ils me l'ont arraché ces salauds de boche.

— Brancardiers ! Brancardiers, hurle l'Adjudant.

Après avoir posé un pansement de fortune sur le bras cassé d'Albert, les brancardiers repartent à la recherche de blessés ne pouvant se déplacer seuls.

— Il va falloir te faire accompagner au poste de secours, précise un infirmier. Toi, tu peux marcher.

Pendant ce temps, les tirs allemands se sont calmés. Seuls, les cris des blessés et le geignement des mourants troublent le silence morbide qui s'est installé.

— Puisque c'est ton cousin, dit l'Adjudant, profite que les frisés soient allés pisser un coup pour foutre le camp d'ici. Conduis-le au poste de secours, et bonne chance pour le retour.

Alors qu'ils progressent le long d'une tranchée, pour rejoindre l'arrière, les Allemands déclenchent de nouveau un violent tir d'artillerie. Léopold est blessé à la jambe et au bras gauche. Néanmoins, il a le temps de se jeter dans une cagna abandonnée. Albert, gêné par sa blessure, a perdu du temps à le suivre. Un éclat d'obus l'a atteint à l'abdomen. Il saigne beaucoup. De sa main libre, il tente de comprimer l'hémorragie, peine perdue, le sang s'infiltre entre ses doigts. Il se rend bien compte que c'est fini pour lui

— Léopold, mon vieux frère, c'est fini, je suis rendu au bout du chemin, pour moi, c'est terminé, je sens bien que c'est grave. Je ne vais pas m'en sortir. Souviens-toi, à Bordeaux, tu m'as promis de ne pas abandonner Marion, si je meurs. C'est le moment de tenir parole.

— Mais non Albert, putain de merde, tu ne vas pas crever ici, dans ce trou à rats.

— Non Léopold, c'est fini, je le sens.

Tout en parlant, il sort de sa poche la dernière lettre envoyée par la jeune femme, reçue le matin même avant l'assaut. Elle n'est pas encore décachetée. Albert la tend à Léopold

— Lis-la-moi s'il te plaît. C'est la dernière de Marion.

Dès le premier coup d'œil, Léopold comprend tout l'avantage qu'il peut tirer de ce courrier. Marion explique comment les parents d'Albert se sont tous deux noyés en Garonne, surpris par le Mascaret, en amont de Langoiran.

Plus pour le plaisir de se laisser aller au fil de l'eau que par nécessité, ils étaient partis livrer un baricaut de vin à un client qui les attendait au port de Paillet. Sur le retour, ils devaient être pris en remorque par un marinier de leurs amis, pour remonter la Garonne.

La marée était basse, et en attendant qu'elle remonte, de façon à ce que le marinier puisse trouver assez de fond pour naviguer, ils avaient lancé leurs lignes pour pêcher. Alors que leur barque se trouvait en travers du courant, ils ont été surpris par la vague qui remontait le fleuve, leur fragile embarcation a chaviré, les précipitant à l'eau.

De plus en plus faible, Albert n'écoute plus, et meurt, là, dans cette tranchée, dans les bras de son cousin, pour une guerre absurde, voulue par des politiques avides de pouvoirs et de territoires.

Léopold, lui, se rend compte que ses blessures ne sont pas mortelles. Un bras cassé et une grande plaie à la cuisse. Puisqu'il doit épouser Marion, puisque son oncle et sa tante sont morts, tout comme Albert. Puisqu'il est le seul membre de la famille encore vivant, sa décision est prise. Il va récupérer les biens d'Albert.

Profitant de se trouver seul dans cet abri de fortune, il échange sa plaque d'identité et le livret militaire d'Albert avec les siens. Il fait de même avec divers objets personnels et le courrier reçu des parents et de Marion. S'il est tué à son tour, par la force des choses, l'affaire en restera là. S'il s'en sort, et que Marion s'aperçoit de la supercherie, les seuls appas de l'argent, et de la position sociale, l'incitera au silence.

Au moment où Léopold sort de la cagna, il pense qu'il serait humain de ramener le corps d'Albert, mais il ne se sent pas la force physique d'un tel effort. Son bras gauche, cassé, le fait terriblement souffrir. Depuis quelques minutes, les bombardements ont cessé, et les brancardiers du poste de secours parcourent les tranchées à la recherche des blessés, il a la chance de les rencontrer à ce moment. Ils refusent de prendre en charge le corps d'Albert.

— Nous n'amenons que les blessés.

Ils se contentent de récupérer la plaque d'identité et le livret militaire sur sa dépouille.

Après avoir donné les premiers soins à Léopold, une écharpe pour soutenir son bras, et un pansement de fortune à sa jambe, les brancardiers l'engagent à se rendre au poste de secours par ses propres moyens. Pour cela, il suffit de suivre une autre équipe qui s'y rend après avoir récupéré un blessé.

Désormais, le sort en est jeté. Impossible de faire marche arrière. À partir de maintenant, Léopold Monsegues est mort, Albert lui survit. Au poste de secours, le diagnostic du médecin est plus sérieux que ne le pensait Léopold. La plaie s'est infectée, et un fragment de l'éclat d'obus est resté fiché dans l'os du fémur. Il souffre d'une manière atroce. Il faut opérer et pour cela l'évacuer vers un hôpital mieux équipé qu'un poste de secours de campagne.

Après de longues semaines de soins, car la plaie ne guérit pas correctement, Léopold peut rejoindre son bataillon. De la deuxième compagnie, subsistent seulement quelques soldats. La plupart de ses anciens camarades sont morts, prisonniers ou disparus. Il n'y connaît plus personne. De ce fait, il s'installe pour de bon dans sa nouvelle identité. Ses nouveaux camarades l'appellent naturellement Albert, et il finit par le croire lui-même. Après tout, il a partagé une grande partie de la vie de son cousin. Reste Marion, mais s'en apercevra-t-elle ? En attendant, il s'entraîne en permanence en répétant dans sa tête sa nouvelle date et lieu de naissance. Faisant effort de se remémorer les moindres événements du passé sur lesquels il pourrait être pris en défaut, il lit et relit les courriers adressés par Marion et les parents d'Albert.

La guerre n'est pas terminée et son régiment participe encore à de durs combats. Cependant, en raison des blessures reçues, et surtout de la nouvelle stratégie adoptée par le grand quartier général, il bénéficie d'une permission. Huit jours, en plein mois d'août, il faut tenter l'aventure jusqu'au bout. De toutes les manières, Léopold n'a plus le choix.

Il en profite pour se rendre à Saint-Pierre d'Aurillac et faire valoir ses droits sur les biens de son oncle. En possession des pièces d'identité d'Albert, il ne rencontre pas de difficultés majeures. Ses traits sont considérablement changés en raison des épreuves subies sur les champs de bataille, de plus il a pris la précaution de se laisser pousser la barbe. Comme tous les poilus, il a beaucoup maigri. Sitôt que son retour au pays a été connu, Marion est venue le voir à la ferme familiale.

— Enfin Albert, te voilà revenu à la maison.

— Ce n'est que pour quelques jours, je dois rejoindre mon régiment au début de la semaine prochaine.

La barbe drue qui lui couvre la moitié du visage trompe Marion, elle peine à le reconnaître, c'est exactement ce qu'il désirait.

— Fais attention à toi, cette maudite guerre ne va pas s'éterniser encore pendant des années.

— Je le souhaite encore plus que toi, qui restes seule au pays, j'espère que tu es sage pendant que je risque ma peau.

— Je n'aime que toi Albert, et tu le sais.

— Alors, si tu veux que je t'épouse après cette fichue guerre, continue à être sage, très sage.

Marion ne semble pas avoir de doute. Elle en a d'autant moins, que Léopold lui a renouvelé le vœu qu'avait formulé Albert de l'épouser après la guerre. Ce dont elle n'avait parlé à personne, mais allez savoir avec les femmes.

Pendant ses huit jours de permission, Léopold s'est occupé à remettre en peu d'ordre dans la maison, qui est désormais la sienne, réparant ici ou là, ce qui semble en avoir le plus besoin.

En même temps, il cherche les économies qu'il sait avoir été dissimulé par son oncle, explorant avec patiente et minutie tous les endroits susceptibles de servir de cachette. Après avoir repoussé les meubles dans un coin, il finit par découvrir dans la chambre à coucher, sous l'imposante armoire, une latte de plancher instable.

En la soulevant, dans un creux aménagé se trouve une toupine en grès verni. Fébrilement, il la retire et, après avoir ôté la toile imperméable qui la recouvre, il en fait l'inventaire. Le total représente une somme relativement rondelette. Sans perdre de temps, il agrandit le trou, remet tout en place et comble l'espace restant avec de la terre bien sèche puis cloue solidement la latte de plancher. Cette opération terminée, il repositionne les meubles comme ils étaient.

Il n'est pas nécessaire d'inviter Marion, elle vient régulièrement d'elle-même. Au lit, c'est satisfaisant, par contre dans ce moment-là, les mots tendres ne sont pas tout à fait ceux qu'Albert lui murmurait à l'oreille avant son départ pour la guerre. Elle ressent quelque chose d'indéfinissable. Elle ne sait pas quoi, mais son instinct de femme est en éveil. Elle se fait curieuse, pose des questions sur ses souvenirs communs avec Albert.

Léopold allègue un traumatisme crânien, reçu alors qu'il s'est trouvé enseveli dans un abri à la suite d'un bombardement, et qui le prive d'une partie de ses souvenirs. Marion se contente de cette explication, la perspective d'un mariage avec un propriétaire l'incite à ne pas pousser plus loin. Elle verrait bien plus tard lorsqu'elle porterait le nom de Madame Albert Monsegues.

Lorsque celui-ci fut retourné dans son régiment, elle ne fit part de ses doutes à personne. Quoi qu'il en soit, elle tenait à se faire épouser. Il y avait bien le forgeron du village, qui avait une belle affaire. De temps en temps, ils avaient un rendez-vous galant, mais il commençait à être âgé et tenait à conserver sa liberté. Ou bien le fils du notaire, qui lui aussi l'avait honoré, mais son père qui par ses relations avait réussi à ce qu'il ne parte pas à la guerre, se serait opposé à un quelconque projet. Projet auquel le jeune homme en question n'avait jamais fait la moindre allusion. Marion aspire à un statut de femme mariée, ce n'est pas le forgeron ni le fils du notaire qui le lui donnerait.

Non, elle attendrait le retour de son soldat. En attendant, il faut bien profiter de la vie.

***

De retour au bataillon, le premier souci de Léopold est de ne pas se faire tuer au dernier moment. Ce serait trop bête alors que la chance lui sourit, il hérite d'une ferme et comble de bonheur, il a découvert les économies que l'oncle avait dissimulées. Il était au courant que l'argent se trouvait rangé dans une toupine, au fur et à mesure de, ventes parallèles. Souvent, il l'avait vu compter les pièces et les billets, Justin et Mélanie avaient toute confiance en lui. En temps ordinaire, il n'aurait pas dérobé un seul centime, mais là, les circonstances étaient telles qu'il ressentait presque un devoir de soustraire ces biens à la voracité de l'État. Lequel au demeurant s'était copieusement servi sur le compte bancaire où était versé le produit des ventes déclarées.

Lui qui n'avait rien, se trouve maintenant en possession d'une exploitation viticole. Pas très grande, certes, mais, bien à lui, et d'un rapport correct, le cépage est bon, la terre aussi, et une vingtaine d'hectares tout de même, et puis cette vigne qui est maintenant la sienne, il a appris à l'aimer.

Les papiers ont été faits chez le notaire, il n'y a pas eu de problème. Et même, cette chose inespérée, il y pense tout le temps, une somme suffisante pour relancer l'affaire à son retour. Il faut dire que le travail ne manquera pas. Depuis que la vigne est à l'abandon, tout est envahi de mauvaises herbes. Les traitements n'ont pas été faits en temps voulu, le mildiou risque de s'y mettre. Il craint que, d'ici qu'il soit libéré, la maigre vendange qui s'annonce pour fin septembre début octobre ne pourrisse sur pied au seul bénéfice des oiseaux.

***

Pendant ce temps, Marion continue à prendre du bon temps. À son appétit insatiable pour les hommes, elle a ajouté l'habitude de consommer une décoction d'herbes. Ce n'est pas une tisane ordinaire, pas du tout. Au hasard des travaux journaliers dans les fermes environnantes, elle a fait la connaissance d'une gitane avec laquelle elle s'est liée d'amitié. Cette dernière l'a initiée à la préparation de cette décoction de datura sauvage.

Une plante très dangereuse pour qui ne sait pas l'utiliser. Il est absolument nécessaire de respecter le dosage sous peine de graves malaises, voire la mort par arrêt cardiaque. Bonne élève en tout ce qui concerne les plaisirs interdits, Marion a appris à choisir les plantes, les cueillir et les préparer en vue de sa consommation.

Cela n'a pas été sans quelques mésaventures. Les toutes premières fois où elle a essayé seule cette préparation, elle a frôlé le pire, nécessitant même une fois l'intervention de son médecin. Malgré la mise en garde de ce dernier, elle continue à consommer cette herbe diabolique.

Maintenant, cela se passe bien, elle s'est procuré une balance de précision, et sait préparer son poison. Elle retire de cette consommation une impression de puissance, de forme physique extraordinaire. Les effets de sa tisane se faisant encore sentir le lendemain, elle a, enfin et surtout, l'impression, illusoire, sans doute, qu'elle décuple son plaisir sexuel. Elle a bien l'intention d'initier Albert Léopold à cette nouveauté. Lorsqu'ils seront mariés, bien sûr.

Depuis avril mille neuf cent dix-huit, Léopold a accompli les trois années légales de service militaire dû à la Nation. Cependant, au titre de la réserve, qui est, elle, de sept ans, il est maintenu, de même qu'une grande quantité d'autres soldats. Le cinquante-septième régiment d'infanterie participe encore à des batailles dans la Somme, Voyennes en septembre, il est engagé à Chevrisis-Les-Dames jusqu'au trente octobre. Jusqu'au huit novembre, il est de repos à Danizy puis du dix au onze à Machemont. C'est là que lui parvient la nouvelle de l'armistice.

***

À Saint Pierre d'Aurillac, comme dans toute la France, les cloches sonnent de nouveau, mais cette fois, les larmes qui coulent sur les visages, sont des larmes joie. Les gens dans la rue s'interpellent et s'embrassent.

— C'est fini ! C'est fini, dit Marion en poussant la porte de la maison de ses parents. Albert va revenir, nous allons nous marier.

— Espérons-le, renchérit sa mère, et que tu commences à comprendre qu'il te faudra enfin rester sage.

— Mais ne t'inquiète pas pour ça, Maman, tu sais bien que je suis sage, répond Marion, sans en penser le premier mot.

La démobilisation des réserves dure en longueur. Léopold bout d'impatience, la vendange de l'année est déjà perdue. L'hiver approche et il est urgent de tailler la vigne si l'on veut une récolte l'année prochaine. Il faut désherber, tirer les cavaillons. Acheter un cheval, remettre l'outillage en état, soufrer les barriques, du moins celles encore utilisables. Bref, l'ouvrage ne manque pas et il est tout seul pour en venir à bout.

Non, il n'est pas tout seul, il y a Marion, qui s'empressera de venir l'aider, car pour elle, il est hors de question de laisser la place libre. De cela, il n'en doute pas, la rouée sait ce qu'elle veut. Il a promis à Albert de ne pas la laisser tomber, et, à Marion, de l'épouser. Cela ne l'enchante pas outre mesure, mais l'histoire est trop avancée pour revenir en arrière.

Pourtant, il a bien l'intention de faire traîner les choses en longueur avant de la conduire à la Mairie.

9

Premier janvier mille neuf cent dix-neuf. Quelques fausses notes fusent d'un petit salon. Gontran continu son apprentissage du violon. Il aura six ans dans quelques mois, et il ne fait pas beaucoup de progrès. Ludwig fait la grimace. Son fils ne maîtrise pas encore, l'ode à Mariette.

— Allons, il n'y a pas de quoi en faire une montagne, il est encore bien jeune. À son âge, tu ne faisais pas mieux, corrige Manfred.

La guerre est finie. Elle est perdue pour l'Allemagne. La famille Von Querbecke a rejoint la Bavière où Manfred occupe une villa cossue, transmise de génération en génération. Il fait très froid, la neige tombe en abondance depuis plusieurs jours. Devant la cheminée ou brûle d'énormes bûches, les deux hommes discutent en dégustant un vin de Moselle.

— Je n'arrive pas à me faire à l'idée qu'elles soient mortes toutes les deux soupire Ludwig.

— Oui, je te comprends, soupire à son tour son père. Mais tu sais, quand ce bon à rien de Cyprien ma montré la grange en train de brûler, j'ai compris qu'il n'y avait plus rien à faire pour secourir les gens qui se trouvaient dessous. C'était un brasier, de plus, les Français nous avaient pris sous leurs feux, les obus tombaient de toute part, il n'y avait plus rien à faire.

Le violon vient de se taire, la dernière répétition a été meilleure que le début, cependant la dernière note est toujours trop haute. Gontran fait irruption dans le grand

121

salon où se trouvent son père et son grand-père. Il se réfugie auprès de ce dernier qui passe un bras autour de son cou.

— Heureusement que tu as réussi à me sauver celui-là, dit Ludwig.

— Ce fut vraiment un coup de chance. Une accalmie de quelques secondes dans les tirs, m'a permis d'entendre ses pleurs alors que je revenais vers notre maison, narre Manfred pour la énième fois.

— Et que Cyprien ne t'a pas vu, renchérit Ludwig.

Gontran interrompt la conversation, il a entendu le récit de son sauvetage plus de cent fois.

— Quand c'est que l'on ouvre les cadeaux ?

— Lorsque le repas sera servi, dit Manfred en resserrant sa pression autour de son petit-fils.

— Tu m'étouffes papy.

L'arrivée de Inge sa grand-mère, dispense Manfred de se justifier de ce trop-plein d'amour pour l'enfant.

— À table, mes hommes, c'est prêt.

— Alors, on ouvre les cadeaux, déclare tout de suite Gontran.

***

Chassée d'Alsace après la défaite de l'armée allemande, la famille Von Querbecke est retournée dans sa Bavière d'origine, où le jeune Gontran reçoit une éducation conforme à la tradition familiale. Il apprend le violon, et surtout, l'ode à Mariette, pour s'imaginer une mère qu'il n'a jamais connue. Une mère et une sœur tuées par les soldats français. Comme son père, il fera une carrière militaire.

Animé d'une espérance un peu folle, Ludwig ne peut supporter l'idée que Mariette, la femme qu'il aimait par-dessus tout, ainsi que sa petite Katrina soient mortes. Il ne peut s'y résigner sans avoir vu par lui-même les sépultures où elles reposent. Tout en se dirigeant vers la salle à manger, il laisse échapper.

— Je veux voir leurs tombes par moi-même.

— Je pensais bien que tu aurais cette réaction, dit Manfred.

— Et même quand je les aurai vues, je ne sais pas si je parviendrai à faire mon deuil.

Gontran s'est précipité sur les cadeaux dont il arrache les emballages en poussant de grands cris de joie.

— Je partirai dès que le temps me le permettra, dit Ludwig.

— Tu as raison, je ferais pareil à ta place, mais passons à table, dit Manfred.

Le mauvais temps s'est installé sur la région jusqu'au début du mois de février mille neuf cent dix-neuf, où enfin, profitant d'une permission Ludwig peut enfin se rendre en France. Au cimetière de Turckheim il n'a aucune difficulté pour trouver les tombes recherchées. Il reste longuement silencieux, immobile. Les premières paroles d'une prière lui viennent naturellement aux lèvres, mais il se reprend.

À quoi bon, à quoi cela va-t-il servir ? Se dit-il.

Il a le cœur gros de peine, mais aussi de haine, si Ferdinand lui avait accordé la main de Mariette, au moment du bombardement, elle ne se serait pas trouvée dans la ferme, les enfants non plus. Aujourd'hui, bien que vaincu par les armes de la France et de ses alliés, il serait heureux avec celle qu'il aime, Gontran aurait une sœur pour partager ses jeux.

Avant de regagner l'Allemagne, bien que la démarche lui demande un effort, il estime de son devoir de révéler à Cyprien l'existence de Gontran. N'est-il pas son neveu ?

Il accueille Ludwig très froidement.

— Tiens te voilà, je te signale que nous sommes redevenus Français, et que tu n'as rien à faire ici. Tu t'en es sorti, toi. Ce n'est pas la même chose pour tout le monde. Va faire un tour au cimetière de Turckheim, tu verras où ils sont mes parents, ta chérie, et tes bâtards, à cause d'une guerre que vous avez voulue, vous, les boooches.

Devant l'attitude agressive de Cyprien, Ludwig revient sur sa décision. Il décide de ne pas révéler que Gontran a survécu aux bombardements de l'armée française, et se trouve en Allemagne, où ses grands-parents veillent à son éducation. Il réprime une forte envie de corriger Cyprien, il en a les capacités physiques. Il préfère répondre.

— Je me rends compte, Cyprien que tu es toujours aussi bien élevé et disposé à mon égard. Si ta jambe malade t'a permis d'échapper au service militaire, je pense que ce léger handicap, dont tu sais tirer avantage au moment voulu, n'aurait pas dû t'empêcher de trouver une femme. Tu as une bonne situation et de la fortune, maintenant que tes parents sont morts.

J'en suis surpris. Mais peut-être es-tu de ses hommes qui préfèrent les garçons, et chez qui l'on rentre par-derrière ?

À ces mots, Cyprien se jette sur Ludwig, qui d'un simple mouvement de côté esquive la charge. Cyprien, déséquilibré, s'étale d'une manière grotesque.

— Ne joue pas à cela avec moi, Cyprien, tu ne tiens pas sur tes jambes. Je te souhaite de subir ce que tu as fait subir aux autres.

Sur ces paroles, Ludwig fait demi-tour et repart, pendant que Cyprien se relève, rouge de colère, en proférant des invectives qui n'atteignent pas leur but. Ludwig, les traite par le mépris.

Cyprien n'est pas attiré par les garçons, il ne l'est pas davantage par les filles. Il s'est forgé une mentalité de célibataire, et entend le rester. Lorsqu'il éprouve des besoins, il a des adresses où les satisfaire, et cela lui convient.

Dès que Ludwig s'est retiré, Cyprien s'enferme dans son bureau, et s'empare du combiné téléphonique. L'opératrice a de la peine à le mettre en communication avec Ferdinand, à l'autre bout de la France. La conversation est difficile, ils se méfient de l'opératrice qui peut écouter leur conversation.

— Il est revenu, dit Cyprien.

— Comment, lui ?

— Oui, il est allé sur leurs tombes à Turckheim, puis il est venu me voir.

— Il n'est pas au courant au moins ?

— Non bien sûr que non, confirme Cyprien.

Au bout du fil, Ferdinand ne tarde pas à prendre une décision.

— Tu vas me confirmer par courrier que son père est venu te voir pour t'annoncer son décès à Verdun. Il y a eu tellement de morts des deux côtés que cela ne doit pas poser de problème. Ajoute quelques mots de compassion.

— Je fais ça de suite, nous n'avons pas besoin de ce teuton prétentieux dans notre famille.

Bien qu'adressée à Ferdinand, cette lettre est bien entendu destinée à Mariette pour la convaincre d'oublier Ludwig, et l'inciter à épouser le propriétaire de l'exploitation viticole voisine Les Glycines, qu'il juge d'un bon rapport.

Il verrait bien cette propriété, se joindre à la sienne par le mariage de Mariette. En fin de compte, c'est elle plus tard qui héritera et possédera l'ensemble, bien sûr à condition d'être assez finaud lors de la rédaction des actes chez le notaire.

Lorsque le courrier arrive à Mérigon, Mathilde et Mariette sont occupées à la préparation du repas de midi. Ferdinand le lit en premier, lorsqu'il arrive à la fin, il se forge une attitude peinée, puis fourbe, il se rend à la cuisine le papier à la main et laisse échapper.

— C'est une lettre de Cyprien.

Les deux femmes marquent un temps d'arrêt. L'attitude de Ferdinand laisse présager une mauvaise nouvelle. Mariette pose sur la table, le couteau avec lequel elle épluchait des pommes de terre. Son cœur bat plus vite, un sombre pressentiment l'assaille.

— Eh bien, que se passe-t-il ? Questionne Mathilde.

Ferdinand se contente de lâcher un laconique.

— Verdun !

Depuis le onze novembre mille neuf cent dix-huit, Mariette est sur des charbons ardents. Quatre mois déjà que l'armistice est signé. Chaque instant de chaque jour elle attend des nouvelles de Ludwig. Malgré son silence jusqu'à ce jour, elle refuse d'envisager le pire. Peut-être est-il blessé, ou bien encore, les rigueurs de son service ne lui permettent pas de se manifester.

Mathilde ne fait pas de suite la relation entre la lettre que Ferdinand tient dans sa main et cette bataille qui a dévoré tant de vies humaines dans les deux camps.

— Mais quoi Verdun ? La guerre est terminée.

Mariette par contre a déjà fait la relation entre cette funeste lettre et le silence de Ludwig. Du mieux qu'elle peut, elle retient un trop-plein de larmes, qui malgré ses efforts, franchit la barrière de ses yeux. Au moment où elle s'empare du courrier. Ferdinand lâche faussement ému.

— Ludwig, en juin mille neuf cent seize devant Douaumont !

En larmes, elle s'enferme dans sa chambre avec Katrina. Toutes deux ne réapparaissent qu'au moment du repas, les yeux rouges d'avoir pleuré.

Sa mère, Mathilde, compatissante, la réconforte de son mieux.

— Il n'y a plus rien à faire, Maman. Je préfère ne plus parler de ce malheur. Il me reste Katrina pour m'aider à surmonter ma peine.

Elle a bien compris, cependant, que la compassion de son père n'est pas sincère.

Le soir, de retour dans sa chambre, et après avoir lu et relu plusieurs fois la lettre, la mouillant de ses larmes, elle la range dans un coffret avec d'autres papiers personnels, sa bague de fiançailles et la déclaration de naissance des jumeaux.

***

Peu à peu, les soldats sont démobilisés. Le bataillon de dépôt du cinquante-septième régiment d'infanterie a regagné son cantonnement à Libourne. Les permissions sont plus nombreuses.

Au cours de l'une d'entre elles, en décembre mille neuf cent dix-huit, Ferdinand rend une visite de voisinage à Léopold, qui bien sûr a endossé l'identité d'Albert, et se présente sous celle-ci.

Il ne parle pas de mariage, en vieux filou, il est juste venu tâter le terrain. Et puis, il y a cette femme, cette Marion Thauros, elle a mauvaise réputation dans le village. Quel est son rôle, sa place exacte auprès d'Albert Monsegues ?

Il n'a pas encore suggéré à Mariette qu'un mariage avec le patron des Glycines puisse être envisagé. Il est trop tôt, beaucoup trop tôt. De plus, l'exploitation a besoin de travaux importants pour repartir. Il est plus sage de laisser Monsegues s'en occuper. Cependant, il n'exclut pas une manœuvre d'approche, à peu près sûr qu'elle serait vaine en raison de cette Marion.

— Cette maudite guerre vous a fait perdre beaucoup de temps. Vos travaux ont pris beaucoup de retard.

— Oui, c'est sûr, mais je pense être bientôt démobilisé et je pourrais me mettre sérieusement à la tâche.

— Voulez-vous que Sébastien vous assiste pendant quelques jours. En ce moment, nous n'avons pas beaucoup d'ouvrage et son père suffit largement à la besogne.

C'est gênant, il a Marion pour cela, et il sera quitte de rendre la pareille. Il ne veut pas être redevable à la famille Worms.

Cependant, il n'oublie pas la jolie Mariette. Sa nouvelle position sociale lui permet de nourrir quelques espoirs. Mais il y a Marion, la renier conduirait à la catastrophe.

Que faire ?

— Je vous remercie de votre proposition, mais je ne pourrai sérieusement m'occuper de mes vignes qu'une fois démobilisé. Bientôt j'espère, et pour m'aider il y a Marion.

— À votre aise, conclut Ferdinand, mais n'oubliez pas qu'en cas de besoin, vous pouvez compter sur moi.

***

Il est démobilisé fin février mille neuf cent dix-neuf. Informé, Ferdinand ne tarde pas à lui rendre de nouveau une visite de courtoisie. La lettre de Cyprien est arrivée au bon moment pour étayer ses noirs desseins.

— J'ai appris votre retour, vous êtes enfin démobilisé, prêt à reprendre les Glycines qui en ont bien besoin.

— Oui, ça y est enfin, mon régiment a multiplié toutes sortes de mauvaises raisons pour retarder ma démobilisation, mais c'est fini.

Ferdinand renouvelle sa proposition de lui prêter le fils de son métayer pour démarrer les travaux urgents.

— Je peux vous laisser Sébastien quelques jours, si vous en avez besoin.

— Je pense que ce ne sera pas nécessaire, Marion va venir m'aider.

Toujours cette Marion pense Ferdinand, lui qui était venu juste pour annoncer la mort de Ludwig pour voir la réaction de Monsegues. Dans un soupir, il lâche.

— Oui, vous avez réussi à passer au travers de cette sale Guerre, ce n'est pas comme le père de Katrina, nous venons juste d'apprendre qu'il y est resté, à Verdun, devant le fort de Douaumont.

Monsegues reste quelques secondes sans réaction. Quelque chose lui dit que cette annonce n'est pas innocente de la part de son voisin. Mais il y a Marion, la renier semble impossible. Il se reprend.

— Ce doit être dramatique pour votre fille et Katrina ?

— Oui, effectivement, elle a beaucoup de peine à l'accepter. Mais je pense qu'avec le temps, elle se ressaisira.

L'arrivée de Marion, met un terme à cette discussion que ni l'un ni l'autre ne souhaite poursuivre en sa présence.

***

Le premier travail d'Albert Monsegues est d'acquérir un cheval au marché de Langon.

La bête n'est pas pour rien, c'est un jeune animal en bonne santé, c'est ce qu'il veut. De plus, les réquisitions de la guerre avaient fortement réduit le nombre de chevaux sur le marché. Il ne restait plus que les réformés ou les très jeunes.

Celui-là est en âge de travailler. Lorsque Zéphyr, puisque c'est son nom, est installé, Léopold se consacre exclusivement à la taille de la vigne, tâche qui doit absolument être terminée avant le printemps.

Dès le lever du jour il est au travail, taillant les sarments superflus, ne laissant qu'une flage destinée à la renaissance des grappes. Comme prévu, Marion est venue s'installer à la ferme. Le matin, elle s'occupe du ménage et des repas pour la journée. L'après-midi, elle vient rejoindre Léopold, que bien sûr elle appelle Albert puisque c'est désormais son identité. Elle tire les sarments et en fait un tas qu'elle lie avec une tige d'osier. Cela servira plus tard pour saisir la viande de bœuf sur le gril.

Le couple travaille jusqu'à la tombée de la nuit. La journée n'est pas terminée pour autant. Il faut soigner

Zéphyr. Après le dîner à la lueur d'une faible ampoule électrique, il va à la remise où se trouve le matériel, la charrette dont il faudra changer le cerclage de la roue gauche, la tonne à eau et d'autres outillages encore, qu'il faut remettre en service. Marion, lorsqu'elle a terminé la vaisselle et les travaux ménagers, vient souvent le rejoindre. Elle a l'air soucieuse.

Il s'aperçoit que de temps à autre elle le regarde du coin de l'œil. Elle a souvent cette attitude, même lorsqu'ils sont à la vigne. Ce regard inquiète Léopold, elle n'allait pas avoir des soupçons maintenant ? De toutes les façons, il est trop tard pour se poser des questions.

Le soir, lorsqu'ils se couchent, ivres de fatigue, ils s'endorment tout de suite. Les travaux urgents ne sont pourtant pas encore terminés. Après la taille, il faudra lier les flages, suivre les fils de fer, remplacer les carassons défectueux. Puis traiter le moment venu.

Marion, le soir, malgré la fatigue aurait bien souhaité quelques caresses.

— Pendant que tu étais absent, j'ai fait la connaissance de Rita, une gitane qui m'a donné le dosage d'une tisane souveraine contre la fatigue et les pannes sexuelles.

— Tu sais, cette recette de gitanes je m'en méfie. Bien souvent ce genre de personne fait commerce avec des forces auxquelles je préfère ne pas me frotter.

— Serais-tu superstitieux mon chéri ? Il n'y a rien à craindre de ce côté-là. J'ai déjà utilisé cette recette et je n'ai eu aucun problème. Elle se hâte de rajouter, contre la fatigue.

Léopold, se rend bien compte lui aussi que le harassant travail auquel il est soumis depuis son retour, l'épuise et le prive de ces tendres moments que réclame Marion.

— Je veux bien essayer une fois, demain tu iras chercher ta plante magique.

— Pourquoi attendre à demain, j'en ai ici.

Sans plus attendre, Marion quitte la chambre et se rend dans la cuisine où en un tour de main, elle prépare sa tisane. Réel ou imaginaire, elle trouve son compte par un retour d'affection, par contre, le Datura a des effets secondaires.

Leur sommeil est agité, et souvent il arrive à l'un ou l'autre, parfois les deux, de parler en dormant. Marion prononce des prénoms masculins, et pousse de petits soupirs de plaisirs. Léopold, lui aussi prononce un prénom masculin.

— Albert, Albert, putain de merde, tu vas ne pas crever ici ! Pas dans ce trou à rats.

Il se débattait comme pour se défendre d'une agression, et fatalement, il réveillait Marion. Au début, elle n'y prêtait pas attention. Au matin, il lui restait une impression désagréable, sans pouvoir savoir quoi ?

Elle décida pendant quelque temps de se passer de sa décoction. Un sommeil tranquille revint alors. Au fil des jours, le gros travail de remise en route de la ferme se termine. Ils sont moins fatigués à la fin de la journée, et leur vie intime reprend un cours normal. Marion cependant, a des flashs, souvenirs des nuits précédentes. Une phrase revient sans cesse à sa mémoire.

— Albert, tu ne vas pas crever ici !

— Albert, putain, tu ne vas pas crever ici.

Ces mots tournent en boucle dans sa tête. Pourquoi, dans l'agitation de ses rêves, prononce-t-il cette phrase, qui semble s'adresser à lui-même ?

La question se fait pressante, elle demande une réponse, plus encore, elle l'exige. Elle se remémore les doutes qu'elle a eus, puis refoulés, lorsqu'il est venu en permission l'année précédente. Ses réponses évasives lorsqu'elle évoquait des souvenirs intimes communs. Ce qui l'égare le plus dans son raisonnement, c'est le fait d'avoir eu, autrefois, des rapports avec les deux cousins. Sa proposition de l'épouser a endormi ses doutes, mais, maintenant, plusieurs petits détails viennent les ranimer.

Si, pendant qu'il était à l'armée, pour défendre le pays, le nombre de ses amants avait satisfait ses sens, toujours en éveil, maintenant qu'elle vit à la ferme et n'en connaît plus qu'un, elle peut y réfléchir. Les mots tendres qu'Albert lui chuchotait à l'oreille lorsqu'il la possédait n'étaient plus les mêmes, différents, parfois inexistants, maintenant.

C'est certain, Marion est plus amoureuse de la ferme que de son propriétaire. Cependant, elle ne veut pas être prise pour une gourde.

Même si quelques gars des villages alentour l'ont connue intimement, elle est résolue, pour parvenir à son but, à ne plus être que la femme d'un seul. Mais si elle doit s'assagir pour fonder un ménage, elle désire avoir la position forte.

Elle n'est pas très instruite, et d'une intelligence ordinaire, mais sa malice et l'intuition féminine font la différence. Plus elle réfléchit, et plus sa conviction se renforce. Elle décide d'en avoir le cœur net. Forte des expériences passées, elle prépare sa fameuse décoction, un soir où Léopold a beaucoup travaillé. Il est fatigué de sa journée.

— Je vais te préparer une tisane, dit-elle.

— Je n'y tiens pas autant que ça, tu sais. J'ai appris qu'un mauvais dosage peut être fatal.

— Tu peux me faire confiance à ce sujet, et puis, j'ai tellement envie que tu me prennes dans tes bras.

Albert aussi apprécierait un gros câlin.

— Bon d'accord, mais sois prudente.

Au village, les gens savent que Marion use du Datura sauvage, certains l'ont mise en garde contre les effets secondaires, et aussi qu'un mauvais dosage est susceptible d'avoir des conséquences extrêmement graves. Mais, bon, elle n'en fait qu'à sa tête.

La rouée commère n'a mis dans sa tasse, qu'une inoffensive pincée de tilleul. Le soir, au lit, lorsqu'elle eut son content de caresse et que Léopold s'est endormi, au contraire, elle veille. Plongé dans un sommeil profond, dû autant à la fatigue de la journée qu'à celle engendrée par les caresses prodiguées à son insatiable compagne, il ronfle paisiblement.

Au milieu de la nuit, elle s'est assoupie, mais un besoin d'aller aux toilettes la force à se lever. Se faisant, elle sent la semence de Léopold s'écouler contre sa cuisse. Elle en est contrariée, car cela l'oblige à se laver. Jusqu'à ce jour, après leurs ébats, elle restait tranquillement allongée sur le dos, les cuisses serrées pour la retenir. Elle espérait ainsi se trouver enceinte et hâter leur mariage. Alors qu'elle revient se coucher, Léopold s'agite dans son sommeil. Elle tend l'oreille pour comprendre ce qu'il dit.

— Que les blessés, que les blessés.

Il se retourne sur le côté, et se remet à ronfler. Pendant de longues minutes, Marion, les yeux grands ouverts, l'oreille tendue attend qu'il en dise davantage. Peine perdue, il semble avoir retrouvé un sommeil paisible. Sur le matin, elle commence à s'endormir lorsqu'en se retournant il articule de nouveau.

— Albert, ne pas crever ici, merde, par crever ici. Pas dans ce trou à rats !

Réveillée tout à fait, elle essaye de comprendre ce que veulent dire ces morceaux de phrases. Puis, vaincue par une nuit quasiment sans sommeil, elle s'endort jusqu'à ce que le réveil sonne. Au matin, pour des raisons différentes, ils sont tous les deux fatigués.

La matinée est occupée à préparer le cuvier. Il faut nettoyer les foudres, rincer les barriques, préparer et désinfecter tout le matériel nécessaire à la vinification afin que tout se passe bien. Cette année, c'est sa première vendange, on n'y est pas encore, mais Léopold tient à être prêt.

L'après-midi, c'est à la vigne que le couple s'active. Dans un abri en pierre situé en bordure de la pièce, Léopold, dans une barrique pleine d'eau, a fait dissoudre des cristaux de sulfate de cuivre et de la chaux vive. Il a bien remué le tout à l'aide d'un piquet de bois, le mélange est prêt. Après avoir rempli une première sulfateuse, il la charge sur son dos et part pulvériser la bouillie bordelaise sur les plants. C'est long et fatigant, lorsqu'il revient à l'abri, préparée par Marion, une autre machine l'attend.

C'est celle-là même qu'Albert utilisait autrefois. Le traitement effectué par un seul homme est épuisant, il n'y a pas de pause entre deux pleins de sulfateuses. Si la première est portée d'un cœur léger, dans la bonne conscience du travail bien fait, les dernières, lorsqu'à la tombée de la nuit il cesse la noria, sont devenues de pesants fardeaux.

C'est après des journées comme celle-ci que Léopold s'endort comme une souche, laissant, quelques fois, Marion inapaisée. Il lui arrive de temps à autre, de se caresser toute seule, mais ce n'est pas satisfaisant, un homme lui est indispensable.

Ils sont couchés depuis une heure environ, et, si Léopold ronfle, Marion ne trouve pas le sommeil. Alors qu'elle glisse, sa main entre ses cuisses, il se met à parler, ce sont toujours les mêmes mots.

— Albert, ne pas crever ici, que les blessés, que les blessés.

Cette fois, la vérité peu à peu commence à émerger dans sa tête, confirmant ses premiers soupçons. Albert est mort à la guerre, et c'est Léopold, qui est là. Il a pris sa place. Lui qui n'avait rien, veut tout maintenant.

Son aveuglement provient, elle le comprend à présent, du fait qu'elle a eu des rapports avec les deux cousins avant qu'ils ne partent au front. La promesse de Léopold de l'épouser avait également contribué à l'égarer.

Elle est, maintenant, quasi certaine que son raisonnement est juste. Mais, dénoncer Léopold, pour avoir usurpé l'identité d'Albert, c'est faire une croix sur le mariage et par la même occasion sur la propriété. C'est dire adieu à son rêve, de s'affranchir de sa condition de journalière agricole.

C'est, renoncer à être patronne, propriétaire, s'élever dans la société. Elle n'a pas de preuve, il faut user de manœuvre. Elle veut savoir. Ce n'est pas la malice qui lui manque, elle attaquera Léopold au culot, et posera ses conditions.

Dès le lendemain matin, alors qu'ils prennent le petit-déjeuner, avant de se rendre à la vigne, elle attaque de front.

— Comment est-il mort ?

— Léopold s'attendait plus ou moins, qu'un jour la question lui soit posée. Il fait semblant de n'avoir pas compris.

— Comment, que dis-tu ?

— Tu as très bien compris, je t'ai demandé comment Albert était mort.

— Je ne suis pas mort, c'est Léopold qui est mort dans la tranchée du mont Renaud.

— Non, tu parles dans ton sommeil, et j'ai très bien compris ce que tu disais. De plus, j'ai des soupçons depuis que tu es venu en permission, en mille neuf cent dix-huit. Même que tu t'es empressé d'aller chez le notaire pour l'héritage.

— Allons, Marion, tu ne penses pas ce que tu dis. Que se passe-t-il ?

— Mais bien sûr que je le pense, ce que je dis. Cette nuit, encore, tu as parlé en dormant. Tu as dit, Albert, tu ne vas pas crever ici. Tu as rajouté, que les blessés, que les blessés.

La partie devenait serrée, il allait falloir jouer finement. Léopold tente.

— Mais enfin, Marion, si tu penses qu'Albert est mort, et que je suis Léopold, crois-tu que je serais revenu juste pour t'épouser ?

— Pour m'épouser non, pas juste pour ça, mais pour récupérer la ferme. Albert t'a dit comment la barque de ses parents avait été chavirée par le mascaret et qu'ils avaient péri en Garonne. C'est moi-même qui le lui ai écrit. Comme il n'y avait plus que lui, entre toi et la ferme peut-être, même, que c'est toi qui l'as tué !

— Marion, tu affabules, tu t'inventes des histoires, et tu te les crois.

— Non, Léopold, je ne m'invente pas d'histoires. Je me suis bien aperçue que tu ne fais pas l'amour comme Albert. Ho ! Ce n'est pas mal, mais, si ce n'est pas Albert, c'est forcément Léopold.

— Tu raisonnes mal ma petite Marion. Cela fait déjà plusieurs mois que tu habites ici, avec moi. Qui va croire tout à coup que tu découvres que je serais Léopold, et non Albert ?

— Qui va le croire ! Té, les gendarmes pardine.

— Si tu arrives à prouver ce que tu avances, tu peux dire adieu à tes projets, à tous tes projets, les gendarmes penseront que tu as fait cette dénonciation parce que je ne veux plus t'épouser. C'est du moins ce que, moi, je dirai.

— Et pourquoi ne voudrais-tu plus m'épouser ?

— Ho ! C'est simple, parce que tu as déjà couché avec la moitié du pays et que tout le monde le sait, même les gendarmes qui ne sont pas aussi naïfs que tu le penses. Ce serait pour moi une bonne occasion de rester célibataire. Et que, de plus, lorsque nous serons mariés, tu t'empresseras de coucher avec l'autre moitié.

Il se garde bien de révéler qu'une fois débarrassé d'elle, rien ne l'empêcherait de faire la cour à sa jolie veuve de voisine.

Cet argument ébranle sérieusement Marion, elle décide qu'il vaut mieux en rester là pour le moment.

— Bon, tu es Albert. Mais je pense qu'il faut, dès à présent, fixer une date pour le mariage.

Léopold sent qu'il vient de marquer des points, mais il n'est pas pressé d'épouser une femme qui ouvre ses cuisses au premier venu. Il contre-attaque, il éprouve le besoin d'effrayer Marion.

— Ne t'emballe pas ma jolie. En supposant que je ne sois pas Albert, ce que pourtant ta présence ici prouve à tout le village, mais Léopold comme tu tentes de le faire croire, je ne sais pour quelle raison, et que tu ailles le dire aux gendarmes, je risque d'aller en prison pour quelques jours. Le temps que je puisse prouver mon bon droit. Tu peux croire que je n'aurai aucune peine à le prouver, que feras-tu ?

Marion ne sait que répondre à cet argument. Elle se rend compte que, si elle persévère, elle perd tout ce dont elle avait rêvé. Voyant que sa stratégie fonctionne, Léopold poursuit.

— Je pense que tu te fais des idées sur cette histoire. Il est normal qu'après avoir connu la guerre et ses violences, je fasse des cauchemars, ou que je parle en dormant. Tous les médecins te le diront. Si je dis, Albert, tu ne vas pas crever ici, c'est que j'étais blessé en même temps que Léopold a été touché à mort par un éclat d'obus. Tu as par toi-même constaté les cicatrices sur ma jambe et mon bras gauche.

Marion n'est pas convaincue, mais elle se rend bien compte que Léopold a raison. Tout à coup, elle se fait tendre.

— Tu as raison mon chéri, je me suis certainement fait des idées. Et si une personne peut certifier que tu es bien Albert, c'est assurément moi. Ah ! Oui, c'est bien moi ! Dit-elle en émettant un petit rire.

Elle insiste sur la fin de sa phrase, c'est bien moi. Léopold ne s'y trompe pas. Désormais, il va falloir se méfier de Marion. Il a bien compris la menace à peine voilée que ses propos dissimulent.

Sans qu'il ne soit prononcé, c'est un marché donnant-donnant. Tu m'épouses, et je ne te dénonce pas pour avoir pris l'identité de ton cousin. En échange, bien sûr je deviens en partie propriétaire de la ferme le jour des noces, même si la jonchée contient quelques plumes, on n'en meurt pas pour ça. Un moment de honte est vite passé.

Il ne sera pas question d'établir un contrat de mariage. Je deviens propriétaire de la moitié de tes biens, et toi tu deviens propriétaire de la moitié de mes biens, c'est-à-dire de moi, car je n'ai rien d'autre.

Et l'autre moitié de moi, j'en fais ce que je veux.

C'est aussi simple que cela. Aucun des deux n'est dupe de l'autre. Il ne fut pas nécessaire de discuter plus avant ce chantage, qui d'ailleurs ne fut jamais formulé. Au moment de partir à la vigne, Marion revient à la charge.

— C'est bien beau tout cela, mais j'aimerais fixer une date pour le mariage, tu ne penses pas Albert ?

— Je pense que, pour l'instant, il est urgent de s'occuper de la vigne et des vendanges. Nous verrons après le pampaillet.

Il n'était pas pressé d'épouser une nymphomane dévorée par son feu intérieur, et que le mariage d'ailleurs, ne rendrait pas plus fidèle. De ce jour, il ne fut plus question de prénoms.

10

Dès qu'il a un moment de libre, Léopold remet en état une palombière qui se trouve dans un petit bois, non loin de la ferme. Avant la guerre, la vendange rentrée, avec l'oncle et Albert, ils s'adonnaient tous les trois à cette passion, la chasse à la palombe, tradition bien du sud-ouest à laquelle il a décidé de goûter de nouveau. Marion vient l'aider, elle aussi est passionnée par cette chasse.

Elle a de fameux souvenirs de journées passé dans des palombières. Ce n'était pas toujours pour chasser. Sage, maintenant, elle aide à couper des fougères et de la brande pour habiller les couloirs et la cabane. Le midi, ils mangent sur place les provisions qu'ils ont apportées. De temps en temps, ils prennent une décoction dont Léopold, à la longue, maîtrise parfaitement la préparation. Souvent aussi, ils y font l'amour, Marion ne se fait pas prier pour cela. Lorsqu'elle parle de noces, il répète ce qu'il a promis, après le pampaillet, c'est-à-dire quand les vendanges seront terminées.

Il vint vite le temps des vendanges, fin septembre le raisin était mûr à point. Le chai était prêt, même zéphyr, le cheval sentait la nervosité ambiante. Les paniers étaient en état, les sécateurs affûtés. Il ne manquait plus que les vendangeurs. Léopold a estimé qu'une dizaine de coupeurs et un porteur seraient suffisants.

Déjà, plusieurs jeunes garçons et filles ont été retenus. Il a fait son choix, le début de la coupe est programmé pour le vingt-huit septembre au matin.

Le vingt-six, alors que Marion, à bicyclette, est partie à Langon faire quelques courses, Léopold aperçoit un homme qui remonte le chemin conduisant à la ferme. S'il est un individu qu'il aurait souhaité ne jamais revoir, c'est bien celui-là. Marius, un Bordelais tardivement affecté à sa compagnie, lors de la campagne du mont Renaud.

Un type peu recommandable, combinard, agressif, issu du milieu de la nuit. Il ne se cachait d'ailleurs pas, d'avoir sur les quais de Bordeaux, une femme qui se prostituait pour lui. Un mauvais bougre qui cherchait des histoires à tout le monde, principalement aux plus jeunes et plus faibles. Il n'hésitait pas à les rançonner sur le tabac, la ration de vin, quelque argent parfois.

Il tirait sa force de sa connaissance avérée du close-combat, et en profitait sans aucun complexe. À son arrivée à la compagnie, il avait rossé quelques camarades, et, depuis, personne ne se frottait à lui. De plus, il maniait assez facilement le couteau. Issu du quartier du port, il s'était trouvé très tôt confronté à la violence.

De taille moyenne, il était bâti en force, plutôt beau garçon, il était fier de sa personne. À la compagnie, même les gradés se méfiaient de lui, surtout lorsque montant à l'assaut, il se trouvait derrière l'un ou l'autre.

— Une balle perdue ne l'est pas forcément pour tout le monde. Sous couvert de plaisanterie, il prenait un malin plaisir à le répéter. Tous se méfiaient de lui.

Léopold se trouve au chai où il poursuit la préparation de ses barriques. Il referme la porte derrière lui et se demande que faire.

Deux solutions, sortir et expliquer clairement à Marius qu'il n'est pas le bienvenu, ou bien ne pas répondre aux appels comme s'il n'y avait personne à la ferme.

Il opte pour la deuxième solution, et ne répond pas aux appels de Marius. Faisant preuve d'une certaine naïveté, il espère qu'il se lassera et repartira comme il est venu. C'est ignorer l'instinct malfaisant du Bordelais.

Comme personne ne répond, il pense que les propriétaires de la ferme sont occupés à la vigne. Peut-être, y a-t-il quelque chose à récupérer dans le bâtiment. Il essaye tour à tour les ouvertures du rez-de-chaussée, toutes résistent à ses essais. Levant les yeux, il constate qu'une fenêtre de l'étage est restée entrouverte. Il a un sourire confiant, en effet, une énorme glycine court le long de la façade. C'est pour lui, un jeu d'enfant de s'introduire dans la maison par ce moyen.

Depuis quelques minutes, avec précaution, Léopold a quitté le chai par une autre porte, et, armé d'une fourche, il observe le manège. Là encore, il hésite entre laisser Marius le cambrioler, au demeurant il n'y a pas grand-chose à voler, après quoi, il est probable qu'il partira, ou bien alors, se montrer pour le stopper dans sa tentative. Mais à ce moment-là, il risque d'être reconnu. En effet, Marius à un moment donné, s'est trouvé, lors d'un combat, à proximité immédiate des deux cousins.

De retour aux tranchées, ils ont discuté de l'inutilité de cette saloperie de guerre. Léopold est sur le point de choisir, laisser Marius le cambrioler, lorsque, sur l'allée, il voit arriver Marion sur sa bicyclette. Dès lors, il se trouva forcé d'agir. Marius a déjà agrippé le tronc de la glycine et commence l'escalade lorsque Léopold se montre avec sa fourche.

Surpris, il se laisse retomber au sol, prêt à se battre, mais la fourche l'inquiète. Ses trois brins hors de sa portée, au bout d'un manche tenu d'une main ferme, ne lui permettent pas d'user tout de suite de ses connaissances du close-combat. Il tente de ruser.

— Holà, mon vieux, il ne faut pas vous fâcher comme cela, je voulais juste me dérouiller les muscles.

Léopold allait répliquer, lorsque Marion apparaît au détour du chai.

— Que se passe-t-il Albert avec cette fourche et ce monsieur ?

— C'est Marius qui répond le premier :

— Ce n'est rien, Madame, je venais juste chercher de l'ouvrage pour les vendanges.

Puis, reconnaissant Léopold, pour être un ancien du cinquante-septième régiment d'infanterie, il poursuit.

— Mais dis donc, on se connaît, tu étais au mont Renaud en mille neuf cent dix-huit ?

Faisant semblant de le reconnaître juste maintenant, Léopold, en s'approchant répond.

— Pardon, viens, là, oui, effectivement, je te reconnais.

Puis à l'attention de Marion.

— J'étais occupé à l'écurie de Zéphyr, et j'ai entendu du bruit. Je suis sorti avec la fourche que j'avais à la main.

Marius réfléchit très vite. Si l'homme, que la femme vient d'appeler Albert, n'a pas révélé qu'il l'a surpris en train d'escalader la façade au moyen de la glycine, c'est qu'il y a un problème quelque part.

De plus, depuis qu'il a vu Marion, il est de plus en plus décidé à se faire embaucher. De toutes les manières, il ne peut pas retourner à Bordeaux sans courir quelques risques. En effet, il se trouve en délicatesse avec quelques souteneurs du milieu, pour avoir tenté de prendre de force des parts dans un bar des quais. Il est tombé sur un os, et, après avoir été corrigé, il a été mis à l'amende par le parrain local. N'ayant ni les moyens ni le désir de s'en acquitter, il a jugé plus prudent de se mettre au vert à la campagne. Il s'est résigné à chercher un emploi pour subsister quelque temps, que les choses se tassent.

— Oui, je confirme, je suis momentanément dans une mauvaise passe, et je cherche à faire les vendanges.

— Désolé mon vieux, pour cette année, mon équipe est déjà constituée, elle est au complet.

C'est Marion, toujours curieuse devant un nouvel homme, pas trop mal fait de sa personne, qui lui vient en aide.

— Albert, nous n'avons quasiment que des filles à la coupe, et ce n'est pas le petit Marceau qui portera la hotte tout le temps. Tu seras obligé de t'y mettre et tu seras crevé. Pourquoi ne prendrais-tu pas ton ami comme porteur en double ?

Léopold aurait bien voulu refuser, mais difficile sans éveiller les soupçons de Marion. Marius fut embauché. Décision dangereuse s'il en est, par le fait que Marion risque de rechercher des renseignements sur la mort d'Albert.

Dès le début des vendanges, Marius se montre curieux de tout, afin, dit-il, de bien faire. Il n'a jamais réellement travaillé de ses mains, vivant de trafic et combines diverses, de marchandises dérobées sur les bateaux par les dockers, mais aussi du charme des dames.

Le soir, alors que tout le monde se retrouve dans l'annexe de la ferme où logent les vendangeurs, il se montre aimable. Toujours questionnant sans en avoir l'air, il apprend ainsi que l'un des deux cousins est mort à la guerre, celui qui se prénommait Léopold.

Tout à coup, lui revient en mémoire cet épisode de la bataille du mont Renaud, où après une contre-attaque, il s'est retrouvé dans une tranchée avec les deux hommes, et des quelques mots qu'ils ont échangés à cette occasion. Lors d'une autre offensive, l'un des deux a été blessé et évacué à l'arrière, conduit par l'autre cousin. Apparemment, il est mort en route puisqu'un seul, après un temps assez long, est revenu à la compagnie. Puisque la femme l'a appelé Albert, c'est forcément Léopold qui est mort.

Ce raisonnement, pour logique qu'il soit, ne satisfaisait pas complètement Marius. Toujours, lui revient, en tête, le moment de l'escalade de la façade, au moyen de la glycine. Albert n'a rien dit, pourquoi ? Il y a, c'est sûr, une raison cachée, oui, mais laquelle ?

Il se pose encore d'autres questions, et parmi celles-ci, pourquoi Albert et Marion ne sont-ils pas mariés, alors qu'il le lui a promis s'il revenait vivant de la guerre. Marion elle-même, au cours d'une banale conversation, le lui avait révélé. La guerre est terminée depuis déjà quelque temps. Il semble qu'Albert retarde au maximum ce moment. Avec beaucoup de patience, il récolte les renseignements.

De plus, Marion ne semble pas trop farouche. Lorsqu'en quelques occasions ils se sont trouvés seuls un instant, il n'a pas hésité à la frôler de près, avec une certaine insistance. Loin de s'offusquer, elle semblait apprécier, pour preuve, la lueur d'excitation visible dans ses yeux. Au bout d'un certain temps, il s'enhardit à lui emprisonner un sein dans le creux de sa main, ce à quoi Marion réagit par ses mots.

— Chut, si Albert te voyait, je pense qu'il ne serait pas d'accord.

— Le principal, c'est que, toi, tu sois d'accord.

— Pas maintenant, nous verrons plus tard, reprit-elle.

Cette simple réponse ouvre à Marius des horizons nouveaux. Albert et Marion ne sont pas mariés, cela lui permet, un moment, d'envisager de l'emmener à Bordeaux, pour la prostituer. Il y a cependant un problème, ses anciens complices, ceux envers lesquels, selon le code d'honneur du milieu, il a manqué d'élégance. Non, pour l'instant, il vaut mieux rester à la ferme et attendre, voir comment évoluent les événements.

La soupe est bonne, le vin est abondant, il est logé, et d'ici la fin des vendanges, il trouvera bien un moyen pour y demeurer. Il n'est pas question cependant de s'y éterniser, les travaux des champs ce n'est pas pour lui. Il est plus habitué à se prélasser à la terrasse des bistrots, pour dépenser de l'argent mal gagné, et le soir venu, faire la tournée des filles pour toucher le produit de la prostitution, ce qu'il appelle, la *comptée*.

***

Vers la fin des vendanges, de bon matin, Léopold se rend à Langon avec la charrette attelée à Zéphyr, pour récupérer des barriques neuves, commandées à Bordeaux, et arrivées en gare. Marius en profite pour s'éclipser de la vigne, laissant au jeune Marceau, la charge de porter la hotte.

Quelques instants auparavant, Marion était partie pour avancer la préparation du repas de midi. Il n'est pas long à la rejoindre dans sa cuisine. Sans bruit, alors qu'elle s'active à ranimer le feu dans la cheminée, afin de réchauffer le chaudron de soupe pendu à la crémaillère, il s'approche d'elle. Elle lui tourne le dos, lorsqu'elle se relève, il passe ses mains sous ses bras et lui caresse la poitrine. Elle n'est qu'à moitié surprise, car elle a vu l'ombre de Marius se détacher sur le sol.

— Que fait tu là, tu devrais être à la vigne, Marceau ou quelqu'un t'aura vu partir.

— Ne t'inquiète pas pour ça, personne ne m'a vu partir, j'ai fait semblant d'aller me soulager.

Tout en parlant, il s'est approché de Marion, de son bras gauche il lui enserre la taille et de la droite lui caresse la poitrine.

— Non, non ne fait pas ça, murmure-t-elle pas convaincu elle-même.

Sans tenir compte de ces molles protestations sans valeur, Marius la repousse dans la souillarde dont il referme la porte d'un coup de talon. Marion est adossée à la pierre à eau. Les lèvres de l'homme cherchent les siennes, elle les lui offre alors. La main de Marius glisse sous sa robe. Son sous-vêtement ne tarde pas à descendre le long de ses cuisses pour atterrir sur le sol de terre battue. D'un mouvement du pied, elle le repousse s'abandonnant totalement au désir de Marius. Il la possède debout, appuyé contre la pierre à eau, sans qu'elle ne proteste en aucune manière. C'est bref, et certainement peu satisfaisant.

— Dépêche-toi de retourner à la vigne avant qu'Albert ne revienne, ou que les vendangeurs s'inquiètent d'une absence prolongée, ou aient des soupçons.

Après une rapide toilette intime, Marion retourne à sa cuisine.

Alors qu'il rejoint la vigne, Marius s'aperçoit que le jeune Marceau le regarde d'un œil goguenard.

— Que ce qu'il t'arrive, tu ne m'as jamais vu ?

— Oh que si que je t'ai déjà vu.

Marius s'approche de lui, subitement inquiet.

— Et alors, quel est ton problème ?

— Ce n'est pas moi qui ai un problème, c'est plutôt toi. Quand la patronne est partie chauffer la soupe, j'ai bien vu que tu la suivais.

— Que ce que ça peut te foutre, petit merdeux ?

— Ce que ça peut me foutre ? C'est que je t'ai vu la trousser dans sa cuisine et dans la souillarde, parce que la porte elle n'était pas complètement fermée.

Ils sont encore éloignés de la vigne, une haie touffue les dissimule aux autres vendangeurs. D'un bond, Marius est sur Marceau. D'une main il l'empoigne au col de sa chemise, de l'autre il lui distribue une volée de claques.

— Pour t'apprendre à te taire. Si tu racontes ça au patron ou aux autres, je ne donne pas cher de ta peau.

Marceau a vingt ans, mais il n'est pas de taille devant la force brutale de Marius, il n'a qu'une échappatoire.

— Arrête, arrête, je ne dirai rien à personne.

— Tu as plutôt intérêt jeune con. Et maintenant va bosser.

Les vendangeurs rentrent à la ferme pour le repas de midi, en même temps que Léopold arrive avec sa charrette chargée de barriques. Le cerclage de la roue gauche donne de plus en plus de signes de fatigue. Il n'a pas le temps de s'en occuper maintenant, une réparation de fortune suffira pour terminer les vendanges.

Le voyant arriver, Marius jette à Marceau un regard lourd de menaces, puis vient à sa rencontre pour l'aider à décharger la charrette. Les barriques rangées dans le chai, ils rejoignent les coupeurs qui sont déjà à table.

Par la suite, Marion et Marius en viennent rapidement à discuter de choses et d'autres. Marius ne se livre pas ou, si peu, et se donne toujours le beau rôle. Marion par contre se dévoile davantage.

— Vivement que les vendanges soient terminées.

— Tu es déjà fatiguée de faire la soupe pour tout ce monde.

— Non, ce n'est pas ça.

— Alors c'est quoi ton problème ?

— C'est que nous devons nous marier. Nous n'avons pas encore fixé la date avec Albert, mais ce sera après le pampaillet.

— Tu m'as dit qu'il te l'avait promis avant de partir à la guerre. Il traîne bien pour tenir parole ton bonhomme.

— Oui, il traîne, mais avec tout le travail qu'il y avait à faire pour remettre la ferme en route, nous avons préféré attendre. J'en rêve depuis des années de cette ferme, alors je ne vais pas perdre patiente maintenant. Mais toi, comment tu les as connus les cousins ?

Marius comprend fort bien que ce n'est pas d'Albert que Marion est amoureuse, mais que c'est plutôt de la ferme. L'homme n'est que le moyen pour y parvenir.

Il lui raconte la guerre à sa façon, comment dans les tranchées, lors de la bataille du mont Renaud, il a fait la connaissance des cousins. Méfiant, il reste discret.

Il marque un goût prononcé pour le vin de la ferme, Marion ne déteste pas, elle non plus, boire un coup.

Sous l'influence de Marius, elle se laisse aller, de plus en plus, et il lui arrive d'être presque ivre au moment de retourner à la vigne. Le soir à la fin du repas, elle ne dédaigne pas non plus de boire son petit verre d'eau-de-vie, voire plusieurs, Marius a remarqué que lorsqu'elle se trouve dans cet état-là, elle parle beaucoup, trop parfois. Léopold, tente de la raisonner et de limiter sa consommation d'alcool, mais sans succès.

— Marion, tu devrais faire attention, à ne pas boire autant que cela. Que Marius se saoule ne me gêne pas trop, mais toi, je veux que tu te calmes. Hier, Marceau m'a dit que tu ne tenais même pas debout. Tu as de la chance que je ne l'aie pas remarqué moi-même.

Marion a pris goût à l'alcool, elle n'a pas l'intention d'écouter les conseils.

— Marceau, c'est un petit cafard, et, s'il continue, je le ficherai à la porte. Nous avons assez de Marius pour porter la hotte.

— Cela Marion, reprend-il, c'est toi qui le prétends, parce que Marius, souvent il est dans le même état que toi, et si justement nous n'avions pas le petit Marceau, c'est encore moi qui serais obligé de m'y coller. Alors Marceau, tu le laisses tranquille.

Marion ne trouve rien à répliquer. Elle continue à boire plus que de raison, les autres vendangeurs commencent à s'en apercevoir.

À chaque absence de Léopold, Marius engage la conversation avec Marion. Elle laisse échapper quelques remarques sur son comportement depuis son retour de la guerre.

— Il a beaucoup changé, et a de temps à autre des expressions, des comportements différents qui me rappellent un peu Léopold.

La rouée a, intentionnellement, formulé ces remarques, pour voir si Marius apporte de l'eau à son moulin. Peut-être que Marius a connaissance d'un détail susceptible de l'aider à confondre Léopold.

Pour Marius, c'est comme un éclair dans ses souvenirs. Il revoit Albert, blessé, soutenu par Léopold, partir vers le poste de secours.

— Pour ma part, je ne trouve pas. Il faut dire qu'à cette époque, nous avions d'autres préoccupations. Il s'agissait davantage de sauver sa peau que de s'occuper de celle des autres.

Marion reste sur sa faim.

À la fin des vendanges, pendant le repas du pampaillet, Marion s'est saoulée honteusement, tellement ivre, qu'elle s'est oubliée sur elle. Elle s'est donnée en spectacle devant tout le monde. Les coupeurs viennent à peine de sortir de table, et, par petits groupes, rejoignent leur domicile. Certains font des commentaires dénués d'indulgence sur son comportement.

— En plus lorsque le patron n'était pas là, le Marius il allait la baiser dans la souillarde, se lâche enfin Marceau.

— Pourquoi tu ne l'as pas dit avant, questionne l'une des coupeuses.

— Parce que le Marius il m'avait menacé de me faire la peau si j'en parlais.

Le groupe dans lequel ils se trouvent, marque un temps d'arrêt dans la discussion. Certains se remémorent la carrure de Marius et comparent avec celle fluette de Marceau malgré ses vingt ans.

— Ouais, on peut comprendre ça, admet Émeline en lui prenant la main.

Marius s'attarde encore, il est convenu qu'il reste une journée de plus pour aider Léopold à ranger le chai.

— Qu'as-tu l'intention de faire maintenant. Les vendanges sont terminées, le vin est dans les foudres, le reste je m'en occupe avec Marion.

Après un long silence pendant lequel il garde les yeux fixés sur lui, il répond :

— Tu vois, pendant mon séjour, ici, j'ai réfléchi, et appris pas mal de choses. Aussi, j'ai décidé de rester.

— Rester, tu n'y penses pas, je n'ai plus de travail pour toi. Mais tu peux revenir l'année prochaine.

En disant cela, Léopold espérait bien qu'il n'en fasse rien. Même si Marceau de crainte de représailles n'a rien dit sur les escapades de Marius, le manège autour de Marion ne lui a pas échappé. De toutes les façons, il est dangereux de le garder. Il finirait bien par poser des questions sur Albert, sa mort, et tout ce qui s'ensuit. Marius reprend.

— Revenir l'année prochaine, ce n'est pas la peine puisque je reste. Du travail, tu vas m'en trouver. Il y a toujours quelque chose à faire dans une ferme, si on cherche bien.

— Je suis désolé pour toi, Marius, mais je n'ai plus rien à te proposer.

— Le plus désolé, des deux, c'est moi. J'ai l'intention de rester jusqu'à la vente du vin. J'espère que tu n'y vois pas d'inconvénient mon vieux Léopold.

Plus déstabilisé qu'il ne pensait par cette sortie, bien qu'il se soit attendu à être découvert, il ne peut que répliquer.

— Tu plaisantes, d'abord, je suis Albert, et non Léopold. Que tu le veuilles ou non, ensuite je t'ai payé pour ton travail, il ne te reste plus qu'à partir.

Marius a attaqué au culot, et n'est pas lui-même persuadé de ce qu'il avance, il reprend.

— De toutes les façons, que tu sois Albert ou Léopold, je m'en, fiche, sitôt vendue la récolte, j'en veux ma part. Sinon, je vais voir les gendarmes et je te dénonce, adviendra ce qu'il adviendra. Le temps que tu prouves que tu es bien Albert, tu seras emmerdé tout le temps, et peut-être même que tu iras en taule. Pendant ce temps, Marion vendra la récolte, et on fichera le camp ensemble. C'est à prendre ou à laisser.

Sur ces paroles, Marius tourna les talons, non sans rajouter.

— J'ai assez travaillé pour aujourd'hui, je prends ton vélo pour aller boire un coup au village, mais ne sois pas inquiet, je serai de retour pour le dîner.

Léopold ne s'attendait pas à cette menace, à ce chantage. Bien sûr, Marius a combattu dans les tranchées du mont Renaud avec Albert et lui-même. S'il clame partout dans le village qu'il est Léopold, et non Albert, il n'a aucun moyen de le prouver. C'est sa parole contre la sienne. De plus,

147

Léopold a en Marion une alliée de choix. Depuis le temps qu'ils couchent ensemble, et qu'elle attend de se faire épouser, avec les conditions qu'elle a posées, si elle avait voulu le dénoncer, ce serait fait depuis longtemps. Vers le soir, après avoir longuement réfléchi au problème, il va retrouver Marion dans sa cuisine. Il n'y a qu'une chose à faire, lui révéler le chantage de Marius, et s'assurer de son soutien.

— Tu vois Léopold, je le savais, je m'en suis doutée dès ta première venue en permission, que tu me racontais des histoires. Alors, maintenant dis-moi tout, comment est-il mort ?

Sans omettre aucun détail, Léopold fait le récit des événements. La promesse faite à Albert de l'épouser s'il mourait à la guerre, puis la lettre qu'elle-même avait écrite, annonçant le décès des parents.

Lorsqu'il a fini, et répondu à toutes les questions qu'elle pose, Marion se fait tendre et lui dit.

— Tu vois, je suis ta seule chance que tu t'en sortes. Qui mieux que moi peut témoigner que tu es bien Albert, et que c'est Léopold qui est mort à la guerre. Mais pour cela, il faut que tu m'épouses.

Léopold ne pouvait qu'approuver, subir, cette solution, à laquelle il avait espéré échapper. Il se rend bien compte que la ferme pèse beaucoup plus que l'amour dans la décision de Marion de se faire sa complice. Tous deux espèrent que cette solution sera suffisante pour faire taire Marius, et surtout le décider à partir.

Lorsque comme promis, il revient pour le repas du soir, Léopold contre-attaque.

— Tu vois Marius, j'ai discuté avec Marion du chantage que tu nous fais. Nous avons décidé de nous marier le plus tôt possible.

— Oui, renchérit la jeune femme, la publication des bans ne sera pas longue. Depuis le temps que je suis avec Albert, dis-toi bien que si c'était son cousin Léopold, je n'aurais pas tardé à m'en rendre compte.

— Tout ce qui nous retenait, rajoute Léopold, c'était la remise en route de la ferme et surtout, rentrer notre première vendange.

Marius écoute sans rien dire, puis ils passent à table comme si l'affaire était close.

Il se rend compte que sa combine tombe à l'eau. Même si la personne qu'il a devant lui est bien Léopold, et non Albert, il n'a aucun moyen de le prouver. Le mariage réglait tous les problèmes.

Au moment où Marion sert la soupe, il déclare :

— Je vous ai écoutés, et vous avez raison de vous marier. Je vais même vous faire une proposition qui permettra à Léopold d'endosser plus encore l'identité d'Albert.

— Léopold et Marion ne s'attendaient pas à cette remise en question.

— Nous n'avons pas besoin de cela, je suis Albert une bonne fois pour toutes.

— Mais oui ! Où vas-tu chercher qu'il ne serait pas Albert, confirme Marion.

Marius reprend.

— Mais non, vous ne m'avez pas compris. Je désire juste vous rendre service. Je vais rester à la ferme jusqu'à votre mariage. Je servirais de témoin à Albert, ou à Léopold, comme vous voudrez.

Je sais bien qu'il n'y a plus beaucoup de travail pour moi, mais ce n'est pas grave, je me fatiguerai moins. Vous serez d'accord n'est-ce pas ? Et puis il y a ce vin. Cet après-midi, en passant devant la gendarmerie, je me suis dit qu'il serait dommage de ne pas le vendre.

La menace est à peine voilée, le coup du mariage ne semble pas l'avoir convaincu, et, de toutes les manières, il ne partira pas sans avoir extorqué de l'argent au couple. Léopold a une forte envie de jeter Marius à la porte, mais il se contient. Il est beaucoup plus fort que lui, adepte du close-combat, il aurait le dessus à tous coups. Il ne tient pas que Marion soit témoin d'une telle scène où il serait rossé. Après le repas, Marius rejoint sa chambre dans l'annexe de la ferme après avoir ironiquement souhaité.

— Bonne nuit, les amoureux.

Sitôt qu'il est parti, Léopold et Marion se posent mille questions sur la façon de lui faire quitter la ferme. Ne trouvant aucune solution satisfaisante, même une part sur la vente du vin ne suffirait pas, Marion s'exclame.

— On ne peut quand même pas le tuer !

Aussitôt, elle regrette ses paroles.

— Non, on ne peut pas le tuer, allons-nous coucher répond Léopold. Nous verrons demain. De plus, il faut que je descende la charrette au village, car le cerclage de la roue gauche est en train de lâcher. J'ai rendez-vous avec le forgeron à neuf heures. Je serai de retour pour le déjeuner.

À huit heures, Léopold, après avoir attelé Zéphyr, se rend chez le forgeron pour faire effectuer la réparation. Il n'a pas prévu un contretemps.

— Monsegues, j'ai besoin d'un petit service.

En milieu rural, il est dans la coutume de se rendre des services les uns les autres.

— Certainement, de quoi s'agit-il ?

— Et bien, j'ai fait une coupe de bois à Pian sur Garonne, dans un endroit encaissé. Il est impossible de tirer les billons avec un engin mécanique. Il verserait à tous les coups.

— Si je comprends bien, tu voudrais que je te prête Zéphyr.

— Tu as compris, je voudrais que tu me le prêtes le temps de remonter les billons sur le plat où je pourrais les débiter.

— C'est d'accord, accepte Léopold.

— Je pense que j'aurai terminé ce soir, mais entre donc boire un verre. Pour rentrer chez toi, tu n'as qu'à prendre mon vélo.

Marion n'attendait pas Léopold avant l'heure du déjeuner comme c'était calculé. À son arrivée, elle n'est pas à la maison. Alors qu'il s'apprête, à l'appeler, il se ravise, et sans bruit, en contournant le bâtiment, il s'approche de l'annexe où loge Marius, car il lui semble avoir entendu des éclats de voix.

Par la fenêtre, il aperçoit Marion sur les genoux de Marius. Eux ne l'ont pas vu, il se retire toujours en silence. Ils sont partiellement nus, et il est facile de deviner à quelle activité ils se sont livrés en son absence. Sa première réaction est d'aller chercher son fusil et de les jeter dehors de la ferme à tous les deux. Mais son attention est attirée par les paroles que prononce Marion à l'adresse de Marius.

— Quand je pense que tu voulais seulement une part sur le vin, tu me fais rire.

— Tu as raison, épouse-le et après, je lui règle son compte, un accident est vite arrivé.

Entre-temps, Marius a réfléchi qu'il valait mieux laisser faire ce mariage. Ainsi au décès de Léopold, elle hériterait de la ferme. Il se fait fort de là lui faire vendre.

— Comment feras-tu ? Je ne veux pas finir en prison.

— C'est très simple, je suis capable de lui briser la nuque d'une simple prise de close-combat. Il aura fait une mauvaise chute dans l'escalier du grenier et c'est tout.

— Je ne veux pas être embêtée ni mêlée à cela. Tu te débrouilles tout seul, je ne veux rien savoir.

— Bien sûr, je me débrouille tout seul, et, après qu'il est enterré, tu vends la ferme et nous achetons un café à Toulouse. Je te vois mieux vivre à la ville comme une dame, plutôt que de te crever à la vigne dans ta campagne pouilleuse.

Marius poursuivait son idée de mettre la main sur l'argent de la vente de la ferme pour se payer le café de ses rêves, et, par la même occasion, y prostituer Marion. Quant à elle, son idée est différente, une fois que Marius l'aura débarrassé de Léopold, elle trouverait bien un moyen de s'en débarrasser à son tour.

À défaut de le dénoncer aux gendarmes, ce qui risquerait d'apporter de nombreuses complications, il y a moyen qu'un autre malheur arrive. C'est vrai que la margelle du puits dans la cour est en très mauvais état. De plus, il est suffisamment profond, pour qu'il s'assomme contre les parois avant d'arriver en bas.

Léopold en a assez entendu. Sans faire de bruit, il rebrousse chemin. La situation devient trop critique, sa vie est directement en danger. C'est trop bête d'avoir échappé aux balles et obus allemands pour se faire tuer par un maquereau de bas étage et sa garce de complice.

Jusqu'au mariage, il ne risque rien. Il faut, avant la cérémonie, trouver une solution pour échapper au traquenard que ce couple maudit lui prépare, garder la ferme tout en se débarrassant de ces deux-là. Une idée commence à germer dans sa tête. Depuis l'arrivée de Marius à la ferme, Marion s'est mise à consommer du vin à table, de plus en plus souvent, et de plus en plus grande quantité, puis de l'eau-de-vie en fin de repas. Il lui arrive même quelquefois d'être passablement ivre. Lors du pampaillet, elle s'est donnée en spectacle, elle a vomi, et souillé sa culotte. Marius, qui vide toujours toutes les bouteilles qu'il trouve, était ivre lui aussi.

Par hasard, en rangeant la ferme, il avait découvert sous un tas de fagots de sarments, une bombonne de vieille eau-de-vie qu'y avait dissimulée son oncle. C'était son habitude, il prétendait qu'ainsi elle se bonifiait. Il s'était bien gardé d'en révéler la présence de peur qu'ils ne la lui boivent.

Il enfourche la bicyclette prêtée par le forgeron, et se dirige vers une parcelle tout au bout de la commune, en bordure de la Garonne, où il sait trouver ce qu'il cherche. Il se met à cueillir cette plante sauvage bien particulière, que Marion utilise si souvent. Lorsque c'est fait, il se rend dans l'abri en pierre où il prépare la bouillie bordelaise. Là, il en recueille les graines.

L'heure du déjeuner approche, il abandonne son activité et revient à la ferme sans se faire voir. Il dissimule dans le chai les graines récupérées. Lorsqu'il se montre enfin, Marion, étonnée de le voir arriver à bicyclette, questionne.

— Et la charrette, et Zéphyr ?

— Moriceau en a besoin pour tirer des billons. Je lui ai laissé pour la journée, je le reprendrai ce soir.

— Et la réparation de la charrette ?

— Il m'a promis que ce serait fait pour ce soir également.

Léopold attaque la soupe de bon appétit, lorsqu'une idée lui vient pour se débarrasser de Marion pour l'après-midi.

— Tu vas te rendre à Langon, chez le vétérinaire pour acheter une préparation d'onguent pour Zéphyr. Il me semble qu'il souffre de la patte arrière gauche.

— Mais, attendez ! Puisqu'il y a le vélo du forgeron, je vais accompagner Marion à Langon. Cela me fera prendre l'air, rajoute Marius.

— C'est une bonne idée, confirme la jeune femme.

— Comme ça, renchérit Marius, au retour nous ramènerons le cheval et ta charrette.

— Ouais, c'est vrai, c'est une bonne idée, confirme Léopold, convaincu que ces deux-là s'attarderont en ville.

Cela fait son affaire.

Sitôt qu'ils sont partis, il se rend à son tas de fagots, et, de la bonbonne d'eau-de-vie, tire deux bouteilles, l'une d'un litre, l'autre de soixante-quinze centilitres, qu'il remplit à moitié. Puis il en cherche une autre vide, de soixante-quinze centilitres également, portant une publicité ancienne. Il a vite fait de ranimer le feu et faire bouillir pendant deux minutes le litre d'eau-de-vie dans lequel il a mis une grosse poignée de graines cueillies le matin même.

Lorsque c'est fait, après avoir filtré le liquide à l'aide d'un torchon, pour en retirer les graines, puis la température étant devenue supportable, il les presse fortement entre ses mains, pour en faire sortir le jus, il remplit la vieille bouteille qu'il ferme soigneusement avec un bouchon neuf sans marque, puis la scelle à la cire. Toutes ces choses se trouvent en abondance à la ferme. Après avoir mis la bouteille dans un seau d'eau froide, tiré du puits, il va enfouir au milieu d'une parcelle, en friche, toutes les graines, le linge, et le restant d'eau-de-vie ayant résisté à l'évaporation, avec la bouteille l'ayant contenu.

À son retour, la bouteille mise dans le seau d'eau est froide. Après l'avoir soigneusement essuyée, il la roule dans la poussière du chai, et la dissimule sous une vieille barrique promise au rebut. Ensuite, il fait disparaître toutes les traces de cette activité, et poursuit les travaux d'entretien et de nettoyage courant de la ferme, jusqu'au retour de Marion et Marius. Toujours à bicyclette.

— Moriceau a rencontré des difficultés pour tirer ses billons avec Zéphyr. Il n'a pas eu le temps de faire la réparation.

— Et alors, ce sera fait quand ?

— Pour demain à quatorze heures.

— En attendant, rajoute Marius, il garde Zéphyr jusqu'à demain. Il se charge de le soigner convenablement.

Ce nouveau contretemps fait les affaires de Léopold.

— C'est bon, j'irai demain après-midi récupérer la charrette et régler la facture. Il a eu besoin de Zéphyr, je pense qu'il va en tenir compte sur la réparation. Je le lui rappellerai gentiment.

Le reste de la journée, est occupé à bricoler ici et là, jusqu'au repas de soir, où comme à leur habitude, Marion et Marius, font plus que de raison, honneur au vin de la ferme, et terminent par une bonne rasade d'eau-de-vie.

Ce soir-là, Léopold se laisse aller à en consommer un fond de verre. En le dégustant, comme s'il se parlait à lui-même, Il se laisse aller.

— Elle est bien bonne celle-là. Mais je sais que mon père en dissimulait quelques bouteilles dans le chai pour les laisser vieillir au calme. Depuis le temps, ce doit être un régal.

Le jour décline, tous partent au lit.

Au matin, Léopold poursuit ses travaux d'entretien. Marius, qui n'est plus payé, mais juste logé et nourrit ne se presse pas d'embaucher. Vers onze heures, du bout des lèvres, il propose un coup de main. C'est ce qu'attendait Léopold.

— Oui, on va retirer ces vieilles barriques hors d'usage et poser des madriers au sol pour installer les neuves que je suis allé chercher l'autre jour.

Ce faisant, il en empoigne une pour la pousser dehors, laissant à Marius le soin de tirer celle sous laquelle la bouteille est dissimulée, de manière à ce qu'il la découvre lui-même. Sitôt qu'il aperçoit le goulot, Marius s'en empare.

— Putain, voilà une journée qui commence bien.

— Fais voir, reprend Léopold. Eh bien oui, je pense que c'est l'une des vieilles bouteilles dont je parlais hier, elle a au moins vingt-cinq ans. Regarde cette belle couleur ambrée.

— On goûte, propose Marius.

— Ah ! Non, pas question de la siffler maintenant, on va attendre le mariage. C'est de la vieille celle-là.

— Tu crois, elle ne va pas virer ?

— Mais non, elle a attendu jusqu'à maintenant, elle tiendra bien encore quelques jours.

En rentrant à la cuisine, ils montrent leur découverte à Marion qui la couve d'un œil gourmand. Léopold pense qu'en plus d'être nymphomane, si Marion se met à boire comme cela, ce ne serait vraiment pas la femme idéale. Sa vaillance au travail ne ferait pas contrepoids. Avant de passer à table, il reprend.

— Attention, on la garde pour le mariage.

En posant la bouteille sur le buffet, il ajoute.

— À table maintenant, après-midi il me faut aller chercher Zéphyr et ma charrette.

Sitôt que Léopold a enfourché la bicyclette du forgeron, et disparu au tournant de l'allée, Marius, à l'aide d'un couteau, fait sauter la cire du bouchon, puis le retire en rigolant.

— Regarde, le bouchon n'est même pas abîmé, c'est de la bonne camelote. On va se régaler. Et puis, en plus, tu vois, ton futur époux, je l'emmerde.

Il se sert un plein verre ainsi qu'à Marion, et rajoute.

— Allez, Marion, on ne va pas attendre ton mariage pour boire un coup. Allez, cul sec bordel ! Celui-là, Léopold ou Albert, on s'en fout, il ne le verra pas.

Joignant le geste à la parole, d'un trait, tous deux vident leur verre. Aussitôt, Marius reprend.

— Aller, la rince, et après on fait l'amour tout l'après-midi.

Marion ne voit pas d'inconvénient à ce programme.

Aussitôt dit, aussitôt fait. À peine, déposé le deuxième verre sur la table, les deux compères sentent leurs cœurs s'emballer. Ils ont juste le temps de s'asseoir avant qu'ils ne s'arrêtent définitivement.

Au retour de Léopold, ils sont morts. Rapidement, il fait disparaître verres et bouteille tout, en préparant une décoction normale avec le reste des graines qui lui restent. Quand c'est fait, il en verse quelques gouttes au fond de deux bols auxquels il ajoute un peu d'eau-de-vie de la petite bouteille, celle qui n'est pas entièrement pleine, et la laisse sur la table, bien en évidence.

Il est notoire que Marion consommait une décoction de datura. Le mélange avec l'alcool lui aura été fatal, ainsi qu'à Marius, dont le goût pour les boissons fortes n'avait pas échappé aux jeunes coupeurs lors des vendanges.

Le médecin, alerté par Léopold, a déjà eu l'occasion d'intervenir auprès de Marion pour le même problème.

— Quel dommage, quel gâchis, je l'avais maintes fois mise en garde, dit-il.

Il ne peut que délivrer le certificat de décès pour les deux, et ne fait pas obstacle à l'inhumation.

Avant de partir, le médecin accepte le petit verre que Léopold déguste avec lui.

11

Quelque temps après les obsèques du couple infernal, Léopold attend qu'une opportunité se présente pour se rapprocher de Ferdinand. Il n'ose pas pousser l'audace jusqu'à lui rendre visite à sa maison de Mérigon, où, si le hasard le mettait en présence de Mariette, il se sait capable en engageant la conversation, de se montrer sous un jour favorable. Il craint que cette conduite, cavalière, ne le desserve.

De son côté, Ferdinand se rend plus souvent que d'habitude dans ses vignes, pour discuter avec Mathurin son chef de culture. Lui aussi souhaite engager la conversation avec Léopold, son exploitation n'a plus grand-chose à envier à la sienne. En peu de temps, il a réalisé un travail remarquable.

La fin tragique de Marion ne l'a pas ému outre mesure. Tout ce qu'il retient, c'est qu'elle n'est plus là avec sa mauvaise réputation. Justement, Léopold est occupé avec Zéphyr à labourer une parcelle en friche, limitrophe des vignes de Ferdinand, dans l'intention d'en faire un potager.

Lorsqu'il l'aperçoit, discuter avec Mathurin son chef de culture, il se débrouille pour échanger quelques mots avec lui.

— Vous avez là, une bien belle exploitation, Monsieur Worms.

Depuis le décès de Marion, Ferdinand n'attendait qu'une occasion pour tâter le terrain.

— Vous me flattez Monsieur Monsegues, tout le mérite en revient à Largeau, père et fils.

— Sans doute, acquiesce Léopold, leur savoir-faire est connu dans tout Saint Pierre d'Aurillac, et même au-delà.

— Je constate que vos vignes n'ont rien à envier aux miennes.

Pour un homme seul, cela représente beaucoup de travail.

— Oui, c'est vrai que pendant un certain temps, après le décès de Marion, je me suis retrouvé seul. Mais, c'est fini maintenant.

Allons, pense Ferdinand, il a déjà retrouvé une femme, cela ne fait pas mes affaires.

Il feint d'être choqué.

— Vous avez déjà trouvé une nouvelle compagne ?

— Non, non, ce n'est pas ce que j'ai voulu dire, se défend Léopold, peu soucieux de déplaire au père de celle qu'il convoite.

— Mais alors…

— J'ai simplement embauché le jeune Marceau, mon porteur habituel. Il vient juste de se marier, il n'a pas hésité une seconde pour accepter ma proposition. De plus, Émeline, son épouse, est fine cuisinière.

— Je vois que vous êtes un homme de décision, vous n'avez pas tardé à vous organiser, le flatte Ferdinand, soulagé de le savoir sans attache féminine.

— Marceau est un bon compagnon, jeune, mais compétent, dur à la tâche, de bonne commande, il ne rechigne jamais. Venez donc voir par vous-même comment nous avons traité la nouvelle parcelle que j'ai plantée en Merlot.

Ferdinand ne se fait pas répéter l'invitation.

Léopold dresse de son exploitation un bilan des plus flatteurs, puis l'air de rien, il dévie la conversation.

— Il me semble que votre petite fille est en âge de faire sa rentrée scolaire cette année.

Ferdinand n'est qu'à moitié surpris de cette question. Il pressent que Monsegues ne va pas tarder à parler de la mère de l'enfant.

— C'est déjà fait depuis la rentrée de septembre, et ma foi elle s'en sort plutôt bien. Mais dites-moi, j'ai été approché par un négociant de Saint Macaire qui m'a fait une proposition de prix qui mérite d'être étudiée, dit-il.

Allons pense Monsegues, ce n'est pas du cours du vin que je voulais discuter.

— Oui, j'ai moi aussi reçu un courrier de la maison Crabana, ils sont surtout intéressés par les blancs, alors que ma production est principalement en rouge. Je ne me suis pas penché vraiment sur le prix qu'il offre.

— C'est un peu tôt à mon avis, nous devons prospecter sur d'autres négociants, aller jusqu'à Langon, et même à Bordeaux.

— Vous avez raison, mais, en ce qui me concerne, je n'ai pas retrouvé les courriers que mon père échangeait avec ces gens-là, et je manque de références.

Ferdinand a trouvé le moyen de relancer la conversation sur ce qui le préoccupe.

— Ce n'est pas un problème pour moi, ma fille tient à jour les courriers des négociants, nous étudions ensemble les offres qui nous sont faites.

C'est le moment de parler de Katrina, se dit Léopold Monsegues.

— Elle doit être bien malheureuse de se retrouver seule avec cette petite fille à élever, dit-il.

Ferdinand prend un air contrit, étouffe un soupir.

— Effectivement, c'est dur pour elle. Moins pour nous bien sûr, mais nous sommes touchés par sa peine.

— C'est bien triste, cette sale guerre aura fait bien des malheurs, détruit bien des foyers. Le temps est un sage, il est à souhaiter qu'il estompe sa peine et qu'elle reprenne goût à la vie. Peut-être se décidera-t-elle à donner un papa à Katrina, dit Léopold.

Ferdinand, en vieux filou, a bien compris la manœuvre, cela lui convient parfaitement. Mais, puisque Monsegues devance ses désirs, il n'en laisse rien voir. Il attend que celui-ci s'avance davantage. Qu'il se dévoile. Pour cela, il n'hésite pas à lui tendre la perche.

— Venez donc prendre l'apéritif dimanche, après la messe. Nous serons à la maison pour midi. Nous sommes à deux pas de l'église, Mariette vous donnera toutes les adresses nécessaires pour placer votre récolte aux meilleures conditions.

Léopold n'en espérait pas autant, aussi vite.

— Ce sera avec grand plaisir, permettez-moi d'apporter quelques bouteilles de ma production. Vous me donnerez votre avis.

— Sans problème, je vous ferai goûter la nôtre et nous pourrons comparer. Largeau est un excellent maître de chai.

Ferdinand ne veut pas laisser deviner ses intentions, avant que Mariette ne l'ait rencontré. Il souhaite cette union pour des motifs de gros sous, mais pas au détriment du choix de sa fille, pas cette fois. Bien sûr, il désire la favoriser cette union, mais pas l'imposer, du moins, pas d'une manière trop voyante. Il sait qu'instruite par son attitude envers Ludwig, elle se méfiera d'un arrangement venant de lui. Elle dépisterait tout de suite les idées mercantiles qu'il y dissimule.

***

Sa première rencontre avec Mariette n'est pas des plus chaudes, mais n'est pas glaciale. Katrina au fond du couloir est en train de jouer avec sa poussette. C'est une grande fille qui vient d'avoir six ans.

— Katrina, vient dire bonjour à Monsieur Monsegues.

Elle arrive en sautillant d'un pied sur l'autre, de manière à ne marcher que sur les carreaux blancs.

— Je n'aime pas les carreaux rouges.

En même temps, elle chantonne une comptine.

— Une souris verte, qui courait dans l'herbe, que reprend un jeune garçon à peine plus âgé.

Il s'agit d'Hans qui la suit comme son ombre.

Léopold lui a apporté un jouet. C'est une très jolie poupée avec une tête de porcelaine richement vêtue

— C'est une robe de princesse ? C'est du moins ce que Katrina décide sur-le-champ.

Elle le remercie d'un baiser sur chaque joue puis, lorsqu'ils prennent l'apéritif, elle se hisse sur ses genoux. Il considère cela comme une petite, première victoire.

Elle est de courtes durées, au bout de quelques minutes, Katrina s'agite, elle est mal assise. Elle se laisse glisser au sol puis s'adresse au jeune garçon, resté sage dans un coin de la pièce.

— Tu viens Hansi, on va jouer à papa et maman avec la jolie poupée que m'a donné le monsieur.

— J'arrive tout de suite, Je suis le papa bien sûr.

— Mais oui, et moi la maman, gros nigaud.

Hans est élevé au foyer de Ferdinand Worms, qu'il appelle papy, en même temps que Katrina. Personne ne songe à lui rappeler qu'il est le fils de leur employé agricole, mort lors des premiers combats de l'armée Française en mille neuf cent quatorze, pour reprendre les cols des Vosges. Il n'est fait aucune différence entre les deux enfants, ils se conduisent comme frère et sœur. Autour de la table familiale ils occupent le même rang.

Hans n'attendait qu'un mot pour retourner jouer. Par contre s'il n'aime pas que Katrina le traite de nigaud, il n'en laisse rien voir. Déjà son petit cœur est sensible au charme innocent de la petite fille.

La conversation porte sur la vigne et le vin. Il est intarissable, et même drôle, ce qui attire quelques sourires sur la figure de Mariette. Lorsqu'il repart, il a l'impression qu'il ne lui déplaît pas, mais, il faudra encore la revoir, patienter, la charmer, la séduire. Lui faire oublier le père de Katrina, mort au cours de cette maudite guerre, qui au fond lui est favorable.

De son côté, Ferdinand pense que le propriétaire des glycines ne laisse pas la jeune femme indifférente. Celle-ci le trouve intéressant, il est plutôt beau garçon, et puis il possède une propriété presque aussi grande que celle de ses parents. Ce pourrait être un bon parti, mais elle a encore, au fond du cœur, le souvenir de Ludwig. Un souvenir qui refuse de céder au temps qui passe.

Elle n'est pas pressée de se marier, elle y songe cependant, c'est surtout sa fille qu'elle désire protéger. Une question pourtant l'inquiète, lorsque Léopold apprendra que le père de Katrina est un Allemand, même mort à la guerre, lui qui les a combattus, va-t-il en faire un problème ?

De plus, il n'y a pas eu de mariage, elle n'est qu'une mère célibataire, une fille mère qui a apporté la honte dans sa famille. Ne va-t-il pas le lui reprocher un jour ?

Léopold multiplie ses visites à Mérigon, le plus souvent invité par Ferdinand. Après quelques mois, Mariette accepte de l'accompagner au spectacle à Langon. Petit à petit, leur relation prend une tournure officielle. À son tour, il invite Ferdinand et sa famille aux Glycines. Pour les recevoir, il a une excellente cuisinière, pour préparer le repas. Émeline, l'épouse de Marceau, est un véritable cordon-bleu.

Le dimanche suivant, Mariette a accepté de l'accompagner à Langon où, sur les quais, un cirque itinérant donne un spectacle d'après-midi. Il se rend bien compte que la jeune femme a laissé tomber une bonne partie de ses défenses. Il s'enhardit.

— Voici quelque temps que nous nous rencontrons Mariette. J'ai pour vous beaucoup de sentiments.

Tout à coup, les paroles lui manquent pour aller au bout de sa demande. Mariette a bien compris où il veut en venir. Espiègle, elle le laisse s'empêtrer.

— Des sentiments ? Sont-ils purs au moins ?

Cette remarque lui fait reprendre ses moyens, il enlace Mariette et tente de lui dérober un baiser.

— N'en doutez pas, Mariette, je vous aime depuis le premier jour où je vous ai vue. Voulez-vous devenir ma femme ?

Mariette esquive la tentative en lui posant l'index sur les lèvres.

— Chut, n'allons pas trop vite, voulez-vous. Et ma fille Katrina, vous y pensez ?

Léopold a le sentiment qu'il a gagné. Ce n'est pas un refus pur et dur. Mariette a laissé une porte ouverte à la discussion.

— C'est une adorable petite fille. Ce n'est pas un obstacle pour moi. Et puis, elle a besoin d'un papa.

C'est le moment pense-t-il, d'éclaircir la situation du petit garçon.

— Tout comme Hans, dit-il. Prêchant le faux pour savoir le vrai

— Pour Hansi, c'est différent, ses parents étaient à notre service. Ils ont été tués dans le bombardement de notre ferme. Il n'avait que deux ans, nous l'avons amené avec nous, dit-elle.

Elle a quelques secondes d'absence. Dans le même temps, le souvenir de Gontran, son propre fils, disparu tragiquement dans la même avalanche d'obus, remonte à sa mémoire. Dans un flot irrésistible, une larme perle à ses yeux. Elle se perd un peu dans ses sentiments à l'égard d'Hans. Est-ce pour compenser la perte de Gontran, que dans un élan irréfléchi au moment de fuir Turckheim, elle s'est opposée à son abandon ?

Léopold se méprend sur l'émotion subite de Mariette. Il se trouve soulagé, il sait à quoi s'en tenir sur cet enfant. Il enchaîne.

— Vous avez fait preuve de beaucoup d'humanité.

Mariette en profite pour retrouver la maîtrise de ses sentiments.

— Un papa… oui, reconnaît-elle dans un soupir, avec un gros pincement au cœur. Un mariage, c'est l'engagement de toute une vie, laissez-moi le temps de réfléchir.

Devant la porte de la maison, Léopold s'attarde encore quelques instants avant de prendre congé.

— Ne me faites pas languir trop longtemps, Mariette. Mon bonheur est tout dans votre réponse.

— Ne soyez pas impatient, Albert, dit-elle en franchissant les quelques marches du perron.

Lorsqu'elle passe la porte d'entrée, elle se trouve nez à nez avec Ferdinand.

— Ah ! Te voilà enfin, je commençais à m'inquiéter. Il est presque l'heure du dîner.

— Sois rassuré, je suis encore vivante, simplement Albert s'est attardé quelques instants avant de partir. Le temps de poser ma veste et je vous rejoins.

Sur les genoux de sa grand-mère, Katrina est déjà installée à la table familiale. À la vue de Mariette, elle se précipite dans ses bras, bientôt suivie d'Hans qui réclame sa part d'affection.

— Allons, à table grogne Ferdinand, la soupe va être froide.

Mariette s'installe, déplie sa serviette, puis, d'un ton naturel, elle annonce.

— Albert m'a demandé de l'épouser.

Enfin se dit Ferdinand, en lui-même, il s'est décidé, je commençais à me poser des questions. Il repose la cuillerée de soupe qu'il s'apprêtait à avaler, laisse s'écouler un court silence avant de prendre la parole.

— Mais enfin, Mariette, tu connais Monsegues depuis bien peu de temps pour te faire une opinion sur ce garçon. Crois-tu qu'il soit sincère ? Il n'est peut-être qu'un coureur de dot.

— Je pense, réplique Mariette, qu'il est suffisamment à l'aise financièrement, pour ne pas avoir à guigner ma dot, qui au demeurant, est pour l'instant bien peu élevée.

— Pour l'instant oui, reconnaît Ferdinand, mais puisque tu abordes le sujet, il me semble naturel d'en parler. J'avais envisagé de laisser à ton frère Cyprien les biens restés à Turckheim et Colmar, et te léguer la propriété de Saint Pierre d'Aurillac. Alors, tu vois bien que tu n'es pas sans dot.

Katrina qui jusqu'à maintenant semblait absorbée par le contenu de son assiette, déclare soudain.

— Je vais avoir un nouveau papa alors ? J'espère qu'il sera gentil. Hansi viendra avec nous ?

— Nous n'en sommes pas encore là, réplique Ferdinand, pour donner le change.

— Pourquoi donc ce mariage ne se ferait pas ? Intervient Mathilde. C'est vrai que Katrina a besoin d'un père. Les vignes de Monsieur Monsegues sont presque aussi rentables que les nôtres. Je ne vois pas où tu trouves un coureur de dot.

— Tu as peut-être raison, concède Ferdinand, mais on n'est jamais trop prudent.

— En tous les cas, insiste Mathilde, la décision appartient à Mariette.

Avec une bonne dose de perfidie et d'arrière-pensée, Ferdinand poursuit ses objections.

— Oui, c'est vrai, la décision lui appartient, mais il est de mon devoir de la mettre en garde contre les revers d'une décision trop hâtive.

Excédée par le comportement de son père, dont elle interprète les mises en garde, comme autant d'obstacles à son libre arbitre, elle déclare.

— Je pense que ma décision est prise.

Le piège se referme.

Ferdinand tergiverse, mais c'est pour le principe, car en lui-même il est satisfait de la tournure de la conversation. Il ne veut pas avoir l'air de la pousser à accepter l'offre. N'avait-il pas lui-même envisagé cette union ?

Mariette ressent de l'affection, mais non un véritable amour pour Léopold. Il a déployé tout ce dont il était capable de charme, et d'attentions pour la séduire. Elle n'oublie pas Ludwig, elle est la femme d'un seul homme, elle ne se sent pas capable d'en aimer un autre. Son Ludwig est mort, c'est Manfred, son père, qui est venu l'annoncer à Cyprien. Les morts ne reviennent pas. Son petit Gontran est mort lui aussi lors des bombardements sur la ferme de Turckheim. C'est un miracle si elle a pu sauver Katrina.

Elle réfléchit au partage dont vient de parler Ferdinand. Cyprien gardera le négoce de Colmar et la ferme de Turckheim. L'exploitation et la maison de Mérigon seront pour elle. Ajoutés aux Glycines, ce sont près de cinquante hectares de bonnes vignes qui lui reviendront un jour. Cette pensée lucrative, terre à terre, effleure un instant son esprit, mais c'est surtout pour Katrina qu'elle désire asseoir sa position sociale.

***

Léopold est convié au repas du Premier de l'an mille neuf cent vingt. Avant de passer à table, Ferdinand, le premier aborde la question de la naissance de Katrina et de Gontran. Ils sont seuls dans son bureau.

— Mariette a commis une erreur de jeunesse en se laissant séduire par un homme dont elle a eu des jumeaux. Le petit garçon est décédé lors des premières offensives françaises en Alsace, le père lui aussi est décédé à la guerre, avant que la situation ne puisse être régularisée par un mariage.

Il n'est pas possible de dissimuler le fait qu'il s'agisse d'un Allemand. En effet, Léopold aura fatalement un jour ou l'autre connaissance des documents constatant la naissance des enfants. Cet acte est rédigé en allemand, il mentionne clairement les noms du père et de la mère.

— Comprenez bien, Albert, à cette époque, nous étions sous l'occupation des Allemands. Mariette n'a connu que cette situation. Elle n'a pas comme nous, les anciens, d'animosité à leur égard. Et puis, elle était bien jeune. J'ai ma part de responsabilité dans cette affaire. J'ai toujours refusé mon consentement à leur mariage. Il m'était insupportable de la donner à un, boche. Maintenant, il est mort, peut être que c'est vous, qui l'avez eu, à Verdun en juin mille neuf cent seize.

Léopold pense que le boche est mort, et cela lui suffit. Que ce soit lui, ou un autre, qui l'ait tué, à Verdun ou ailleurs n'a aucune importance. Ce qu'il veut, c'est épouser Mariette. Il est réellement amoureux de la jeune femme. Katrina, encore une enfant n'est pas un problème. Il répond.

— C'est bien malheureux que cette histoire se soit terminée de cette manière, mais après tout, la mort de cet Allemand n'est que justice. Il n'avait nul besoin de séduire une jeune fille honnête.

Pour Katrina, ce n'est pas compliqué, nous allons faire les démarches administratives pour que je puisse l'adopter, et elle portera mon nom.

Ferdinand ne trouve rien à redire à ses dispositions. Elles vont dans le sens qu'il souhaite. En réalité, il pensait que Monsegues serait moins compréhensif, que la situation dans laquelle se trouvait Mariette, le pousserait à des exigences concernant le patrimoine.

Pour sceller leur accord, il débouche une bonne bouteille, puis Ferdinand demande à s'absenter. Il rejoint Mathilde et Mariette qui se trouvent occupées à installer les couverts dans la salle à manger.

En quelques mots, il les informe des dispositions qu'ils viennent d'arrêter, celles-ci conviennent à Mariette. À la fin du repas, après en avoir demandé l'autorisation à Mariette, qui l'accepte, Léopold fait à Ferdinand la demande officielle de lui donner sa fille en mariage. Katrina, qui l'air de rien écoutait toute la conversation, s'adresse alors à Léopold.

— Alors, c'est toi qui vas être mon nouveau papa ? L'autre, le vrai, il est mort à la guerre. C'est mon tonton Cyprien qui l'a dit.

— Eh bien, répond Léopold, puisque ta maman veut bien m'épouser, je serais ton, nouveau papa.

— Tu seras très gentil alors, rajoute Katrina, parce que quand mon vrai papa est mort, avec maman nous avons beaucoup pleuré.

La petite fille réfléchit quelques instants, puis rajoute.

— Hansi, il viendra habiter avec nous ?

La question prend tout le monde de court. Le silence se fait autour de la table. Hans à des larmes au fond des yeux, Katrina va quitter la maison, celle qu'il considère comme sa petite sœur, celle que malgré son jeune âge, il aime déjà plus qu'une simple petite sœur. Son cœur bat plus vite, la réponse ne vient pas. Puis enfin, après de trop longues secondes, Ferdinand déclare.

— Mais non, Hansi, il reste avec nous.

La réponse est claire, nette, précise. Katrina part toute seule dans sa nouvelle famille. Dans un sursaut d'amour-propre, il répond.

— Oui, je reste avec Papy, quand je serai plus grand, je l'aiderai à la vigne, parce que lui, il sera trop vieux.

Katrina aussi est émue.

— Eh bien moi, je viendrai te voir tous les jours, dit-elle.

Mathilde met un terme à cette discussion dont elle veut tempérer la portée émotive chez les enfants.

— Faites-moi passer vos assiettes, que je vous serve, la soupe va être froide.

***

Léopold épouse Mariette en juin mille neuf cent vingt et reconnaît Katrina qui désormais, porte le nom de Monsegues. Il est vaillant et bon gestionnaire, bien secondé par une épouse formée aussi au négoce de la profession, l'exploitation prospère. Ceci ne l'empêche pas de convoiter celle de ses beaux-parents, puisque les dispositions annoncées par Ferdinand en font de Mariette l'héritière.

Il n'a pas à partager avec Cyprien son beau-frère, dont il a fait la connaissance à l'occasion du mariage. Il est toujours célibataire, et il ne l'a pas trouvé sympathique. Mais, bon, il est retourné chez lui à Colmar. Quant à Augustin, l'oncle, il a sa propre affaire, de même que le cousin Étienne qui vient d'ouvrir un nouveau négoce à Villerupt, à l'autre bout de la France.

***

Le quatre juin mille neuf cent vingt et un, un garçon, Lucien naît au foyer des Monsegues. Katrina est heureuse d'avoir un petit frère. Par contre, dès ses premières années, Léopold oublie toutes les bonnes dispositions promises à l'égard de Mariette.

En revanche, rien n'est trop beau pour Lucien. Gâté par son père, défendu chaque fois que sa mère tente de l'éduquer, il devient infect, capricieux. La différence avec Katrina est criante d'injustice.

Les dérapages verbaux faisant allusion à ses origines se multiplient. Bien souvent il laisse échapper à mi-voix.

— Ce n'est qu'une bâtarde de boche.

Bien que profondément blessée par ces remarques Mariette préfère les ignorer. Enhardi par son silence il se laisse aller.

— C'est vrai quoi. Son père est bien un Allemand. Et toi, tu es aussi à moitié Allemande. Demi-boche en définitive.

Par un jeu de mots stupide, lorsqu'il s'adresse ou parle de Mariette, il emploie le terme, ma demie. Laissant supposer qu'il parle de son épouse, sa moitié, alors qu'en arrière-plan, il fait allusion à ses origines germaniques.

Elle renonce à faire part à son père de ces revirements. Bien que ses mises en garde aient été marquées du sceau de l'hypocrisie, c'est bien elle qui a haut et fort, affirmé sa décision d'accepter la proposition de Monsegues, devenir sa femme.

Le mardi trois juin mille neuf cent vingt-quatre au retour de la vigne, Léopold est de mauvaise humeur.

— Alors ma demie, j'espère que tu as pensé à la date de demain ?

Elle y a pensé Mariette. Le mercredi quatre juin Lucien va souffler les bougies de son troisième anniversaire. Elle a déjà dans sa tête concoctée un menu de fête. Car elle ne conçoit pas qu'il puisse exister une différence entre les deux enfants.

— Ne t'inquiète pas, tout est prêt pour jeudi car les enfants n'ont pas école. Émeline m'aidera pour recevoir dignement mes parents.

— Et l'autre demi-boche, il est invité aussi ?

— Cesse donc d'être désagréable, s'il te plaît. Hansi n'est pas plus boche que moi ou Katrina. Nous le considérons comme faisant partie de la famille.

— Ouais, eh bien moi, je ne l'aime pas trop.

— Eh bien moi, c'est comme s'il était mon fils.

Soudain, un trait de feu lui transperce la poitrine. L'image du petit berceau vide, de Gontran s'impose à son esprit. Elle ne peut retenir un soupir de chagrin. Léopold l'interprète à sa manière.

— Ouais, comme s'il était ton fils ! Eh bien, j'espère qu'il ne l'ait pas.

C'en est trop pour Mariette.

— Comment peux-tu imaginer pareille chose. Tu es complètement immoral.

Il se rend compte qu'il a été trop loin.

— Excuse-moi, je ne pensais pas à mal, c'était pour plaisanter.

— Eh bien oublie ce genre de plaisanterie, je n'en goûte pas la subtilité, dit-elle.

Léopold bat en retraite, bien décidé à se rattraper aux dépens de Katrina. Une idée tordue germe déjà dans sa tête.

— Cet après-midi, je dois me rendre au village pour réceptionner des sacs de sulfate de cuivre. Pour me faire pardonner, j'irai la chercher à la sortie de l'école avec Lucien, elle sera contente.

— C'est ça, cela lui évitera de porter son gros cartable plein de livres.

À cinq heures, Léopold a réceptionné à la gare de Saint Pierre d'Aurillac, la commande de sulfate de cuivre, destiné à préparer la bouillie bordelaise. Il a laissé Zéphyr attelé à la charrette sur le petit parking derrière l'église. Tout en se dirigeant vers l'école, Lucien dans ses bras pour lui éviter de marcher, il lui explique quelque chose à l'oreille. Le petit garçon éclate de rire.

— Oui, ça va être rigolo.

La cloche sonne, les premières classes ouvrent leurs portes, les enfants sortent en piaillant. Katrina est l'une des dernières à sortir. Elle n'est pas seule, Hans la tient par la main. Ils sourient tous deux, insouciants. Léopold les aperçoit.

Tiens se dit-il, deux demi-boches, ça bien un boche entier.

Fier de son trait d'humour, il se penche vers Lucien.

— Tu as bien compris ?

— Oui, papa, on va rigoler.

Katrina s'est approchée, elle embrasse son petit frère.

— Bonjour Monsieur, dit Hans.

— Oui ça va, je t'ai assez vu, fiche le camp.

La fraîcheur de cet accueil prive Hans de réaction. Dans le même temps, Léopold prend Lucien par-dessous les bras et le dépose sur le dos de Katrina. Aussitôt, il applique les consignes de son père. Il tient à la main une badine dont il frappe les fesses de Katrina et criant.

— Hue, la boche Hue.

Léopold éclate de rire. Katrina s'est habituée aux méchancetés de son beau-père, mais là, trop c'est trop. Elle laisse couler ses larmes. Le sang d'Hans ne fait qu'un tour. Il lâche son cartable, et avant que Lucien n'ait pu s'éloigner, il le saisit à la taille, lui fait quitter le dos de Katrina et le gratifie d'une tape sur les fesses. Immédiatement Lucien éclate en sanglots disproportionnés.

— De quoi tu te mêles toi, s'emporte Léopold.

— Je ne veux pas que tu sois méchant avec Katrina. On n'est pas des boches !

L'altercation attire l'attention d'autres parents. Léopold prend conscience de sa maladresse.

170

— C'est bon, rentre chez toi.

Katrina sèche ses larmes, elle a le cœur gros.

— Ce n'est pas la peine d'aller te plaindre à ta mère, dit Léopold. Il voulait juste jouer Lucien, c'est son anniversaire aujourd'hui. C'est toi qui es méchante avec ton petit Frère.

Katrina ne sait que répondre à ce retournement de situation. Elle sait bien que sa mère ne serait pas d'accord avec le comportement de son mari, mais elle se rend bien compte qu'ils se disputent souvent. Elle ne veut pas que cette situation empire.

— Je ne dirai rien à maman, mais c'est toi qui es méchant avec nous. On n'est pas des boches !

Il ne faut que quelques minutes pour qu'Hans franchisse les quelques centaines de mètres qui séparent l'école du domicile de la famille Worms au lieu-dit Mérigon. Lui ne pleure pas, il serre les dents. Il réfléchit.

Si je dis à papy, que Monsieur Monsegues nous traite de boche, il va se fâcher. Peut-être qu'il ne voudra plus qu'il vienne à la maison. Alors pendant les vacances je ne verrai plus Katrina. Elle va peut-être changer d'école puisqu'elle veut être institutrice, et là non plus je ne la verrai plus.

Le temps de trouver une solution, il est rendu à Mérigon.

— Viens vite goûter, l'invite Mathilde, après tu as des devoirs à faire. Et puis, n'oublie pas que jeudi, nous allons tous déjeuner chez Mariette. C'est l'anniversaire de Lucien.

En mordant dans sa premier tartine Hans commence à réfléchir. Petit à petit, la solution se fait jour dans sa tête.

Mercredi quatre juin mille neuf cent vingt-quatre.

— Eh bien Hansi, tu n'es pas encore prêt ?

— Non papy, je n'arrive pas à faire mon nœud de cravate.

— Allons donc, je t'ai déjà montré vingt fois. Viens ici je m'en occupe.

Tous ont revêtu les habits du dimanche, ceux-là mêmes qu'ils mettent pour aller à la messe.

— Vous êtes bientôt prêts, s'inquiète Mathilde en jetant un coup d'œil à la pendule qui occupe un coin du salon.

— Il n'est que onze heures et demie, répond Ferdinand. En voiture nous en avons pour moins d'un quart d'heure pour être aux Glycines.

Dans sa tête, Hans se repasse les différentes idées qui lui sont venues.

La vieille Mercedes répond au premier coup de démarreur. Il n'est pas encore midi lorsque Ferdinand s'engage dans l'allée qui conduit à la ferme de son gendre.

— Les voilà, s'exclame Katrina, excitée à l'idée de voir ses grands-parents et Hans.

Mathilde porte à la main un gros paquet. Lucien se précipite pour le lui arracher des mains.

— Ah non, s'empresse Mariette, les cadeaux au dessert.

Lucien tape du pied, pleurniche, insiste pour ouvrir son cadeau.

— Qu'est-ce que ça peut faire, s'il l'ouvre maintenant ou au dessert, s'interpose Léopold.

— Il y a, que nous avons toujours fait comme ça. Je n'ai pas l'intention de céder aux caprices de Lucien.

— Tu es trop dure avec lui.

Mariette lui adresse un regard qui se veut plus expressif qu'un long discourt.

— J'ai dit, au dessert.

— Moi, je lui ai fait un dessin, ajoute Katrina.

— Moi je lui aussi apporté quelque chose, déclare Hans mais je l'ai oublié dans la voiture de papy. J'irai le chercher plus tard.

— Oui, c'est sûrement mieux comme ça, conclut Mathilde qui de cette manière apporte un soutien à sa fille, sans pour autant contrarier directement son gendre.

— Eh bien puisqu'il en est ainsi, nous n'avons plus qu'à prendre l'apéritif, déclare Léopold.

Pendant que les adultes s'installent autour de la table, les enfants jouent autour d'eux. À un moment, Lucien à la prétention de s'installer sur le dos de Katrina. Il en est délogé sans ménagement par Hans, qui le tire en arrière. Immédiatement il se répand en pleurs et va se réfugier dans les bras de son père.

— Que se passe-t-il ?

— Ce n'est rien répond Katrina, soucieuse d'éviter une nouvelle dispute de sa mère avec son mari, il voulait juste monter sur mon dos et il a glissé.

— Ce n'est pas vrai, c'est Hansi, qui…, commence Lucien.

Léopold sent que sa plaisanterie de la veille risque de se retourner contre lui. Et en présence de ses beaux-parents en plus. Il ne laisse pas son fils continuer sa phrase.

— Ce n'est pas grave, tu n'as qu'à jouer à autre chose.

Le déjeuner préparé par Mariette et Émeline est un régal. Il traîne en longueur comme c'est la coutume pour un repas de fête.

Pendant ce temps, Mariette a couché Lucien pour qu'il se repose.

— C'est bientôt le dessert ? Demande Katrina.

— Je pense que oui, déclare Léopold, soucieux de ne pas la contrarier au cas où elle parlerait de la sortie de classe tumultueuse.

— Avant, il faudrait réveiller le principal intéressé, intervient Mathilde, désireuse de faire essayer à son petit-fils, les beaux vêtements qu'elle a fait confectionner chez un tailleur de Langon.

Lucien est mal réveillé, il pleurniche, mais se soumet à l'essayage. Pendant ce temps, Émeline apporte le dessert.

— Alors, et toi, déclare Léopold dans l'espoir de ridiculiser Hans pour n'offrir qu'un cadeau insignifiant. Tu prétends avoir apporté quelque chose !

— À oui, c'est vrai, je vais le chercher, il est dans la voiture de papy.

Quelques instants plus tard, il revient porteur d'un paquet très mince long d'une cinquantaine de centimètres, entouré d'un papier de couleur.

— Oh là, c'est quoi ça, plaisante Léopold, moqueur.

Au mot de cadeau, Lucien a dressé l'oreille. D'un geste brusque, sans plus attendre il s'empare du présent offert par Hans. Au fur et à mesure qu'il le déballe, le visage de Léopold se décompose. Lorsque le papier a disparu, Lucien brandit la badine qu'il a laissée tomber lorsque Hans l'a retirée du dos de Katrina. L'enfant se laisse glisser des genoux de Mathilde et se dirige vers Katrina en riant la badine levée.

— Hue la boche, hue !

Ferdinand réagit le premier.

— Vas-tu nous expliquer ce qui se passe Hans.

Le jeune garçon, ne se fait pas prier pour décrire la scène à laquelle il a assisté le mardi trois, à la sortie de l'école. Il termine.

— Et comme Lucien avait laissé tomber son bâton, j'ai pensé qu'il serait gentil de ma part de le lui rapporter. Je n'ai pas bien fait papy ?

Ferdinand connaît bien Hans. Il sait bien que sa conduite de ce jour n'est pas le fait du hasard ou de la naïveté. Non, il a bien compris, que le rusé compère a imaginé ce moyen, pour révéler le comportement de Léopold à l'égard de Katrina, sans la mettre en cause.

— Ce n'était qu'un jeu de la part de Lucien, argumente Léopold du bout des lèvres.

En bout de table, Katrina reste sans réaction apparente. Elle rit intérieurement du bon tour joué par Hansi à son tourmenteur. Mariette n'a pas besoin qu'elle lui confirme les faits. Elle sait à quoi s'en tenir, sur les sentiments de son mari à l'égard de sa fille et d'elle-même. Armé de sa badine, Lucien continue de frapper les meubles, ici ou là, en disant.

— Hue la boche, hue.

Mariette la lui retire des mains et la brise en plusieurs morceaux, provoquant quelques pleurs et une crise de caprice.

— Eh bien ce jeu, c'est la première fois, j'espère qu'il a eu lieu. Mais je t'engage vivement à ce que ce soit la dernière.

Mariette n'a jamais été vraiment amoureuse de Léopold, mais l'affection et le respect qu'elle lui portait, commencent à se fissurer de manière irréversible.

— Bien, nous n'avons plus qu'à rentrer à Mérigon, déclare Ferdinand, d'une voie glaciale. Dans la voiture, il rajoute à l'attention d'Hans. Tu es un fameux filou, je ne regrette pas de t'avoir pris avec nous.

— Quand même le comportement d'Albert à l'égard de Katrina est choquant, dit Mathilde.

Hans croit bon de rajouter.

— Katrina m'a dit qu'il les traite de boche tout le temps.

De ce jour Léopold, de peur d'indisposer la famille de sa femme à son égard, évite de faire des remarques désagréables.

Les années s'écoulent, le vin connaît des périodes de haut et de bas.

Octobre mille neuf cent vingt-huit.

Si Lucien a intégré la communale l'année précédente, Katrina est maintenant scolarisée aux cours complémentaires à Langon, elle persiste dans son désir d'être institutrice. Cela fait déjà deux ans qu'Hans a brillamment réussi les épreuves du certificat d'études. Depuis, il apprend le métier de vigneron sous la direction de Mathurin Largeau et de son fils Sébastien.

Ferdinand n'a pas oublié de quelle façon il a démasqué la manière dont Léopold traitait Katrina et sa mère. Il initie le jeune homme au négoce du vin, bien décidé à en faire un professionnel compétent. De plus, il vient d'avoir soixante-quinze ans. Le temps pèse lourd sur ses épaules. Il n'est pas décidé à transférer la gestion de son exploitation à son gendre. Aussi, Hans lui semble être l'homme providentiel.

À seize ans, il en paraît facilement dix-huit. Les rondeurs de l'enfance ont cédé la place à un physique d'homme. Proche d'un mètre quatre-vingt, il est tout en muscle. Un visage carré, qu'éclairent des yeux gris, des cheveux châtain clair.

Il a pleine conscience de sa condition et de la juste place qu'il occupe chez les Worms. Une volonté de réussir chevillée au corps, et une admiration pour Katrina que son cœur nommerait autrement, mais la jeune fille le considère comme son grand frère à qui elle peut raconter ses peines et ses joies, petites ou grandes, et rien de plus.

12

La saison de chasse à la palombe bat son plein. Depuis plusieurs jours déjà Léopold a installé ses appeaux aux sommets de grands chênes. Habituellement, Marceau lui apporte son repas de midi, puis quelquefois le partage avec lui, le temps de faire poser un vol sur le filet.

Une grosse commande de vin est en préparation, Mariette ne suffit pas à la tâche. Elle ne peut libérer Marceau. Émeline dans son huitième mois de grossesse doit se reposer, et surtout ne pas faire de bicyclette.

C'est dimanche, et Katrina n'a pas cour. Elle est tout naturellement désignée pour ravitailler son beau-père.

Les années ont passé pour elle aussi, et la petite fille est devenue une adolescente ravissante, elle a fêté ses quinze ans en mai. À bicyclette, elle se rend à la palombière. Il fait encore chaud en ce mois d'octobre et elle est légèrement vêtue.

Alors qu'elle dépose le panier contenant le repas sur le sol de la cabane, la bretelle de sa robe glisse, et découvre la naissance de sa jeune poitrine. Le temps de réparer ce désordre vestimentaire, Léopold, perdant toute retenue, la pelote honteusement, et tente de glisser sa main sous sa robe.

Le premier moment de stupeur passé, Katrina lui griffe violemment le visage, se dégage et s'enfuit en pleurs. Arrivée chez elle, sa mère s'aperçoit de son trouble.

— Katrina, pourquoi pleures-tu ? Que s'est-il passé, ta robe est toute déchirée, tu n'es pas tombée de vélo ?

Encore sous le coup de l'émotion, Katrina a de la peine à expliquer à sa mère, entre deux sanglots, elle raconte.

— C'est papa.

Mariette dévorée d'inquiétude, ne la laisse pas finir.

— Papa, il s'est blessé avec son fusil ? Que s'est-il passé ?

— Non ! Parvient à dire Katrina. Il ne s'est pas blessé. Il a essayé de… elle ne parvient pas à finir sa phrase.

Mariette tout à coup, revenant à la robe de Katrina, qui déchirée, laisse apercevoir la naissance de sa poitrine, a peur de comprendre. Anxieuse, elle demande.

— Il a essayé quoi, dis-moi tout ! Ne me cache rien !

— Non maman je ne te cache rien. C'est quand j'ai posé son panier-repas sur le sol de la cabane, qu'il a essayé de me toucher.

— Comment, reprend Mariette, il a essayé de te tripoter, c'est cela ? Réponds-moi.

— Oui, il m'a touché les seins, et il a essayé de passer sa main dans ma culotte. Pour me défendre, je l'ai griffé au visage, et je me suis enfuie.

— Tu as bien fait ma chérie. Attends qu'il rentre, je vais lui dire ce que j'en pense. En attendant, va te changer.

***

Mariette comprend que Katrina ne peut rester habiter sous le même toit que son beau-père. Elle serait toujours dans l'angoisse qu'il manque de respect à sa fille. Lucien n'a que sept ans, elle se refuse à demander le divorce, l'enfant a besoin d'elle. Et puis, c'est une décision lourde de conséquences. Par contre, il faut protéger Katrina. Lorsque cette dernière revient après avoir changé de tenue, Mariette lui explique, et propose.

— Je pense qu'après ce qui s'est passé à la palombière, il est difficile que tu continues à habiter ici, où ton beau-père pourrait n'importe quand, recommencer. Moi, je me sens capable de lui faire un mauvais sort. Je voudrais que tu ailles habiter chez tes grands-parents à Mérigon. Je ne leur ai pas encore demandé, je voudrais que tu sois d'accord, avant de le faire.

— Oui, maman, je suis d'accord, parce que je ne pourrais jamais pardonner à papa d'avoir essayé de me tripoter. Mérigon, ce n'est pas très loin, et je pourrais te voir quand je voudrai.

Pendant que Katrina retourne dans sa chambre préparer quelques vêtements et affaires personnelles, Mariette téléphone à ses parents. En quelques mots, elle les informe de la situation.

Il ne faut pas plus de quelques minutes à Ferdinand, pour démarrer sa vieille Mercedes, et venir chercher sa petite fille. Si ce n'étaient les circonstances particulières, navrantes, dans lesquelles ils reçoivent Katrina chez eux, Mathilde et lui en sont très heureux.

Quant à Hans, ses sentiments à l'égard de Katrina n'ont pas changé, au contraire. Il a pris conscience cependant que sa condition n'est pas celle de la jeune fille. Sa famille est riche, propriétaire de deux grands vignobles qui un jour, sans doute, n'en feront plus qu'un.

Lui n'a rien. Rien que ce sentiment qui est né en lui dès son plus jeune âge, mais qu'alors il ne savait pas comment nommer. Aujourd'hui il sait, cette chose se nomme l'amour. Cette constatation lui fait battre le cœur et en même temps le désespère.

De retour à la maison, Mariette interpelle Léopold.

— Que s'est-il passé avec Katrina lorsqu'elle t'a apporté ton repas ? Elle est rentrée en pleurs, sa robe déchirée ?

— Mais rien du tout, lorsqu'elle a posé le panier par terre, elle a glissé, et j'ai simplement voulu la retenir. Peut-être qu'à ce moment, sa robe s'est déchirée. Elle s'est méprise sur mes intentions.

— Ah ! Elle s'est méprise sur tes intentions, même lorsque tu as tenté de passer la main dans sa culotte. Les marques de griffures que tu as, au visage, là aussi, elle s'est méprise.

— Les marques au visage, se défend-il, c'est moi qui les ai faites. Je me suis accroché à des ronces en cherchant des champignons.

— Écoute Albert, dit Mariette, je ne te crois pas. Je connais ma fille, ce n'est pas une menteuse. Ne t'avise pas de tenter quelque chose une nouvelle fois, parce qu'alors, je dépose une plainte chez les gendarmes, et je demande le divorce.

De plus, je te signale que je l'ai envoyée habiter chez mes parents au quartier Mérigon, très en colère, elle rajoute, puisque maintenant sa chambre est libre, je vais m'y installer, à partir de maintenant, tu dormiras tout seul.

Léopold sait que si une plainte est déposée à son encontre, Mariette peut demander et obtenir le divorce, et alors adieu la propriété des parents. De plus, il craint que sa véritable identité ne soit fortuitement découverte, on ne sait jamais.

— Je comprends que tu sois fâchée de cette histoire, mais je persiste à dire que Katrina s'est trompée sur mes intentions. Je regrette que tu le prennes comme cela, et décides de dormir seule dans sa chambre.

***

En juillet mille neuf cent trente-deux, Hans est parti dans le nord de la France. Pendant une année il a effectué son service militaire au cinq cent septième régiment de chars de combat à Montigny-lès-Metz. À son retour, il retrouve sa place dans l'exploitation où Ferdinand lui donne de plus en plus de responsabilités. Il connaît des jeunes filles, ici ou là, mais ne se décide pas à fonder un foyer. Non, celle qu'il aime ne le regarde que comme son frère.

Katrina poursuit ses études, et fréquente l'institution Sainte Marguerite, à Langon, puis l'école normale à Bordeaux. Avant d'obtenir un poste stable, il lui arrive d'effectuer des remplacements au lycée Michel Montaigne à Bordeaux. Ayant obtenu ses diplômes, elle postule pour l'emploi d'institutrice à l'école primaire de Saint Pierre d'Aurillac. En attendant, elle se contente d'effectuer des remplacements ponctuels.

En mille neuf cent trente-quatre, elle est agréée, et cumule alors les fonctions d'institutrice avec celles de secrétaire de mairie. Elle bénéficie d'un petit logement de fonction au-dessus du bureau de la mairie.

Plus marquée qu'elle ne veut se l'avouer par le fiasco du mariage de sa mère, elle non plus, n'est pas pressée de fonder une famille. Elle feint d'ignorer les avances de quelques prétendants qui finissent par se décourager.

Au titre de secrétaire de mairie, elle est emmenée à côtoyer les gendarmes. En effet, pour les besoins de leurs enquêtes, ils viennent régulièrement vérifier des identités sur les registres de l'état civil.

Les rencontres avec Katrina sont fréquentes, que ce soit à Mérigon, ou fortuite. À chaque fois, Hans perd une partie de ses moyens, mais se reprend très vite. Elle est encore célibataire, et semble décidée à la rester.

Petit à petit, un espoir fou prend chez lui, naissance et force. Katrina lui témoigne aussi beaucoup d'affection, mais pour elle, cela ne dépasse pas le niveau frère et sœur, il est désespéré.

Les années s'écoulent sans apporter de changement dans son attitude. Il se consume intérieurement d'un feu qu'il ne maîtrise qu'avec difficulté.

Ferdinand approche de sa quatre-vingt-cinquième année, l'arthrose et les rhumatismes le contraignent bien souvent à rester à la maison. La santé de Mathilde est comparable.

Hans est devenu son homme de confiance.

***

Au début de septembre mille neuf cent trente-huit, le gendarme Armand Duclot vient de monter en grade, en effet il vient d'être nommé maréchal des logis chef. Il quitte la brigade de Saint Macaire pour rejoindre celle de La Réole. Très mince, il mesure un mètre quatre-vingt. Un visage carré un regard franc et direct, cheveux bruns. À vingt-huit ans, il est encore célibataire, très séduisant, Katrina lui plaît beaucoup, c'est réciproque, en effet durant les années de service passées à Saint Macaire, ils ont eu le temps de se connaître.

— Eh bien, ma petite fille, l'interpelle Mathilde, il semblerait que tu te décides à fonder un foyer.

— Attends, mamy, nous nous connaissons à peine, et puis Armand ne m'a rien demandé. De plus avec son métier ce n'est pas évident.

— Tu as raison ma petite fille, d'autant plus que si j'en crois les journaux, la situation internationale n'est pas des plus fameuses.

— C'est vrai, il semble que les Allemands n'aient pas étanché leur soif de conquête. Ce Hitler, qui les dirige, semble un monstre qui dévore ses voisins.

Ferdinand et Hans pénètrent dans la pièce. Ils se joignent à la conversation.

— Ça aussi c'est vrai, ajoute Ferdinand, J'ai bien peur que nous ne repartions pour une nouvelle guerre. Ces gens-là sont insatiables.

— Espérons que tu te trompes, dit Katrina, sinon j'ai bien peur qu'Armand soit contraint de rejoindre un régiment, et alors, je n'ose pas penser à ce qui peut advenir.

Les yeux de Katrina brillent à chaque fois qu'elle prononce le prénom d'Armand. Elle ne se rend pas compte que c'est autant de coups de poignards pour Hans. Il prend sur lui pour faire bonne figure.

— Non, sois rassurée, les gendarmes ne partent pas au front, ils restent dans la territoriale. Lorsqu'ils rejoignent un régiment, c'est au titre de la prévôté. Ce n'est pas la même chose pour moi. Si cette guerre éclate, je serai rappelé, et réaffecté à mon régiment pour partir en première ligne.

— Eh bien, espérons que les Teutons resteront chez eux, nous avons eu assez de mal pour leur reprendre notre belle Alsace, conclut Ferdinand.

Mathilde reste songeuse pendant quelques secondes, puis la pendule du salon lui rappelle que l'heure du repas est proche.

— Tu restes dîner avec nous, j'espère, dit-elle.

— Bien sûr mamy, dit Katrina, et rajoute, et toi Hansi tu n'as toujours pas rencontré l'âme Sœur ?

Cette question le cueille à froid, il ne peut que répondre à mi-voix.

— Non, non, pas encore.

***

En juin, Lucien a fêté ses dix-sept ans et ne s'améliore pas. Il fréquente les mauvais garçons de Langon, et plus particulièrement un prénommé Jérôme, dont les parents tiennent un bar à l'enseigne de L'Oasis sur les quais de Langon. Il a raté ses études. Léopold qui avait pour lui de l'ambition n'a d'autre choix que de l'employer sur l'exploitation, où, là encore, il se montre fainéant.

— Tu vois Mariette, tout ça c'est de ta faute. Si tu avais été plus disponible avec Lucien, il n'en serait pas rendu là. Moi, je suis toujours à la vigne où encore à m'occuper du chai. Tu aurais dû le forcer à étudier au lieu de le laisser fréquenter ce Jérôme.

Abasourdie par ces reproches injustifiés, Mariette reste sans voix, une fraction de seconde.

— Non mais dis donc, tu ne manques pas d'audace. Je ne peux jamais rien lui dire à ton Lucien. C'est toi, qui depuis qu'il est tout petit, lui passes tous ses caprices. C'est encore toi qui as refusé de prendre des sanctions lorsqu'il ramenait des notes désastreuses. Tu veux que je te dise la vérité. Lucien ce n'est qu'un fainéant. Il n'a même pas été capable de passer le certificat d'études. Et maintenant, il rechigne même pour travailler chez nous, sur un bien qui lui reviendra. Au lieu de ça, tu le laisses traîner tard le soir chez ce Jérôme. Quand je lui demande de ne pas se rende à L'Oasis qui n'est qu'une maison de tolérance, tu me dis que j'exagère et qu'il ne fait rien de mal.

S'il en est rendu là, c'est de ta faute et non de la mienne, il serait temps que tu t'en rendes compte.

Ce n'est pas comme Katrina. Je n'ai pas eu besoin de la forcer pour qu'elle fasse de bonnes études. Si aujourd'hui elle est institutrice, c'est parce qu'elle a travaillé sérieusement.

Après cette longue tirade, Mariette marque un temps pour reprendre son souffle. Léopold en profite.

— Katrina, tu n'as que son nom à la bouche. Si elle a réussi ses études, c'est parce que tes parents lui ont payé des cours supplémentaires, parce qu'elle n'est pas plus intelligente que Lucien. Si elle était restée ici, elle aurait fait comme Lucien.

C'en est trop pour Mariette.

— Si Katrina n'est pas restée aux Glycines, tu en connais les raisons, alors il vaut mieux te taire. Et de toutes les manières, elle n'aurait pas traîné la nuit à Langon. Lucien, j'en ai bien peur, il finira mal si tu ne mets pas un frein à la fréquentation de Jérôme. Ces parents ne tiennent ni plus moins qu'un bordel.

Il le sait parfaitement que L'Oasis n'est qu'une maison de passe. Depuis que Mariette a décidé de faire chambre à part, de temps à autre, il lui arrive d'y faire une halte, pour honorer Ginette de ses bontés. Soudain, il sent que la conversation lui échappe.

— Ouais, c'est bon, nous en reparlerons plus tard. Il faut que j'aille voir ce que fait Marceau.

Il en veut à Katrina, elle, a fait des études sérieuses. Il ne supporte pas qu'elle ait réussi ses études d'enseignante, de plus elle est nommée à Saint Pierre d'Aurillac. Le comble pour lui, est le logement de fonction, payé avec ses impôts, bien sûr, mais aussi, et surtout, ses fonctions de secrétaire de mairie. Il craint qu'elle ne découvre des choses. Lesquelles ? Il ne le sait pas trop, mais il n'est pas rassuré. La jeune femme a accès sans réserve à tous les registres d'état civil, il y pense souvent. Il n'est vraiment pas tranquille.

Et puis maintenant, elle se met à fréquenter ce gendarme.

***

De l'autre côté des Pyrénées, la guerre d'Espagne se termine avec l'exode de milliers d'opposants au régime franquiste.

En mars mille neuf cent trente-neuf, tout est perdu pour les républicains espagnols. Partout, les armées nationalistes de Franco, renforcées de la légion Condor venue d'Allemagne, et de la légion Azur venue d'Italie, sont victorieuses. La révolte fratricide est écrasée dans un bain de sang

En masse, les rescapés fuient vers la France, et vont, pour une grande partie d'entre eux, séjourner dans des camps. Francisco Alvarez et son épouse, Helena, avaient milité de toutes leurs forces pour cette cause qu'ils trouvaient juste. Leur fils Pedro et son épouse Inès sont morts les armes à la main. La petite Isabelle, âgée de treize ans est tout ce qui leur reste comme famille.

Il connaît bien la montagne, il a réussi à éviter la captivité dans les camps de réfugiés du sud de la France. Lui-même, Helena et l'enfant, après avoir traversé une partie du pays, sont arrivés aux environs de mai mille neuf cent trente-neuf à Saint-Pierre d'Aurillac, épuisés, sans argent, affamés. La première maison où ils ont frappé pour demander du travail est celle de Ferdinand Worms.

Peut-être par solidarité, lui aussi, ayant en son temps fui la guerre, il leur a ouvert sa porte. Depuis, Francisco participe aux travaux de la vigne, Helena aide au ménage de leur grande maison. Isabelle a repris une scolarité normale à Saint Pierre d'Aurillac, après le certificat d'études elle est également restée au service des Worms.

Dans le même temps, l'Allemagne envahissait la Tchécoslovaquie. En avril, c'est l'Italie qui envahie l'Albanie. Au mois d'août Hitler et Staline signent un pacte de non-agression dont les conséquences se révèlent néfastes pour le parti communiste, jusqu'à ce que l'Allemagne renie sa parole.

Quelques jours passent, avec des hauts et des bas. Les rumeurs de conflit se confirment, enflent et alimentent les conversations.

Le samedi deux septembre mille neuf cent trente-neuf l'ordre de mobilisation générale et placardé dans toutes les communes. Il concerne tous les hommes de vingt à quarante-huit ans. Hans Keller, consulte son fascicule il porte la mention J + 8.

— Je dois rejoindre le cinq cent septième régiment de chars à Montigny-lès-Metz pour le dix septembre, dit-il.

— Mon pauvre garçon, reprend Ferdinand, pour la troisième fois de ma vie, nous voici de nouveau agressés par l'Allemagne. Fait bien attention à toi, ne prend pas de risque inutile.

Ferdinand ne croit pas lui-même à cette recommandation, il sait ce que c'est que la guerre et l'exécution des ordres reçus. Dans son régiment de chars, Hans va tout de suite se trouver en première ligne. Il ne faut pas sous-estimer la puissance de la machine de guerre allemande. Non, il craint par-dessus tout de perdre ce garçon qu'il a initié à la gestion de sa propriété. Ce garçon qu'il aime comme un fils, en qui il a davantage confiance qu'en Albert Monsegues, son propre gendre.

— Je compte bien en revenir de cette saleté de guerre, et que nous la gagnerons. En attendant, il reste Francisco, sa femme et la petite Isabelle pour donner un coup de main à Mathurin.

— Oui, c'est vrai que son fils Sébastien part aussi avec le cinquante-septième régiment d'infanterie de Libourne.

Un peu amer, Hans laisse échapper.

— Ce n'est pas comme Armand, qui reste dans sa brigade, et ne risque rien.

Ferdinand ne sait quelle contenance adopter, ni que répondre à cette sortie. Si Katrina ne s'est jamais aperçue des sentiments que lui porte Hans, il y a longtemps que lui s'en est rendu compte et garde le silence.

Le premier septembre, l'Allemagne attaque la Pologne, le trois, la France et l'Angleterre déclare la guerre à l'Allemagne.

Adolf Hitler, le petit caporal vaincu de mille neuf cent dix-huit, à force d'intrigues, a fait son chemin. Chancelier en mille neuf cent trente-trois, dictateur en mille neuf cent trente-quatre, il est insatisfait du règlement de la Première Guerre mondiale, il ne rêve que de revanche.

Une nouvelle fois, le monde s'embrase.

L'exode, l'occupation

1

Sur sa bicyclette, Alfred Chaberchteim, ressasse dans sa tête les dernières nouvelles. Ce n'est pas brillant, l'Allemagne est de plus en plus agressive avec ses voisins. Elle a déjà envahi plusieurs pays. Rien ne semble pouvoir l'arrêter. Il fait froid, nous ne sommes que le dix décembre mille neuf cent trente-huit. Mais peu importe, il n'est pas frileux. Et puis à son âge, il vient d'avoir dix-neuf ans, ce n'est pas ça qui va l'arrêter.

Très sportif, son mètre soixante-quinze est tout en muscles. Des cheveux très bruns encadrent un visage ovale, où percent des yeux marron.

Il cesse de pédaler, sa vitesse diminue, lorsqu'il arrive à la hauteur de la Mairie de Morfontaine, un petit coup de frein suffit à stopper la machine. Ce matin, c'est son tour d'ouvrir les bureaux et d'allumer le poêle censé réchauffer les bureaux. Il est tout juste huit heures trente, les autres employés n'arrivent qu'à neuf heures.

Depuis le début de l'année, il exerce les fonctions de secrétaire adjoint. Il y a beaucoup de paperasses, aussi un deuxième secrétaire adjoint est venu renforcer l'équipe au début de juillet.

Il s'agit d'une jeune fille Madeleine Worms. Elle vient d'avoir dix-sept ans. C'est une Jolie blonde aux yeux bleus. Comme Alfred, elle est née à Morfontaine, petit village de Meurthe et Moselle.

Son père Etienne, comme son grand-père Augustin gèrent un négoce de vins à Villerupt, tout près de la frontière du Luxembourg.

Dès le premier jour où Madeleine est arrivée à la mairie, Alfred est tombé sous son charme. Au fil des jours, il s'est aperçu qu'il ne laissait pas la jeune fille indifférente.

À la fin de l'année, profitant des fêtes, il lui a avoué ses sentiments, elle lui a révélé les siens. Ils se sont fréquentés pendant quelques mois, puis ont décidé de se fiancer. Alfred attend son ordre de départ au service militaire, et désire que cette fête ait lieu avant son départ. De plus, depuis quelque temps les rumeurs alarmantes de conflit avec l'Allemagne se font plus précises.

Le trois septembre mille neuf cent trente-neuf, lorsque la France et l'Angleterre sont entrées en guerre contre l'Allemagne, il n'a pas reçu d'ordre d'appel à la mobilisation.

À la gendarmerie de Villerupt, il lui a été conseillé de patienter, n'étant pas concerné par l'ordre de mobilisation générale.

Dans la crainte d'un départ prochain, il a décidé sa famille et celle de Madeleine d'avancer leurs fiançailles à la Noël mille neuf cent trente-neuf. Cette disposition est surtout destinée à faire plaisir à Madeleine, catholique pratiquante. En ce qui le concerne, il est de confession israélite, mais ne pratique pas et, pour Madeleine, il est prêt à toutes les concessions.

Pendant ce temps, bien que la guerre ait été déclarée, rien ne se passe vraiment. Beaucoup de ses aînés ont été incorporés dans divers régiments. D'autres ont été envoyés sur les fortifications de la ligne, Maginot.

Ici, au village, ils sont dans l'inquiétude et l'incertitude des événements. Ils s'attendent à ce que le gouvernement mobilise également sa classe d'âge.

Depuis le début de septembre, une grande partie de la population, a commencé à évacuer la zone entre la ligne Maginot et la frontière allemande. Son village étant situé au sud de cette ligne, bien que très proche, il n'est pas touché par l'ordre d'évacuation.

Dans la rue principale, c'est un défilé quasi permanent de gens de tous horizons. Il y a beaucoup de Belges, mais aussi des frontaliers. Ils ont réuni, sur tout ce qui peut rouler, leurs biens les plus précieux. Beaucoup ne savent pas vraiment où aller.

Comme prévu, les deux familles réunies ont fêté les fiançailles à la Noël mille neuf cent trente-neuf. Alfred est comblé, envahi de bonheur, il se sent presque marié.

Un bal est donné pour le réveillon du premier de l'an mille neuf cent quarante. Alfred à l'autorisation d'y conduire Madeleine. La salle est petite, et les danseurs nombreux.

— Il fait trop chaud là-dedans, tu ne veux pas sortir un instant prendre l'air, propose-t-il.

À l'extérieur, l'entrée et un côté du bâtiment sont bordés par un vaste préau qui dispense une obscurité propice au couple. Après avoir échangé quelques baisers, les mains d'Alfred ont tendance à s'égarer sous la robe de sa compagne. Madeleine réagit aussitôt.

— Ah non ! Alfred ce n'est pas dans les habitudes de la famille. Je n'ai pas l'intention de te céder.

Alfred se sent gêné, ce refus fait naître en lui un fugace sentiment de honte. A-t-il blessé Madeleine ?

— Je ne voulais pas te choquer, s'excuse-t-il.

— Je ne suis pas choqué, parce que je m'attendais à ce que tu fasses ce genre de chose. Mais vois-tu, tu attendras le mariage.

Alfred n'insiste pas. Il ne tente pas de la faire changer d'avis. Bien que ce refus le laisse sur un désir non assouvit, il ne l'en aime que davantage.

Bien sûr, de temps à autre, ses mains s'égarent sur sa poitrine, en riant, elle lui donne une tape en disant.

— Patiente un peu, ce ne sera que meilleur lorsque tu m'auras passé la bague au doigt.

***

Au début de septembre huit divisions accompagnées de cinq bataillons de chars avancent en Allemagne jusqu'à Sarrebruck. Le douze, le général Gamelin donne l'ordre de stopper, puis le vingt et un de repasser derrière la ligne Maginot. Cette opération n'a servi à rien.

En octobre, les premières troupes britanniques débarquent en France. Puis pendant plusieurs mois, rien ne se passe, c'est la drôle de guerre.

Jusqu'au début du mois de mai mille neuf cent quarante, le secteur est demeuré relativement calme, hormis quelques bruits de canonnades dans le lointain, du côté de la Belgique, que l'armée allemande a envahie ainsi que les Pays-Bas et le Luxembourg.

Dans le village, l'inquiétude grandit chaque jour. En effet, ils ne sont qu'à quelques kilomètres du Luxembourg. La ligne Maginot, censée les protéger, se termine, elle aussi, dans la région.

Dans les tout premiers jours de mai, de nombreux habitants des villages alentour commencent à évacuer, se joignant aux colonnes déjà en marche vers le sud.

— Je commence à me demander si nous ne devrions pas faire comme eux, dit Etienne Worms.

— Tu te rends compte, intervient Alice, son épouse, abandonner notre maison, notre négoce. Je ne peux m'y résoudre.

— Tu as raison, d'autant plus que l'ordre d'évacuation n'est pas encore donné par la préfecture. Nous aurions l'air de couards.

Pour Alfred et Madeleine, il est hors de question de partir avant que Monsieur le maire n'en ait donné l'ordre.

À partir du vendredi dix mai mille neuf cent quarante, les divisions blindées allemandes du général Guderian se lancent sur le nord de la France. Elles repoussent l'armée française ainsi que le corps expéditionnaire anglais, lequel parvient de justesse à regagner l'Angleterre par Dunkerque, sous les feux de l'ennemi, y abandonnant un important matériel. Les pertes en hommes, surtout du côté Français sont énormes, les prisonniers nombreux, Hans en fait partie. Sous bonne escorte ils sont conduits en Allemagne dans des camps de travail.

Il ne fait plus aucun doute que leur tour est proche.

Le samedi huit juin, vers huit heures du matin, alors qu'Alfred s'apprête à enfourcher sa bicyclette pour se rendre à la mairie, un violent tir de barrage, déclenché par la défense contre avions, se produit, toujours du côté de la Belgique. Il entend les bruits de moteurs d'avions, mais le ciel est couvert et il ne peut les voir. À son arrivée, Madeleine est déjà là. Ils tournent le bouton de la radio, mais il n'est fait aucun compte rendu sur les événements en cours.

À partir de dix heures, les bombardements reprennent, ce sont des avions allemands, qui lâchent leurs bombes sur la gare de Villerupt. Ils veulent détruire la voie de chemin de fer pour empêcher l'acheminement des renforts. Dans la rue principale du village, c'est toujours le même défilé de réfugiés. Madeleine et Alfred ont le cœur serré, car demain cela pourrait bien être leur tour.

Leurs familles ont depuis quelques jours, commencé à trier le nécessaire. Monsieur Chaberchteim qui a réussi à garder son automobile la tient constamment prête, le plein complété, et des bidons d'essence dans le coffre. Cependant, s'il faut partir, Alfred a décidé de rester avec la famille de Madeleine. Ils refusent d'être séparés, et, s'il doit leur arriver un malheur, ils le subiront ensemble.

À midi, ils déjeunent chez les parents de Madeleine.

— Si nous devons nous retirer, et je crains bien que cela nous arrive rapidement, nous irons chez mon oncle Ferdinand.

— Nous le connaissons à peine, dit Madeleine. En ce qui me concerne, je ne l'ai vu qu'en photographie.

— Oui, mais j'ai pris contact avec lui depuis déjà plusieurs jours, il accepte de nous recevoir. Lui-même a connu l'exode au cours de la dernière guerre.

Il est parti dans le sud-ouest près d'une petite ville nommée Langon, où sa femme a hérité d'un vignoble, qu'ils exploitent toujours.

— Oui, c'est vrai de plus tu commercialises une partie de sa récolte, reconnaît Madeleine.

— Et aussi le vin que produit la propriété de sa fille Marie Henriette, précise Etienne. Elle a épousé un gars du pays du nom de Monsegues. Ils ont une fille Katrina, institutrice dans un village proche de Langon, et un garçon Lucien dont je ne sais pas grand-chose.

L'éloignement a fait que les différents membres de cette famille, bien, qu'ayant assisté au mariage de Mariette, ne se connaissent qu'au travers de courriers et de photographies, et puis Madeleine, à cette époque, n'était pas encore née. Néanmoins, ils sont disposés à accueillir, chez eux, leurs parents en difficultés.

D'autant plus que Ferdinand Worms, après la guerre de mille huit cent soixante-dix, a aussi connu l'occupation allemande, et l'obligation d'effectuer le service militaire dans leur rang.

— J'ai noté tous les renseignements sur cette feuille de papier pour vous permettre de rejoindre ce village qui s'appelle Saint Pierre d'Aurillac, si par malheur nous étions séparés en cours de route.

— J'espère que nous n'en aurons pas besoin, dit Madeleine, et que les soldats Français auront arrêté les Allemands avant qu'ils n'arrivent jusqu'ici.

Etienne et Alfred ne relèvent pas ce souhait, ils savent bien que cela risque de n'être qu'une illusion.

Augustin Worms ne jouit pas d'une bonne santé. Il marche difficilement, son épouse est également malade.

— Si je dois crever, ce sera chez moi, et non sur le bord d'une quelconque route, dit-il à Etienne venu leur proposer de se joindre à eux.

— Quelque chose me fait beaucoup de peine, rajoute Etienne, mes parents refusent d'abandonner leur maison.

***

À quatorze heures, Monsieur le Maire fait imprimer des fiches d'évacuation. Elles sont distribuées l'après-midi même par le garde champêtre pour le cas où l'ordre d'évacuation arriverait dans la nuit.

À seize heures, les avions allemands réapparaissent. Ils les entendent déverser leurs bombes sur les voies ferrées, ainsi que sur les fortifications de la ligne Maginot toutes proches. Cela commence à devenir critique pour le village, en effet les Allemands ne doivent plus être très loin. Il n'y a toujours rien de précis à la radio, les informations demeurent les mêmes et l'ordre d'évacuation n'arrive toujours pas. Ils commencent à craindre qu'il ne soit trop tard quand cet ordre arrivera de la Préfecture, et qu'ils soient pris au piège.

Le dimanche neuf juin, ils ont tous très mal dormi, l'artillerie lourde a tonné toute la nuit. À huit heures, ils apprennent que les Allemands sont tout près de Longwy. À neuf heures, l'ordre d'évacuation arrive enfin. Il est prévu que comme pour l'évacuation de septembre mille neuf cent trente-neuf, les habitants de leur village, et ceux des alentours se regroupent à Hagondange, d'où des trains les transporteront vers le sud-ouest.

Il s'agit en fait de prendre au retour les trains qui à l'aller acheminent les renforts en soldats et matériels. Ces dispositions les inquiètent, car les exposent aux mitraillages de l'aviation allemande. Après avoir réuni leurs bagages, Alfred embrasse ses parents qui se replient sur Bordeaux, où des amis, juifs également, les recueilleront. Alfred connaît ces gens, et a mémorisé leur adresse. Il se rend alors chez Madeleine.

Son père a sorti le chariot à quatre roues, et a déjà attelé les chevaux, ce sont deux puissants ardennais, dont l'un répond au nom de Gamin et l'autre à celui de Champion. Il ne possède plus d'automobile, elle a été réquisitionnée au début de la guerre en même temps que le camion avec lequel il faisait ses livraisons.

Alfred aide au déménagement. Dans le fond, Étienne a déposé des matelas, et empilé de nombreuses provisions ainsi que de l'eau et un baricaut de vin de Bordeaux.

En prévision des événements, il avait préparé une armature de bois, couvrant le chariot, une bâche censée les abriter du mauvais temps recouvre le tout. Au moment de partir, il rajoute quelques bottes de fourrage pour les chevaux, puis par-dessus les bicyclettes de Madeleine, de sa mère, ainsi que la sienne. Le chargement solidement arrimé dépasse à l'arrière du chariot.

— Mon pauvre Alfred, c'est bien triste de devoir fuir devant l'avancée de ces barbares qui ne respectent rien.

— Qui sait quand nous pourrons revenir chez nous ? Peut-être jamais, se laisse aller Alfred en soupirant.

— En tous les cas, je suis bien content que tu restes avec nous. Tu me seras plus utile pour faire face aux aléas du voyage. J'aurais bien aimé avoir un garçon, mais Alice n'a su me donner qu'une fille.

— Heureusement, reprend Alfred, car si vous aviez eu un garçon, je ne serais pas avec vous aujourd'hui, que vous ayez eu une fille me convient parfaitement.

Étienne fait une dernière fois le tour de l'attelage pour vérifier que tout va bien.

— Bon sang, j'oublie le principal.

À grandes enjambées, il retourne à la maison. Il revient presque aussitôt porteur de son fusil de chasse et d'une boîte de cartouches.

— Allez, nous avons assez traîné, il est temps de partir.

Après un dernier regard à la maison où il a passé tant d'années heureuses, il frappe le dos des chevaux avec les guides qu'il a prises en main.

— Allez Gamin, allez Champion.

Les femmes sont montées à l'arrière, installées sur les matelas. Les hommes sur le siège avant.

Après avoir fait leurs adieux à monsieur le maire qui a décidé de rester sur place, ils partent pour l'aventure. Ils ne savent pratiquement rien de ce département de la Gironde, où ils ont décidé de se réfugier. Traversant le village, ils prennent la route de Bazonville. Devant et derrière, c'est une fille ininterrompue de toutes sortes de véhicules.

Ils avancent lentement. De toutes les manières, leurs braves chevaux, s'ils sont puissants, ne marchent que lentement, et ils pourraient les suivre à pied sans aucune difficulté.

Bien que Hagondange ne soit distant que d'environ trente-cinq kilomètres, il faudra sûrement plus d'une journée pour y arriver, il est nécessaire de laisser reposer les chevaux. Ils ne prennent que des routes secondaires pour éviter le mitraillage des avions allemands qui passent à basse altitude. De ce fait, ils rallongent la route de cinq à dix kilomètres. Ils n'ont pas le choix.

En arrivant à Bazonville, ils constatent que des bombes sont tombées sur le village, plusieurs maisons sont détruites.

Alfred tente de descendre de voiture pour acheter du pain à l'épicerie qui se trouve à l'entrée du village. Des soldats l'en empêchent, et les font circuler. Tant pis, ils s'en passeront.

Ils traversent ce village, et à ce moment des avions allemands qui viennent de bombarder les fortifications de la ligne Maginot, du côté de Crusnes, repassent en rase-mottes, et lâchent des rafales de mitrailleuse dans la rue principale. Heureusement, ils sont déjà hors d'atteinte. Dans la crainte qu'ils ne reviennent, ils se rangent à l'abri d'un bosquet d'arbres, et en profitent pour manger leurs provisions, il est plus de midi. Ils ont dételé les chevaux, mais leur ont laissé le harnachement. Les animaux en profitent pour brouter l'herbe du sous-bois.

Pendant qu'ils se reposent, passe le chariot de la famille Coupiac, des voisins, qui leur apprennent que le mitraillage du village a fait deux morts et plusieurs blessés. En fin d'après-midi, ils arrivent en vue du village de Fontoy, quand des avions surgissent de nouveau. Ils se camouflent dans un sous-bois tout proche avec la famille Coupiac qui suit à quelques distances. C'est un couple avec trois jeunes enfants, deux filles et un garçon. De cinq, sept et dix ans.

Madeleine prend sur elle pour faire bonne figure, mais Alfred sent qu'elle est terrorisée. Il la prend dans ses bras, et la rassure tant bien que mal. Il n'est pas lui-même très fier. Mais, bon, ils sont ensemble, et cela seul compte pour lui. Lorsqu'ils arrivent au village, les rues sont encombrées de chariots comme le leur. Ils décident de s'installer à la sortie où ils aperçoivent les bâtiments d'une ferme. Dans la grange, il y a déjà beaucoup de monde, mais cela ne les gêne pas, ils peuvent rester au dehors. Le chariot, recouvert de sa bâche, leur permet d'y dormir dans un confort relatif. La famille Coupiac, qui ne possède pas cet aménagement s'installe tant bien que mal dans la grange après avoir donné du lait aux plus petites, et avalé un semblant de repas.

Eux aussi se restaurent après avoir dételé et soigné les chevaux, mais surtout s'être assurés qu'ils ne peuvent s'égarer, ou être volés. Ils se couchent tous les quatre dans le chariot. Bien sûr, cette promiscuité n'est pas propice aux ébats amoureux, mais de sentir le corps tout chaud de

Madeleine contre le sien, Albert ressent des envies qu'il lui faut contenir. Madeleine se rend compte de son trouble, et ne sait pas trop quelle contenance adopter. Cependant, la présence de ses parents les contraint à la sagesse. Il fait noir dans le chariot, et il enhardit l'une de ses mains jusqu'à sa poitrine. Elle pose alors la sienne dessus, sans doute pour l'empêcher d'aller plus loin, mais elle ne le chasse pas ils s'endorment dans les bras l'un de l'autre.

Le lendemain, lundi dix juin, Etienne les presse.

— Dépêchez-vous, il serait bon que nous fassions dans la journée ce qui reste de route pour Hagondange.

— J'aimerais rester avec vous, demande Monsieur Coupiac. En cas de coup dur, nous pourrions nous porter secours de l'un à l'autre.

Etienne évacue la mauvaise pensée que la présence des trois enfants, Antoine, l'aîné, Hélène et Marie les deux petites filles, risque de les retarder. Après tout, ils sont tous dans la même galère et il est nécessaire de s'entre-aider.

— Je pensais vous le proposer, dit-il.

Le temps de préparer les enfants et d'atteler les chevaux, il est presque sept heures lorsqu'ils partent. Hélène et Marie sont dans le chariot de leurs parents.

— Je préfère marcher à côté, avec vous déclare Antoine, du haut de ses dix ans.

Après deux heures de marche, il rejoint ses sœurs dans le chariot.

Ils n'avancent qu'au ralenti en raison de nombreux passage d'avions allemands qui vont bombarder les fortifications de Aumetz et Rochonvillers. Au retour, ils recherchent les colonnes de réfugiés qu'ils mitraillent sans pitié, comme si ces pauvres gens, qui fuient les combats, représentaient un danger pour eux. Bien qu'ils empruntent des routes secondaires, ils ne sont pas à l'abri de ces barbares. Leur seul but est de créer le chaos sur les routes, et entraver ainsi la marche des soldats français.

Aux environs de midi, ils arrivent à Hayange. Les chevaux sont fatigués, et, comme les humains, ils ont faim. Ils décident de faire une halte toujours dans un petit bois pour ne pas être vus des avions allemands. Ils détellent les chevaux, mais les laissent harnachés. Ils en profitent pour brouter et se désaltérer à un ruisseau tout proche.

— Nous ferions bien de remplir quelques bidons pour abreuver les chevaux en cours de route, propose Etienne.

— C'est une bonne idée approuve, Monsieur Coupiac.

En effet, il est préférable de réserver l'eau potable pour la famille. Alfred se charge de la corvée.

Pendant que les femmes préparent le repas, les hommes discutent du chemin qui reste à faire. Au train où ils vont, il est illusoire de penser arriver à Hagondange avant la nuit. Étrangers à ces problèmes, les enfants s'amusent avec une petite chèvre qui semble abandonnée par ses propriétaires. Au moment de partir, cette bête les suit. Sans aucun complexe, Alfred se saisit d'un licol et le lui passe autour du cou, puis attache l'autre bout au chariot. Les enfants se sont pris d'amitié pour cet animal, et, s'ils devaient un jour le sacrifier, il faudrait négocier.

Ils ont à peine quitté Hayange, que le bruit d'un bombardement retentit sur leur gauche. Puis un gros nuage de fumée noire s'élève dans le ciel. Coupiac prophétise.

— Ils bombardent la gare de Thionville.

Comme pour lui donner raison, à ce moment, venant de cette direction, ils entendent le bruit des avions. Ils pressent le pas pour essayer de s'abriter, mais il n'y a rien dans les environs. Deux avions à croix noires passent au-dessus d'eux, mais ne tirent pas. Peut-être que deux chariots sont une cible négligeable pour eux. C'est tant mieux.

Les chevaux ne progressent qu'à faible allure, le temps passe et il reste encore beaucoup de route.

— Nous allons être obligés de passer la nuit à Richemont, constate Etienne.

— Oui, je pense que c'est le mieux approuve Coupiac, de là, nous serons proches de Hagondange.

— En repartant de bonne heure, nous pourrons y être aux alentours de midi, rajoute Alfred.

En attendant, ils avancent en scrutant le ciel, prêt à s'abriter à la moindre alerte.

Coupiac a fait asseoir ses enfants à l'arrière de son chariot, les pieds pendant dans le vide, de manière à pouvoir les attraper facilement en cas de nécessité. Il ouvre la route, tenant son premier cheval, par la bride, il chemine le plus à droite, sa femme derrière lui. Les autres suivent à quelques mètres. Alfred a pour consigne d'attraper Marie, la plus jeune, elle n'a que cinq ans, le père de Madeleine se charge d'Hélène, qui a sept ans. Antoine est un grand garçon de dix ans. Il sautera seul du chariot pour se jeter, au fossé, où il pourra se mettre à l'abri. Madeleine et sa mère ferment la marche, derrière leur chariot, où est attachée la petite chèvre.

Ils aperçoivent les premières maisons de Richmond lorsque le drame arrive.

Depuis le début de l'après-midi, le ciel s'est couvert de nuages, et la pluie menace. De ce fait, la visibilité est réduite. Alors qu'ils longent les murs d'une propriété qui semble abandonnée par ses occupants, surgissant des nuages, un avion allemand apparaît. Avant qu'ils n'aient pu faire le moindre geste il lâche une rafale de mitrailleuse.

Les chevaux de Coupiac font une embardée. Pendant qu'Alfred rattrape en un seul geste Hélène et Marie qui sont déséquilibrées, Antoine saute à terre sans dommage, et se précipite au fossé.

Coupiac a ramassé la rafale en pleine poitrine. Le pauvre homme est horrible à voir. Son épouse, qui a eu le réflexe de se jeter au fossé, est indemne. Ils sont tous horrifiés, les petites filles pleurent, s'accrochent au cou d'Alfred et ne veulent pas le lâcher. Antoine en tremblant a pris la main de sa mère comme pour la soutenir. Tous retiennent leurs larmes, une grosse boule au fond de la gorge.

Etienne Worms, le premier, reprend ses moyens.

— On ne peut pas laisser ce pauvre homme comme ça au bord de la route, sans sépulture.

— C'est vrai, confirme Alfred. Ce n'est pas humain.

Ils constatent alors qu'une dizaine de mètres plus loin, le portail de la propriété est largement ouvert.

— Nous allons l'inhumer dans le parc de cette propriété. Après la guerre, nous reviendrons chercher sa dépouille.

Pendant ce temps, Alfred recherche vainement dans le fond du chariot, les outils nécessaires au creusement d'une tombe.

— Je n'ai pas pensé à ce problème, déclare Etienne, peut-être en trouverons-nous dans les dépendances de cette propriété.

Pendant ce temps Madeleine et sa mère, tant bien que mal, prennent en charge Madame Coupiac, et les enfants.

Les portes de la grange ne sont même pas fermées. Plusieurs pelles sont accrochées au mur. Unissant leurs efforts, les deux hommes ont tôt fait de creuser une fosse suffisamment profonde pour recevoir le corps de Coupiac.

De crainte d'être de nouveau mitraillés, ils décident de rester sur place et d'attendre la nuit pour repartir. La grange est abondamment fournie en fourrage, ils n'ont pas hésité à en nourrir les bêtes. De toutes les façons, tout ceci est perdu pour leurs propriétaires, ce sont les Allemands qui vont en profiter.

— Tout est à l'abandon, constate Alfred.

— Les propriétaires n'ont pas dû quitter les lieux depuis longtemps, dit Etienne.

— Oui, mais ils sont partis si vite, qu'ils ont tout laissé sur place.

Les deux hommes n'ont pas besoin de se concerter, un seul regard a suffi.

— Allons voir, propose Etienne, il y a peut-être de quoi compléter nos provisions.

— Vous n'y pensez pas ? S'insurge Alice, ce serait du vol.

— Parce que tu crois que les Allemands vont se gêner eux, lorsqu'ils vont arriver jusqu'ici ?

— C'est vrai maman, intervient Madeleine, autant que ce soit nous qui en profitions.

— Soyez prudent, temporise Alice, et si avant de partir ils avaient piégé leur maison.

— Nous ferons attention, dit Alfred.

C'est ainsi qu'une heure plus tard, ils reviennent avec des bocaux de conserves de viande, et des confitures, le tout entassé dans deux grandes couvertures de laine.

Madame Coupiac et ses enfants se sont calmés, bien que leur peine soit immense, ils se sont résignés à ce mauvais coup du sort.

Le frugal repas du soir se déroule dans une atmosphère morose, lourde de chagrin. Lorsqu'ils furent partis se reposer dans le fourrage de la grange, en attente du départ, Madame Worms prend les siens en aparté.

— Ils devaient se rendre dans le département de la Charente où de toutes les manières, ils ne connaissent personne.

Etienne comprend tout de suite où son épouse veut en venir, il n'est pas chaud pour imposer à son oncle Ferdinand une femme et ses trois enfants.

— Si je comprends bien, tu envisages de leur proposer de se joindre à nous ?

— Oui, je me vois mal abandonner cette femme et ses trois petits, elle est désemparée.

— C'est sûr, rajoute Madeleine, mais tu crois que l'oncle Ferdinand va pouvoir nous loger à tous, de plus, il ne connaît pas cette famille.

C'est un cas de conscience pour Etienne, lui non plus ne se sent pas capable de laisser les Coupiac sur le bord du chemin.

— Oui, en tous les cas, rien ne s'oppose à ce qu'ils restent avec nous jusqu'en Gironde. En outre, depuis que mon oncle est installé dans son village, il a forcément des relations.

— C'est ça, approuve Alfred, il est fort probable qu'il puisse trouver une solution d'hébergement, même si elle n'est que temporaire.

Ils rejoignent la famille Coupiac dans la grange. Odette ne dort pas, elle pleure en silence, Hélène et Marie serrées tout contre leur mère semblent avoir trouvé le sommeil, de même qu'Antoine sous sa couverture.

Ils s'installent à leur tour pour se reposer un peu avant le départ.

À la nuit tombée, ils se préparent. À part les trois enfants, tous sont déjà réveillés car les tirs de défense contre avions ont repris contre les Allemands. De nouveau, ils bombardent les fortifications de la ligne, ainsi que les gares et voies ferrées pour retarder l'acheminement des renforts de l'armée française. Plus ils approchent de Hagondange, et plus la bataille semble faire rage.

— J'espère que la voie ferrée sera encore en état, murmure Etienne.

Il parle à voix basse pour ne pas inquiéter les femmes qui s'affairent derrière le chariot.

— Et que le train sera là, rajoute Alfred sur le même ton.

Profitant de ce que les plus petits dorment encore, Alice Worms s'approche d'Odette Coupiac qui tente maladroitement de harnacher son cheval.

— Hier soir avant de dormir, mon mari et moi avons discuté du malheur qui vous frappe. Nous avons pensé que vous pourriez vous joindre à nous, puisque vous ne connaissez personne en Charente.

— Ce sera avec grand plaisir, accepte-t-elle soulagée d'un grand poids.

Le décès de son mari, la laissant seule sur les routes de l'exode avec trois jeunes enfants, l'a plongée dans un grand désarroi.

À ce moment, Alfred vient à son secours pour terminer d'atteler son cheval.

Le temps de préparer les enfants, plier les couvertures, il est deux heures. Il fait un petit clair de lune, et ils se repèrent facilement. Alfred marche en tête avec le chariot des Coupiac. Les enfants continuent de dormir sur les matelas installés dans celui des Worms. Les femmes et la chèvre suivent derrière. Ils espèrent arriver à la gare avant le jour, et pouvoir embarquer dans le train, s'il y en a un, et si les installations sont encore en état de fonctionner.

Mardi Onze juin mille neuf cent quarante, huit heures trente. Alors qu'ils approchent de Hagondange, ils sont pris dans un embouteillage de chariots. Ce sont des réfugiés qui, comme eux, espèrent pouvoir fuir avant que les Allemands ne soient arrivés ici.

Les nouvelles sont toujours mauvaises, en effet, les troupes du Reich sont sur le point de prendre Longwy. Ils bombardent les dernières casemates de la ligne Maginot, contournent cette dernière pour faire une percée sur Verdun, et une autre sur Metz. L'affolement est à son comble.

Petit à petit, ils approchent de la gare où des soldats et des gendarmes canalisent les réfugiés. Un haut-parleur annonce qu'un train est en formation à Metz et doit venir les récupérer ici. Ils n'ont aucune information sur sa destination finale. Un gendarme leur demande de se rendre plus loin, où sur un grand terrain vague ils doivent abandonner les chariots. Un ordre de réquisition leur est remis pour les chevaux qui sont payés un prix dérisoire. Ils n'ont pas le choix.

— Maintenant que nous n'avons plus de chariot, il va falloir nous organiser pour transporter nos bagages, déclare Etienne.

— Et surtout ne pas être séparés dans la cohue, rajoute Madeleine qui s'accroche au bras d'Alfred.

À l'aide des couvertures, et des harnais des chevaux, ils confectionnent des ballots ressemblant vaguement à des sacs à dos. À l'intérieur, ils entassent tout ce qu'ils peuvent emporter, et les confectionnent en fonction de celui ou celle qui devra les porter.

Les hommes prennent les plus lourds, laissant aux femmes les plus légers. Restent les valises, il y en a huit. En comptant une par personne capable de les porter, même en y incluant le petit Antoine, il y en a deux de trop. Elles sont rapidement vidées, et leur contenu réparti dans celles qui restent. Le nombre est réduit à six. Antoine prendra la plus légère, qui cependant pour son âge est encore bien lourde. Courageusement, il va tirer plus que porter son bagage.

Reste à ne pas se laisser séparer dans la cohue. Etienne et sa femme seront en tête avec entre eux la petite Hélène, Madame Coupiac et Antoine suivent immédiatement derrière. Madeleine et Alfred fermeront la marche ils ont la charge de Marie.

— Il ne faut sous aucun prétexte nous lâcher la main, prévient Etienne.

Pour plus de précautions, dans le cas où les adultes seraient obligés de la leur lâcher, ils ont entouré leur taille d'une bande de cuir récupérée sur les harnais. Madeleine précise à Marie.

— Si par hasard je te lâche la main, il faudra te cramponner à ma ceinture.

— Oui, Mado, j'ai compris, déclare la petite fille, d'une voix craintive.

Ils ont rendu sa liberté à la petite chèvre.

Ils ont attendu toute la nuit sur le quai de cette gare, la salle des pas perdus, comme le hall est bondée de réfugiés. Au lever du jour, dans le silence du petit matin, Alfred a entendu le halètement de la locomotive à vapeur. Immédiatement, il a poussé du coude Étienne, qui sommeillait près de lui ainsi que Madeleine, qui avait mis un bras autour des épaules de Marie.

— Je crois que voilà le train, dit-il.

Tous se lèvent rapidement et reprennent les dispositions définies la veille. Sages précautions.

Sitôt le train arrêté, deux soldats et un gendarme descendent de chaque wagon pour en réguler l'accès, comme dans les naufrages de navires, ils effectuent un tri.

— Les familles avec de jeunes enfants d'abord.

C'est ainsi que les époux Worms et Hélène, puis Madame Coupiac et Antoine, suivis de Madeleine et Alfred accompagnés de Marie, qu'ils ont fait passer pour leur enfant, sont montés à bord de ce train, qui doit les transporter hors des combats meurtriers.

Bien que les mécaniciens aient refait le plein d'eau et de combustible pour la chaudière, à midi le convoi n'est encore pas parti. La raison est qu'un second train arrive de Metz et qu'ils ne peuvent démarrer tant qu'il n'a pas laissé la voie libre. Enfin, elle est libérée, et ils partent.

Le voyage est long, ce n'est qu'une antique locomotive qui tracte le convoi. Une fois à Metz, ils doivent de nouveau attendre, leur locomotive présente des problèmes mécaniques. Ils ont décidé de rationner la nourriture, qui commence à manquer. Par contre, ils peuvent facilement se pourvoir en eau. Ils évitent de sortir de la gare de peur que le train ne reparte sans prévenir, les laissant à la recherche d'hypothétiques provisions. En fait, ce n'est qu'à la nuit tombée, pour éviter les avions allemands, qu'ils repartent, toujours à petite vitesse.

Mercredi douze juin, le convoi poursuit sa route en empruntant des lignes secondaires. Les lignes principales sont réservées à l'armée, qui monte au front, au gouvernement et aux administrations qui se replient sur Bordeaux. Par petites étapes, souvent de nuit, le seize juin au matin, après quatre jours et quatre nuits de voyage, ils arrivent à Angoulême.

Tout au long du chemin, profitant des arrêts, ils ont réussi à compléter les provisions, à des prix souvent supérieurs au cours normal. C'est ainsi. Par chance, les enfants n'ont pas été malades malgré une hygiène plus que précaire.

Ce train ne va pas plus loin. C'est à eux, maintenant, de se débrouiller pour rejoindre Bordeaux, puis Langon, où les attend Ferdinand, l'oncle de Etienne. La plupart des réfugiés sont arrivés à destination. En effet, c'est le département de la Charente inférieure qui doit les accueillir. Si eux-mêmes n'avaient pas eu de la famille en Gironde, c'est là également qu'ils auraient dû chercher refuge. Ils sont désormais optimistes, ils se pensent loin des Allemands et de leurs avions, ce en quoi ils ont tort.

Le groupe s'installe dans la salle d'attente le temps de prendre une décision. Les époux Worms et Madame Coupiac sont d'avis d'attendre un train qui les conduirait jusqu'à Bordeaux. Même si cette proposition risque de leur imposer de patienter un certain temps, elle leur permet de se dégourdir les jambes. Au bout du quai, une borne-fontaine permet à tous de faire une toilette sommaire.

Las de patienter les enfants s'excitent de plus en plus.

— Nous pourrions aller faire un tour à l'extérieur de la gare pour les calmer, propose Odette Coupiac.

— C'est une bonne idée, je pense que nous ne risquons rien ici, les Allemands sont encore loin, approuve Alice Worms.

— Je viens avec vous, on ne sait jamais avec tout ce monde qui gravite autour de la gare, impose Etienne.

Madeleine et Alfred restent pour garder les maigres bagages.

Aux environs de dix-sept heures, l'attention d'Alfred est attirée par le bruit d'une locomotive qui entre en gare. Au moment même où il sort de la salle d'attente pour satisfaire sa curiosité, un avion allemand lâche une bombe sur le toit de la gare. Fort heureusement, elle n'explose pas, mais elle fragilise la charpente métallique, descellant une grosse poutre. Alfred n'a pas le temps de se mettre à l'abri, et une pierre l'assomme. Lors de son réveil, à l'hôpital de la ville, il a un gros bandage autour de la tête.

— Vous avez eu beaucoup de chance, dit l'infirmière. Cette pierre aurait pu vous faire éclater le crâne.

De sa poche, elle retire un billet ainsi rédigé.

Dix-huit juin, nous avons réussi à prendre un train pour Bordeaux, rejoignez-nous dès que possible. Ce billet le laisse perplexe. Pourquoi employer le pluriel ? Rejoignez-nous dès que possible.

Quelqu'un était donc resté près de lui, en attendant son réveil. Mais qui était-ce ?

L'infirmière ne peut lui répondre, mais précise.

— Nous sommes le dix-huit juin. Le Général De Gaulle depuis l'Angleterre vient de lancer un appel à la résistance.

Il est donc resté si longtemps sans connaissance ! Il espère que c'est Madeleine qui attend son réveil pour repartir ensemble. Il commence à être inquiet, de toute la matinée il ne voit personne.

Malgré la douleur lancinante qui lui enlève une partie de ses moyens, il s'habille et part à la recherche de Madeleine, du moins, il espère que c'est elle. Au bout de quelques minutes, il perd conscience et l'infirmière le fait reconduire à son lit. Entre-temps, elle a recueilli le renseignement selon lequel la personne qui est restée près de lui est une jeune femme blonde à l'accent alsacien. Elle lui administre une piqûre de calmant et il dort jusqu'au lendemain.

Dix-neuf juin. À son réveil, toujours personne. N'y tenant plus, il se lève et part aux renseignements. Personne n'a revu de jeune femme blonde correspondant au signalement de Madeleine. Il s'apprête à sortir de l'hôpital Lorsqu'ils s'aperçoivent enfin, et se jettent dans les bras l'un de l'autre.

— J'étais sûr que c'était toi qui m'attendais, lui murmure Alfred à l'oreille.

— Mes parents ont été un peu réticents à me laisser seule, mais, il y avait un train pour Bordeaux, ils ont préféré le prendre avec les Coupiac.

— Oui, c'était plus prudent, ils ne pouvaient rester plusieurs jours sur le quai avec de jeunes enfants. Mais, toi, comment as-tu survécu ?

— Ce n'était pas difficile, il y a une antenne de la croix rouge à la gare, je m'y restaurais, et pour dormir, je venais à l'hôpital qui restait ouvert en permanence pour les réfugiés.

— Il ne nous reste plus qu'à trouver un moyen de transport pour rejoindre tes parents.

— Par contre, ce chameau d'infirmière n'a jamais voulu me dire dans quelle salle tu étais.

Une bonne nouvelle, un train pour Bordeaux est annoncé dans l'après-midi, l'heure exacte n'est pas précisée. Après avoir rassemblé leurs affaires, ils repassent à la Croix-Rouge pour se restaurer puis, aussitôt après, ils vont à la gare attendre ce train le temps qu'il faudra. Il arrive vers vingt heures, mais cela n'a pas d'importance. Toute la journée, Madeleine et Alfred ont fait des projets d'avenir, même si celui-ci est incertain en raison de la guerre. Il en a profité pour lui voler quelques baisers, vols dont d'ailleurs elle se rendait complice.

Encore une fois, le voyage est long. En effet pour parcourir les quelque cent kilomètres qui séparent Angoulême de Bordeaux, le train met quatre heures. S'arrêtant dans pratiquement toutes les gares, puis progressant à une allure de tortillard.

Le train arrive à Bordeaux à minuit le mercredi dix-neuf juin mille neuf cent quarante. Ils s'en souviendront toute leur vie. C'est là que le destin, s'est acharné sur eux.

À peine Alfred et Madeleine sont-ils descendus du train, que les avions allemands déversent sur la gare et les quartiers à l'entour des tonnes de bombes. Ils veulent détruire les importantes installations de triage qui s'étendent jusque sur la commune de Bègles. De nouveau, Alfred se trouve bloqué sous des gravats.

Lorsqu'il est dégagé, Madeleine n'est plus là, et personne n'a pu répondre à ses questions. Légèrement blessé, il est évacué sur un hôpital. Il ne sait pas ce qu'elle est devenue.

Lorsque enfin il peut le faire, il téléphone chez Worms à Saint Pierre d'Aurillac où il espère que les parents de la jeune fille sont déjà arrivés. C'est Ferdinand qui répond. Il se fait connaître, et il lui confirme l'arrivée de son parent, de Madame Coupiac et des enfants, mais pas de Madeleine.

— Je ne peux pas rentrer sans elle, je vais voir dans les hôpitaux, elle est forcément quelque part.

Il se refuse à envisager qu'elle puisse avoir été tuée au cours du bombardement de la gare.

Pendant toute la journée du jeudi vingt juin, ses recherches restent vaines, autant auprès des hôpitaux que de la Croix-Rouge. Ce n'est que le lendemain vendredi vingt et un juin, aux environs de midi, qu'Alfred peut de nouveau, entrer en communication avec les parents de Madeleine.

— Avez-vous des nouvelles de Madeleine ? Moi, je ne l'ai trouvée nulle part, dit-il.

— Oui, ne la cherche plus, déclare Etienne, elle a été légèrement blessée et évacuée. Elle nous a téléphoné hier soir, désespérée elle aussi de ne pas te retrouver. Vous vous êtes croisés sans doute.

— Mais alors, elle est encore à Bordeaux ?

— Non, je ne pense pas. Les nouvelles transmises par la radio sont très mauvaises, l'avance allemande ne rencontre quasiment pas d'opposition, les premiers éléments blindés se trouvent aux portes de Poitiers. Pour cette raison, je lui ai fortement conseillé de rejoindre Langon le plus rapidement possible. Elle nous a prévenus qu'il y avait un train à sept heures ce matin, le seul de la journée et qu'elle allait le prendre.

— Vous me rassurez dit Alfred, j'avais fait mille suppositions.

— Ne t'inquiète plus, nous allons la récupérer à la gare de Langon.

Rassuré, Alfred se met à son tour à la recherche d'un train. Le prochain départ est prévu pour le lendemain vingt-deux juin à sept heures. En raison des réquisitions, il n'y a plus qu'une seule liaison journalière avec Agen. Il lui tarde de revoir Madeleine, enfin la serrer entre ses bras, ne plus craindre les avions allemands qui les ont séparés.

Ils ne se sont ratés que de quelques heures.

Une antenne de la Croix-Rouge distribue de la soupe dans le hall de la gare. Il profite de ce frugal repas, puis cherche un endroit où dormir en attendant le départ. Dès que le convoi entre en gare, il s'installe dans un wagon en compagnie d'autres réfugiés. Ce train dessert toutes les gares, aussi il n'arrive à Langon qu'en milieux de matinée.

Étienne, le père de Madeleine, l'attend sur le quai. À son comportement, Alfred comprend que quelque chose ne va pas. Dès qu'il le voit, il se précipite vers lui, des larmes plein les yeux

— Madeleine n'est pas avec toi ? J'avais espéré qu'elle ait préféré t'attendre pour que vous rentriez ensemble. C'est mon cousin Lucien qui devait la récupérer à la descente du train. Il avait son signalement, et, comme signe de reconnaissance, elle avait défait sa coiffure, ainsi ses tresses retombaient devant elle, et non dans son dos.

— Il ne pouvait pas la rater.

— Non. Il est revenu sans elle.

Alfred, mort d'inquiétude, ne sachant plus que faire, passe les trois jours suivants, en compagnie de Lucien, à effectuer des recherches. Lucien connaît bien les gens et les lieux, en vain.

Le jeune homme ne dort plus. L'armistice a été signé le samedi vingt-deux juin, et le dimanche vingt-cinq juin, les Allemands sont à Langon. La ligne de démarcation est mise en place et surveillée.

Les anciens de quatorze dix-huit pleurent de rage et d'impuissance.

La mort dans l'âme, il retourne à Saint-Pierre d'Aurillac, où s'est installée la famille Worms à la maison de Mérigon.

Madeleine, où es-tu ?

2

Jeudi vingt juin mille neuf cent quarante, au cours du déjeuner.

— C'est sûr, nous allons y avoir droit, déplore Léopold.

— Hélas, j'en ai bien peur, confirme Mariette. Mes cousins de Morfontaine sont déjà arrivés chez mon père avec d'autres réfugiés. Il ne manque plus que leur fille Madeleine et son fiancé, Alfred qui ont été retardés par des bombardements au cours desquels il a été blessé.

— C'est grave ses blessures ? S'enquit pour le principe Léopold.

— Non, ils ont donné de leur nouvelle et Madeleine devrait arriver demain par le train de Bordeaux. Il faudra aller la chercher à la gare de Langon.

— Moi, je n'ai pas envie de les voir ces réfugiés, à demi...

Lucien ne termine pas sa phrase. Depuis longtemps déjà il a interdiction d'utiliser les mots de, demi-boche. Léopold pique le nez dans son assiette et ne reprend pas son fils. Il est lui-même à l'origine de ce conflit qu'il a provoqué il y a plusieurs années mais ne s'est pas effacé des mémoires.

Par contre Mariette n'est pas dupe.

— Que tu le veuilles ou non, ce sont tes cousins. Alors, tu es prié de leur faire un bon accueil.

Lucien se contente de répondre par de vagues grognements inintelligibles.

C'est trop pour lui que des cousins viennent se réfugier chez son grand-père, c'est une révolte intérieure qui s'est déchaînée. D'un naturel introverti, il fait bonne figure. Il ne connaît pas ces gens, et n'a nulle envie de les connaître.

C'est déjà assez de sa demi-sœur Katrina qu'il jalouse férocement. Sans autre raison qu'elle est belle, et après des études brillantes, a obtenu un poste d'enseignante à Saint Pierre d'Aurillac. Tout semble lui réussir. De plus, elle parle mariage, puisqu'elle a fait la connaissance de ce gendarme de la brigade locale. Tout semble aller pour le mieux entre eux, alors que lui, sans être laid, présente un physique très quelconque.

De taille moyenne, il n'est pas plus grand que Katrina laquelle par contre, approche son mètre soixante-quinze. Sa chevelure d'un brun foncé, contraste singulièrement avec celle, blonde comme les blés, de sa demi-sœur. À l'école, il n'a obtenu que des résultats médiocres. Ceux-ci ne sont pas dus à un manque d'intelligence, mais plutôt à son laisser-aller, son manque de volonté à s'investir dans la vie. Même ses parents se trouvent dans l'obligation de le secouer sévèrement pour arriver à le faire travailler sur l'exploitation. Il est bien plus enclin à l'oisiveté, aux mauvaises fréquentations, que de s'investir dans la gestion de l'affaire pour reprendre le vignoble le moment venu.

Le plus clair de son temps, il le passe dans une maison de tolérance de Langon. À l'enseigne de L'Oasis, située sur le port, elle présente l'avantage d'être proche du quai de déchargement des gabares, mais également de la place du marché. Cette situation privilégiée lui assure une clientèle nombreuse parmi les mariniers, les commerçants et leurs clients.

Lucien régulièrement y perd de l'argent dans des jeux de hasard. Son âme damnée, c'est justement le patron de cet établissement, dont seul le prénom est connu, Gino, un étranger venu du Maroc depuis quelques années. Son arrivée est due à des problèmes avec la justice marocaine, concernant des trafics de toutes sortes. Son fils Jérôme, est un malfaisant du même âge que Lucien.

Les deux garçons ont poursuivi les mêmes études chaotiques, avec les mêmes résultats décevants. Cette amitié, quelquefois, a incité Gino à ne pas réclamer trop fermement les dettes de jeu de Lucien. Tant que celles-ci demeurent de petites sommes. Lucien s'en sort en accomplissant, pour Gino, de petites besognes souvent inavouables. Comme de ramener des drogues de Bordeaux, lorsqu'il s'y rend pour livrer du vin.

Ces drogues sont utilisées par la femme de Gino, une ancienne prostituée du prénom de Laetitia. Elles servent le plus souvent à briser la volonté des pensionnaires et les amener à accepter leur semi-captivité dans leur maison de tolérance. Ce n'est ni plus ni moins qu'une maquerelle, tout comme Gino est un maquereau. Lucien, guidé par ses mauvais penchants, se trouve sous la domination de ce couple.

***

Alors qu'il était encore très jeune, Lucien avait surpris une conversation entre ses grands-parents, aux termes de laquelle sa mère ainsi que Katrina, avant qu'ils ne viennent s'installer dans le Sud-Ouest, avaient été surnommées, Les Boches par Cyprien, le frère aîné de sa mère. C'était, semble-t-il, l'une des raisons qui les avaient convaincus de s'exiler.

Il était convaincu que l'origine de sa demi-sœur, Katrina, était impure. En effet, il suffisait de faire le calcul entre l'âge de cette dernière, et la date du mariage de sa mère, Marie Henriette avec son père, pour s'apercevoir du décalage. Lors du mariage, Katrina était déjà née, et son père en épousant sa mère l'avait légalisée en lui donnant son nom.

Cela aussi, il ne le supportait pas. D'autant plus que, le jour où les parents disparaîtraient, il faudrait partager avec la bâtarde. Ceci, bien qu'il ne s'investisse nullement pour faire fructifier le vignoble, au contraire. Il semblait oublier que sa mère avait apporté en dot, une exploitation d'une valeur supérieure à celle que son père possédait à l'époque. Katrina en était l'héritière directe, c'était encore quelque chose d'inacceptable.

Si sa mère et sa demi-sœur avaient été surnommées, Les boches, pour lui, c'était clair. Sa mère avait couché avec un boche, et Katrina n'était qu'une bâtarde de boche. Il ne comprenait pas que son père ait pu épouser une femme comme celle-ci, autrement que pour faire main basse sur son héritage le moment venu. C'était peut-être la seule raison, et cela, malgré son aversion pour Katrina, il le comprenait. Elle avait de l'affection pour son petit frère et ne se rendait pas compte du tourment de ce dernier ni de la haine qui doucement, avait mûri en lui, et pourrissait son âme et son cœur. Ce qu'au demeurant, il camouflait soigneusement, ne laissant rien transparaître de ses sentiments. Alors, quand il a su que d'autres bâtards de boches arrivaient, sa haine n'a fait qu'empirer.

***

Si de petits arrangements lui permettaient de faire oublier certaines dettes de jeu, depuis quelque temps, Gino le tarabustait pour qu'il s'acquitte d'une somme largement plus importante. En effet, il avait perdu en une seule soirée près de dix mille francs au poker, et se trouvait dans l'incapacité totale de l'honorer.

En désespoir de cause, après avoir fouillé tous les placards ainsi que le bureau de son père, il avait constaté qu'une telle somme ne pouvait être réunie de cette manière, en faisant supposer un cambriolage. Il avait donc renoncé à cette solution.

La veille, Gino lui avait mis un marché en main. Ginette, sa fille de salle, s'était acoquinée avec l'un de ses clients. Elle s'était enfuie avec lui en Algérie, où, il en était sûr, elle poursuivrait ses activités de prostitution. En attendant, il n'avait plus de fille pour attirer la clientèle. Remettre Laetitia en salle, il n'y fallait pas penser, en raison de son âge. De plus, elle ne serait pas d'accord.

C'était très simple. Si Lucien lui trouvait une autre fille rapidement, il oubliait sa dette de jeu.

Il se trouvait dans cet état d'esprit lorsque le téléphone a sonné aux Glycines. Mariette venait juste de servir le dessert.

— Qui cela peut-il être à cette heure-ci ? Dit Léopold en décrochant.

— Allô, Albert, C'est Ferdinand.

— Que se passe-t-il, demande-t-il, déjà inquiet d'avoir un service à rendre.

— Voilà ce qui m'amène. Je sais que Marceau chargé de famille, n'a pas été mobilisé. Par contre Hans et Sébastien

212

Largeau l'ont été. Il ne me reste plus que Mathurin pour faire le travail. Il est bien vieux et ne s'en sort pas tout seul.

Léopold se laisse aller. Allons donc il va me demander de lui prêter Marceau. Il ne faut pas qu'il y compte, j'ai trop de travail moi aussi. Il ne permet pas à Ferdinand de terminer

— Oui, je sais bien, mais il m'est difficile de me séparer de Marceau en ce moment. Sa femme est encore enceinte, je ne sais plus du combientième. Elle est sur le point d'accoucher et ne peut rien faire.

— Oui, tout ça, je le sais, dit Ferdinand. Pour rattraper le retard dans ma vigne, j'ai embauché mon neveu Etienne, sa femme et leur amie Madame Coupiac, alors de ce côté, ça ira.

Léopold ne sait pas où Ferdinand veut en venir. En tous les cas, c'est un service qu'il va solliciter, se dit-il.

— C'est au sujet de Madeleine, la fille de Etienne.

Ça y est, il va me demander de l'héberger et avec son fiancé sans doute, pense Léopold.

— Elle arrive à Langon demain matin au train de neuf heures. Les travaux de la vigne ont pris tellement de retard, que je voudrais y garder toute mon équipe.

Où veut-il en venir, s'impatiente son gendre.

— Oui, je vous comprends, mais qu'est-ce que je peux pour cette fille ?

— Vous rien, mais je pense que Lucien pourrait se charger d'aller l'accueillir à la gare et la conduire jusqu'à Mérigon. Il serait de retour pour dix heures.

Léopold ne trouve rien à redire à cette solution. De toutes les façons le travail que fournit Lucien ou rien, c'est la même chose. Il ne s'apercevra même pas de son absence.

— Mais bien sûr, je pense que Lucien sera content d'aller prendre l'air à Langon. Vous pouvez compter sur lui.

— Alors celle-là, elle est bien bonne, s'exclame Lucien. C'est moi qui dois me taper la corvée d'aller la chercher à la gare. Tu crois que ça me fait plaisir ?

— Que ça te fasse plaisir ou non, tu fais ce que je te demande.

Lucien s'apprête à répondre vertement à son père, puis tout à coup, une idée tordue, une de celles dont il est coutumier lui vient à l'esprit.

— Ouais, bon d'accord j'irai la chercher à ta Madeleine.

— Cet après-midi tu iras jusqu'à Mérigon pour que ses parents te montrent une photographie et te la décrire.

Vers seize heures, Lucien quitte le domicile de Ferdinand. Il a sur lui une photographie de Madeleine. Une description de la jeune fille lui est faite par ses parents.

Sur sa bicyclette, il ne prend pas la direction des Glycines, mais celle de L'oasis à Langon.

— Te voilà toi ! L'accueille Gino.

— Ouais, et tu vas être content, mais avant verse moi donc un verre de ce petit blanc doux que tu as rentré cette semaine.

— Tu as de quoi payer ?

— Bien sûr, qu'est-ce que tu crois. Joignant le geste à la parole, Lucien dépose sur le comptoir la photographie de Madeleine.

— Fais voir ça ?

— L'arrivage est prévu pour demain matin au train de neuf heures, précise Lucien.

— Et ça vient d'où cette marchandise.

En quelques mots, il explique à Gino quelle est la mission que lui a confiée son grand-père.

L'astuce fut vite trouvée. Lucien surveillerait de loin, et Jérôme se ferait passer pour lui. Il aborderait Madeleine à la descente du train, vu le signalement et la photographie, il ne risquait pas de faire erreur. Puis, sous le prétexte d'attendre la voiture, qui viendrait les chercher pour se rendre chez la famille Worms, à Saint Pierre d'Aurillac, il conduirait Madeleine chez Gino, ou elle serait immédiatement mise à l'isolement. C'est d'autant plus facile, que Madeleine est sans méfiance et que le trajet de la gare à L'Oasis se fait facilement à pied.

Ainsi, fut fait. Fumier de Lucien, fumier de Jérôme, fumier de Gino, fumier de Laetitia !

Pauvre Madeleine…

Vingt et un juin mille neuf cent quarante, neuf heures trente. C'est très aimablement que Laetitia accueille Madeleine, qui, très fatiguée par les péripéties de son voyage, voit arriver la fin de son calvaire.

— Vous devez être bien fatiguée après toutes ses épreuves, dit-elle.

— Oui, avoue-t-elle dans un soupir de lassitude. Il me tarde de retrouver mes parents et mon fiancé qui doivent tous s'inquiéter.

— Oui, c'est évident, mais vous n'avez rien pris depuis hier, je vais vous servir un petit-déjeuner copieux.

— Non, je ne peux pas, je n'ai plus d'argent pour vous payer, objecte Madeleine.

— Cela n'a pas d'importance, votre cousin Lucien est notre ami. Vous paierez plus tard.

— Pas de problème pour ça, dit Jérôme, d'ailleurs je paye tout de suite.

— Mais non Lucien, ça peut attendre. Laisse-moi servir ta petite-cousine qui meurt de faim.

Sans méfiance Madeleine accepte le petit-déjeuner que lui offre la patronne du bar. Au bout de quelques minutes, elle se sent gagnée par le sommeil.

— Vous semblez vraiment fatiguée, dit Laëtitia. Vous pouvez monter vous reposer à l'étage, en attendant vos parents, Ils ne viendront qu'à midi ou midi un quart en débauchant.

C'est toujours naïvement qu'elle accepte la proposition de la maquerelle. À peine arrivée dans la chambre, elle s'abat tout d'une masse sur le lit. Elle n'entend même pas le bruit du verrou que l'on pousse derrière elle.

À peine Madeleine enfermée, Lucien fait son apparition.

— Alors, tu vois que c'est de la bonne marchandise, aboule ma reconnaissance de dette.

Gino ne répond pas tout de suite. Il sort une chopine de vin blanc de la glacière, puis lui déclare.

— Mon pauvre Lucien, je ne l'ai pas sur moi. Je te la rendrai plus tard.

À ce moment, Lucien à son tour a l'impression de se faire berner.

Fumier de Gino !

Il ne reste plus à Lucien qu'à rentrer à Saint Pierre d'Aurillac et déclarer à son grand-père qu'il n'a pas trouvé Madeleine.

Fumier de Lucien !

Pauvre Madeleine…

***

Lorsque Madeleine se réveille, elle a la tête lourde, sa bouche est pâteuse. Elle a peur tout à coup. La pièce est plongée dans l'obscurité. À tâtons, elle suit le mur jusqu'à trouver le bouton de la lumière. Une ampoule nue pend au bout d'un fil, et ne dispense qu'une clarté diffuse. Dans un angle de la pièce, elle remarque un rideau qui masque une sorte de petit cagibi. Elle s'approche, il s'agit d'un petit cabinet de toilette, seulement meublé d'une cuvette de W.-C, un lavabo et un bidet.

Dans la glace, elle constate qu'elle a les traits tirés, elle sent venir une crise de migraine. Une forte envie d'uriner la prend. Lorsqu'elle satisfait ce besoin, elle sent confusément que quelque chose ne va pas.

Combien de temps a-t-elle dormi ? Quelle heure est-il ? Où est le cousin Lucien, qui doit la conduire chez son oncle et y retrouver ses parents et son fiancé ? Elle tire alors les rideaux pour voir dehors s'il fait encore jour. Il n'y a pas de fenêtre. Derrière les rideaux, c'est le mur sans aucune ouverture. Il s'agit d'une pièce borgne comme il en existe dans les vieux bâtiments. Elle se dirige alors vers la porte, et saisit la poignée qui résiste. Elle est fermée de l'extérieur. Une angoisse indescriptible la saisit aux entrailles.

À coups de pied, à coups de poing, elle cogne contre la porte et appelle au secours.

Vingt et un juin mille neuf cent quarante, vingt et une heures. C'est Laetitia la première qui entend les appels, à peine audibles depuis la salle du café bar. Gino est occupé à servir des clients qui se plaignent de n'avoir plus la compagnie de Ginette. Elle qui égayait leurs soirées.

Une lueur égrillarde brille au fond des yeux de Gino.

— Ne vous en faites pas, je m'occupe de la relève et vous ne perdrez pas au change.

Puis, sur un signe de Laetitia, il comprend que Madeleine est réveillée, et comme elles font toutes la même chose au début, elle frappe contre la porte. Il est habitué à ce genre de comportement révolté. Ce n'est pas cette gamine d'à peine dix-sept ou dix-huit ans qui va l'impressionner. Elle a beau être grande, et certainement assez résistante, quelques gifles vont régler le problème.

Après cela, il n'y a plus qu'à la sauter pour lui faire comprendre qui est le maître. En redescendant, c'est Laetitia qui prendra la relève pour la consoler et lui expliquer qu'il vaut mieux être gentille, car Gino est capable de tout, y compris de la tuer.

Le but est de briser sa résistance, la terroriser, au point de lui faire tout accepter. Gino, c'est le méchant, et elle, Laetitia, la gentille qui essaie de l'aider et la protéger.

Arrivé sur le palier devant la chambre, Gino marque un temps d'arrêt et frappe doucement à la porte pour rassurer Madeleine tout en prononçant des paroles d'apaisement. Sitôt qu'il ouvre la porte, elle le bouscule et s'élance vers l'escalier, mais Gino l'attrape au vol par le col de sa robe. Tournant le poing, il réduit l'ouverture du vêtement l'étouffant à moitié. Elle tente de lui décocher des coups de pied, mais il parvient à les éviter.

Réduite à merci, Madeleine est repoussée dans la chambre, et de sa main libre Gino lui assène des claques retentissantes. Il la jette sur le lit, puis, tirant une clé de sa poche, il referme la porte du palier. Dans le même temps, Madeleine s'est relevée et lui saute sur le dos, espérant le déséquilibrer. Mal lui en prend, Gino, d'un coup de coude dans l'estomac qui la fait tordre de douleur la renvoie sur le lit.

— Finis la comédie ma petite. Maintenant, tu vas être bien gentille avec tonton Gino, sinon tu vas le regretter toute ta vie.

Vous êtes tous les mêmes vous, les réfugiés. Vous venez vous installer chez nous pour bouffer nos provisions, boire notre vin sans rien faire. Alors comme tu vas prendre pension ici, il va falloir payer ta nourriture, d'une manière ou d'une autre. Pour commencer, je vais voir si tu es une bonne affaire et si tu sais baiser.

Tout en parlant Gino, décoche des gifles à Madeleine, qui malgré tous ses efforts ne parvient pas à les éviter toutes. Comme il entreprend de lui retirer ses habits, elle a un sursaut d'énergie. Se retournant prestement, de quatre doigts de sa main droite, elle lui inflige de profondes griffures au visage. Le premier instant de stupeur passé, Gino très calmement lui dit.

— Tu vois, petite, cela, il ne fallait pas le faire. Tu vas me le payer.

Joignant le geste à la parole, il lui décoche une magistrale paire de gifles qui lui fait perdre partiellement conscience. Il en profite pour la recoucher sur le lit, trousser sa robe et lui retirer ses sous-vêtements. D'une main de fer, il tient les deux poignets de Madeleine emprisonnés au-dessus de sa tête. Il s'est installé entre ses jambes, et de l'autre main il dégrafe son pantalon. Bien que sonnée par la correction qu'elle vient de recevoir, Madeleine tente de se défendre. Elle sent que l'homme va parvenir à ses fins, et la violer. Elle essaye de l'attendrir.

— S'il vous plaît, ne me faites pas cela, je suis vierge. Je travaillerai pour vous, mais ne me violez pas.

— Ah ! Ma salope, tu es pucelle. Ce ne sera que meilleur. Il y a au moins dix ans que je n'ai pas baisé une pucelle, surtout une aussi belle que toi.

C'est alors qu'une idée machiavélique surgit dans la tête de Gino.

— Ah ! Tu es pucelle. D'accord, je te laisse, mais si tu as menti ce sera pire.

Laissant Madeleine se rhabiller, Gino sort de la chambre en prenant la précaution de bien refermer derrière lui.

Surprise de le voir redescendre si vite Laetitia interpelle Gino.

— C'est déjà fait, elle est domptée ?

— Non, elle est pucelle.

— Et alors, cela ne t'a jamais gêné jusqu'à maintenant. Tu as bien changé mon Gino.

— Tu m'écoutes, et ne dis pas de conneries. Je pense avoir trouvé le moyen de doubler la mise.

— Comment cela, doubler la mise.

— Oui, les dix mille que me doit l'autre abruti de Lucien, je les tiens avec la fille. De plus, je garde sa reconnaissance de dette sous le coude, on ne sait jamais, cela peut encore servir, s'il a encore d'autres cousines qui arrivent d'Alsace. C'est qu'elles sont bien foutues, ces femelles.

— Sans doute, mais je ne vois pas où tu veux en venir en disant que tu vas doubler la mise.

— Écoute-moi bien. Tu vas d'abord aller vérifier si cette connasse est bien pucelle. Si c'est le cas, je double la mise. Je t'explique. Cela fait déjà quelque temps que ce vieux pourri de Nonnos se plaint de ne trouver ici que des poufiasses. Je suis sûr qu'il est prêt à payer une fortune pour une vraie pucelle. Tu sais bien qu'il est plein de fric. Si on l'a surnommé Nonnos, c'est qu'il a tout le temps le sexe à la main. S'il ne s'en est pas pris aux gamines qui sortent de l'école Sainte Marguerite, c'est qu'il est trop lâche pour courir le moindre risque. Si cette merdeuse est bien pucelle, je te le dis, je double la mise avec Nonnos.

— Oui, je veux bien te comprendre. Mais tu as vu dans quel état elle t'a mis, toi qui es plutôt costaud. Alors, imagine ce pauvre Nonnos, il doit peser entre cinquante et soixante kilogrammes, tout mouillé encore.

— Ne t'occupe pas de cela, j'en fais mon affaire. Tu vas monter la rassurer, et lui porter à manger, si cela se trouve elle n'a rien bouffé depuis deux jours. Porte-lui aussi de quoi faire sa toilette et se changer. N'oublie pas de lui ajouter ton calmant habituel, parce qu'il faudra qu'elle roupille pour la visite médicale. Je serais derrière la porte pour l'empêcher de se barrer. Mais attends que les derniers clients soient partis.

Là-dessus, nos deux bordeliers partent d'un grand éclat de rire et se servent un grand verre de vin blanc bien frais.

Vingt et un juin mille neuf cent quarante, vingt-trois heures. Laetitia avait préparé le matin même une poule au pot. Après en avoir réchauffé une belle portion, elle rajoute, au bouillon, une dose de sa drogue habituelle. Sur le plateau, elle rajoute quelques tartines de pain, une pomme et un pot à eau vide. En effet, dans l'ignorance qu'elle est de savoir si Madeleine a fait le rapport entre sa tisane du matin et son besoin de sommeil subit, elle préfère remplir le pot à eau au lavabo de la chambre, de manière à égarer les soupçons éventuels.

Sitôt Laetitia entrée dans la chambre, Gino referme la porte derrière elle et redescend servir au bar les derniers clients. Certains font des plaisanteries faciles sur une prochaine fille de salle. Serait-elle aussi docile que Ginette, aurait-elle un aussi beau derrière ? Gino laisse s'exciter les imaginations.

Après avoir offert la tournée du patron, il laisse partir tout le monde puis ferme l'établissement. En hâte, après avoir donné un coup de balai, rangé les chaises et remonté du vin de la cave, il se rend aux nouvelles.

Laetitia a porté son repas à Madeleine, elle attend qu'elle ait terminé pour redescendre le plateau.

— Ma pauvre petite dans quel état il t'a mise ! Il est facilement violent Gino. Mais il est aussi capable d'avoir du cœur. Il a fait pareil avec moi, je me suis montrée gentille et après quelque temps il m'a dit que je pouvais partir si je le voulais.

— Mais vous êtes toujours là, objecte-t-elle entre deux bouchées.

— Oui, je suis toujours là, parce qu'entre-temps, je suis tombée amoureuse de mon Gino, et j'ai préféré rester avec lui. Je suis sûre que si tu te montres gentille il te laissera repartir.

— Mais je ne veux pas être gentille, il veut me violer, proteste Madeleine.

Et te prostituer, se dit Laëtitia.

Madeleine écoute d'une oreille. Elle a fini par comprendre dans quelle combine elle est tombée. Dans quel piège l'a jeté son cousin Lucien ! Mais est-ce bien Lucien ?

Elle a quelques doutes, ne pouvant admettre qu'un membre de sa famille se conduise de la sorte. En attendant, elle mange avec appétit. Elle a décidé de se battre et pour cela il lui faut refaire ses forces. Il est hors de question de se lancer dans une grève de la faim stupide. Elle a elle-même puisé de l'eau au robinet du lavabo de la chambre. Au demeurant, elle n'a pas eu de soupçon particulier, et a attribué son sommeil du matin à son état d'extrême fatigue nerveuse et physique. C'est en pelant la pomme que le sommeil la prend de nouveau. Elle commence alors à concevoir des doutes, mais ne parvient pas encore à faire le lien avec son repas. L'eau, elle l'a puisée elle-même.

Laetitia prétend d'un ton mielleux que ce sont les émotions de la journée, et qu'il est normal qu'elle ait sommeil.

— D'ailleurs, je vais sortir et te laisser dormir.

Tirant sa clé de sa poche, Laetitia sort, refermant la porte derrière elle, descend au bar pour terminer le nettoyage de la salle. Puis informe Gino.

— Attends un moment. Elle commence à s'endormir et je préfère patienter que ce soit pour de bon. Sers-moi donc un verre de blanc.

Ce n'est pas tous les jours que nous avons une pensionnaire de cette qualité. Tu sais qu'avec une fille aussi belle il y a moyen de faire du fric.

— Tu as raison, nous allons rentabiliser les frais de pension de la réfugiée.

Vive l'entraide, vive l'exode, s'exclament-ils en riant.

Vingt-deux juin mille neuf cent quarante, zéro heure trente. À pas de loup, le couple de bordeliers gravit une à une les marches de l'escalier.

Gino s'est muni de bracelets de cuir et de cordelettes dont il a déjà fait usage dans des circonstances similaires. C'est le même genre de liens utilisés par les personnels hospitaliers de la maison des fous de Cadillac pour contenir les furieux, ils ont été offerts par Nonnos qui les a dérobés dans son service. Sur le palier, ils observent un temps d'arrêt pour, collant l'oreille contre la porte, écouter la respiration de Madeleine. Tout semble calme. Assommée par la drogue, elle dort d'un sommeil profond.

Gino n'a aucune peine à lui passer un bracelet de cuir à chaque poignet, puis à chaque cheville, ensuite à l'aide des cordelettes, relier ceux-ci aux montants métalliques du lit.

Dans leur hâte à neutraliser Madeleine, les deux complices ont oublié de lui retirer ses sous-vêtements, se le reprochant l'un l'autre.

— Tant pis, nous en fournirons d'autres et les ferons payer à Nonnos, déclare Gino.

À l'aide d'une paire de ciseaux, Laetitia s'emploie à découper les vêtements de Madeleine, qui cependant semble vouloir se réveiller. Au fur et à mesure que Laetitia la dénude, Gino sent une érection de plus en plus forte. Quand elle est nue, il dit à sa complice.

— Non, mais, tu as vu ces fesses. Nous allons gagner de l'argent. Pousse-toi, puisqu'elle dort, je vais la prendre par là.

— À non, tu n'y penses pas. Cela aussi se monnaye, bien plus qu'un pucelage. Si tu as des envies, tu n'as qu'à venir avec moi ce soir. Tu auras tout ce que tu veux.

Avec précaution, Laetitia procède à un examen de Madeleine endormie, puis se relevant, elle remonte les couvertures et fit signe à Gino de sortir de la chambre. Sur le palier, après avoir bien refermé la porte, elle lui dit.

— C'est bon, c'est une vraie pucelle. Je suis presque sûre, qu'elle, ne s'est même jamais amusée toute seule. Du moins, je le suppose. Tu peux téléphoner à Nonnos, qu'il apporte de bons billets. Mais attention, pas de marchandage.

Vingt-deux juin mille neuf cent quarante, huit heures.

Dès son réveil, Gino téléphone à Nonnos.

— Promit mon vieux, c'est jeune, c'est beau, en bonne santé, et entièrement neuf. Si tu veux être le premier, ce sera dix mille.

— Dix mille ! Tu n'y penses pas ? C'est une fortune.

Gino reste intraitable.

— Si tu n'es pas intéressé, ce n'est pas un problème, j'en connais au moins deux qui sont prêts à payer davantage encore. C'est parce que tu es un bon client que je te propose la primeur. Mais attention, position du missionnaire seulement, tu ne touches pas au reste. Tu pourras rester l'après-midi si tu veux.

Rendez-vous est pris pour quatorze heures ce samedi vingt-deux juin mille neuf cent quarante.

À onze heures trente, Lucien pousse la porte d'entrée du bar. Il est accompagné d'un autre homme, jeune, prénommé Alfred, à l'accent de l'Est prononcé.

Il salue le patron comme s'il ne se connaissait pas. Tous deux s'assoient à une table.

— Qu'est-ce que je vous sers ? Demande Gino.

— Une fillette de blanc, dit Lucien. Mais dites-moi, nous sommes à la recherche d'une jeune fille, une réfugiée qui vient de l'Est. C'est la fiancée de mon ami.

Gino, lui jette un regard suspicieux, puis décide d'entrer dans le jeu. Il a compris que Lucien cherche à égarer son ami.

— Elle ressemble à quoi votre copine ?

Alfred fait une description détaillée de Madeleine. Gino secoue la tête.

— Non, nous n'avons vu personne qui ressemble à cette personne, et pourtant, ici, il en passe du monde.

Lucien jette un regard sur la pendule du bar, presque midi. Il n'a aucune envie de rentrer déjeuner aux Glycine. Son père ne manquerait pas de lui confier du travail dans les vignes.

— Nous pouvons déjeuner ici ? Car cet après-midi nous allons continuer nos recherches sur Langon.

Cela ne fait pas les affaires de Gino, il ne manquerait plus qu'à l'étage Madeleine fasse du raffut et donne l'alerte. Lucien est bien imprudent de prétendre rester. Cependant la bonne odeur de ragoût qui émane de la cuisine où s'affaire Laëtitia ne lui laisse pas le choix.

Dans la cuisine, où il se rend pour commander les deux repas, Jérôme se garde bien de paraître dans la salle.

— Tu es encore là toi ! Fiche le camp d'ici que son copain ne te voie pas.

— Et je mange où ?

— Débrouille-toi, fait toi un casse-croûte, mais dégage par la porte de derrière.

En maugréant, Jérôme obtempère, il a conscience qu'il vaut mieux pour lui ne pas se montrer à Alfred. On ne sait jamais.

Lucien et Alfred sont servis rapidement. Au moment de partir, alors qu'ils franchissent la porte du bar, Lucien voit une automobile, un élégant coupé Renault Celtaquatre qu'il connaît bien, se garer le long du trottoir. Lorsque Nonnos descend, il entraîne rapidement Alfred vers la gare.

— On va toujours voir à la gare s'il y a du nouveau, ensuite nous irons à la gendarmerie puis à la sous-préfecture.

— Je ne perds pas espoir, déclare Alfred, je suis sûr que nous allons la retrouver.

Il se garde de le détromper, il sait fort bien que la présence de Nonnos n'est pas anodine et que Gino, déjà, a vendu sa cousine.

Fumier de Lucien !

Fils unique de riches propriétaires de la région, à la mort de ses parents Nonnos a hérité de grandes parcelles de bois en limite des Landes et de plusieurs immeubles de rapport à Agen en Lot-et-Garonne. Tourmenté par une sexualité aussi tyrannique que perverse, il n'a pas su garder une femme auprès de lui. Dans sa jeunesse, ses parents, qui avaient pour lui une certaine ambition, l'avaient incité à suivre des études de médecine. Études suivies avec tant de sérieux qu'elles n'ont abouti qu'à un diplôme d'aide infirmier, il exerce à la maison des fous de Cadillac.

Qu'importent, ces études lui ont révélé un appétit dévoyé pour le contact du corps humain, autre facette de ses vices.

Lorsque Nonnos redescend de la chambre, il est fier de lui, pas de remords, aucun scrupule ne vient ternir le plaisir sadique que vient de prendre cet être dépravé, sur une jeune femme innocente.

Il laisse, derrière ses vices, une femme brisée. Madeleine n'en peut plus de pleurer, blessée dans sa chair et dans son âme. Souillée, salie, elle ne se sent plus digne de l'amour d'Alfred.

Elle n'a plus qu'un seul désir, mourir.

Le temps que Nonnos et Gino vident une chopine de blanc, Laetitia monte consoler Madeleine, lui apporter son repas, et la délivrer afin qu'elle procède à sa toilette.

Prostrée, anéantie, en pleurs, sous la surveillance de Laetitia, elle avale machinalement le repas apporté, puis procède à sa toilette. Au moment où Laetitia se retire, elle lui demanda une faveur.

— Je voudrais garder le pot à eau et le verre, c'est plus facile que de boire au robinet du lavabo.

Laëtitia pense l'amadouer et rentrer dans ses bonnes grâces.

— Oui, bien sûr mon petit. Si tu as besoin d'autre chose, dit le moi ce soir lorsque je t'apporterai le dîner.

En bas, dans la salle du bar, les deux hommes discutent sur ce qui venait de se passer avec Madeleine. Nonnos affichait d'autres prétentions.

— Mon bon Gino, j'ai l'intention de revenir demain, alors la petite là-haut, tu l'attaches à plat ventre. Tu comprends où je veux en venir.

— Je comprends tellement bien que ce n'est pas le même prix. Je veux vingt milles.

— Ah ! Non. Tu exagères, c'est beaucoup trop.

À force de discussion, ils tombent d'accord sur quinze mille.

Lorsque Laetitia dépose le plateau avec les restes de repas de Madeleine, Gino remarque immédiatement que le pot à eau n'y est pas. D'une expérience vécue au Maroc, il a pris l'habitude de ne rien laisser aux pensionnaires, susceptibles de servir à s'évader ou faire des conneries. Au bruit de vaisselle cassée provenant de l'étage, il se précipite dans l'escalier, aussitôt la porte ouverte, il se précipite sur Madeleine, et lui arrache un gros tesson du pot à eau qu'elle a brisé sur le rebord du lavabo. Trop tard, cependant, le sang coule déjà d'une profonde entaille à son poignet gauche. Elle commençait à entailler le poignet droit lorsque Gino intervient.

— Ma pauvre Laetitia, tu seras toujours aussi conne. Tu ne te souviens pas de Georgette à Tanger ? Je suis arrivé trop tard pour elle. Cela nous a valu l'expulsion du Maroc. Pour un peu on finissait en taule toi et moi.

Rapidement, Nonnos, qui a suivi ce couple infernal, fait un pansement compressif au poignet blessé de Madeleine, que Gino et Laetitia s'empressent de lier à nouveau, aux montants du lit.

— Quelle connerie de lui avoir laissé ce pot à eau.

Laëtitia ne sait pas quoi dire pour sa défense. C'est vrai qu'à Tanger ils ont frôlé la prison d'un cheveu.

— Je reviendrai dans une heure avec le nécessaire pour la recoudre et des pansements adaptés, propose Nonnos.

— Ouais, c'est le moins que tu puisses faire, approuve Gino. En attendant, ce n'est pas de suite que tu vas assouvir tes phantasmes. On va la laisser tranquille, quelques jours, le temps qu'elle cicatrise un peu.

Nonnos rajoute.

— Tu parles du poignet pour cicatriser. Parce que pour le reste il faudra attendre plus longtemps.

Cette remarque aussi cynique qu'imbécile ne fait même pas rire Gino et Laëtitia plus cyniques encore, eux s'inquiètent seulement du manque à gagner.

***

Pendant les trois jours qui suivent, alors qu'Alfred poursuit ses recherches dans les environs, assisté hypocritement par Lucien, Madeleine est l'objet d'une surveillance accrue de la part du couple de bordeliers. Selon les recommandations de Nonnos, Laëtitia change tous les jours les pansements de son poignet, assiste à sa toilette et à ses repas, mais, immédiatement après, la lie de nouveau sur le lit.

Passive, en proie à une grande détresse, elle se laisse faire, sachant pertinemment que, si elle fait des difficultés, Gino viendra la maîtriser. Ses entailles au poignet guérissent mal, elle a compris que sitôt cicatrisées, elle sera de nouveau livrée aux clients du bordel. Aussi, dès que Laëtitia a changé son pansement, les dents serrées pour résister à la douleur, les yeux inondés de larmes, elle le frotte contre le montant du lit pour faire saigner sa blessure.

3

Vingt-six juin mille neuf cent quarante, dix heures. De la place du marché, des bruits de véhicules et des bribes de conversations en allemand parviennent jusqu'à Madeleine. Elle comprend alors qu'ils sont arrivés. Il n'a servi à rien de les fuir pendant tous ces jours. Toujours vainqueurs, ils sont là. Inquiète, la population les regarde passer sans complaisance. Les anciens de quatorze dix-huit sont effondrés.

Cependant, parmi la population, certains ne sont pas mécontents. Gino est de ceux-là, en effet, la troupe occupante représente pour lui un réservoir de clientèle, et pour le bar, et pour la chambre du haut.

Depuis la veille, un premier régiment est arrivé à Langon. Les officiers parcourent la ville, et réquisitionnent selon leur bon plaisir, les bâtiments qu'ils soient publics ou privés. Ils n'hésitent pas à jeter les gens hors de chez eux pour s'installer à leur place.

L'Obersturmführer Müller a reçu pour mission d'assurer la sécurité du pont sur la Garonne ainsi que le contrôle en gare, du point de passage de la ligne de démarcation qui est décrétée depuis la veille. Pour cela, il lui faut installer son poste de commandement en un lieu qui lui permette d'être rapidement en gare, tout en étant proche du pont. Tout naturellement, il oriente ses recherches vers les quais.

En voyant s'arrêter en bordure du fleuve, un véhicule de commandement et un camion transportant une douzaine de soldats, Gino se frotte les mains, persuadé que ses premiers clients arrivent.

L'officier est descendu de voiture et regarde la place en direction de L'Oasis. Les soldats se sont immédiatement mis en position de défense. Pendant ce temps, un deuxième camion est venu se ranger le long du trottoir. Lorsque les soldats en descendent, l'officier se met en marche vers le bar. Voyant cela, servile, Gino ouvre lui-même la porte, l'invitant à entrer, Laetitia qui se trouvait à l'arrière-cuisine, en sort avec des bouteilles de vin blanc.

L'officier néglige l'offre manifeste qui lui est faite. Les soldats qui sont entrés derrière lui les mettent en joue. Laetitia proteste, indignée.

— Mais, Messieurs, nous sommes de braves gens, et nous apprécions tout particulièrement votre venue. Prenez plutôt un verre de vin blanc.

Joignant le geste à la parole, elle tend ses bouteilles vers l'officier, qui d'un geste lui fait comprendre l'inutilité de cette offre.

L'Obersturmführer s'adresse au sous-officier interprète qui l'accompagne. Il lui demande d'expliquer à Gino qu'ils doivent quitter les lieux immédiatement, et que son établissement est réquisitionné, pour l'héberger lui et son groupe de commandement. Laetitia commence à protester, mais Gino la fait taire.

— Ferme ta gueule, on l'a dans le cul, et il vaut mieux obéir. Va faire les valises, et amène Madeleine.

Le sous-officier interprète d'un ton courtois leur confirme.

— Oui, comme vous dites, vous l'avez dans le cul. Mais qui donc est Madeleine ? Il y a d'autres personnes ici. Des hommes sans doute ? Il y a des armes ?

Dans le même temps, il traduit à l'attention de l'officier qui donne un ordre bref. Aussitôt les soldats s'engagent dans l'escalier, ouvrent toutes les portes, défoncent celles qui sont fermées à clé.

Presque aussitôt, un soldat redescend faire son rapport à l'Obersturmführer Muller, qui à son tour monte à l'étage. Voyant cela, Gino et Laetitia, qui sentent que les choses tournent mal, tentent de s'esquiver. Mais des sentinelles en arme gardent la porte interdisant toute fuite.

Jérôme, qui depuis le matin traîne sur le quai à regarder passer les gabares qui fuient vers le sud, observe la scène de loin, se gardant bien de rejoindre ses parents en difficulté avec les Allemands.

À ce moment, de l'autre côté de la place apparaît la Celtaquatre de Louis Garonos, dit Nonnos. Il vient pour consommer la deuxième partie de son odieux commerce, avec Gino, dont la marchandise innocente est Madeleine. Voyant le remue-ménage dû à la présence des Allemands, il s'arrête immédiatement pour comprendre ce qui se passe. Jérôme qui a remarqué son arrivée, s'approche d'un pas tranquille vers le véhicule à l'arrêt.

— Ce sont les boches qui veulent s'installer à L'Oasis, ils ont arrêté mes parents.

— Et la fille, demande Nonnos.

— Comment veux-tu que je le sache, ce n'est pas le moment d'aller traîner là-bas.

— Et toi, que vas-tu faire ?

— Je n'en sais rien.

— Monte, tu n'as qu'à venir chez moi le temps que ça se tasse. Tes parents, ils ne vont pas les garder. Demain ils les ficheront dehors.

Jérôme, ne sachant plus où se réfugier, accepte avec empressement. Il sait bien que Nonnos est encore moins recommandable que lui-même, mais que faire ? Où aller ?

Lucien demeure à Saint Pierre d'Aurillac de l'autre côté du fleuve, et les postes de contrôle de la ligne de démarcation, qui vient d'être instaurée, lui interdisent de franchir le pont, pour se réfugier chez lui. Nonnos lui assurerait le gîte et le couvert, mais quelles en seraient les conditions ? Avec lui, rien n'est jamais gratuit. Pour le moment, Jérôme ne peut se poser de questions trop précises. Il partage au moins une chose avec lui, l'immoralité. Aussi, lorsque Nonnos remet en route le moteur de son élégant cabriolet, il n'a aucune pensée pour ses parents, dont il devine cependant le sort qui les attend.

***

Madeleine, toujours attachée sur son lit tremble de tous ses membres. L'arrivée des Allemands n'est pas forcément une bonne chose pour elle qui les a fuis. Allaient-ils continuer à la garder à leur merci et abuser d'elle, ou bien l'envoyer dans un camp de prisonniers en Allemagne, ou en Pologne ?

L'Obersturmführer Müller, voyant Madeleine liée sur son lit, le corps simplement recouvert d'un drap, laisse échapper un juron dans sa langue natale. Il envoie quérir immédiatement le sous-officier interprète, dans le but d'interroger la jeune femme sur les conditions de son séjour dans l'établissement, se doutant par avance de la réponse. C'est alors que Madeleine, à la stupéfaction de l'officier, l'interpelle dans un allemand, quoique hésitant, mais parfaitement compréhensible.

— S'il vous plaît, délivrez-moi !

— Ja, ja, que faites-vous attachée sur ce lit ?

— J'ai été enlevée à la descente du train, et conduite ici où j'ai été contrainte de subir le viol d'un client de l'aubergiste.

— Et ces pansements que vous avez au poignet, ce sont eux qui vous ont blessée ?

— Non, lorsque j'ai été violée, j'ai tenté de me suicider, mais l'aubergiste est arrivé avec son client et ils m'en ont empêché.

— Vous ne risquez plus rien, je me suis occupé d'eux, et maintenant, je vais m'occuper de vous

Elle espère attendrir l'officier allemand, et être laissée libre de repartir, rejoindre ses parents. Elle n'a pas remarqué le regard égrillard de l'homme devant la nudité qu'il devine sous le drap.

Puisqu'elle parle aussi bien l'allemand que le français, il décide de la garder près de lui, dans le but de servir d'interprète, mais aussi, et surtout d'en faire sa maîtresse.

Après s'être fait raconter une nouvelle fois par Madeleine les péripéties de son voyage, et de son enlèvement en gare de Langon par celui qu'elle pense être Lucien, l'Obersturmführer Müller, estime qu'il est temps de préciser sans ambiguïté, le sort qu'il lui réserve. Très courtoisement, avec une grande mauvaise foi, mais d'un ton sans appel, il lui explique.

— Petite demoiselle, vous êtes née dans les anciennes provinces de l'Alsace et de la Lorraine, que les Français ont volées au grand Reich en mille neuf cent dix-huit. Historiquement, ces régions font partie de l'Allemagne. Je suis forcé de considérer votre fuite comme une trahison à l'encontre de notre peuple. J'ai le pouvoir de vous garder auprès de moi, dans cette maison, aux conditions que je vous donnerai dans un instant. Si vous les refusez, la seule solution est de subir le sort réservé aux traîtres à l'Allemagne, les camps de déportation en Pologne.

Ne devinant que trop ce qu'allaient être les conditions de l'officier allemand, Madeleine retient ses larmes. Elle ne veut pas lui laisser imaginer la détresse dans laquelle elle se trouve.

Mentalement, elle fait une prière pour qu'Alfred vienne la délivrer de ce cauchemar, mais où est-il à présent ? Est-il encore vivant ? Et puis, si enfin il venait la délivrer, voudrait-il encore d'elle, alors qu'avec beaucoup d'amour, il lui avait demandé ce qu'elle avait refusé. Cette virginité, qu'un être indigne, dépravé, lui avait pris par la force. La tête entre les mains, elle pense à son amour. Alfred, oh ! Alfred, que je t'aime, mais que j'ai mal. Un sursaut de dignité lui fait relever la tête, et aussi l'espoir de pouvoir s'enfuir.

— Je vous écoute, qu'elles sont vos conditions ?

— Je vois, petite demoiselle, que vous devenez raisonnable. Mais n'imaginez pas que vous puissiez vous échapper. Mon sous-officier interprète doit rejoindre le quartier général de la kommandantur. Il m'était détaché le temps que je trouve un cantonnement pour mes hommes et moi-même. Aussi j'ai l'intention de vous garder pour remplir cette fonction. Vous serez en permanence surveillée et gardée par un ou deux de mes soldats. À la moindre tentative d'évasion, ils auront ordre de vous abattre. Je pense que je suis clair.

— Oui, Monsieur, j'ai compris

Toujours sur ce même ton de courtoisie, qui exclut toute contradiction, l'officier poursuit :

— C'est bien, ma petite demoiselle, je pense que nous allons nous entendre. En plus de vos fonctions d'interprète, au service de l'Allemagne, vous allez remplir auprès de moi une mission de soutien au moral de son armée. Du moins, au moral de l'un de ses officiers, c'est-à-dire à moi-même, vous savez, nous sommes loin de chez nous. Il vous faudra être très gentille. Il serait vraiment très regrettable de devoir à nouveau vous lier sur ce lit, où nous vous avons trouvée.

Madeleine avait compris dès le début que l'officier en viendrait à ce chantage, et, bien qu'il s'agisse d'un homme encore jeune, au physique agréable, c'était toujours une contrainte inacceptable, un nouveau viol, sous conditions cette fois. Elle décide de jouer le jeu, elle n'a pas d'autre choix, bien résolue à la moindre inattention, à fuir ce nouveau martyr. Pour cela, il lui faut quitter cette pièce borgne où, depuis son arrivée à Langon, elle est retenue prisonnière par Gino et Laetitia, puis dès leur arrivée, par les Allemands.

— Oui Monsieur, je ferai ce que vous désirez. Mais ne me laissez pas enfermée dans cette pièce, où ne pénètre pas la lumière du jour. De plus, il me faudra des vêtements, car les patrons du bar m'ont dit avoir tout vendu dès mon arrivée, pour m'empêcher de fuir.

— Ma petite demoiselle, je vois que vous êtes ouverte à la raison. Donnez-moi la taille de vos vêtements et vos mensurations. Je vais tout de suite envoyer l'un de mes sous-officiers, requérir auprès des commerçants de votre beau village, les effets qui vous sont nécessaires. En attendant, vous allez vous installer dans la chambre qui donne sur la place, vous pourrez voir les bateaux sur le fleuve, mais n'ouvrez pas la fenêtre, et ne parlez à personne. Il serait maladroit de tenter quelque chose que vous risquez de regretter par la suite.

Il laisse s'écouler quelques secondes, fixant Madeleine d'un regard glacial destiné à lui faire bien comprendre les conditions qu'il vient d'exiger d'elle.

— Maintenant, je vous laisse, je dois aller vérifier si mes ordres concernant la sécurité de mes postes sont bien appliqués. Je vous précise qu'un soldat sera en permanence devant votre porte. Il vous donnera les objets dont vous avez besoin pour votre confort. Soyez prudente, car ce sont des paysans bavarois, très frustes, de plus il y a longtemps maintenant qu'ils n'ont pas vu de femme.

Refermant la porte à clé derrière lui, l'officier s'en va. Ses dernières paroles ont fait naître en Madeleine un frisson d'horreur. En effet, la réputation des régiments bavarois n'est plus à faire.

***

Restée seule, elle entreprend de faire le tour de sa nouvelle prison. Elle est plus grande que la chambre borgne où elle avait été retenue. Dans une armoire se trouvent des vêtements qui semblent avoir appartenu à Laetitia. Ce n'est pas sa taille, mais, sans autre choix, elle s'habille d'une robe de chambre usagée. Poursuivant son exploration, elle découvre, derrière une pile de draps, une enveloppe, contenant une importante somme d'argent en billets, elle s'empresse de la dissimuler en vue de son évasion.

Puis, montant sur une chaise, dans une valise rangée sur le dessus de l'armoire elle déniche un pistolet à barillet qui ne semble pas chargé. Elle n'a aucune idée du fonctionnement d'une arme. Pour endormir la méfiance de l'officier, elle décide de lui en révéler la présence. Pareillement, un bidet, une cuvette de W.-C. et un lavabo se trouvent dans une petite pièce attenante.

Comble du luxe, il y a une douche, qui hélas, ne délivre que de l'eau à peine tiédie. Après s'être emparée de la savonnette et des serviettes trouvées dans l'armoire de Laetitia, elle se livre à une toilette qui lui fait le plus grand bien. Lorsqu'elle a terminé, elle s'aperçoit que ses menstrues sont là. Elle espère que l'Obersturmführer aura la délicatesse de lui accorder un sursis.

C'est ainsi que Madeleine retrouve un semblant de liberté, mais à quel prix ?

Dès le lendemain, après avoir passé la nuit dans la cave du bar, où ils ont subi un interrogatoire musclé, Gino et Laetitia sont envoyés à Bordeaux. Incarcérés quelque temps au quartier allemand de la prison du fort du Hâ, ils sont déportés vers un camp de concentration en Pologne. Personne n'entendra plus jamais parler d'eux.

4

Alfred, Étienne et sa nièce Katrina continuent les recherches, ils ne perdent pas l'espoir de retrouver Madeleine.

— Mon père a besoin de moi pour des travaux urgents, je ne peux pas me joindre à vous, prétend Lucien.

La veille pourtant, Léopold avait déclaré être à jour dans ses traitements et autres soins de la vigne. Personne ne songe à le contredire.

Katrina vit dans la région depuis toute petite, lorsqu'en mille neuf cent quatorze avec sa mère et ses grands-parents, elle a fui la Première Guerre mondiale.

Depuis la veille, les Allemands ont dressé un barrage au milieu de-là route à la sortie de la commune de Pian sur Garonne. Ils contrôlent tous les passants, ceux qui se dirigent vers Saint Pierre d'Aurillac peuvent aller librement, par contre, à moins de prouver son domicile dans la nouvelle zone occupée, les gens étaient repoussés sans ménagement.

La nouvelle frontière, délimitée par cette ligne de démarcation suit la route de Sauveterre de Guyenne par la côte de l'ardilla, et à l'opposé, par le chemin de Gabot, elle se prolonge jusqu'à la Garonne.

Des équipes d'Allemands ont installé une guitoune en bois et une barrière basculante peintes toutes deux aux couleurs de l'occupant. Une maison voisine, momentanément inoccupée est également réquisitionnée pour loger le corps de garde.

Alfred, comme Étienne et Odette Coupiac, se débrouillent assez bien avec la langue allemande. Ils écoutent les consignes que leur délivre le chef de poste.

— Pour passer en zone occupée, vous devez posséder une carte d'identité et obtenir un ausweis délivré par la Kommandantur de Langon.

Ils ne peuvent aller plus loin. À contrecœur, ils doivent rebrousser chemin. Désormais il est nécessaire de posséder un laissez-passer pour se rendre à Langon où Katrina, qui y a fait une partie de ses études, conserve de nombreuses connaissances.

La première chose est de se faire établir des cartes d'identité. Personne n'en possède, jusqu'à maintenant, c'est le livret de famille qui fait foi dans les démarches administratives.

Un peu plus loin, la barrière française, est gardée par un détachement du cent cinquantième régiment d'infanterie, rattaché à Marmande.

Katrina a également gardé de bons contacts avec les religieuses de l'institution Sainte Marguerite où elle a suivi une partie de sa scolarité, puis, jeune institutrice, elle a effectué quelques remplacements. Elle espère de plus rencontrer la mère supérieure et lui parler de la situation de Madame Coupiac et de ses trois enfants qui souhaite ne pas rester à la charge de la famille Worms.

Elle sait que l'institution recherche une femme à tout faire. Il s'agit de remplacer le concierge, prisonnier en Allemagne. L'arrivée d'un nombre important de réfugiés a augmenté l'effectif des classes dans de telles proportions que les religieuses ne peuvent assumer la tâche de la conciergerie.

Cette solution aura l'avantage de lui procurer le gîte, le couvert, la scolarité des enfants, et accessoirement des renseignements sur les activités de l'occupant sur la ligne de démarcation. Katrina se résout à contacter la mère supérieure par téléphone. Lorsqu'elle a fini d'exposer le cas de Madame Coupiac, l'affaire est conclue. Il est urgent, en effet, de combler la vacance du poste de concierge. Elle et ses trois enfants sont nés hors des anciens départements annexés par l'Allemagne, de ce fait ils échappent à d'éventuelles tracasseries.

Presque un mois fut nécessaire à l'obtention d'un laissez-passer pour que Madame Coupiac puisse enfin prendre ses fonctions.

Katrina, argumentant de nombreux cours à dispenser à l'institution, obtint également un laissez-passer de travailleur frontalier. Il n'en est pas de même pour Alfred Chaberchteim, qui avant même de présenter une demande, se trouve contraint de faire établir une fausse carte d'identité.

Ses origines israélites, dans les circonstances actuelles, sont un lourd handicap. Il porte désormais le nom d'André Chaput, identité qui va le suivre encore longtemps. C'est en réalité celle du fils d'un agriculteur de la région, engagé volontaire dans la marine, et retenu loin du pays.

Avec la complicité de Katrina, secrétaire de mairie à Saint Pierre d'Aurillac, cela ne présenta aucune difficulté. Seule la date de naissance a été changée pour qu'il n'accuse que dix-sept ans. Grâce à l'intervention de Ferdinand il a obtenu une place d'ouvrier agricole chez un viticulteur dont les terres se trouvent de part et d'autre de la ligne de démarcation, sur la route de Pian sur Garonne, le long de la côte de l'ardilla, de ce fait il est amené à la franchir régulièrement.

En possession de documents en règle, ils peuvent, tous les trois, poursuivre la recherche de Madeleine. Malgré le temps écoulé, un sixième sens, un espoir irraisonné confortent Alfred dans sa certitude de la retrouver vivante.

C'est maintenant le début du mois d'août mille neuf cent quarante. Le travail ne manque pas dans les vignes et la consigne est de franchir la barrière avant dix-neuf heures. À la campagne, c'est déjà amputer la journée de travail d'une heure voire deux lorsque les travaux sont urgents. En réalité c'est l'heure allemande qui gère le quotidien et c'est donc à dix-sept heures Qu'il faut rentrer. Les travaux s'en ressentent.

***

Depuis qu'il est hébergé chez Nonnos, Jérôme s'occupe aux petits trafics dont il a l'habitude, ce qui lui rapporte un peu d'argent. Cependant, cela ne lui permet pas de régler le montant de la participation aux frais que demande Nonnos.

Ce qui d'ailleurs lui semble injustifié vu la qualité des repas et la mauvaise chambre mansardée qu'il a mise à sa disposition.

De plus, ayant quitté le bar L'Oasis, sans avoir la possibilité de ne rien emporter, il a fallu acquérir des vêtements et objets usuels. Nonnos a fait l'avance des sommes, mais il en réclame le remboursement. Bien que très à l'aise en raison de ses bois, terrains et maisons de rapport, il est d'une pingrerie abominable pour les autres, car pour lui, rien n'est trop beau.

Vers la fin du mois de juillet, Nonnos a fait comprendre à Jérôme qu'il va falloir lui rembourser les sommes dues d'une manière ou d'une autre. Il accompagne ses réclamations de sous-entendus grivois, quelquefois assortis de gestes obscènes. Ce comportement ne le surprend qu'à moitié, cependant, s'il possède bien des défauts, il n'est pas du tout séduit par les avances à demi voilées de Nonnos.

C'est au tout début du mois d'août, un dimanche, par une soirée orageuse que les événements se précipitent.

Nonnos est de repos, il est occupé à nettoyer son élégant cabriolet Celtaquatre, Jérôme l'aide dans cette tâche. Depuis le début de l'après-midi, la chaleur est étouffante. Les vêtements collent littéralement à la peau. De temps à autre, un éclair traverse le ciel, suivi d'un grondement dans le lointain.

L'orage, qui a éclaté du côté de Bazas, une quinzaine de kilomètres plus au Sud, se rapproche. Puis, tout à coup, c'est le déluge. En courant sous une pluie froide, les deux hommes se précipitent dans la maison, où ils arrivent trempés jusqu'aux os. Sans méfiance, Jérôme entreprend d'ôter sa chemise mouillée, puis, saisissant une serviette, il commence de se sécher. Nonnos, lui est carrément nu. S'approchant de Jérôme, il se caresse le sexe, en disant.

— Tu me dois tellement d'argent, qu'un petit acompte me ferait patienter. Ne t'inquiète pas. Tout ira bien.

Surpris, Jérôme se retourne d'un coup, Nonnos recule d'un pas. Jérôme s'aperçoit alors qu'il tient dans sa main son sexe en érection.

— Non, mais dis donc, espèce de vieux pédéraste, tu n'imagines pas que tu vas me baiser comme tu as baisé la cousine à Lucien. Moi, je n'en suis pas. Range ton outil ou cela va mal finir.

Sourd au raisonnement, excité par la semi-nudité de Jérôme, Nonnos espérant parvenir à ses fins s'approche plus près, lui prodigue une caresse déplacée. Mal lui en prend. Excédé par ce comportement, d'une violente bourrade, il repousse son agresseur qui, déséquilibré, chute lourdement sur le sol. Sa tête heurte le coin de la cheminée, il ne bouge plus. Presque immédiatement, du sang s'écoule d'une plaie profonde à l'arrière du crâne.

Un instant surpris par la tournure des événements, Jérôme le regarde d'un air stupide. Il n'est pas nécessaire d'être un spécialiste pour comprendre que cette chute lui a été fatale.

Il n'est pas embarrassé par les scrupules. Sa mort ne lui cause pas trop de chagrin. Cependant, il va falloir s'expliquer avec les gendarmes. Connaissant la réputation sulfureuse de Nonnos, et la sienne, qui ne vaut pas mieux, ceux-ci bien sûr ne le croiront pas, et chercheront d'autres raisons. Il n'a nulle envie de se retrouver au tribunal.

Au-dehors, l'orage s'est déchaîné. Ce n'est qu'éclairs et coups de tonnerre. Il ne lui faut pas longtemps pour prendre une décision.

Après avoir fermé les portes et les fenêtres de la maison, il s'habille puis entreprend de rechercher l'argent qui pourrait s'y trouver. Dans l'armoire de la chambre de Nonnos, il découvre une forte somme d'argent ainsi que quelques bijoux. Fourrant tout cela dans ses poches, il rassemble ses quelques vêtements, veillant bien à ne rien laisser derrière lui. Lorsque c'est fait, après avoir abaissé la manette de coupure de l'électricité, à l'aide d'un bidon d'essence récupéré dans le garage, il entreprend d'asperger les boiseries, en commençant par l'escalier du grenier, faiblement éclairé par un puits de jour, de manière à faire croire que la foudre est à l'origine de l'incendie qu'il a l'intention de déclencher.

Au moment de sortir, il vide le reste de son bidon d'essence sur le coupe-circuit général de la maison. Après avoir remisé le bidon vide dans le coffre de la voiture à l'aide d'un balai, pour se tenir à distance respectable, il actionne la manette du coupe-circuit électrique. L'étincelle produite enflamme instantanément les vapeurs d'essence. Il referme la porte d'entrée, puis quitte la maison par l'arrière-cour qui donne sur une petite ruelle bordée d'entrepôts. Il se dissimule à l'intérieur de l'un d'entre eux dont la porte n'est pas verrouillée. Entre-temps, aussi soudain qu'il a éclaté, l'orage s'arrête.

Ce n'est que lorsque la sirène des pompiers se fait entendre qu'il risque un œil par un vasistas, puis lorsque la rue est pleine de badauds, prenant son sac à la main, il part tranquillement.

Après s'être éloigné du domicile de Nonnos, en proie aux flammes de l'incendie qu'il a allumé, Jérôme se dirige vers le petit ruisseau du Brion, il sert de ligne de démarcation. Depuis le temps qu'il traîne dans la commune, il en connaît tous les coins et les recoins. Arriver jusqu'au ruisseau en traversant les jardins potagers, faisant semblant de bêcher un carré de terre, ou sarcler une planche d'oignon, puis le franchir, serait pour lui, un jeu d'enfant. Pourtant, il préfère attendre la nuit, il craint d'être remarqué par de vrais jardiniers, et les étonner, cela, il n'y tient pas.

En bordure des jardins se trouve une petite construction qui abrite une pompe utilisée pour prélever dans le Brion, l'eau destinée à l'irrigation. Même si elle demeure en permanence sur sa serrure, il sait que la porte n'est jamais fermée à clé. Personne n'aurait l'idée de venir dégrader cette installation. Attirés par l'animation autour de l'incendie de la maison de Nonnos, les quelques jardiniers revenus sur place après l'orage, ont les yeux braqués dans cette direction.

Il lui est facile de s'introduire dans cette cabane. Pour éviter toute surprise, il retire la clé de la serrure et s'enferme à l'intérieur. Il n'y a pas beaucoup de place, et le sol est détrempé par une fuite au niveau d'un joint. Qu'importe ! L'après-midi est déjà bien avancée.

Il patiente jusqu'à la nuit, malgré le couvre-feu, il parvient de l'autre côté. À Saint Pierre de Mons, dans une cour de ferme il dérobe une bicyclette, et sans plus se cacher, il franchit la Garonne au pont de Castets en Dorthes, puis au petit matin, il frappe à la fenêtre de Lucien.

— Putain ! Qu'est-ce que tu fiches là, tu n'as pas de laisser passer.

— Laisse-moi entrer, je vais t'expliquer.

Jérôme lui raconte ses dernières aventures.

— Si j'ai bien compris tu es dans la merde complète.

— Ouais, il faut que tu m'héberges.

— Ne sois pas con, ici c'est mon père qui commande. Alors tu vas ressortir par la fenêtre comme tu es entrée. Dans une demi-heure, nous serons tous levés. Tu frapperas à la porte normalement. Ce sera à toi de le convaincre de t'embaucher puisque tu as franchi la ligne, que les boches occupent le bar de tes parents et que tu ne sais pas où aller.

— Oh putain, il faudra bosser ?

— Tu n'auras pas le choix.

Léopold accepte de l'embaucher, il logera dans l'annexe des vendangeurs. En effet, là encore son ouvrier mobilisé, au début de la guerre, n'est pas revenu, prisonnier sans doute. Il ne lui reste que Marceau, c'est insuffisant.

Lucien n'est pas très vaillant et il manque de bras pour les vendanges dont la date se rapproche.

5

Madame Coupiac a rapidement trouvé ses repères. Les religieuses de l'institution l'ont accueillie avec beaucoup de sympathie. Et depuis quelques jours, tout en se formant à ses nouvelles fonctions, en vue de la prochaine rentrée scolaire, elle aménage le logement mis à sa disposition. Le précédent occupant, un homme célibataire, avait sérieusement manqué de coquetterie en la matière.

Pendant qu'elle s'occupe à ses divers aménagements, sous la surveillance d'une religieuse, un groupe d'une douzaine d'enfants en internat, auquel se sont joints Antoine et ses deux sœurs, Marie et Hélène, s'est rendu en promenade jusqu'aux quais de la Garonne pour voir passer les gabares qui filent vers le sud, et regarder les pêcheurs.

En passant devant le bar L'Oasis, ils sont impressionnés par les deux soldats allemands qui montent la garde devant la porte. Mais avec l'insouciance de leur âge, ils s'inventent rapidement des jeux.

Pendant que les garçons jouent aux billes, ou à la toupie, les petites filles se sont tracé une grille de marelle sur les dalles du quai. Marie voudrait jouer aussi, mais les grandes la repoussent, prétendant qu'elle serait incapable de sauter à l'arrivée. Vexée de ce mépris, elle se cache derrière l'un des platanes de la place.

Voyant ses larmes, la religieuse vient la chercher.

— Ce sont les grandes qui ne veulent pas de toi ?

Marie renifle, ravale un sanglot.

— Elles disent que je suis encore trop petite pour jouer avec elles.

— Ce n'est pas grave, viens t'asseoir près de moi, je vais te parler de l'histoire de Jésus.

Toutes deux s'assoient sur un banc, d'où la religieuse peut surveiller tout son petit monde. Après avoir consolé la petite fille, elle tire un ouvrage de son sac, et se met à tricoter.

Elle n'a pas le temps de lui parler de Jésus.

À ce moment, une automobile allemande vient se garer devant le bar. Le chauffeur en descend, et vient ouvrir la portière arrière. L'Obersturmführer Müller descend le premier immédiatement suivi par une jeune femme blonde. Elle semble l'accompagner contre son gré. Marie, du haut de ses cinq ans, observe cette scène en curieuse, inconsciente de la qualité de l'occupant, seulement intéressée par la beauté de la jeune femme. Elle met quelques secondes à réaliser, puis, sautant du banc, elle s'écrie.

— C'est tatie Mado !

Marie allait s'élancer en courant vers Madeleine, mais la religieuse la retient par le bras, l'empêchant d'aller plus loin. Sur un ton de reproche, en pleurant, elle lui répète.

— C'est tatie Mado ! Je veux la voir. Elle est venue avec nous de là-bas !

En un instant, la religieuse, informée des recherches dont fait l'objet Madeleine, saisit la réalité de la situation, elle prend Marie tout contre elle.

— Chut, ne parle pas si fort, les soldats pourraient t'entendre et faire du mal à tatie Mado.

— Mais elle a disparu, tout le monde la cherche chez Monsieur Worms.

— Je sais, confirme-t-elle, mais nous devons faire attention pour ne pas que les soldats lui fassent du mal.

Pendant ce temps, Antoine s'est rapproché, il a entendu sa petite sœur dire, c'est tatie Mado. Il a également perçu les recommandations qui lui sont faites par la religieuse. C'est à voix basse qu'il confirme.

— C'est vrai, je l'ai reconnue aussi. Vous croyez que les soldats allemands vont lui faire du mal ?

— Chut ! Ne dites plus rien, nous allons rentrer à la maison dans quelques instants. Toi, Antoine, retourne jouer avec ta toupie.

Pour ne pas donner l'éveil aux sentinelles, elle laisse les enfants jouer encore un quart d'heure, puis ramène tout le monde à l'institution.

***

En descendant de voiture, Madeleine a remarqué ce groupe d'enfants, qui joue sur les quais. Lorsqu'elle entend la petite voix de Marie, s'exclamer, c'est tatie Mado, elle sent son cœur s'arrêter de battre. Elle fait un effort surhumain pour ne pas se retourner et courir vers Marie.

C'est trop dangereux pour elle-même comme pour les enfants. En pénétrant dans le bar, elle prétexte être fatiguée pour demander à monter dans sa chambre. La sentinelle qui l'accompagne ferme la porte à clé derrière elle.

Pour une fois, elle ne se jette pas sur le lit en pleurant, mais se précipite à la fenêtre, où, avec précaution, elle écarte le rideau juste assez pour voir le groupe d'enfants surveillés par une religieuse, sur la place. Elle reconnaît parfaitement Marie, qui, blottie dans les bras de la religieuse, regarde fixement vers le bar, Hélène sautant d'un pied, pousse un palet sur une grille de marelle. Antoine à l'aide d'un petit fouet fait tourner une toupie.

Alors, des larmes plein les yeux, elle s'assoit sur le lit. Mais cette fois, ce sont des larmes d'espoir. Enfin, puisque Marie l'a reconnue, Alfred sera informé et il va venir réclamer sa libération, expliquant qu'elle est sa fiancée, et qu'ils doivent se marier. Mais aussitôt, ses pensées s'assombrissent. Ce n'est plus la petite Madeleine qui s'est refusée à Alfred pour rester pure jusqu'au jour du mariage. C'est maintenant une femme blessée dans son âme et dans sa chair par le viol infligé par Nonnos, puis par les relations sexuelles, que depuis, l'officier allemand lui impose presque chaque jour. Lorsqu'elle fait mine de résister, il la menace de la livrer à ses soldats.

Depuis son arrivée à Langon, elle vit dans une terreur permanente. Alfred aurait-il assez de grandeur d'âme, pour, lorsqu'il apprendrait tout cela, lui conserver son amour ? De nouveau, elle a envie de mourir. Cependant, elle s'accroche à cet espoir, revoir Alfred.

245

Un autre souci la préoccupe. Elle aurait dû avoir ses nouvelles règles depuis déjà plusieurs jours. Elle ne peut imaginer se retrouver enceinte de Nonnos, mais plutôt de l'officier allemand.

Il fait chaud dans la chambre, et Madeleine, prenant son courage, à deux mains, s'enhardit à entrouvrir sans faire de bruit la fenêtre de sa chambre.

Une conversation entre l'officier et l'un de ses hommes parvient à ses oreilles.

Il est question pour l'officier d'être réaffecté dans une unité combattante. En effet, il a été blessé lors d'un engagement de son bataillon, il a momentanément, et pour le temps de sa convalescence, été affecté à une unité de garde de la ligne de démarcation, donc, théoriquement sans aucun danger, et exclusivement ou presque, composée de soldats âgés, ou gravement blessés, inaptes au combat.

Elle entend distinctement l'officier dire à la sentinelle.

— Vous avez bien de la chance vous les anciens et les éclopés. Vous restez dans des unités tranquilles, sans danger de combat. Mais moi, je suis presque guéri. Au premier octobre, je dois rejoindre mon régiment, et retourner affronter les Russes sur le front de l'Est. Mais, bon ! C'est la vie, je n'emmènerai pas la petite demoiselle.

Quand je partirai, elle sera à vous. Mais pour l'instant, personne ne la touche.

La terreur envahie Madeleine, la glace jusqu'aux os. C'est déjà trop pour elle de supporter le contact de l'officier, mais, si à son départ, elle doit devenir la chose des soldats bavarois, elle se suicidera pour échapper à ce calvaire. Elle a encore un répit d'un mois et demi. Pourvu que la petite Marie ait la présence d'esprit de dire à sa mère qu'elle est là, retenue prisonnière par les Allemands. Elle s'accroche à ce mince espoir, comme un naufragé à un morceau de bois.

Sitôt les enfants rentrés à l'institution, la religieuse court rendre compte des événements à la mère supérieure. Elle fait venir Madame Coupiac Antoine et Marie dans son bureau.

— Vous êtes sûr les enfants que c'est bien Madeleine que vous avez aperçue.

Antoine et Marie, confirment d'une même voix.

— Oui, j'en suis sûr, c'est Tati Mado, elle est venue avec nous de là-bas où il y a la guerre.

La mère supérieure réfléchit quelques secondes, puis décide.

— Il est absolument nécessaire de garder le secret sur cette découverte. Vous comprenez bien que si cela parvient aux oreilles des Allemands nous risquons une catastrophe.

Madame Coupiac se porte de suite garante pour ses enfants.

— C'est bien, de mon côté, rajoute la religieuse, je me charge de faire prévenir Katrina.

Il ne fait aucun doute que Madeleine est retenue contre son gré. Comment est-elle traitée ? Connaissant les méthodes des Allemands, elles sont très inquiètes. Il faut avant tout calmer les élans d'Alfred, éviter qu'il ne se jette tête baissée dans cette affaire, au risque de périr sous les balles de l'occupant. Informer le moins de monde possible tant qu'une ligne de conduite n'est pas définie.

Le lendemain, sous prétexte de planifier des remplacements pour les cours prévus à la rentrée de septembre, la mère supérieure fait venir Katrina à l'institution. En quelques mots, elle lui fait part de la présence d'une jeune femme au bar, L'Oasis, que les Allemands occupent après avoir chassé les propriétaires.

La description qu'elle en donne, ainsi que le fait que Marie ait reconnu en elle sa tatie Mado, achève de convaincre Katrina qu'il s'agit de sa parente. Comment est-elle arrivée là alors que Lucien ne l'a pas trouvée à la descente du train ?

Elle connaît la réputation de L'Oasis, et sait parfaitement qu'il s'agit d'une maison de passe. Que fait Madeleine dans un tel établissement, sachant qu'elle est fiancée à Alfred, lequel la recherche partout où il a espoir de la trouver ?

Les gens du quartier ont assisté à l'arrivée des Allemands et à leur installation dans le bar, puis le lendemain au départ sous escorte de Gino et Lætitia. Mais, qu'est devenu le fils Jérôme ?

Elle se promet d'interpeller là-dessus son frère Lucien, dont il est depuis toujours le compagnon des mauvais tours.

Cependant, un pressentiment obscur lui chuchote de prendre son temps, de ne rien faire trop rapidement. Elle décide, de mener avant, sa petite enquête personnelle, et pour l'instant de ne rien révéler à Alfred et Étienne. Il faut d'abord trouver un moyen de communiquer avec Madeleine. Elle est certaine de la discrétion des religieuses et de la famille Coupiac, Marie et Antoine ont été sérieusement chapitrés sur la question, le petit cœur de cinq ans de Marie saura se taire et garder le secret pour elle. Il en est de même pour Antoine.

En quittant l'institut Sainte Marguerite, Katrina s'arrange pour, en passant sur la place, ralentir suffisamment le pas malgré la sentinelle qui monte la garde devant la porte du bar. Mais elle surprend en même temps un visage féminin derrière une fenêtre du premier étage. Elle comprend tout de suite que Marie ne s'est pas trompée. Il est clair que c'est Madeleine, et que c'est contre son gré qu'elle se trouve là. La présence de la sentinelle suffit à le démontrer.

Poursuivant son chemin, elle se rend rue Saint-Gervais, dans une petite boutique de mercerie, où sa mère s'approvisionnait couramment en divers articles. Ce magasin est tenu par une vieille dame qui lui a toujours témoigné une certaine affection. De plus, elle adore discuter. Elle vit seule depuis des années, son mari a été tué à Verdun, au cours de la Grande Guerre. Ses clients sont sa seule distraction. Elle est au courant de tous les potins du quartier.

Aussi, elle ne se fait pas prier pour commenter l'arrivée des Allemands.

Comment ils ont chassé le couple de maquereaux.

— Vous vous rendez compte mon petit, à peine les Allemands descendus de leurs camions, ils se sont précipités vers eux pour leur offrir à boire. C'est une honte, si mon pauvre Gustave avait été là, pour sûr, il leur aurait dit ce qu'il en pense.

— Mais que sont-ils devenus, dit Katrina.

— Le lendemain, ils les ont fait monter dans un camion et depuis ils ne sont pas revenus.

— Mais Jérôme, leur fils n'était pas avec eux.

— Quant à leur fils, ce vaurien de Jérôme, voyant que les affaires tournaient au vinaigre, il est parti avec un autre encore plus vaurien que lui. Le nommé Garonos, dit Nonnos, un type plutôt bizarre, qui m'achète aussi quelquefois des articles de mercerie, puis récemment des vêtements qui ne sont pas de sa taille. Il habite à la sortie de la ville, sur la route de Bazas.

Elle a très bien vu Jérôme monter dans sa belle voiture.

— Ils doivent habiter ensemble, en effet, à plusieurs reprises, ils ont été aperçus faire des achats tous les deux. À chaque fois, c'est Garonos qui payait. Jérôme semblait ne pas avoir d'argent.

— Savez-vous où il habite ce Garonos ?

— Oui, bien sûr tout le monde connaît ce vaurien, il demeure sur la route de Bazas juste après l'embranchement de celle d'Auros.

— Et bien, je vais lui rendre visite, j'ai quelques questions à poser à Jérôme.

— C'est inutile, reprend la mercière, il est mort.

— Mort ! S'exclame Katrina.

— Sa maison a brûlé au début du mois, frappée par la foudre, semble-t-il.

— Oui, reconnaît Katrina, c'est vrai qu'au début du mois il y a eu un violent orage. J'ignorais qu'il avait fait des victimes. Mais qu'est devenu Jérôme ?

— Je l'ignore, de ce jour, il n'a plus reparu en ville, et personne ne semble savoir où il est passé, mais la gendarmerie fait une enquête, peut-être pourront-ils vous renseigner.

Aller voir les gendarmes est une solution dangereuse, se dit Katrina, en effet, elle serait obligée de parler de Madeleine, retenue à L'Oasis, que leur visite de plus ne serve à rien, et qu'elle soit envoyée ailleurs au risque de subir un sort pire encore.

— J'en doute, répond Katrina. Ils vont me demander pour quelles raisons je m'intéresse à ces deux vauriens. Je vais tenter de retrouver Jérôme par mes propres moyens.

— Je vous souhaite bon courage, parce que celui-là, il a plus d'un tour dans son sac.

Ces quelques renseignements finissent de semer le trouble dans l'esprit de Katrina. Son intuition féminine et de sombres pressentiments, lui font redouter des choses désagréables. Il lui faut absolument voir son frère Lucien.

Faisant demi-tour, elle regagne l'institut Sainte Marguerite, pour faire le point avec la mère supérieure. Elle lui fait le récit des renseignements qu'elle a recueillis.

— Il y a bien une solution pour contacter cette personne, propose la religieuse.

— Vous avez une idée ?

— Oui, je pense qu'elle peut réussir. Je vais demander que le service sanitaire qui contrôle la prostitution s'empare de ce cas. Il est clair qu'elle est retenue contre son gré, et ne soit pas du tout dans cette catégorie de femmes. Ce bar est une ancienne maison de passe, même si les ex-tenanciers en ont été chassés.

***

Le médecin responsable du service d'hygiène de la préfecture de Bordeaux, Marie-Françoise de la Blancherie, avant l'arrivée de l'occupant, venait régulièrement dans les communes alentour pour ce genre d'inspection. À plusieurs reprises, elle avait sollicité le concours de l'institution Sainte Marguerite, pour recueillir quelques jours l'une de ces pauvres filles, le temps de trouver une solution convenable.

— Vous avez raison, c'est le meilleur moyen pour rentrer en contact direct avec Madeleine, et essayer de la tirer de sa fâcheuse position, reconnaît Katrina.

Les liaisons téléphoniques de la zone occupée ne sont pas fameuses, mais la mère supérieure parvient à joindre le service concerné. En quelques mots, elle obtient la certitude de la programmation rapide d'une mission de contrôle sanitaire sur Langon.

Le vendredi seize août mille neuf cent quarante, l'ambulance du service sanitaire de la préfecture s'arrête devant la porte du bar. La doctoresse Marie-Françoise de la Blancherie et son infirmière, qui assure également les fonctions de chauffeur, en descendent. Katrina pour la circonstance s'est jointe à elles. Revêtue, d'une blouse blanche elle assure les fonctions d'assistante médicale.

Les trois femmes parviennent à expliquer au soldat de garde leur qualité, et le but de leur visite. Celui-ci imagine tout de suite que Madeleine est porteuse d'une vilaine maladie. Il interpelle l'un de ses camarades à l'intérieur de l'établissement, tout en faisant à demi-mot des plaisanteries sur la contamination qui pourrait affecter leur officier. Elles lui demandent d'aller chercher ce dernier. La doctoresse explique une nouvelle fois leur qualité et le but de leur visite, le médecin, son infirmière et Katrina finissent par obtenir la permission de monter seules dans la chambre pour ausculter Madeleine.

Il est notoire que les soldats allemands ont reçu des consignes sévères de leur hiérarchie en ce qui concerne les maladies vénériennes. La discipline est rigoureuse et l'officier commence, à se poser la question de savoir s'il a été contaminé, car, dans ce cas, il va falloir trouver rapidement une solution.

Les trois femmes sont conduites à l'étage, mais un soldat reste en faction devant la porte. Avant que Madeleine n'ait pu prononcer un mot, La doctoresse met un doigt devant sa bouche en lui faisant signe de se taire. À voix basse elle lui explique ce qu'elles vont faire.

Le premier moment de stupeur passé, elle accepte avec empressement. Après s'être partiellement dévêtue, elle s'allonge sur le lit. La doctoresse alors, à l'aide d'une seringue, lui injecte superficiellement sous la peau, en plusieurs endroits, à proximité immédiate de la bouche, un liquide légèrement rosâtre. Elle répète la même opération, au niveau du sexe, de manière à créer de petites cloques bien régulières. Puis, tirant de sa trousse, un thermomètre dont le mercure a déjà été monté à trente-neuf et cinq dixièmes, elle le glisse sous son bras.

Ces opérations terminées, Madeleine, comme il le lui a été demandé, n'a pas beaucoup à se forcer, pour prendre l'air malheureux de quelqu'un qui vient d'apprendre qu'il a une mauvaise maladie.

Katrina demande au soldat de garde devant la porte d'inviter son officier à monter les rejoindre. Il ne se fait pas prier, anxieux de savoir s'il est contaminé. En quelques mots, le médecin a expliqué à Madeleine ce qu'elle doit dire à l'officier.

— Je suis désolée, Monsieur l'officier, mais le médecin a diagnostiqué la syphilis, elle étouffe un sanglot. Il est probable que j'ai été contaminée lorsque j'ai été violée, le premier jour où j'ai été conduite ici. Je suis contagieuse, elle n'a pas à se forcer pour laisser couler ses larmes, le médecin dit qu'il faut vous ausculter pour vérifier si vous n'êtes pas contaminé.

Vous pouvez voir par vous-même les cloques que j'ai autour de la bouche, j'ai les mêmes autour du ventre.

À la pâleur soudaine qui lui monte au visage, la doctoresse comprend qu'elle a visé juste.

— Dites-lui que je peux l'ausculter s'il le désire, dit-elle.

— Le médecin propose de vous ausculter, et si c'est nécessaire de vous prodiguer les premiers soins.

— Ja, auscultez-moi,

Marie-Françoise de la Blancherie s'isole avec l'allemand dans le cabinet de toilette, où elle se livre à un simulacre d'examen médical. Pendant ce temps, Katrina, qui ne s'est pas fait connaître, et l'infirmière s'efforcent de rassurer Madeleine. Elle est d'une pâleur mortelle, elles lui expliquent ce qu'elle doit dire à l'allemand lorsque la visite médicale sera terminée.

L'examen de l'officier est bien entendu positif, son visage à la couleur de la cire. Ils reviennent dans la chambre, la doctoresse échange quelques phrases avec Madeleine, puis celle-ci explique.

— Le médecin dit que votre cas n'est qu'à ses débuts, et que cela n'est pas grave. Elle peut, si vous le voulez bien, vous faire une première injection de pénicilline, et deux piqûres de rappels vous seront faites, à deux jours d'intervalle, par le docteur de l'hôpital de Langon, à qui elle va expliquer votre cas, comme convenu avec le médecin elle rajoute, si vous préférez vous faire soigner par le médecin militaire de votre régiment, elle va vous délivrer un certificat de visite pour décrire les symptômes qu'elle a constatés.

Peu soucieux, d'être puni, pour avoir contrevenu aux directives de l'armée allemande, concernant les précautions à prendre en ce qui concerne la fréquentation des prostituées, il accepte tout de suite.

— Ja, faites-moi une première piqûre.

Pendant que le médecin prépare une seringue contenant un léger somnifère, Madeleine continue de réciter sa leçon.

— Mon cas est beaucoup plus grave, et le médecin a décidé de m'hospitaliser, pour huit jours au moins, à Bordeaux pour des examens plus complets, et me donner les soins adaptés.

— Ja, ja partez, je ne veux plus vous voir avec votre maladie dégoûtante.

— Le médecin demande que vous donniez l'ordre à vos soldats de nous laisser partir après votre piqûre, car elle va dans un premier temps, vous donner une impression de léger sommeil.

— Ja, mais avant de donner l'ordre, je veux que vous me donniez vos cartes d'identité et votre ordre de mission de la préfecture. Si vous avez tenté de me tromper, je vous le ferai payer cher. Il y a encore de la place en Pologne.

Les femmes ne se font pas prier pour remettre les documents demandés, il s'agit de faux. Pendant ce temps, Madeleine continue à pleurnicher, et, sans se presser, malgré la peur qui lui fait une boule au ventre, remplit un sac de ses quelques vêtements. Elle n'oublie pas la somme d'argent découverte dans l'armoire de Lætitia. Lorsqu'elle est prête, l'officier donne les ordres demandés, et baisse son pantalon à mi-cuisse, pour recevoir l'injection proposée.

Comme le lui a expliqué la doctoresse, sitôt que l'injection lui est administrée, l'officier sent l'engourdissement le gagner. Après l'avoir rassuré, les quatre femmes, escortées par un soldat, sortent du bar.

La sentinelle, leur ouvre galamment la portière de leur véhicule, tout en souriant et faisant des plaisanteries grivoises sur leur officier. À peine ont-elles démarré qu'elles entendent les grands rires des autres soldats informés par leurs camarades. C'est à ce moment que les nerfs de Madeleine lâchent. Elle s'écroule en pleurs dans les bras du médecin, lui murmurant entre deux sanglots.

— Je crois bien que je suis enceinte, j'ai au moins quinze jours de retard.

— Cela mon petit nous verrons plus tard. Pour l'instant, il faut vous cacher, lorsque la situation se sera arrangée, vous faire passer en zone libre. Quand ce grand nigaud d'allemand va s'apercevoir qu'il a été berné, deux solutions. Soit, il devient fou de rage, et cherche à nous retrouver, soit, il a trop honte et continue son traitement inutile pour sauver la face. En attendant, vous allez venir vous installer pour quelques jours, dans la clinique de mon mari en banlieue de Bordeaux. Nous verrons si vos règles persistent à jouer les absentes. De plus, je dois vous expliquer comment et qui vous a retrouvée. Le temps que Madeleine et le médecin échangent ces quelques mots, Katrina retire sa blouse, puis, s'adressant à l'infirmière.

— Voulez-vous me déposer lorsque nous serons sous le pont de la voie ferrée à l'entrée de Toulenne, je dois regagner la zone libre. Elle ne s'est toujours pas fait connaître de Madeleine comme étant sa cousine.

Sitôt le véhicule arrêté, en trois secondes à peine, Katrina descend, puis retourne à l'institution Sainte Marguerite, récupérer sa bicyclette.

Tout en roulant, la doctoresse Marie-Françoise de la Blancherie, révèle à Madeleine que c'est bien la petite Marie qui l'a reconnue, la religieuse qui surveillait les enfants a tout de suite rapporté cette découverte à la supérieure, ensuite, enfin par son intermédiaire, à sa cousine Katrina. Celle-ci, pour une raison connue d'elle seule, a exigé le secret absolu sur sa présence au bar L'Oasis. Ni même ses parents ni son fiancé Alfred ne sont au courant de sa libération. Marie-Françoise de la Blancherie insiste sur la nécessité de garder le secret quelques jours encore.

De plus, il va sans doute falloir traiter cette supposition de grossesse. Elle espère bien que son mari ne verra pas d'inconvénient à traiter ce problème, ceci en dépit de la loi interdisant l'avortement thérapeutique, mais, aussi et, surtout en raison de ses convictions religieuses.

En quelques mots, en cas d'examen positif, elle obtient l'accord de Madeleine pour ce geste médical.

— Je ne veux pas garder un enfant conçu dans ses conditions, dit-elle.

C'est un moindre mal, de nouveau, elle éclate en sanglots, à bout de nerfs sans doute, mais aussi de l'immense soulagement de sortir du cauchemar où elle se trouvait depuis son arrivée à Langon.

Il est hors de question de dissimuler à Alfred ce qui s'est passé. Ce fiancé, à qui elle a refusé ce qu'il était en droit de recevoir, et que des gens sans scrupule, des dépravés, lui ont ravi par la force. Cette virginité, qu'elle lui gardait précieusement en gage de son amour. Cet amour, qu'elle ne voulait pas perdre.

Cet amour, allait-il le lui conserver ?

Marie-Françoise de la Blancherie, à qui elle se confie par besoin de se libérer de ce fardeau moral, consciente de son état d'esprit, essaye de la rassurer sur ce point, bien qu'elle-même ne soit pas complètement persuadée de la justesse de ses arguments.

Brisée par la fatigue et les émotions, Madeleine s'est assoupie dans la voiture. Elle ne se réveille qu'à l'arrivée du véhicule à la clinique de la Marègues, à Cenon, petite commune en banlieue de Bordeaux.

Venez avec moi, nous allons vous installer dans une chambre, et mon mari viendra vous ausculter pour faire un premier bilan de santé. En ce qui me concerne, je pense que votre retard de règles, est davantage le résultat de la tension nerveuse dans laquelle vous avez vécu, ces derniers jours, que la conséquence des œuvres de cet Allemand. Quoi qu'il en soit, ayez confiance, vous êtes désormais hors de danger. Je vais faire prévenir votre cousine Katrina que tout s'est bien passé.

***

Ce même seize août mille neuf cent quarante, il fait nuit noire, lorsqu'à Mérigon au domicile de Ferdinand, des coups légers sont frappés à la porte d'entrée. Isabelle, la jeune espagnole recueillie avec ses grands-parents ne dort pas. Pour assister Mathilde aux multiples tâches de la maison, il a été plus facile de l'héberger. À la faible lueur de sa lampe de chevet, elle est occupée à la lecture d'un roman. Elle a l'oreille fine, elle écoute, rien ne bouge dans la maison. Elle plonge de nouveau dans sa lecture, les coups résonnent encore. Ils sont faibles et semblent venir du dehors, un chuchotement l'intrigue D'un bond, elle est hors du lit. Elle est certaine que quelqu'un appelle. La chambre de Fernand et Mathilde est proche de la sienne.

— Monsieur Ferdinand, Monsieur Ferdinand.

Réveillé en sursaut, le vieil homme grommelle.

— Que se passe-t-il,

— Il y a quelqu'un dehors qui frappe à la porte et appelle.

— Mais non, tu as dû rêver.

À ce moment les coups frappés plus fort, puis la voix se font entendre distinctement.

— Papy, c'est moi !

Ferdinand ne prend même pas le temps d'enfiler ses chaussons, Cette voix, il la reconnaîtrait entre mille. Pendant plusieurs mois il a pensé qu'il ne l'entendrait plus. Qui peut l'appeler papy en pleine nuit. Le remue-ménage a fini par sortir Mathilde de son sommeil.

— Qu'est-ce qu'il y a, pourquoi vous faites tout ce raffut ?

Malgré ses rhumatismes, Ferdinand est déjà rendu au bas de l'escalier.

— C'est quelqu'un qui frappe à la porte et qui appelle, dit Isabelle, d'une voix mal assurée.

En bas, Ferdinand a déjà ouvert la porte.

— Vite, vite entre vite, dit-il.

Il titube lorsqu'il reçoit Hans dans ses bras, Il est méconnaissable. Maigre à faire peur, sale, la barbe et les cheveux hirsutes, vêtus de haillons, trempé jusqu'aux os, ses chaussures baillent laissant apercevoir des pieds en sang.

— Je me suis évadé, dit-il, avant de s'évanouir aux pieds de Mathilde et Isabelle, descendues à leur tour.

— Hansi, c'est Hansi s'écrie Mathilde, vite, il faut l'installer sur une chaise.

Pendant ce temps, Hans a repris connaissance, dans un effort, il parvient à se relever et s'asseoir.

— Tu nous raconteras plus tard, tu vas commencer par manger et boire, car j'ai l'impression que tu meurs de faim, dit Ferdinand.

— Il est maigre à faire peur, s'inquiète Mathilde.

Isabelle n'a pas besoin d'être commandée, elle est déjà rendue à la cuisine où elle installe le couvert. Mathilde a suivi, elle dépose sur la table tout ce qu'elle peut trouver.

— Je voudrais me laver, demande Hans.

Ferdinand craint qu'il chute dans l'escalier.

— Je t'accompagne jusqu'à ta chambre, dit-il.

Hans esquisse un semblant de sourire. Dans sa chambre, rien n'a changé, comme si tout simplement, elle attendait son retour. Il se débarrasse de ses haillons et pousse la porte de son cabinet de toilette. Lorsqu'il redescend, il a passé des vêtements propres, il n'a pas pris le temps de se raser car la faim le tenaille.

— C'est prêt, déclare Mathilde.

Pendant quelques minutes, plus personne ne parle, Hans depuis bien longtemps mange à sa faim. À la demande de Ferdinand, Isabelle s'est rendu au chai pour ramener une bouteille de vin. Enfin, il repousse son assiette.

— Je commence à aller mieux.

— Nous n'avons jamais admis l'idée que tu puisses avoir été tué. Longtemps nous avons pensé que tu étais prisonnier.

— Oui, c'est arrivé lorsque les blindés allemands nous ont repoussés jusqu'à Dunkerque. À partir du vingt-cinq mai, nous avons combattu le dos à la mer, pendant que les Anglais et ceux des nôtres qui l'ont pu embarquaient dans tout ce qui pouvait naviguer.

C'était très dur, nous avons résisté jusqu'au trois juin, mais nous ne pouvions plus tenir tête, nous n'avions quasiment plus de munition. Il a bien fallu nous rendre en abandonnant une grande quantité de matériel que nous n'avons pas eu le temps de détruire.

Hans, marque une pause de quelques secondes, il a le regard perdu dans le vide, comme s'il revivait une scène pénible. Se passe la main devant les yeux et secoue la tête pour dissiper ce mauvais souvenir. Il allume une cigarette tirée du paquet qu'il a retrouvé dans sa chambre, se sert un verre de vin et reprend.

— J'ai eu la chance de pouvoir m'échapper pendant notre transfert en Allemagne. Le train dans lequel nous avions embarqué dans des wagons à bestiaux, serrés comme des sardines en boîte, s'est trouvé bloqué plusieurs minutes en rase campagne à la frontière belge, par une colonne de blindés qui descendait en France. Nous avons réussi à débloquer la porte, il faisait nuit noire, nous sommes quelques-uns à être sortis sans alerter nos gardiens.

Je suis resté caché au bas du talus, dissimulé dans un taillis. Aux premières lueurs du jour j'ai pu gagner une ferme distante de quelques centaines de mètres. Il n'y avait que deux femmes, la mère et la fille dont le mari lui aussi venait d'être fait prisonnier.

J'ai pu échanger ma tenue sale et déchirée par des vêtements civils. Elles m'ont donné quelques provisions et un vélo sur lequel j'ai amarré une bêche pour faire croire que j'allais travailler dans un champ. Profitant de la cohue indescriptible qui régnait sur les routes, j'ai réussi à passer en France. J'ai passé la première nuit dans une grange où je me suis endormi dans la paille. À mon réveil, quelqu'un avait volé mon vélo, mais pas la bêche. J'ai continué à pied avec cette bêche à l'épaule, c'était devenu mon sauf-conduit. De temps à autre, je parvenais à trouver de l'ouvrage en échange d'un peu de nourriture, autrement, je chapardais ce que je trouvais.

Personne ne songe à interrompre le cours du récit d'Hans, Isabelle ouvre de grands yeux admiratifs. Il poursuit.

— Une fois j'ai dérobé un vélo qui se trouvait appuyé contre le mur d'un café dans la traversée d'un village. J'ai fait une cinquantaine de kilomètres jusqu'au moment où le pneu arrière a éclaté. J'ai de nouveau continué à pied, avec ma bêche à l'épaule. J'ai fini par arriver à Libourne où un type m'a expliqué que les Allemands avaient instauré la ligne de démarcation. Très surveillée dans le secteur de Castillon la Bataille, j'ai renoncé à tenter ma chance à cet endroit. J'ai préféré suivre la ligne de loin, par l'intérieur des terres, en empruntant des petits chemins. Je savais qu'en arrivant du côté de Saint Macaire, connaissant la région, j'avais davantage de chances de passer. Il ne me restait que très peu de provisions et j'économisais au maximum ce que j'avais. J'avais renoncé à demander à manger dans les fermes de peur d'être dénoncé aussi près du but.

Lorsque je suis arrivé en haut de Pian, je me suis engagé entre les rangs de vigne. Une bruine fine s'était mise à tomber, j'étais trempé jusqu'aux os, mais en même temps cela gênait la visibilité des Allemands. J'observais autant que je le pouvais ce qui se passait autour de moi. Au moment où j'allais m'élancer pour traverser la route, j'ai entendu des pas et j'ai vu un soldat descendre la côte de l'Ardilla. Je suis revenu en arrière et je suis resté caché. Au bout d'un moment, j'ai vu un ouvrier qui venait travailler à la vigne. J'ai attendu qu'il soit à portée de voix, et je l'ai appelé. Il m'a imposé de rester où j'étais et qu'il me ferait passer le moment venu. Je me méfiais car il parlait avec un fort accent de l'Est, un moment j'ai pensé que c'était un Allemand, mais non. Il avait l'habitude. Tout en faisant semblant de travailler, il se dirigeait vers le haut de la vigne, je suivais en marchant à quatre pattes. À un moment donné, de l'autre côté de la route j'ai aperçu un petit chemin encaissé entre deux talus. L'ouvrier est resté un moment à remuer ses piquets de vigne, mais il observait le parcourt des patrouilles. En même temps, il me donnait la consigne une fois passée, de rester dissimulé dans un petit bois situé plus loin, et d'attendre la nuit pour rejoindre Saint Pierre d'Aurillac, et ainsi éviter d'être vu. C'est grâce à lui que j'ai pu passer la ligne.

— Il doit s'agir d'Alfred, conclut Mathilde.

Isabelle dessert la table et commence à laver la vaisselle. Ferdinand déclare.

— Maintenant que tu es sauvé, tu vas tout d'abord te reposer quelques jours pour te remplumer, ensuite, je pense que le mieux et d'aller à Marmande pour te faire démobiliser.

Hans ne répond pas à cette proposition, il est indécis. Saint Pierre d'Aurillac est situé en zone libre, il a de l'ouvrage sur les vignes de Ferdinand, en théorie, pour lui, la guerre est finie. Pourtant, la défaite de la France lui pèse amèrement. Sa première idée en s'évadant, était de rejoindre l'armée d'Afrique, ou bien le général de Gaulle en Angleterre. Pour le moment, terrassé par la fatigue il s'endort au bout de la table. Ferdinand se rend compte qu'il est à bout de forces.

— Nous en reparlerons demain.

— Oui, allons-nous coucher, dit Mathilde, d'ailleurs Isabelle est déjà remontée.

Il est onze heures le dix-sept août lorsque Hans se réveille. Tout d'abord, il se demande où il se trouve, puis tout lui revient. Pendant son sommeil Isabelle est venue déposer dans son cabinet de toilette, le nécessaire pour se raser, ainsi que du linge propre et repassé. Lorsqu'il descend, une bonne odeur de cuisine le saisi aux narines, des bruits de voix proviennent de la salle à manger.

Katrina, assistée d'Isabelle est occupée à dresser la table pour le déjeuner. Armand, qui depuis quelques jours a reçu le commandement du poste de Caudrot est là également. Il pousse la porte. Katrina se précipite vers lui, les yeux humides.

— Mon Hansi, te voilà revenu sain et sauf, nous étions désespérés de ne pas avoir de tes nouvelles.

— La mort n'a pas voulu de moi, dit-il.

Katrina est dans ses bras, et le couvre de baisers.

Combien il aimerait pouvoir lui dire des mots tendres, des mots d'amour. Des mots qui restent enfouis au fond de son cœur, des mots que jamais, il ne pourra prononcer. C'est un amour fraternel que lui porte Katrina. Celui qu'elle aime, c'est ce gendarme. À son tour Armand l'accueille.

— Je veux saluer ton courage pour avoir réussi à t'évader pour nous rejoindre.

Sur un signe de Ferdinand, Isabelle apporte un plateau contenant des verres et une bouteille de blanc liquoreux qui sort de la glacière.

Hans pour la deuxième fois fait un résumé de son évasion,

Aux Glycines, le retour d'Hans est connu depuis le matin, Ferdinand en a informé Mariette par téléphone. Lucien et son père se trouvent dans le chai, occupés à l'entretien du matériel en vue des prochaines vendanges.

— Je n'en ai rien à faire moi, que l'Hans il soit revenu, il pouvait tout aussi bien crever à Dunkerque, lui aussi c'est un demi-boche lâche Lucien à voix basse.

— Moi non plus, je n'en ai rien à foutre, confirme Léopold, mais fait attention à ne pas le traiter de boche devant ta mère. Tu sais bien qu'elle n'apprécie pas.

— Ouais, eh bien je m'en fiche, ce sont tous des demi-boches.

***

Au début du mois de mai mille neuf cent quarante, l'armée de l'air, dans le but de soustraire à l'avance Allemande ses stocks de matériel et équipements avait disséminé le contenu de ses dépôts dans les communes avoisinantes.

La salle des fêtes de Saint Pierre d'Aurillac se trouvait abondamment pourvue de chaussures, vêtements de cuir, et même quelques armes de la dernière guerre. Pendant quelque temps, personne ne s'y intéressa, puis vers le fin juin, quelques prélèvements furent effectués, on ne sait par qui.

— J'ai appris qu'il y a de quoi se faire un peu de pognon, dit Jérôme, toujours à l'affût d'un mauvais coup.

— Explique-toi, dit Lucien.

— Le dépôt de l'armée de l'air.

— Ouais, qu'est-ce qu'il a le dépôt de l'armée de l'air.

— Il est plein de godasses et de boulons en cuir.

— Putain ! Tu as raison, j'aurais pu y penser moi-même, ça peut se revendre un bon prix.

— Ouais, ce n'est pas avec ce que ton père nous paye que l'on peut s'offrit des extras.

— C'est vrai qu'il est radin, reconnaît Lucien.

Après son évasion et son retour au pays, Hans aussi a été informé de ce dépôt. Mais lui, ce qui l'intéresse, c'est la possibilité, à toutes fins utiles, de se procurer une arme.

Personne ne fait attention à lui lorsqu'il pousse la porte latérale de la salle des fêtes. Sauf les deux personnes qui sont à l'intérieur.

— Quelqu'un vient, chuchote Jérôme.

Lucien et lui ont déjà rempli un sac à pomme de terre avec des chaussures. Un autre est en train d'être bourré avec des blousons de cuir.

— C'est ce con de demi-boche, dit Lucien.

Hans ne les a pas repérés, là devant lui, à portée de sa main se trouvent deux pistolets d'ordonnance. Ce ne sont que de vieilles pétoires modèle mille huit cent quatre-vingt-douze, mais faute de mieux, il décide de s'en contenter.

Accroupis derrière une pile de caisse Lucien, montre les poings à Jérôme. Il a compris où il veut en venir, à deux, ils ne devraient pas avoir trop de problèmes à rosser Hans. Pour ne pas être reconnus, ils se couvrent le visage à l'aide de passe-montagnes, trouvés sur place. Un lot de pelles et de pioches en vrac est à portée de leurs mains.

Hans est occupé à vérifier le fonctionnement des armes dont il compte s'emparer.

Le faible glissement, que font les outils au moment où ils s'emparent des manches de pioche attire son attention. Il se retourne.

— Il y a quelqu'un dit-il.

— Oui, il y a nous, dit Jérôme brandissant son manche de pioche. Et on n'aime pas les voleurs.

Au moment où s'avance pour porter un coup, Jérôme fait chuter une pile de musettes, il s'entrave. Lucien s'élance, prêt à frapper.

Il en faut davantage pour impressionner Hans. Au lieu de fuir, il se jette sur Lucien, de sa main gauche il saisit son poignet qu'il tord et lui fait lâcher son manche de pioche, sa main droite lui enserre le cou. Pendant ce temps Jérôme s'est relevé, mais Hans prend soin de maintenir Lucien entre eux. Les coups qu'il porte maladroitement, atteignent son complice. La douleur arrache des cris de protestations à Lucien.

Mais je connais cette voix, se dit Hans. D'un geste preste, il arrache le passe-montagne qui dissimule le visage de Lucien. Comprenant que l'affaire tourne mal, Jérôme s'enfuit.

— Merde ! Lucien. Tu voulais me faire la peau avec ton copain, je parie que c'est ce bon à rien de Jérôme.

Lucien n'est pas à court d'arguments.

— Mais non, on ne t'avait pas reconnu. On voulait juste récupérer des blousons et des godasses.

— C'est ça, oui, et vous avez eu peur que je les vole avant vous.

— Ouais, c'est un peu ça, reconnaît-il en se massant le cou. Mais tu m'as drôlement fait mal, j'ai cru que j'allais crever.

Les explications de Lucien sont loin de le convaincre. Il a depuis longtemps la certitude que s'il le pouvait, Lucien lui ferait un mauvais sort.

— Ouais, et bien fiche le camp d'ici avant que je me fâche pour de bon.

— Et toi, tu fauches bien des armes, dit-il rageur.

— Et alors, ça peut servir, si jamais ils viennent jusqu'ici, les vrais boches, rajoute Hans pour bien faire comprendre à Lucien qu'il sait parfaitement comment il parle de lui avec son père.

— Ouais, on en reparlera, lâche Lucien, l'air mauvais.

6

Bien que depuis quelques années déjà, Katrina évite de se rendre seule chez sa mère en raison des problèmes, déjà anciens, avec son beau-père, profitant de ce que tout le monde est à la vigne, elle s'introduit dans la maison. Elle sait trouver sur le buffet de la salle à manger, la photographie prise lors de la fête de Noël dernier au domicile de ses grands-parents, qui chaque année à cette occasion, réunissent toute la famille.

Elle trouve le cadre et la photographie sans aucun problème. Lucien, son demi-frère, trône au beau milieu, affichant comme à son habitude un air de supériorité. Il veut par-là, dissimuler ses sentiments à l'égard de ceux qu'il considère comme des boches, ou des demi-boches, sa mère, sa sœur, et ses grands-parents, les époux Worms.

Katrina, après avoir dissimulé le cadre, dans un sac, s'apprête à sortir, lorsqu'un bruit de pas à l'extérieur retient son attention. Il est trop tard pour sortir par la porte de derrière. Elle Risque un regard au dehors, ce n'est que sa mère, Marie Henriette. Elle revient à la maison, vraisemblablement pour préparer le repas du midi.

Rassurée alors, mais pour donner le change, elle se rapproche de la porte d'entrée, et d'une voix assez haute pour être entendue depuis l'extérieur, elle appelle.

— Maman, Maman, tu es là ? C'est moi !

Aussi, lorsque de dehors, lui parvint la réponse de sa mère, sa présence est justifiée.

— Je suis là, j'arrive.

Katrina n'a pas besoin de motiver sa visite, en choisissant un moment de la journée, où les hommes sont aux travaux de la vigne. De cette manière, elle ne risque pas de rencontrer son beau-père, et de raviver de douloureux souvenirs. Sa mère et elle ayant traité le sujet depuis longtemps, il ne semble pas utile d'en parler.

La conversation s'aiguille presque automatiquement sur la présence des Allemands à Langon, aux portes de leur propre village. Puis, sur le mystère de la disparition de Madeleine, de la douleur de ses parents et de son fiancé Alfred, qui ne désespère pas de la retrouver.

En effet, dès qu'ils ont un moment de libre, Étienne et Alfred parcourent le pays en quête du moindre indice susceptible de les mettre sur une piste. Hélas ! Et pour cause, toujours rien. De plus, la ligne de démarcation est un obstacle à leurs recherches, bien que, se recommandant de la qualité de travailleurs frontaliers, ils aient obtenu des laissez-passer.

Sachant le peu d'estime que Katrina porte à Jérôme, Mariette ne juge pas utile de lui préciser que celui-ci, dont les parents ont été chassés de chez eux, et déportés, est venu se faire embaucher sur l'exploitation. Connaissant la mauvaise influence de Jérôme sur Lucien, et vice versa, elle n'était pas favorable à cette embauche.

Elle s'y est opposée, mais, leur ouvrier faisant défaut pour cause de guerre, elle s'y est résolue.

***

Lundi dix-neuf août mille neuf cent quarante. Katrina descend du train à la gare Saint Jean à Bordeaux, porteuse d'une lettre de Monsieur le Maire de Saint Pierre d'Aurillac. Elle a pour mission, en tant qu'unique institutrice en titre du village, d'acquérir des fournitures scolaires pour la rentrée prochaine. Cependant, au lieu de se rendre chez le fournisseur habituel, elle se rend à la station de tramway de la ligne de Bordeaux-Benauge, et descend au terminus où une voiture l'attend pour la conduire à la clinique de la Marègue. Elle est reçue par la doctoresse Marie-Françoise de la Blancherie qui lui raconte en détail les soins prodigués à Madeleine depuis sa libération.

Les viols dont elle a été l'objet, puis son problème de supposée grossesse, précisant que, sous la conduite de son mari, des examens et analyses sont en cours.

Mais surtout, il est question de son état d'esprit concernant la réaction de son fiancé Alfred, lorsqu'il sera informé de tout cela. En accord avec le médecin, Katrina juge plus urgent de s'occuper de la santé de Madeleine. Ceci risque de demander plusieurs jours. Elle espère pouvoir profiter de ce délai pour préparer Alfred et ses parents à la revoir.

Les deux femmes se rendent alors dans la chambre où Madeleine, après avoir subi un examen d'obstétrique, vient de revenir accompagnée d'une infirmière. Katrina observe sa cousine, une toute jeune femme à peine sortie de l'enfance. Comment des êtres supposés humains, ont-ils pu lui faire subir le martyre qu'elle a enduré à L'Oasis ?

C'est Marie-Françoise de la Blancherie qui prend la parole pour présenter Katrina à Madeleine.

— Mademoiselle Monsegues est votre cousine, c'est grâce à la petite Marie, qui vous a reconnue, que les religieuses de Sainte Marguerite l'ont prévenue de votre captivité.

— Oui, Madeleine, je suis ta cousine, si je ne l'ai pas révélé lors de la fuite de L'Oasis, c'est que j'avais certaines choses à vérifier.

Heureuse de retrouver une certaine sérénité, puis un membre de sa famille, elle laisse perler une larme au coin de l'œil, qu'elle essuie machinalement.

— Je ne pourrai jamais vous remercier pour ce que vous avez fait pour moi, dit-elle, s'adressant autant à Marie-Françoise de la Blancherie qu'à Katrina.

— J'ai apporté une photographie des autres membres de la famille, veux-tu les voir.

— Bien sûr, avec plaisir, accepte-t-elle.

— Bon, je vous laisse, déclare le médecin, j'ai à faire.

Katrina montre à Madeleine la photographie qu'elle a récupérée chez sa mère, nommant chaque membre par son prénom, insistant tout particulièrement sur Lucien. Par politesse sans doute, elle les trouve tous très beaux, mais ne fait pas de commentaire ne remarquant pas davantage Lucien que les autres.

Cependant, elle ne se sent rassurée qu'à moitié. Elle sait son frère capable des coups les plus bas. Elle décide de ne dire toujours rien à quiconque, sauf aux parents de Madeleine et à Alfred, sous réserve qu'eux-mêmes, observent le plus grand secret le temps d'obtenir des papiers et la faire passer en zone libre, mais aussi de les préparer sur les conditions de son séjour à L'Oasis.

Au moment où Katrina déclare à Madeleine qu'il lui faut partir, sous peine de rater son train, elle lui tend une enveloppe.

— Lorsque les Allemands sont arrivés, j'ai demandé à changer de chambre. Ils m'ont installée dans celle qui devait être celle des tenanciers de l'auberge. Je n'avais plus de vêtements. Alors que je cherchais dans l'armoire quelque chose à me mettre, j'ai trouvé une somme d'argent. La voici, je pense que ce sont leurs économies. Je croyais, avec cette somme, pouvoir soudoyer un soldat pour qu'il m'aide à m'enfuir. C'est de l'argent gagné d'une façon malhonnête. Je ne veux pas le garder. Je voudrais qu'il soit partagé entre Madame Coupiac, qui a tout perdu, et l'institut Sainte Marguerite qui doit aussi en avoir besoin. Et puis, je ne voulais pas, mais alors, pas du tout, que ce soit les Allemands qui en profitent.

— Je m'en occuperai dit Katrina.

Elle glisse l'enveloppe dans son sac. À son épaisseur, elle juge que la somme doit être conséquente.

***

Le matin du mardi vingt août mille neuf cent quarante, Katrina rencontre la mère supérieure de l'institution Sainte Marguerite.

— Madeleine avait trouvé une somme d'argent dans l'armoire des tenanciers de L'Oasis. Elle désire que je vous la remette et partagiez avec Madame Coupiac, qui a tout perdu.

La religieuse accepte l'enveloppe et la remise dans un tiroir de son bureau.

— C'est très charitable, vous la remercierez de notre part.

— Je lui ai montré une photographie de ma famille, elle n'a pas reconnu en mon frère Lucien, l'individu qui la conduite au bar. Par contre, je ne suis pas totalement satisfaite. D'autant plus que le prénommé Jérôme a disparu du village depuis la mort de Monsieur Garonos qui l'hébergeait.

La religieuse a aussi ses contacts à l'extérieur de l'établissement. La réputation de Lucien ainsi que celle de Jérôme ne lui est pas inconnue, celle de Nonnos encore moins.

— La vérité doit être recherchée, quelles qu'en soient les conséquences. Une telle conduite ne peut être couverte par un silence complice, conclut la mère supérieure.

Le fait que Madeleine, n'ait fait aucun commentaire sur la photographie présentée la veille, ne l'a rassurée qu'à demi. Le soir, elle avait eu de la peine à trouver le sommeil, hantée par le doute. C'est pourquoi elle a ressenti le besoin de se confier à la religieuse.

C'est toujours en proie aux doutes que, ce soir, Katrina se rend chez ses grands-parents. Il est prévu qu'elle dîne en compagnie de ceux de Madeleine et d'Hans. Sur une photographie il a reconnu la personne qui lui a fait franchir la ligne de démarcation dans la nuit du seize août. Il est impatient de faire sa connaissance et le remercier.

À son arrivée à Mérigon, Katrina est partagée entre deux sentiments contraires d'une part, la joie de venir annoncer une bonne nouvelle, la libération de Madeleine, ainsi que sa mise en sécurité, et d'autre part, la crainte de la révélation du rôle qu'aurait pu jouer son frère Lucien dans sa captivité.

Pendant que les femmes sont à la cuisine, occupées à finir la préparation du repas, les hommes sont déjà dans la salle à manger, où ils discutent devant un verre de vin blanc.

— C'est quand même inconcevable que nous ne parvenions pas à retrouver la trace de Madeleine, dit Etienne, retenant la boule qui lui monte à la gorge.

— Il ne faut pas désespérer, tente Ferdinand, il suffit quelques fois de peu de chose pour nous apporter une piste à suivre.

Hans était déjà mobilisé dans son régiment de chars, et n'est pas au courant des recherches pour retrouver la jeune femme. En quelques mots, il est mis au courant. C'est Lucien qui devait l'accueillir à son arrivée à la gare de Langon. Il est revenu sans elle.

Le désespoir d'Alfred fait peine à voir. Ce dernier, dont l'employeur possède des vignes des deux côtés de la ligne de démarcation, passe tout son temps libre dans ses recherches, interrogeant toutes les personnes qu'il rencontre.

À l'énoncé du nom de Lucien, Hans est tout de suite sur la défensive. Il n'avait parlé à personne de leur rencontre fortuite dans la salle des fêtes de la commune.

Après être passée par la cuisine pour embrasser sa grand-mère et sa cousine, Alice, l'épouse d'Étienne, Katrina se rend dans la salle à manger pour faire de même avec son grand-père, Hans et son cousin. Elle refuse le verre de vin blanc qu'ils lui proposent, et, au moment où elle s'installe sur une chaise, son grand-père lui dit.

— Tu ne connais pas la dernière ?

Puis, comme Katrina ne répond pas, ne connaissant pas la dernière, il poursuit.

— Ce bon à rien de Jérôme, l'âme damnée de ton frère est venu se faire embaucher chez tes parents. Figure-toi que les Allemands depuis leur arrivée à Langon, occupent le bar, d'où ils ont viré les siens de parents. Voyant cela, Jérôme s'est fait héberger chez un ancien client, qui ne vaut pas plus cher que lui, un type que l'on surnomme Nonnos. Et mieux encore, il y a quelques jours, la maison de ce Nonnos aurait été frappée par la foudre et a pris feu. On a retrouvé ledit Nonnos mort au milieu des décombres. C'est bizarre, les gendarmes font une enquête.

À ces mots, Katrina croit que la terre se dérobe sous elle. La gorge serrée, en retenant son émotion, d'une voix cassée qui intrigue son grand-père, elle demande que l'on fasse venir les femmes. Elle a des choses à dire. Lorsque tous sont là autour d'elle, c'est en essayant de se maîtriser qu'elle fait le récit des derniers jours.

Comme il avait été convenu, avec la supérieure de l'institution, elle ne cache rien des faits tels qu'ils ont été portés à sa connaissance, et tels qu'elle-même les a vécus. De la reconnaissance de tatie Mado, par la petite Marie et son frère Antoine. Sans oublier les injections de liquide coloré à Madeleine pour la faire évacuer vers un hôpital, prétextant une syphilis. L'emprunt de la photographie chez sa mère et la présentation à Madeleine qui n'a pas reconnu Lucien. Cependant, les révélations de son grand-père concernant Jérôme remettent tout en cause.

Et surtout, Madeleine se trouvait déjà au bar lorsque Nonnos avait honteusement abusé d'elle avant l'arrivée des Allemands.

Qui avait été assez monstrueux pour lui tendre ce piège ? Katrina appréhende de connaître la vérité. Une simple logique la lui dicte pourtant. C'est Lucien qui a été envoyé pour l'accueillir alors que les hommes rattrapaient le retard dans les travaux de la vigne.

Le signalement de Madeleine était particulièrement précis, il était impossible de se tromper. Et pourtant, Lucien est rentré, assez tard d'ailleurs, en prétextant ne pas l'avoir vue. Mais alors, c'est simple ! La vérité s'impose d'elle-même. C'est Jérôme qui a accueilli Madeleine, se faisant passer pour Lucien, et, trompant sa confiance, l'a conduite au bar L'Oasis.

Les Allemands, à leur arrivée, ont déporté les bordeliers, se sont installés, et, au lieu de libérer la prisonnière, l'ont gardée à la merci de l'officier, continuant à abuser d'elle pendant des jours et des jours.

Les premiers instants de bonheur des parents de Madeleine, à l'annonce de sa mise en sécurité, sont rapidement anéantis par la suite du récit de Katrina. Ses grands-parents, de même partagent, non seulement, comme Katrina, cette immense peine, mais aussi la honte que son martyre soit, jusqu'à preuve du contraire, dû à un membre de leur famille.

La conversation se poursuit longtemps dans la soirée. Il est convenu de garder encore le secret sur la libération de Madeleine, sauf pour Alfred, auquel il faudra apprendre la nouvelle avec beaucoup de ménagement. Ne pas lui révéler, trop tôt, le rôle supposé avoir été joué par Lucien. Celui-là même qui, dans les premiers jours de la disparition de la jeune femme, l'a accompagné dans ses recherches avec la plus parfaite hypocrisie.

Le dimanche vingt-cinq août mille neuf cent quarante Alfred, est invité à venir partager le déjeuner avec les parents de Madeleine, au domicile des époux Worms. Etienne ne sait trop comment aborder la révélation qu'il doit faire.

— Alfred, nous avons du nouveau en ce qui concerne Madeleine.

À ces mots, il ressent un immense espoir. Ils l'ont retrouvée, ils savent où elle est. Mais immédiatement, il se rend compte que si c'était le cas, sa bien-aimée serait présente avec eux ce midi.

— Vous avez découvert quelque chose ? Un renseignement ? Vous savez où elle est.

Alice essuie furtivement une larme qu'elle n'a pu retenir. Aussitôt Alfred s'effondre.

— Elle est morte !

Etienne reprend.

— Non, elle n'est pas morte, mais son état de santé a nécessité son hospitalisation pendant quelques jours.

Alfred reprend sa respiration.

— Mais alors, je peux aller la voir ?

Katrina prend le relais.

— Non, tu ne peux pas lui rendre visite maintenant, car elle est à côté de Bordeaux, en zone occupée. Mais laisse-moi t'expliquer ce qui s'est passé.

Il est passé sous silence le rôle supposé de Lucien dans cette affaire, l'identité de celui qui a conduit Madeleine à l'Oasis n'est pas prouvée avec certitude. Lorsque Katrina a terminé le récit, Alfred sans dire un mot sort dans le jardin, se dirigeant vers la voie ferrée qui borde la propriété des époux Worms. Hans se glisse derrière lui, il le suit à quelques pas dans le but de prévenir un geste irréfléchi.

Arrivé à la hauteur de la cabane qui sert de refuge aux poules, il s'accoude contre la paroi de planches, alors, sans plus de retenue, oubliant tout amour-propre, il pleure, il pleure longuement, sans retenue. Lorsqu'il revient à la maison, sa décision est prise de retrouver le fossoyeur de son bonheur, et de lui faire payer le martyre de sa fiancée. Il accepte le verre de vin blanc que lui sert Étienne et déclare.

— J'aime toujours votre fille, et je l'épouserai lorsqu'elle reviendra.

***

Entre-temps, au cours de la semaine, Katrina s'est de nouveau rendue à Bordeaux pour concrétiser les achats de fournitures scolaires de la rentrée. Elle a profité du déplacement pour rendre visite à Madeleine à la clinique de la Marègue. La doctoresse lui a confirmé que sa grossesse, n'est plus qu'un mauvais souvenir dont il ne faudra plus parler.

Il n'est pas utile de préciser à Katrina que son mari a provoqué un avortement thérapeutique. Il est bien certain qu'une discrétion absolue s'impose. Ce n'est pas Madeleine qui ira s'en vanter, sachant les peines encourues.

— Ce n'est plus qu'un mauvais souvenir, la console Katrina. Il faudra s'efforcer de ne plus y penser.

— Oui, bien sûr, mais ce sera long, confie Madeleine, cachant son visage de ses mains pour dissimuler les larmes qui lui montent aux yeux.

— Depuis ma dernière visite, j'ai expliqué à tes parents comment je t'avais retrouvée, grâce à Marie, Antoine et les religieuses de Sainte Marguerite. Je pense que samedi prochain, tu pourras quitter la clinique. Je viendrai te chercher.

— Comment vas-tu faire, je n'ai plus aucun papier d'identité, jamais je ne pourrais passer le contrôle des Allemands.

— Ne t'inquiète pas pour ça, j'ai commencé les démarches. Tes parents ont pu me fournir une photographie.

— Et Alfred, qu'a-t-il dit ?

— Ton fiancé est quelqu'un de bien, il a déclaré t'aimer toujours et vouloir t'épouser sitôt que tu seras revenue.

À ces mots, Madeleine sèche ses larmes, la joie se reflète sur son visage. L'appréhension cependant assombrit son bonheur.

— Tu en es sûre ?

— Oui, il l'a dit devant moi. En attendant, tu as encore besoin de soins. Patiente jusqu'à samedi.

Madeleine commence à reprendre espoir. En effet, elle fait toute confiance à Katrina, cette cousine plus âgée, qu'elle découvre, dévouée, prête à donner beaucoup d'amour, et a couru des risques pour la tirer des griffes des soldats allemands. Elle ne peut pas cependant enlever de ses pensées, la peur de la réaction d'Alfred lorsqu'ils se reverront.

Grâce à la bonne volonté de Monsieur le Maire du village, et à la compréhension des services de la sous-préfecture de Marmande, à laquelle depuis la mise en place de la ligne de démarcation, la commune est rattachée administrativement, il est aisé d'obtenir une vraie fausse pièce d'identité pour Madeleine. Désormais, elle portera le nom de Lecuyer, née le quinze février mille neuf cent vingt-deux à Saint Pierre d'Aurillac.

— C'est bien beau tout ça, mais il va lui falloir un laissez-passer.

— C'est vrai, et cela fait déjà quelque temps que j'y pense, reconnaît Katrina.

— Il y a une solution, déclare Monsieur le Maire.

— Je vous écoute.

— C'est simple, depuis que nous accueillons tous ces réfugiez, le nombre d'enfant augmente dans votre classe, il vous faut de l'aide.

Katrina comprend tout de suite en quoi consiste la solution.

— Vous avez raison, dans son village elle était au secrétariat de la mairie. Je pense qu'elle possède toutes les compétences pour prendre à son compte la classe des tout-petits.

— C'est aussi ce que je pense. Nous allons tout de suite rédiger une demande d'ausweis. Vous irez la présenter à la Kommandantur dès demain.

À neuf heures, l'ambulance de la clinique, dépose les deux femmes devant la gare Saint jean. Madeleine ne parvient que difficilement à retenir sa nervosité. Katrina est au guichet pour acquérir les tickets. Le train pour Langon se trouve sur la toute dernière voie. Pour y accéder il leur faut passer par un tunnel. Les patrouilles sont permanentes, et pour la deuxième fois, il leur faut présenter leurs papiers d'identité. À chaque fois, Madeleine manque de se trouver mal devant la brutalité des soldats qui lui rappelle de trop mauvais souvenir.

— Je ne me sentirai en sécurité, que lorsque j'aurais retrouvé mes parents et mon fiancé, dit-elle.

— Je peux comprendre ça, murmure Katrina.

Ce n'est pas la première fois pour elle, aussi la force de l'habitude contribue à lui faire conserver son calme.

Le bordeaux Agen dessert toutes les gares, aussi le voyage s'éternise. Elles arrivent en gare de Langon à douze heures. La carte d'identité et l'ausweis de Madeleine, délivrés par l'autorité administrative ont parfaitement résisté aux contrôles tatillons des douaniers. Sitôt sorties de la gare, elles hâtent le pas pour récupérer à l'institution Sainte Marguerite les bicyclettes déposées à la conciergerie sous la garde de Madame Coupiac pour terminer le voyage.

— C'est Tati Mado, s'exclame Marie en courant vers elle.

Katrina coupe court à de trop longues embrassades.

— Nous ne pouvons pas rester, il nous faut partir tout de suite.

Elles passent la ligne de démarcation à Pian sur Garonne, à douze heures, quarante le samedi trente et un août mille neuf cent quarante. Katrina a choisi ce moment, car à l'heure du repas, elle pense que les soldats de garde seront moins tatillons, malgré cela, le contrôle est sévère. Madeleine commence à s'y faire.

Par ailleurs, ceux qui occupent le bar L'Oasis ne sont plus les mêmes, de ce fait Madeleine ne court pas le risque d'être reconnue.

Au cours du trajet, elle s'est fait répéter maintes fois les paroles d'Alfred.

— J'aime toujours votre fille, et je l'épouserai lorsqu'elle reviendra.

Madeleine n'ose le croire, tellement elle a peur de perdre son amour après le déshonneur qu'elle a subi. Dans un premier temps, il est prévu qu'elle s'installe avec Katrina dans le petit logement d'institutrice que la commune met à sa disposition, au-dessus des bureaux de la mairie.

Après le déjeuner, elle prétexte des cours à préparer pour la rentrée qui approche, et laisse Madeleine seule dans l'appartement. À peine est-elle assise dans la classe, à son bureau, que quelqu'un frappe à la porte de l'appartement. Croyant que c'est Katrina, qui, a oublié quelque chose, revient le chercher, Madeleine lui crie.

— Entre, tu es chez toi, ce n'est pas la peine de frapper. Lorsque la porte s'ouvre, un même cri jaillit de deux poitrines.

— Alfred !

— Madeleine !

Sans plus réfléchir, les deux jeunes gens se précipitent dans les bras l'un de l'autre. Un long moment, ils restent sans parler, se contentant d'échanger des baisers.

— Tu sais Alfred, je dois te dire ce qui m'est arrivé à la descente du train.

Alfred lui met un doigt sur la bouche pour l'empêcher de poursuivre, se contentant de préciser.

— Je suis au courant, il est inutile de te faire plus de mal, nous en discuterons plus tard si tu en éprouves le besoin. En attendant, veux-tu m'épouser ?

— Oh oui !

Madeleine n'attendait que cela.

Katrina revient à son logement en fin de soirée. Elle sait y retrouver les deux jeunes gens, puisque c'est elle qui a organisé la rencontre.

Alfred s'apprête à partir.

— Il est important de garder le secret sur le retour de Madeleine, dit Katrina. C'est pour cela qu'il vaut mieux qu'elle reste habiter chez moi pendant quelques jours.

— Oui, tu as raison, en attendant je vais chercher un logement plus correct que ma chambre au-dessus du pressoir chez mon patron. Car j'ai l'intention d'épouse Madeleine le plus tôt possible.

— Oui, c'est plus raisonnable, acquiesce Katrina. Mes grands-parents organisent un repas à midi demain dimanche à Mérigon, pour fêter le retour de Madeleine. Tu es cordialement invité à te joindre à nous.

— Ce sera avec grand plaisir, accepte Alfred.

— Oui, en attendant, je te recommande de nouveau de garder le silence absolu.

***

La mère de Katrina, Marie Henriette, est également invitée à ce repas avec son mari et Lucien. De plus puisque ce vaurien de Jérôme s'est réfugié chez eux, il est également invité.

Taraudée par les soupçons, Katrina veut vider l'abcès, et établir une bonne fois pour toutes si Lucien a joué un rôle dans l'enfermement de Madeleine au bordel de L'Oasis.

Les deux jeunes femmes arrivent de bonne heure pour aider à la préparation du repas et l'installation de la salle à manger.

— Mes parents vont être fort surpris de voir que nous t'avons retrouvé, et surtout Lucien, qui ne t'a pas trouvée à la descente du train.

— J'ai hâte de faire la connaissance du reste de la famille, moi qui suis fille unique, à défaut d'avoir un frère, j'aurais un cousin, dit Madeleine.

— Nous pourrions leur faire une surprise, car personne n'est encore au courant de ton retour.

Madeleine découvre le côté farceur de Katrina.

— Tu as une idée derrière la tête ?

— Oui, sitôt qu'au bout de l'allée nous verrons arriver les premiers invités, tu passeras dans le bureau de papy. Lorsque tout le monde sera rendu, je viendrai te chercher.

Elle trouve ce jeu un peu puéril mais elle ne veut pas fâcher sa cousine qui a tant fait pour elle.

À midi précis, la mère et le beau-père de Katrina font leur apparition à l'entrée de l'allée. Depuis dix bonnes minutes, Alfred faisait le guet. Katrina prend Madeleine par la main.

— Viens vite, dit-elle

Le bureau de Ferdinand est une vaste pièce où il a entassé tous ses petits trésors et souvenir. Deux profonds fauteuils font face à une simple table surchargée de livres de comptes. Madeleine choisit le fauteuil le plus proche de la fenêtre pour profiter du soleil.

Katrina a refermé la porte, mais elle entend parfaitement les conversations qui roulent sur la récolte qui s'annonce décevante. Les minutes s'écoulent.

— Que fait Lucien s'inquiète Mathilde. Il n'a jamais trouvé le moyen d'être à l'heure celui-là.

— Je n'en sais trop rien, avoue Mariette. Ils devaient nous rejoindre avec Jérôme, sitôt après avoir regonflé les bicyclettes.

— Ouais, rajoute Léopold, pour justifier le retard de Lucien. Ce n'est plus ce que c'était. Les pneus ne tiennent pas plus de huit jours.

Dans son coin, Hans pense plutôt que ces deux vauriens craignent de se retrouver en sa présence.

Lucien et Jérôme se font attendre, Katrina craint qu'ils ne se doutent de quelque chose et ne viennent pas. Cependant vers douze heures trente, à bicyclette, ils font leur apparition.

Lorsque tous sont réunis autour de la table, Katrina prend la parole pour annoncer une bonne nouvelle, tout en fixant les deux garçons dont les visages ont soudainement pâli. Ils se trouvent côte à côte encadrés à gauche par Étienne et à droite par Ferdinand, elle ouvre la porte de la pièce où attend Madeleine, puis tout en lui faisant signe de venir, elle annonce ?

— Voici maintenant celle que nous n'avons jamais désespéré de revoir.

Lucien et Jérôme se regardent d'un air inquiet. Puis Madeleine entre dans la salle à manger.

Du premier coup d'œil, elle reconnaît celui qui l'a livré à ses tortionnaires, elle pousse un cri en montrant Jérôme du doigt.

— C'est lui, c'est lui qui est venu me chercher au train et m'a conduite à ce bar.

Avant que quiconque ait pu faire un geste, les deux voyous bousculent tout le monde, s'enfuient hors de la maison. Le temps qu'Étienne réagisse, Alfred et Hans sont déjà partis à leur poursuite. Ils leur barrent l'accès de l'allée qui conduit à la rue. Se voyant pris au piège, ils font demi-tour et courent pour franchir la voie ferrée et s'enfuir par l'autre côté.

Alfred, au moment où il change de direction, glisse et chute au sol. Le temps de se relever, ils ont pris une certaine avance. Un train arrive, il espère pouvoir les rattraper au moment où ils seront bloqués. Là, encore une fois, il joue de malchance. Affolées par ce remue-ménage, les poules qui vivent en liberté courent dans tous les sens, ralentissant sa course, Hans, mal remis de son long voyage après son évasion a de la peine à suivre.

Ils gravissent le talus de la voie ferrée, Lucien a déjà réussi à s'agripper à un wagon. Le train roule à faible allure pour s'arrêter en gare de Saint Macaire. Jérôme arrive derrière Lucien, mais il ne parvient pas à assurer sa prise sur le rebord du wagon. Il s'accroche au bras de Lucien au risque de lui faire lâcher prise. D'un mouvement sec, il se débarrasse de Jérôme puis parvient à monter dans le train. Déséquilibré, Jérôme lâche prise, sa veste est happée par un morceau de ferraille qui dépasse du wagon et l'entraîne sous les roues.

Alfred, qui arrive enfin à la voie ferrée ne peut rattraper le train, pendant que les autres hommes le rejoignent, il murmure entre ses dents.

— La justice n'est qu'à moitié rendue ! Lucien, tu ne perds rien pour attendre, ta fuite ne te servira à rien. Toi aussi tu mourras, et ce sera de ma main.

***

Le comportement de Lucien et de Jérôme, est révélateur du rôle qu'ils ont joué pour faire enfermer Madeleine dans

279

le bordel. Si Marie Henriette est confuse, et déshonorée par le comportement de son fils, il n'en est pas de même de son mari Léopold Monsegues.

En effet, celui-ci ne voit que le départ de ses deux ouvriers, avec les vendanges qui approchent. Son côté mercantile s'exprimait aussi. Il allait falloir embaucher des ramasseurs. Ce n'était pas chose évidente, beaucoup d'hommes sont prisonniers en Allemagne.

La réduction du format de l'armée, dite d'armistice, réduite à cent mille hommes en zone libre a conduit à la démobilisation d'Hans, il est revenu à Mérigon, s'occuper de l'exploitation de Ferdinand. Albert en conçoit une rancune injustifiée.

Il a son demi-boche, lui, pense-t-il.

Il n'y a aucune nouvelle de son ouvrier. Les courriers adressés à la division militaire à Toulouse sont restés sans réponse.

Seuls quelques Espagnols qui ont fui la guerre civile ont répondu présents, mais ils ne sont pas assez nombreux. Il va falloir recruter et payer deux autres vendangeurs, alors qu'il se contentait d'héberger et nourrir Jérôme et donner un semblant de salaire à Lucien. Le souci de savoir ce qu'allait devenir son fils ne l'effleure même pas. Sans un sou en poche, dans quelle nouvelle combine louche, allait-il encore s'embarquer ?

Tout à sa mauvaise foi, il rend la famille de sa femme responsable de ses problèmes. Les pensées s'enchaînent dans sa tête

Après tout, qu'est-ce que j'en ai à foutre moi, du pucelage de cette moitié de boche, rien, absolument rien ! De plus, si j'avais su qu'elle était à L'Oasis, j'aurais bien été en profiter, moi aussi, avant que les Allemands n'arrivent. D'autant plus que, depuis le problème de la palombière avec Katrina, Mariette fait chambre à part. Il doit se satisfaire comme il le peut avec des relations éphémères.

7

Cinq septembre mille neuf cent quarante. C'est un jeudi, Katrina n'a pas classe. Sa qualité d'institutrice lui permet de justifier de fréquents déplacements à Bordeaux dans le but d'acquérir diverses fournitures et ouvrages scolaires.

Pourtant ce jour-là, elle ne prend pas la direction de ses fournisseurs habituels. Il lui faut une bonne demi-heure pour arriver place Saint Projet. Elle s'arrête devant un magasin de vêtements à l'enseigne, Tout pour plaire, suivie de l'inscription. Lévy, Jacob, confection sur mesures, homme, femme, enfant.

Au travers de la vitrine, elle aperçoit une femme qui range les présentoirs. Elle pousse la porte.

— Pourrais-je parler à Madame Chaberchteim, s'il vous plaît.

La femme plisse les yeux, examine Katrina avant de répondre.

— C'est moi Madame.

— Je suis la cousine de Madeleine, la fiancée de votre fils. Ils ont décidé de se marier et votre autorisation est nécessaire à Alfred qui est mineur.

— Se marier ? Mais ils sont bien trop jeunes. Alfred n'a plus de travail, et nous n'avons pas les moyens de l'aider. Mais les parents de Madeleine, je sais qu'ils ont de l'argent, ils ont pensé à doter leur fille ?

Katrina est surprise de la réaction de Madame Chaberchteim.

— La question n'est pas là, Alfred a trouvé du travail et un logement. En ce qui concerne Madeleine peu importe qu'elle soit dotée ou non. Ils veulent se marier rapidement, c'est tout.

— Rapidement, pourquoi rapidement, elle a fauté Madeleine ?

Katrina commence à perdre patience.

— Je ne pense pas que ce soit le cas Madame. De plus je n'ai aucun moyen de le savoir. De toutes les manières, cela ne me regarde pas.

Avant que Madame Chaberchteim ne formule de nouvelles remarques, une porte s'ouvre au fond du magasin, un homme apparaît portant à bout de bras un costume dont il vient de terminer des retouches.

— Tiens, la commande de Monsieur Blanchard. Nous la lui avions promise pour aujourd'hui.

Oubliant de faire les présentations, Madame Chaberchteim, reprend.

— Tu tombes bien Samuel, Il paraît qu'Alfred veut se marier rapidement.

— Comment tu sais ça, Rebecca ?

Elle désigne Katrina de la main.

— C'est elle qui vient de me le dire.

Samuel se méprend sur les paroles de sa femme.

— C'est elle qu'il veut épouser notre fils, et Madeleine qu'est-ce qu'il en fait ?

Katrina juge utile de prendre la direction de l'entretien avant qu'il ne dérape. En quelques mots elle a tôt fait de convaincre Samuel, d'accorder son autorisation à cette union.

— Il nous sera très difficile de nous rendre à cette noce, dit Rebecca.

— Oui, c'est bien triste, les Allemands nous interdisent de franchir la ligne de démarcation, confirme Samuel.

— Paraît-il que des lois sont en préparations nous concernant à nous, les israélites. Ça ne présage rien de bon, confirme Rebecca.

Pendant ce temps, Samuel s'est emparé d'une feuille de papier déchirée dans un cahier et accorde son autorisation au mariage de son fils.

— Dites bien à Alfred qu'il ne tente pas de venir à Bordeaux, la population même est en proie à un délire antisémite. Si nous n'avions pas pris une participation dans l'affaire de mon ami Levi, nous aurions tenté de passer en zone libre.

— La clientèle nous fuit, le magasin est presque vide, nous ne travaillons plus qu'avec quelques fidèles ou des juifs comme nous, précise Rebecca.

— La situation est donc dégradée à ce point, dit Katrina.

— Oui, et nous craignons le pire pour les jours à venir.

— Ils ont déjà voté une loi au mois de juillet, prévoyant la liquidation des biens juifs au profit du secours national, précise Samuel.

Katrina revient à Saint Pierre d'Aurillac avec des nouvelles alarmantes. En effet, sans qu'une décision semble avoir été prise d'une manière officielle, il semble que quelque chose de grave se prépare contre la population d'origine israélite. Déjà depuis le mois de juillet, des lois discriminatoires ont été promulguées. Début septembre, ils n'auront plus le droit de franchir la ligne de démarcation. Pour eux, il est donc impossible de venir assister aux noces.

Elle n'a pas jugé utile d'exposer aux parents d'Alfred les épreuves endurées par Madeleine. Il sera temps, un jour, si elle-même le décide, de se confier à ses beaux-parents.

***

Les bans sont publiés dès son retour, et le mariage a lieu le samedi douze octobre, à la fin des vendanges, sous la véritable identité d'Alfred et Madeleine. L'adresse du domicile est fantaisiste, et ils sont signalés avoir déménagé la semaine suivante. Cependant, ils continuent à vivre à Saint Pierre d'Aurillac, sous l'identité de Monsieur et Madame André Chaput.

Ils ont trouvé à se loger dans une petite maison au quartier Mérigon, non loin de la demeure de Ferdinand, en bordure du petit ruisseau dénommé, Le Siron.

Si Mariette se dépense sans cesse pour être agréable au nouveau couple, et tenter d'estomper le mal causé par Lucien, son mari, en revanche, s'en fiche complètement, et même lui garde une haine tenace.

***

Au début de mille neuf cent quarante-et-un, la route nationale cent vingt-sept qui traverse le village, est rebaptisée Avenue du Maréchal Pétain.

Les rigueurs de l'occupation, si elles sont moins pénibles que dans la zone occupée, apportent quelques contraintes. C'est surtout le ravitaillement qui pose problème. Il faut pourvoir aux besoins de la population dite, non récoltante. Ce sont principalement les réfugiés, mais aussi, les gendarmes et les douaniers.

Alfred continue à travailler aux travaux de la vigne. Par contre, avec l'arrivée des réfugiés, l'effectif des élèves de la communale a singulièrement augmenté.

Dès la rentrée de septembre mille neuf cent quarante et un, après délibération du conseil municipal, Monsieur le Maire est autorisé à confirmer l'engagement de Madeleine comme assistante de Katrina. Titulaire du Baccalauréat, elle s'occupe des plus jeunes enfants.

***

Pendant plusieurs mois, tout va pour le mieux. Si, quelquefois, le soir, en rentrant du travail, Alfred trouve Madeleine avec les yeux rougis, il comprend qu'elle se repasse dans sa tête les épreuves de son arrivée à Langon. Alors, la prenant dans ses bras, avec beaucoup d'amour, il parvient à la consoler.

Ils désirent consolider leur couple avec un enfant, mais, jusqu'à maintenant, rien n'annonce de grossesse. Madeleine craint fort que son avortement ne l'ait rendue stérile. De nouveau, elle a peur de perdre l'amour d'Alfred. Cette crainte commençait à lui gâcher son bonheur, lorsque au début d'avril mille neuf cent quarante et un, son cycle ne se fait pas. Au début, elle n'y apporte pas une attention particulière. C'est le mois suivant, comme ses règles n'arrivent pas et que ses seins commencent à se durcir, qu'elle comprend.

Elle ne veut pas donner de fausses joies à Alfred, et préfère se confier à sa mère. Cette dernière lui confirme la valeur de ces signes annonciateurs de naissance. En juin,

284

comme les symptômes se précisent. C'est avec un regard malicieux que le soir elle accueille Alfred.

— Et bien, mon petit père, tu as fini ta journée ?

— Oui, ça y est, mais pourquoi tu m'appelles, petit père ?

Madeleine éclate de rire, se jette dans les bras d'Alfred et lui murmure à l'oreille.

— Tu ne devines pas ?

Le premier moment d'incrédulité passé, Alfred se laisse aller.

— Tu es enceinte !

— Oui, je m'en doutais depuis plusieurs semaines, mais je voulais être sûre pour ne pas te donner de fausse joie.

— C'est formidable ma chérie, j'espère que ce sera un garçon.

— Moi, cela m'est égal, confie Madeleine. Cet enfant sera le bienvenu.

Une crainte vient en même temps ternir ce moment de bonheur. Depuis déjà quelques mois, Alfred fait passer du courrier pour la résistance. Son emploi de frontalier sur la ligne de démarcation l'a conduit à accepter, au début, de rendre de petits services, puis voyant que cela ne pose pas de problème, il en passe de plus en plus. Il a conscience du risque encouru, mais ne dit rien à Madeleine. En effet son employeur demeure à proximité immédiate de la ligne. Le contrôle effectué par les soldats et les douaniers allemands est des plus rigoureux.

Ils ne comptent plus le nombre de fois où ils sont tirés de leur travail dans les vignes par des coups de feu, ou des rafales de mitraillette. Aussitôt un side-car partait traquer le malchanceux. Malheur à celui qui se fait prendre.

Souvent au matin entre les rangs de vignes ils trouvaient des traces de passages nocturnes, une paire de lunettes, une valise éventrée, mais aussi hélas, quelquefois des flaques de sang. Alfred garde pour lui cette menace permanente.

C'est à la demande de Katrina, qu'il a accepté de recueillir du courrier venant de la zone occupée pour le passer en zone libre. Il a accepté pour plusieurs raisons. D'abord, il n'a pas digéré l'invasion de son pays par les Allemands, et souhaite ardemment les renvoyer chez eux, pour retourner vivre dans sa belle Lorraine natale. La seconde raison, c'est qu'il ne peut pas décevoir Katrina. Elle qui a mis en œuvre tout son réseau de relations, a pris tant de risques pour faire libérer celle qu'il aime plus que tout, sa Madeleine, et qui va le rendre père bientôt. Plus tard, lorsque l'enfant sera né, il lui expliquera. Pour l'instant, il souhaite lui laisser mener sa grossesse à bien.

Le petit Gaëtan voit le jour à Saint Pierre d'Aurillac le vingt et un décembre mille neuf cent quarante et un. La route est inondée par une des crus dont la Garonne a le secret, ce qui contraint la sage-femme venue pour la délivrance, à faire un grand détour par les terres hautes.

Toute la famille se réjouit de la venue de ce petit garçon, bien que pour l'instant l'avenir soit plus qu'incertain. Informés de cet heureux événement, les parents d'Alfred, résidants à Bordeaux, ne peuvent venir voir l'enfant en raison de la surveillance exercée le long de la ligne de démarcation. Ils auraient souhaité le voir baptiser selon le rite israélite, bien qu'ils ne soient pas particulièrement pratiquants. De plus, Alfred n'a pas été circoncis. Son fils ne le sera pas non plus. Il aura libre choix lorsqu'il sera en âge de raison. En attendant, ils ont demandé à Katrina de tenir le rôle de marraine pour Gaëtan, et de demander à son fiancé, puisque depuis quelque temps des rumeurs de mariage se précisent, de bien vouloir tenir celui de parrain. Armand accepte immédiatement.

Pour officialiser cette demande, bien qu'aucun rite religieux ne soit célébré, un repas a lieu au domicile des grands-parents Worms à l'occasion du Premier de l'an mille neuf cent quarante-deux. Seule leur salle à manger est assez vaste pour recevoir toute la famille. À cette occasion, Katrina présente Armand, son amoureux, à sa famille. C'est un homme de grande taille, mince, de belles allures. Gradé, il commande le détachement de Caudrot, dépendant de la section de gendarmerie de La Réole.

Alfred est loin de se douter que le courrier qu'il récupère dans une cabane au milieu des vignes où son patron entrepose de l'outillage, et qu'il va à son tour dissimuler dans une cache aménagée dans le mur de l'église de Gironde sur drop, est par la suite pris en compte par Armand, au cours d'un service de nuit. À son tour il le confie à une autre personne qui, après l'avoir dépouillé, en fait une synthèse. Grâce à un opérateur radio clandestin, il parvient jusqu'à Londres. La sûreté exige que les maillons de la chaîne ignorent l'identité des uns et des autres.

Avant le repas, Gaëtan passe d'une paire de bras à l'autre, jusqu'à ce que, fatigué, il se mette à pleurer. Après l'avoir nourri et changé, Madeleine le couche dans son berceau.

À table, la conversation s'en vient naturellement sur la présence allemande dans le pays, et plus particulièrement à Langon. La présence de Léopold Monsegues incite tous à faire preuve de discrétion. En effet, bien que Lucien ne soit plus présent, la méfiance est de mise. Les bombardements anglais sur Bordeaux, pas moins de huit en mille neuf cent quarante et un, alimentent la conversation.

***

Le seul de mille neuf cent quarante-deux a lieu dans la nuit du vingt-six au vingt-sept janvier. Plusieurs appareils sont touchés par la Défense Contre Avions, installée pour protéger la ville, plus particulièrement au Bec d'Ambés où se trouve un important dépôt de carburant. Certains avions peuvent rejoindre leur base.

Un s'abat dans l'estuaire de la Gironde, il n'y a pas de survivant. Un autre touché de plusieurs impacts, cherche à échapper aux tirs ennemis en volant à basse altitude. Il suit le cours de la Garonne. L'un de ses moteurs laisse échapper une épaisse fumée noire. Il émet un bruit inquiétant répercuté par les grands arbres qui bordent les berges du fleuve.

— Putain, celui-là, il est bien touché, il va se foutre à l'eau, s'écrie Mathieu Lalou. Un pêcheur de Saint Pierre de Mons.

Crispé sur le manche à balai, le pilote voit s'approcher dangereusement le pont de Castets en Dorthe.

— Il va percuter le pont, dit son frère Jean-Yves.

— Non, non, regarde il remonte.

L'appareil reprend de l'altitude, vire à droite, frôle la façade du château du Hamel, perd à nouveau de l'altitude et termine sa course dans une prairie.

— Vite, vite crie Mathieu il y a peut-être des survivants.

Son frère et lui enfourchent leur bicyclette et pédalent de toutes leurs forces.

— On a intérêt à y être avant les boches, dit Jean-Yves, parce qu'ils ne vont pas se gêner de passer en zone libre.

— Ouais, tu as raison, ce n'est pas la première fois qu'ils viennent chez nous. Le temps qu'ils arrivent de Langon, on peut les baiser.

La prairie où s'est abîmé l'avion, n'est distante que de quelques kilomètres.

Peter, le mitrailler de queue est sonné. Il est empêtré dans les débris de l'appareil. La verrière a volé en éclats. Sa jambe gauche le fait atrocement souffrir.

Le moteur duquel s'échappait de la fumée est maintenant en feu. Les réservoirs de carburant se sont éventrés au moment de l'impact avec le sol.

Si je ne me sors pas de là, je vais griller, se dit-il.

Il serre les dents, se penche par-dessus ce qui reste du fuselage, et se laisse tomber au sol. Sa jambe lui refuse tout service. L'essence se rapproche du moteur en feu. Il parvient à se traîner en s'aidant de ses bras et de sa jambe valide. Il est proche d'un petit chemin bordé d'un fossé.

Si j'arrive au fossé, j'ai une chance d'en réchapper, se dit-il.

Pendant ce temps, Mathieu et Jean-Yves se rapprochent, déjà, ils aperçoivent le feu qui dévore un moteur, puis tout à coup, le reste de l'appareil s'embrase et explose.

— Merde, c'est trop tard, dit Mathieu.

Lorsqu'ils arrivent à la prairie, l'avion n'est plus qu'une carcasse qui finit de brûler.

Dans le fossé, Peter a perdu connaissance.

— Attends, il y a un gonze dans le fossé, dit Jean-Yves.

— Putain oui, tu as raison.

Le bruit des voix a réveillé Peter. Il parvient à balbutier quelques mots.

— C'est un angliche.

— Ouais, approuve Mathieu, et avec une patte de derrière bien esquintée.

Unissant leurs efforts ils parviennent à remettre Peter sur ses jambes. La gauche le fait souffrir au niveau du genou, mais rien ne semble cassé.

— On ne va pas attendre que les boches arrivent.

— Non, il ne faut pas traîner, confirme Jean-Yves. Je vais le prendre.

Aussitôt, il fait comprendre à l'Anglais de s'asseoir sur le cadre de sa bicyclette. Peter serre les dents, la douleur est atroce, il a compris, il ne se fait pas prier. Par la petite route qui serpente entre les vignes et les prairies, ils parviennent à s'esquiver sans avoir croisé les Allemands, eux ont pris la départementale qui rejoint Castets en Dorthe.

À l'arrivée de la patrouille, l'appareil finit de se consumer, à l'intérieur, on distingue encore les corps des membres d'équipage.

La fouille des environs demeure vaine. Aucun indice ne permet aux Allemands de supposer que l'un des aviateurs a réussi à s'extraire de la carcasse.

Pendant ce temps, Mathieu et Jean-Yves sont arrivés sur les berges de la Garonne. Peter souffre moins de sa jambe.

— Bon, et maintenant, on en fait quoi du copain angliche, dit Mathieu.

— Ne restons pas dehors, allons à la cabane, propose Jean-Yves.

Il s'agit d'une construction faite de matériaux de récupération, érigée à quelques mètres du fleuve. Une barque équipée d'une cabine rudimentaire est amarrée à un ponton.

Peter serre les dents, et s'engage machinalement derrière les deux pêcheurs, il a bien compris qu'ils allaient lui venir en aide. Il est encore sous le coup de l'atterrissage en catastrophe et ne prête pas attention à la conversation entre les deux frères.

— Il faut lui trouver des habits, dit Jean-Yves.

— C'est sûr, on ne peut pas le garder comme ça avec sa combinaison de vol.

La lune éclaire faiblement l'intérieur de la cabane. Les trois hommes sont assis autour d'une table faite de planches mal dégauchies. Peter se sent mieux.

— Merci pour ce que vous faites, dit-il.

— Ha ! Mais il parle Français, s'exclame Jean-Yves.

— Parle moins fort, la nuit, le moindre bruit résonne sur la Garonne.

— Oui, reprend Peter, j'ai fait une partie de mes études à Paris.

— Il va falloir vous changer. Nous allons voir si dans les vieux vêtements de notre père, il se trouve quelque chose à votre taille, propose Jean-Yves.

— Ce n'est pas la dernière mode, mais se sera toujours mieux que cette combinaison de vol. Vous ne pourriez pas faire trois pas sans vous faire remarquer.

— OK, c'est bon pour les vieux vêtements de votre père.

— C'est bien beau, tout ça, mais il faut aller jusqu'à la maison maintenant. Il ne s'agit pas de tomber sur un de ces salauds de collabos, il serait chiche de nous dénoncer, dit Mathieu.

— Ou sur les gendarmes, rajoute Jean-Yves.

— Tu parles, ils seraient plus emmerdés que nous pour planquer l'angliche sans se faire taper sur les doigts.

— C'est quand même con, d'être en zone libre et devoir se méfier de tout le monde.

— Tu vas pouvoir marcher, s'inquiète Mathieu.

— Je vais beaucoup mieux, je n'ai presque plus mal. Il n'y a rien de cassé, c'est juste un mauvais coup lorsque nous avons ramassé le tir de la DCA. Au fait, je m'appelle Peter.

— OK, alors allons-y, déclare Jean-Yves. Je vais marcher en tête, tu suivras avec Mathieu à cinquante mètres derrière. Personne ne parle. Si je repère quelque chose de suspect, je ferai le cri du hibou.

Par un petit sentier à peine tracé le long de la berge du fleuve, poussant les bicyclettes à la main, ils parviennent à proximité des premières maisons du village. Jean-Yves s'est arrêté à l'abri du sous-bois. Mathieu et Peter le rejoignent. Personne ne parle, tous les sens en éveil, ils écoutent la nuit. Tout semble calme. Sans bruit, ils se faufilent jusqu'à l'église. Ils marquent un temps d'arrêt sous le porche. Rien ne bouge alentour. En quelques pas ils sont rendus chez eux. Mathieu entre le premier, Jean-Yves et Peter sont encore dans le couloir.

— Enfin, vous voilà, s'exclame Séverine Lalou, leur mère, j'étais morte d'inquiétude.

— Mais, maman on ne risque rien, les boches on les baise comme on veut.

— Ne sois pas grossier, s'il te plaît.

À ce moment, Jean-Yves et Peter entre à leur tour.

— Et qui c'est celui-là ?

— Celui-là, c'est l'angliche qui était dans l'avion, répond Mathieu, on ne pouvait pas le laisser dehors, en plus, il parle Français.

Séverine se rend compte alors que Peter est blessé à la jambe.

— Mais enfin, faites-le asseoir, il va tomber par terre.

Jean-Yves s'approche de la cheminée dans laquelle il rajoute une bûche.

— On a pensé que tu avais gardé les vieux vêtements de papa, il ne peut pas rester habillé comme ça.

Depuis le décès de son mari, Ernest, noyé dans la Garonne, Séverine a élevé seule ses jumeaux jusqu'à ce qu'ils soient en âge de travailler. Malgré la fin tragique de leur père, c'est vers le fleuve qu'ils se sont retourné. Ils ont patiemment remis en état la cabane et la barque et vivent maintenant de la pêche.

— Je suis désolé de vous causer tous ces tracas Madame, mais vos fils ont raison. Je ne peux pas rester avec cette combinaison de vol. Ma jambe n'est pas gravement touchée, je repartirai dès que je le pourrais.

— En attendant, vous allez vous déshabiller et brûler ce que vous portez. Ernest était à peu près de votre taille je vais vous apporter ses vêtements.

Peter a de la peine à retirer son pantalon, son genou gauche le fait souffrir. Il est gonflé, il est clair que plusieurs jours seront nécessaires pour qu'il puisse marcher normalement.

Séverine revient porteuse des vêtements d'Ernest. Ceux de Peter sont déjà dans la cheminée où ils dégagent une odeur âcre.

— Faites-moi voir ce genou, dit-elle.

Nullement gêné de paraître ainsi seulement porteur de son caleçon, il laisse Séverine l'examiner. Elle tâtonne légèrement l'endroit gonflé, puis pose les mains dessus à la recherche de la rotule.

— Ce n'est rien, je pense qu'elle s'est remise en place toute seule. Ça arrivait assez souvent à mon mari, j'ai encore de la pommade. Je vais le frictionner et faire un bandage serré.

— Moi, tout ça m'a donné faim, dit Jean-Yves, pas vous ?

***

Alfred a longuement ressassé pendant toute la journée, la demande de Katrina, elle-même sollicitée par son chef de réseau.

— Je te dois une certaine vérité, annonce Alfred, sitôt rentré de la vigne.

Madeleine le regarde intriguée, elle repose Gaëtan dans son berceau où il s'endort tout de suite.

— Quelle vérité me dois-tu ?

À voix basse, il lui révèle.

— Depuis plusieurs mois, je fais passer du courrier pour la résistance.

— Je n'en étais pas sûre, mais je m'en doutais.

— Tu n'as jamais songé à m'en faire le reproche ?

— Non, mon chéri, nous devons nous aussi participer à la lutte pour chasser les Allemands de notre pays.

— Cette fois, on me demande de loger l'aviateur anglais dont l'avion a été descendu la semaine dernière.

— Faisons-le, déclare Madeleine. Nous devons au moins ça à Katrina. Elle a tant fait pour nous.

— Ce ne sera pas très long, juste le temps qu'il soit pris en charge pour regagner l'Algérie, puis l'Angleterre.

— C'est normal, je ne voudrais pas que Gaëtan ait honte de nous un jour.

***

— C'est pour demain, dit Jean-Yves. Ceux d'en face ont trouvé un point de chute pour l'angliche.

— Il va me manquer, rajoute Mathieu, je commençais à m'habituer.

— Peut-être bien, mais il ne peut pas rester là. Le voisinage finirait par se rendre compte de sa présence, et nous dénoncer.

— Ce serait vraiment trop con, rajoute Mathieu après le mal que l'on s'est donné pour le ramener.

— Je t'ai déjà dit de ne pas être grossier, le reprend Séverine.

— J'ai conscience des risques que vous avez pris pour moi, intervient Peter. Plus tôt je partirai, mieux ce sera pour vous.

Jeudi cinq février mille neuf cent quarante-deux, le jour ne se lèvera pas avant au moins deux heures, mais la marée n'attend pas. Le temps est couvert et la clarté lunaire réduite. Les deux garçons, habitués au braconnage connaissent bien cette partie du fleuve. La blessure au genou de Peter n'est plus qu'un mauvais souvenir. C'est à peine s'il claudique légèrement. Par les mêmes sentiers qui longent le fleuve, les trois hommes parviennent à la cabane.

— Ça va être bon, dit Jean-Yves, elle monte.

— Dépêchons-nous d'embarquer. Toi Peter, tu te planques dans la cabine et tu ne bouges plus.

Mathieu est le premier à s'engager sur le ponton. Arrivé à la barque, il y dépose les appâts préparés pour la journée. Lorsque c'est fait, Jean-Yves et Peter s'engagent à leur tour, porteurs, du filet et de cannes à pêche. Monter à bord et se dissimuler dans la cabine ne demande qu'une minute. Le temps que Mathieu installe les rames, Jean-Yves a largué l'amarre. Par petits coups, en silence, ils parviennent à rejoindre le milieu du fleuve.

— C'est bon, dans une heure, peut-être moins, la marée nous aura amenés à l'embouchure du Siron.

Petit à petit poussée par la marée montante, la barque s'approche de Saint Pierre d'Aurillac, de temps à autre Mathieu ou Jean-Yves donne quelques coups de rames pour approcher la rive. La ligne de démarcation est très proche, et

293

les patrouilles nombreuses ne la respectent que rarement, enfin l'embouchure du Siron apparaît. Au moment d'accoster, un coup de vent dissipe les nuages, la Lune éclaire la barque.

— Merde on n'a pas besoin de ça, lâche Mathieu.

Jean-Yves a de suite réagit, il a empoigné sa rame.

— Fais comme moi, on y est presque.

De la berge un léger sifflement se fait entendre.

— Ce n'est pas le moment de déconner, ils sont là, dit Mathieu.

Les berges du Siron sont très encaissées et protègent des regards, par contre il n'est navigable que sur les quelques mètres de l'embouchure. L'avant de la barque s'échoue dans la vase. Le même sifflement résonne de nouveau, Jean-Yves y répond de la même manière.

— C'est bon, ils sont là, chuchote-t-il.

Entre-temps, Peter a quitté l'abri de la cabine. Une corde lancée depuis la berge du Siron atterrit à ses pieds.

— Bey, bey l'angliche murmure Mathieu.

Peter s'est emparé de la corde attachée à un tronc d'arbre. En moins d'une minute, il est rendu sur la berge. Un doigt en travers de la bouche, Katrina lui intime le silence.

Déjà, Mathieu et Jean-Yves se dégagent de la vase. Alfred récupère la corde, puis d'un signe, il invite Katrina et Peter à le suivre.

À l'abri des arbres qui bordent le ruisseau, ils regagnent la maison de Mérigon où les attend Madeleine. Il y a du feu dans la cheminée, tous s'en approchent.

— Soyez le bienvenu l'accueille Katrina. Cependant en attendant de vous faire passer à Gibraltar, vous allez rester caché ici. Inutile de vous faire voir du voisinage, bien que nous soyons en zone libre, la ligne de démarcation n'est qu'à deux ou trois kilomètres. Nous devons nous méfier de tout le monde.

— OK, je me ferai le plus petit possible.

— Ce ne sera pas long, confirme Alfred, quelqu'un viendra vous chercher dans deux jours pour vous accompagner à Saint Jean Pied de Port. De là, un passeur vous fera franchir les Pyrénées puis un autre prendra le relais jusqu'à l'ambassade d'Angleterre à Madrid.

***

— On s'en est bien sortis, dit Katrina.

— Oui, je reconnais que nous avons certainement eu de la chance, confirme Alfred. Par contre, je suis très inquiet en ce qui concerne mes parents.

En effet, la répression antijuifs se fait à Bordeaux de plus en plus cruelle. Si, en août mille neuf cent quarante, les Allemands avaient expulsé plus d'un millier de juifs étrangers de Bordeaux, les juifs français n'avaient pas été spécialement inquiétés. De plus, ses parents s'étaient investis pécuniairement dans l'affaire des amis qui les avait reçus. Après avoir abandonné leur commerce lorrain, ils ne tenaient pas à tout perdre maintenant sur Bordeaux. C'est peut-être un calcul risqué, car, de plus en plus, le régime de Vichy promulgue des lois raciales, scélérates. Alfred est persuadé que ses parents désormais courent un danger mortel en restant à Bordeaux.

— Oui, je te comprends, les nouvelles concernant les juifs ne sont pas bonnes, je dirais même alarmante.

— Tu penses que nous pourrions les faire passer en zone libre ?

— Cela représente des difficultés, mais elles ne sont pas insurmontables. Cependant, ce n'est pas à mon niveau que se prépare ce genre d'action. Je dois en référer à mon correspondant.

La jeune femme ne donne pas de réponse immédiate. En effet, l'affaire doit être étudiée sérieusement. De plus elle doit faire face en sa qualité de secrétaire de mairie à des problèmes urgents. Heureusement, la situation n'est pas comparable à la zone occupée, bien que certaines denrées manquent, les gens vivent normalement ou presque.

***

Justin Loubiet est né à Langon, tout le monde le connaît et le tutoie, même dans les villages les plus reculés de l'arrondissement. Comme son père avant lui, il vit de son petit commerce de récupération de ferrailles, lie de vin, tartre. Quand les oies sont prêtes pour le dernier voyage, ce

295

sont les plumes et les duvets. Il achète aussi les peaux de bêtes de toutes sortes, les vieilles fripes, et en général, tout ce dont les gens ne veulent plus. Comme son père avant lui, il a hérité du surnom de Mathéo. Nul ne se souvient de l'origine de ce chaffre

Il entasse tous ses trésors dans un hangar qu'il a construit tout près de sa maison, derrière la gare. Il revend en gros aux Allemands qui payent avec l'argent extorqué à la France. C'est sa femme Apolline, qui tient la boutique et assure la vente au détail en même temps qu'une garde vigilante, pendant que, lui, parcourt le pays avec sa carriole attelée d'un âne.

Son intuition, son sixième sens lui fait deviner ce dont chacun a besoin. Très souvent, il tombe juste. Nul ne connaît la région mieux que lui. Il sait ce qui se passe dans les chaumières, les écarts, les infidélités de chacun ou de chacune, mais il garde tous ces petits secrets pour lui.

Petit homme d'apparence insignifiante, personne ne se méfie de lui. Lorsque son chemin croise une patrouille allemande, il a toujours une bonne bouteille à tirer de dessous ses ballots au contenu hétéroclite, un morceau de fromage ou de jambon à partager. Lorsqu'il se présente au poste de contrôle de la ligne de démarcation, installée au bas Pian, il y abandonne toujours du vin ou quelques victuailles.

Certains, dans les villages alentour, le soupçonnent de collaboration. Ceux qui ont fait avec lui, de mauvaises affaires sont prêts à le jurer.

Pourtant Mathéo est le chef du groupe de résistants dont fait partie Katrina. C'est de lui que dépend la possibilité de faire passer la ligne aux époux Chaberchteim.

Lucien est en sueur, dans le train il n'a pas été contrôlé. Il possède bien une carte d'identité mais aucun laissez-passer. Il a réussi à sortir de la gare Saint Jean par le côté marchandises. Ce n'a pas été une mince affaire d'éviter les patrouilles allemandes qui surveillent les abords. Il a franchi la clôture entre deux passages sans se faire repérer.

Il a faim, il a soif, il n'a qu'une idée en tête, trouver une adresse ou se cacher le temps que les choses se tassent. Que Jérôme soit passé sous les roues du train, ne le chagrine pas plus que ça. Non, ce qui compte, c'est sauver sa peau. Bien qu'Alfred, Etienne et surtout Hans soient plus ou moins prisonniers, derrière la ligne de démarcation, en zone libre, il n'est pas rassuré.

Dans sa tête, il repasse les adresses des négociants avec lesquels son père avait des contacts. Il espère que la solidarité de la profession jouera, malgré ou en raison de l'occupation. Il a en mémoire l'adresse d'Émile Leroideck, au bout du quai des Chartrons. Il pense pouvoir compter sur son aide.

Au moment où il s'apprête à tirer le cordon de sonnette du petit hôtel particulier, la porte s'ouvre. Émile Leroideck, reconduit lui-même avec beaucoup de déférences, un officier allemand. Lucien, redescend à reculons, les trois marches qui mènent à la porte d'entrée pour laisser passer le visiteur.

— Excusez-moi, Monsieur Leroideck, j'allais sonner.

Leroideck lui accorde un rapide regard, puis s'adressant à l'officier.

— Je pense que je pourrai vous donner satisfaction, si vous me laissez quelques jours devant moi pour m'organiser.

— Je compte sur vous, dit l'homme envoyé par le commandant Boemers.

À ce moment, une voiture que n'avait pas remarquée Lucien, s'arrête dans son dos. Le chauffeur en descend, et s'empresse d'ouvrir la portière arrière à l'officier.

Leroideck regarde s'éloigner le véhicule, puis soudain, se rappelle la présence de Lucien devant sa porte.

— Eh bien Monsegues, que me vaut l'honneur de votre visite ?

— Je me suis disputé avec mon père, et j'ai quitté la maison.

— Par les temps qui courent, ce n'est pas très malin de votre part.

— J'en ai par-dessus la tête du travail de la vigne. Moi, ce qui m'intéresse, c'est le négoce.

Émile Leroideck, n'est pas très convaincu des motifs avancés par Lucien, mais les exigences de l'officier allemand qui sort de chez lui l'incitent à ne pas se montrer trop curieux.

— Et vous compter sans doute, apprendre le métier chez moi ?

— Effectivement, j'ai pensé à vous, car je considère que vous êtes l'un des meilleurs sur la région.

Allons, il essaye la flatterie, se dit Leroideck.

— Peut-être, mais vous savez avec la présence des Allemands, ce n'est pas aussi facile que ça d'embaucher du personnel.

— Je saurai me rendre utile, dit Lucien.

Leroideck se frotte le menton, fait mine de réfléchir.

— Entrez, nous allons en discuter, je suppose de plus que vous ne savez pas où dormir ce soir ?

— C'est vrai, je suis parti sur un coup de tête et je n'ai pas pensé à me loger.

— Et peut-être sans un sou en poche aussi ?

Lucien n'a sur lui que quelques pièces de menue monnaie.

— Je vous ai dit, je suis parti sur un coup de tête.

Les deux hommes sont maintenant rendus dans le bureau du négociant. Lucien, ne sait quelle attitude adopter pour obtenir l'aide de Leroideck, ce dernier réfléchit à la manière la plus subtile de le faire travailler sans trop débourser.

— Vous avez bien conscience Monsegues, des problèmes que nous rencontrons. La ligne de démarcation ne favorise pas le commerce en général, et celui du vin en particulier.

— C'est vrai, mais il reste encore les vignes du médoc et du blayais.

— Certes, mais il va falloir jouer serré pour obtenir des prix corrects.

Lucien n'est pas dupe, il connaît les méthodes de Leroideck. Lui-même en a fait l'expérience avec la production de son père. Mais dans sa situation, il n'a pas la possibilité de le contredire de front.

— Oui, je reconnais que la présence des Allemands ne simplifie pas les choses.

Leroideck, de nouveau se frotte le menton d'une main, de l'autre il aligne quelques chiffres sur une feuille de cahier, fait l'addition et propose.

— Je pourrais éventuellement vous embaucher pour aller chercher du vin dans diverses exploitations, mais je pense que vous n'avez pas de permis de conduire, ni même l'âge de le passer.

Merde se dit Lucien, il va me laisser tomber.

— En trichant un peu sur mon âge, je peux...

Leroideck ne lui laisse pas finir sa phrase.

— On va arranger ça avec messieurs les Allemands. Procurer vous une photographie et apportez-la-moi.

— J'en ai une qui peut faire l'affaire.

De son portefeuille, il retire une photographie d'un groupe où il figure en bonne place.

— Il suffira de découper ce qui est en trop, dit-il.

Le négociant examine l'image, hoche la tête, puis déclare.

— Si ça convient aux Allemands, ça me convient.

Lucien reprend confiance.

— Si je comprends bien, vous allez m'embaucher ?

— Oui, mais vous vous rendez compte des problèmes que vous me posez. Vous débutez dans le négoce, je suis obligé de vous faire obtenir un permis de conduire illégal. Je ne pourrais pas vous verser un gros salaire.

Je m'en doutais, mais je n'ai pas le choix, je me rattraperai plus tard, se dit Lucien.

— Vous ne serez pas déçu de mes services, dit-il.

— Bien dans ce cas, je vais vous dépanner d'une certaine somme, pour vous permettre de vivre jusqu'à ce que nous ayons ce permis de conduire.

Lucien pourrait se débrouiller sans ce document, depuis déjà plusieurs mois, il conduit le camion de son père. Mais là, en zone occupée, il vaut mieux être en règle.

— Je vous en remercie, je vous rembourserai dès que possible.

— J'y compte bien, je vous fais confiance, mais pour ma comptabilité, vous allez me signer une reconnaissance de dette.

Lucien a gardé un mauvais souvenir de la reconnaissance de dette que lui avait extorqué Gino. Mais bon, Gino il y a des chances pour que l'on ne le revoie plus.

Tu parles d'une confiance, se dit-il en signant le papier que lui présente le négociant.

L'avance consentie lui permet de trouver une chambre rue des Douves, dans le quartier du marché des Capucins. Il ne tarde pas à lier connaissance avec tout ce que le lieu compte de mauvais garçons.

***

Les amis allemands de Leroideck sont efficaces. Le vendredi six septembre mille neuf cent quarante Lucien, nanti d'un permis de conduire, part au volant d'un camion Renault AHS de cinquante chevaux et deux tonnes de charge utile. Sa tournée le conduit dans le médoc où Leroideck a négocié ses achats.

L'occupant, qui paye avec l'argent des Français, ne lésine pas sur les prix, et ne se prive pas pour déguster les meilleurs crus.

Jusqu'au début avril mille neuf cent quarante et un, Lucien se plie aux exigences de son employeur, qui n'a pas manqué de retenir sur ses premiers salaires, la somme avancée à ses débuts. Il a récupéré sa reconnaissance de dette. Une certaine confiance s'est installée. Lorsqu'il doit partir de bonne heure le matin pour l'une de ses tournées de ramassage, il garde le camion pour rejoindre son domicile de la rue des Douves. Il s'agit d'un véhicule en bon état qui ne manque pas d'attirer l'attention.

***

Ernest Beauregard, exploite un bar à l'enseigne du Sainte Croix situé rue Carpenteyre. Au-dessus de la salle se trouvent quatre chambres auxquelles, depuis le bar on accède par une porte discrète. Un étroit couloir qui débouche dans la rue, permet de ressortir tout aussi discrètement.

Trois filles bénéficient de sa protection, car en plus de la profession de limonadier, il exerce celle plus lucrative de maquereau.

Elles officient habituellement sur les quais, mais aussi au Sainte Croix. Il est fréquent que Lucien après sa tournée y vienne le soir se désaltérer, et, par la même occasion honorer l'une ou l'autre de ces dames. Le patron, de temps à autre paye sa tournée.

— Il me semble que tu as un bon boulot, par les temps qui courent, ce n'est pas évident, l'interpelle Ernest.

Lucien hausse les épaules d'un geste fataliste. Un bon boulot, c'est facile à dire. Ce n'est pas Ernest, qui fait des journées interminables pour récupérer les vins négociés par Leroideck. Il devait l'initier au négoce, or, il n'a pas eu l'ombre d'un contact. C'est toujours son patron qui se promène dans sa nouvelle Citroën. Lui est cantonné dans le ramassage et va livrer directement aux Allemands. C'est juste si son salaire lui permet de vivoter et de s'offrir un extra de temps à autre.

— Tu parles d'un bon boulot, je suis toujours sur les routes à la merci d'une panne ou de me faire voler le camion.

Ernest, depuis longtemps a remarqué que Lucien n'était pas très argenté.

— Ouais, d'accord, il y a quelques risques, mais si tu es bien payé, ça vaut le coup, non ?

— Bien payé ! Même pas. Mon patron est pingre à n'en plus pouvoir. Pourtant avec l'argent qu'il se fait avec les boches il pourrait être plus généreux.

Ernest balaye la salle du regard. Il n'y a que des habitués, ses filles sont sur le quai Sainte Croix à chasser le mâle. À voix basse il reprend Lucien.

— N'utilise pas le nom de boche, c'est mauvais pour le commerce.

— Ouais, tu as raison, disons comme mon patron, Messieurs les allemands.

— C'est plus prudent, confirme Ernest.

— Remets-moi une absinthe, veux-tu.

Ernest attrape la bouteille sur l'étagère derrière le comptoir. Il sent qu'il arrive à ses fins. Lucien est mal payé par un patron qui lui s'enrichit sans vergogne, en pillant les producteurs de grands crus médocains. Tout en servant, à voix basse, il propose.

— Écoutes, tu pourrais faire un peu de fraîches sur le dos des Allemands sans prendre de risque.

Avant de répondre Lucien se donne le temps. Il regarde le morceau de sucre se diluer dans l'absinthe. Lui aussi a pensé à améliorer ses fins de mois. Il adopte le même ton.

— Je t'écoute, tu as bien une idée en tête.

— Ouais, bien sûr que j'ai une idée en tête. Les pinards que tu vas chercher dans le médoc, ce n'est pas de la piquette comme celle que je sers à mes clients.

— Non, ce ne sont que des bons crus, Messieurs les allemands ont le bec fin.

— C'est bien ce que je pensais. Voilà ce que je te propose.

Lucien écoute les explications d'Ernest, de temps à autre il avale une gorgée d'absinthe.

— Je pense que ça peut marcher. Mais, et moi, quelle est ma part ?

— On partage moitié-moitié.

— La dernière vendange a donné un vin d'excellente qualité, précise Lucien.

— Ta prochaine tournée est prévue pour quand ?

— La semaine prochaine, je n'ai pas encore la date, dit Lucien.

— Aussitôt que tu la connais, on se lance.

Mardi huit avril mille neuf cent quarante et un, Lucien conduit à petite vitesse. Son Renault est chargé de huit barriques, il vient de dépasser le village de Macau. Il est presque midi et il est en avance sur sa tournée. Il approche de l'intersection du village de Ludon Médoc. Sur sa droite, s'ouvre un chemin à peine carrossable, qui zigzague à travers la forêt. Il s'y engage résolument. Au bout, se trouve une grange, la porte est ouverte, il s'y engouffre. Tout de suite les portes sont refermées.

— Dépêchons-nous, souffle Ernest.

À côté du camion de Lucien se trouvent garée une fourgonnette chargée de deux barriques, l'une est vide, l'autre contient un petit vin de piètre qualité.

Les deux hommes ont vite fait de prélever le huitième de chaque barrique de grand cru et de le stocker dans la barrique vide, puis de les compléter avec le vin apporté par Ernest, le mélange, à cette dose, n'est pas décelable.

Lorsque Lucien reprend la route, il sifflote au volant, quelques billets gonflent la poche intérieure de sa veste.

Tout au long de l'année mille neuf cent quarante et un, il se livre au même trafic sur les vins. Ernest s'est constitué un réseau pour écouler le produit de leurs vols, la demande augmente de telle sorte, que de plus en plus, la qualité des grands crus est polluée par le coupage.

Jeudi cinq février mille neuf cent quarante-deux. Leroideck stoppe sa voiture devant le château, Claire Lande, il doit négocier pour ses clients allemands une commande de dernières minutes. Ce genre d'affaire ne se traite pas par téléphone. Le maître de chai est présent.

— Bonjour Monsieur Leroideck, si vous cherchez votre chauffeur, il vient juste de repartir.

— Non, je désirais rencontrer Monsieur De la lande, pour une commande urgente et d'une quantité importante. Je pense que vous pourrez me donner satisfaction.

— Certainement, mais pour fixer le prix, vous devrez traiter avec Monsieur De la lande, et actuellement il est absent.

— C'est bien regrettable, mais dites-moi, certains de mes clients m'ont fait part de quelques critiques sur la qualité de vos dernières fournitures. J'ai moi-même goûté un échantillon qui m'a été ramené, je ne l'ai pas trouvé fameux.

Le maître de chai est piqué au vif.

— Pas fameux ! Vous plaisantez ? J'ai toujours fait mon travail de la même façon, avec les mêmes précautions et vous êtes le seul à vous en plaindre.

— Je ne demande qu'à vous croire, néanmoins j'essuie des critiques.

— Venez avec moi, vous aller vous faire une idée sur celui que je viens de faire charger sur votre camion. Vous m'en direz des nouvelles.

Celui que propose le maître de chai, ne souffre aucune comparaison avec l'échantillon ramené par les Allemands.

— En effet, il est excellent, dit Leroideck.

— Comment, il est excellent ! Il est parfait comme celui que je vous ai toujours fourni. Après un silence de quelques secondes, le maître de chai rajoute, du moins au départ du château.

Des soupçons commencent à s'agiter dans la tête du négociant. Si au départ, le vin est de qualité et qu'à l'arrivée celle-ci n'est plus la même, il y a un problème.

— Il y a longtemps que le camion est parti ?

La pendule fixée au-dessus de la porte de son bureau indique dix heures dix.

— Il y a environ un quart d'heure.

— Bon, je vous remercie, dite à Monsieur De la lande que je lui réserve vingt barriques. Nous discuterons du prix plus tard.

Leroideck pense en roulant vite, qu'il a une chance de rattraper son camion, avant son arrivée à son entrepôt du quai des Chartrons.

Lucien est en avance sur le rendez-vous fixé avec Ernest. Il conduit prudemment car par endroits, la route présente des traces de verglas. Ce n'est pas le moment de se casser la figure dans le fossé. Les affaires marchent bien, avec le profit qu'il retire de son trafic, il mène la bonne vie. L'argent lui glisse entre les doigts comme une poignée de sable.

Leroideck roule depuis presque une heure. Il n'y a quasiment personne sur les petites routes qui longent la Garonne. Il vient de dépasser le village de Macau et n'a toujours pas rattrapé son camion.

Il ne s'est pourtant pas envolé, se dit-il. À ce moment il l'aperçoit avant l'entrée du village de Ludon Médoc qui s'engage dans un chemin forestier.

Mais, où va-t-il ?

Il dépasse de quelques mètres le chemin forestier, son camion n'est déjà plus en vue. Les idées se bousculent dans sa tête.

C'est donc là que mon vin change de goût, se dit-il.

Il hésite à intervenir tout seul. Si Lucien à des complices, ce qui est quasiment sûr, ils risquent de lui faire un mauvais sort. Il laisse s'écouler quelques minutes puis s'engage à son tour dans le chemin. Il a réfléchi que peut-être il vaut mieux régler cette affaire sans témoin. Son commerce avec l'occupant, dérange pas mal de monde. S'il surprend Lucien sur le fait, il se trouvera en position de force.

Le camion laisse des traces sur le chemin, il est facile de le suivre. Après plusieurs virages, Il aperçoit une grange dont les portes sont fermées. Les traces de roue s'arrêtent devant la porte. Il arrête son moteur et termine en roue libre pour rester silencieux.

À l'intérieur il perçoit distinctement une conversation entre deux hommes. La voix de l'un d'entre eux est celle de Lucien, il presse son complice de se dépêcher. Armé de la manivelle de la Citroën, il pousse d'un coup la porte de la grange. Lucien sur le camion ainsi qu'Ernest auprès de sa barrique vide sont cloués sur place.

— Alors, c'est là que se passe votre petit trafic, leur crie Leroideck.

— Merde, qui c'est celui-là ? Lâche Ernest.

Lucien est revenu de sa surprise.

— Je te présente Monsieur Leroideck, mon employeur, persifle-t-il.

— Et alors qu'est-ce qu'il veut ?

Leroideck agite sa manivelle sous leur nez.

— Ce que je veux, c'est récupérer mon camion.

Ernest se montre agressif.

— Je n'en ai rien à foutre de ton camion, c'est le pinard que je veux.

Leroideck réfléchit rapidement, dénoncer les deux voleurs à la police, ou aux Allemands n'est pas forcément la solution. Il n'a pas intérêt à ce que l'affaire s'ébruite. Dans le complice de Lucien il a reconnu un client occasionnel que lui achète du vin de médiocre qualité.

— Écoutez les gars. Vous êtes dans la merde.

Puis s'adressant à Ernest.

— Je sais que tu as un petit bistrot à Bordeaux. Si je te dénonce pour le marché noir que tu fais avec ce que tu me voles, tu es sûr de terminer en taule. À ta sortie quelqu'un aura repris ton affaire et tu n'auras plus rien.

Quant à toi Lucien, Messieurs les allemands n'aiment pas beaucoup que l'on se paye leur tête. Si je leur dis de quelle manière tu les as bernés, tu peux être assuré qu'ils vont se fâcher.

À ce moment Ernest et Lucien se rapprochent de Leroideck qui lève sa manivelle.

— Ne cherchez pas à me faire la peau, parce que vous n'irez pas loin. Le maître de chai du château Claire Lande est au courant que je te suivais. Si je ne reviens pas, tu peux être sûr qu'ils vont te poser des questions. Et alors là, je ne donne pas cher de la vôtre de peau.

L'argument fait mouche.

— C'est bon pour moi, en écrase le coup, dit Ernest.

— Moi aussi, consent Lucien.

— Sauf que tu vas conduire mon camion jusqu'à l'entrepôt et après, tu pourras te chercher du boulot ailleurs, et ne comptes pas sur ta paye de cette semaine. Passe devant, je te suis.

***

Le lendemain, au Sainte Croix.

— On s'est fait avoir comme des bleus, dit Ernest.

— Tu l'as dit, sauf que toi, tu as toujours ton bistrot et tes filles. Moi, je n'ai plus rien. En plus ce vieux pingre ne m'a pas payé la semaine écoulée.

— Tu n'espérais pas une prime en plus, le raille Ernest.

— Te fiche pas de moi, en tous les cas, il ne l'emportera pas au paradis. Je sais où il planque son pognon.

Ernest sent que Lucien est sur le point de faire une grosse bêtise.

— Ne compte pas sur moi pour t'accompagner. On se sort bien de la dernière, je préfère rester tranquille.

— C'est bon, je me démerderai tout seul, je n'ai pas besoin de toi.

Trois jours plus tard, la nuit venue, Lucien s'introduit dans l'entrepôt de Leroideck. L'endroit où il espérait prouver de l'argent est vide. Il se contente de dérober quelques bouteilles d'un cru prestigieux. Il ne faut pas longtemps au négociant pour s'en apercevoir et deviner qui est son voleur.

Arrêté par la police, il est remis au commissaire Poinson, toujours soucieux de recruter du personnel, pour ses fonctions au service de la section IV du KDS, dirigée par l'Allemand Dosche. Et ses indicateurs, il les trouve dans le milieu des petits délinquants arrêtés par les divers commissariats d'arrondissement.

— Alors mon petit, on est en manque de liquidité. On veut jouer au grand, et on se fait avoir comme un gamin. La perquisition menée chez toi par le commissaire du quartier Saint Jean, a été concluante. Ne me dis pas que, sans travail, tu as les moyens de t'offrir de bonnes bouteilles.

— Ces bouteilles, se défend Lucien, je les ai depuis longtemps. C'est mon père qui me les a offertes pour mon anniversaire.

— Mais bien sûr, dis-toi bien que je suis né avant toi, alors tu vas m'écouter et faire ce que je te propose. Je sais fort bien à quoi m'en tenir sur toi. J'ai déjà contacté les gendarmeries de Langon et de La Réole, que dis-tu de ça ?

Lucien, ne sait pas exactement ce que le commissaire a appris sur son passé, et tente de le duper.

— Les gendarmes, je ne suis jamais allé chez eux, ils n'ont rien à me reprocher. Le seul que je connais, c'est Armand, le fiancé de ma sœur.

— Cela aussi je le sais. Les gendarmes savent faire leur travail, et si tu n'as pas été chez eux, c'est parce qu'ils n'ont pas eu la possibilité de t'arrêter, lorsque ton copain Jérôme est passé sous le train à Saint Pierre d'Aurillac. Tu t'es empressé de passer la ligne de démarcation et de te réfugier à Bordeaux.

— Alors là, dit Lucien, c'est un accident, on voulait prendre le train en marche et il a glissé. Il se garde bien de préciser que c'est lui qui l'a déséquilibré en lui donnant un coup de coude.

— Et, pourquoi voulais-tu prendre le train en marche ? Que je sache, il y a une gare à Saint Pierre d'Aurillac.

Lucien ne sait trop que répondre, il se sent coincé par le commissaire Poinson. Ce dernier, lassé de jouer au chat et à la souris, consulte quelques notes sur un carnet posé devant lui.

— Puisque tu ne veux pas le dire, je vais te rafraîchir la mémoire. Lorsque les Allemands ont envahi l'Alsace et la Lorraine, de nombreuses personnes ont fui. Certaines devaient rejoindre un membre de leur famille à Saint Pierre d'Aurillac. En l'occurrence, il s'agit de la famille Worms. Tu vois bien que je sais tout. Je continue ou nous en restons là ?

Lucien s'obstine à faire celui qui ne comprend pas.

— Oui, je le sais tout cela, ils sont bien tous arrivés que je sache.

— Je vois que tu es vraiment une tête de mule, reprend le commissaire, je vais donc aller plus loin. Les personnes dont je te parle, et qui sont de ta famille ne sont pas toutes arrivées en même temps. Selon les renseignements qui m'ont été transmis par les gendarmes, une jeune fille aurait été trompée à son arrivée au train, et conduite directement dans un bordel.

— Moi je n'y suis pour rien, dit Lucien, c'est Jérôme qui l'a conduite chez ses parents à L'Oasis.

— Peut-être, reprend Poinson, mais c'est toi qui étais désigné pour aller à la gare accueillir cette fille. C'est du moins ce que son père a déclaré aux gendarmes, lorsqu'elle n'est pas reparue. Il n'est pas difficile de comprendre que ce Jérôme tu l'as envoyé à ta place, pour une raison que j'ignore, mais que tu vas m'expliquer.

Lucien réplique.

— Je suis allé à la gare, et je n'ai pas vu cette fille. Peut-être que Jérôme y a été aussi et l'aura racolée. C'était un beau parleur, et il savait s'y prendre avec les filles.

Excédé, le commissaire Poinson se lève, et applique une paire de taloches à Lucien, qui tente de se rebiffer. Il est maîtrisé par les deux gardiens qui assurent sa surveillance.

— Si tu persistes à me prendre pour une andouille, je vais te remettre aux gendarmes de Langon ou de La Réole. Ils rêvent de pouvoir entendre tes explications, sur le coup de coude que tu as donné à Jérôme parce qu'il te gênait pour monter dans le train. Cela s'appelle un meurtre.

Lucien tente encore.

— Mais je n'y suis pour rien, il a glissé !

— Puisque tu ne veux pas me dire pourquoi vous vouliez prendre le train en marche, je vais te le dire, moi. C'est parce que le fiancé de la jeune fille que vous avez prostituée, voulait vous casser la gueule avant de vous remettre aux gendarmes.

Poinson marque un temps d'arrêt, pour laisser Lucien répondre, mais celui-ci baisse la tête et ne dit rien. Voyant qu'il marque des points, le commissaire poursuit.

— Ne viens pas prétendre que ton copain Jérôme a glissé, le fiancé de la demoiselle t'a très bien vu lui donner un coup de coude. C'est toi qui l'as tué en le faisant tomber sous les roues du wagon. C'est mentionné dans le rapport de la gendarmerie de Caudrot. C'est justement le fiancé de ta sœur le chef Duclot qui a dirigé l'enquête, à juste raison, il ne te fait pas de cadeau.

Lucien ne répond toujours pas, Poinson poursuit.

— Tu veux que je te dise. Les gendarmes ont assez de témoignages pour t'envoyer au tribunal pour enlèvement de mineure, séquestration, proxénétisme, et le meurtre de ton copain Jérôme. Et puis j'oubliais, ton copain Jérôme, lui, ce sont les gendarmes de Langon qui le recherchaient. Tu sais bien qu'ils avaient des questions à lui poser, sur l'incendie de la maison du nommé Garonos. Surtout, que le surnommé, Nonnos, ils n'ont trouvé que son cadavre dans les décombres. Ils n'ont pas de chance, les gendarmes. Il est mort, Jérôme, puisque tu l'as tué. Mais même mort, il va encore t'attirer des ennuis, parce que tu sais certainement des choses sur les circonstances de la mort de Garonos.

— Alors là, s'insurge Lucien, je ne vois vraiment pas comment.

— Tu ne vois pas, rétorque Poinson, eh bien je vais te le dire. Lorsqu'il est venu s'installer chez toi, Jérôme venait lui aussi de se rendre coupable d'un meurtre. Celui du nommé Garonos qui l'hébergeait lorsque ses parents, les tenanciers du bordel, ont été virés par les Allemands. De plus, avant de se barrer en zone libre, donc pour venir chez toi, il a fichu le feu à la maison. Pour dissimuler ses traces sans doute, cependant, les gendarmes, qui ne sont pas aussi bêtes que tu le crois, ont des indices et des témoignages, qui pouvaient l'envoyer, lui aussi devant les assises.

— Peut-être, reprend Lucien, mais là, encore, je n'y suis pour rien. Je n'y étais pas. J'habite en zone libre, et je n'ai pas de laissez-passer.

— C'est là que tu te trompes. C'est sûr que tu n'y étais pas. Mais lorsqu'il est venu se faire héberger, il t'a tout raconté. Et toi, tu ne l'as pas dénoncé aux gendarmes, comme la loi t'y oblige en cas de crime. Tu es donc passible de recel de criminel. Ajouté à l'histoire de la jeune fille, si tu échappes à la *veuve*, tu auras au moins perpette.

Lucien sent une sueur froide couler le long de son dos. D'une voix mal assurée Il répond.

— Vous n'avez pas de preuves de ce que vous avancez. Jérôme ne m'a rien dit.

— Alors là, mon petit, des preuves, on s'arrangera pour en trouver. Tu peux me faire confiance. Que je te remette aux gendarmes de La Réole ou à ceux de Langon, tu n'es pas près de sortir de taule. Alors, que décides-tu ?

Vaincu, Lucien ne peut qu'accepter les propositions de Poinson.

— C'est bon, que voulez-vous que je fasse ?

— Ah ! La bonne heure. Tu deviens raisonnable. Je vais donc garder ton dossier sous le coude, mais à la moindre erreur, tu auras ton billet pour Langon, ou La Réole, je verrai. Voilà ce que je veux que tu fasses, je vais te remettre des photographies de quelques personnes qui voyagent régulièrement en train. Tu traîneras aux arrivées, et lorsque l'une de ces personnes sortira, tu la suivras pour savoir qui elle rencontre, où ont lieu ses rendez-vous, mais également, je veux que tu découvres où elle habite.

— Je ne peux pas refuser de vous aider, mais, si je passe tout mon temps à la gare, je ne peux pas travailler, et j'ai besoin d'argent pour vivre, fait observer Lucien.

Poinson balaye l'objection d'un revers de main.

— C'est ton affaire, tu te débrouilles. Tant que ce n'est pas trop grave, on s'arrangera. Mais si c'est une grosse connerie, tu assumes. Au moment de renvoyer Lucien, il rajoute, mais dis donc tu me sembles assez doué avec les filles, pourquoi tu ne te mets pas à ton compte ? Avec le merdier que l'on a en ce moment, ce ne devrait pas être trop compliqué, cyniquement il rajoute, quand tu auras trouvé une orpheline à protéger, reviens m'en parler.

Lucien est pris, et bien pris. À lui de trouver le moyen de payer son loyer, et manger tous les jours. L'idée du commissaire fait son chemin dans sa tête, déjà pleine de mauvaises pensées.

Quelques jours plus tard, en regagnant la chambre meublée qu'il occupe rue des Douves, il remarque une jeune fille occupée à fouiller dans les poubelles.

— Il n'y a rien à bouffer là-dedans.

Surprise, la jeune fille se retourne, rouge de confusion. Dans sa main, elle serre précieusement un croûton de pain.

— Je n'ai pas le choix, dit-elle, mes parents ont été tués dans les bombardements, et je n'ai pas d'argent.

— Comment tu t'appelles ? Demande Lucien.

— Évelyne.

— Eh bien Évelyne, si tu veux manger tous les jours à ta faim, je te propose de venir avec moi.

Moins de deux mois plus tard, le conseil du commissaire Poinson est appliqué à la lettre par Lucien. Évelyne, sous le diminutif d'Éva, plus accrocheur, se prostitue dans sa chambre de la rue des Douves pendant que lui-même surveille les accès de la gare.

9

Justin Loubiet rentre de sa tournée habituelle pour acquérir dans les campagnes environnantes, les diverses marchandises qui alimentent son commerce de brocanteur.

Dissimulé derrière un tas de harde au fond de son entrepôt, il épluche le courrier retrouvé dans les diverses boîtes aux lettres qu'il relève au cours de ses tournées. Les messages déchiffrés, il en fait une synthèse qu'il code à nouveau. Par le canal habituel, il parviendra à Armand qui lui est en contact avec un opérateur radio.

Le froid qui règne à l'extérieur, justifie le feu dans la cuisinière, sur laquelle chauffe la soupe du soir. Tous les écrits disparaissent dans les flammes. Il reste pensif pendant plusieurs minutes. Il a des décisions à prendre, et elles risquent de mettre en jeu la sécurité du réseau.

Katrina a fait passer par le canal habituel, un courrier concernant la demande d'Alfred de faire traverser ses parents en zone libre.

Justin Loubiet s'empare d'une feuille de cahier d'écolier et rédige ses instructions. La première chose à faire est de contacter ces derniers, et d'obtenir d'eux la remise de photographies. Ceci dans le but de faire fabriquer de faux papiers. Une fois cette étape franchie, il sera temps d'échafauder un plan pour leur faire passer la ligne.

Il ne reste plus qu'à coder ce message, dans deux ou trois jours Katrina en prendra connaissance.

À la fin de mars mille neuf cent quarante-deux, dans le but d'obtenir les photographies des époux Chaberchteim, et leur expliquer une partie du déroulement de l'opération, elle se rend à Bordeaux. À la gare Saint Jean, il y a peu de transports publics, et ceux qui fonctionnent sont très irréguliers.

Il ne neige pas malgré la grisaille du ciel, mais il fait très froid. C'est pourquoi, d'un pas rapide, elle sort de la gare, emprunte le cours de la Marne, et se dirige vers la boutique des parents d'Albert, située place saint projet, au milieu de la rue Sainte-Catherine.

Alors qu'elle arrive à la hauteur du marché des Capucins, elle a l'impression d'être suivie. À plusieurs reprises, elle se retourne, elle remarque une ombre furtive qui se dissimule derrière un pilier du marché. Elle n'a pu identifier clairement cette dernière, mais elle a une impression de déjà-vu. Elle reprend sa route comme si de rien n'était. Cette impression d'être suivie la met mal à l'aise. Elle décide d'en avoir le cœur net. Au lieu de se rendre directement à la boutique rue Sainte-Catherine, elle prend par la rue Élie Gintrac, s'engage résolument rue Leyteire, pour, par de petites rues, rejoindre le lycée Michel de Montaigne.

Elle connaît l'établissement pour, au premier temps de ses diplômes, avoir fait le remplacement d'un professeur de français. Elle sait qu'il est possible, en empruntant l'entrée des enseignants, de traverser complètement l'établissement pour ressortir cours Victor Hugo, qui est l'entrée principale pour les élèves. Cependant, au lieu de courir pour échapper à son suiveur, elle ralentit au contraire le pas.

Sous prétexte de discuter un peu, elle frappe à la porte de la guitoune du père Léon. C'est un homme d'un âge déjà avancé, et, si la guerre ne l'avait contraint à rester à son poste, il aurait pris sa retraite depuis plus d'une année. Il est chargé de surveiller non pas l'entrée des professeurs, mais la sortie en fraude de quelques étudiants, plus enclins à courir les lieux mal famés qu'à travailler sérieusement. Il n'est pas surpris de voir Katrina qui, s'approchant du poêle, demande des nouvelles du jeune professeur de français qu'elle avait remplacé. Par chance, elle est en cours. Tout en discutant des derniers événements, Katrina garde un œil attentif sur la porte de la rue. Après quelques instants, elle voit distinctement se rapprocher l'individu dont elle n'a surpris que l'ombre au marché des Capucins.

Avec un sentiment mêlé d'un reste d'affection et de beaucoup de pitié, elle reconnaît Lucien.

Il a passablement changé. Il a laissé pousser ses cheveux en une épaisse tignasse surmontée d'une casquette, qu'il porte penchée sur l'oreille droite. Une fine moustache orne sa lèvre supérieure. Il est vêtu correctement, et ne semble pas malheureux. Elle réprime un geste pour aller vers lui, et demander des comptes sur sa conduite passée à l'égard de Madeleine, puis se ravise. En effet, si Lucien a pris la peine de la suivre jusque-là plutôt que de l'aborder, c'est qu'il a encore quelques combines louches derrière la tête.

L'heure du début des cours est largement dépassée, Léon s'excuse et sort de sa loge pour fermer la porte de la rue. Katrina en profite pour prendre congé, et, à toutes fins utiles, passe à la bibliothèque de l'école, emprunter un ouvrage de français. Pendant que Lucien s'installe dans l'embrasure d'une porte cochère pour guetter sa sortie, elle quitte l'établissement par l'entrée des élèves, cours Victor Hugo. De là, elle rejoint la rue Sainte-Catherine toute proche.

Avant de rentrer dans le magasin où elle sait trouver les parents d'Albert, elle examine deux ou trois autres boutiques voisines aux devantures pauvrement garnies. Ce n'est qu'après avoir la certitude qu'elle n'est plus suivie qu'elle pénètre dans celle qui l'intéresse.

Depuis sa dernière visite les lois anti juives se sont durcies. Derrière la vitrine, une pancarte imprimée en caractères noirs sur fond jaune, porte la double inscription *Judisches Geschaeft*, Entreprise juive. Elle furète quelques instants parmi le reste des derniers modèles de robes exposés, elle en choisit une à sa convenance, et demande à l'essayer. Madame Chaberchteim a reconnu sa visiteuse, mais se garde bien de le manifester. À voix basse, bien qu'elle soit la seule cliente du magasin.

— Il va nous falloir des photographies de vous et de votre mari pour faire fabriquer des cartes d'identité.

— Mais nous en avons déjà, s'énerve Madame Chaberchteim.

— Oui, nous le savons, mais avec l'identité qui y est mentionnée, vous ne pourriez même pas monter dans le train.

Rebecca reste pensive quelques instants, dans sa tête elle évalue le prix que vont coûter les photographies. C'est vrai qu'il vaut mieux de nouvelles cartes d'identité. Elle n'a pas le choix.

— C'est d'accord, nous allons les faire cette semaine. Comment je vous les envoie.

Elle ne se rend pas compte que tout le courrier interzone est épluché. Ses photographies, ont toutes les chances de finir dans un dossier judiciaire et d'attirer de graves ennuis au destinataire.

— Ne vous en faites pas pour ça, soit je viendrai les récupérer, soit elles le seront par une autre personne.

— Si c'est une autre personne, comment je le saurai ?

— Il se fera reconnaître au moyen d'une moitié de billet de cinq francs.

En sa présence, elle coupe un billet en deux et lui en remet une partie. À ce moment la porte de la rue s'ouvre livrant passage à un soldat allemand. Les deux femmes restent sereines. Dans un français guttural il déclare.

— Che feu des bas de soie.

Madame Chaberchteim s'empresse de le servir. Katrina en profite pour rendre la robe.

— Je vais réfléchir avant de la prendre, d'autant plus qu'il faudra faire quelques retouches sur la longueur, et resserrer un peu l'encolure qui laisse trop deviner.

— C'est comme il vous plaira Madame, nous vous ferons un prix sur les retouches.

Au pas de promenade, en s'arrêtant de temps à autre devant les devantures de magasin où il ne reste plus beaucoup de choix, elle regagne le Lycée Michel de Montaigne. Elle pénètre par l'entrée principale du cours Victor Hugo. Traverse rapidement tout l'établissement, dont une partie est réquisitionnée par les Allemands, et ressort par l'entrée des enseignants, pour laisser supposer qu'elle est restée tout ce temps à l'intérieur.

— Excusez-moi Monsieur Léon, j'ai été un peu longue.

— Ce n'est pas bien grave, je n'ai que ça à faire, guetter les galopins qui sèchent les cours pour aller s'encanailler sur les quais, et peut-être revenir avec des maladies, dit-il, secouant la tête d'un air réprobateur.

Léon referme la porte derrière elle. Il fait toujours très froid, mais malgré cela elle ne presse pas le pas.

Lucien est toujours là. Elle reconnaît sa silhouette dans l'encadrement de la porte cochère. Comme si elle ne l'avait pas vue, elle reprend le chemin de la gare. Le trajet se passe sans encombre, elle n'a plus cette sensation désagréable d'être suivie.

Au moment de présenter son billet au contrôleur, pour accéder aux quais puis à son train, elle revoit Lucien. Il se tient dans l'ombre d'un pilier. Il n'est pas seul, mais accompagné de deux personnes. Il n'est pas difficile de comprendre qu'il s'agit de policiers en civil. Elle a un instant de compassion pour son frère, pensant qu'il vient de se faire arrêter en raison d'un quelconque larcin. Elle change rapidement d'avis, lorsque après l'avoir désignée, d'un mouvement de menton, il s'éclipse dans le souterrain qui permet d'accéder au dernier quai, celui du train du bordeaux Agen, qui dessert Langon. Il semble circuler en toute liberté dans la gare, comme s'il était chez lui. Il est passé devant le contrôleur sans qu'il ne fasse le moindre geste pour lui demander un billet.

Au moment où elle franchit le portillon, les deux policiers s'approchent d'elle.

— Contrôle de police, Mademoiselle, vos papiers s'il vous plaît.

Elle sent son échine se glacer. La première seconde de peur passée, elle reprend son assurance. Elle savait qu'un jour ou l'autre, cela arriverait. Sans se presser, elle présente sa carte d'identité, puis son laissez-passer, l'autorisant à venir à Bordeaux pour les besoins de la mairie, et ceux de l'école dont elle est l'institutrice.

Pendant que le premier policier vérifie l'identité de Katrina, le second lui pose des questions sur les raisons de son déplacement. Elle se bénit toute seule, d'avoir pensé à emprunter un ouvrage à la bibliothèque du lycée.

— Mademoiselle, vos papiers semblent être en règle, mais quelles sont les raisons de votre déplacement à Bordeaux ?

— Je suis venue pour passer une commande de livres à la librairie pour mes élèves, mais également pour emprunter un ouvrage de français à la bibliothèque du lycée Michel Montaigne, d'ailleurs, le voici.

Joignant le geste à la parole, Katrina sort le livre de son sac et le présente au policier.

— Oui, je vois bien, mais je suppose que vous avez le même ouvrage dans la bibliothèque de votre école ?

Sans se démonter, Katrina réplique.

— Non, les ouvrages qui sont à la bibliothèque de l'école sont ceux des élèves et ne contiennent pas les corrigés d'exercices, alors que celui que j'ai emprunté les possède en annexe.

— Je veux bien vous croire Mademoiselle, cependant, vous allez nous suivre jusqu'au poste pour noter votre identité. Je suis désolé, mais ce sont les directives. Par les temps actuels, nous sommes obligés d'être vigilants.

Au poste de police du quartier saint Jean, Katrina est enfermée dans une cellule le temps qu'une auxiliaire féminine lui fasse subir une fouille en règle. Sans aucun égard pour sa pudeur, tout y passe, vêtements et sous-vêtements. Serrant les dents pour ne pas se rebeller, la jeune femme subit cette humiliation, consciente qu'elle la doit à son frère Lucien.

Ne trouvant rien de compromettant, la moitié du billet de cinq francs, se trouve au milieu d'autres coupures de même valeur, ils lui rendent sa liberté, non sans avoir renseigné complètement une fiche de contrôle.

En quittant le poste, Katrina et les policiers portent le même jugement sur Lucien, mais en font des conclusions différentes.

— On en fera quelque chose de ce petit salaud, dit le plus gradé des deux.

— Tu as raison, approuve son collègue, dénoncer sa propre sœur. Il faut quand même être un sacré fumier.

— Il faudra d'autant plus s'en méfier qu'il me semble capable de tout.

— Oui, c'est Poinson qui va être satisfait, voilà le genre de recru qu'il affectionne particulièrement.

Pour Katrina, le cœur meurtri de chagrin, son salaud de frère est carrément passé à l'ennemi.

Sitôt qu'elle s'est éloignée du commissariat, Lucien, qui était à l'affût, vient aux nouvelles auprès des deux policiers.

— Alors, elle n'avait rien de suspect ? Je suis persuadé qu'elle renseigne les terroristes de Saint Pierre d'Aurillac qui se disent résistants.

— Non, elle a été fouillée par Marguerite, et elle ne laisse jamais rien au hasard. Elle n'a rien trouvé. Mais dis donc, cette jeune femme, c'est ta frangine ?

— Non ! Ce n'est que ma demi-sœur, et alors ? Qu'est-ce que ça peut vous faire ? Elle fréquente des juifs et des communistes. Je suis sûr qu'elle travaille pour les terroristes ou les gaullistes. De plus, je sais que l'ouvrier de son père le prénommé Hans possède des armes qu'il a volées dans le dépôt de l'armée de l'air.

Cette dénonciation fait dresser l'oreille aux policiers.

— Quel dépôt de l'armée de l'air ?

— C'est celui qui se trouve dans la salle des fêtes de Saint Pierre d'Aurillac.

— Et comment tu sais ça, toi ?

Lucien se garde bien de révéler, que lui-même et son complice s'y trouvaient pour dérober et revendre des chaussures et des blousons.

— Je le sais, c'est tout !

Les deux policiers échangent en regard méfiant.

— Nous demanderons aux gendarmes de La Réole d'aller vérifier.

— Ils ont intérêt à se méfier parce que c'est un violant. Je suis sûr qu'il fait partie d'un réseau de terroristes, persiste-t-il.

— C'est bien, nous voyons que tu fais passer le devoir national avant la famille. Le commissaire Poinson sera content de toi. Nous le lui dirons. Mais si tu étais moins con, tu saurais que l'établissement Michel Montaigne possède deux entrées. L'une sur l'arrière, réservée aux enseignants, et l'autre, celle des élèves, sur le cours Victor Hugo. Alors quand tu nous racontes que tu as planqué pendant deux heures, laisse-nous rire. La demoiselle, elle a pu passer par l'entrée des professeurs, traverser, et ressortir par celle des élèves, et, pendant ce temps, faire ce qu'elle voulait.

Rencontrer des contacts, passer des courriers et tout ce que l'on veut. Tu as encore beaucoup à apprendre dans le métier. Si tu veux notre avis, ta frangine, elle t'a possédé jusqu'au trognon.

Lucien ne trouve rien à répliquer, après avoir avalé cette réprimande, il se promet que, la prochaine fois, il prendra ses précautions. En effet, il s'est acoquiné avec un vaurien de son espèce, prénommé Antoine, qui fait le même travail pour la police allemande. De cette manière, l'un restera en surveillance à l'entrée des professeurs, et l'autre ira cours Victor Hugo.

***

Rentrée à Saint Pierre d'Aurillac, Katrina rédige un message codé pour faire part de sa mésaventure à son responsable de réseau. Par la suite, elle reçoit des consignes particulières concernant ses déplacements. De plus, une couverture sera mise en place à chaque voyage. Le groupe de Bordeaux sera informé de la présence de Lucien, et s'efforcera de le localiser afin de savoir pour qui exactement il travaille. Ainsi, Lucien, suiveur de Katrina, sera suivi par quelqu'un au cas où ?

Comme convenu, quinze jours après cette première visite, Katrina retourne à Bordeaux récupérer les photographies demandées.

Ce déplacement se fait sous protection, en fait des cheminots de la gare, dont certains font partie du réseau fer. En raison de leur emploi, ils sont les mieux placés pour surveiller l'arrivée du train et suivre Katrina à distance. De la même manière, ils ont la possibilité d'identifier et de repérer le manège de Lucien et d'Antoine, son complice.

Bien qu'informée de cette protection, Katrina ne remarque rien à sa descente du train, elle traverse le hall d'un pas tranquille. Elle s'engage sur le cours de la Marne, reprend son itinéraire de la première fois sans se retourner, et se rend directement au magasin des parents d'Alfred, sans passer par le Lycée Michel de Montaigne. De nouveau, elle essaye des vêtements, et fixe son choix sur la même robe que la dernière fois.

Une jeune femme brune aux yeux bleus, vêtue avec une élégance discrète, sans faute de goût, est entrée derrière elle, et semble également s'intéresser aux vêtements. Pendant que Madame Chaberchteim prépare l'emballage de la robe, la jeune femme s'approche de Katrina qui regarde d'autres vêtements, et d'une voix presque inaudible, murmure.

— Quelle belle matinée, il est dommage que le temps se gâte !

Katrina s'attendait à ce contact. Cela veut dire qu'elle a été suivie de nouveau à sa sortie de la gare. Elle répond.

— Oui, c'est vraiment dommage, je vais me dépêcher de rentrer.

Tout en regardant les robes avec la jeune femme brune, elle lui a glissé l'autre moitié du billet de cinq francs dans la main.

Sans s'adresser à Madame Chaberchteim, autrement que pour payer l'achat de sa robe, Katrina sort du magasin, d'un pas normal, puis elle regagne la gare.

Lydie, la jeune femme brune aux yeux bleus fouille encore quelques instants dans les présentoirs à vêtements, puis, profitant de ce qu'elle se trouve seule dans le magasin, elle se rend au comptoir, où elle présente la deuxième moitié du billet. Madame Chaberchteim, sans échanger un mot, lui remet alors une enveloppe contenant les photos demandées. Elle glisse celles-ci dans son sac à main, rajuste son chapeau et quitte les lieux, continuant à flâner le long des vitrines des autres magasins. Lorsqu'elle est assurée de ne pas être suivie, elle prend à son tour le chemin de la gare où elle pénètre par l'entrée du personnel puis va prendre son poste au guichet des départs.

C'est Raymond, le chef du dépôt des locomotives, qui, par l'intermédiaire des contrôleurs ou des mécaniciens, fera suivre l'enveloppe à Saint Pierre d'Aurillac.

— Elle a juste acheté une robe, déclare Lucien.

— Ouais, et bien si elle est venue depuis Saint Pierre d'Aurillac juste pour acheter une robe, c'est qu'il se prépare quelque chose conclut le premier policier.

— C'est plus que probable, rajoute le deuxième. En lui-même il pense, je vais faire suivre le renseignement à Lydie.

Si André Braquet jeune inspecteur travaille sans arrières pensés pour le gouvernement de Vichy, son collègue Daniel Vasseur ne partage pas ses idées. Depuis plusieurs mois, il est le petit ami de Lydie et renseigne la jeune femme sitôt qu'il peut le faire.

— Et le quelque chose qui se prépare, c'est certainement de faire passer la ligne de démarcation aux youpins qui tiennent le magasin, conclut André Braquet.

— C'est possible, admet Daniel Vasseur, ton raisonnement se tient.

— Ouais, eh bien je vais les pister moi les youpins, il y a une prime pour ceux qui permettent de les coffrer, dit Antoine.

— N'oublie pas de partager, nous sommes deux, rectifie Lucien.

***

Début avril mille neuf cent quarante-deux, le téléphone sonne au poste gendarmerie de Caudrot.

— Chef, c'est le capitaine il veut vous parler, il n'a pas dit pourquoi.

Armand Duclos abandonne la rédaction du rapport sur la situation générale de son secteur. Il comprend la zone libre de ce qui reste de l'arrondissement de Saint Macaire. Il dépend de l'autorité du capitaine commandant la section de La Réole.

Il s'empare du combiné.

— Chef Duclos, à vos ordres mon capitaine.

— Que se passe-t-il dans votre secteur ? Je viens de recevoir un courrier du commissariat central de Bordeaux, il y aurait à Saint Pierre d'Aurillac, un type qui possède des armes dérobées au préjudice de l'armée de l'air.

Armand est au courant de ce dépôt, mais il ne lui appartient pas d'en assurer la garde. Cette responsabilité incombe à l'armée de l'air.

— Cela se pourrait bien, mon capitaine, j'ai déjà informé les responsables de ce qu'ils devaient en assurer la garde.

Le capitaine marque un temps de réflexion.

— Oui, c'est vrai que j'ai vu passer votre rapport, il date du début de l'année, je l'ai moi-même transmis. Mais vous aller inviter cette personne à venir me rapporter ces armes à La Réole. Je ferais moi-même la procédure.

Il ne faut pas longtemps à Armand pour comprendre que ces armes, iront certainement enrichir la collection de l'officier.

— Je me charge de le convoquer dès cet après-midi.

— Oui, je tiens à ce que cette affaire ne traîne pas, nous avons assez d'excités qui veulent libérer la France à eux tout seuls. Je n'ai que son prénom, Hans, mais il travaille comme chef de cultures chez Worms, au lieu-dit Mérigon.

Une fraction de seconde, Armand reste sans voix, la réplique ne tarde pas.

— Je m'en occupe personnellement mon capitaine.

— Je compte sur vous, faites vite.

Armand raccroche le combiné. Son très maréchaliste capitaine, a été informé par une âme charitable du lien sentimental noué avec l'institutrice du village. Il bénit le ciel de ce que Katrina n'a pas conservé le nom de Worms.

Lorsqu'il arrive à la propriété de Mérigon, Hans étudie en compagnie de Ferdinand les propositions de divers négociants.

— Bonjour Armand, qu'est ce qui t'amène ?

— Nous avons un problème à résoudre ensemble. Notre ami Lucien vient de donner de ses nouvelles.

— Allons, bon qu'a-t-il trouvé pour faire parler de lui.

En quelques mots Armand explique le coup de téléphone de son capitaine.

— Oui, c'est bon ! Je vais le lui apporter ces pistolets. Ce ne sont que de vieilles pétoires, dit Hans.

Justement pense Armand.

— Il se charge de la procédure, à condition qu'il en fasse une, aussi ne cherche pas midi à quatorze heures, précise Armand.

Au bureau de la section, Hans est de suite conduit au bureau du capitaine.

— Alors, c'est donc vous qui avez récupéré ces armes dont fait état le commissaire Poinson. Vous savez que cela pourrait vous conduire en prison. Par les temps qui courent, il n'est pas recommandé de posséder ces choses dans sa maison.

Hans écoute poliment, il laisse passer la leçon de morale.

— Oui, c'est vrai, vous avez raison, c'est pourquoi en définitive, je suis satisfait de vous les remettre. Je ne me sentais pas rassuré.

— Je vois que vous êtes quelqu'un de raisonnable, aussi je vais vous accorder une faveur. Normalement, je devrais faire établir une procédure, et la transmettre aux autorités judiciaires qui ne manqueraient pas de vous infliger une condamnation. Aussi je vais simplement rédiger un rapport selon lequel vous me les remettez spontanément après les avoir trouvées fortuitement dans un rang de vigne. C'est peut-être un peu gros, mais ils ont tellement d'affaires sur les bras qu'ils ne chercheront pas plus loin.

Hans comprend que les explications fournies par Armand sont les bonnes.

— Je peux partir ?

— Je ne vous retiens pas.

En traversant le couloir il marque une seconde d'arrêt devant une grande affiche concernant le recrutement pour les régiments de chasseurs d'Afrique en Algérie.

Il remonte sur sa bicyclette, mais l'idée fait son chemin

***

La cloche vient de sonner, les enfants sont en rang devant la porte de la classe. Katrina les faits entrer.

— Vous avez fait les devoirs que je vous avais demandés, dit-elle.

Tous répondent en chœur.

— Oui, M, dam.

— Bon alors le premier de chaque rangée les ramasse et les poses sur mon bureau.

Pendant que les élèves tentent de résoudre un problème où il est question de trouver le périmètre d'un champ, puis de calculer le poids de la récolte de pomme de terre, Katrina corrige les devoirs, elle conserve un cahier à part. À la récréation, elle s'empresse de déplier la couverture de gros papier d'emballage qui le protège. Les photographies de Samuel et Rebecca sont là. Elle les glisse dans le tiroir de son bureau et recouvre le cahier.

Ses fonctions de secrétaire de mairie, lui offrent toute latitude pour fait établir les cartes d'identité. Par les mêmes cheminements, elles parviennent à Lydie. En attendant d'arrêter la date du passage, les précieux documents sont dissimulés dans la gare même. Ce ne sont pas les cachettes qui manquent.

Ce n'est que quinze jours plus tard que l'affaire est décidée. Les contacts établis, et les lieux de replis éventuels définis. C'est Lydie qui est chargée de contacter les époux Chaberchteim. Toujours couverte par la filature d'un autre membre du réseau fer, elle se rend au magasin de la rue Sainte-Catherine. Elle fait semblant de s'intéresser aux quelques vêtements encore en vente, pour s'adresser à Rébecca, qui est censée la conseiller dans son choix.

— Ce sera pour le début du mois de juillet, nous vous contacterons le moment venu.

— Pour le mois de juillet, si tard ?

— Madame nous avons des impératifs de sécurité à respecter. Si le réseau ne peut pas vous faire passer avant, il a ses raisons. Il faudra ne pas trop vous charger en bagages, car il est probable qu'il soit nécessaire de marcher à travers la forêt.

— Il s'agit d'une longue distance ? S'inquiète Madame Chaberchteim.

— Je ne sais pas, mais c'est possible, car les Allemands occupent une bande de forêt le long de la nationale dix, et pour tromper les patrouilles, les passeurs de Mazeres, quelques fois, font des détours importants.

— D'accord, nous ferons en sorte de ne pas trop nous charger. C'est dommage, que nous ne pouvions pas emmener notre voiture, Il n'y a pas un moyen de la passer ?

Cette demande aussi incongrue qu'irresponsable, a le don d'énerver Lydie. Elle se domine pour répondre calmement.

— Mais, Madame, vous rendez-vous compte de ce que nous faisons pour vous ? Il est déjà difficile de vous faire passer la ligne, alors, votre voiture, vous n'avez qu'à la vendre, et pensez plutôt à sauver votre vie.

— Oui, vous avez raison, nous verrons à la vendre, bien que de ces temps, ce n'est pas chose aisée, nous allons beaucoup y perdre.

Lydie, quitte la robe qu'elle était en train d'essayer, et tout en la redonnant à Madame Chaberchteim, dissimulée par le tissu, elle glisse dans sa main, l'enveloppe contenant les cartes d'identité obtenues par Katrina. Rébecca, d'un geste naturel, s'empresse de la faire disparaître dans une poche intérieure de son vêtement.

Sitôt la jeune femme sortie du magasin, Rébecca ferme la porte à clé, et se rend à l'atelier où Samuel et son ami Jacob sont occupés à découdre des vêtements pour en retourner le tissu.

— Regarde, Samy, nous avons de nouvelles cartes d'identité, et il faut préparer nos valises. La jeune fille a dit que ce serait pour bientôt.

— Fais voir ces papiers, s'il te plaît !

— Tu n'as pas confiance, tiens, les voilà.

Tout en parlant, Rébecca retire l'enveloppe de son vêtement, et la tend à Samuel. Pendant que ce dernier s'empresse de l'ouvrir pour connaître sa nouvelle identité, Jacob s'inquiète.

— Mais dit donc Rébecca, pendant que tu es là, qui c'est qui tient le magasin ? Peut-être on rate une vente. Tu sais que Raya est malade. Elle ne peut pas travailler.

Surprise par cette remarque, Rébecca ne répond pas, consciente que sa position ne le lui permet pas. Bien qu'avec son mari, ils aient pris une participation dans l'affaire, ils ne sont pas chez eux. Ils sont hébergés, et Jacob le lui fait sentir. Son épouse Raya, qui est soi-disant malade, profite de cette situation pour lui faire tenir le magasin, et se contente de vérifier la caisse à la fermeture.

— J'y retourne tout de suite, avant de quitter l'atelier, elle rajoute à l'attention de son mari, elle a précisé qu'il faudra vendre la voiture. Nous ne pouvons pas la faire passer en zone libre.

— Voilà encore un problème, s'inquiète Samuel, vendre la voiture, ce n'est pas le bon moment pour cela. Il a parlé à mi-voix, comme pour lui-même, et se remet au travail. Jacob a entendu, et laisse passer quelques minutes avant de commenter.

— Oui, c'est sûr, l'époque n'est pas propice aux affaires. Mon pauvre Samuel, comment vas-tu te débrouiller ?

— Je ne sais pas trop, toi qui demeures à Bordeaux, depuis longtemps, tu ne connais personne ?

— Franchement, dit Jacob, je ne connais personne qui puisse être intéressé, il laisse s'écouler une minute, puis reprend, écoute-moi Samuel, si cela peut te rendre service, je veux bien te la reprendre cette voiture, mais tu le sais, les affaires sont dures en ce moment, fais-moi un prix.

— Jacob, tu es mon ami depuis de nombreuses années, j'en veux cinquante milles, tu sais qu'elle en vaut cent mille.

— Écoute, Samuel, tu ne peux pas lui faire passer la ligne de démarcation, il n'y a que moi, ton ami, pour t'aider. Cinquante milles, c'est beaucoup trop. Je te propose vingt-cinq mille.

À l'issue d'une longue transaction, l'affaire est conclue pour trente milles. Samuel est très déçu, il a conscience que son ami Jacob, profite de la situation pour le gruger, d'autant plus qu'il propose de payer au moment où, avec Rébecca, ils quitteront Bordeaux. L'appât du gain est le plus fort, Jacob fait valoir que les affaires sont les affaires. Les préparatifs effectués, il n'y a plus qu'à attendre le signal de Lydie.

Ce signal est donné dans les tout premiers jours de juillet mille neuf cent quarante-deux. Lydie s'est rendue au magasin. Elle n'a pas besoin de discuter longtemps. Faisant semblant de s'intéresser aux quelques vêtements qui restent encore, elle glisse quelques mots à Madame Chaberchteim.

— C'est pour le six au matin. Rendez-vous à onze heures à la halle du marché des Capucins. Je vous attendrai à proximité du pilier central, celui qui a une pendule.

— J'ai compris, nous y serons, répond Rébecca.

Ces quelques mots échangés, Lydie retourne prendre son service au guichet de la gare Saint Jean.

La veille du départ, Jacob demande à Samuel et Rébecca de lui rendre un dernier service. Bien que contrariés par cette demande, ils ne peuvent qu'accepter, car le prix de la voiture ne leur a pas encore été versé.

— Tu comprends Samuel, Raya ne peut pas tenir le magasin, aussi je ne peux pas y aller moi-même avant de partir demain, puisque tu n'as rendez-vous qu'à onze heures, il faudrait que tu ailles rue Saint-James, à l'ancien magasin de confection de notre ami Lévy. Tu sais bien, il a été arrêté le mois dernier. Son atelier a été fermé par la police aux questions juives.

Samuel objecte.

— Si l'atelier est fermé, que veux-tu que j'aille chercher là-bas, ils auront tout pris ? Je suppose que ces vendus de collaborateurs auront tout débarrassé.

— Pas tout, figure-toi qu'à l'étage, il y a une pièce qu'ils n'ont pas découverte. Elle contient des coupons de tissus de bonne qualité. Je les ai rachetés, pour pas cher, au chef d'atelier. C'est cela qu'il faut que tu me ramènes ici.

— Bon, je suppose que je n'ai pas le choix. J'irai avec la voiture, ce sera plus simple.

— La voiture, reprend Jacob, ce n'est pas possible, le réservoir d'essence est vide. Et puis, on ne sait jamais. Si tu avais un accident au moment de me la vendre.

— Oui, le réservoir est vide. Mais pendant que je ferai ce voyage, prépare l'argent pour me la payer, précise Samuel.

— Fais-moi confiance, Samy, je suis ton ami, tu le sais. Vous partirez plus tôt demain matin, et vous irez louer une charrette à bras au marché des Capucins. Tu passes rue Saint-James, tu charges les coupons et tu viens ici me les porter. Ce n'est pas compliqué. Je te paye ta voiture, qui ne vaut pas ce que je t'en donne, mais je suis ton ami. Quand tu ramènes la charrette, c'est l'heure de ton rendez-vous. Tu m'as rendu service, moi aussi et tu n'as pas perdu de temps.

Samuel et Rébecca sentent bien que Jacob exploite sans vergogne le désarroi de leur situation. Ils ne peuvent refuser cette course, car ce soi-disant ami n'a encore pas payé la voiture. Cette opération aura lieu lorsque les tissus seront livrés. La pénurie d'essence et le refus de Jacob ne permettent pas de l'utiliser. Pour gagner du temps, et ne pas rater l'heure du rendez-vous, ils décident d'amener leurs bagages avec eux lors de la location de la charrette et de les laisser en garde auprès du loueur.

Après avoir chargé leur charrette, rue Saint-James, ils se mettent en route en empruntent le cours d'Alsace-Lorraine, en direction du magasin de Jacob. Il est situé à l'angle de la place Saint Projet, ce n'est pas très loin. Arrivés au croisement de la rue Sainte-Catherine et du cours d'Alsace-Lorraine, leur attention est attirée par la présence de plusieurs voitures de police devant la boutique. Ils s'arrêtent, sur place, et, pendant que Rébecca garde la charrette, Samuel part aux renseignements. Il ne lui faut pas longtemps pour être édifié. Un passant l'informe.

— C'est le magasin du *youpin* qui est visité. C'est bien fait. C'est leur faute si on a la guerre. Même leur bagnole, ils leur prennent.

Sans demander son reste, il retourne à la charrette.

— Ne restons pas la Rébecca, c'est une rafle de juifs. Nous avons eu de la chance en définitive que cet escroc de Jacob nous exploite pour aller chercher ses tissus. Si nous étions partis plus tard, nous aurions été arrêtés aussi. Tant pis pour l'argent de la voiture. De toutes les façons, je pense qu'il se serait débrouillé pour ne pas nous la payer.

— Tu as raison Samy, ne restons pas là, dit Rébecca, mais qu'allons-nous faire ?

— Nous allons remonter la rue Sainte-Catherine en direction du cours Victor Hugo comme si de rien n'était. Si nous faisons demi-tour, nous risquons d'être repérés par un quelconque mouchard de la police. La solution reste de rendre la charrette, tant pis pour les coupons de tissus, et de récupérer les bagages, mais le rendez-vous risque d'être manqué. Dépêchons-nous, sinon nous n'aurons plus de refuge et nous ne saurons pas comment nous signaler à Alfred.

10

Par précaution, avant de se rendre au lieu du rendez-vous, Lydie prend la direction de la rue Sainte-Catherine pour aller aux renseignements, et s'assurer que tout se passe bien. Raymond, le chef du réseau a décidé de placer Louis, un cheminot, agent de conduite, en couverture à proximité du magasin, de manière à parer à toute éventualité.

Son attention est alors attirée par ce couple, qui tire une charrette à bras en descendant le cours Victor Hugo. Elle reconnaît les parents Chaberchteim, Samuel et Rébecca. Surprise, elle décide de renoncer à contacter Louis, et de les suivre sans se faire reconnaître. Alors que le couple s'engage dans la rue des Menus, elle est rattrapée par Louis.

— Continue de marcher, ne t'occupe pas de moi, dit-il à voix basse.

— Que se passe-t-il, questionne Lydie sur le même ton ?

— C'est la bande à Poinson, avec la police allemande qui a arrêté les propriétaires du magasin.

— Et bien, nos amis reviennent de loin, mais que fabriquaient-ils avec cette charrette à bras ?

— Si j'en juge par le chargement, ils ont sûrement récupéré des tissus quelque part et s'apprêtaient à les porter à leurs amis.

— Ils ont vraiment de la chance, c'est de bon augure, prophétise Lydie.

— Oui surtout que la police allemande a tout confisqué à leurs amis, en vertu des nouvelles lois sur la gestion des biens juifs.

— Je reste en couverture derrière toi, confirme Louis. Je te laisse t'occuper de nos amis.

Toujours à distance, mais séparément, ils suivent les époux Chaberchteim, assistent à la restitution de la charrette et à la reprise de leurs bagages. Ceux-ci repartent ensuite en direction du lieu de rendez-vous, la halle du marché des Capucins, et plus particulièrement, l'étal en dessous de la pendule du pilier central. Pendant qu'ils font semblant de s'intéresser aux maigres marchandises disponibles, Lydie s'approche, et, se mêlant aux quelques clients, se fait reconnaître.

— Vous allez me suivre à quelques pas derrière moi, sans jamais m'adresser la parole. Si quelque chose ne va pas, j'enlèverai mon chapeau.

Lydie est très coquette, soigneuse de son apparence vestimentaire, elle porte toujours des chapeaux invraisemblables.

***

En sortant de la halle, au moment où elle passe devant la rue des Douves, elle ne peut voir ce jeune homme, qui marque un temps d'arrêt lorsqu'il aperçoit les époux Chaberchteim, et se met à son tour à les suivre. Louis, qui se trouvait en couverture a immédiatement remarqué le manège. Il est de ceux qui ont repéré le domicile de Lucien, et le reconnaît sans erreur possible. Il ne fait aucun doute que ce dernier va chercher à leur jouer un mauvais tour.

Les uns derrière les autres, ils s'engagent sur le cours de la Marne. Alors que Lucien arrive à la hauteur de l'école des beaux-arts, Louis, qui a pris la précaution de dissimuler son visage, accélère le pas, se portant à la hauteur de Lucien. D'un violent coup d'épaule, il le fait tomber au sol. Avant qu'il n'ait pu se défendre, il le maîtrise d'une douloureuse pression au bras, et l'entraîne à l'intérieur des W.-C. publics, sous le regard moqueur de quelques témoins, qui pensent à toute autre chose. L'effet de surprise a joué à plein et Lucien n'a pas eu le temps de crier.

Après avoir refermé la porte derrière eux, Louis projette la tête de Lucien contre la paroi de la cabine. Étourdi, il tombe à terre. Immédiatement Louis lui retire la ceinture de son pantalon, et lui attache les bras derrière le dos, puis lui retire son pantalon, et avec ce vêtement entrave ces jambes.

332

Pendant ce temps, Lucien a retrouvé une partie de ses moyens, et appelle au secours. Pour le faire taire, Louis lui retire alors le foulard qu'il porte autour du cou, et le bâillonne. Ceci fait, il sort des W.-C. en faisant semblant de refermer sa braguette.

Après quelques mètres, Louis accélère l'allure pour reprendre la couverture de Lydie. Alors qu'il va rattraper une distance convenable, cette dernière est arrêtée par un policier en civil qui lui demande ses papiers. Elle a retiré son chapeau, et s'évente avec. Les époux Chaberchteim s'arrêtent, Samuel fait semblant de renouer les lacés de ses chaussures. Louis s'est dissimulé dans l'entrée d'un immeuble et regarde ce qui se passe.

Il a fort bien reconnu Daniel, l'un des policiers affectés à la surveillance de la gare, et craint des complications pour Lydie. Il ne saurait être question cette fois de l'enfermer dans les W.-C. Mais non, il rend ses papiers d'identité à la jeune femme après avoir échangé quelques mots. Elle se recoiffe.

Le policier s'éloigne en direction du centre-ville, mais Lydie reste sur place, comme pétrifiée, puis, avisant les époux Chaberchteim, elle leur fait signe d'entrer dans un café tout proche et d'attendre son retour. Comme elle se dirige vers la gare, Louis décide de se porter à sa hauteur pour s'informer des événements. Presque sans remuer les lèvres, alors qu'il la dépasse, elle l'informe de ce qui se passe :

— Il y a une grosse opération antijuifs sur tout Bordeaux. Je connais Daniel, le policier qui m'a demandé mes papiers, il est des nôtres. Il a fait semblant de vérifier ma carte d'identité pour me prévenir. C'est Raymond qui l'a envoyé pour ne pas que j'arrive à la gare avec nos deux amis. Les contrôles ont été renforcés dans tous les trains.

Il importe de prendre certaines précautions pour ne pas se faire prendre. Louis occupe un petit logement à proximité immédiate de la gare, il en remet les clés à Lydie et lui explique :

— Tu vas conduire ces deux personnes chez moi, et leur expliquer ce qui se passe. Qu'ils patientent jusqu'à mon retour. Je vais aller voir Raymond pour modifier nos plans.

Il est primordial de ne pas attirer l'attention du *Banof*. C'est comme cela que les cheminots ont surnommé le chef de gare allemand, imposé en doublure du chef de gare français.

Les routes sont en très mauvais état, le carburant fait défaut, le chemin de fer est le moyen de transport le plus utilisé par les Allemands. Les cheminots sont très surveillés, et les gares sont sous double administration. Il y a un chef de gare français, et un chef de gare allemand. Les officiers contrôlent tous les convois de transport de leurs permissionnaires et l'arrivée de leurs munitions.

À Bordeaux le réseau de résistance fer est en permanence sur le fil du rasoir, surveillé par les Allemands, la police de Vichy, les mouchards et autres collaborateurs.

Lydie conduit Samuel et Rébecca au logement de Louis.

— Surtout, ne faites aucun bruit et ne vous approchez pas de la fenêtre, il y a une rafle en cours.

Aussitôt après, elle se rend à la gare pour prendre son service au guichet. Elle a toutes les facilités, pour constater qu'effectivement les mesures de contrôle sont particulièrement sévères. Une heure plus tard, environ, une agitation se fait au portillon d'accès aux quais. Elle a vite fait de reconnaître Lucien, qui désormais est repéré par tout le personnel de la gare, du moins, ceux qui font partie du réseau, car là encore, il y a des collaborateurs. Il est accompagné de deux policiers, l'un d'eux est Daniel. Ce sont eux qui font tout ce tapage. Lydie s'empresse de faire prévenir Raymond, elle n'utilise pas la ligne téléphonique intérieure, de peur d'être écoutée. Désormais, il semble difficile d'effectuer l'opération aujourd'hui.

Louis, en rentrant à son domicile, trouve les époux Chaberchteim désespérés. Il explique.

— Il s'agit d'un contrôle renforcé, car une rafle antijuifs est en cours. Il est possible que cette situation dure quelques jours. En attendant que nous trouvions une solution, il est préférable que vous restiez cachés ici.

— Nous sommes vraiment désolés de vous causer tous ces problèmes, s'excuse Samuel, nous avons conscience que le fait de nous aider met votre propre vie en danger.

— C'est vrai, reprend Louis, mais vous, si vous êtes pris, c'est directement la déportation en Pologne, et après, nous ne savons pas ce que deviennent les personnes. C'est inhumain, mes camarades et moi, nous ne pouvons l'admettre. Les lois antijuifs de Vichy sont des lois scélérates.

— Vous aussi, dit Samuel, vous risquez la déportation si la police vous arrête.

— Peut-être, mais de toutes les manières, nous les communistes, nous sommes déjà des hors-la-loi, et le seul fait d'être dénoncé comme tel nous fait courir le même risque. Alors, vous savez, autant se conduire en être humain, et aider ceux qui sont aussi persécutés, tant que nous le pouvons.

— N'empêche que c'est très courageux, et que tous ne le feraient pas, au contraire. Il n'y a qu'à regarder ceux qui nous dénoncent, simplement pour toucher la prime.

— Certainement, nous ne sommes pas de ces gens-là. Je vous laisse mon appartement, il y a des provisions dans le placard, mais je vous en porterai d'autres. En attendant, ne vous approchez pas de la fenêtre et faites le moins de bruit possible. Les autres locataires de l'immeuble sont en majorité des cheminots, mais tous ne partagent pas notre façon de voir.

Samuel et Rébecca se conforment aux directives de Louis, et n'osent même pas utiliser la lumière lorsque la nuit tombe. À ce moment seulement, ils s'enhardissent à regarder par la fenêtre. Le spectacle qui se déroule sous leurs yeux n'est pas pour les rassurer. De nombreux policiers dans la rue exercent un contrôle d'identité sévère. Plusieurs malheureux, sans distinction d'âge ou de sexe, même des enfants, sont embarqués dans des camions. Pour plus amples vérifications disent les policiers. Pour quelle destination, le camp de Mérignac puis celui de Souge et le peloton d'exécution ? Ou bien encore les camps de Pologne ? Samuel et Rébecca s'écartent de la fenêtre sans même effleurer le rideau, se couchent, mais ne trouvent pas le sommeil.

Trois jours plus tard, Louis revient avec un sac contenant deux tenues de contrôleur susceptibles de correspondre à leurs tailles et deux cartes professionnelles à leur nom. Il explique aux époux Chaberchteim.

— Vous allez revêtir ces tenues de contrôleurs, et ma camarade viendra vous chercher le moment venu. Vous la suivrez sans lui parler. Vous entrerez dans la gare par une porte réservée au personnel. Vous, Madame, il faudra cacher vos cheveux sous la casquette, et dissimuler votre visage au maximum. Tout en parlant, il remet à chacun les vêtements ainsi qu'une sacoche contenant divers documents destinés au contrôle des passagers.

Samuel s'inquiète.

— Comment allons-nous faire passer nos valises ? C'est tout ce qui nous reste. Je suppose que les contrôleurs n'emportent pas autant de bagages.

Louis, remarque alors les deux grosses valises que Samuel et Rébecca traînent avec eux depuis leur départ du magasin de la rue Sainte-Catherine. Il trouve tout de suite une explication.

— Vous les porterez jusqu'à l'entrée de la gare, sitôt que Lydie aura passé la porte d'entrée, un porteur se dirigera vers vous et s'en chargera. Faites-lui confiance, il est des nôtres. Il se fera reconnaître par la phrase.

— Ces belles valises semblent bien lourdes. Voulez-vous que je les prenne ?

Vous répondrez.

— Avec plaisir, elles sont pour le bordeaux Agen de dix heures quarante.

C'est ainsi que, pénétrant dans la gare par l'entrée réservée au personnel, les époux Chaberchteim peuvent quitter Bordeaux. Cependant, ils ne sont pas encore arrivés à destination.

**

Si beaucoup de cheminots sont complices de la résistance, d'autres sont avides de gains, et, pour toucher la prime affectée à l'arrestation de chaque juif, ils n'hésitent pas à vendre leur âme au diable. C'est le cas de Charles.

Il est employé au nettoyage des locaux, et a toujours les oreilles et un œil qui traînent sur l'entrée du personnel. C'est ainsi qu'il a remarqué l'arrivée derrière Lydie de deux contrôleurs inconnus.

Même s'ils ne semblent porter que la sacoche classique des contrôleurs, ils sont suivis par un porteur qui trimballe deux grosses valises sur un diable. C'est ce détail qui lui met la puce à l'oreille. Continuant à balayer, il suit le groupe, et constate que les deux contrôleurs embarquent et les valises sont chargées dans le train Bordeaux Agen en instance de départ. Il ne lui faut pas davantage pour comprendre qu'il s'agit de faire passer la ligne aux deux faux contrôleurs. Depuis déjà quelque temps, il est en contact avec Lucien. Ils se partagent les primes pour chaque arrestation de juif.

Comme à son habitude, Lucien est posté à l'arrivée des voyageurs. Il a trouvé un emplacement où il peut voir sans se faire remarquer. C'est là que Charles le trouve. Informé, il se rend immédiatement sur la voie de départ du train Bordeaux Agen. Mais celui-ci vient de partir. Pressentant qu'il s'agit des deux Juifs ratés il y a trois jours, lesquels, pense-t-il, sont de la famille d'Alfred, qu'il sait être de cette confession, il se précipite au poste de police de la gare.

— Vite, prévenez la police allemande de Langon, il y a deux juifs, déguisés en contrôleurs dans le bordeaux Agen qui vient de partir. Je suis sûr que ce sont ceux qui nous ont échappé le matin du six.

Au poste de police, l'inspecteur de permanence est Daniel, Vasseur, celui-là même qui a informé Lydie du contrôle renforcé en raison de la rafle de juifs.

— Sales *Youpins* ! Donnez-moi leurs signalements.

Après avoir pris les renseignements apportés par Lucien, en sa présence, il téléphone à Langon, puis, aussitôt que celui-ci est parti, il se rend au guichet de Lydie sous prétexte de vérifier les gens qui partent, il passe devant tous en exhibant sa carte de police. Ce qui lui vaut quelques remarques désobligeantes formulées à demi innocemment. Il pose la question.

— Beaucoup de monde pour Agen ?

— Oui, pas mal aujourd'hui.

— Bon, j'espère qu'il y aura assez de contrôleurs avec tous ces réfugiés, et ceux qui veulent passer la ligne de démarcation en fraude, il faut être vigilant.

Sous le regard réprobateur des gens de la file d'attente, le policier regagne le poste de la gare.

Il n'en faut pas plus à Lydie pour comprendre.

— Gisèle, veux-tu me remplacer un instant, je ne sais pas ce que j'ai pu manger qui me rende si malade.

Elle n'a pas le temps, même en empruntant une bicyclette de se rendre au dépôt des locomotives pour informer Raymond. Tant pis pour la sécurité, elle utilise le téléphone intérieur. À mots couverts, correspondant à un code, elle l'informe de l'intervention du policier.

— C'est bon, je m'occupe de la panne, dit-il.

Fébrilement, il consulte l'horaire des trains, celui-ci dessert toujours toutes les gares.

— Le téléphone sonne dans le bureau du chef de gare de Podensac.

— Allô !

En quelques mots codés, il est informé.

Pendant l'arrêt, après quelques mots d'explication, les deux contrôleurs en surnombre sont invités à descendre. De nouveau, ils sont pris en charge par les cheminots pour être cachés le temps que la situation s'éclaircisse. Ce n'est plus la peine de compter sur les passeurs de Mazeres pour aujourd'hui.

Informé de toutes ces péripéties par Katrina, Alfred ne tient plus en place. Sachant que tous ses contretemps sont provoqués par Lucien.

— Ce n'est pas possible, il ne s'arrêtera donc jamais de nous faire du mal. Sur un coup de tête, il rajoute. Je vais aller moi-même à Podensac chercher mes parents.

— Tu n'y penses pas Alfred. Tu n'imagines pas les risques d'une telle opération pour passer la ligne. Toi qui n'es pas de la région tu ne t'en sortirais pas. Déjà, à l'aller, et encore moins au retour avec tes parents.

Alfred reste pensif quelques secondes, puis se rend compte de la justesse des mises en garde de Katrina.

— Tu as raison, je m'emporte pour rien.

— Oui, et ça ne sert à rien, laisse faire les gens du réseau, eux seuls ont des chances de réussir.

— Oui, il est préférable que je renonce et les laisse faire.

Bien lui en prend, car, pendant plusieurs jours, Lucien, accompagné de deux policiers, fait l'aller-retour sur tous les trains de cette ligne jusqu'à Langon, sans toutefois descendre dans cette ville.

***

Il se lasse assez rapidement de ces voyages, et préfère s'occuper de ses affaires.

Depuis un mois, il a fait la connaissance d'une jeune fille belge, Alexandra, dont les parents ont été tués au cours de l'exode. Il n'a pas tardé à en faire sa maîtresse, puis, pour faire bouillir la marmite, écoutant en cela les conseils prodigués par le commissaire Poinson, à la prostituer, sous le surnom de Lola en compagnie d'Éva.

La concurrence est sérieuse, et un autre proxénète fait valoir des prétentions, à la fois sur les jeunes filles et sur le territoire qu'elles occupent, il est urgent, de faire intervenir, ses amis de la police.

***

Pendant ce temps, résistance fer ne reste pas inactive. Il est assez facile de faire acheminer les bagages des époux Chaberchteim, jusqu'à Saint Pierre d'Aurillac, où ils sont pris en charge par le chef de gare, puis remis à Alfred, par l'intermédiaire de Mathéo.

Ce n'est que le surlendemain que celui-ci fait connaître aux cheminots de Podensac le plan échafaudé pour faire passer la ligne de démarcation aux époux Chaberchteim.

C'est à bicyclette qu'ils suivent Léon, le passeur qui ouvre la route, une centaine de mètres devant eux. Rebecca n'est pas habituée à ce genre de véhicule, aussi elle avance à petite vitesse. Samuel est bien obligé de rester à proximité.

Partis au petit jour de Podensac, à midi, ils ne sont qu'à Pujols, qu'ils ont rejoint par des petits chemins. Sitôt franchit le Ciron, négligeant la départementale cent seize, Léon leur fait signe de le suivre. Ils parcourent une centaine de mètres sous le couvert des arbres qui longent le ruisseau jusqu'à une cabane de jardinier dont il pousse la porte.

— Nous allons nous arrêter pour manger. Nous sommes en sécurité ici, cette cabane appartient à un ami.

— Ouf, soupire Rebecca, je vais pouvoir me reposer un peu. Je ne suis pas montée sur un vélo depuis ma jeunesse.

— Je vois bien que vous avez de la peine à suivre, mais il va falloir vous faire une raison, car nous devons être rendus à destination avant la nuit.

À ce moment, un bruit de bottes attire l'attention de Léon.

— Vite, rentrez vos vélos dans la cabane et plus un bruit.

En retenant leurs souffles, ils écoutent décroître le bruit des pas de la patrouille allemande qui remonte vers Pujols.

— On l'a échappé belle, dit Léon en sortant des victuailles des sacoches de son vélo. Pour un peu, on tombait en plein dessus les frisés.

— Plus vite, nous serons repartis d'ici, mieux ce sera, lâche Rebecca d'une voix mal assurée.

— Oui, en attendant, dépêchons-nous de manger, dit Samuel.

Moins d'une heure plus tard, le petit groupe reprend la route par des petits chemins. Puis carrément au milieu des vignes. Quelquefois à travers bois par des sentiers à peine tracés. Il fait presque nuit lorsque enfin ils arrivent à Mazeres. L'église est encore ouverte.

— Installez-vous sur un banc et faites semblant de prier, quelqu'un va venir vous chercher. En ce qui me concerne, j'ai terminé ma mission.

Rebecca et Samuel, s'installent sur les derniers rangs, s'agenouillent, et attendent. Dix minutes plus tard, un raclement de gorge les fait se retourner. Un homme se trouve à l'entrée de l'église. Vêtu d'un bleu de chauffe, il émane de sa personne une forte odeur de bovin. Des cheveux blancs débordent de son béret. Il est difficile de lui donner un âge. D'un signe de tête, il leur fait signe de le suivre. Dehors, l'obscurité est presque complète. Pendant près de deux kilomètres, ils suivent cet homme qui jamais ne s'est retourné. Il marche sans se hâter de manière à ne pas les distancer.

La route a laissé place à un chemin dans les bois. Au loin, on distingue la masse sombre d'un bâtiment. L'homme s'est arrêté devant la porte, il a frappé d'une manière convenue. Lorsque Rebecca et Samuel arrivent à sa hauteur, il leur fait signe d'entrer.

À l'intérieur, c'est une vaste pièce avec de grosses poutres apparentes, basse de plafond, faiblement éclairée par une ampoule, nue, crasseuse qui pend au bout d'un fil. Plusieurs personnes, assises sur des bancs, sont installées autour d'une vaste table en bois brut. L'accueil est froid, glacial.

— Je suppose que vous avez quelque chose à me remettre, questionne celui qui semble être le chef.

— Oui, répond Samuel en retirant de sa poche une moitié, découpée en dent de scie, de la photographie du Maréchal Pétain. Tenez !

L'homme déplace un calendrier accroché à la cheminée, entre les pages, il retire la moitié qu'il possède. Elle correspond bien à celle remise par Samuel. L'ambiance se réchauffe.

— Vous allez manger avec nous et vous reposer un peu. Nous partirons à minuit. Vous n'avez pas besoin de connaître mon nom, appelez-moi simplement René, et voici Robert qui marchera le dernier.

Après avoir avalé un frugal repas, Rebecca et Samuel s'accordent quelques instants d'un mauvais sommeil, la tête entre les bras, directement appuyés sur la table.

— C'est l'heure, précise René. Une autre personne vient avec nous.

L'autre personne est une jeune femme brune aux yeux bleus, qui apparemment n'a jamais mis les pieds en dehors de la ville. Elle est habillée comme pour aller à la messe. Rien n'y manque ni le chapeau agrémenté d'une voilette et dissimule son regard ni le foulard dont on sent le parfum. La seule concession accordée à René, a été de troquer ses chaussures à semelles de bois par des espadrilles, plus commodes pour marcher sans bruit et sans se fouler une cheville. Elle répond au prénom de Louisa, mais s'agit-il de son vrai prénom. Elle porte une valise qui malgré sa petite taille semble bien lourde. En raison de l'obscurité, Rebecca comme Samuel ne peuvent distinguer son visage.

— Je marcherai devant, précise René, vous me suivrez à quelques pas, sans faire de bruit, interdit de parler. Robert fermera la marche.

En sortant de la maison, le groupe tourne à gauche, c'est la prolongation dans le sous-bois, du même petit chemin emprunté pour venir. La visibilité est réduite, aussi, se suivent-ils de près. Au bout d'une demi-heure de marche environ, Louisa s'arrête, Robert la rejoint.

— J'ai perdu mon foulard, lui murmure-t-elle à l'oreille. Mais on ne va pas retourner le chercher, je m'en passerai.

Robert s'en fiche complètement du foulard de Louisa, c'est sûr et certain qu'elle peut s'en passer. Mais un foulard qui empeste le parfum de prix dans un sous-bois, c'est la preuve d'un passage, que ne manquerait pas de découvrir n'importe quel allemand en surveillance. C'est un itinéraire perdu, éventé. Le prochain passage tombera immanquablement dans le piège.

— Attendez-moi-la, lui intime-t-il.

En hâte, Robert retourne sur ses pas, à l'aide de sa lampe de poche, il finit par dénicher le vêtement accroché à une ronce du chemin. De retour près de Louisa, il constate que le groupe ne l'a pas attendu. Il se retrouve seul avec cette femme inconnue, trop bien pomponnée. Elle ne lui inspire pas trop confiance. N'empêche, elle est maintenant sous sa seule responsabilité. Ils ont repris leur marche en avant, on approche de la route nationale dix, qui relie Langon à Bazas. Ils s'arrêtent à quelques mètres, ils écoutent les bruits de la nuit. Le hululement d'une chouette fait dresser l'oreille à Robert.

— Ils sont là, se dit-il. Il répond par le même hululement.

Sur sa droite, l'éclair de la lampe de poche de René le renseigne sur sa position, et celle des époux Chaberchteim.

— Allons les rejoindre, murmure Robert à l'oreille de Louisa, nous devons franchir la route tous ensemble et très vite.

— Que s'est-il passé, interroge René.

— Madame avait perdu son foulard !

— Ouais, et bien maintenant, il va nous falloir franchir cette partie dégagée sans plus attendre.

— Vous voulez bien vous charger de ma valise, pour traverser la route, demande Louisa, s'adressant à Robert.

— Vous avez peur de perdre vos frous-frous, répond-il, railleur, en s'emparant de la valise, surpris par son poids.

— Merci, dit Louisa, je commençais à sérieusement fatiguer.

— Mais que transportez-vous là-dedans. Elle pense un quintal votre valise.

Sans se démonter, dans un demi-sourire qu'il ne peut voir en raison de l'obscurité, elle répond.

— Un poste émetteur pour un groupe de résistants.

—Ah ! Bé merde alors, lâche Robert.

— Silence ! Impose René, à trois on fonce.

D'un seul élan, le groupe franchit la route et s'écroule dans le fossé opposé.

— Rien de cassé, s'inquiète René.

— Non, tout va bien.

La partie n'est pas gagnée pour autant, les patrouilles allemandes occupent une large bande le long de la nationale dix. Il ne fait pas bon s'attarder.

— En route, ordonne René.

Le groupe se remet en marche, toujours à travers bois, par des sentiers à peine tracés. Une bonne heure de marche est encore nécessaire pour arriver à Coimères.

Une traction avant Citroën est garée dans les sous-bois, à quelques mètres de l'entrée du village. Elle est vide. Ses occupants se sont dissimulés. Allongés dans les fougères ils surveillent le chemin par lequel doit arriver le petit groupe.

— J'espère qu'ils ont réussi à passer, chuchote Alfred.

— Il n'y a pas de raison pour que cela se passe mal, les gars de Mazeres connaissent la région sur le bout des doigts, le rassure Armand.

René s'est arrêté, il est rejoint par les époux Chaberchteim, la jeune femme et Robert, toujours portant le poste émetteur.

— Cachez-vous dans les taillis, je vais voir si la voie est libre.

Arrivé à la lisière des bois, il repère de suite le véhicule. Il marque un temps d'arrêt, rien ne bouge, il s'approche. D'un coup d'œil, il s'assure que personne n'est à l'intérieur.

— C'est René, murmure Armand à l'oreille d'Alfred, les autres ne doivent pas être loin.

Un léger coup de sifflet attire l'attention de René, il répond de même.

— C'est bon, dit Armand, en se levant, il n'y a pas de danger.

— Ne perdons pas de temps, les presses René.

De nouveau, Le hululement de la chouette, puis Robert émerge de l'obscurité le petit groupe derrière lui.

— Vite, embarquez dans la voiture, nous partons de suite, dit Armand.

Alfred récupère le poste émetteur, destiné à Mathéo. Le moteur de la Citroën ronronne en silence. Après une rapide poignée de main, les passeurs reprennent la direction de Mazeres.

— Ouf, laisse échapper Rebecca, nous sommes enfin passés.

— Je repartirai par le premier Agen Bordeaux de ce matin dit Louisa, j'ai un laissez-passer permanent en qualité d'employée des chemins de fer, il suffira que je sois à Saint Pierre d'Aurillac pour onze heures quinze.

— Vous y serez, confirme Alfred, mais dépêchez-vous de monter en voiture, nous n'avons pas le temps de nous attarder.

***

Avec beaucoup d'émotions, à la fin du mois de juillet mille neuf cent quarante-deux, la famille Chaberchteim se retrouve réunie après avoir, d'extrême justesse, échappée à la rafle qui a eu lieu à Bordeaux du six au huit juillet. Le petit Gaëtan est l'objet de toutes les attentions de ses grands-parents.

— Nous sommes bien installés à Saint Pierre d'Aurillac, déclare Alfred à ses parents. La maison est assez grande, vous pourriez rester avec nous et trouver du travail.

— C'est vrai rajoute Madeleine, la plupart des hommes sont prisonniers, et beaucoup d'agriculteurs manquent de personnel.

Habitués aux travaux de couture et de confection, les époux Chaberchteim n'ont aucune envie de se reconvertir dans l'agriculture.

— Non, je vous remercie. Nous en avons discuté avec Rebecca, et nous avons décidé d'aller nous installer en Algérie.

— C'est comme vous voudrez, capitulent Alfred et Madeleine.

Les parents de Madeleine assistent à cette conversation. L'opportunité d'aller eux aussi s'installer en Algérie les intéresse.

— Nous pourrions partir ensemble et prendre un bateau à Marseille, il y a du travail dans le domaine de la vigne là-bas aussi.

Les deux couples parviendront sans plus d'encombre jusqu'à Marseille, puis de là trouveront un embarquement jusqu'à Oran, et s'installeront rue d'Arzeu. Avec l'argent qu'ils avaient pu sauver de la débâcle, ils tenteront de prendre un nouveau départ, chacun dans sa partie.

***

Depuis sa visite forcée dans les locaux de la gendarmerie de La Réole, Hans ne cesse de penser à cette affiche concernant le recrutement pour le deuxième régiment de chasseurs d'Afrique à Oran. Le désir des époux Chaberchteim et des parents de Madeleine, est-il le déclencheur de sa décision ou bien s'agit-il que l'amour impossible qu'il voue à Katrina ne cesse de le tourmenter.

Il repasse dans sa tête cette image qui le torture, Katrina et Armand mariés, dans le même lit. Il ne permet pas à son imagination d'aller plus loin. C'est trop pour lui. Ferdinand va être fâché, mais tant pis.

— J'ai beaucoup réfléchi, Papy, je ne supporte plus de rester ici à ne rien faire pour le pays. J'ai décidé de m'engager dans l'armée d'Afrique. Je suis déjà formé au combat des chars, et je désire me rendre utile.

Ferdinand, ne répond pas de suite. Il le connaît bien lui, son Hans. Si personne ne s'est rendu compte des sentiments qu'il porte à sa petite fille, il y a déjà longtemps qu'en vieux filou, il s'en est aperçu. Que faire, il ne croit pas une seconde aux arguments avancés par le jeune homme. Lui conseiller de renoncer à cette idée ? Le laisser se morfondre, au risque de créer un jour un problème entre Katrina et Armand ? Hans, lui-même l'a compris, se dit-il.

— Je ne peux pas t'empêcher de t'engager pour défendre notre France. Ta décision me cause une peine immense, mais je la respecte.

Début août, Hans est convoqué à Agen pour une visite médicale à l'issue de laquelle il est déclaré apte. À la fin du mois, il est dirigé vers le deuxième régiment de dragons à Auch, caserne Lannes, en attente de son départ effectif pour l'Afrique du nord. Le neuf septembre en compagnie d'un groupe d'une cinquantaine d'hommes, il rejoint le camp de transit de Sainte Marthe à Marseille. Le dix-huit il embarque avec son groupe sur le paquebot, Gouverneur Général Chanzy. Le vingt et un au matin, il accoste dans le port d'Oran. Le sort en est jeté.

***

En réponse au débarquement des Alliés en Afrique du Nord le huit novembre mille neuf cent quarante-deux, dans la crainte d'un débarquement allié sur les côtes de la Méditerranée, les Allemands envahissent la zone sud, dès le onze du même mois.

Pendant ce temps, Alfred et Katrina continuent de recueillir le maximum de renseignements et de passer des courriers. La présence oppressante des Allemands complique sérieusement le fonctionnement du réseau.

Le Reich a mobilisé dans ses armées toutes les forces vives de l'Allemagne. Hitler dans sa folie les envoie à la mort sur tous les fronts. Les prisonniers de guerre et les déportés dans les camps ne peuvent être employés dans les usines d'armement. Le manque de main-d'œuvre est permanent. La tromperie organisée avec la relève n'a pas donné les résultats attendus.

En mille neuf cent quarante-deux, Hitler a nommé Sauckel ministre pour la mobilisation de la main-d'œuvre. Il se conduit en véritable négrier, dans tous les pays occupés.

En France, il impose ses exigences au gouvernement de Vichy, lequel, en février mille neuf cent quarante-trois, instaure le Service du Travail Obligatoire. Le vingt-deux mai de la même année, le préfet du Lot-et-Garonne, auquel la commune de Saint Pierre d'Aurillac est rattachée administrativement, se trouve contraint de faire exécuter ses directives. Sont concernés les hommes nés en mille neuf cent vingt, vingt et un et vingt-deux.

Cette loi divise les Français. Les plus résolus refusent de s'y plier, ils sont qualifiés de, Réfractaires. Certains vont se cacher dans les campagnes. Quelques-uns, hélas ! S'engagent dans la milice. Les plus courageux rejoignent les maquis. C'est le cas pour Alfred qui rejoint un maquis du Lot-et-Garonne dès le mois de juin mille neuf cent quarante-trois.

11

Au début de décembre mille neuf cent quarante-deux, les époux Worms reçoivent une réquisition de la Wehrmacht, aux fins de loger un officier SS en convalescence, et son ordonnance. Bien entendu, il est impossible de refuser.

Il s'agit d'un officier ancien, d'un grade subalterne. Il se montre rapidement désagréable, trouvant à se plaindre sur tout, n'ayant absolument aucune conscience du gène qu'il occasionne par sa présence imposée par l'occupant.

Entre l'habitation et les dépendances, se trouve une petite pièce d'eau où s'ébattent de nombreuses grenouilles, les coassements de ces bestioles le dérangent dans son sommeil. Au matin, sans s'embarrasser des convenances, il envoie son ordonnance jeter une grenade dans la mare.

À plusieurs reprises, Katrina a suggéré aux résistants de son réseau de se débarrasser de ce gêneur. Par crainte des représailles sur la population innocente du village, cette proposition a été repoussée par Mathéo.

Fort heureusement, la présence de cet intrus est de courte durée. En effet à la fin de février mille neuf cent quarante-trois, guéri, il retourne dans son régiment. Cependant, la tranquillité des époux Worms est de nouveau perturbée. Au début d'avril mille neuf cent quarante-trois, c'est un autre officier convalescent qui lui succède, jusqu'à la fin du mois de juin. Un troisième, à la mi-juillet. Un quatrième survient jusqu'au quatorze octobre. Tout comme pour ses prédécesseurs, son identité n'est pas portée à la connaissance de ses hôtes forcés.

Tous se montrent plus ou moins désagréables, ils sont en pays conquis.

***

Au mois de juin, mille neuf cent trente-trois, Gontran Von Querbecke, après de brillantes études, est sorti avec le grade de lieutenant de l'école militaire des cadets de Postdam. Il vient de fêter ses vingt ans. Sa première affectation est un régiment de chars, où il reste jusqu'au vingt-trois juin mille neuf cent trente-sept, date de la création de la garde d'honneur de Berlin, la Wachtruppe. Pour l'instant, ce n'est pas une unité combattante. Il y est affecté d'office, en qualité d'instructeur.

Gontran Von Querbecke, comme son père Ludwig, ne partage pas l'idéologie nazie de beaucoup de ses compatriotes. Notamment, un certain nombre d'officiers sans pouvoir le dire ne la partage pas non plus. Le régime imposé par Adolf Hitler est particulièrement répressif, et il ne fait pas bon étaler ses convictions en place publique. Les polices du Reich sont très efficaces.

La Wachtruppe devient unité combattante en mille neuf cent trente-neuf, sous le nom Régiment Grossdeutschland, et participe à la campagne de Pologne. En mille neuf cent quarante, c'est la bataille de France, où Gontran obtient les galons de capitaine. Puis l'invasion de la Yougoslavie, enfin, elle est engagée en juin mille neuf cent quarante et un, dans l'opération Barbarossa. Ce n'est ni plus ni moins que l'invasion de l'Union soviétique. Durant deux années, elle participe à de nombreux combats.

À la mi-mars mille neuf cent quarante-trois, à la fin de la bataille de Kharkov, Gontran est blessé une première fois. Son blindé, après avoir reçu de plein fouet un obus d'un char Vorochilov russe, est stoppé net. Par chance, il a lui-même tiré toutes ses munitions, et le réservoir de carburant est presque à sec, ce qui lui évite l'explosion immédiate. Le servant du canon, et deux hommes d'équipage sont tués sur le coup, alors que le pilote n'est que légèrement blessé. Gontran l'aide de son mieux, et ils parviennent à sortir du blindé, au moment où il s'embrase.

Alors qu'ils courent pour se mettre à l'abri des tirs ennemis, Gontran est touché par une rafale de fusil-mitrailleur. Sa jambe droite saigne abondamment. Tant bien que mal, s'aidant l'un l'autre, avec Manfred Müller, le pilote, ils parviennent à se mettre à l'abri dans un creux du terrain. Il fait encore très froid, ils pataugent dans un mélange de boue et de neige. Voyant l'état de Gontran, son pilote propose.

— Mon Capitaine, je vais me porter en arrière et revenir avec un infirmier et les brancardiers.

Gontran refuse tout net.

— Non, je vous l'interdis. Vous allez me faire un garrot avec ma ceinture, d'ailleurs je ne saigne presque plus. Sortir à découvert, maintenant, serait le meilleur moyen pour vous faire descendre par *Yvan*. Nous attendrons la nuit pour bouger.

S'aplatissant au maximum, les deux hommes, le nez dans la boue, la neige et le froid attendent. Au-dessus d'eux, les obus des chars russes passent en sifflant, et explosent au loin. Vers le soir, les tirs diminuent, les Russes décrochent. La victoire appartient au Reich.

Les membres engourdis par la longue station dans le froid, les deux hommes se relèvent avec difficultés, et parviennent au poste de secours du régiment. La blessure de Gontran n'est pas très grave. Évacué à l'arrière, il revient à son unité à la fin du mois d'avril mille neuf cent quarante-trois. Entre-temps, le dégel et la boue obligent à suspendre les opérations entre Koursk et la mer d'Azov.

***

En mai mille neuf cent quarante-trois, le régiment Grossdeutschland devient Panzer Grenadier, et reçoit le renfort de six escadrons de chars Tigres. Gontran est désigné pour commander le premier. L'armée allemande est très diminuée, le moral est mauvais. Hitler veut déclencher une offensive décisive contre le saillant de Koursk, et ainsi reprendre l'initiative des opérations sur le front.

Certains de ses généraux sont pour cette opération, d'autres, plus nombreux, sont contre. Hitler persiste, et impose sa volonté. Initialement prévue pour le mois de mai elle est reportée au quinze juin mille neuf cent quarante-trois. Un nouveau retard dans la livraison de chars Panzer la reporte au cinq juillet à l'aube.

C'est l'opération Citadelle, elle démarre avec deux mois de retard. Pendant ce laps de temps, les généraux russes ont mis en place un système défensif impressionnant, bien supérieur aux forces offensives allemandes.

Pendant tout le mois de juin, Gontran se familiarise avec les nouveaux chars Tigres, dont son unité est dotée. Son escadron comprend douze de ces blindés. Ils sont équipés de radios, et la communication entre eux est directe. L'intérieur du blindé est assourdissant entre les bruits du moteur, et ceux extérieurs c'est pourquoi l'équipage de ce char le plus moderne de son époque est muni d'un système Intracom. Ce monstre de cinquante-six tonnes, d'une puissance de feu redoutable, a cependant deux défauts majeurs, il est lent et d'une autonomie réduite.

Il a retrouvé son pilote Manfred Müller, dont il ne veut plus se séparer. Le tireur est un ancien prénommé Karl, le chargeur, un gamin d'à peine dix-huit ans, se prénomme Otto, enfin, le servant de la mitrailleuse, Frantz, a sensiblement le même âge. L'offensive a été précédée d'une forte préparation d'artillerie. Lorsque Gontran à la tête de son escadron pénètre dans Koursk, c'est une mer de flammes. Des corps de civils et de militaires gisent un peu partout. Certains tentent de se mettre à l'abri illusoire des maisons incendiées qui s'effondrent sur eux. Les ordres sont clairs et nets, pénétrer au plus profond pour ouvrir une brèche dans la défense russe.

Les six escadrons de chars Tigres foncent en même temps, au nord, au centre et au sud de la ville de Koursk. À l'intérieur des chars, c'est un terrible bruit de ferraille qui règne. Tout ce qui n'est pas arrimé brinquebale dans l'habitacle. Manfred donne les gaz, le Tigres bondit en avant, de toute la vitesse dont ils sont capables, les chars de Gontran traversent la banlieue de la ville.

— En avant ! Crie la radio.

C'est le colonel, surexcité. Les moteurs hurlent, les chenilles cliquettent. Devant le char, des silhouettes s'agitent.

— Feu ! Ordonne Gontran. Frantz a de la peine à servir la mitrailleuse, mais les silhouettes s'écroulent. C'est son premier combat, comme Otto. Tous deux, suent la peur. L'escadron progresse maintenant à la sortie de Koursk. Devant les chars s'étend une vaste avenue bordée de châtaigniers. Quelques maisons encore debout semblent narguer cette folie destructrice des hommes. Le colonel donne l'ordre de s'embusquer à l'abri des dernières maisons et d'attendre que l'infanterie ait fini de nettoyer la ville, puis faire la jonction, pour un nouveau bond en avant.

Un jour blafard et pluvieux s'est levé depuis quelques minutes. À peine le char de Gontran est-il arrêté, qu'un T. Trente-quatre russe se présente à mille mètres environ, au débouché d'un petit bois et s'immobilise. Son équipage ne semble pas avoir repéré l'escadron de Gontran, dissimulé derrière les dernières maisons. Le temps de pointer, le canon de quatre-vingt-huit, et, le T trente-quatre touché au flanc, explose, son équipage grille à l'intérieur. C'est, hélas cette mort, qui, le plus souvent, attend le soldat des chars.

— En avant ! Crie de nouveau le colonel dans sa radio. Escadrons un, quatre et cinq, attaquez avec toutes vos armes, direction le petit bois à deux kilomètres, droit devant, escadrons deux, trois et six, en réserve.

Gontran est en tête. Les Tigres sont contraints de franchir, en file indienne, un pont minuscule qui enjambe une petite rivière. Curieusement, aucun char russe n'apparaît au détour du petit bois. Sitôt passé le pont, Gontran déploie son escadron en éventail. Le petit bois est rapidement franchi. Derrière lui s'étend, en contrebas, une vaste plaine. Gontran n'en croit pas ses yeux.

À douze cents mètres environ, plusieurs centaines de chars T. Trente-quatre, prêts à fondre sur Koursk et reprendre la ville. L'infanterie russe est déployée derrière pour finir de nettoyer le terrain. Les escadrons, quatre et cinq ont rejoint, et aussitôt, c'est un déluge de mitraille et d'obus qui part des Tigres. Les premiers T trente-quatre explosent, les fantassins russes tentent de s'abriter derrière les blindés, mais les mitrailleuses font des ravages dans leurs rangs.

Le premier moment de stupeur passé, les T. Trente-quatre entrent en action. À côté de Gontran, deux Tigres explosent avec leurs munitions, l'essence s'enflamme immédiatement.

Pour ceux-là, c'est terminé. Tous font feu, de toutes leurs armes.

— Dernier obus, déclare Karl, en repoussant la culasse du quatre-vingt-huit.

— Mes chargeurs sont vides ! Crie Frantz.

— Plus que cent litres d'essence, rajoute Manfred.

Un à un, les autres chars de la section dressent le même bilan.

— En arrière ! Ordonne Gontran.

Pendant que les escadrons deux, trois et six couvrent leur retraite, les trois autres regagnent les faubourgs de la ville, où attendent les chars de ravitaillement. Les pleins sont faits en un temps record, les armes de nouveau approvisionnées, et tous repartent dans la fournaise.

Les T trente-quatre Russes se sont déployés et attendent les Tigres à la sortie du petit bois. C'est de nouveau l'enfer. Tout à coup, c'est le colonel qui les a vus le premier, une cinquantaine de T. Trente-quatre filent à toute allure pour contourner les Tigres, les couper du chemin de repli par le petit pont, et les détruire sur place. Aussitôt, il donne l'ordre de retraite. C'est une course contre la montre. Les T trente-quatre sont plus rapides que les Tigres, et même, s'ils ont plus de distance à parcourir, ils peuvent arriver au pont avant eux. Tout en tirant, Gontran et ses chars s'enfuient à toute vitesse. Soudain, la radio annonce.

— T trente-quatre à huit cents mètres à droite, feu !

Karl, rivé au viseur, a de la peine à ajuster son tir. Une flamme sort de la bouche du canon de quatre-vingt-huit, et l'obus va se perdre dans la rivière. La tourelle du russe pivote dans la direction de Gontran. Impossible de s'échapper. Fébrilement, Otto a rechargé, Karl met au point sa visée. Il n'a pas le temps de titrer, un éclair jaillit du T. Trente-quatre, une fumée noire s'élève, puis c'est l'explosion. Un soupir de soulagement jaillit des cinq poitrines, une voix résonne à la radio.

— Gontran, tu me dois une bouteille de schnaps.

— Une caisse, même, si tu veux, Gunther.

C'est le dernier char de l'escadron numéro six, commandé par le lieutenant Gunther Kebert, qui s'est offert le T. Trente-quatre. La poursuite infernale continue cependant. Les autres chars russes, sans perdre de temps, ont contourné l'épave, et reprennent leur course vers le pont. À peine, le dernier Tigre a-t-il passé le pont que celui-ci explose. Les pionniers du bataillon de génie avaient pris la précaution de miner l'ouvrage en cas de retraite précipitée.

De l'autre rive, les T. Trente-quatre arrosent les fuyards. Devant les Tigres, les maisons s'écroulent les unes après les autres sous cette avalanche d'obus russes. Soudain, après quelques hoquets, le char de Gontran, qui ferme la marche, s'immobilise sous les tirs ennemis. Il y a pourtant encore moitié du réservoir d'essence. C'est la panne, la catastrophe ! Par la radio, il demande l'aide des mécanos et du char de dépannage, mais personne ne répond. Sa tourelle tournée vers l'arrière, il tire ses derniers obus. Il s'apprête à ordonner l'évacuation, lorsque Gunther, qui a entendu l'appel, a fait faire demi-tour à son char. En quelques secondes, un câble est amarré. Le char Tigre de Gontran est pris en remorque.

— Cela fera deux caisses de schnaps Gontran, raille Gunther.

Sitôt hors de portée des tirs des T. Trente-quatre, Gunther s'arrête, et Manfred se penche sur le moteur pour tenter de réparer. Pendant ce temps, les Russes ont déclenché un tir d'artillerie. Les obus passent au-dessus de leur tête. Certains tombent tout près, achevant de détruire les rares maisons qui tiennent encore debout. Manfred a trouvé la panne, et le moteur rugi de nouveau. Ils remontent dans le blindé. Gontran est le dernier. Au moment où il se prépare à embarquer, un obus russe éclate à proximité. Il est projeté à plusieurs mètres. Sonné, il ne parvient pas à se relever, le tibia et le péroné de sa jambe gauche font un angle bizarre avec le reste du corps, les deux sont brisés.

Gunther à l'aide d'une porte récupérée dans une maison en flamme, improvise une civière. Gontran n'a pas repris connaissance, il geint doucement. Grâce au contenu de la trousse de secours du char, il lui fait une piqûre de morphine. Après avoir arrimé la civière sur la plage arrière de son blindé, sans perdre plus de temps, ils repartent.

Au poste de secours, le médecin est sceptique sur les chances de récupérer la jambe blessée. Gontran soulagé par la piqûre de morphine a repris conscience. Il refuse l'amputation.

— Non, Docteur, je préfère courir le risque de boiter pour le restant de ma vie, et garder mes deux jambes.

— Comme vous voudrez, mais ce sera long et douloureux.

À la faveur d'une accalmie dans les tirs ennemis, un avion Junker cinquante-deux, médicalisé évacue les blessés les plus graves. Gontran se rend compte qu'il est l'officier le moins gradé de cette évacuation sanitaire. Les autres sont un général, plusieurs colonels et commandants. Pas un seul soldat, ils sont pourtant blessés en nombre, eux aussi. Leurs vies auraient-elles une importance moindre ?

À l'hôpital de Berlin, où il est transporté, il apprend sa nomination au grade de commandant, ainsi que l'attribution de la Croix de Fer. Lorsqu'après un long séjour, les médecins estiment que sa blessure est suffisamment consolidée, il est envoyé en convalescence en France. Il doit cependant assurer le commandement d'une unité d'occupation. C'est ainsi que fin octobre mille neuf cent quarante-trois, il arrive à Saint Pierre d'Aurillac.

Il est précédé par les mauvais souvenirs laissés par les officiers SS. C'est donc avec une certaine mauvaise grâce que les époux Worms voient arriver ce jeune officier et son ordonnance, Manfred Müller, qu'il a réussi à se faire affecter. Ignorant de son identité, Ferdinand ne peut faire aucun rapprochement avec Ludwig. Gontran, de son côté, persuadé que sa mère et sa sœur sont décédées dans les premiers bombardements de mille neuf cent quatorze, ne fait non plus aucune relation avec le nom de Worms, qui, il le sait, est celui de sa mère.

12

Entre-temps, Lucien poursuit ses activités au service de la police de Vichy. Sur une simple dénonciation, il a fait emprisonner puis déporter, son concurrent sur la portion de trottoir où il fait travailler ses protégées, au passage il a récupéré la gagneuse de celui-ci, prénommée Marie-Louise, mais que d'office, il rebaptise Gina, cela fait plus sérieux dans le métier.

Non loin de la gare, à proximité du poste de police du quartier, il a repéré un petit bar qui correspond à ses envies. Ce dernier, à l'enseigne du Chat Bleu est la propriété d'un militant communiste. Ce renseignement lui a été fourni par Antoine.

Utilisant de nouveau la dénonciation, il a réussi à le faire interner au camp de Mérignac, d'où ensuite, il a été déporté en Pologne. Le fonds de commerce est de ce fait devenu vacant. Grâce à ses complicités, il s'en est emparé sans débourser un centime. Au-dessus de la salle du bar se trouvent plusieurs chambres. Dorénavant, c'est ici que travailleront ses protégées, sous la surveillance alternée d'Antoine, de lui-même, et d'un troisième larron, Henri, lui aussi à la solde du commissaire Poinson, venu compléter cette misérable équipe.

Protégé par la police, et à l'abri du besoin par le travail de ses filles, il mène une vie qu'il croit tranquille. Un bar est bien l'endroit rêvé pour faire parler les clients, et recueillir des renseignements. Cependant, sa haine pour Katrina et Chaberchteim ne faiblit pas. Il pense avoir trouvé l'occasion d'assouvir celle-ci.

Le trente janvier mille neuf cent quarante-trois, la Milice est créée. Immédiatement, il voit dans l'engagement dans cette dernière la possibilité de retourner à Saint-Pierre d'Aurillac, revêtu de cette tenue infâme derrière laquelle il pourra se cacher. Pour parvenir à ses fins, assouvir son besoin de vengeance. Il est suivi en cela par son ami Antoine, qui a quitté la police allemande pour la Milice. Henri surveille le bar. Après quelques jours de formation à l'école de la Milice de Tonneins, l'un comme l'autre, revêtent sans aucune honte l'uniforme honni.

Dès le début d'octobre mille neuf cent quarante-trois, ils sont affectés tous les deux aux opérations en zone sud. Plus particulièrement, la région de Langon, où Lucien est le plus à même de repérer et dénoncer, les éléments suspects aux yeux de Vichy et de l'occupant. Le chef de dizaine, un nommé Antonin, leur laisse toute latitude pour faire ces contrôles. Ce manque d'autorité, ne manque pas de favoriser toutes sortes de dérapages de la part des deux compères. Le retour de Lucien, apporte des réactions diverses de la part des habitants de Langon. Si certains ne lui décochent que des regards haineux, d'autres, pour s'attirer ses bonnes grâces, n'hésitent pas à lui faire des courbettes.

Enhardis par le manque de réaction visible des habitants, Lucien et Antoine deviennent de plus en plus arrogants. Ils se livrent à des actes de vols et de pillages au cours des contrôles prétendus, de police, d'extorsions de fonds et autres délits au préjudice des habitants des communes alentour. Cependant, il n'a pas eu l'occasion d'être désigné pour une opération de contrôle à Saint Pierre d'Aurillac. Il ne l'a pas sollicité non plus. En effet, il craint les réactions de sa famille, et, surtout, celle d'Alfred Chaberchteim.

***

À la fin d'octobre mille neuf cent quarante-trois, il apprend qu'Alfred, désigné pour partir au Service du Travail Obligatoire, a choisi le maquis. Dès lors, il ne craint plus de le rencontrer et s'aventure avec Antoine, tous deux armés de pistolets-mitrailleurs récupérés illégalement, jusqu'à Saint Pierre d'Aurillac. Ils se déplacent à l'aide d'une Citroën traction onze chevaux, confisquée à un commerçant de

Langon. Ce matin-là, vers onze heures, un violent orage a éclaté sur les coteaux de Pian sur Garonne, qui dominent le village de Saint Pierre d'Aurillac. Les petits ruisseaux sont gonflés. Dès le début de l'après-midi, le Siron a débordé au lieu-dit Mérigon où demeure Madeleine. La pluie s'est calmée.

— Allez, en route, on va rigoler un bon coup, dit Lucien.

Si beaucoup souffrent du manque d'essence, lui en dispose suffisamment pour faire rouler leur voiture. Antoine s'installe à la place du passager avant, son pistolet-mitrailleur sur les genoux.

— Par quoi on commence ? C'est toi l'enfant du pays, tu connais mieux que moi.

— Tout d'abord on va aller saluer mes parents, voilà pas mal de temps que je ne les ai pas vus.

Antoine éclate de rire, il connaît les circonstances de sa fuite Lucien lui en a fait un récit où il a le beau rôle.

Aux Glycines, Léopold est occupé dans le chai, lorsque la traction de Lucien stoppe devant la porte. Il a reconnu l'uniforme, mais pas ceux qui le portent.

Merde, la milice, qu'est-ce qu'ils veulent ?

Il s'aperçoit alors que l'un des deux n'est autre que son fils Lucien. Déjà, Antoine est descendu de voiture, il braque son arme sur Léopold.

— Ho la, intervient Lucien, ne va pas faire du mal à mon cher papa.

Puis s'adressant à lui.

— Alors, le père ! Tu ne t'attendais pas à me revoir, je pense.

— Je me rends compte que pour toi, les choses ont l'air de s'arranger. Tu portes l'uniforme de la Milice, tu es armée et te déplaces en voiture.

— Comme tu peux le voir, déclare Lucien, en dirigeant négligemment le canon de son arme vers son père. Tu ne m'as pas été d'un grand secours lorsque ma demi-sœur de boche m'a tendu un piège.

Léopold n'a pas le temps de répondre, car Mariette qui arrive à ce moment-là le fait à sa place.

— Te porter secours, mais tu n'y penses pas Lucien, tu es la honte de la famille. Comment as-tu trouvé le courage de faire enfermer Madeleine à L'Oasis ? Ta propre cousine !

Lucien et Antoine qui n'avaient pas perçu son approche se retournent d'un coup.

— Tien ! Te voilà toi ! S'exclame Lucien. Détournant son arme de son père. C'est sûr que si j'avais attendu après vous il y a longtemps que je serais mort de faim.

— Et bien, répond Mariette en élevant la voix, il aurait mieux valu pour toi, plutôt que de porter l'uniforme de l'infamie.

— Pas plus infâme que toi, qui es une moitié de boche.

— Moitié de boche ou pas, le temps que tu porteras cet uniforme, ta place ne sera pas ici.

— C'est bon, je m'en vais, lâche Lucien, mais je reviendrai, soyez-en sûr, et alors là, vous changerez de ton à mon égard.

Lorsque la voiture a démarré, Lucien se laisse aller à la colère.

— On va rendre visite au grand-père. Peut-être que lui sera plus accueillant.

Ferdinand est intrigué par cette voiture noire qui remonte l'allée qui mène à sa maison. Qui cela peut-il être ? Se dit-il. Le pare-brise du véhicule reflète les rayons du soleil. Il ne distingue pas les occupants.

Toujours sur ses gardes, Manfred Muller, l'ordonnance de Gontran Von Querbecke, est sorti de la maison armée d'un fusil d'assaut MP43, qu'il pointe sur les arrivants.

— Putain ! Regarde il est sous bonne garde ton grand-père s'exclame Antoine.

— Ouais, je vois ça, il a dû faire quelques conneries. À son âge, je ne l'aurais pas cru.

Pour éviter tout malentendu, Antoine ralentit et stoppe la voiture à quelques mètres des deux hommes. Ils laissent leurs armes dans la voiture et sortent doucement. Reconnaissant l'uniforme de la milice, Manfred Muller baisse son arme.

Ferdinand sent le rouge de la honte lui monter brusquement au visage. Il ne nous aura rien épargné ce petit salopard. Cependant, en présence de l'ordonnance, il est obligé de modérer son émotion.

— Et bien grand père, que se passe-t-il ici ? Tu es sous la garde des soldats allemands ?

— Pas du tout, répond Ferdinand qui a réussi à prendre une voix normale. Nous hébergeons un officier et son ordonnance. Nous avons été requis pour héberger cet homme, actuellement en convalescence, le temps qu'il se remette de ses blessures.

Lucien sait, que c'est une habitude de la Wehrmacht de placer ses blessés dans des unités de garde, non combattantes, en zone d'occupation, le temps de leur guérison. Sans aucun égard pour son grand-père, il reprend à l'attention de l'ordonnance.

— Et bien, puisque nous sommes appelés à travailler ensemble, je pense qu'il est normal que nous fassions sa connaissance, propose Lucien.

— Un moment s'il vous plaît, déclare-t-il d'une voix gutturale et dans un Français approximatif. Je vais voir si le commandant accepte de vous recevoir.

Resté devant la maison, Lucien ne peut s'empêcher de faire des remarques à son grand-père.

— J'espère bien qu'il peut nous recevoir cet officier. Nous menons le même combat.

Ferdinand garde les mains dans son dos, il serre les poings. Il a beaucoup de peine à maîtriser la colère qu'il sent monter en lui. Il s'apprête à remettre Lucien vertement en place, lorsque Gontran Von Querbecke apparaît sur le seuil. Impressionnés par l'uniforme et la force tranquille qui émane de sa personne, Lucien et Antoine rectifient la position et le saluent. Son accueil, s'il est courtois, n'en est pas moins relativement froid. La tenue de milicien qu'ils portent ne lui inspire aucune sympathie.

— Vous avez demandé à me voir, s'informe Gontran Von Querbecke.

— Oui, Monsieur l'officier, je suis le petit-fils de Monsieur Worms, et comme vous le voyez, j'adhère complètement aux directives énoncées par le gouvernement de Vichy. Vous pouvez compter sur notre aide en cas de besoins.

Gontran Von Querbecke qui n'a pas décliné son identité aux grands-parents de Lucien, ne juge pas utile de le faire à ce dernier, sur lequel d'ailleurs il n'a qu'une piètre opinion. En effet, son éducation l'incline à considérer Lucien pour ce qu'il est, un traître à sa patrie. Cependant, le carcan de discipline dans lequel Hitler enferme ses militaires, ne lui permet pas d'exprimer ouvertement son opinion. Lucien est vivement impressionné par l'homme qui s'exprime couramment en français. Ce dernier, bien qu'en convalescence, a autorité sur les troupes d'occupation, depuis l'ancienne ligne de démarcation, toujours en place, jusqu'aux limites du Lot-et-Garonne.

— Je vous écoute, quel genre d'aide pouvez-vous m'apporter ?

— Je suis né ici, et je connais les gens. Je peux vous aider pour débusquer les réfractaires au Service du Travail Obligatoire, les résistants, terroristes et autres meneurs antinationaux.

— Nous avons déjà quelques personnes qui nous assistent dans cette tâche, cependant votre aide peut se révéler nécessaire dans quelques cas. Je saurai m'en souvenir, déclare Gontran qui accueille cette proposition avec une certaine méfiance.

Ignorant la main que lui tend Lucien, Gontran fait demi-tour et s'engouffre dans la voiture que Manfred Muller avait approchée de la maison.

Vexé que l'officier allemand ait délibérément ignoré la main qu'il lui tendait, que son grand-père ne l'invite pas à rentrer dans sa demeure, Lucien se rend au café du village, situé en face de l'église, en bordure de l'avenue du Maréchal Pétain, où, manifestement, sa présence n'est pas appréciée par tous.

Alors qu'il regagne sa voiture, il est rejoint par l'un de ses amis de jeunesse, Yoann Petit. Il ne vaut pas plus cher que lui. La façon dont il quittât Mérigon est connue dans tout le village.

— Tu cherches le youpin ?

— Non, je sais qu'il a foutu le camp dans un maquis pour fuir son devoir.

— Ouais, le STO, laisse-moi rigoler là-dessus, mais si tu veux le savoir, je peux te dire où loge sa bonne femme.

— Je t'écoute.

— Elle est à Mérigon, de l'autre côté du Siron, tout près de chez ton grand-père.

Sachant pertinemment qu'Alfred ne s'y trouve pas, il s'y rend avec le courage des lâches qui savent ne courir aucun danger. Il pense y trouver Madeleine, sur laquelle il a l'intention de passer sa haine. Or, celle-ci se trouve à l'école communale où elle s'occupe de la classe des tout-petits.

À son arrivée, il remarque la présence d'un tout jeune enfant qui, sous l'avant-toit de la maison, joue sur un cheval à bascule. Il s'agit de Gaëtan, dont, bien entendu, il ignorait l'existence. L'enfant se trouve sous la garde d'une jeune fille, orpheline d'une quinzaine d'années, Isabelle Alvarez, dont les grands-parents, réfugiés espagnols, ont été embauchés chez les Worms, pour les travaux de l'exploitation. La jeune fille s'occupe à des travaux ménagers pendant que l'enfant joue devant la porte.

Alors que les deux hommes s'approchent de la maison, un gros chien sort en trombe de dessous une table où il somnolait, et montre les crocs aux intrus. Sans hésiter, une seconde, Lucien, d'une rafale de pistolet-mitrailleur, abat la pauvre bête qui ne faisait que son travail. Apeuré, Gaëtan éclate en pleurs. Isabelle qui n'a pas compris qu'il s'agit d'une décharge d'arme automatique, sort pour voir ce qui fait pleurer l'enfant dont elle a la garde.

— Que se passe-t-il, Gaëtan, tu t'es fait mal ? S'inquiète Isabelle en sortant de la cuisine.

Aussitôt, elle est mise en joue par Lucien.

— Ne bouge pas ! Ou tu es morte.

Pétrifiée sur place, elle a juste le réflexe d'attraper le petit garçon qui se jette dans ses bras.

Sans lâcher son arme, Lucien interroge.

— Il y a d'autres personnes dans cette maison ?

— Non, je suis seule avec Gaëtan, dit-elle d'une voix mal assurée.

— Alors on rentre tous.

Une fois à l'intérieur, Antoine, l'arme à la main vérifie toutes les pièces pour s'assurer qu'il n'y a vraiment personne d'autre.

— C'est bon, nous sommes seuls.

— Où est Madeleine ? Questionne Lucien, en gratifiant Isabelle d'une avalanche de gifles.

Isabelle, pauvre jeune fille sans défense, ne sait quelle contenance adopter. C'est la première fois, qu'elle se trouve confrontée à un tel déchaînement de violence gratuite. Elle n'est pas de taille à résister.

— Madame Madeleine est à l'école, avoue-t-elle avant de recevoir d'autres coups.

Furieux de ne pouvoir assouvir ses bas instincts sur Madeleine, il s'en prend à Isabelle. Désignant Gaëtan qu'elle serre fort dans ses bras et se répand en pleurs.

— C'est qui ce marmot ?

— C'est le fils de Madame Madeleine.

— Tu te rends compte, dit-il, s'adressant à Antoine. Le youpin a réussi à faire un gosse. C'est t'y pas mignon tout ça. Puis, s'adressant à Isabelle.

— Pose-le par terre que je vois s'il sait marcher.

Pressentant quelque méchanceté gratuite, Isabelle serre Gaëtan contre elle. L'enfant pleure de plus belle. Elle refuse de le poser. Devant cette résistance, Lucien lui décoche un coup de poing dans le ventre. Elle se plie de douleur, il profite alors de sa moindre résistance pour s'emparer de Gaëtan. L'enfant crie et pleure de plus belle, il s'accroche à la robe d'Isabelle.

Il décoche un violent coup de pied à Gaëtan qui s'assomme contre le mur, provoquant les hurlements de la jeune fille. Pendant que l'enfant, inerte, gît au sol, il lui donne un nouveau coup de pied dans la tête. Le sang, de suite coule par le nez et les oreilles.

— Ils ont la peau dure ces petits youpins, déclare Lucien.

— Sûr, c'est du solide.

Antoine reporte son regard sur Isabelle recroquevillée dans un coin de la cuisine, accroupie, les mains serrées sur son ventre qui la fait souffrir du coup donné par Lucien.

— Et celle-là, on ne va pas partir sans lui dire au revoir tout de même.

Lucien a bien compris où son complice veut en venir.

— Tu as raison, ce n'est pas correct.

Fier de lui, avec la complicité d'Antoine, il entreprend de dénuder Isabelle, qui se défend comme elle le peut, puis chacun leur tour, ils abusent d'elle. Avant de partir, ils pillent les maigres provisions qu'ils trouvent dans le garde-manger, puis avisant la jeune fille, qui prostrée dans un coin de la pièce, semble avoir perdu une partie de sa raison, Lucien l'apostrophe.

— Tu peux prévenir Madeleine, que son tour sera pour bientôt.

Franchissant le seuil de la maison, Antoine fait remarquer à Lucien la présence de Gaëtan.

— Et le bâtard du juif, que veux-tu en faire ?

— Tu as raison, on ne va pas le laisser là.

Saisissant par le col de sa chemise l'enfant ensanglanté et inanimé, Lucien le porte hors de la maison, et d'un geste dédaigneux, le précipite dans le Siron en crue, qui entraîne le corps du pauvre petit jusqu'à la Garonne. Poussant plus loin l'ignominie, il rajoute.

— Le youpin ne pourra même pas mettre une plaque avec un nom sur la tombe de son fils.

Antoine rajoute à son tour.

— Au fait, la petite, elle était pucelle.

— Sans doute, reprend Lucien, mais comme tu es passé le premier, avec moi, elle ne l'était plus.

Pendant que les deux miliciens, fiers de leurs exploits, regagnent Langon, Isabelle qui a retrouvé une partie de ses esprits se précipite vers l'école communale, informer Madeleine du malheur qui vient d'arriver.

Dans un premier temps, elle ne parvient pas à assumer ce drame. Il lui faut courir jusqu'à sa maison. À l'intérieur, tout a été cassé. Sur le mur à côté de la porte d'entrée, une grosse tache de sang. Madeleine tombe à genoux, en pleurs, elle frotte ses mains dans le sang de son enfant, Mon petit, ils ont tué mon petit.

Puis tout à coup, elle se relève et s'élance le long du Siron, dans l'espoir de retrouver le corps de Gaëtan, que, peut-être, une racine ou des broussailles auront retenu sur la berge. Dans sa course, elle trébuche, se relève, puis tombe de nouveau, des larmes plein les yeux, de la haine plein le cœur. Rendue à la Garonne, elle n'a pas retrouvé le corps de l'enfant.

La crue du Siron l'a déjà emporté jusqu'au fleuve. La douleur de Madeleine est trop forte. Elle perd connaissance. C'est là, que quelques minutes plus tard, Katrina, prévenue à son tour, la découvre, inanimée. Tout l'amour de sa cousine ne suffira pas à apaiser sa peine.

Le retour de Lucien dans la région, apporte l'insécurité pour Madeleine.

— Je vais rejoindre Alfred, dit-elle.

Katrina n'a pas besoin de réfléchir longtemps.

— Oui, je pense que c'est la meilleure solution, tant qu'il sera dans la région tu seras en danger. Ce n'est pas pareil pour moi, j'ai Armand.

Le cœur gonflé de haine, Madeleine réunit quelques affaires personnelles et se réfugie chez Katrina. Le lendemain matin dès la levée du couvre-feu, elle est prise en charge.

Alfred entre dans une rage folle, lorsque Madeleine lui apprend le drame qui vient de se jouer à leur domicile. Il faut toute la force de persuasion de son chef de groupe, pour l'empêcher d'aller immédiatement descendre Lucien. Pendant plusieurs jours, le couple est incapable de réagir, abattu par la perte de ce fils tant désiré.

Le maquis ne reste pas inactif, une surveillance discrète est mise en place autour des deux hommes en attendent le moment propice.

Pour Katrina, il n'y a aucun pardon possible envers son frère, désormais, il est son ennemi. Les faits rapportés aux supérieurs hiérarchiques de Lucien et Antoine n'apportent aucune sanction immédiate.

***

Lorsque Francisco a eu connaissance du traitement subi par Isabelle, il n'a rien dit. Il s'est contenté de prendre la jeune fille dans ses bras, de lui parler longuement en espagnol, de la consoler par les mots d'amour, que seul un grand-père peut chuchoter à l'oreille de sa petite fille. Le lendemain, Ferdinand accorde à Francisco la journée qu'il a demandée, pour se rendre à Marmande afin d'y régler une affaire personnelle.

Œil pour œil

1

Depuis son arrivée à Saint Pierre d'Aurillac, en mille neuf cent trente-neuf, Francisco Alvarez a retrouvé d'autres réfugiés républicains, comme lui. Beaucoup, ont trouvé de l'ouvrage dans les vignes du sud gironde, ou sur les propriétés agricoles du Lot-et-Garonne. Numa Jiménez est de ceux-là. Il est le frère d'Inès, et le parrain d'Isabelle. Il a connu Pedro à l'école communale de Gérone, et a combattu avec sa sœur et son beau-frère les Allemands de la légion Condor, envoyée par Hitler pour soutenir le général Franco. Pedro et Inès sont morts près de lui au début de mille neuf cent trente-neuf pour vainement défendre Barcelone. Cette ville tombée, il prit, comme des milliers de républicains, le chemin de l'exode pour rejoindre la France.

C'est le hasard qui a fait se retrouver les deux hommes à Marmande en janvier mille neuf cent quarante. Francisco accompagnait Ferdinand pour choisir et acquérir du matériel agricole d'occasion. Numa était lui aussi présent à cette vente, avec son employeur, pour les mêmes raisons.

Au moment du repas de midi, pendant que leurs patrons respectifs déjeunaient au restaurant, ils ont partagé les provisions qu'ils avaient apportées, se racontant l'un l'autre, les événements écoulés depuis leur fuite devant les troupes franquistes. Depuis, Numa fréquente, chaque fois qu'il le peut, la maison de Francisco. Heureux d'y retrouver en sécurité sa nièce, Isabelle, sa fille spirituelle, qu'il a cru, un temps, elle aussi victime de cette guerre fratricide.

Le quatorze novembre mille neuf cent quarante-trois, un dimanche, sitôt la levée du couvre-feu, un homme vient frapper discrètement à la porte de Francisco. Il ne prononce pas un mot. Il fait simplement un signe de la tête. Francisco non plus ne dit rien, il a compris, sa femme aussi a compris.

La vieille dame couvre ses épaules d'un fichu de laine, car il fait froid ce matin. Elle se rend à l'église. Elle s'installe au dernier rang pour ne déranger personne. Là, elle s'agenouille et prie.

***

À bicyclette, Francisco et l'homme ouvrant la marche, font route en direction de la palombière de Monsegues. Ils savent que ce dernier ne s'y trouve pas. Il a cessé de chasser depuis la semaine passée, et a démonté ses filets. De plus, depuis qu'il a été contraint de cacher ses fusils, pour ne pas les déposer à la mairie, comme l'exigent les nouvelles réglementations dictées par les Allemands, il est moins assidu à cette passion. Et puis, c'est dimanche, alors Monsegues, il est à la messe avec Mariette et ses beaux-parents. Il a beaucoup à se faire pardonner Léopold, il accompagne son épouse à l'église sans discuter.

Au bout du sentier forestier, la palombière apparaît enfin. C'est, pour l'essentiel, une cabane en bois, d'où partent plusieurs couloirs recouverts de brandes et de feuillages. La porte est entrouverte. Dans la pénombre, Francisco distingue un homme attaché debout à un poteau de soutien de la toiture. Ses yeux sont bandés, un nœud coulant est passé autour de son cou. L'extrémité de la corde est attachée à un rondin au-dessus de lui. Il ne peut fléchir les genoux sans risquer la pendaison.

Au moment où Francisco s'apprête à rentrer dans la cabane, Numa sort d'un couloir d'où il assurait une garde vigilante. À voix basse, en langue espagnole, il explique.

— Cela n'a pas été bien difficile. Nous l'avons cueilli hier soir, juste avant le couvre-feu, alors qu'il sortait de chez sa maîtresse. Cela fait plus de quinze jours que nous avons découvert son adresse dans le quartier du Martouret à La Réole.

— C'est bien, approuve Francisco, dans la même langue, mais pourquoi a-t-il les yeux bandés ? Je veux qu'il sache qui je suis.

— Cela, amigo, c'est pour le mettre dans l'ambiance. La corde aussi, il nous entend, mais il ne sait pas qui nous sommes. Je suis sûr que la trouille lui a fait chier dans son froc.

— C'est une excellente idée, approuve Francisco, je te remercie pour tout cela, mais maintenant, il est à moi.

— C'est comme tu veux, amigo, sinon, je fais le travail moi-même.

— Non, refuse Francisco d'un ton sans réplique, c'est le sang de mon sang qu'il a pris. La vengeance est mienne, je veux le sien.

Tout en parlant, le vieil homme sort de sa ceinture un couteau à cran d'arrêt, dont il fait jaillir la lame.

— La Navarra dit Numa, en reconnaissant l'arme, tu as raison. Il doit souffrir comme il a fait souffrir.

Sans discuter davantage, Numa fait signe à son compagnon, qui venait de conduire Francisco jusqu'à la palombière, précisant.

— Viens, nous avons encore un travail.

Pendant que les deux hommes s'éloignent dans les fourrés proches de la cabane, Francisco pousse la porte la faisant légèrement grincer sur ses gonds. À ce bruit, Antoine se raidit dans ses liens. Toujours aveuglé par le foulard noué autour de sa tête, il tente de s'imposer.

— Qui êtes-vous ? Que me voulez-vous ? Je vous ferai arrêter, et vous paierez cher ce que vous faites.

À ces mots, Francisco ne peut retenir un rictus de dédain.

— *Hiro de puta*, tu n'es pas un homme. Tes menaces ne t'empêcheront pas de subir ta punition. C'est toi qui vas payer pour tes actes.

À ces mots prononcés avec un fort accent espagnol, Antoine sent une sueur froide l'envahir. Il se rappelle la fille qu'il a violée avec Lucien. C'est dans cette langue qu'elle les implorait de ne pas lui faire de mal.

— Qui êtes-vous ? Répète Antoine, d'une voix mal assurée.

— Ton destin, répond Francisco, et le destin il faut le regarder dans les yeux.

En prononçant ses mots, de la pointe de sa Navarra, il fait sauter le bandeau qui aveuglait Antoine. Après quelques clignements des yeux pour s'habituer à la pénombre, il distingue, enfin, l'homme qui est devant lui, armé d'un couteau à cran d'arrêt.

— Qui êtes-vous ?

D'une voix dont le ton calme n'augure rien de bon, Francisco répond.

— Tu ne me connais pas ? Je suis le grand-père de la jeune fille que vous avez salie avec l'autre ordure de Lucien Monsegues. Alors, maintenant, tu sais pourquoi je suis là.

Antoine se rend compte alors que sa vie ne tient plus qu'à peu de chose.

— Attendez, attendez, ce n'est pas moi. C'est Lucien, moi je ne voulais pas.

— C'est Lucien qui a fait quoi ?

— Oui, c'est Lucien qui a violé la môme. Moi, je ne voulais pas. Je ne l'ai pas touchée, et Lucien, je n'ai pas pu l'en empêcher. Il avait un pistolet-mitrailleur.

— La môme, comme tu dis, je t'ai déjà précisé que c'était ma petite fille. Vous deux, ordures que vous êtes, vous l'avez odieusement fait souffrir. Elle était sans défense, la pureté même, et vous l'avez souillée.

Antoine tremble de tous ses membres, il se rend bien compte qu'il va mourir. Francisco est déterminé à le faire souffrir. Soudain, il se souvient de la corde qui est passée autour de son cou. Il se laissa tomber pour en finir. Le nœud coulant se referme sur sa gorge. Avant qu'il n'ait le temps de succomber, Francisco, d'un coup de couteau, tranche la corde.

— *Hiro de puta*, tu tentes de fuir ma vengeance, tu as raté ton affaire.

Antoine revient déjà à lui. Quelques gifles assénées par Francisco finirent par lui redonner des couleurs. Puis il l'aide à se remettre debout.

— Assez parlé, dit Francisco, assez perdu de temps. Je suis venu pour l'honneur d'Isabelle. Te regarder mourir.

Tout en parlant, il se rapproche de son prisonnier, et, d'un coup sec, le poignarde au creux de l'aine. Un cri atroce, un cri venant des tripes, retentit jusqu'à l'extérieur de la cabane. Numa l'entend, et se contente de commenter.

— C'est fait !

Lentement, après s'être mis à l'abri des éclaboussures, Francisco retire l'arme de la blessure, l'essuie sur la veste d'Antoine avant de la replier puis la ranger dans sa ceinture. De suite, le sang se met à gicler de l'artère sectionnée, au rythme des battements cardiaques.

Encore conscient, Antoine entend les paroles de son bourreau.

— Tu vois, *hiro de puta*, chez nous, cela s'appelle *La cornada*, parce que ce sont les matadors qui, dans l'arène, se font quelquefois encorner à cet endroit, par le taureau qu'ils combattent, lors des corridas. D'un ton doucereux, il rajoute.

Paraît-il qu'ils souffrent beaucoup avant de mourir ?

Calmement, Francisco regarde Antoine gémir et se vider de son sang, jusqu'à ce qu'il soit mort. Lorsque c'est fait, Numa et son camarade le détachent, puis transportent son corps dans le trou qu'ils viennent de creuser dans les fourrés. Sans échanger un mot avec eux, Francisco reprend le chemin de son domicile, il y dépose sa bicyclette, et se rend à l'église.

Sa femme est toujours en prières au dernier rang. Il s'agenouille à côté d'elle. À la fin de l'office, se mêlant aux autres fidèles, il prend soin de saluer d'un signe de tête les familles Worms et Monsegues. Léopold l'ignore, Mariette lui rend son salut avec un sourire amical.

Numa et son camarade n'ont pas réussi à approcher Lucien.

***

Depuis l'assassinat de Gaëtan, et le viol de la petite Isabelle, Lucien est l'objet d'une surveillance discrète, mais permanente de la part de la résistance. De nombreux sympathisants signalent ses faits et gestes. La disparition d'Antoine dont il ignore le sort qui pourtant ne fait aucun doute, l'a rendu très méfiant, il est toujours armé. Il ne sort plus la nuit que pour se livrer avec les Miliciens de la dizaine, dont il a pris le commandement, à des actions de contrôles, toujours traquant résistants, communistes et israélites, ne dédaignant pas au passage de s'emparer de valeurs ou autres butins.

En début d'après-midi du quatre décembre mille neuf cent quarante-trois, alors qu'il a consommé plus que d'habitude au bar de l'Oasis où il retrouve les Allemands dont il est le complice, il a fait la connaissance d'une jeune femme. Elle accorde ses faveurs indistinctement à l'un ou à l'autre, miliciens, Allemands, et autres collaborateurs.

Cette jeune femme, que tous appellent Maguy, habite un appartement à Langon. Il pense qu'il peut l'inciter à venir travailler pour lui au Chat Bleu, le bar dont il a dépossédé le propriétaire à Bordeaux.

— Ma pauvre Maguy, vous perdez votre temps dans ce boui-boui. Venez à Bordeaux, je possède un bar, où vous pourriez faire beaucoup d'argent. Ici, je vois bien que jamais les Allemands ne pensent à vous offrir le moindre centime pour les services rendus.

— Oui, c'est vrai qu'ici, à part les miliciens qui passent, personne ne songe à me faire un petit cadeau. Tout ce que me proposent les Allemands, c'est le couvert, et encore, c'est moi qui fais la cuisine. Les chambres à l'étage sont réservées à ces messieurs, je n'y monte que pour leur bon plaisir. Si je veux travailler pour moi, il me faut aller à mon appartement.

— Et bien, tout cela, si tu viens chez moi, sentant que ses arguments font mouche, il tutoie Maguy, c'est terminé. J'ai un associé, Henri, mais il travaille aussi pour le KDS de Dosche. C'est toi qui tiendras le bar, et t'occuperas de nos trois autres filles, Éva, Gina et Lola. Tu mérites bien que l'on pense à toi.

— Tu as raison, répond Maguy, rien ne me retient ici, et puis j'en ai marre de cette petite ville où tout le monde espionne tout le monde. J'ai envie de retrouver la grande ville, et respirer un peu. C'est d'accord, je viens avec toi.

— Tu fais le bon choix, ma Maguy, les autres filles, je ne les vole pas. C'est moitié-moitié. Elles mangent et logent au bar, mais participent aux frais. Cela te convient ?

— OK, c'est d'accord.

— Pour fêter ça, reprend-il, on pourrait aller chez toi, j'ai envie de te connaître mieux.

— Allons-y tout de suite, et pour toi, c'est gratuit.

— Mais j'y compte bien, rectifie Lucien, soucieux de bien éclaircir la situation.

En sortant du bar L'Oasis, il ne fait pas attention à Justin Loubiet, le chiffonnier du village. Il l'a toujours connu, avec sa carriole tirée le long des rues par un âne famélique répondant au nom de, Phrasibule claironnant d'une voix avinée, gueilles, ferrailles, peaux de lapins. Il ne se rend pas compte que toujours accompagné de son âne et de son innommable carriole, le gueillous, *le péraquet*, comme tout le monde l'appelle, leur emprunte le pas. Lorsqu'il les voit entrer dans un immeuble crasseux de la rue Saint-Gervais, il se hâte en direction de la gare.

La porte de l'appartement refermé, Lucien et Maguy s'adonnent aux activités pour lesquelles ils sont venus. Lucien a envie de fêter sa nouvelle protégée.

— Ces exercices m'ont donné soif, tu n'as rien à boire ici ?

Maguy n'est pas sans ressource et revient de sa cuisine avec à la main deux verres et une bouteille de sauternes, cadeau d'un client.

— Je la gardais pour une occasion comme celle-là. Un vrai sauternes, tu m'en diras des nouvelles.

Pendant que Maguy se contente d'un verre, Lucien termine la bouteille, puis passablement éméché, s'endort sur le lit.

Dans la soirée, pendant qu'il cuve son vin, quelqu'un frappe à la porte. Il arrive quelques fois à la jeune femme de recevoir des habitués chez elle. Elle pense que c'est l'un d'entre eux, et se promet de le renvoyer, expliquant qu'aujourd'hui elle n'est pas seule, aussi, c'est sans méfiance qu'elle ouvre sa porte.

Aussitôt, sans ménagement, elle est repoussée dans l'appartement. Trois hommes qu'elle ne connaît pas font irruption. Pour l'empêcher de crier, le premier la bâillonne d'une main solide posée sur sa bouche. Il lui murmure à l'oreille.

— Si tu cries, tu es morte.

Pendant ce temps, les deux autres se précipitent dans la chambre à coucher, où Lucien dort d'un sommeil lourd. Dans un premier temps, il ne comprend pas ce que lui veulent ces hommes. L'un d'entre eux s'exprime avec un accent espagnol prononcé.

— Debout, vite, habille-toi, on est pressé.

— Mais, mais bredouille-t-il. Que se passe-t-il ? Vous n'avez pas le droit.

— Parce que tu l'as, toi, le droit. Ne fais pas de manière ou bien on te flingue sur place.

Lucien comprend alors qu'il n'a pas d'autre choix que d'obéir. Il commence à s'habiller en prenant tout son temps.

— Ne nous prends pas pour des cons, tu te dépêches, sinon, c'est à poil que tu vas venir.

— C'est bon, je cherche mes fringues.

En réalité, Lucien tente de s'emparer du pistolet qu'il sait se trouver dans la poche intérieure de son veston.

— On perd du temps, reprend celui qui semble être le chef. Prenez ses habits, enveloppez-le dans une couverture et amenez-le de force.

En ramassant les vêtements, ils trouvent le pistolet.

— À mon salaud, c'est cela que tu cherchais. Je le garde pour moi, tu n'en as plus besoin.

Aussitôt dit, aussitôt fait. Enveloppé d'une couverture, le canon du pistolet dans le dos, Lucien est poussé au-dehors. Au moment de quitter l'appartement, imprudemment, l'un des kidnappeurs laisse échapper.

— Il n'y a qu'à l'emmener dans les bois, à la palombière de son père, nous y serons tranquilles. Il va y retrouver son copain !

Maguy a saisi le mot, palombière.

Dans la rue, une voiture attend, moteur en marche, Alfred est au volant. Au moment de monter, Lucien le reconnaît, il a un mouvement de recul, sachant bien ce qui l'attend. D'une bourrade violente, il est précipité à l'intérieur, encadré de chaque côté, pour éviter toute tentative de fuite. Au moment de démarrer, Alfred s'inquiète.

— Vous auriez dû embarquer la femme, elle va nous vendre.

— Il n'y a pas de danger, elle est morte de peur. On lui a dit de fermer sa gueule si elle ne veut pas d'ennuis. Ce n'est qu'une pute pour les boches.

— Peut-être, mais je n'ai pas confiance, on n'aurait pas dû la laisser. Maintenant, c'est trop tard.

Maguy réfléchit que, si elle laisse partir Lucien sans rien faire pour lui, elle est condamnée à servir de carpette aux boches jusqu'à la fin de la guerre. La collaboration horizontale, elle en a plus que marre. Par contre si elle parvient à faire intervenir les Allemands pour le sortir de ce mauvais pas, il lui en sera reconnaissant. Elle se voit déjà à Bordeaux, jouant, les mères maquerelles, faisant travailler les trois autres filles, alors qu'elle restera derrière le bar à servir les clients. Elle n'hésite pas plus longtemps, et se rend à L'Oasis, où quelqu'un prendra bien une décision.

— Ja, Ja, il faut prévenir le commandant Von Querbecke, c'est de sa responsabilité.

— Alors, que se passe-t-il.

Encore sous le coup de l'émotion, Maguy cherche ses mots.

— Trois types, qui sont rentrés chez moi.

— Oui, et alors expliquez-moi, mes hommes parlent d'un enlèvement.

— Oui, ils ont embarqué Lucien, ils parlaient de la palombière de son père, et qu'il allait y retrouver son copain.

Gontran a vite compris de quoi il s'agit.

— Vous parlez de Lucien Monsegues, le milicien ?

— Oui, ils l'ont amené de force, il n'a même pas eu le temps de s'habiller.

— Elle se situe où cette palombière, vous le savez ?

— Non, je n'y suis jamais allée.

Gontran réfléchit vite, la seule personne susceptible de le renseigner, c'est justement son logeur, puisque Lucien prétend être son petit-fils. Lui seul à la possibilité de situer rapidement les lieux sur une carte. Se mettre à la recherche d'Albert son père, au milieu de ses vignes, prendrait trop de temps. Il faut faire vite, il est clair que Lucien est en sursis.

Les gens qui l'ont enlevé ont certainement une quelconque vilenie à lui faire payer. En général pour ce genre de dette, le prix est une rafale de plomb.

Il n'a aucun respect pour l'homme, mais sa qualité de milicien lui impose d'intervenir.

Après avoir ordonné la mise en alerte d'un détachement de trente hommes, ils retournent à Saint-Pierre d'Aurillac.

Pendant ce temps, les résistants sont arrivés. Lucien, toujours moitié nu, est sorti de la voiture sans ménagement.

— Tu sais pourquoi tu es là, l'interpelle Alfred.

— Non, je n'en sais rien, et laissez-moi m'habiller.

— Tu n'as pas besoin de vêtements.

À ce moment, un homme lui tend une pelle.

— Que veux-tu que je fasse d'une pelle ? Ce sont mes habits que je veux.

Un violent coup de pied dans les fesses le fait se retourner.

— La pelle c'est pour creuser, tu ne l'avais pas compris ?

Malgré sa nudité, Lucien transpire. Il a très bien compris à quoi est destinée la pelle que lui tend le maquisard. Toute sa morgue a disparu.

— Vous ne pouvez pas me faire ça, tente-t-il d'une voix larmoyante.

Une pluie de coups de pied et de poings s'abat sur lui.

— Arrêtez ! Merde.

— Creuse, salaud, est la seule réponse qu'il obtient.

À tout petit coup, pour gagner du temps, il commence à retirer quelques pelletées de terre.

— Tu te souviens de la petite Isabelle, interroge l'un des maquisards, avec un fort accent espagnol.

— Ce n'est pas moi, se défend Lucien, c'est Antoine, je n'ai pas réussi à l'en empêcher.

— Ce n'est pas Antoine qui va te contredire, puisqu'il est mort. Isabelle, vous avez tous les deux abusé d'elle, comme des lâches que vous êtes. Je suis son parrain, et je ne connais qu'un seul moyen de venger son honneur... creuse ordure.

— Oui, rajoute Alfred, creuse ce trou, et lorsqu'il sera assez profond, ce sera ta tombe. Chose que tu as refusée à mon fils.

— Je t'en supplie Alfred, larmoie Lucien, je n'y suis pour rien, là aussi c'était Antoine. Il était déchaîné, comme une bête.

Perdant son calme, Alfred arme sa mitraillette et en dirige le canon vers Lucien qui éclate en sanglots et tombe à genoux.

— Je t'en prie, Alfred ne tire pas, je n'y suis pour rien

De son côté, Ferdinand se fait tirer l'oreille pour expliquer l'emplacement de la palombière de son gendre.

— Je n'y suis allé qu'une seule fois dans cette chasse, je ne me souviens pas bien où elle se trouve.

Gontran se trouve contraint de lui expliquer les raisons pour lesquelles il a besoin de ce renseignement.

— Votre petit-fils, Lucien, a été enlevé par des terroristes, et j'ai toutes raison de croire qu'ils lui réservent un mauvais sort.

Ferdinand pense en lui-même, ce petit fumier n'a que le sort qu'il mérite. C'est la honte de la famille. Cependant, il ne peut se résoudre à le laisser être exécuté au coin d'un bois. Il se doute que l'affaire a été montée par Alfred, qui désire se venger du meurtre de son fils Gaétan.

— Faites voir la carte, je vais vous montrer le chemin.

Pendant ce temps, Lucien, roué de coups, à chaque fois qu'il fait mine de ralentir a presque terminé de creuser le trou qui doit lui servir de tombe. Il tente de se disculper.

— Je te jure Alfred, je n'y suis pour rien, pour Madeleine, c'est Jérôme qui a tout fait. Et pour ton fils, c'est Antoine, il était comme fou, je te l'ai déjà dit et je n'ai pas pu l'en empêcher.

Alfred lui fait une réponse sans appel.

— Ferme ta gueule, tu aggraves ton cas en accusant les autres de tes saloperies. Pour Madeleine, ta fuite a été un aveu, et, pour mon fils, tu oublies le témoignage d'Isabelle, que, comme des salauds que vous êtes, vous avez violée, une gamine de quinze ans.

Un nouveau coup de pied dans les côtes et un ordre bref.

— Creuse salope.

À ce moment, des bruits suspects donnent l'alerte aux résistants. Les Allemands ne sont pas assez silencieux. Ils commencent une manœuvre d'encerclement de la palombière.

Voyant cela, Alfred invite ses camarades à s'enfuir, ce qu'ils font immédiatement.

— Foutez le camp tout de suite, je vais les retenir, mais avant je vais flinguer cette ordure de milicien.

Resté seul avec Lucien, malgré ses pleurs et ses supplications, il le force à se mettre à genoux. Braquant le canon de son pistolet-mitrailleur sur son front, il appuie sur la détente. Rien ne se produit. L'arme s'est enrayée. Le premier moment de stupeur passé, se rendant compte que le rapport de force est passé de son côté, Lucien se précipite sur Alfred. Il le ceinture pour le gêner dans sa fuite.

— À mon salaud ! Tu voulais me flinguer, mais c'est toi que je vais abattre. Ta gonzesse, c'était une trop bonne affaire pour la laisser passer, et ton fils, cela fera un *youpin* de moins sur la terre.

Alfred se défend et porte plusieurs coups à Lucien, mais ce dernier, avec l'énergie que lui donne l'assurance de s'en sortir, se cramponne de toutes ses forces.

La bagarre entre les deux hommes ne prend fin qu'à l'arrivée du détachement allemand, conduit par Gontran qui, s'appuyant sur une canne, a tenu à superviser l'opération. Ceci dans le but non avoué d'éviter tout débordement de ses troupes.

— Je suis bien content de vous voir, car ce salopard voulait m'abattre après m'avoir fait creuser ma tombe.

Tout en discutant, Lucien s'approche de l'un des soldats allemands, qu'il connaît pour avoir à de nombreuses reprises, consommé avec lui au bar de L'Oasis.

— Passe-moi ta mitraillette, Wilfrid. Je vais en finir avec ce sale Juif.

Wilfrid cramponne son arme pour éviter que Lucien ne la lui arrache, et du regard consulte Gontran.

— Nein, ce n'est pas dans nos habitudes d'exécuter sommairement les gens. Il est hors de question de supprimer cet homme. Je désire l'interroger. Ensuite, nous le livrerons à la Feldgendarmerie.

Contrarié par cette réponse, Lucien se retourne vers Alfred, dont les mains sont entravées derrière le dos, et lui décoche un coup de poing qu'il ne peut éviter. Le sang coule de son nez.

— Mon pauvre Lucien, tu seras toujours la même ordure. Tu ne débordes vraiment pas de courage.

Tout en disant cela, Alfred prend son élan, et lui délivre un magistral coup de pied dans l'estomac. Celui-ci, sous l'effet de la douleur, se casse en deux et vomit. D'un ordre bref, Gontran met un terme à cet aimable entretien.

Alfred, après avoir subi un interrogatoire au cours duquel il relate à Gontran toutes les bonnes raisons qu'il a d'en vouloir à la vie de Lucien, est envoyé quelque temps au Fort du Hâ à Bordeaux. À la fin décembre, il est interné au camp de Beaudesert à Mérignac. Le douze janvier mille neuf cent quarante-quatre, des autobus viennent chercher une centaine de détenus pour les conduire à la gare Saint Jean. Alfred est parmi eux. Encadrés par des soldats en armes, ils sont déposés près du pont en U, d'où part une galerie souterraine. Poussés par les Allemands, ils ressortent à l'opposé, côté marchandise, où un train composé de wagons à bestiaux les attend. Ils sont envoyés en Allemagne.

Le rapport que Gontran avait adressé à ses supérieurs concernant l'arrestation d'Alfred présente Lucien comme un fauteur de troubles. En revanche, il ne fait mention pour Alfred que d'un réfractaire au Service du Travail Obligatoire. Tout comme ses compagnons d'infortune, déportés ce jour-là. De ce fait, il n'est pas enfermé dans un camp de concentration, mais affecté dans une usine d'armement, la Rheinmetall, en banlieue de Berlin. Il est employé dans un atelier de réparation des mitrailleuses MG 34. Il n'a qu'une idée en tête, s'évader.

Lucien ne peut s'empêcher de faire une ultime blessure à Madeleine. En effet, quelques jours plus tard, Yoann Petit, pousse la porte du bistrot tenu par Madame Lafourcade, en face de l'église, les regards qui se posent sur lui ne sont pas très amicaux, mais il n'en a cure. Il est copain avec Lucien, et alors ?

— Une bière, s'il vous plaît.

Elle n'est pas très fraîche, celle qui lui est proposée, mais cela n'a pas d'importance. Il a une information à faire passer. Il sait très bien qu'en la délivrant dans ce bistrot, elle parviendra à sa destinataire.

— Vous ne savez pas, le type que les Allemands ont arrêté l'autre jour, celui qui habitait à Mérigon au bord du Siron.

Quelqu'un lui coupe la parole.

— Ouais, celui qui bossait dans les vignes et foutu le camp pour éviter le STO.

Yoann attendait ce genre de réponse, il poursuit.

— Eh bien figurez-vous, ce con, il a tenté de s'enfuir.

Le silence se fait autour de lui.

— ET alors ? Reprend le même consommateur.

— Ils l'ont flingué, pardi.

Dès le lendemain, la mauvaise nouvelle parvient à Madeleine.

Folle de douleur, elle veut mourir. Le soutien apporté par Katrina et les autres résistants, est sans effet. Sa présence au sein du maquis risque de poser des problèmes. Il est décidé qu'il vaut mieux la faire passer en Algérie où elle sera reçue par ses parents et ses beaux-parents installés à Oran, où elle pourra retrouver un semblant d'équilibre.

**

La conduite de l'officier allemand, qui s'est opposé à l'exécution sommaire d'Alfred, se répand rapidement dans le village. Sans provoquer de manifestations de sympathie, elle suscite un certain respect à son égard. Qu'Alfred soit arrêté et déporté, c'est la règle impitoyable de la guerre. Par contre, plus d'un, par fanfaronnade sans doute, par soif de justice, peut-être, promet un mauvais sort à Lucien s'il reparaît au village.

En tout cas, la conduite de Gontran donne envie à Mariette de l'apercevoir, ne serait-ce que de loin. C'est fait le six décembre au matin, où elle se rend chez ses parents sous un prétexte futile, lié à la période des vendanges passées. À son arrivée, l'officier est encore dans sa chambre, et, bien qu'elle s'attarde, elle ne peut le voir.

De cette chambre lui parviennent des accords de violon. Il lui semble reconnaître l'air joué sur l'instrument, sans pouvoir y poser un nom connu.

— Tu es venue pour le voir cet officier ? Questionne Mathilde.

— Oui, je trouve qu'il s'est bien conduit envers Alfred, c'est bien malheureux qu'il ait tenté de s'enfuir, il serait encore vivant.

Depuis quelque temps, des bruits alarmants circulent sur le sort réservé aux gens envoyés en Allemagne ou en Pologne, Mathilde se pose des questions dont elle appréhende la réponse.

— Oui, vivant, mais pour combien de temps, et dans quelles conditions. Mais pour en revenir à l'officier, c'est, un jeune homme de vingt-cinq à trente ans, de bonne présentation, très courtois, qui cherche au maximum à faire oublier sa présence, ce n'est pas comme ceux qui étaient avant lui. De plus, il s'exprime en un très bon français.

Les accords du violon se sont tus. Mariette est toujours pensive sur cette mélodie.

— Il va descendre ?

— Non, je ne pense pas, il a demandé à ne pas être dérangé.

À ce moment, la pendule du salon égrène les coups de dix heures.

— C'est dommage, il va falloir que je rentre, sinon Albert va se demander où je suis allée, et je n'ai pas envie de le lui dire. Mais je reviendrai.

***

La blessure de Gontran semblait s'être consolidée. C'est pourquoi il avait estimé pouvoir participer début novembre mille neuf cent quarante-trois à une opération de recherche de terroristes dans la région de Bazas. Cette dernière s'est révélée négative, car les résistants, prévenus, ont eu le temps de se disperser. Hélas ! En sautant un fossé, il a fait une mauvaise réception et sa jambe a craqué de nouveau, lui imposant un séjour à l'hôpital, puis le retour chez les époux Worms.

Cette blessure se révèle plus grave qu'il ne pensait. Il aurait déjà dû rejoindre son régiment, mais une infection s'est déclarée, le faisant horriblement souffrir. Tous les jours, Manfred Müller, son ordonnance, vient le chercher pour le conduire à Langon, où le médecin lui fait une injection de pénicilline, destinée à combattre cette infection.

— Je ne suis pas certain que cette nouvelle découverte de pénicilline soit vraiment efficace, déclare le médecin.

Gontran souffre, sa jambe est gonflée, une vilaine couleur jaunâtre remonte presque à la hauteur du genou.

— Quelque chose me dit que je peux faire confiance à ce nouveau médicament, dit-il.

— Je vous le souhaite, car sinon il faudra vous amputer pour stopper l'infection.

Gontran se souvient de cette première proposition faite par les médecins de l'hôpital de Berlin. Celui-ci parle aussi de lui couper la jambe au-dessous du genou.

— Il n'en est pas question, je préfère attendre pour évaluer l'efficacité des piqûres.

Au fil des jours, son état s'améliore. Il ignore qu'il doit sa jambe à un Écossais, Alexander Fleming, qui découvrit la pénicilline en mille neuf cent vingt-huit.

***

Katrina, avant sa mère Mariette, rencontre Gontran. En effet, sa grand-mère souffre depuis quelques jours de rhumatismes, et, si la vieille Helena Alvarez s'occupe des repas, elle est bien en peine de faire le ménage. La jeune Isabelle, depuis le double viol qu'elle a subi, semble avoir perdu une partie de la raison. Il est difficile de lui confier une tâche ménagère ou autre qui soit un peu complexe. Elle se rend utile du mieux qu'elle le peut.

Ce jeudi, où il n'y a pas classe, elle se rend à Mérigon pour aider à l'entretien de cette grande demeure.

Une voiture de l'armée allemande est arrêtée devant l'entrée de la maison. Katrina ne lui accorde aucune attention, sachant pertinemment qu'il s'agit d'amener l'officier à sa séance de soins. Alors qu'elle franchit le seuil, elle est bousculée par un soldat qui s'empressait pour tenir la porte ouverte. Alors qu'elle proteste de cette brutalité gratuite, son regard croise celui de Gontran. Pendant que celui-ci s'excuse de l'attitude de son ordonnance, elle sent comme un étrange sentiment, indéfinissable. Ce regard franc et direct, bien qu'étant celui d'un ennemi occupant son pays, n'a rien de méchant, au contraire.

Grand d'environ un mètre quatre-vingt-cinq, très blond, des yeux clairs, Gontran donne l'impression d'une force tranquille qui n'a nullement besoin de violence pour s'imposer, ce qu'il fait naturellement.

Katrina se met immédiatement à la tâche, la maison de ses grands-parents est très grande. Elle se limite aux pièces principales du rez-de-chaussée, puis à l'étage elle s'occupe du cabinet de toilette et de la chambre de sa grand-mère.

Au fond du couloir, à l'opposé, se trouve la chambre de l'officier, bénéficiant également d'un cabinet de toilette. Katrina se dit qu'elle n'est pas là pour servir de boniche à l'occupant, et que l'ordonnance n'a qu'à faire son travail d'ordonnance. Cependant, la curiosité la tenaille. De plus, peut-être pourrait-elle recueillir des renseignements susceptibles d'intéresser la résistance et son réseau.

Alors qu'elle pose la main sur la poignée de la porte, elle entend le bruit de la voiture qui revient. Cependant, elle pousse quand même le battant qui résiste. La chambre est fermée à clé. Si l'officier allemand a pris cette précaution, c'est qu'il détient certainement des documents intéressants. Elle se promet de se procurer une clé pour ouvrir cette porte et visiter la chambre sitôt qu'elle en aura l'occasion.

Des pas et le bruit caractéristique de la canne dans l'escalier, l'incitent à s'enfermer dans une autre chambre. Elle tend l'oreille. Après avoir renvoyé son ordonnance, Gontran reste seul. Un court instant de silence, puis un air de violon se fait entendre en sourdine, comme si le musicien désirait ne pas importuner ses logeurs.

Katrina ne connaît pas cet air. Au moment de regagner le rez-de-chaussée, une fausse note la fait sourire et commenter.

Il n'est pas meilleur que moi, ce boche.

Puis le souvenir lui revient qu'un temps sa mère et elles étaient surnommées les boches par son oncle Cyprien et son beau-père Elle se reprend, ce n'est pas bien ce que je viens de dire.

2

En regagnant son logement à la Mairie, Katrina croise sa mère, qui revient de chez le sabotier de la rue de la Manne.

— Je l'ai vu, moi, dit-elle.

— À bon, et comment est-il ?

Elle lui décrit le physique de Gontran, qu'elle-même n'avait pu voir. Mariette écoute sans poser de question. En effet depuis qu'elle a entendu cet air de violon, elle se creuse la tête, ne dormant presque plus depuis ce jour, cherchant dans ses souvenirs où elle a déjà entendu cette mélodie.

Elle est presque convaincue que c'est l'ode composée pour elle seule, par Ludwig. Mais comment, ce jeune officier allemand peut-il la jouer ? Au fur et à mesure que Katrina décrit Gontran, Mariette s'ancre davantage dans ses convictions. Son cœur commence à battre plus vite, sa figure pâlit, Katrina est en train de lui décrire Ludwig au même âge, ou presque. Mais, non ! C'est impossible. Ludwig est beaucoup plus âgé.

Et puis, elle se remémore ce jour, où Gontran est porté mort, sous les tirs de l'artillerie française. Ce jour maudit, où elle-même a récupéré Hans et Katrina. Et puis, il y a cette lettre de Cyprien, son frère, relatant la visite du père de Ludwig. Il déclarait alors, que son fils était mort pendant les affrontements sanglants des tranchées, devant Verdun en mille neuf cent seize. Ce ne peut absolument pas être Ludwig. Mais alors, serait-ce Gontran ? Non, ce n'est pas possible, mieux vaut abandonner cette d'idée folle.

Mariette, sent qu'il faut se reprendre, ne pas laisser ses pensées battre ainsi la campagne, sous peine de voir sa raison chavirer. Il y a la lettre de Cyprien. En rentrant chez elle, au lieu de préparer le repas pour Léopold qui ne va pas tarder à arriver, elle se rend dans sa chambre. D'un coffret de bois verni dont elle seule possède la clé, elle ressort la lettre.

Combien de larmes a-t-elle versées sur ce papier qui, maintenant, a légèrement jauni, mais dont l'écriture, fine et serrée, est parfaitement lisible ? Elle a lu et relu, maintes et maintes fois, le passage dans lequel le père de Ludwig annonce la mort de son bien-aimé.

Comme elle entend s'ouvrir la porte d'entrée, elle range la lettre à sa place, et referme le coffret. Ce n'est que la vieille espagnole qui, ayant terminé sa tâche à Mérigon, venait pour l'aider à confectionner le repas des hommes. Au cours de l'après-midi, occupée par les divers travaux de la maison, Mariette ne pense plus à cette blessure d'amour, qui pourtant, en sourdine au fond de son cœur, saigne encore, et ne veut pas mourir.

C'est presque de manière naturelle, que le lendemain matin, de bonne heure, elle se rend chez ses parents, à Mérigon, sous le prétexte de donner un coup de main au ménage de la grande maison.

Lorsque la voiture pilotée par l'ordonnance, vient se ranger devant l'entrée, pour, comme chaque jour, conduire son officier aux soins, elle simule un moment de fatigue. Elle s'assied dans un fauteuil qu'elle a poussé dans le hall, à l'ombre d'une tenture. De là, elle a une vue sur l'escalier que doit emprunter Gontran.

L'ordonnance propose son aide pour l'aider à descendre, mais il refuse, indiquant qu'il se sent mieux. Se tenant d'une main à la rampe, de l'autre s'appuyant sur sa canne, Gontran commence lentement à descendre au rez-de-chaussée. Au fur et à mesure qu'il descend, Mariette dans l'ombre l'observe attentivement. Elle sent son cœur s'affoler. En effet, la ressemblance avec Ludwig est frappante.

Ce jeune officier est plus grand, plus mince que Ludwig. Qui est-il ? Peut-être quelqu'un de la même famille. Oubliant toute prudence, elle se lève de son fauteuil, et esquisse un pas en sa direction. Elle se sent les jambes sans force. Sachant qu'il parle parfaitement le français, elle désire le questionner sur ses origines. Elle sent confusément que sa requête a quelque chose d'indiscret, et qu'elle a de fortes chances d'être éconduite. De plus, comment expliquer ses doutes, ses états d'âme ?

Les Allemands sont réputés pour être particulièrement brutaux, étrangers à tous sentiments humains. Pourtant, celui-ci a quelque chose de rassurant.

L'officier est maintenant au pied de l'escalier, Mariette le voit parfaitement, éclairé par le soleil qui entre par la porte, tenue ouverte, par son ordonnance. Elle avance encore d'un pas, commençant à formuler sa requête, mais l'émotion qui l'étreint l'empêche de s'exprimer clairement. Elle bafouille.

C'est alors que ses forces l'abandonnent d'un coup. Ses jambes se dérobent sous elle, doucement, elle s'affaisse aux pieds de Gontran. Celui-ci n'a que le temps de caler sa canne sous son bras et tendre sa main libre pour amortir sa chute. En même temps, craignant une agression contre son chef, l'ordonnance se précipite.

— Je ne risque rien Manfred, cette femme a un malaise. Installe-la seulement dans ce fauteuil où elle était assise tout à l'heure.

Mariette s'aide maladroitement pour regagner le fauteuil. Elle bafouille quelques mots auxquels les deux hommes ne prennent pas garde.

— Voilà, Manfred, elle est inoffensive cette personne. Va donc chercher Madame Worms pour qu'elle s'en occupe.

Mariette semble fortement commotionnée, dans son demi-évanouissement elle continue de balbutier en Alsacien, sa langue natale, mon petit, c'est mon petit. Il n'y prête pas attention.

Presque aussitôt, Manfred Muller revient accompagné de Mathilde. Laissant Mariette aux soins de sa mère, d'un geste, il fait signe à son chauffeur, qu'il est temps de se rendre à l'hôpital recevoir les soins nécessités par ses blessures. Pensant que cette femme ne possède pas toute sa raison.

Au moment où il s'installe à l'arrière de la voiture, Gontran, tout à coup, sent que quelque chose ne va pas dans les minutes qu'il vient de vivre. Puis, comme la voiture démarre, il n'y pense plus.

À midi, il déjeune avec d'autres officiers à la Kommandantur de Langon. C'est une assemblée assez hétéroclite, composée de militaires de diverses armes ayant comme lui été blessé. Tous attendent, avec plus ou moins d'appréhension, d'être déclarés guéris pour retourner dans leurs régiments respectifs.

L'après-midi, une tournée d'inspection de ses postes de contrôle, puis la rédaction du compte rendu de celle-ci l'occupent jusqu'au soir. Ses troupes sont cantonnées dans des locaux réquisitionnés, à proximité de l'institution Sainte Marguerite. Proche de ses hommes, il dîne en leur compagnie. Ce n'est que le soir, alors que le couvre-feu est tombé depuis longtemps, qu'il se fait reconduire à Saint Pierre d'Aurillac. Les consignes de la défense passive sont appliquées scrupuleusement. Aussi, aucune lumière ne filtre de la grande demeure. Si le matin, pour descendre l'escalier, il a refusé l'aide de son ordonnance, pour monter, au contraire, elle lui est encore nécessaire.

Gontran introduit sa clé dans la serrure, puis la tourne pour ouvrir. Un tour, puis le deuxième résistent. Il est persuadé, d'avoir comme à son habitude, donné deux tours de clé. Sur ses gardes, il dégaine son pistolet, puis, pousse doucement le battant de la porte, glissant le long du mur, il actionne l'interrupteur.

À la faible lumière qui éclaire la pièce, il peut voir que personne ne se dissimule à l'intérieur ni dans le cabinet de toilette attenant. Rien ne semble manquer dans sa chambre. Cependant, il a l'impression que les choses ne sont pas exactement à la place où il les a rangées. Le violon, ses effets personnels sont là. Ses papiers d'identité, il les porte toujours sur lui. Il ne détient pas de document intéressant le dispositif militaire, à part celui archiconnu de l'occupation locale.

Sur la cheminée, une chose cependant retient un instant son attention. Il s'agit d'une petite peluche. Un petit ourson vêtu en garçon, à la mode bavaroise que lui avait offert son grand-père, lorsqu'il était encore au berceau, à l'occasion de son premier anniversaire. Cette peluche l'a toujours suivi sur tous les champs de bataille où il a été envoyé. À tort ou à raison, il en a fait sa mascotte porte-bonheur.

Lorsqu'il fut en âge de comprendre, son père lui expliqua comment il a connu une jeune Alsacienne avec laquelle il l'avait conçu, lui, et une sœur jumelle qu'ils avaient prénommée Katrina. À elle aussi, son grand-père avait offert un petit ourson, mais celui-là portait le costume bavarois féminin.

Tout au début de la guerre de mille neuf cent quatorze, leur village a été pilonné par l'artillerie française. Sa mère et sa sœur ont été déclarées mortes, ainsi que ses parents. Son grand-père Manfred a tout juste eu le temps de le récupérer alors que, légèrement blessé, il gisait à quelques mètres de son berceau. Les recherches que son père a effectuées après la guerre auprès de Cyprien, le frère de sa bien-aimée, sont demeurées vaines.

Gontran repasse tout cela dans sa tête, alors qu'il redresse machinalement son porte-bonheur. Il est couché sur le ventre alors qu'il l'installe toujours en position assise.

Son père Ludwig, ne s'est jamais marié. Il a poursuivi sa carrière militaire, et avec le grade de colonel, il est actuellement l'un des adjoints du général en poste à Bordeaux.

Après avoir glissé son pistolet sous l'oreiller, Gontran se met au lit. Il est long à trouver le sommeil, et fait de mauvais rêves. Il revoit cette femme, qui dans son évanouissement, répétait.

— Mon petit, c'est mon petit.

C'est alors qu'il se réveille en sursaut. Cette femme ne s'est pas exprimée en français, mais dans un allemand différent, comme celui parlé en Alsace.

Lui reviennent alors en mémoire les paroles de son père. Comment au début de la guerre de mille neuf cent quatorze, les Français ont attaqué pour reprendre les départements, qu'eux-mêmes occupaient depuis mille huit cent soixante-dix. C'est dans cette région qu'il a rencontré sa mère, où son grand-père, Manfred était en poste. Mais non, elle a disparu avec sa sœur Katrina. Des tombes au village, à Turckheim, portent leurs noms. C'est impossible. Le doute, cependant, fait son ouvrage. Ces quelques mots, mon petit, c'est mon petit, l'obsèdent. Jusqu'au matin, il ne parvient pas à trouver le sommeil.

Après une rapide toilette, sitôt que sa voiture est devant la maison, il descend sans voir personne.

***

Revenue de son malaise, Mariette fait part de ses doutes à sa mère.

— J'ai cru revoir Ludwig, maman, c'est incroyable comme il lui ressemble. Tu ne trouves pas ?

— Ho ! Ma fille tu sais à mon avis, il s'agit d'un simple hasard. C'est exact qu'il a une vague ressemblance avec Ludwig, mais crois-moi, ne te ronge pas le sang. D'ailleurs, cet homme est bien trop jeune pour être Ludwig. Ton frère nous a informés dans sa lettre de la visite de Manfred, pour nous annoncer sa mort. Ne pense pas non plus à Gontran, tu sais aussi bien que moi qu'il est mort lui aussi quand les Français ont bombardé la maison.

— Maman, on n'a jamais retrouvé le corps de Gontran, nous sommes partis aux premières lueurs du jour. J'étais complètement retournée, nous aurions dû chercher encore avant de partir. Papa a été trop pressé de s'enfuir.

— Tu t'accroches à de faux espoirs, reprend Mathilde, Cyprien est resté sur place, lui, et si Gontran avait été retrouvé, il nous l'aurait dit.

— Je n'en suis pas si sûre que toi, dit Mariette, tu sais bien que Cyprien a toujours eu de la haine pour Ludwig, qu'il appelait le petit boche. Mais serait-il possible qu'il ait fait un tel mensonge ? Ce serait monstrueux.

— Oui, reprend Mathilde, ce serait monstrueux, et je ne pense pas que ton frère ait été jusque-là. Je sais bien qu'il n'a jamais aimé Ludwig, mais de là à mentir sur sa mort, ou sur la survie de Gontran, je ne l'en crois pas capable.

Mariette n'est pas convaincue par les arguments de sa mère. Un fol espoir s'empare d'elle, ce jeune officier, qui est-il ? Ludwig c'est d'accord, son père a déclaré sa mort à Cyprien qui nous l'a dit dans sa lettre. Mais Gontran, nous n'avons aucune preuve de sa mort. Et si par quelque miracle, il avait survécu. Il faut absolument savoir. Ne voulant pas continuer cette conversation avec sa mère, elle acquiesce.

— Tu as raison, maman, je me fais certainement des idées. Je vais essayer d'oublier tout cela. Il est l'heure que je rentre aux Glycines.

**

Mathilde aurait été bien en peine d'expliquer quoi que ce soit. En effet, les dispositions prises par Ferdinand ainsi que les consignes données à Cyprien l'ont été à son insu. Elle ne dispose donc que des mêmes informations, celles détenues par Mariette. Lorsqu'elle rapporte à Ferdinand les circonstances dans lesquelles Mariette a fait ce malaise, Mathilde a un moment de doute devant la réaction gênée de son mari.

Ferdinand, dans l'après-midi, profitant d'être seul à la maison, s'est introduit dans la chambre de Gontran. Il possède un double de toutes les clés de la maison. C'est en recherchant, vainement, une quelconque pièce d'identité que, sans y prendre garde, il a renversé le petit ourson. S'il l'avait relevé, il aurait pu remarquer qu'une lettre est inscrite dans son dos. Amateur de culture slave, Manfred avait inscrit le B de Boris dans le dos de la peluche de Gontran, peut-être, aurait-il éveillé des souvenirs. Un signe distinctif dans le dos de chaque peluche, était destiné, à ce que les jumeaux, devenus plus grands, mais encore des enfants, ne se les disputent pas.

**

Dans la matinée, Gontran téléphone au grand quartier général de la Kommandantur de Bordeaux, et sollicite un rendez-vous avec le colonel Ludwig Von Querbecke. Il partage avec son père le même sentiment à l'égard du régime nazi. Cependant, la plus élémentaire des prudences, impose une discrétion totale. Il est hors de question de prendre le risque d'une conversation téléphonique.

Gontran manque d'information sur sa famille maternelle. Son père, par pudeur de sentiments n'a pas jugé utile de lui en parler en détail. Ferdinand lui avait refusé la main de Mariette, et cela, il ne l'a, à ce jour, pas encore pardonné.

Pour la Gestapo, comme pour l'Abwehr, le service de renseignement de l'armée, les liens familiaux avec des personnes originaires des départements d'Alsace et de Moselle sont très suspects. C'est pourquoi il est resté discret sur le sujet. Pour cette raison, Gontran a préféré une entrevue directe avec son père.

Dans l'après-midi, il se rend au siège de la Feldgendarmerie installé à la Bourse du travail à Bordeaux. Il prétexte de rendre compte directement, de la situation dans son secteur de surveillance. Dès son arrivée, il est introduit dans le bureau de son père qui commande ce service pour la Gironde.

En quelques mots, il lui expose le but de sa visite. Immédiatement, il remarque son trouble. Ludwig est en proie à des sentiments divers, et opposés. Il rappelle alors à Gontran, le nom des parents de Mariette, à savoir, Worms, ce qu'il sait déjà. Bien entendu, le rapprochement est rapide. C'est le nom des gens chez qui il est logé depuis déjà plusieurs semaines. Ce couple de personnes âgées serait donc ses grands-parents maternels. Cette femme, qui s'est évanouie à ses pieds, serait sa mère ? Et cette jeune femme, qu'il a entrevue, sa sœur jumelle ?

Gontran est désemparé. Depuis quelque temps, les renseignements portés à sa connaissance font état d'une activité de cette jeune femme dans la résistance locale. Se libérant d'un silence qui lui pèse depuis tant d'années, Ludwig en vient à parler des deux oursons que son propre père, Manfred, avait offerts à ses jumeaux pour leur premier anniversaire. Il mentionne l'inscription portée au dos de chacun. À savoir le B de Boris pour Gontran et le O d'Olga pour Katrina. Il rajoute.

— À l'époque où ton grand-père avait vaincu la résistance de Monsieur Worms, pour m'accorder la main de sa fille, Mariette, il possédait une automobile Mercedes modèle, 37-95. Il y a des chances pour qu'il possède encore ce véhicule, certainement remisé dans une dépendance de la maison. Tâche de vérifier sous un quelconque prétexte. Ce sera une indication.

— Oui, effectivement, il me semble avoir aperçu ce genre de voiture dans une grange. Je vérifierai le modèle.

— Fais-le, rajoute Ludwig, mais la véritable preuve serait que tu découvres la peluche offerte à ta sœur. Elle est, je te le rappelle, marquée d'un O, pour Olga.

Gontran est perturbé par des sentiments divers. Bien que n'étant pas nazi, il est partagé entre son devoir de militaire impliquant sa fidélité au Reich et à son chef, Hitler, et la joie de retrouver sa famille maternelle.

— Nous devons garder le silence absolu sur cette découverte, déclare Ludwig.

— Oui, ce sera plus prudent, mais si par bonheur, ce sont bien les personnes qui nous intéressent, qu'allons-nous faire, objecte Gontran.

— La situation est délicate, nous devons effectuer les vérifications que je t'ai demandées avant de prendre une décision.

— Je n'aurais jamais la patience d'attendre la fin de la guerre pour me manifester, déclare Gontran.

— Et pourtant, soupire Ludwig. Une décision trop hâtive pourrait avoir des conséquences fâcheuses, autant pour nous que pour elles.

— J'en ai conscience, de plus, quelle serait la réaction des gens du village, si, par hasard, ils apprenaient cette parenté ?

L'amalgame serait vite fait, et ce Lucien, ce milicien qui est pourtant son demi-frère. Je pense qu'il profiterait de cette situation pour se venger. Il m'en veut de ne pas lui avoir laissé abattre ce réfractaire du STO la nuit où ce dernier lui faisait creuser sa tombe.

Gontran avait demandé, sans l'obtenir, qu'il ne reparaisse pas dans sa zone de surveillance. Cela aussi Lucien ne l'acceptait pas. Le danger est grand, qu'à son tour, apprenant la situation, il la dénonce au commandement allemand à Bordeaux, et provoque ainsi sa mutation, et par ricochet celle de Ludwig. Il aurait de cette manière tout loisir de se livrer aux actes les plus odieux à l'encontre de sa mère et de sa sœur Katrina.

Le comportement de Lucien est très contradictoire. Il en veut à sa mère et à Katrina de leur origine qu'il soupçonne germanique, et en même temps, par son engagement dans la Milice, de la plus abjecte façon, il sert l'occupant.

Sitôt que Gontran a quitté son bureau, Ludwig laisse éclater une colère sourde, viscérale. Frappant de coups de poing rageurs le plateau de son bureau, il répète entre ses dents serrées.

— Les fumiers, les fumiers.

Bien entendu, il pense à Ferdinand Worms et son fils Cyprien. Sa colère retombée, il a alors une pensée émue pour Mariette et Katrina.

Je vais les revoir, Mariette, mon amour et Katrina, le bébé qu'ils m'ont volé. Mais, ce Lucien, dont lui a parlé Gontran. Il s'est présenté comme le petit-fils des Worms. Il ne peut être qu'un fils de Mariette. Celle-ci se serait donc mariée. Ce n'est pas impossible. Les manigances de Ferdinand ne l'étonnaient pas. Mais, Lucien ce petit salopard, joue ouvertement contre sa famille, pourquoi ?

***

Dans l'automobile qui le ramène à Saint Pierre d'Aurillac, Gontran réfléchit à la situation. Ce Lucien est le petit-fils des Worms chez qui lui-même loge. C'est le demi-frère de Katrina. Si les vérifications qu'il se propose d'effectuer démontrent que cette femme est sa jumelle, alors, Lucien, ce traître à son pays, est également son demi-frère. Cette situation s'annonce délicate. Il ne ressent que du mépris pour lui, qui, il n'est pas dupe, ne nourrit que de la haine à son égard.

Pendant le trajet de retour, il échafaude un plan pour pénétrer au domicile de Katrina. Il espère de cette manière vérifier un point.

Si lui-même a gardé son petit ourson, il est possible qu'elle ait fait de même. Il lui est difficile de demander à son ordonnance d'effectuer des vérifications sans lui donner l'éveil. Bien qu'une amitié de soldats les lie, l'affaire est trop délicate pour se confier. Il lui faut donc se débrouiller seul, observer un maximum de précaution.

Le danger est des deux côtés à la fois. Ludwig l'a mis en garde contre l'attitude qu'est susceptible d'adopter Ferdinand, s'il s'aperçoit de son identité. Mais, également, le danger peut provenir du comportement de Mariette, lorsqu'elle aura confirmation de ses doutes, ou de Katrina, lorsqu'elle en sera informée. Un danger, plus grand encore, est à craindre, de la part de Léopold, sans commune mesure, cependant, avec celui représenté par Lucien, qui n'hésiterait pas à le signaler à la Kommandantur, mais non négligeable malgré tout.

En arrivant à Langon, il décide de s'arrêter un instant au bar de L'Oasis, toujours occupé par un officier et un petit État-major. Il sait y trouver quelques consolations. En effet, l'établissement, par le biais de réquisitions et de marché noir, est toujours approvisionné en denrées de toute sorte.

Gontran, contrairement à ses habitudes, ressent le besoin d'une boisson forte. L'établissement est devenu le rendez-vous des officiers de l'armée d'occupation. Il est de bon ton de s'y montrer. On y échange les nouvelles, principalement du front de l'Est.

Beaucoup d'entre eux ont participé à diverses batailles. Les nouvelles ne sont pas bonnes. Le moral est à la baisse, il est probable que nombre d'entre eux vont être rappelés pour combler les pertes. De plus, sentant que la situation est en train d'évoluer d'une manière favorable aux armées russes et anglo-saxonnes, la résistance se fait partout plus active. Les sabotages et les agressions, contre les forces allemandes, sont plus fréquents.

Gontran s'est attardé à L'Oasis où il a dîné avec d'autres officiers. Il ne rentre à Saint Pierre d'Aurillac qu'après le couvre-feu. Pendant que son ordonnance, qui loge dans une pièce attenante au garage, remise la voiture, il en profite pour se glisser dans la grange où il a aperçu l'avant d'une voiture. À la lueur d'une lampe, il l'identifie comme étant bien la Mercedes décrite par son père. Elle est en partie recouverte de paille, il est évident qu'elle n'a pas roulé depuis plusieurs années. En quittant la grange, il monte directement à sa chambre. L'allumette qu'il avait coincée sur le haut de la porte est toujours en place. La serrure est fermée à deux tours. Apparemment, personne ne s'y est introduit en son absence. Peu habitué aux boissons fortes, Gontran se sent du vague à l'âme.

La journée a apporté son lot d'émotion. Avisant son violon déposé sur une chaise à côté du lit, il a tout à coup l'envie de jouer cet air que lui a enseigné son père. En raison de l'heure avancée, il joue en sourdine.

***

Madame Worms, depuis quelques jours, est souffrante, ses rhumatismes ne s'améliorent pas. Elle a de grandes difficultés à se déplacer. C'est pourquoi, Mariette dort dans la chambre voisine, de manière à entendre ses appels si, dans la nuit la vieille dame a besoin de se rendre aux toilettes. Depuis qu'elle a vu Gontran, Mariette dort peu et mal. Elle pense beaucoup. Cyprien resté en Alsace, à Colmar. Il est impossible de le questionner sur la lettre qu'il avait fait parvenir, dans laquelle il relate la visite du père de Ludwig annonçant sa mort.

Même si Ludwig est mort, quelqu'un a, sous les tirs d'artillerie, récupéré Gontran, elle en est certaine, ce jeune officier est son fils donné pour mort lui aussi. Elle suppose que c'est le père de Ludwig qui a récupéré l'enfant. Ce ne pouvait être personne d'autre. Alors, du fait de la mort de Ludwig, celui-ci pour garder Gontran dans sa famille, aurait menti à Cyprien ?

Mariette sent sa raison chavirer. Elle ne sait plus quelle histoire s'inventer, pour se réapproprier son fils. Alors qu'elle commence à tomber dans un demi-sommeil, son attention est attirée par des accords de violon. Cet air, bien que joué en sourdine, résonne doucement dans le silence nocturne qui enveloppe la maison, elle l'entend parfaitement. Retenant son souffle, elle attend la fin du morceau.

Ludwig terminait, malgré ses efforts par une note trop haute. Celle que Katrina avait prise pour une fausse note. À la fin du morceau, la dernière note est trop haute. Oubliant toute retenue, Mariette, pieds nus, marchant à pas de loup pour ne pas faire craquer les planches du parquet, vient jusqu'à la chambre de Gontran. Collant l'oreille au panneau de la porte, elle espère que le jeune homme rejoue cette mélodie. Elle est maintenant absolument sûre que c'est l'ode à Mariette composée par Ludwig, pour elle seule. Puis, le violon se tait.

Dans la chambre, elle entend bouger. Pétrifiée sur place, elle n'ose pas se retirer. Gontran avertit par une sorte de sixième sens, a senti une présence derrière la porte de sa chambre. Armé de son pistolet, il se saisit doucement de la poignée, et avec mille précautions, commence à faire jouer le pêne. Ce mouvement, presque imperceptible, a pour effet de redonner à Mariette le temps de se reprendre. Alors qu'elle se retourne pour regagner sa chambre, la porte s'ouvre complètement, laissant apparaître Gontran armé de son pistolet. D'un geste rapide, il retient Mariette par le bras. Aussi surprit l'un que l'autre, ils se regardent bêtement. Ne sachant que dire, conscients l'un et l'autre de l'obligation de discrétion. Au bord des larmes, c'est Mariette la première qui brise le silence.

— Je vous ai entendu jouer du violon, alors je suis venue voir si vous aviez besoin de quelque chose.

Gontran n'est pas dupe de l'excuse avancée. Ceci, bien qu'il meure d'envie, tout comme Mariette, de prendre cette femme dans ses bras pour la couvrir de baisers et lui dire, maman, et elle, lui dire mon fils. La plus élémentaire des prudences, lui commande de n'en rien faire.

Ferdinand est le grand inconnu de la situation. Mariette commence à douter très sérieusement de la lettre envoyée par Cyprien. Gontran sait que Mariette doute tellement, que pour elle, c'est presque une certitude. Mariette ignore que Gontran possède cette certitude, mais qu'il ne peut l'exprimer ouvertement. Tous deux ont le cœur près de l'explosion.

Le lendemain, de retour de soins, l'officier fait arrêter sa voiture devant la mairie de Saint Pierre d'Aurillac. Il ne sait pas trop encore comment il va s'y prendre, mais, à défaut de visiter son appartement, il désire s'introduire dans la classe de Katrina. L'école se trouve située dans le bâtiment même de la mairie. Il sait qu'elle cumule les fonctions d'institutrice avec celles de secrétaire de mairie et qu'elle y occupe à l'étage, un petit logement de fonction.

Peut-être trouverait-il une bonne excuse pour parvenir à ses fins. Le but non avoué est de vérifier si, comme lui, elle a conservé le petit ourson. Dès lors, ajouté à la découverte de la voiture, le doute ne sera plus permis. Quelle joie de retrouver une famille que l'on croyait disparue à jamais ! Mais aussi, quel dilemme, lui officier allemand, sa sœur impliquée dans un réseau de résistance.

***

La veille, Katrina a donné un petit cours de français supplémentaire à la petite Jeannine Raminon. Cette élève n'est pas plus bête que les autres, bien au contraire, studieuse et appliquée, elle suit bien sa classe. Après lui avoir fait réciter l'accord du participe passé, elle se saisit du cahier de devoirs du soir de Jeannine et y porte la mention suivante.

— J'ai jugé utile de dispenser ce cours supplémentaire à Jeannine, elle me semblait fâchée avec l'accord du participe passé.

— Tu vas faire signer à ton père le mot que j'ai marqué dans ton cahier, et me le rapporter demain.

Jeanine a un peu mal au cœur de devoir affronter d'éventuels reproches de son père. Elle est persuadée d'avoir correctement récité sa leçon, elle ne comprend pas les raisons de ce mot dans son cahier de devoirs du soir.

En plus, ce n'est pas la première fois, se dit-elle.

Il s'agit en fait d'un message destiné à son père, l'informant qu'il peut faire passer les renseignements qu'il a récupérés concernant la fréquentation de la base sous-marine de Bordeaux, et les sous-marins qui viennent s'y réfugier, allemands, italiens, et même japonais.

Depuis le départ d'Alfred pour le maquis, c'est le père Raminon, qui sert de boîte à lettres. Ce message devait être transmis à Londres par un opérateur radio demeurant à Bordeaux, mais, hélas ! Dénoncé, celui-ci vient d'être arrêté. C'est le radio de son réseau qui doit assurer la transmission. Katrina doit récupérer ce message pour le lui faire parvenir. En rentrant chez elle, Jeannine remet son cahier à son père.

— Il y a encore un mot à signer, tu n'as pas fait de bêtise, dit-il d'un air faussement sévère.

— Non papa, je n'ai rien fait, la maîtresse elle m'a seulement fait réviser une leçon, mais je l'avais déjà bien comprise, alors je ne sais pas pourquoi elle a mis un mot sur mon cahier.

— Ce n'est pas grave, ma chérie, je sais que tu es sage. Va laver tes mains et prends ton goûter. Je signerais le cahier après dîner.

Sitôt l'enfant couchée, Justin Raminon prend le cahier, et, après avoir rapidement lu le mot en question, il entreprend, en prenant beaucoup de précautions, de déplier le papier d'emballage qui a servi à le couvrir. Lorsque c'est fait, entre cette couverture et celle proprement dite du cahier, il glisse une feuille de papier portant des colonnes de lettres et de chiffres, puis replie le tout, et signe le mot.

Comme elle arrive à hauteur de la mairie, Jeannine voit s'arrêter l'automobile de l'officier allemand. Le chauffeur en descend pour lui ouvrir la porte. L'enfant surprise, s'immobilise sur place, la mauvaise réputation de l'occupant est ancrée dans sa petite tête. De peur, elle ne peut plus faire un pas.

Gontran l'aperçoit et lui fit signe de passer pour rejoindre sa classe. Rassemblant tout son courage, Jeannine part au pas de course. Mais arrivée devant l'automobile, elle glisse et s'étale au pied du chauffeur. Elle laisse échapper son cartable, qui se vide de son contenu. Pendant qu'il aide l'enfant, en pleurs, à se relever, et vérifie qu'elle n'est pas blessée, le chauffeur s'empare du cahier de Jeannine et commence à le feuilleter.

— Allons, Muller, je ne pense pas que le cartable de cette gamine contienne des tracts subversifs. Donne-moi tout ça, je vais le rapporter à son institutrice.

Il bénit l'occasion qui lui est donnée pour s'inviter dans la classe de Katrina.

Tenant d'une main Jeannine qui pleure et tremble de peur, et de l'autre sa canne, le cartable de l'enfant coincé sous ce bras, il fait une entrée remarquée dans l'école. La cloche n'a pas encore sonné. Les enfants qui jouent ne prêtent pas une attention particulière à la présence de Gontran. Seuls les plus grands cessent de jouer, se taisent et les regardent monter les marches du perron et se diriger vers la classe de Mademoiselle Monsegues.

Katrina est à son bureau, occupée à corriger un devoir de mathématiques. Il vient de frapper à la porte. Machinalement, sans lever la tête, pensant avoir affaire à un élève, elle l'invite à entrer. Alertée par les pleurs de Jeannine, elle regarde, alors, en direction de la porte. Son sang ne fait qu'un tour. Gontran est debout devant le bureau, tenant l'enfant par la main. Il a coincé sa canne sous son bras à la place du cartable. Le cahier en dépasse légèrement. Elle sait qu'un message important y est dissimulé. Jeannine baisse la tête et renifle en essuyant ses pleurs. C'est Gontran qui, le premier, rompt le silence.

— Bonjour, Mademoiselle Monsegues, pardonnez-moi de vous déranger, mais cette jeune personne a fait une chute juste devant ma voiture. Je tenais à vous la ramener, car elle me semble très émue.

Il tend à Katrina le cartable duquel dépasse toujours le cahier compromettant. Entre-temps, elle a retrouvé son calme, et c'est d'une main plus assurée qu'elle récupère le cartable. Elle remet le cahier à l'intérieur, puis donne le tout à Jeannine. En quelques mots, elle congédie l'enfant.

— Tiens Jeannine, pose le cartable à ton bureau et va jouer dehors en attendant que sonne la cloche.

Gontran fait toujours à Katrina la même impression de sérénité, de force tranquille.

— Je vous remercie d'avoir reconduit Jeannine, il y a eu sans doute plus de peur que de mal. C'est une bonne élève, mais elle est très sensible.

Gontran l'écoute, d'une oreille distraite, son regard erre sur les murs de la classe où sont accrochés des dessins d'enfants. Katrina poursuit cependant.

— Je vais devoir me rendre chez mes grands-parents, car grand-mère a de plus en plus de problèmes avec ses rhumatismes. Et grand-père n'est pas en meilleure santé. Ils commencent à être bien vieux tous les deux.

— Oui, j'ai remarqué qu'ils se déplaçaient avec beaucoup de difficultés.

En déviant la conversation sur la santé de sa grand-mère, qui ne s'améliore pas, elle entend par là justifier sa présence future chez cette dernière. Sous couvert de l'aider au ménage de cette grande demeure, elle a l'intention de recueillir du renseignement sur l'occupant. Pendant que Katrina parle de sa grand-mère, Gontran poursuit sa discrète inspection de la classe. C'est alors que sur une étagère il aperçoit quelques jouets d'enfants. Au milieu, un petit ourson vêtu à la mode féminine bavaroise attire immédiatement son attention. Pour justifier son mouvement vers l'étagère, il questionne Katrina sur l'âge des enfants qui fréquentent l'école.

— Vous avez des enfants à partir de quel âge dans votre école ?

— Nous les prenons à partir de six ans, mais, quelquefois, nous acceptons ponctuellement des plus petits, répond-elle.

Gontran arrive devant l'étagère. Il tend la main vers le petit ourson, mais Katrina s'en empare la première.

— Ah ! Non, celui-ci m'appartient personnellement, il m'a été offert lorsque j'étais toute petite, et j'y attache beaucoup de valeur. C'est un cadeau de mon grand-père.

— Ne craignez-vous pas que les enfants s'en emparent, et ne l'abîment, il serait plus prudent de le conserver chez vous ? Certainement que Monsieur Worms serait déçu si cette peluche était endommagée.

— Ce n'est pas Papy Worms, qui me l'a offerte, mais mon grand-père paternel.

— Je comprends mieux, il s'agit de Papy Monsegues, reprend Gontran, employant à dessein le vocable Papy utilisé couramment dans le Sud-Ouest.

— Non, Monsieur Monsegues est l'époux de ma mère, mais il n'est pas mon père. Katrina étouffe un léger soupir, elle rajoute.

— Mon vrai père est mort au cours de la guerre de mille neuf cent quatorze, j'avais tout juste quelques mois. Mais je me demande pourquoi vous me posez toutes ces questions. C'est ma vie privée.

La similitude avec les explications fournies récemment par son père est évidente. Cependant, Gontran aimerait bien vérifier si au dos de la peluche, se trouve bien la lettre O. Oubliant les bonnes manières, d'une main douce, mais ferme il saisit la main de Katrina, et la tourne de manière à voir le dos du jouet. La lettre O est nettement visible. Surprise par la conduite de Gontran, Katrina ne peut s'empêcher de lui faire remarquer.

— Mais, dites donc, vous ne manquez pas de culot, je ne vous permets pas de me toucher. Et puis vous me faites mal. Lâchez-moi !

Gontran entend à peine cette remarque. Il est absolument certain, désormais, que cette jeune femme est bien sa sœur jumelle, que lui-même et son père croient morte. Quelle conduite adopter désormais, sachant son implication dans la résistance ? Très troublé, il résiste à l'envie de tout révéler à Katrina, la prendre dans ses bras, l'embrasser et lui dire.

— Je suis ton frère. Ton frère, que tu croyais mort sous les tirs d'artillerie subits par notre village, lorsque nous étions encore au berceau. Moi-même je possède le même petit ourson que nous avait donné notre grand-père. Notre père qui lui aussi est vivant, est désormais informé de ton existence et de celle de notre mère. Mais, me croirais-tu, quelle situation ambiguë dans les circonstances actuelles ? Il valait mieux ne rien dire, et dans l'ombre essayer de la protéger.

— Vous avez raison, reprend Gontran, je suis un mufle, veuillez accepter mes excuses.

À ce moment, le garde champêtre fait sonner la cloche pour la rentrée des élèves. Ceux-ci tout en continuant leurs bavardages, se mettent en rang devant la porte de leur classe, attendant que l'institutrice les fasse renter. Gontran en profite pour prendre congé.

— Au revoir, Mademoiselle Monsegues, et encore excusez mon impertinence.

Aussitôt que Gontran quitte la classe, Katrina fait entrer ses élèves et demande à Jeannine Raminon de lui montrer son cahier pour vérifier si son père a signé la mention qu'elle y a portée. Elle le pose sur son bureau et lui précise.

— Je le regardai à la récréation, et je te le rendrai après, puis, s'adressant à toute la classe, prenez vos livres d'histoire. Il me semble que nous nous étions arrêtés à la guerre de Trente Ans.

Katrina, avec sa sensibilité de femme, a fort bien perçu le trouble et l'émotion de Gontran, mais elle n'en trouve pas d'autre explication que l'attrait qu'elle peut exercer sur un homme. S'il se fait des idées, le boche il en sera pour ses frais.

**

Dans le même temps, Léopold Monsegues trouve que son épouse, Mariette commence à passer beaucoup de temps chez ses parents, et lui en fait le reproche.

— Mais enfin Mariette, tu n'es presque plus chez nous aux Glycines, j'ai besoin de toi, avec le manque de personnel, je ne peux pas être partout. J'aimerais bien que tu ailles un peu moins chez tes parents. Surtout avec cet officier allemand qui y loge, je trouve que ce n'est pas prudent du tout.

— Écoute Albert, mes parents ont aussi besoin de moi. Ils sont vieux tous les deux, plein de rhumatismes et ma mère ne parvient plus à faire son ménage.

— C'est déjà assez deux fois par semaine, reprend Léopold, heureusement qu'ils nous prêtent Helena, pour nous préparer les repas. On ne s'en sortirait pas.

— Peut-être, dit Mariette, mais nous n'y pouvons rien. C'est la guerre, et si nous ne nous aidons pas en famille, je me demande qui le fera. J'ai bien l'intention de continuer à m'occuper d'eux. De plus, je te signale que Katrina s'y rend aussi et fait sa part de travail pour ses grands-parents.

L'évocation de Katrina incite Léopold à ne pas insister, il craint de se voir reprocher une histoire ancienne. En réalité, il est jaloux. Il soupçonne Mariette de convoiter la sympathie du jeune officier allemand. Il n'est pas loin de l'accuser de vouloir en faire son amant. Lui qui n'a jamais hésité à donner des coups de canif dans le contrat de mariage, se prend à avoir ce sentiment. En réalité, c'est son orgueil qui est blessé. Il juge son épouse d'après lui-même, heureusement en définitive, car il aurait su tirer profit de la situation.

3

Lucien de son côté, ne reste pas inactif. En effet, si une grande partie de la population de Saint Pierre d'Aurillac lui est hostile, il reste cependant quelques individus aussi peu recommandables que lui. L'un d'entre eux, le nommé Yoann Petit, qui profite de l'occupation pour faire du marché noir, le contacte régulièrement. Alors qu'il se trouve dans un bar de Langon, à l'angle de la route de Bazas, il remarque un groupe de jeunes gens qui discutent à voix basse. L'un d'entre eux, éclate de rire, questionne son voisin, sans le vouloir, il a haussé le ton.

— Tu rigoles, Hugues, ne viens pas nous raconter, trouillard comme tu l'es, que tu fais de la résistance.

— Mais que croyez-vous, j'ai autant de couilles que vous qui restez dans les jupes de vos mères. Bien sûr que je fais de la résistance, d'ailleurs je vais bientôt entrer dans un réseau.

— Ne nous prends pas pour des cons, veux-tu, je sais bien que tu n'auras pas le courage de te servir d'une arme.

— Pas le courage ! Regarde, j'en ai déjà une, dit-il en retirant un pistolet de sa poche.

— Ah merde ! Range ça avant de faire une connerie.

— Ne t'inquiète pas pour ça, je sais m'en servir.

Ces jeunes gens se rendent compte que la conversation, qui, amicale au début, dégénère et risque d'attirer l'attention des autres consommateurs, préfèrent se retirer.

Yoann Petit observe attentivement ce groupe de jeunes, et plus particulièrement celui qui a montré le pistolet. Lorsqu'ils quittent l'établissement, c'est un jeu d'enfant que de le suivre jusqu'à son domicile. Yoann se met ensuite à la recherche de Lucien. Il le découvre au bar de L'Oasis en compagnie de militaires allemands.

— Enfin, je te trouve, j'ai pas mal de choses à te raconter, mais avant, paye ton coup.

Tout en dégustant un sauternes, bien frais, la pénurie n'est pas pour tout le monde, Yoann Petit raconte son histoire.

— Cet après-midi, j'étais chez Paulette, et j'ai écouté des jeunes qui discutaient entre eux. À un moment donné, l'un d'entre eux a prétendu faire partie d'un groupe de résistants.

— Et alors, dit Lucien, encore un jeune con qui se prend au sérieux.

— Ce n'est pas sûr, comme les autres ne le croyaient pas, il a sorti un pistolet de sa poche et le leur a montré.

— Alors là, dit Lucien, c'est vraiment un imbécile. Tu sais qui c'est ?

— Bien sûr que je le sais, j'ai entendu son prénom, Hugues. Lorsqu'il est parti, je l'ai suivi jusque chez lui. Il habite cours du Rocher, au numéro 320, et il n'y a qu'une seule boîte à lettres au nom de Marrioti dans l'entrée.

— C'est bon, dès demain matin on s'occupe de lui.

— Attends, ce n'est pas tout. Cela, c'est avant-hier que je l'ai appris. Figure-toi que ta frangine, la belle Katrina, se débrouille pour faire obtenir des cartes d'identité à des types plus ou moins louches. Je sais, de source sûre, qu'elle fait du renseignement au profit d'un réseau de résistants. Ils ont pris leur cantonnement dans les bois d'une commune voisine, où, je ne le sais pas exactement.

— À bon, comment tu sais ça ?

— Je le sais, un point c'est tout.

Yoann Petit ne veut pas donner sa source, il craint que Lucien ne la lui subtilise à son profit.

— Putain, cette fois, je la tiens, cette demi-boche. Elle ne va pas s'en sortir comme cela. Elle ira pourrir en Pologne, et moi, j'hériterai tout seul des Glycines.

***

Lucien a obtenu de l'avancement. Il a été nommé chef de dizaine depuis déjà quelques mois. Sans avoir rendu compte à ses supérieurs, après avoir réuni une partie de ses hommes, le matin, de bonne heure, il se présente au domicile du nommé Marrioti. Il s'agit d'un étudiant de seize ans à peine. Après l'avoir amené dans les locaux de l'ancienne maison des jeunes, utilisée par l'occupant comme prison, Lucien le fait attacher sur une chaise.

— Alors comme cela, tu voulais jouer les héros, libérer la Patrie. Qui sont tes complices ?

— Je ne comprends pas ce que vous me voulez, je n'ai pas de complice.

— Ah ! Tu n'as pas de complice, Lucien accompagne sa remarque de plusieurs gifles. Le pistolet que nous avons trouvé sous ton matelas, il est tombé du ciel peut-être. De plus, hier, chez Paulette, lorsque tu l'as montré à tes copains, tu t'es vanté de faire partie d'un groupe de résistants.

— C'était pour les épater, je ne fais partie de rien du tout, et le pistolet, je l'ai trouvé à la décharge publique. J'y avais été pour chercher de la ferraille à récupérer avant le gueillous.

Lucien n'en croit pas un mot, et assène un vigoureux coup de poing en pleine figure d'Hugues, dont le nez se met à saigner.

— Petit con, reprend Lucien, tu nous prends pour des truffes. Je le sais bien, moi, d'où tu le tiens, ce pistolet. Si tu ne veux pas le dire, c'est bien simple, je vais faire arrêter tes parents, et eux aussi ils iront pourrir en Pologne.

— Je vous jure, déclare Hugues, je vous dis la vérité, laissez mes parents tranquilles.

— Et bien, rajoute Lucien, je vais te laisser tranquille, à toi, pendant une petite heure, le temps d'aller arrêter tes parents. On va bien voir si tu continues à nier, lorsque je laisserai ta mère seule avec les Allemands. Tu sais, ils sont un peu bruts de démoulage, mais ce sont de braves gens en définitive. Le problème, c'est qu'ils n'ont pas eu de femmes depuis que Maguy est partie à Bordeaux ! Je me demande si je pourrai les empêcher de lui manquer de respect.

Devant un tel chantage, Hugues décide de parler. Il n'a pas le choix, la réputation de Lucien n'est plus à faire, il sait qu'il mettrait sa menace à exécution.

— C'est un copain de Saint Pierre d'Aurillac qui m'a donné le pistolet. Je ne connais que son prénom, Thierry. Son groupe est installé dans une vieille ferme abandonnée.

Accompagnant sa question d'une nouvelle paire de gifles, Lucien questionne.

— Elle est où cette ferme ?

Je ne sais pas dans quelle commune ! C'est une clairière au milieu d'un bois, je n'y suis jamais allé.

— Mais, dis donc, puisque ton copain Thierry t'a remis ce pistolet, peut-être aussi qu'il t'a donné un rendez-vous pour y aller à cette ferme.

Marrioti baisse la tête, et tarde à répondre. Lucien lui porte une nouvelle série de gifles.

— Alors, ce rendez-vous, c'est pour quand ?

— Après-demain, jeudi.

— Tu vois bien que tu as fini par me dire ce que je voulais savoir.

Lucien ne peut se contenter de ce renseignement. Il lui en faut davantage pour monter une opération et capturer ces maquisards. Il espère se faire bien voir de l'officier hébergé chez les Worms. Pour cela, il lui faut apporter l'opération toute cuite.

— Mon petit Hugues, Lucien se fait conciliant, voilà ce que nous allons faire. Tu vas y aller à ce rendez-vous avec ton copain Thierry. Et tu reviendras me raconter comment cela s'est passé. Je veux que tu me donnes les noms de ceux qui y participent, et ce qu'ils y font, ou, ont décidé de faire plus tard.

— Ce n'est pas possible, si jamais ils se rendent compte que je les ai vendus, ils me tueront.

— Tu n'as rien à craindre, car sitôt que j'aurai les renseignements, nous les arrêterons tous.

— Ce n'est pas possible, proteste Marrioti, je ne peux pas les trahir.

— À ton aise, dit Lucien, c'est comme tu veux, mais sachant ce que tu viens de me dire, je suis obligé de te livrer à la police allemande, et tu peux me croire, ils ne seront pas aussi arrangeants que moi. De plus, c'est certain, ils déporteront tes parents. À toi de choisir. Si tu marches avec moi, j'écrase le coup, tu rentres chez toi, et je laisse tes parents tranquilles. C'est à prendre ou à laisser.

Désemparé, peu habitué à ce genre de marchandage, Hugues Marrioti se laisse convaincre. Le jour dit, il se rend à Saint-Pierre d'Aurillac, où il retrouve son camarade Thierry au café bar situé en face de l'église.

— Alors, Hugues, tu es prêt à faire partie des nôtres. Réfléchis bien avant de dire oui, car, si tu t'engages, il faudra aller jusqu'au bout. Tu risques gros, si tu es arrêté il y a des chances pour que tu sois torturé pour te faire parler. Tu as gardé le pistolet que je t'ai passé.

— Oui, reprend Hugues, je l'ai avec moi. Mais ne t'en fais pas, je saurai être prudent pour ne pas me faire prendre.

— Bon, je te fais confiance, mais je dois te dire aussi que nous ne sommes pas tendres envers ceux qui nous trahissent. Alors là aussi, je préfère te mettre en garde.

Hugues Marrioti est en partie déstabilisé par les mises en garde de Thierry, mais songeant à ses parents, et aux menaces proférées par Lucien, il se reprend.

— Il n'y aura pas de problème, Thierry, fais-moi confiance.

— C'est d'accord, alors nous y allons.

***

Lorsque Hugues Marrioti fait son rapport à Lucien, ce dernier n'en espérait pas autant. Il est prévu lors d'une prochaine réunion, qui là encore, a lieu un jeudi, que les maquisards seront instruits sur l'usage des quelques armes qu'ils détiennent. C'est un gendarme qui assure cette instruction, de plus, c'est lui qui a fourni les armes. Elles ont été récupérées lors de parachutages anglais dans la région de La Réole. Lucien a vite fait la relation avec Armand, le fiancé de sa sœur Katrina. Il a donc confirmation qu'ils font partie d'un réseau de résistants. Il tient là de quoi assouvir sa haine à leur encontre. Il leur en veut d'avoir un métier, une situation. Ce que lui par sa paresse et ses mauvais penchants n'a pu obtenir. Il est jaloux de l'amour que ce couple se porte mutuellement. Lui qui n'est capable que de prostituer sa compagne et d'autres jeunes femmes. Il n'est qu'un petit maquereau. Conscient de sa médiocrité, il en rend les autres responsables. C'est une attitude plus confortable que de se remettre en question. Il a trouvé, dans la Milice, l'occasion d'extérioriser sa haine.

Non seulement dans ce groupe d'une quinzaine de personnes, se trouvent plusieurs jeunes gens, qui à plusieurs reprises lui ont manifesté de l'animosité lors de sa dernière apparition au village. En plus, la description du gendarme le conforte dans son idée qu'il s'agit bien d'Armand. Au fur et à mesure qu'Hugues fait son rapport, il échafaude de nouveaux plans. Il est plus que satisfait lorsque, pour finir, Hugues révèle qu'à la fin de la réunion, une jeune femme est venue apporter de la nourriture, des pièces d'identité, et récupérer des photographies pour en établir de nouvelles. Au dire de Hugues, cette jeune femme semble être très liée, avec le gendarme, et, d'après les autres jeunes résistants, il s'agirait de l'institutrice de Saint Pierre d'Aurillac.

Les renseignements apportés par Hugues permettent, en outre, de localiser parfaitement la ferme. Avec cela, il est certain d'obtenir les bonnes grâces de l'officier commandant le secteur, il tient à effacer la mauvaise impression qu'il lui a donnée lors de l'arrestation d'Alfred.

Les réunions ont souvent lieu le jeudi, car c'est un jour sans classe pour Katrina. À une nouvelle réunion prévue à la ferme, elle doit apporter de nouveaux papiers obtenus auprès de la sous-préfecture de Marmande. Ils sont destinés à deux prisonniers évadés, des Russes, que les Allemands avaient envoyés travailler à la base sous-marine de Bordeaux.

***

Lucien ne parvient à rencontrer Gontran que le mercredi soir, veille de la réunion à la ferme abandonnée. Celui-ci est déjà informé de l'existence de ce petit rassemblement de jeunes gens. Il tient ses informations d'une autre source de collaborateurs anonymes, différente de celle de Lucien. Ce groupe ne s'est jamais rendu coupable d'action contre les Allemands. Pas de sabotage, pas de tracts antinationaux. Il semble seulement s'occuper de cartes de rationnement. C'est pourquoi il n'a pas jugé utile de transformer la délation dont il a été l'objet par une action répressive.

En lui forçant la main, Lucien ne risque pas d'entrer dans ses bonnes grâces. Déjà, dès le premier abord, il lui a été antipathique. De plus, Gontran a eu l'occasion d'échanger quelques banalités avec Mariette. Il sait donc que Lucien, est le demi-frère de Katrina. Et par la même occasion, il est aussi son demi-frère. Ceci ne le réjouit pas spécialement.

Son dégoût est à son comble lorsque Lucien, avec des rires nerveux, lui explique que certains des résistants font partie du village de Saint Pierre d'Aurillac. Il précise que Katrina est la cheville ouvrière des cartes de rationnement, mais aussi qu'elle procure des faux papiers. Armand le Gendarme, est l'instructeur pour l'utilisation des armes.

Fort de ses renseignements, Lucien est déterminé à obtenir l'assistance des Allemands pour encercler la ferme et capturer tout ce joli monde. Gontran, devant cette situation ne peut refuser l'appui de ses hommes. En effet, l'annonce de fourniture de faux papiers et d'un instructeur d'armement, ne peut être ignorée sous peine de subir de graves sanctions.

Il demande à Lucien d'exposer son plan.

— Vous êtes un bon Citoyen, exposez-moi votre idée de manœuvre.

— J'ai la possibilité de réunir mes hommes, avec moi, nous serons dix. Ce n'est pas suffisant, car d'après mes renseignements, les maquisards sont une vingtaine. Lucien gonfle le nombre de résistants pour convaincre Gontran de fournir le maximum de soldats, il serait utile d'avoir votre soutien. Nous pourrions encercler la ferme, de très bonne heure, et donner l'assaut dès le lever du jour.

Gontran réfléchit vite. Il n'est pas question de laisser Lucien mener cette opération à sa guise. Son plan présente plusieurs faiblesses, et il entend bien en tirer profit.

— Non, nous ne pouvons intervenir aussi tôt, nous raterions une grande partie des terroristes, car, si j'ai bien compris, ils ne dorment pas tous à la ferme. Il faut donc attendre que tous soient rendus.

— Oui, c'est juste, acquiesce Lucien, ce serait dommage de rater les principaux meneurs. Disant cela, il pense plus particulièrement à Katrina et Armand.

Gontran, sait que les résistants sont armés puisqu'ils ont récupéré des armes des parachutages anglais. Il n'a pas l'intention de sacrifier ses hommes bêtement. Il explique son plan d'action à Lucien.

— Dans un premier temps, je vais réunir mes adjoints pour former un détachement, expliquer l'opération et fixer les tâches de chacun. Demain matin à dix heures, je vous récupère, avec vos hommes à la sortie du village. J'assurerai votre transport.

En réalité, Gontran veut éviter une arrivée à la ferme en ordre dispersé, et rester maître de l'opération.

— Nous nous arrêterons à une distance suffisante pour ne pas être repérés. Je compte arriver pour onze heures. Mes hommes se chargeront de situer et maîtriser les sentinelles. Lorsque cela sera fait, nous encerclerons la clairière en restant sous le couvert des bois. À midi, lorsque dans la ferme, ils commenceront à passer à table, c'est vous qui interviendrez. Pour berner Lucien, Gontran rajoute, c'est vous qui apportez le renseignement, l'honneur d'arrêter ces terroristes vous revient.

Lucien, flatté, tombe dans le panneau.

— C'est d'accord, c'est nous qui donnerons l'assaut à la ferme, sitôt que vos soldats auront terminé l'encerclement.

— Avez-vous des remarques ou des questions ? Rajoute Gontran.

Non, j'ai très bien compris la manœuvre, nous serons à la sortie du village, à dix heures sur la route de Sauveterre de Guyenne.

— Soyez à l'heure, précise Gontran, en ignorant la main que lui tend Lucien.

Croyant avoir le soutien de Gontran, froissé cependant qu'il a une nouvelle fois ignoré sa main, Lucien s'en retourne arroser par avance, avec Yoann, dans son bar L'Oasis, une victoire qu'il croit déjà acquise.

***

Sitôt que Lucien a tourné les talons, Gontran se rend chez madame Worms, et lui demande de téléphoner immédiatement à sa fille Mariette et l'inviter à venir le voir ici même. Ne sachant pas les raisons de cette demande, Mathilde essaye d'en savoir davantage.

— Il ne faut pas chercher à comprendre Madame Worms, c'est extrêmement urgent. Je veux voir votre fille ici même dans les plus courts délais

Dès que Mariette affolée fait son apparition, Gontran l'entraîne dans sa chambre de manière à pouvoir discuter sans témoin. En effet, il se méfie autant de Mathilde que de Ferdinand.

Dès qu'ils sont dans sa chambre, Gontran en ferme la porte à clé, puis, s'adressant à Mariette, il lui révèle tout ce qu'il savait sur sa filiation. Mariette reste sans voix, et retient des larmes de bonheur. Enfin, elle a l'aveu par Gontran lui-même qu'elle est sa mère. Elle reconnaît le petit ourson sur la cheminée. Katrina possède le même.

Sans perdre de temps en effusions, Gontran, explique en deux mots la situation et le plan que vient de lui rapporter Lucien. Elle se trouve en face d'un choix cruel. Elle l'aime bien son Lucien. Lui aussi est son fils, même si sa conduite est absolument inexcusable.

Pour l'instant, il est urgent d'informer Katrina et de prévenir les autres de ne pas se rendre à la ferme. C'est elle qui est chargée de prévenir sa fille. Sans perdre une minute, elle se rend à son appartement au-dessus de la Mairie. Elle a beau frapper, et appeler, personne ne répond. C'est le garde champêtre qui passant déposer les clés de son local, l'informe de ce que sitôt la fin de la classe Katrina s'est changée pour partir en promenade. En fait de promenade, Mariette a vite compris où va la conduire, cette soi-disant promenade. À la ferme pour, y être arrêtée, par son propre frère, vendu à Vichy et à l'occupant.

Mariette retourne immédiatement informer Gontran de ce contretemps. Elle ne le trouve pas. Il s'est rendu à Langon pour dégager des effectifs en vue de l'opération sur la ferme. Il ne peut pas faire autrement. Il a bien l'intention de disposer ses hommes de manière à ce qu'ils n'aient aucune chance de participer à l'arrestation de qui que ce soit, même si l'impréparation manifeste de son affaire, risque de faire l'objet de remontrance de la part de son supérieur. Par chance, une autre opération de vérification est déjà programmée sur un chantier forestier de la région de Bazas, et il ne peut disposer que d'un effectif réduit de ses hommes. Des gens comme lui, blessés au front, en convalescence, ou alors trop âgés pour participer réellement aux combats.

C'est bien la première fois qu'un officier est satisfait de ne disposer que d'une troupe de faible valeur.

Pendant que Gontran est à Langon, Mariette, désemparée ne sait que faire pour prévenir Katrina. Elle a bien une idée de l'endroit où se trouve la ferme. Elle était passée par là à l'automne dernier en cherchant des champignons. Ce n'est pas très loin de la palombière de Léopold. Elle pense pouvoir s'y rendre assez facilement, ceci, bien que la nuit commence à tomber. Sans réfléchir plus loin, elle emprunte la bicyclette de Ferdinand, et pédalant aussi fort que le lui permettent ses jambes, elle prend la route par de petits chemins. Elle pédale depuis quelques minutes, lorsque la fatigue se fait sentir. Alors qu'elle aborde une montée, elle sent son cœur s'affoler. Elle doit descendre de son vélo et marcher à côté le temps de retrouver une fréquence cardiaque normale.

Pendant ce temps, les minutes s'écoulent inexorablement. Elle se dit qu'elle n'aura pas le temps de revenir avant le couvre-feu. Qu'importe, s'il le faut, elle passera la nuit à la ferme et partira avec les autres au petit matin. La côte passée, elle reprend sa bicyclette. Après quelques kilomètres, il faut emprunter un chemin à peine dessiné dans la forêt. Mais le mauvais sort s'acharne contre elle. Au bout de quelques dizaines de mètres, son pneu arrière rend l'âme. Elle ne peut continuer en poussant la bicyclette. C'est une lourde machine et ses forces déclinent. Elle se résout à la dissimuler dans les fougères, au pied d'un gros châtaigner qui lui servira de repère. Elle poursuit son chemin à pied. Il fait déjà nuit, seul un clair de lune complice éclaire faiblement les sous-bois.

L'excitation lui fait oublier la peur. Il est question de sauver son enfant. Après une bonne demi-heure de marche, elle se trouve en lisière du bois, à l'entrée de la clairière où se trouve cette ferme abandonnée. Elle distingue parfaitement la masse sombre du bâtiment d'où ne sort aucune lumière Elle s'apprête à s'engager à découvert, lorsqu'elle est saisie à bras-le-corps, pendant qu'une main solide lui ferme la bouche.

— Pas un mot, ou je vous frappe.

Surprise, Mariette ne pensait pas que des sentinelles puissent être postées aux alentours de la vieille ferme, elle reste muette de stupeur.

— Je vais enlever ma main de votre bouche, ne criez pas. Que voulez-vous.

À ce moment, la sentinelle reconnaît Mariette, et elle-même identifie Thierry, un jeune homme du village.

— Vous êtes dénoncés, la milice et les Allemands vont venir vous arrêter demain matin.

— Comment savez-vous ça ?

— Je le sais, et c'est tout. Mariette ne peut révéler qu'elle tient ce renseignement de l'officier hébergé chez ses parents. J'ai besoin de voir Katrina pour que le groupe se disperse.

Thierry, sachant que Mariette est également la mère de Lucien, ce traître à la patrie enrôlé dans la milice, ne lui fait pas entièrement confiance. Aussi après l'avoir fait coucher dans les fougères, derrière le tronc d'un pin tombé au sol, il attend quelques minutes pour voir si personne ne suit cette femme. Lorsqu'il est rassuré, il siffle doucement et une autre sentinelle vient prendre Mariette en charge pour la conduire à la ferme.

Bien qu'abandonnée depuis plusieurs années, la ferme n'est pas pour autant à l'état de ruine. Dans la pièce principale du rez-de-chaussée, un feu brûle dans la cheminée. Un grand chaudron de soupe chauffe au-dessus. Avec un sourire, elle reconnaît son chaudron, qu'elle cherche depuis déjà plusieurs jours. Autour d'une grande table se tiennent quelques jeunes gens du village, mais aussi Katrina et Armand. En quelques mots, elle a vite fait d'expliquer sa présence. Comme la soupe est presque cuite, il est décidé de la manger avant de prendre le large. Pendant que le reste du groupe se restaure, Mariette a attiré à elle Katrina et Armand.

Avec émotion, elle explique le lien qui les lie à Gontran, et comment il l'a informée de la dénonciation de Lucien.

Encore une fois, Katrina est partagée entre la joie de retrouver un frère et la déception d'en perdre un autre. La vie est ainsi faite.

Dès que le repas est terminé, le feu éteint dans la cheminée, et le chaudron vidé de sa soupe, tout le monde se disperse. Armand et les autres résistants emportent les armes vers le Lot-et-Garonne, où par petites étapes, ils pourront se joindre à d'autres maquis. Il a entendu parler du groupe Soleil, dont un élément se trouverait quelque part entre Laparade, Villeneuve-sur-Lot, et la Dordogne. Il tentera de le joindre grâce aux renseignements qu'il sait pouvoir obtenir d'un gendarme de la brigade de Clairac. Le groupe sera sauvé, mais pour combien de temps ?

À travers vignes, à travers bois, en prenant mille précautions, la mère et la fille disparaissent dans la nuit, se méfiant du clair de lune, qui maintenant n'est plus leur complice.

Sur la fin du trajet, Mariette et Katrina, pour éviter les patrouilles allemandes, et rejoindre le quartier Mérigon, et la maison Worms, passent par le lit du ruisseau le Siron, qui fort heureusement, bien qu'elle soit glacée, n'a que très peu d'eau. Les deux femmes peuvent s'introduire dans la maison sans éveiller Mathilde. Mariette et Katrina décident d'y passer la nuit, puis de regagner leurs domiciles à la levée du couvre-feu.

**

Tourmenté par des remords tardifs, Ferdinand ne dort plus que d'un sommeil entrecoupé de longues périodes d'éveil. L'arrivée de Mariette et Katrina au milieu de la nuit, plus tard, celle d'Armand au petit matin, ne lui a pas échappé. Accroché par une patrouille lors de sa fuite, blessé, Armand a jugé plus prudent de regagner Mérigon et laisser les autres résistants se sauver.

Si les jeunes gens ont couru le risque de sortir en dépit du couvre-feu instauré par l'occupant, c'est qu'ils ont de bonnes raisons de le faire. Mathilde elle, dormait à poings fermés, assommée par les décoctions d'herbes destinées à lui procurer le sommeil. Tourmentée par ses rhumatismes, elle est persuadée que ses tisanes ont une action bénéfique.

Lorsque Mariette et Katrina sont rentrées, Ferdinand a entrebâillé la porte de sa chambre, et bien que les femmes aient étouffé au maximum le bruit de leurs pas, le moindre mouvement résonne dans la maison endormie.

Au petit matin, Armand aussi, malgré ses précautions, a été entendu alors qu'il empruntait l'escalier du grenier. Inquiet de tous ses mouvements anormaux au milieu de la nuit, Ferdinand priait pour que Gontran n'en soit pas réveillé.

Bien que sachant qu'il ne court aucun danger immédiat, Gontran, observe cependant certains principes de précautions. Sur le front de l'Est, en alerte permanente, il a été forcé de maîtriser son sommeil qui, depuis, est demeuré très léger. Les mouvements de la nuit ne lui ont pas échappé, et, au lieu de l'inquiéter, il est rassuré. Il a reconnu les pas légers de Katrina et Mariette, puis, plus tard, un pas plus lourd, un pas d'homme qui montait l'escalier.

Vers sept heures du matin, tout mouvement dans la maison ayant cessé. Gontran décide qu'il est temps de donner l'assaut aux terroristes retranchés dans la ferme.

***

À dix heures, le jeudi vingt-sept janvier mille neuf cent quarante-quatre, comme prévu, Lucien et ses hommes attendent Gontran et les siens à la sortie de Saint Pierre d'Aurillac, sur la route qui conduit à la ferme abandonnée. Lorsque la jonction est faite, Gontran donne ses ordres à ses soldats, insistant sur le fait que toute personne qui tentera de s'enfuir de la ferme devra être abattue, ou fait prisonnier.

Lorsqu'il a terminé, il renouvelle ses directives en français pour Lucien et ses miliciens. Puis ils se mettent en route. Arrivés en lisière du bois, comme c'est convenu, en restant à couvert, les soldats allemands encerclent la ferme. L'assaut doit être donné par Lucien et ses Miliciens sitôt la manœuvre terminée.

Ce qui rassure Gontran, mais intrigue Lucien, c'est l'absence de sentinelle autour de la ferme. De plus, aucune fumée ne sort de la cheminée, ceci alors que l'heure du repas approche. Les portes et les fenêtres sont fermées. Sont-ils assez inconscients au point de dormir encore, ne pas avoir assuré leur sécurité en plaçant une ou plusieurs sentinelles ?

À ce moment, un soldat allemand fait signe que la manœuvre d'encerclement est terminée.

— Mes hommes sont en place, dit Gontran, vous pouvez donner l'assaut.

Lucien divise son groupe en deux équipes de cinq hommes. Lui-même et le premier groupe se porteront à l'entrée principale de la ferme, le deuxième groupe surveillera les arrières et si cela est possible s'introduira à l'intérieur pour éviter les évasions. Lucien veut se charger lui-même de l'interrogatoire des jeunes de son village.

Lorsque le groupe arrière est en place, Lucien s'avance jusqu'à la porte d'entrée, étonné malgré tout qu'il n'y ait aucune réaction. Il commence à douter de la fiabilité de son renseignement. Ou alors, ils ont été prévenus. Sans grande conviction, à l'aide d'une pierre trouvée sur place, à grands coups, il frappe à la porte d'entrée en se tenant en retrait de l'huis, de crainte d'une rafale d'arme automatique. Comme personne ne répond, c'est lui qui fait sauter la serrure d'une rafale de son pistolet-mitrailleur. Aussitôt, tout le groupe se précipite à l'intérieur ouvrant les fenêtres pour éclairer les pièces. Personne, rien que des paillasses et des reliefs de repas. Dans la cheminée encore quelques braises, des cendres encore chaudes.

— Il n'y a personne, j'ai fait tout le tour de la baraque, dit le chef du deuxième groupe.

— Ce n'est pas possible, je suis sûr de mon renseignement, dit Lucien.

— À tout coup ils ont été prévenus, déclare l'homme.

Devant ses hommes, Lucien se retient, mais sa déconvenue est visible. Pour un peu, il en aurait pleuré de rage. Il est sûr que le groupe se trouvait là encore ce matin et qu'il y a passé la nuit. Quelqu'un les a prévenus, mais qui ? Il se promet de le découvrir, et la, il saura quoi faire.

Sachant pertinemment qu'il ne se passera rien, Gontran vient à sa rencontre, et lui fait remarquer que son agent de renseignements n'est pas fiable. Lucien proteste, montrant les reliefs de repas, et les cendres encore chaudes dans la cheminée, ce qui prouve une présence récente. Restant très sérieux, Gontran lui demande de faire sortir ses miliciens.

— Je vais m'occuper de la ferme avec mes hommes.

Sitôt que le dernier Milicien est à l'abri, Gontran donne un ordre bref. Aussitôt par toutes les fenêtres restées ouvertes, ses hommes jettent des grenades, faisant tomber les cloisons intérieures, puis l'un d'eux apporte un grand bidon d'essence et répand le contenu sur le sol de la ferme.

S'adressant à Lucien, Gontran l'invite.

— À vous de conclure.

Celui-ci ne se fait pas prier et, d'un mouvement rageur, il envoie une dernière grenade dans la ferme qui aussitôt s'enflamme.

Au retour, Lucien a l'idée de faire fouiller les abords du chemin, dans l'espoir chimérique, de dénicher un résistant attardé, ou bien même un simple indice.

— Il y a une bécane abandonnée, dit l'un des miliciens.

Il s'agit du vélo abandonné par Mariette lorsqu'elle est venue prévenir Katrina. Lucien n'a aucune peine à reconnaître la vieille bicyclette qui de plus, porte la plaque d'identité de son grand-père, le pneu de la roue arrière est crevé.

— Je connais ce vélo, c'est celui de mon grand-père. On va le lui ramener.

— Ouais, quelqu'un a dû le lui voler, déclare l'homme qui l'a découvert.

— Volé ? C'est ce que l'on va voir.

— À son âge, avec ses rhumatismes, ce n'est pas lui qui est venu jusqu'ici, commente un autre milicien.

Lucien est décidé à interroger le vieil homme sur la présence de sa bicyclette non loin de la ferme. Dans le camion qui ramène son groupe à l'entrée de Saint Pierre d'Aurillac, à l'endroit où il a laissé stationner les voitures de la Milice, il se pose toutes sortes de questions.

***

Sa conviction est faite. Seule Mariette, sa mère, peut avoir donné l'alerte. Il est partagé entre le reste d'affection qu'il a, pour elle, et le besoin viscéral de se venger de sa déconvenue, et surtout d'être passé pour un amateur aux yeux de ses hommes et de l'officier allemand. Sur le chemin du retour, il fait stopper sa voiture à Saint Pierre d'Aurillac, devant la maison de la famille Worms. Ferdinand, gêné par des rhumatismes, ne quitte presque plus la maison. S'appuyant sur une canne, c'est lui qui reçoit Lucien.

— Et bien, que se passe-t-il ? Tu n'as pas besoin de te faire accompagner par des hommes en armes pour venir me voir. Ferdinand est volontairement provocateur, à mon âge, je ne pourrais même plus te donner une fessée.

Lucien est piqué au vif par la remarque de son grand-père. Il fait un effort pour garder son calme. Il fait signe à l'un de ses hommes de décharger la bicyclette qui se trouve attachée sur le pare-chocs arrière de la voiture.

— Regarde grand-père, nous avons retrouvé ta bicyclette. Tu peux me dire à qui tu l'as prêtée hier soir ?

— Eh bien, je n'en sais rien. Pourquoi veux-tu le savoir, toi ? De toutes les façons, personne ne m'a demandé de la lui prêter. Je pense qu'un vagabond de passage s'en sera emparé, pour continuer sa route.

Ferdinand a de la peine à faire croire à Lucien que quelqu'un lui a volé cette bicyclette. Ce n'est pas lui qui l'a utilisé. Son état de santé ne lui permet quasiment pas depuis quelques jours de quitter la maison.

— Je vois mon petit Lucien, que la sécurité de tes concitoyens est bien assurée. Tu as mis vraiment peu de temps à retrouver mon vieux vélo.

En réalité, il a très bien vu la veille, au soir, sa fille Mariette enfourcher l'engin et pédaler très fort en direction des bois.

Lucien se rend parfaitement compte que son grand-père se moque de lui. Il passe en revue les personnes susceptibles d'avoir utilisé cette bicyclette.

C'est fatalement quelqu'un de la maison, au moins un habitué. Cela restreint la recherche. Il ne faut pas penser au couple de vieux Espagnols, bien trop âgé, et semblant étranger aux événements. Bien qu'une fois ou deux, Lucien ait surpris dans les yeux de Francisco une flamme inquiétante.

La petite Isabelle est partie en larmes se cacher sitôt qu'elle a aperçu Lucien en uniforme de la Milice. Elle le reconnaît formellement pour être l'un des deux hommes qui l'ont violée au domicile de Madeleine, et tué le petit Gaëtan. Elle a compris qu'il était illusoire de demander justice.

Ce ne peut être elle qui a prévenu les maquisards, Lucien l'a bien vue partir en courant se dissimuler dans la grange lorsqu'il est arrivé à Mérigon. Il ne reste plus que sa mère Mariette ou sa sœur Katrina. D'autorité, il met Katrina hors de cause, puisqu'elle fait partie du groupe de résistants. Il reste sa mère, Mariette. Pour lui, c'est clair. Elle seule peut avoir emprunté la bicyclette de Ferdinand sans éveiller l'attention, ni faire aboyer les chiens qui courent en liberté dans la cour de la maison.

Avait-elle surpris la conversation avec l'officier allemand. Au fait comment il s'appelle celui-là, il peut être utile de le savoir. Il est délicat de le lui demander directement. Lucien se promet de se renseigner auprès de ses hommes sous un prétexte ou un autre dès qu'il en aura l'occasion.

En tous les cas, le comportement de Lucien gêne toute la famille. Couvert de honte, Ferdinand se laisse aller.

— Tout ce que mérite ce petit vaurien, c'est que je lui flanque un coup de fusil, dit-il.

— Mais enfin Ferdinand, tu n'y penses pas. Même si c'est un vaurien, il n'en est pas moins notre petit-fils. Tu ne peux pas faire ça.

— Je ne peux pas ? Et qui m'en empêcherait. Même si on me met en prison, à mon âge, je n'ai plus rien à perdre.

— Moi ! Je t'en empêcherai.

Ferdinand manque un temps de silence, puis.

— Oui, tu as raison, ce bon à rien est notre petit-fils. Mais il se pourrait bien que ce soit quelqu'un d'autre qui lui règle son compte.

C'est Mathilde qui reste pensive, elle essuie une larme au coin de ses yeux.

— Hélas, son comportement ne lui attire pas que des amis, bien au contraire.

Les événements des derniers jours remuent profondément la conscience du vieil homme. Il en vient lui aussi à se demander si cet officier allemand n'est pas lui aussi son petit-fils.

Ce petit-fils dont il avait hâtivement décidé qu'il était mort dans les premiers bombardements de leur village. Il se remémorait les consignes données à Cyprien pour le cas où Ludwig viendrait chercher Mariette et Katrina. Il s'en voulait maintenant, prenant enfin conscience qu'il avait certainement, par ses mensonges, brisé les vies de Mariette et de Ludwig.

Depuis juin mille neuf cent quarante, il n'a plus aucune nouvelle de Cyprien resté en Alsace pour diriger le négoce familial. Est-il encore vivant ?

À son tour, Ferdinand sent son cœur se serrer, les remords se faire plus présents, le secret plus lourd à porter. Il ne peut se confier à personne, pas même à Mathilde, son épouse, puisqu'il a agi à son insu.

Face à lui-même, il est bien seul.

Lui aussi aimerait bien connaître l'identité de l'officier. Alors, il saurait !

Pour l'instant, Katrina n'a pas reparu à son logement de fonction à la Mairie de Saint Pierre d'Aurillac. C'est la moindre des précautions. Il est probable que Lucien tentera de l'y arrêter sous prétexte d'aide à la résistance locale. Elle a trouvé refuge tout simplement dans le grenier de Ferdinand ou elle a été rejointe par Armand, blessé au cours de sa fuite.

Armand, s'il regagne sa Brigade, court également le risque d'être arrêté sur les indications de Lucien. Au cours de la nuit de mercredi à jeudi, lorsque le groupe a quitté la ferme, alors qu'ils approchaient de La Réole, ils ont été accrochés par une patrouille allemande. Il s'est ensuivi un échange de coups de feu dans les bois de Casseuil. Blessé, il a invité ses camarades à poursuivre sans lui.

Son excellente connaissance de la région lui a permis d'échapper aux recherches de la patrouille. Au petit matin, lui aussi en empruntant le lit du ruisseau le Siron, s'est réfugié dans le grenier de Ferdinand où il savait y retrouver

Katrina. Quelle cachette serait meilleure que celle-ci, puisqu'un officier allemand est logé dans la maison !

***

Le jour est à peine levé, lorsque Armand arrive à Mérigon. En empruntant l'escalier, il ne se rend pas compte que quelques gouttes de sang tombent sur les premières marches. Il est beaucoup plus urgent, pour lui, de soigner cette blessure. Si personne ne les a remarquées, elles n'échappent pas à Lucien, toujours à l'affût d'un indice quelconque.

— Mais dit donc Grand-père, là sur les marches de l'escalier, ce sont bien des taches de sang. Quelqu'un s'est blessé dans cette maison. De qui s'agit-il ?

Ferdinand, embarrassé, ne sait que répondre. Voyant le trouble de son grand-père, Lucien se fait plus mordant.

— Peut-être que quelqu'un a été blessé hier en fuyant la vieille ferme et s'est réfugié chez toi. Qu'en penses-tu, mon petit grand-père ? Lucien insiste sûr, mon petit grand-père, espérant mettre le vieil homme dans l'embarras.

— Et comment veux-tu que je le sache ? Tu sais bien que ma chambre est en bas, où j'avais mon bureau, et que je ne vais plus à l'étage. Tu vois bien que je peux à peine marcher.

— Oui, et bien en attendant, il serait plus prudent de vérifier si personne ne se cache chez toi.

Dans le grenier, Katrina et Armand, intrigués par les éclats de voix, ont collé l'oreille au conduit de cheminée, et par là, ils parviennent à comprendre ce qui se passe au rez-de-chaussée. Pour eux, il n'y a pas le choix. Si Lucien monte au grenier, ils sont fichus. Armand est décidé à vendre chèrement sa peau et celle de Katrina.

De sa chambre, à l'étage, Gontran entend distinctement les questions de Lucien, qui commence à sentir qu'il y a quelque chose de suspect, et élève machinalement la voix. Pressentant que Katrina peut s'être blessée en se réfugiant dans la maison, Gontran saisit son rasoir, et au travers de la jambe de son pantalon, qu'il fend en même temps, il se provoque une entaille peu profonde à la hauteur du mollet droit. Puis, remontant la jambe de son pantalon, il appuie sur la blessure pour en faire sortir le sang et au moment où

Lucien monte la première marche de l'escalier, il s'engage sur la dernière pour descendre.

— Dites donc, Monsieur Monsegues, vos bois sont d'une saleté repoussante. C'est un véritable dépôt d'ordures. Sur le moment, pris dans l'action, je ne m'en suis pas rendu compte, regardez ! En même temps, il remonte la jambe de son pantalon et dévoile l'estafilade qu'il vient de se faire. Ce matin, j'ai trébuché sur un vieux seau en tôle dissimulé dans les fougères, et je me suis coupé.

— J'en suis désolé, s'excuse Lucien, mais il était nécessaire de vérifier si personne ne s'était réfugié dans la maison de mon grand-père. Après tout, c'est sa bicyclette, que nous avons retrouvée à proximité de la ferme des terroristes. Hypocrite, il rajoute, il pourrait être en danger, et je me dois de le protéger.

— Et bien, vous n'avez pas besoin de le protéger contre moi. Je n'ai aucune intention de lui causer du tort. Par contre, j'aimerais bien que l'on désinfecte cette blessure avant qu'elle ne s'envenime.

Vous pouvez disparaître, votre renseignement était erroné, et vous nous avez fait passer pour des amateurs. Bon, et maintenant, Monsieur Worms, c'est ma blessure qu'il faut soigner, et faire un pansement.

Ferdinand, qui habituellement fait plus ou moins la sourde oreille aux demandes de Gontran, s'empresse de lui donner satisfaction.

4

Aux Glycines, la ferme de ses parents, Lucien n'a pas un accueil plus chaleureux. Sa mère a rejoint la ferme dès la levée du couvre-feu. Elle est là, occupée à desservir la table, le repas de midi étant terminé. Elle ne lui propose pas une assiette de soupe. Elle ne lui souhaite pas le bonjour, lui non plus, il attaque directement.

— Tu savais que quelqu'un avait volé la bicyclette de grand-père hier ?

— Mais non, pourquoi je l'aurais su ?

— Parce que, figure-toi que nous avons retrouvé son vélo, à proximité d'une vieille ferme où se réunissent des terroristes, soi-disant résistants.

Mariette fait l'étonnée, elle manque de peu de se vendre, oubliant qu'elle avait elle-même abandonné la bicyclette dans les bois après sa crevaison. Mais elle se reprend aussitôt.

— Et bien, je te félicite de l'avoir retrouvée aussi rapidement. Grand-père a dû être content de toi.

Lucien sent confusément que sa mère se moque de lui. Il regrette de n'avoir pas laissé la bicyclette dans les buissons et laissé deux miliciens pour surveiller, au cas où quelqu'un viendrait la récupérer. Il s'apprête à lui poser d'autres questions lorsque son père fait son entrée, venant de l'écurie où il vient de harnacher une paire de vaches pour aller labourer.

Zéphyr est mort, de sa belle mort, au début des hostilités, et trop âgé, n'avait même pas été l'objet de réquisition. Il ne fait aucune attention à Lucien, invitant Mariette à le suivre. Puis, marchant sur Lucien, comme s'il n'existait pas, le repousse à l'extérieur. Lorsqu'ils sont sur le pas de la porte, il la ferme à clé, accompagné de Mariette, il se dirige vers le champ où les travaux d'entretien ne peuvent attendre.

— Ah, vous m'ignorez, vous faites comme si je n'existais pas. Vous changerez d'attitude avant longtemps.

La rage, au cœur, Lucien jure de se venger.

***

Léopold, lui, qui a fait la Grande Guerre de quatorze dix-huit, a honte de ce fils indigne passé à l'ennemi. Même si son union avec Mariette, ne repose plus que sur le profit, car il l'a aimée réellement avant, l'incident de la palombière, n'a pu se réaliser que par la mort de son cousin sur le champ de bataille, l'usurpation de son identité, puis l'assassinat de Marion et Marius, ses sentiments nationaux restent entiers. S'il est devenu une crapule, en définitive, c'est presque malgré lui. Les événements l'ont contraint à cette fuite en avant. Il aime la France, et ne pardonne pas à Lucien de la salir en même temps que le nom qu'il porte.

— Je t'ai assez vu, le temps que tu porteras cet uniforme, ce n'est pas la peine de revenir à la maison.

Ruminant sa vengeance, Lucien retourne à Bordeaux, où Henry et Maguy l'attendent au Chat Bleu. Il y arrive dans l'après-midi, de très mauvaise humeur. Sans saluer personne, il commande.

— Sers-moi une absinthe.

Depuis son arrivée au Chat Bleu, la jeune femme a pris ses marques, elle ne se presse pas. Avant de satisfaire Lucien, elle sert un habitué, un cheminot prénommé Charles, qui, complice de Lucien, partageait avec lui, les primes attribuées pour l'arrestation des juifs. De cent à cinq cents francs, et même davantage, par individu.

— Alors, insiste Lucien, tu es sourde, je t'ai demandé une absinthe, il faut que je me serve moi-même ou quoi !

— Oh ! Là, là, répond Maguy tout en saisissant la bouteille d'absinthe et un verre, tu as l'air de bien mauvaise humeur, tes affaires langonnaises n'ont pas marché.

— Et alors, si elles ne marchent pas comme je voulais, c'est mon affaire, et cela ne te regarde pas. Donne-moi un sucre et de l'eau fraîche !

Connaissant son caractère emporté, et facilement violent, elle n'insiste pas, derrière le bar, sans plus rien dire, elle s'applique à essuyer consciencieusement les verres qu'elle vient de laver.

Charles, toujours prêt à rendre service, moyennant finance bien sûr, s'approche de Lucien. Ce dernier vient de s'asseoir à une table et se plonge dans la lecture de la Petite Gironde. À son tour, il s'installe à la table et demande.

— Eh bien, Lucien, que t'arrive-t-il ? C'est vrai que tu as une drôle de tronche aujourd'hui.

Lucien repose son journal, avale une gorgée d'absinthe, puis émet une sorte de grognement pour toute réponse.

— Eh bien ! Dis donc, cela ne va vraiment pas bien. Raconte-moi, peut-être que je peux t'aider.

Avant de répondre, Lucien vide son verre. Il réfléchit qu'après tout, Charles est au moins aussi pourri que lui et, sans doute, aura-t-il une proposition originale à lui soumettre. Il renouvelle les consommations, et commence son récit. Lorsqu'il a terminé, après une pause de quelques minutes, Charles prend la parole.

— Écoute-moi, voilà ce que tu pourrais faire. Tu sais que Henry s'est embauché dans l'équipe de Dosche. Il sera là ce soir. Il passe chaque fois qu'il le peut, pour honorer l'une ou l'autre de ces dames, et vider une bouteille. Je suis sûr qu'il sera d'accord.

Lucien écoute attentivement le plan imaginé par Charles, pose quelques questions de détail, puis approuve.

— C'est d'accord, cela me semble correct.

— Et bien, puisque tu es d'accord, en attendant que Henry débarque, paye ta tournée. C'est la moindre des choses.

***

Le reste de la semaine s'écoule sans autre problème. Le lundi matin trente et un janvier mille neuf cent quarante-quatre Ludwig arrive chez les Worms, décidé à vider son sac. Il est précédé d'un camion transportant un détachement de sécurité. Non pas qu'il craigne pour sa vie, mais il tient à faire une démonstration de force.

Au demeurant, ce n'est pas destiné aux habitants de saint-pierre d'Aurillac, tous savent que son domicile est régulièrement requis pour loger un officier, mais davantage pour impressionner Ferdinand, bien que cette démonstration ne change pas le cours des événements ni n'efface le passé. C'est une réaction, une vengeance un peu puérile. Un message qui lui est destiné.

Regarde, tu n'as pas voulu me donner Mariette. Même, tu as fait tout ce que tu as pu pour me l'enlever. Tu as prétendu qu'elle avait disparu avec ma fille. Honte sur toi. Mais aujourd'hui, tu vas me rendre des comptes. J'ai le pouvoir de t'envoyer en Pologne, dans un camp où tu mourras doucement. Au fil des jours, tu sentiras tes forces décliner. Tu auras plus de peine à accomplir l'effort qui fera pencher la balance entre ta vie et ta mort, à cause du rendement que tu ne pourras fournir à l'effort de guerre du Troisième Reich.

Heureusement pour Ferdinand, Ludwig n'est pas un SS, il est très loin de partager les idéologies nazies de l'Allemagne hitlérienne. À plusieurs reprises, d'autres officiers supérieurs, plus engagés que lui, ont tenté de l'entraîner, sans succès, dans des attentats contre Hitler. Sa rigidité naturelle, son respect de la parole donnée lui interdit de revenir sur le serment d'allégeance exigé de tous ses militaires par Hitler. Pour lui, la plupart de ceux qui entourent le Führer ne sont plus que des mercenaires au service d'un parti.

L'esprit militaire est mort, victime de la délation nazie.

Ce que ne sait pas Ferdinand, c'est qu'à son insu, alors qu'il est parti, avec peine, appuyé sur sa canne, surveiller les travaux de la vigne, Mariette, Katrina, Armand et Gontran se sont de nouveau réunis dans le grenier de la maison. Chacun a raconté sa vie et son histoire. Malgré les ressentiments que chacun peut avoir, la joie de se retrouver est la plus forte. Oubliées, par Katrina et Gontran, ces longues années où ils ne se sont pas connus, l'un croyant l'autre mort, et vice versa. Mariette seule n'arrive pas à passer sur les mensonges de son père et de son frère Cyprien.

Par une intolérance primaire, ils ont délibérément brisé son amour, sa vie. Même, pire, son père, en quelque sorte, l'a vendue à Monsegues, pour des questions de propriété terriennes, une basse question de gros sous. Sa peine est immense, par contrecoup, le semblant d'affection qui lui restait pour son mari, après l'agression sur Katrina s'est d'un coup envolé.

Elle a envie de crier sa haine. Mais, maintenant, à quoi bon ?

Chacun a fait sa vie avec ses peines et ses joies. Les dés sont jetés. À la vitesse de la pensée, elle revoit les épreuves vécues auprès de Léopold. Un homme, qui semble ne l'avoir épousée, que dans l'espoir de récupérer la propriété familiale et s'enrichir sur son dos. Sans amour véritable que celui de l'argent, pense-t-elle ?

Ne respectant même pas la jeunesse et l'innocence de Katrina au fond de sa palombière. Puis à la naissance de Lucien, faire des différences criardes, insupportables pour une mère. Et ravaler toutes ces peines et vexations, sans pour autant les digérer, garder au cœur ce ressentiment qui ne s'éteint pas, et ne demande qu'une étincelle pour se transformer en une haine mortelle, même si, poussé à bout, au dernier moment, il a pris manifestement la défense de Katrina contre Lucien. Une Katrina, qu'il avait tenté de salir, qu'il traitait de bâtarde de boche.

Mariette sent au fond du cœur monter la haine pour ceux qui lui ont imposé ces années de peine, de souffrance, supporter sans presque rien dire la bêtise et la médiocrité de ces bas esprits, primaires et calculateurs.

De leur côté, Katrina et Gontran ont pris le parti de laisser les parents vider leur sac entre eux et Ferdinand. L'urgent, c'est de se soustraire, ainsi qu'Armand aux recherches effectuées par Lucien. Il n'est pas question de sous-estimer le danger qu'il représente.

Bien qu'informée par Gontran de la venue de Ludwig, Mariette n'a pas prévenu Ferdinand. Elle préfère laisser agir l'effet de surprise. Elle veut jouir de cet instant, de l'embarras où va se trouver son père. C'est une vengeance naïve, la guerre, l'occupation, son mariage avec Léopold sont autant d'obstacles au bonheur de ces retrouvailles.

***

Dans le même temps, une colonne de camions, escortés par des soldats en uniforme de l'armée allemande, pénètre dans la ferme des Glycines. Léopold, depuis le cuvier où il est occupé à des travaux d'entretien, les voit, remontant l'allée qui conduit aux bâtiments. Connaissant leur sinistre réputation, il ne sait quelle attitude adopter.

Henry est dans le premier camion, lui aussi revêtu de l'uniforme allemand. Lorsqu'il a expliqué à Dosche ce qu'il comptait faire avec ses camions et les mercenaires de la Hauskapelle, celui-ci a ri, et donné son accord, sous condition de partage.

Léopold pense que les chauffeurs des camions se sont trompés de route, et feront demi-tour dans la cour de la ferme. Ce n'est pas le cas. Le premier stoppe à la hauteur du cuvier, et Henry en descend.

— Bonjour ! Monsieur se présente Henry, nous venons prendre livraison du vin que vous dissimulez depuis plusieurs années dans vos chais.

— Mais, je ne comprends pas, répond Léopold, je n'ai pas de vin caché nulle part. J'ai toujours fourni régulièrement les quantités requises. Le reste m'appartient.

Henry reprend courtoisement.

— Vous faites erreur. Le vin qui vous reste nous a été vendu. Nous venons en prendre livraison.

Il comprend alors d'où vient cette vente. Ce ne peut être que Lucien. Son propre fils, milicien, passé à l'ennemi, qui a vendu ce vin. Ce vin, pour lequel il n'a pas versé la moindre goutte de sueur. Ce vin dont, maintenant, il veut le déposséder. Que faire ?

— Écoutez-moi, ce vin n'est pas à vendre. Celui qui vous l'a vendu s'est moqué de vous. Il vous a escroqués.

Henry s'attendait plus ou moins à cette résistante. D'un geste, il fait descendre l'équipage des camions. Ils ouvrent les portes du chai, et commencent à monter les barriques sur les camions. L'opération est délicate. Léopold tente de s'interposer, mal lui en prend. Deux des soldats de la

Hauskapelle lui tombent dessus à coups de nerf de bœuf, et ne cessent de le frapper que lorsqu'il tombe à terre inanimé. Après quelques minutes, il recouvre ses esprits. Le chargement des camions est presque terminé. Il ne se maîtrise plus. D'un geste fou, il saisit une fourche qui se trouvait à sa portée, et se dirige vers Henri.

— Attention ! Crie l'un des soldats, tout en lâchant une rafale de son pistolet-mitrailleur.

Blessé à l'abdomen, Léopold s'écoule. Il perd beaucoup de sang.

— On le finit ? Propose celui qui a tiré.

— Inutile, répond Henri, après un silence il rajoute, il crèvera bien tout seul.

Henry pensait trouver de nombreuses barriques dans le chai, il n'en est rien. Une dizaine seulement est découverte. Lorsque toutes sont chargées sur les camions, déçu d'un si maigre butin, il décide de le compléter.

— Allez, les gars, maintenant on va chez le grand-père. Je suis sûr que chez lui nous en trouverons davantage.

Sans perdre plus de temps, Henry et ses sbires font route vers Mérigon. Depuis l'avenue du Maréchal Pétain, qui borde la limite sud de la propriété, Henry aperçoit les éléments du détachement de protection qui accompagne Ludwig.

— Merde, ce n'est peut-être pas le moment d'aller se servir, chez le vieux. Si ça se trouve, ils sont en train de faire comme nous.

Se méprenant sur cette présence, sachant qu'un officier y réside, il préfère renoncer au surplus de butin.

— On rentre à Bordeaux directement pour faire le partage. La moitié pour Dosche et les hommes de la Hauskapelle le reste pour Charles et Lucien qui pourront le servir aux clients du chat bleu.

Lors du récit fait par Henri, Lucien n'accorde pas d'importance à la présence de soldats allemands au domicile de son grand-père et reste froid sur la fin tragique de son père.

— Ce vieux con n'a eu que ce qu'il méritait !

Charles enchaîne sur un autre sujet.

433

— Tu ne connais pas la dernière ? Demande Charles, s'adressant à Lucien.

— Non, pourquoi voudrais-tu que je la connaisse ?

— Et bien, je vais te dire, la petite Lydie, celle qui vend les billets au guichet de la gare.

— Et alors, tu veux te la faire ? L'interrompt Lucien.

— Il y a de ça, mais c'est une pimbêche, elle ne me regarde même pas, avec ses chapeaux ridicules. Apparemment tu n'as pas remarqué ses agissements.

— Non ! Et alors ? S'impatiente Lucien.

— J'ai été long à comprendre, dit Charles, mais depuis quelques semaines je suis quasiment sûr de mes déductions.

— Je n'aime pas jouer aux devinettes, alors dépêche-toi.

— Les deux juifs qui t'ont échappé l'été dernier, cela ne te dit rien ?

Lucien sait parfaitement qu'il s'agit des parents d'Alfred. Il a encore en travers de la gorge le raté de leur arrestation.

— Ouais, quel rapport avec la guichetière ?

— Je suis persuadé qu'elle les a aidés à quitter Bordeaux.

— Explique-moi tout ça, dit Lucien subitement intéressé.

— Tu sais que je suis au balayage du hall d'entrée. J'ai vu Lydie entrer par l'accès réservé au personnel. Elle était suivie de deux contrôleurs dont l'un avait les traits efféminés. Derrière suivait ce crétin de Marcel avec son diable et deux grosses valises. À part Lydie, qui est allée prendre son poste au guichet, les deux contrôleurs et les valises sont partis dans le bordeaux Agen.

— Je sais tout ça, tu étais venu me le dire.

— C'est vrai, mais je n'avais pas fait gaffe aux valoches, je n'avais pas fait la relation. Depuis, je l'ai surveillé à là Lydie. Je me suis aperçu à plusieurs reprises que des gens bizarres entraient derrière elle en tortillant des fesses, comme si elle les guidait. Je suis persuadé que c'est elle, qui a fait passer ces deux juifs par l'entrée du personnel pour échapper au contrôle des passagers.

— C'est bien possible, dit Lucien, dubitatif. Et le Marcel, là-dedans quel est son rôle ?

— Je n'en sais trop rien, mais je pense qu'il est complice de Lydie.

Lucien commence à entrevoir le moyen de faire oublier son échec cuisant de Langon.

— Ouais, mais ça m'étonnerait qu'ils ne soient que deux à faire passer des suspects. Il y a sûrement un réseau beaucoup plus important.

— Je le pense aussi, c'est peut-être le moment de remonter nos finances, dit Charles.

— Ouais, mais pas de précipitation, on va commencer par Marcel. On s'occupera de lui la semaine prochaine.

***

Alerté par le raffut que font les soldats pour se mettre en place, de la fenêtre de sa chambre, Ferdinand, à travers le rideau, observe la manœuvre. Voyant ce déploiement de force, il croit que Lucien a, malgré ses efforts pour la dissimuler, décelé la présence de Katrina et Armand dans le grenier. Il ne sait que faire pour les protéger. Lorsque les soldats ont pris position autour de la maison, une voiture, battant pavillon à croix gammée, vient se ranger devant la porte d'entrée. L'officier qui occupe la place avant, un lieutenant, en descend, porteur d'une serviette en cuir, puis se précipite pour ouvrir la portière du passager arrière droit. Un autre officier, supérieur, celui-là, décoré de nombreuses médailles, en descend. Son ordonnance, après lui avoir remis la serviette qu'il porte, l'accompagne jusqu'à l'entrée de la maison. Lorsqu'ils sont devant la porte, après quelques mots de consigne, l'officier le renvoie.

Ferdinand de sa fenêtre se sent défaillir. Cet officier ressemble à s'y méprendre, avec quelques années de plus, à Ludwig. Celui-là même à qui, malgré sa valeur personnelle, il avait au moyen de basses manœuvres, refusé la main de Mariette. Les doutes qu'il entretient depuis quelque temps deviennent tout à coup des certitudes. Le moment de rendre des comptes est venu. Rassemblant toutes ses forces et son orgueil, il se résout à ne pas s'y dérober.

Mariette, elle aussi est à la fenêtre d'une chambre de l'étage. Son cœur bat la chamade. Si Katrina et Gontran

435

n'étaient pas là pour la retenir, elle se serait effondrée sur place.

Ainsi, c'est Ludwig, son amour, le père de ses enfants. Celui que Ferdinand et Cyprien ont déclaré mort à la dernière guerre.

Ils avaient convenu qu'ils laisseraient Ferdinand rencontrer Ludwig en premier. Mariette reniant cette convention veut se précipiter dans ses bras. Lui crier qu'elle est toujours amoureuse de lui. Armand, Katrina, et Gontran, ne sont pas de trop, pour l'empêcher de se précipiter dans l'escalier. À bout de forces, en pleurs, elle se laisse aller dans leurs bras.

Ferdinand est sorti de sa chambre.

Lorsqu'il ouvre la porte d'entrée pour laisser passer Ludwig, sa décision est prise. Il argumentera sa position jusqu'à son dernier souffle.

Ludwig refuse de serrer la main que Ferdinand lui tend. Il entre immédiatement dans le vif du sujet.

— Je suppose que je n'ai pas besoin de me présenter, Monsieur Worms. Sans doute m'avez-vous reconnu, malgré les années.

— En effet Ludwig, je t'ai reconnu dès que tu es descendu de voiture. Je pense savoir pourquoi tu es venu ici.

— Monsieur Worms, avec tout le respect que je vous devais lorsque je vous ai demandé la main de votre fille, il y a déjà bien longtemps, et que vous me l'avez refusé sous un prétexte nationaliste indéfendable, j'acceptais votre tutoiement.

Aujourd'hui, ce n'est pas en prétendant que je vous rends visite. Aussi je vous prie de bien vouloir m'accorder les mêmes égards lorsque vous vous adressez à moi.

Ludwig, veut ainsi, marquer immédiatement qu'il n'est pas là en visite amicale. Ferdinand accuse le coup, et se le tient pour dit. Aussi, la conversation se poursuit sur un ton courtois, voulu par Ludwig, mais sans familiarité. Il poursuit.

— J'ignore, si votre fils Cyprien, que j'aurais volontiers accepté comme beau-frère est encore vivant. Mais, lorsque je me suis présenté à lui, à l'issue de la guerre que nous avions perdue, il m'a assuré, la main sur le cœur, que Mariette et ma fille Katrina avaient disparu dans le pilonnage d'artillerie français, de mille neuf cent quatorze. Aujourd'hui, par l'un des caprices du hasard, puisque mon fils, votre petit-fils, le commandant Gontran Von Querbecke, demeurant sous votre toit, m'a renseigné, j'apprends qu'il n'en est rien.

Ferdinand, bien qu'ayant préparé sa défense, ne s'attend pas à une entrée en matière aussi directe.

Il a beau argumenter que c'est l'armée prussienne la première qui s'est emparée de l'Alsace et de la Lorraine en mille huit cent soixante-dix, rien n'y fait. Ludwig a aussi étudié l'histoire et rétorque à Ferdinand que c'est à la demande de Louis XIV, Roi de France, que Monsieur de Turenne, s'est, après la guerre de Trente Ans, emparé de ces régions qui jusqu'alors étaient sous influence germanique. De toutes les manières, ses idées nationalistes n'ont rien à voir avec sa demande concernant Mariette. Cette dernière, et lui-même sont nés pendant la période d'occupation de ces départements, ils n'étaient en rien concernés par les aléas de l'histoire. Seul comptait l'amour qu'ils avaient l'un pour l'autre.

— Votre refus, Monsieur, est à mon sens motivé par des a priori racistes, qui ne vous font pas honneur. Sachez que vous avez brisé ma vie, et sans doute celle de Mariette. Je sais que vous l'avez mariée, en la trompant sur mon décès pour des considérations uniquement pécuniaires. Cela non plus, n'est pas en votre faveur.

Mathilde, depuis l'arrivée de Ludwig, qu'elle aussi a reconnu, se tient dans la cuisine, d'où elle écoute la conversation entre les deux hommes. Abasourdie par les accusations de Ludwig, accusation que ne dément pas Ferdinand, elle ne sait quelle contenance adopter. Elle commence à comprendre la sollicitude dont Mariette entourait le jeune officier allemand.

C'est son fils Gontran.

Mais alors, c'est aussi mon petit-fils, se dit-elle.

D'un coup, ses rhumatismes ne lui font plus mal. Sachant que Mariette se trouve dans la maison avec Katrina, elle court les chercher. D'instinct, elle sait que leur vue calmera les deux hommes, et évitera des dérapages verbaux impossibles à rattraper.

Dès que Ludwig voit Mariette et Katrina, il les prend dans ses bras. Tous retiennent quelques larmes. L'émotion est si forte, qu'ils ne peuvent parler. Mariette, la première parvient à balbutier.

— Toi, c'est bien toi, mon Ludwig. Cyprien nous avait écrit avoir eu la visite de ton père lui annonçant ton décès. Si tu savais comme j'ai été malheureuse.

— Oui, dit Ludwig, j'ai moi aussi été très malheureux lorsqu'il m'a déclaré que toi et Katrina étiez mortes dans les bombardements du village en mille neuf cent quatorze.

— Pourquoi ? Reprend Mariette, pourquoi, tous ces abominables mensonges ? Ils ont brisé ma vie.

— Ils ont aussi brisé la mienne, dit Ludwig, je ne t'ai jamais oubliée, et je suis resté célibataire.

Mariette ressent dans ces mots comme une sorte de reproche voilé, elle éclate en sanglots.

— Je te croyais mort, mon Ludwig, et je voulais un père pour Katrina. Par la suite, lorsque Gontran m'a révélé que tu étais encore en vie, j'ai compris que c'est mon père qui avait combiné tout cela pour me marier à Monsegues.

— Je ne t'en veux pas Mariette, je suis heureux de vous retrouver toi et Katrina. Mais la situation n'est pas des plus simples. C'est la guerre. Une guerre que tous en Allemagne n'ont pas souhaitée, et que nous sommes en train de perdre. Si je m'en sors vivant, je reviendrai te chercher.

— Mais, Ludwig, reprend Mariette, je suis mariée, et j'ai un fils qui couvre de honte toute ma famille.

— Je suis au courant de tout cela, dit Ludwig, mais le divorce existe. Ton fils Lucien, je sais ce qu'il vaut, mes services sont suffisamment compétents pour me renseigner.

Pour l'instant, ce n'est pas lui, le problème. Le problème, c'est notre fille. C'est Katrina. Gontran m'a expliqué ses activités dans la résistance, les terroristes, comme se plaisent à le dire les gens de la Gestapo et de la Milice. Elle ne peut pas rester ici.

À ce moment, lassés d'attendre sans participer à la conversation Gontran et Armand, entrent dans la pièce. Les voyants, Ludwig se laisse aller.

— Voici donc le soldat français qui désire épouser ma fille.

Pris au dépourvu, Armand ne sait que répondre. Ce n'est pas la tenue qui l'impressionne, c'est l'homme qui la porte. Il émane de lui une assurance, une force tranquille. Ludwig lui tend une main qu'il s'empresse de saisir.

— Jeune homme, dit Ludwig, nos deux pays sont en guerre. Vous et moi sommes des soldats. Nous devrions nous battre. Mais grand Dieu, la cause nazie est injuste. Vous vous trouvez aussi en danger en restant en France. Il vous faut partir.

— C'est exact, si Lucien ne possède aucun indice sérieux pour faire accuser Mariette, sa propre mère, de complicité avec des résistants, il n'en est pas de même pour Katrina et moi-même. Il est urgent pour nous de changer de région.

— La fin est proche, révèle Ludwig, elle sera terrible et meurtrière. Je souhaite que ma fille soit loin de tout cela. Vous devriez passer en Algérie.

— Passer en Algérie, dit Armand, vous n'ignorez pas que les Américains y sont, et préparent une offensive. Si je vais en Algérie, je reprendrai les armes contre l'Allemagne.

— Je le sais, reprend Ludwig, le respect de ce devoir à l'égard de votre Patrie vous honore. J'espère simplement que le hasard ne nous mettra pas face à face, avec moi ou avec Gontran.

Oubliant sa rancœur à l'égard de Ferdinand, Ludwig suggère de leur faire passer les Pyrénées, puis, de là, rejoindre Gibraltar, enclave anglaise, d'où ils pourront rejoindre l'Afrique du Nord. La difficulté réside dans les moyens d'éviter la capture par la garde civile espagnole, et les camps d'internement où s'entassent les gens, qui comme eux, fuient l'occupation allemande, certains pour reprendre la lutte.

— Jusqu'à la frontière, dit Ludwig je peux obtenir des ausweis, mais après il faudra vous débrouiller.

Gontran, dès son arrivée, a remarqué la présence du grand-père d'Isabelle, en tant que réfugié espagnol.

— Nous pourrions demander ce qu'il en pense à votre ouvrier espagnol, et éventuellement solliciter son aide, en faisant appel à de possibles relations restées au pays.

Effectivement, Francisco a gardé des relations avec l'un de ses cousins plus jeunes que lui. Ce dernier est propriétaire d'une entreprise de transport de marchandises. Les Pyrénées franchies, il pourrait conduire Armand et Katrina jusqu'à la frontière anglaise à Gibraltar. En attendant, ils ne savent pas comment franchir les Pyrénées.

— Il faut trouver un réseau sérieux, dit Armand. Je pense pouvoir m'en charger. J'ai conservé quelques contacts avec un membre d'un réseau des Pyrénées, le même qui a assuré le passage de Peter, l'aviateur anglais.

Nous n'emporterons que nos cartes d'identité et les laissez-passer fournis, par Ludwig, et les détruirons sitôt pris en compte par les passeurs. De cette manière si la malchance fait que nous soyons arrêtés par la garde civile espagnole, nous fournirons de fausses identités. Il est à craindre que la police espagnole travaille avec les Allemands, et que ceux-ci n'exercent des représailles contre les familles restées en France.

Armand ne peut plus reparaître à la gendarmerie de La Réole, où il va être porté manquant. Il n'a pour toute fortune que les vêtements qu'il porte sur lui ainsi qu'une petite somme d'argent, nettement insuffisante pour les jours à venir. Mariette peut se rendre à l'appartement de fonction de Katrina pour y récupérer du linge et ses économies, insuffisantes, elles aussi.

— Ne cherchez pas davantage, les coupe Ferdinand, j'ai assez d'argent ici, à Mérigon pour vous permettre de faire face à toutes ces dépenses.

— Oui, reconnaît Armand, les passeurs ont aussi leurs problèmes et pour s'assurer des complicités, ils ont besoin de moyens.

— Il faut hâter cette opération, conseille Gontran, je suis considéré comme guéri de mes blessures, et je viens de recevoir l'ordre de me présenter à l'OKW à Berlin pour le sept février. Je ne peux me dérober à cet ordre, il est absolument nécessaire qu'Armand et Katrina soient partis avant. En effet, ma présence, chez vous, et elle seule, représente leur assurance vie. Il est à prévoir que Lucien finira par découvrir la vérité, à ce moment-là, rien ne pourra plus le retenir.

Par chance, depuis quelques jours, il se trouve à Bordeaux, où il surveille les activités de ses protégées.

À l'issue de cette discussion, Mariette regagne son domicile, la ferme des Glycines. À son arrivée, elle est horrifiée par le désordre qui règne dans la cour. Le cuvier est ouvert, les foudres ont été brisés, les barriques ont disparu. Alors qu'elle s'apprête à se rendre à l'habitation, des plaintes attirent son attention. Léopold est encore en vie.

— Mon Dieu, Albert ! Que s'est-il passé ?

Elle remarque alors que son mari est blessé, couvert de sang. Il n'a que le temps de lui murmurer. Ce sont les amis de Lucien qui ont fait ça. Il meurt dans ses bras. Terrassée par trop d'émotions en si peu de temps, Mariette sent sa raison chavirer. Elle ne peut compter sur aucun membre de sa famille pour la soutenir, sans lui faire courir de grands risques. Rassemblant tout son courage, c'est à Monsieur le maire de Saint Pierre d'Aurillac qu'elle fait appel.

Aux gendarmes venus aussi, elle rapporte les dernières paroles de son mari.

— Ce sont les amis de Lucien qui ont fait ça.

5

Armand et Katrina ont modifié leur aspect physique. Ils se sont donné rendez-vous avec Gontran sur le quai de la gare Saint Jean à Bordeaux. Il est hors de question de se rejoindre pour une dernière embrassade, mais, de loin, Gontran aplanirait les difficultés éventuelles, susceptibles de survenir. Lorsque le couple est monté dans le train de Bayonne, Gontran change de quai pour prendre un train qui lui part dans la direction opposée. Paris, puis de nouveau l'Allemagne et son régiment, ou peut-être, une nouvelle affectation, les divisions du Reich étant l'une après l'autre mises à mal.

Dans le train, Gontran laisse errer ses pensées. Sera-t-il de nouveau engagé sur le front de l'Est ? Il ne le sait pas. Comme il ignore où est stationnée son unité. Il doit pour cela se rendre en premier au siège de l'OKW à Berlin, où il recevra des instructions complémentaires, alors qu'il était plus simple de lui indiquer où se trouve la onzième Panzer, surnommée la division fantôme.

Reverra-t-il un jour cette sœur si tardivement retrouvée, et si rapidement reperdue ? Si la guerre lui laisse la vie sauve, lorsqu'elle sera terminée il reviendra à Saint Pierre d'Aurillac. Il y retrouvera cette famille déchirée, puis réunie de nouveau.

Lucien, quelle attitude adopter à son égard ? Bien que ce vaurien soit son demi-frère, il ne se sent aucune sympathie à son égard. Il faudra bien mettre les comptes à jour. Il est trop tôt pour envisager une solution. Et puis, qui gagnera cette guerre ? Les armées alliées, ou l'Allemagne. Les nouvelles du front de l'Est sont de plus en plus mauvaises. À la gare d'Angoulême, d'autres militaires viennent s'installer dans son compartiment. La conversation aussitôt engagée lui fait oublier la situation familiale.

***

Huit février mille neuf cent quarante-quatre. Marcel, Leport occupe un petit appartement rue de Bègles, presque à l'angle avec le boulevard. Il vit là en célibataire, sa femme et ses deux enfants sont partis dans la famille, à la campagne où la pénurie alimentaire se fait moins sentir qu'à la ville.

Pendant qu'il effectue son service à la gare, Lucien accompagné d'Henry et de Charles, s'est introduit dans l'appartement. À trois, ils ont vite fait de visiter la cuisine et la chambre qui le composent, ainsi que le cabinet de toilette. Tout est sens dessus dessous. Ils n'ont rien trouvé de compromettant.

— Merde alors ! S'exclame Henry. C'est chou blanc.

— À quelle heure il termine son service le Marcel ? Questionne Lucien.

— Sur le tableau de service, il finit à midi, déclare Charles.

— Dans une heure, dit Lucien en consultant sa montre. Il y a un bistrot en face, nous allons l'attendre en prenant l'apéro. Charles, toi qui le connais bien, tu vas le guetter.

Du pas de celui qui a la conscience tranquille, Marcel regagne son domicile.

— C'est lui, prévient Charles.

Arrivé sur le palier, Marcel constate que la porte n'est pas fermée, contrairement à son habitude. Il pousse doucement le battant. Le désordre à l'intérieur est révélateur. Il n'a pas besoin d'un dessin pour comprendre que la police ou quelqu'un d'autre est venu fouiller. Il ne prend pas la peine de rentrer. Il dévale l'escalier pour tenter de rejoindre la gare où il sait trouver de l'aide et une cachette. Sur le seuil de la porte de la rue, Lucien se dresse devant lui.

— Où courrez-vous comme ça ?

Marcel l'a reconnu du premier coup d'œil, ainsi que Charles et Henry. Il sait à quoi s'en tenir.

— J'ai été cambriolé, je vais chercher la police.

— La police ! Nous y allions aussi, ça tombe bien.

Coincé entre ces trois hommes aux sinistres réputations, Marcel ne peut s'échapper.

— Allons y ensemble, à la police, rajoute Henry.

Marcel sait bien qu'ils n'arriveront pas jusqu'au poste de police. C'est dans la cave du Chat Bleu, que Lucien et ses complices vont le conduire. Et là, il sait ce qui risque de se passer. Henry a été à bonne école avec les hommes de Dosche. Lucien est une créature du commissaire Poinson, et Charles est un mouchard qui se vend au plus offrant.

Il a peur de ne pas pouvoir résister à la torture.

— Allez ! En route, dit Henry en ouvrant la portière arrière gauche de leur voiture.

Confiant en leur supériorité numérique, Lucien s'est déjà installé au volant, Charles ouvre la portière droite et commence à s'installer.

C'est le moment se dit Marcel, pardon Marie, pardon les enfants vous n'aurez pas honte de votre père. D'un violent coup de tête, il éclate le nez d'Henry. Le temps que Lucien et Charles réagissent, il a plusieurs dizaines de mètres d'avance. Il court, il court à perdre haleine. Lucien a dégainé le pistolet qu'il porte en permanence sur lui depuis la disparition d'Antoine. Henry s'est lancé à sa poursuite.

— Merde, si je le flingue, il ne parlera plus, et puis ce con d'Henry s'est fichu derrière, en plein dans la ligne de mire.

Marcel s'essouffle, derrière lui les pas d'Henry se font plus précis.

— Arrête-toi ! Tu crois aller où comme ça ? Hurle Lucien.

Marcel sait bien où il va. Le pont qui enjambe les voies du chemin de fer à l'endroit où il passe sous la rue de Bègles n'est plus très loin. Henry est en train de gagner du terrain, Marcel sent son souffle derrière lui. Le pont n'est plus qu'à quelques mètres. Au-dessous, des cheminots sont occupés à réparer un aiguillage défectueux. Le remue-ménage a attiré leur attention. Marcel enjambe la rambarde, il s'apprête à sauter. Henry a réussi à le rattraper. La veste seule de Marcel reste dans sa main.

Des larmes plein les yeux, Marcel s'est laissé tomber en murmurant, pardon Marie, pardon, c'est pour la France.

Les cheminots se pressent autour du corps sans vie de leur camarade. Penchés par-dessus la rambarde, ils ont reconnu les poursuivants de Marcel.

— Ne le touchez pas, crie Lucien, je veux le fouiller.

Le temps qu'ils fassent le tour pour trouver un escalier qui les mène au lieu du drame, l'un des cheminots s'est discrètement éloigné. Il rejoint la rotonde où sont remisées et entretenues les locomotives.

— Ces fumiers ont tenté d'arrêter Marcel, il s'est suicidé en se jetant depuis le pont de la rue de Bègles.

— Il a parlé ?

— Non, je ne crois pas, cependant comme il travaillait en tandem avec Lydie, je pense qu'il faut la prévenir tout de suite.

— Je m'en occupe, toi, tu retournes là-bas essaye d'avoir des renseignements.

À son guichet, elle est occupée à renseigner un couple de personnes âgées lorsque la sonnerie du téléphone intérieur se fait entendre.

— Allô.

— Ne reste pas là, Marcel vient de se suicider pour échapper aux sbires de Poinson. Il a été dénoncé, il y a de fortes chances pour que tu le sois aussi.

Lydie, très maîtresse d'elle-même, ne cède pas à la panique.

— Excusez-moi, mais je suis obligée de m'absenter, voulez-vous passer au guichet de ma collègue.

En maugréant contre les mystères de la SNCF, le couple prend la queue au guichet voisin. Malgré l'urgence, Lydie s'éloigne d'un pas tranquille. Elle a souvent pensé qu'un jour elle serait dénoncée et arrêtée. Sitôt hors de la vue du public, elle presse l'allure. Il ne lui faut que quelques minutes pour rejoindre son vestiaire où une petite valise contenant quelques vêtements et documents personnels est prête.

Raymond est déjà là, il est venu à bicyclette depuis le dépôt de la rotonde.

— Ne retourne pas chez toi, as-tu de l'argent ?

— Ce que j'ai sur moi, mais je sais où aller, depuis le temps que Daniel me demande d'aller vivre avec lui, je crois que le moment est venu.

— C'est une bonne idée, ces petits fumiers ne viendront pas te chercher chez un policier.

— Je ne vais pas chez lui, précise Lydie, nous avions déjà prévu qu'au cas où je devrais me cacher, ce serait chez ses parents à Marmande. Il me rejoindra chaque fois qu'il le pourra.

— Alors, va-t'en vite, le bordeaux Agen de douze heures quarante-sept est sur le point de partir.

Le vestiaire des femmes n'est séparé de celui des hommes que par une mince cloison. Auguste Fintard est employé au nettoyage des bureaux et des locaux du personnel. Il vient de terminer son service et regagne les vestiaires des hommes pour changer de tenue et rentrer chez lui.

Des bruits de voix l'incitent à ne pas faire de bruit. Il est curieux Auguste, il aime bien savoir ce qui se passe et surtout, monnayer ses renseignements.

Il ne saisit que les derniers mots de Lydie, dans le cas où je devrais me cacher, ce serait chez ses parents à Marmande.

Il a parfaitement reconnu la voix de Lydie, son emploi les met souvent en présence l'un de l'autre. Par contre, il n'a pas reconnu la voix de l'homme qui l'invite à prendre la Micheline Bordeaux Agen qui est sur le point de partir.

La conversation prend fin sur ces dernières paroles. Lydie et l'homme se séparent.

— Rien, il n'a rien sur lui, à part sa carte de cheminot, et de la monnaie, il n'a rien, tempête Lucien.

— Ne perdons pas plus de temps à bavarder, dit Henry, parce qu'avec tout le raffut que nous avons fait autour de ce con de Marcel, l'autre souris elle risque de nous échapper.

Sans remarquer les regards, chargés de haines des cheminots qui s'activent autour de la dépouille de Marcel, ils se hâtent vers les guichets du hall de départ.

— Choux blancs, fulmine Lucien. Elle a été prévenue. Je suis sûr qu'il y a tout un réseau dans cette putain de gare.

447

— Le vestiaire, s'exclame Henry, il est possible qu'elle y soit encore.

— Tu as raison, approuve Lucien, elle est bien trop coquette pour partir sans rajuster sa coiffure, son chapeau débile ou son maquillage.

— On fonce, déclare Charles, je sais où se trouvent les vestiaires des femmes.

Il ne faut que quelques minutes à Lucien et ses sbires pour faire une entrée fracassante dans le vestiaire des femmes. Auguste Fintard de l'autre côté de la cloison termine de se changer de tenue. Tien, se dit-il, ça bouge chez les dames. Il reste calme, ne fait aucun bruit et attend la suite des événements pour connaître les causes de ce tapage.

— Trop tard, s'exclame Lucien, elle s'est déjà barrée.

— Ouais, on l'a dans le cul, reconnaît Henry.

— Dépêchons-nous d'aller chez elle, propose Charles.

— On ne sait même pas où elle habite, se lamente Lucien. Le temps de se renseigner, elle aura fichu le camp depuis longtemps.

Depuis le vestiaire des hommes, Auguste Fintard a reconnu les voix de Lucien et des deux autres. Il sait à quoi s'en tenir sur le trio.

— C'est la fille du guichet que vous cherchez, dit-il en les rejoignant ?

— Ouais affirme Lucien. Tu sais où elle habite ?

— Ouais, je le sais, elle habite au quartier de La Bastide, derrière la caserne Niel, une petite cité. Mais vous ne la trouverez pas.

— Comment on ne la trouvera pas ?

— Non, elle s'est barrée. Mais par contre, je sais où elle va.

— Magne-toi ! Bordel, s'emporte Henry.

— Doucement les gars, tempère Auguste. Toute peine mérite salaire. J'ai quoi en échange du tuyau ?

— Une balle dans la tête si tu ne te dépêches pas, répond Lucien en exhibant son pistolet ?

— Tu ne ferais pas ça, dit Auguste pas rassuré malgré tout.

— Magne-toi, insiste Lucien, on n'a pas le temps, tu n'auras qu'à aller au Chat Bleu, te vider les couilles.

— Comme ça, c'est mieux, soupire Auguste. Elle est partie à Marmande par la Micheline de douze heures quarante-sept, chez quelqu'un qui doit la cacher.

Lucien reprend espoir.

— Tout n'est pas perdu, on va la faire arrêter à Langon par la Milice.

Comment c'est, son nom de famille, demande Charles ?

— Mollet, répond Auguste, Lydie Mollet.

Lucien, suivi d'Henry et de Charles se précipite au poste de police pour donner des instructions aux miliciens restés à Langon.

Personne ne s'aperçoit qu'au cours de la conversation téléphonique, l'un des inspecteurs s'est éclipsé par la porte de derrière. Lorsqu'il revient quelques minutes plus tard, il rajuste ses vêtements comme s'il revenait des toilettes.

Lucien repose le combiné téléphonique sur son socle.

— Dépêchons-nous, ils vont la coincer à Langon.

Ils se précipitent pour rejoindre la Citroën stationnée devant la gare. Ils n'ont pas parcouru cent mètres, que tout à coup, la voiture commence à faire un bruit bizarre puis s'affaisse sur ses jantes, deux pneus crevés. Une poignée de clous jetée sous chaque roue a fait le travail.

— Je suis sûr, qu'il y a tout un réseau de terroristes dans cette gare tempête Lucien.

— En attendant, on est dans la merde, constate Charles, le temps de réparer on n'est pas encore à Langon.

— Surtout avec les routes pourries que nous avons, rajoute Henry.

***

— Je pense qu'on va bien rigoler, dit le milicien Gilles Capron, en reposant le combiné téléphonique sur son socle.

— Que se passe-t-il ? Interroge son collègue Delphin Murot.

— C'est Lucien qui nous demande d'arrêter une souris répondant au nom de Lydie Mollet. Elle est dans le bordeaux Agen qui s'arrête à Langon à treize heures cinquante.

— Et comment on la reconnaît ? S'inquiète Delphin Murot.

— C'est une belle gonzesse, dans les vingt, vingt-cinq ans, brune aux yeux bleus, toujours bien sapée, elle a toujours un chapeau.

— Ouais, on va appeler les autres pour être sûr de faire tous les wagons avant que le train reparte.

— Le train, il repartira quand nous aurons fini, déclare Gilles Capron.

Au départ de Bordeaux, le contrôleur a de suite compris que Lydie avait un problème.

— Ne reste pas avec les autres voyageurs, on ne sait jamais avec qui l'on se balade.

— Oui, je suis d'accord, mais je n'ai pas le choix. J'ai été dénoncée.

— Sans doute cette ordure de Charles, un de ces quatre, on finira par lui faire la peau. Attends-moi ici, je vais voir ce que je peux faire.

La Micheline type 33, est équipée de deux postes de conduite, un à l'avant et l'autre à l'arrière, après s'être assuré que la voiture de queue était vide, il revient chercher Lydie.

— Viens, tu vas te planquer dans le poste de conduite arrière. Surtout, ne touche à rien, assis toi sur le plancher que personne ne puisse te voir. Si par hasard il y a du grabuge, tu pourras descende directement sur le quai, en faisant bien attention à ne pas te faire remarquer. Pendant ce temps, je sèmerai la zizanie au maximum, de plus je vais condamner l'accès à la dernière voiture.

Malgré son désir de ne pas tacher ses beaux vêtements, Lydie n'a que la solution de voyager assise sur sa valise comme seul siège. Elle a ôté son élégant chapeau et s'est coiffée d'une casquette de cheminot qui se trouvait sur le tableau de bord du poste de conduite. C'est plus prudent.

De temps en temps, lorsque la Micheline traverse une gare elle jette un rapide coup d'œil par la vitre de la portière.

À l'approche de Langon, le train ralenti pour s'arrêter en gare. Lydie se sent mal à l'aise, elle sait, comme tous les cheminots du réseau fer, que c'est le fief de Lucien

Monsegues, celui-là même qui tente de l'arrêter. Elle se fait toute petite dans la cabine de conduite.

Lorsque la Micheline entre en gare, les miliciens de Lucien sont déjà sur le quai. Ce déploiement de force n'a pas manqué d'attirer l'attention du chef de gare. À peine la rame immobilisée, par équipe de deux ils se précipitent dans les voitures.

— Que se passe-t-il encore ? Hurle le contrôleur de manière à être distinctement entendu par Lydie.

Elle a compris le raffut du contrôleur, elle ne bouge pas d'un millimètre.

— Contrôle de police, répond Gilles Capron, il y a une terroriste dans ce train.

— Une terroriste ! Vous n'y pensez pas ? S'exclame le contrôleur faisant barrage à l'accès de la dernière voiture.

— Bien sûr que si, que j'y pense, poussez-vous de là. Pourquoi la porte de cette voiture est fermée ?

— Simplement parce qu'elle est vide.

— Ouvrez quand même, je veux voir.

À contrecœur, il lui ouvre la portière. D'un seul regard Gilles Capron constate qu'il n'y a pas de voyageur.

— Alors, vous voyez bien qu'il n'y a personne.

— Et la porte au fond ?

— C'est le poste de conduite et pour l'instant, nous allons vers Agen, alors mon collègue il est devant.

D'autorité, il referme la porte et mine de rien repousse les deux miliciens vers la voiture suivante.

Pendant ce temps, le chef de gare a ouvert en grand la porte de la lampisterie qui se trouve en bout du bâtiment. Tous les miliciens sont dans les voitures, à vérifier les papiers des jeunes femmes, pouvant correspondre au signalement de Lydie. Cette dernière a compris qu'il faut faire vite. Lorsque les miliciens auront vérifié toutes les voitures, il se pourrait bien que celui qui voulait visiter le poste de conduite arrière revienne à la charge.

Elle n'a pas le choix, il ne faut plus attendre. Prudente, elle risque un œil par la portière. Elle rencontre le regard du chef de gare. D'un signe de tête, il lui fait signe que la voie est libre. C'est le moment, elle ouvre la portière, elle a enlevé

451

ses chaussures pour ne pas que les semelles claquent sur le quai. D'un bond, elle descend, sa valise d'une main, ses chaussures et son chapeau de l'autre. Le chef de gare lui désigne du doigt le local de la lampisterie. Il ne lui faut qu'une fraction de seconde pour s'y engouffrer.

D'un geste naturel, il repousse la porte de la cabine, puis donne un tour de clé à celle de la lampisterie.

— Putain, mais où il a eu son renseignement, le Lucien. Elle n'est pas là cette femme. Ou alors, elle était planquée quelque part et elle s'est barrée.

— Le poste de conduite arrière ? Demande tout à coup Gilles Capron. Ouvrez-le !

Les odeurs d'huile, de graisse de ferraille surchauffée masquent totalement le parfum de Lydie.

— Ce con de Lucien va encore nous péter un plomb, conclut Delphin Murot, pendant que la Micheline redémarre.

— Aller, on se barre, déclare Gilles Capron.

Dans la pénombre de la lampisterie, Lydie prend son mal en patiente. Elle a entendu l'un des miliciens dire aux autres, aller on se barre, mais son sort est entre les mains du chef de gare.

L'attente commence à lui peser, lorsque enfin la porte de la lampisterie s'ouvre pour la libérer. La lumière crue lui pique un peu les yeux.

— Vite, ils sont partis, mais rien ne dit qu'ils ne vont pas revenir.

Lydie ne se fait pas prier, elle époussette sa belle robe, et rajuste son chapeau.

— Ouf, je commençais à étouffer là-dedans.

— Dépêchez-vous, le contrôleur m'a expliqué qui vous êtes, vous ne pouvez pas rester à Langon, avec ce salopard de Lucien qui risque de rappliquer d'un moment à l'autre.

Derrière le guichet de vente des billets se trouve une petite salle, où les cheminots peuvent prendre leur repas ou effectuer des tâches administratives entre deux trains. Mathéo s'y trouve déjà avec tout un assortiment de vêtements féminins plus ou moins défraîchis.

D'un œil expert il évalue les mensurations de Lydie, il a vite fait de sélectionner dans son déballage ceux correspondants à sa taille.

— Dépêchez-vous de vous changer, vous ne pouvez pas rester avec ces vêtements qui vous dénonceront à coup sûr.

Lydie, revêt une robe toute simple, sur laquelle elle passe un tablier comme ceux que portent toutes les ménagères, et dissimule ses cheveux sous un foulard qu'elle noue sur sa nuque.

Le temps presse. Mathéo frappe à la porte.

— C'est fini, dit Lydie, vous pouvez entrer.

— Il y a encore une chose, vos yeux.

De l'intérieur de l'un des informes sacs qu'il a apportés, Mathéo retire une paire de lunettes noires.

— Bon, ça ira !

— Et maintenant, questionne Lydie, que fait-on ?

— Pour le moment, nous allons chez moi, ma femme s'occupera de vous. Dites-vous bien que votre signalement a été transmis aussi à la police allemande de Marmande ainsi qu'à la Milice. Mathéo fait disparaître les vêtements retirés par Lydie dans l'un de ses sacs, lui tend un panier en osier d'où dépassent quelques topinambours puis rajoute, en route.

— C'est fichu pour reprendre le train, déplore Lydie.

— Ouais, c'est fichu, mais ne vous inquiétez pas, dès que possible nous vous ferons conduire en voiture.

Pendant ce temps, Lucien et ses deux complices arrivent à la maison des jeunes où il était prévu de retenir Lydie dans la cave pour l'interroger.

— Comment, vous ne l'avez pas trouvée ? Vous n'êtes que des bons à rien. Je suis sûr qu'elle est planquée dans la gare. C'est tout un réseau ces cheminots. Dépêchez-vous, nous y allons avant qu'il ne soit trop tard.

Devant le café de la gare, Lucien manque de justesse de renverser la carriole du Gueillous. Il ne prête aucune attention à cette paysanne, mal habillée, porteuse d'un panier de légumes qui chemine quelques pas en arrière.

***

À son arrivée à Oran le vingt et un septembre mille neuf cent quarante-deux, Hans, est affecté au deuxième régiment de chasseurs d'Afrique. Cette unité vient d'être équipée de chars Somua S.35 en renfort des R35, peu performants. C'est néanmoins sur ceux-là qu'il complète sa formation. Les automitrailleuses de l'escadron de reconnaissance sont de vieilles Withe Laffly à bout de souffle, techniquement largement dépassées.

Le huit novembre mille neuf cent quarante-deux après quelques escarmouches faisant de nombreuses victimes, les Américains débarquent en Algérie et au Maroc.

De novembre mille neuf cent quarante-deux à mars mille neuf cent quarante-trois, il participe à la campagne de Tunisie, puis, le régiment regagne son quartier dans la région d'Oran.

Le Maréchal de Lattre de Tassigny a pris le commandement de la première armée. Au mois de mars il établit une école de formation des cadres à Douera, à proximité d'Alger. À sa sortie, Hans a gagné ses galons d'adjudant.

La plus grande partie de l'année mille neuf cent quarante-trois se passe en manœuvres diverses. Depuis le mois d'avril, la tenue coloniale a été remplacée par des équipements américains.

Au mois d'août, le deuxième régiment de chasseurs d'Afrique est scindé en deux et donne naissance au deuxième régiment de cuirassier, Hans y est affecté au premier escadron, et prend le commandement du quatrième peloton. Au mois de septembre ce régiment est équipé de chars Sherman. De nouveau, une période de prise en main s'impose.

***

Berlin, le sept février mille neuf cent quarante-quatre, siège de l'OKW. Il est arrivé depuis une heure, et personne encore ne s'est soucié de sa présence. Ce n'est qu'à dix heures, qu'un planton vient le chercher.

— Commandant Gontran Von Querbecke ?

— Oui.

— Veuillez me suivre, le chef d'État-major va vous recevoir.

Rien que ça, le chef d'État-major, s'inquiète Gontran.

Il suit le planton le long d'un couloir, puis s'arrête devant une porte sur laquelle ne figure aucun nom. Il appuie sur un bouton, et une lumière verte indique qu'il peut entrer.

Le bureau est vaste, de suite Gontran remarque que la fenêtre qui donne sur une cour intérieure est protégée par de solides barreaux.

Il claque les talons et se présente de manière réglementaire.

— Repos Von Querbecke, asseyez-vous, dit-il.

Deux vastes fauteuils font face.

— Vous vous demandez sans doute pourquoi nous vous avons fait venir à Berlin, alors qu'il était plus simple de vous adresser votre ordre d'affectation par les voies habituelles.

— C'est exact mon général.

— Eh bien, c'est vous qui allez servir de facteur aujourd'hui.

Gontran comprend tout de suite qu'il s'agit de faire parvenir à un quelconque général, des documents qui en aucun cas ne doivent s'égarer en cours de route.

— À vos ordres mon général.

— Nous allons vous remettre une mallette contenant des documents particulièrement sensibles. Ils sont destinés au général Von Rundstedt. Vous savez qu'il commande toutes les troupes de la Wehrmacht au sud de la Loire. Il a installé son quartier général à Rouffiac à côté de Toulouse.

— Je le sais mon général.

— Cette mallette sera reliée à votre poignet par une chaînette, la clé du bracelet ainsi que celles qui ouvrent la mallette, lui ont été adressées par la voie normale.

— Je n'ai pas l'intention de l'ouvrir mon général.

— Je n'en doute pas Von Querbecke, vous seriez bien mal avisé de tenter de le faire, car elle exploserait aussitôt, il en est de même si quelqu'un tentait de couper la chaînette.

Gontran se rend compte que le privilège de servir de facteur n'est pas sans danger. Il n'a pas le choix.

— Quand dois-je partir ?

Le général consulte sa montre.

— Dans une heure, nous avons juste le temps de fixer cette chaînette à votre poignet.

Le général presse un bouton, et un officier pénètre dans le bureau porteur de la mallette, le bracelet est fermé autour du poignet gauche de Gontran.

— Voilà qui est fait, dit le général, en pressant de nouveau sur un bouton.

Quatre hommes en civil entrent à leur tour dans le bureau.

— Vous ne voyagerez pas seul Von Querbecke ces gens vont veiller sur votre sécurité. Ne vous inquiétez pas pour vos bagages restés à l'hôtel, ils ont été récupérés et se trouvent déjà dans l'avion.

Une question reste à régler.

— À l'issue mon général quelle sera mon affectation ?

— Vous en serez informé à votre arrivée, le général Von Rundstedt vous renseignera.

— Pardonnez-moi, mon général, je souhaite formuler une requête.

Le général se raidit dans son fauteuil, une requête, que peut bien prétendre obtenir un petit commandant se dit-il. Il réplique sur un ton cassant.

— Je vous écoute Von Querbecke, soyez bref, de quoi s'agit-il ?

— Je désire que me soit maintenu le caporal Muller, Manfred, resté à Langon, en qualité de chauffeur et ordonnance.

Le général laisse passer une seconde, puis se remémore le dossier de Gontran, qu'il a sérieusement épluché.

— Accordé, dit-il, il esquisse l'ombre d'un sourire et rajoute, il était déjà votre pilote de char sur le front de l'Est.

— C'est exact mon général.

Le général se lève l'entretien est terminé. Encadré par les quatre hommes, Gontran est dirigé vers une Mercedes stationnée dans la cour. Ils s'y engouffrent sans prononcer le moindre mot.

À l'aéroport de Berlin, un JU52 les attend, les moteurs tournent au ralenti. La voiture stoppe devant les quelques marches de la passerelle. En moins d'une minute, tous ont embarqué, il est onze heures. À l'intérieur, l'aménagement laisse supposer qu'il est habituellement utilisé par un personnage de haut rang. Tout est prévu pour le voyage la nourriture et les boissons sont abondantes. Au cours du déjeuner la conversation est limitée au strict nécessaire.

Les capacités de franchissement de l'appareil, ne lui permettent pas d'effectuer le voyage d'une seule traite. Après plus de trois heures de vol, il se pose à Strasbourg. À part le pilote et le copilote, pour les besoins techniques du vol, personne n'a prononcé le moindre mot.

— Je voudrais descendre sur le tarmac me dégourdir les jambes, déclare Gontran.

La réponse claque nette de la part de celui qui semble commander le groupe.

— Niet, absolument interdit.

Gontran se rassoit, ceux-là, font certainement partie du service de renseignements de l'Abwehr. Celui qui lui a refusé la sortie sur le tarmac est certainement un officier supérieur. Ces gens-là sont dangereux.

Déjà autour de l'avion un personnel nombreux s'active, les vérifications d'usage et le plein des réservoirs ne demandent qu'une heure. Lorsqu'il décolle, il est à peine quinze heures trente. En février, la nuit tombe de bonne heure, à vingt heures, il fait nuit noire à Toulouse, lorsqu'il arrive au terme de son voyage. Sitôt qu'il est immobilisé en bout de piste une voiture de commandement vient se garer au bas de la passerelle.

Gontran s'est levé et s'apprête à descendre. De nouveau il est bloqué. Deux des hommes descendent en premier. Ils échangent quelques mots avec les occupants de la voiture, puis lui font signe de les rejoindre. Aussitôt elle démarre. Il n'est pas fâché d'être débarrassé de ses sinistres compagnons de route.

À Rouffiac, il est directement conduit au bureau du général Gerd Von Rundstedt.

— Il y a plusieurs jours que j'ai reçu ces petites clés, voyons si elles parviennent à vous libérer sans nous faire exploser.

Gontran conserve son calme, il n'a pas d'autre solution en présence de son supérieur.

Avec un léger déclic, le bracelet de son poignet cède.

— Le reste ne vous concerne pas, du moins pas pour le moment, Von Querbecke.

— Dois-je me retirer mon général ?

Une enveloppe en fort papier marron se trouve sur le bureau de général. Il la remet à Gontran.

— Voici votre ordre d'affectation, vous pouvez disposer et aller vous restaurer.

Dans la chambre mise à sa disposition, il ouvre l'enveloppe. Il retrouve son unité, la onzième panzer division, durement éprouvée sur le front de l'Est, se trouve actuellement en réserve générale dans le Sud-Ouest. Sous le commandement de généralleutnant Wend Von Wietersheum, ses régiments sont dispersés entre Toulouse, Albi et Carcassonne.

Dans son bureau, le général Gerd Von Rundstedt ouvre la mallette. Elle contient les directives concernant la défense du sud de la France et le renforcement des protections de la côte méditerranéenne dans la crainte d'une invasion alliée imminente, mais aussi hélas, que d'autres unités lui sont encore retirées pour rejoindre la Normandie.

6

Le train de Bayonne arrive à destination. Il reste maintenant à prendre contact avec le correspondant du réseau. Il s'agit d'un bar restaurant situé rue des Cordeliers, dans la vieille ville, à proximité de la citadelle. Armand et Katrina n'ont pas beaucoup de peine à le dénicher.

Après avoir échangé le mot de passe pour se faire reconnaître, ils sont conduits dans une chambre où ils peuvent enfin se reposer.

— Vous êtes en sécurité ici, ne vous occupez plus de rien, ne vous montrez pas à la fenêtre, et encore moins en ville.

— Vous pensez que nous devrons attendre longtemps, dit Armand ?

— Je n'en sais rien, dit l'hôtelier, mais n'ayez aucune crainte, le réseau est parfaitement organisé. Vous passerez les Pyrénées lorsqu'ils auront choisi le moment propice. En attendant, reposez-vous. Dans un moment, je vous porterai de quoi vous restaurer.

— Ouf, lâche Katrina, on va pouvoir dormir sans crainte d'être arrêtés par la milice.

— Ton frère, j'ai bien peur qu'à la fin de la guerre, car il faudra bien qu'elle ait une fin et que nous la gagnerons, il faudra qu'il rende des comptes.

La conversation est interrompue par l'arrivée de l'hôtelier porteur de victuailles. Il précise.

— De l'autre côté, vous serez confiés à un réseau basque espagnol. De là, le cousin de Francisco vous acheminera jusqu'à la frontière de Gibraltar à bord de l'un de ses camions. Après, à vous de vous débrouiller pour gagner le Maroc ou l'Algérie.

Armand et Katrina restent deux jours seulement à Bayonne, et sont acheminés dans la région d'Ascain, à quelques pas de la frontière, où de nouveau il leur faut patienter quelques jours. Le temps est bouché, les conditions pour passer la montagne sont beaucoup trop précaires.

Ils sont comme à Bayonne dans un café-restaurant. Ils sont hébergés dans une chambre sommairement aménagée dans le grenier de l'établissement, où ils prennent leurs repas. Ils se sont procuré des vêtements chauds et des chaussures adaptées à la marche en montagne.

— C'est pour ce soir, lorsqu'il fera nuit dit, la jeune fille qui chaque jour leur porte le repas.

— Enfin lâche Armand, cela fait trois jours que nous sommes là à ne rien faire et cela commençait à me peser.

— Espérons que tout se passe bien, rajoute Katrina.

À l'heure dite, on vient les chercher. Le guide est dans la cuisine, c'est un robuste montagnard, coiffé d'un béret, et à l'accent chantant.

— Vous m'appellerez Inaquy, vous n'avez pas besoin de connaître mon vrai nom.

— Ce n'est pas un problème approuve Armand.

— Alors en route.

Des bicyclettes, semblent les attendre appuyées contre le mur du restaurant. Pendant plus de deux heures, ils pédalent derrière leur guide. Si Inaquy ne semble pas souffrir dans les montées, ce n'est pas le cas d'Armand et Katrina. Leur calvaire prend fin aux abords d'une grosse ferme. Sans hésiter ils s'engouffrent dans la grange dont les portes sont aussitôt repoussées par ceux qui attendaient leur arrivée.

— Nous allons rester là jusqu'à ce que l'on nous fasse signe. Vous voyez en face de la ferme, il y a un pont.

— Vu, approuve Armand.

— Vous le franchirez un par un, seulement à mon signal. On se retrouve dans la grange qui se trouve sur votre gauche après le premier coude du chemin. La porte n'est pas fermée à clé, il suffit de pousser.

Ce soir-là, ils ne sont que tous les deux à passer, cela facilite sérieusement l'opération. Depuis quelques minutes, Inaquy scrute le pont. Lui seul semble y voir quelque chose

460

qui échappe à Armand et Katrina. Soudain, un gros chien Patou traverse le chemin.

— C'est le moment, dit-il.

Aussitôt, sans se presser Armand quitte la ferme. Le pont n'est qu'à quelques mètres. Ils sont vite franchis. Restée en arrière, Katrina sent son cœur s'emballer. Et si c'était un piège, n'allaient-ils pas être immédiatement arrêtés en arrivant dans cette grange ?

Armand est arrivé à la hauteur de la grange. C'est une vieille bâtisse trapue à la toiture couverte de lauzes. Le chien Patou le précède à faible distance. Comme prévu, la porte n'est pas fermée à clé. L'intérieur est faiblement éclairé par la lune au travers de deux petites fenêtres. Elle est encombrée d'outillages divers. Dans la pénombre, une silhouette se détache

— Ne parlez pas. Je renvoie Bouba.

Un son bizarrement sifflé sort de ses lèvres. Aussitôt le chien fait demi-tour, puis traverse le chemin où il attend patiemment.

— C'est à vous, ordonne Inaquy. Ne courez pas, marchez normalement.

À son tour, Katrina passe le pont, au détour du chemin Bouba lui emboîte le pas jusqu'à la porte de la grange. De nouveau, le même son est modulé dans la pénombre. Bouba repart. Quelques minutes plus tard, Inaquy pousse à son tour la porte de la grange. Il porte un grand sac à dos rempli de marchandises diverses. Armand a de suite compris qu'il rentabilise le déplacement par de la contrebande avec l'Espagne.

— Il faut bien vivre, explique Inaquy.

— Je comprends ça, dit Armand.

— La nuit n'est pas totalement noire, aussi vous allez me suivre à quelques mètres, surtout ne parlez pas. Dans la montagne le moindre son porte très loin. Attention aussi, à ne pas faire rouler des pierres.

Après deux heures de route, ils arrivent à une bergerie dans la montagne. Là, Inaquy leur remet un bâton de marche.

— Vous en aurez besoin pour mieux vous tenir sur les pentes montagneuses.

— Oui, approuve Armand, il nous sera utile.

Katrina s'est assise sur une grosse pierre pour reprendre son souffle.

— Nous ne sommes pas très loin de la frontière, mais le chemin est difficile. Nous avons une petite vallée à traverser, puis l'autre versant à gravir.

— Dépêchons-nous, il faut passer la frontière avant le lever du jour.

Sans plus attendre, Inaquy se remet en route, Armand et Katrina, suivent à quelques pas derrière lui.

La traversée de la vallée ne pose pas de problème majeur, par contre la pente opposée est très abrupte. Les dernières centaines de mètres sont très pénibles, et à chaque pas, ils craignent de tomber dans un ravin. Heureusement, leur guide est très expérimenté. Arrivés au sommet, ils se dissimulent dans un petit bosquet de hêtres. Inaquy module entre ses lèvres, le même son bizarre que l'autre homme avec son chien. Quelques secondes plus tard, le même son leur parvient de derrière un amas de rochers.

— C'est bon, dit Inaquy, l'espagnol est là.

Au même moment, un homme se dresse à leur côté. Il n'a fait aucun bruit. Lui aussi est porteur d'un gros sac à dos qu'il échange avec celui de Inaquy. Après une brève inspection de leur contenu. Chacun le replace sur son dos.

— Vous n'avez pas besoin de connaître le nom de mon camarade, de toutes les manières il ne parle que le basque et l'espagnol.

— Il est sûr ? S'inquiète Katrina.

— Comme de moi-même, la rassure Inaquy. La frontière se trouve au fond de la vallée en contrebas. Vous n'avez qu'à suivre mon ami. Dépêchez-vous, il vous attend.

Armand et Katrina emboîtent le pas de l'espagnol, ils descendent et suivent une petite rivière qu'ils traversent sur un léger pont de bois. De l'autre côté, ils poursuivent le long de la rivière jusqu'à une cabane de forestier. Ça y est, ils ont passé la frontière.

En portant ses deux mains jointes sur le côté de son visage, le guide leur fait comprendre que c'est là qu'ils vont devoir se reposer, et attendre d'être pris en compte par un passeur. Puis, sans dire un mot de plus ni faire un geste d'explication, il se remet en marche et disparaît rapidement à leur vu.

L'aube affleure timidement le sommet des montagnes, le paysage est magnifique, la porte de la cabane est ouverte. Tout semble aller bien. Ils s'installent comme ils le peuvent. Le confort est des plus modeste, mais qu'importe. Après s'être restaurés avec les provisions qu'ils ont emportées avec eux, dans les sacs à dos, Armand et Katrina gravissent l'échelle qui conduit à une espèce de grenier rempli de paille, et s'accordent quelques heures de sommeil en attendant le nouveau guide.

En milieu de matinée, ils sont réveillés par des bruits de voix. Méfiant, car jusqu'à maintenant le plus grand silence était de rigueur, Armand risque un œil par un petit fenestron qui donne un peu de jour à leur lit improvisé. Aussitôt, il se retire et impose silence à Katrina. Il s'agit d'une patrouille de quatre policiers de la garde civile qui se dirige vers la cabane. Ils n'osent plus faire le moindre geste, à peine respirer. Au moment où celui qui semble être le plus gradé ouvre la porte de la cabane, plusieurs coups de feu retentissent de l'autre côté de la rivière. Aussitôt, avec des exclamations et des jurons bien sentis, la patrouille s'élance en direction des coups de feu. Armand et Katrina poussent un soupir de soulagement. Mais désormais, il est dangereux de rester dans la cabane. Après avoir attendu quelques minutes que la patrouille de la garde civile disparaisse, ils redescendent et se préparent à quitter les lieux. C'est à ce moment que la porte de la cabane s'ouvre violemment. Un homme entre et les presse de venir, il s'agit du passeur espagnol.

— Vite, ne restons pas là.

Armand et Katrina ont déjà repris leur sac à dos. Sans plus réfléchir, ils s'élancent à la suite de l'espagnol. Dans un français approximatif, il explique en cherchant ses mots.

— Vous pouvez m'appeler Juan, ce n'est pas mon vrai nom, dit-il. Nous travaillons toujours à deux hommes, mais séparément, comme cela si une patrouille de la garde civile survient, nous tirons un ou deux coups de feu pour les entraîner à la poursuite d'un leurre.

Après quelques minutes de marche rapide, ils se trouvent à l'abri d'un sous-bois. Ils reprennent une allure normale.

— Mon camarade va les promener pendant une demi-heure environ, pendant ce temps ils nous fichent la paix.

— Votre camarade ne risque pas de se faire prendre ? Craint Armand.

— Il n'y a aucune chance, Pedro est un vrai renard et connaît la région mieux que personne.

Après plus d'une heure de marche, le groupe arrive en lisière d'un petit village de bûcherons où Pedro, hilare du bon tour joué à la patrouille, les attend déjà. Juan les fait se dissimuler dans une grange et part voir si tout va bien. Au bout d'une demi-heure environ, il revient au volant d'une camionnette. Lorsqu'ils sont installés dans le véhicule, ils prennent la direction de Pampelune.

Le premier camion qui doit les prendre en charge effectue actuellement un chargement de charbon de bois dans cette ville. Il leur faut traverser l'Espagne du nord au sud pour se rendre à Gibraltar.

Ce n'est qu'à la mi-février mille neuf cent quarante-quatre, qu'Armand et Katrina, pour, de camion en camion, de chargement de charbon de bois en chargement de denrées diverses, atteignent la mer Méditerranée. Katrina parle suffisamment l'anglais pour se faire comprendre et expliquer aux autorités de Gibraltar, leur intention de rejoindre l'Afrique du Nord pour intégrer les forces françaises libres.

***

Ils débarquent à Oran le vingt et un février mille neuf cent quarante-quatre. Ils se rendent directement chez l'oncle Étienne. Heureux de les savoir hors de portée de Lucien, il écoute avec beaucoup d'intérêt le récit des événements survenus depuis leur départ.

Par un heureux concours de circonstances, la présence de Gontran a permis qu'ils ne soient pas pris par la Milice.

— J'ai toujours soupçonné Ferdinand d'avoir dissimulé certains faits survenus lors de la dernière guerre, mais manquant d'élément, et soucieux de ne pas me mêler des affaires des autres, je n'ai pas cherché plus loin.

— Avez-vous des nouvelles d'Hans, demande Armand.

— Oui, bien sûr, dès notre arrivée à Oran, nous avons écrit à Ferdinand pour lui donner notre adresse. Lorsque Hans est arrivé en septembre quarante-deux, comme vous d'ailleurs, il n'a eu aucune peine à nous trouver. Depuis, il nous rend visite à chaque fois qu'il peut se libérer.

— Nous pourrons sans doute le voir, dit Katrina.

— Sans doute, car si j'ai bien compris, Armand va se faire incorporer dans l'armée d'Afrique, mais toi, il est hors de question que tu ailles te faire héberger ailleurs que chez nous.

***

Armand dès le vingt-trois février mille neuf cent quarante-quatre, se présente au commandement militaire d'Oran. Il est incorporé avec son grade de sous-officier dans la première armée française du général de Lattre de Tassigny. Lui aussi doit partir pour la France. Il est affecté au quartier Mangin, casernement du deuxième régiment de chasseurs d'Afrique.

Deux jours plus tard, il est convoqué au bureau du colonel commandant le régiment.

— Je viens de consulter votre dossier, chef Duclot. Je constate que vous avez déjà une solide formation militaire dans la gendarmerie.

— C'est exact mon colonel.

— Et bien, votre place n'est pas chez les Chasseurs d'Afrique.

— Je suis venu en Algérie pour reprendre le combat contre l'envahisseur allemand, se justifie Armand.

— Certes, certes, dit le colonel. Mais je vois aussi que vous avez fait de la résistance.

— C'est exact mon colonel.

— Alors, vous allez continuer à en faire.

Dès le lendemain, Armand est affecté à une unité spéciale où il subit une formation accélérée, en vue de rejoindre la résistance en métropole. Outre la pratique du saut en parachute sous toutes ses formes, il reçoit une instruction sur l'usage de nouveaux explosifs.

***

Les époux Chaberchteim ont trouvé un appartement à quelques pâtés de maisons, dans la même rue que Etienne Worms. Madeleine, continue à fréquenter ses beaux-parents, aussi peinés qu'elle d'avoir appris la mort d'Alfred. Grâce à l'appui de sympathisants communistes d'Oran, elle a trouvé un emploi, au terrain d'aviation de, La Sénia, elle est affectée au secrétariat.

L'ambiance de travail relativement détendue, la bonne humeur des jeunes gens, peu à peu, lui a remonté le moral. De temps à autre, il lui arrive de sourire à leurs plaisanteries. Il faut dire que les Européens d'Afrique du Nord, les pieds noirs, ont perdu l'habitude de voir une jeune femme si blonde et à la peau si blanche. En effet, les Alsaciens et Lorrains, qui en mille huit cent soixante et onze se sont réfugiés en Algérie pour fuir l'occupation prussienne, s'ils ont conservé en partie la blondeur de leur chevelure, ont acquis un hâle de l'épiderme. Ce qui n'enlève rien à la beauté des femmes.

Lorsque, informé par ses parents, le voisinage a appris la façon dont Madeleine a perdu son mari et son fils, elle a été l'objet de toutes les sollicitudes de la part des personnes plus âgées, principalement des femmes espagnoles, très attachées à la famille. Lorsque après sa journée de travail, elle regagne le domicile de ses parents, rue d'Arzew, beaucoup lui témoignent de la sympathie.

Doucement, elle enfouit sa peine au fond de son cœur. Elle se ment à elle-même, car à la moindre occasion, au moindre mot, les larmes lui montent aux yeux. Même la présence de Katrina, si elle lui apporte du réconfort, présente l'inconvénient de lui rappelle ces jours maudits où Lucien a tué son fils et plus tard, l'arrestation de son mari, abattu lors d'une tentative d'évasion.

Dans la journée, elle prend sur elle. Mais la nuit, seule dans sa chambre, c'est souvent qu'elle se laisse aller à son chagrin. À maintes reprises, sa mère a tiré doucement la porte de la chambre après avoir vainement tenté de la consoler.

Aussi si les pitreries maladroites des jeunes Pieds noirs la font sourire, jamais aucun ne va plus loin. Au demeurant, ils ont connaissance de sa situation, et tous lui témoignent une certaine affection, mais, aussi, et surtout du respect. Madeleine a compris cet état d'esprit propre aux Oranais, et elle aussi leur témoigne une respectueuse affection.

***

À la fin du mois d'avril mille neuf cent quarante-quatre, après avoir été nommé Capitaine pour la durée des opérations, Armand est parachuté avec un sous-officier radio et plusieurs containers d'armes et explosifs en limite du Lot-et-Garonne et de la Gironde.

Mission, dès que le débarquement allié aura lieu, quel qu'en soit l'endroit, saboter le maximum de voies de communication et de sources d'énergie de manière à retarder l'arrivée des renforts allemands, dont plusieurs unités stationnent dans le Sud-Ouest.

Katrina attend avec impatience de pouvoir rejoindre son village de Saint Pierre d'Aurillac. Mais pour cela, il faut en chasser les Allemands et les Miliciens. En attendant, elle prie pour que la guerre ne prenne pas son homme.

À plusieurs reprises, Hans a rendu visite à Etienne, la présence de Katrina a ravivé ses frustrations. Il en vient à souhaiter que le sort s'acharne sur Armand et alors…, il n'ose pas pousser plus loin. Même dans ce cas, Katrina poserait-elle sur lui aux autres regards que celui d'une sœur ?

7

Le dix juin mille neuf cent quarante-quatre, le Colonel Ludwig Von Querbecke se rend à la Feldkommandantur rue de Budos à Bordeaux. Il répond à une convocation du général Knoertzer. Il est inquiet, car il ignore le motif de cette convocation. S'agit-il d'une mauvaise nouvelle concernant son fils Gontran, qui a rejoint son unité à l'issue de sa convalescence, ou bien ce fameux Lucien a-t-il découvert des éléments susceptibles de lui nuire ?

À son arrivée, le planton le conduit au bureau de l'adjoint du général, le Docteur Herbold. Ce dernier est très occupé, et lui indique qu'il ignore le motif de sa convocation. Ludwig n'en croit pas un mot. En effet, tout ce qui concerne l'armée allemande à Bordeaux et le secteur qui lui est rattaché, passe par ses mains. Il fait office de filtre. Il traite lui-même la majeure partie des courriers, renseignements et rapports qui arrivent à la Feldkommandantur. Que ce soient les notes de service de l'O.K.W, haut commandement des armées à Berlin, ou la lettre de dénonciation de résistants ou de trafiquants du marché noir. Il ne transmet au général que ce qu'il ne peut traiter seul.

Ce mutisme incite Ludwig à rester sur ses gardes. Pendant près d'une heure, il patiente dans la salle d'attente où d'autres officiers sont venus prendre place. Certains ont les traits tendus, la moindre erreur, la plus petite faute coûte un aller simple pour le front de Russie. Les divisions allemandes y disparaissent l'une après l'autre sous l'avance de l'armée rouge.

Enfin, la porte du couloir qui conduit au bureau du général s'ouvre. Un commandant de bataillon, en sort, pâle, les traits défaits. Pour lui, il semble que l'avenir soit plus à l'Est, si, un avenir, il y a. Le planton lui demande de s'asseoir en attendant que le Docteur Herbold lui donne connaissance de la décision du général. Quelques minutes plus tard, le planton vient chercher Ludwig. Il a eu le temps de se construire une contenance, il est maître de lui.

À son entrée dans le bureau du général, il se fige dans un garde-à-vous impeccable, et se présente comme l'exige la discipline militaire. Son supérieur, ne lève pas les yeux sur lui. Il est occupé à répondre au téléphone. Ludwig a l'impression qu'il sermonne son interlocuteur. Lorsqu'il raccroche le combiné, Ludwig est toujours au garde-à-vous.

— Repos, dit le général, asseyez-vous Von Querbecke. Comment cela se passe à la Feldgendarmerie ?

Ludwig est surpris par cette question, car il adresse régulièrement un rapport des événements dont il a connaissance.

— Bien mon général, répond Ludwig, si ce n'est de plus en plus d'accrochages avec les terroristes et des sabotages de plus en plus fréquents depuis le six juin.

— Oui, j'ai lu tout cela dans vos rapports, je dois reconnaître que ce débarquement en Normandie, nous a pris par surprise. Tout en discutant, il se saisit, sur son bureau, d'une grosse enveloppe portant les tampons de l'O.K.W de Berlin. À l'intérieur, il retire une liasse de papiers.

— J'ai reçu de Berlin la liste des officiers inscrits à l'avancement. J'ai le plaisir de vous annoncer votre nomination au grade de Brigade führer (général de Brigade), à compter du premier mai mille neuf cent quarante-quatre.

À cette déclaration, Ludwig se retient pour ne pas laisser échapper un soupir de soulagement. Ainsi, c'était cela le but de la convocation. Le Docteur Herbold avait prétendu ne pas le savoir, pour laisser à son supérieur le soin de l'annoncer lui-même. Sur le moment, il en oublie Gontran et Lucien.

— Je tiens à vous remercier mon général.

D'un geste, il interrompt Ludwig.

— Vous me remercierez plus tard. Pour le moment, nous avons des choses urgentes à traiter. Voici comment la situation se présente. Après avoir allumé une cigarette, il poursuit.

— La guerre est perdue pour l'Allemagne. Cela ne fait aucun doute.

Les nouvelles du front de Russie sont désastreuses. En Normandie, depuis le débarquement des Anglo-américains du six juin, l'armée allemande est tenue en échec. Il est à prévoir que les forces armées américaines et Françaises de l'armée d'Afrique qui se trouvent au Maroc et en Algérie, ne resteront pas les bras croisés. Et que, dans un avenir proche, elles débarqueront dans le midi de la France pour prendre part au combat, et ouvrir un nouveau front. De plus, nos divisions stationnées dans le Sud-Ouest ont le plus grand mal à rejoindre la Normandie en raison des actions de sabotages dues aux terroristes.

Ludwig écoute, d'une oreille attentive, le sombre tableau que lui brosse son supérieur. De lui-même, depuis déjà plusieurs mois, il avait compris que la guerre était perdue. Il savait Hitler assez fou pour, jusqu'au dernier moment, envoyer, l'une après l'autre, toutes ses armées, division par division, se faire décimer pour rien, le général Knoertzer, après un silence, reprend la parole.

— Nous devons nous attendre à devoir évacuer Bordeaux et notre secteur d'un moment à l'autre. Très prochainement, ce n'est peut-être plus qu'une question de jours. Je veux que vous vous chargiez de réunir et évacuer nos archives au plus tôt. De plus, c'est vous qui allez programmer et coordonner le mouvement de repli de nos troupes. Le général Knoertzer marque un nouveau silence, puis reprend, nous nous battrons jusqu'au bout. Malgré cela, il nous faut envisager toutes les hypothèses, y compris de faire retraite. Mettez-vous au travail tout de suite, le temps nous est compté.

— À vos ordres, mon général, dit Ludwig, je vais tout de suite commencer à recenser, pour les préparer, les régiments dispersés sur le terrain.

— Ja, utilisez tout le personnel sous vos ordres et n'hésitez pas à en demander davantage. Vous aurez tous les véhicules nécessaires au transport des archives.

***

Malgré l'autorité et les facilités que lui procure son nouveau grade de Brigade führer, pendant plusieurs jours, Ludwig est occupé en permanence pour préparer l'exécution des ordres reçus.

Il se déplace beaucoup pour s'assurer que ses ordres sont bien compris, et exécutés. Le dix-neuf juin mille neuf cent quarante-quatre, il se rend à Langon pour un contrôle.

Il prétexte que son fils Gontran a laissé des effets personnels chez les Worms à Saint Pierre d'Aurillac, pour s'y rendre. En réalité, il a l'intention de rencontrer Mariette pour lui faire ses adieux, et l'exhorter à attendre son retour, si la mort ne veut pas de lui.

Dans l'impossibilité de le lui faire savoir, il ignore l'assassinat de Léopold. À son arrivée à Mérigon, il laisse son chauffeur et son ordonnance à l'extérieur, pour, dit-il, assurer sa sécurité. Il est reçu plutôt froidement par Ferdinand.

— Monsieur Worms, il est très possible que nous soyons contraints de nous retirer de la région. Aussi, avant de partir je souhaite prendre congé de votre fille Mariette. Auriez-vous l'obligeance de lui téléphoner et de l'inviter à venir me rejoindre sous votre toit ?

Ferdinand n'a aucune possibilité de se soustraire à cette demande. Il prétexte seulement que son épouse Mathilde est souffrante. À bicyclette, Mariette rejoint Mérigon. Elle est surprise à son arrivée de constater la présence d'une voiture allemande, et la présence de deux soldats qui semblent assurer la garde. Puis elle pense à Gontran, qui est retourné dans son régiment. Elle appréhende une mauvaise nouvelle, aussi c'est presque en courant, qu'elle gravit les quelques marches qui conduisent à l'entrée de la maison. Elle est accueillie par Ludwig.

— Bonjour, Mariette, je suis venu pour te faire mes adieux, car il est très probable que nous quittions bientôt la région. Pour nous, la guerre est perdue. Je voudrais te demander de m'attendre jusqu'à la fin des hostilités. Si je m'en sors, je reviendrai te chercher.

Mariette ne sait que dire. Peut-elle encore espérer connaître le bonheur ? Elle informe Ludwig des circonstances de la mort de Léopold. Elle n'avait plus aucun sentiment pour lui, depuis l'agression de Katrina. Sentiments, qui, elle s'en rend compte maintenant, n'ont jamais rien eu à voir avec l'amour.

— Oui, Ludwig, prends soin de toi, reviens-moi avec Gontran, peut-être parviendrons-nous à réunir cette famille que le mauvais destin, lié à la bêtise, a séparée.

Ludwig se prépare à répondre, lorsque Isabelle fait irruption dans la cuisine, où Ferdinand s'est retiré pour laisser Ludwig et Mariette faire leurs adieux. Elle se trouvait derrière la maison, à ramasser des topinambours pour le repas du soir. Elle est essoufflée et parle avec difficulté.

— Les Allemands, les soldats, il y en a beaucoup sur la voie ferrée. Un train est arrêté à la gare.

Alertés par l'émotion d'Isabelle, Mariette et Ludwig se rendent à la cuisine. À la vue de Ludwig, la jeune fille pousse un petit cri de terreur et se cache en tremblant derrière Ferdinand. Elle n'a pas oublié, ce que lui ont fait subir Lucien et Antoine, et associe tout cela à l'uniforme allemand.

***

Un bataillon isolé de panzers grenadiers parti d'Agen, le matin même pour rejoindre le front de Normandie, retardé par les sabotages de la résistance, est arrêté en pleine voie.

À seize heures, entre La Réole et Langon, à la hauteur du village de Caudrot, une rafale de fusil-mitrailleur a atteint le wagon de tête. Il n'y a pas eu de blessé.

Le commandant, Otto Kurter fait stopper le train à la gare suivante, Saint Pierre d'Aurillac. Il donne quelques ordres brefs, et aussitôt plusieurs soldats, porteurs de bidons d'essence, descendent du train. C'est clair, en représailles à la rafale de fusil-mitrailleur de Caudrot, ils ont l'intention d'incendier le village de Saint Pierre d'Aurillac.

Terrorisés, les habitants se terrent chez eux, ils ne peuvent fuir par les jardins, et gagner la campagne. Un cordon de soldats s'est déployé le long de la voie ferrée. En surplomb, elle domine une bonne partie du village.

Depuis le derrière de la maison de Ferdinand, Ludwig constate qu'Isabelle ne s'est pas trompée. Des soldats, déployés le long de la voie ferrée, surveillent les abords. Le train est arrêté plus loin vers le centre du village. Ses directives ne prévoyaient pas une telle halte dans ce village. Il sait, pour avoir programmé lui-même ce transport de troupes, qu'il s'agit d'un bataillon isolé en provenance d'Agen. Il décide sur-le-champ de se rendre à la gare pour s'informer de ce qui se passe. Alors qu'il remonte la rue de la Manne, il ordonne aux soldats d'attendre ses directives avant d'utiliser leurs bidons d'essence. À la gare, il fait demander le commandant du bataillon.

— Commandant Otto Kurter, commandant le bataillon à vos ordres, mon Général.

— Commandant, vos ordres étaient stricts, rejoindre au plus vite la Normandie, pour prendre part à la contre-offensive, contre les armées anglo-américaines qui ont débarqué. Que signifie cet arrêt dans ce village ?

— Mon Général, nous venons d'essuyer une attaque des terroristes. Une rafale de fusil-mitrailleur a touché le wagon de tête où je me trouvais. Je ne voulais pas laisser cette attaque impunie.

— Avez-vous eu des morts ?

— Non, mon général.

— Des blessés ?

— Non, mon général.

— Alors, je ne vois qu'une explication à votre arrêt dans ce village. Sous prétexte de représailles contre des terroristes, vous vous apprêtez à tuer des civils innocents. Cette attitude à mon avis, n'est destinée qu'à retarder votre arrivée dans la zone des combats.

À ce moment, Ludwig baisse le ton de sa voix, mais ne s'en fait que plus menaçant afin d'être entendu seulement du commandant de bataillon.

— Auriez-vous peur, commandant ? Votre comportement est passible de la cour martiale. Embarquez vos hommes et les bidons d'essence et partez faire votre devoir pour le Reich.

La figure du commandant vire au rouge, puis, claquant les talons pour se mettre au garde-à-vous, il obtempère.

— À vos ordres, mon général.

En quelques ordres brefs, il ordonne à ses hommes de remonter dans le train. Ludwig sur le quai de la gare attend son départ, pour à son tour remonter dans sa voiture et regagner Bordeaux.

Quelques personnes, derrière leurs volets fermés, ont assisté à la scène. Le chef de gare ignore le nom de ce général qui vient d'éviter à Saint Pierre d'Aurillac de subir le sort funeste de ces trop nombreux villages martyrisés par la Das Reich, qui ne laisse derrière elle que morts, incendies et désolations.

***

Sitôt arrivés sur le sol de France, Armand et son radio reprennent contact avec son ancien groupe, toujours réfugié en Lot-et-Garonne. Il s'est enrichi de prisonniers russes qui ont déserté le chantier de la base sous-marine de Bordeaux-Bacalan. Il compte maintenant une quarantaine de membres. Le groupe devient important et il est urgent, par précaution, de le scinder en groupes plus petits et plus mobiles.

Les dénonciations ont fait des ravages, un autre gendarme, qui entretenait lui aussi des rapports, avec un groupe de Saint Pierre d'Aurillac a été arrêté en mai, ainsi qu'une vingtaine de résistants. Torturés, ils ont été déportés, le stock d'armes qu'ils avaient dissimulées dans une bergerie, récupéré par l'occupant. Il apprend aussi que le reste du groupe du village est demeuré très actif, et espère pour bientôt un parachutage d'armes. Ils en ont bien besoin, car, depuis le débarquement en Normandie, ils ont presque épuisé leur stock d'explosifs dans divers attentats. Les munitions aussi, commencent à manquer. Les embuscades dressées contre les formations allemandes, qui remontent vers le nord, ont été nombreuses.

Entre-temps, le parachutage des armes promises a bien lieu, dans la nuit du dix au onze juillet mille neuf cent quarante-quatre. Malheureusement, il a été repéré par les Allemands qui ont un poste d'observation sur une colline à Castelviel près de Sauveterre de Guyenne. Alerté par le bruit des avions, puis par la vision directe de containers accrochés à leurs parachutes, un fort détachement s'est porté à la hauteur d'une ferme à laquelle ils semblent être destinés. Après une bataille intense, la plupart des maquisards, dont la fuite a été héroïquement protégée par leur chef, peuvent échapper à la capture. Par contre, le chef et deux ou trois hommes restés avec lui sont abattus après avoir été horriblement martyrisés.

La famille du fermier est brutalisée et les bâtiments de la ferme sont incendiés. Il ne faut donc plus compter sur cet apport d'armes et munitions, par contre, par tous les moyens, venger ces morts, à quelques semaines de la libération de la région.

C'est Thierry Lubin qui apporte une solution au problème. En effet, l'un de ses cousins, qui a fait partie de l'armée d'armistice, lui a révélé au cours d'un repas de famille que des armes et des explosifs avaient été dissimulés dans la région. Il n'a pas voulu en dire plus à l'époque. Mais aujourd'hui, les choses ont évolué, il n'est plus de mise de garder le silence. Thierry et Armand se rendent donc, au domicile du cousin, un Lubin, lui aussi. Ils sont reçus par son épouse.

— Tu sais Thierry, depuis le débarquement en Normandie, Gaston n'a pas voulu rester à faire seulement du renseignement. Il est retourné avec ses copains de Bazas.

— Ouais, mais alors comment faire pour le joindre ?

— Il vient me voir presque tous les soirs, je lui ferai part de ta visite.

— Préviens-le que nous avons besoin d'armes et d'explosifs, c'est urgent

Effectivement, Gaston, vient la voir le lendemain. La rencontre peut se tenir. Elle a lieu dans l'arrière-salle, du cercle d'Aillas, un petit village des landes girondines.

— Les faits remontent à l'époque où la ligne de démarcation scindait le pays en deux zones. Repliés à La Réole, avec des éléments de la dix-septième armée, ses chefs ont imaginé de dissimuler de l'armement au cas où…

Cette opération avait nécessité la complicité de plusieurs personnes, à commencer par une entreprise de pompes funèbres, mais également du gardien du cimetière lorsqu'il y en avait un.

Devant l'étonnement d'Armand et de Thierry, Gaston poursuit ses explications :

— Après la débâcle de mille neuf cent quarante, et la dislocation de l'armée réduite alors à cent mille hommes, pompeusement baptisée armée d'armistice, nous nous sommes retrouvés avec un stock d'armes et de munitions sur lequel les Allemands avaient des prétentions. Il s'agissait pour nous d'en dissimuler le maximum. C'est alors que, faisant le bilan approximatif des morts et disparus, notre colonel a eu l'idée lorsque des obsèques avaient lieu dans un village des alentours de doubler le cercueil du défunt par un autre cercueil dissimulé dans un double fond aménagé dans le corbillard.

Auparavant, j'avais été chargé de faire la tournée des cimetières et de repérer les concessions abandonnées.

C'est pourquoi j'en connais les emplacements. De plus, j'assistais à l'inhumation. À l'issue de celle officielle, lorsque tous étaient partis, une équipe de soldats en civil, triés en raison de la confiance à leur accorder, venaient alors. Nous avons choisi en priorité les caveaux dont la dalle est facile à retirer, et, la veille de l'enterrement, nous l'avions descellée. Il ne s'agissait plus alors que de retirer du double fond du corbillard, le faux cercueil contenant armes et explosifs, puis de le déposer dans le caveau abandonné. Bien sûr, ce ne sont pas des quantités énormes qui sont dissimulées, mais, même si, pour mon groupe, j'ai fait quelques ponctions, il en reste encore pas mal. Je vais vous indiquer les communes et les concessions.

Forts des indications de Gaston Lubin, Thierry, Armand et son groupe, peuvent se procurer des explosifs et des armes pour poursuivre leur combat.

***

Depuis la mi-juillet des troupes allemandes nombreuses quittent le sud-ouest pour rejoindre la Normandie.

Le vingt août mille neuf cent quarante-quatre, l'occupant quitte Aiguillon et Tonneins. Il passe la nuit à Marmande avant de se replier sur Bordeaux dès le vingt et un à huit heures du matin. À midi, le commando Austin-Conte, arrive en ville. Le groupe Alexis prend position. Le groupe Armand Duclot poursuit vers La Réole libérée le même jour et rejoint Saint Macaire où se trouve déjà un élément du bataillon Néracais.

Pour retarder l'avancée des maquis et permettre aux fuyards d'atteindre Bordeaux, les Allemands ont laissé *un bouchon* à Langon. Depuis la rive droite, derrière les digues de la Garonne, des échanges de tirs ont lieu avec les Allemands retranchés dans les maisons qui bordent la rive gauche, côté Langon.

Le vingt-trois août, une automitrailleuse allemande, dont le conducteur semble s'être perdu, franchit le viaduc aménagé en pont-route, et fonce en direction de La Réole.

Dans la traversée du village de Saint Pierre d'Aurillac, le tireur fait feu sur un groupe de personnes qui commentait les événements à la sortie du café, devant l'église. Cinq blessés sont relevés, et deux d'entre eux, Ferdinand et son épouse Mathilde Worms décèdent, dans la soirée. L'automitrailleuse est stoppée à Caudrot par un groupe de résistants.

***

Les combats pour libérer Langon durent jusqu'au vingt-quatre août. Les tirs allemands sont de plus en plus clairsemés. Le blindé capturé la veille s'avance en direction du pont métallique, rien ne se passe. À ce moment deux explosions retentissent, avant de partir, les Allemands ont fait sauter gratuitement la maison des jeunes, mais aussi pour protéger leur fuite, le pont du chemin de fer qui enjambe la route vers Bordeaux.

Aussitôt, les gens commencent à sortir, et font un accueil aux FFI. L'attention d'Armand et de son groupe est attirée par des cris et des hurlements qui proviennent de la petite place devant l'église.

— Foutez le par-dessus, qu'il aille s'écraser en bas, hurlaient certain.

— À mort le collabo, gueulaient d'autres.

Un homme est traîné en direction de la murette qui surplombe la Garonne. Du premier coup d'œil Armand reconnaît Justin Loubiet dit Mathéo. Bien sûr, pour renseigner le réseau de Saint Pierre d'Aurillac, il lui a fallu bien des fois côtoyer les Allemands. Personne parmi cette foule en délire ne connaît son rôle exact dans la résistance.

— Non d'un chien, c'est Mathéo qu'ils veulent passer par-dessus bord.

D'un bond, il saute de voiture, il court vers le groupe qui s'excite de plus en plus. Mathéo tente de se protéger le mieux qu'il peut des coups qui pleuvent sur lui. Il ne parvient pas à placer la moindre parole, ces agresseurs ne lui en laissent pas la possibilité. Il est sur le point de succomber.

— Arrêtez, arrêtez, vous faites des conneries, crie Armand.

Cette foule excitée à la vue du sang qui macule le visage de Mathéo ne l'écoute pas. Il n'y a qu'une solution. Armand retire le cran de sûreté de sa mitrailleuse et tire une salve en l'air. Se méprenant le plus virulent d'entre eux s'écrie.

— Oui, c'est ça, fusillez-le sur place.

— Reculez, bande de malades, sinon c'est vous que je vais fusiller.

Armand est rouge de colère. Le reste de son groupe a profité de la diversion pour le rejoindre, et porter secours à Mathéo.

— C'est ça, oui, emportez-le, vous le jugez avant de le pendre, crie le meneur de la bande.

Pour les faire taire, Armand tire une seconde rafale.

— Vous allez faire la plus grosse connerie de la journée.

— Et alors crie de nouveau le meneur.

— Cet homme, dit Armand et désignant Mathéo, est le chef de notre réseau de renseignements. Il ne s'est pas contenté, lui, de faire de la résistance de comptoir en vidant des bouteilles de vin blanc.

— Il était toujours fourré chez les boches !

— Bien sûr, c'est là qu'il obtenait les renseignements qui nous ont permis de leur échapper ainsi qu'aux miliciens.

Certains dans la foule commencent à revenir de leur emportement hâtif.

— On ne pouvait pas savoir !

— Et bien maintenant vous savez, leur crie Armand. Fichez-lui la paix, je vais le reconduire chez lui.

***

Conformément aux directives données par le général De Gaulle, chef du gouvernement provisoire, dans le but d'éviter un vide administratif et assurer la sécurité, le vingt-quatre août, dès la libération de Langon, Armand rejoint la brigade de gendarmerie, à La Réole, libérée depuis le vingt et un.

Avec quelques regrets, il abandonne ses galons de capitaine et reprend ceux de sous-officier. Lui aussi, attend le retour de Katrina à qui il a annoncé les circonstances du décès de ses parents.

Il a également un second objectif, et, chaque fois qu'il en a la possibilité, il se renseigne sur les éléments de la Milice présents dans la région. Il a fermement l'intention de capturer Lucien, et le faire comparaître devant un tribunal. Mais, de la milice, pas un seul élément débusqué, et de Lucien encore moins.

Enfin, un renseignement fiable est porté à sa connaissance. Tous les miliciens de la région se sont repliés sur Bordeaux, d'où ils fuient avec les troupes allemandes en direction de Paris.

Un élément de la cent cinquante-neuvième division allemande a quitté Bordeaux le vingt-huit août, elle a été accrochée par les maquisards de Dédé le Basque à Saint-André de Cubzac. Les miliciens qui escortent la colonne allemande ont à leur tour attaqué les maquisards. Tous les miliciens ont été abattus, mais Lucien ne figure pas dans le lot.

***

Avec le débarquement des forces anglaises et américaines en novembre mille neuf cent quarante-deux, une escadrille de chasse Grumman F6 Helicat de la septième armée a pris ses quartiers sur le terrain d'aviation de La Sénia. Leurs pilotes sont tous de jeunes officiers, lieutenants, ou capitaines. Tous, après les séances d'entraînement, prennent leurs repas à la cantine du terrain d'aviation, aménagé avec le concours de l'armée américaine de manière à pouvoir accueillir un personnel nombreux.

La beauté de Madeleine n'est pas passée inaperçue. Plus d'un s'est cassé les dents en tentant de la séduire. Seul le capitaine Sam Cunningham parvient quelquefois à la faire sourire. Un lien d'amitié se noue entre les deux jeunes gens.

Contrairement aux autres pilotes de son escadrille, il s'est renseigné sur Madeleine, il sait à quoi s'en tenir à son sujet. Ce n'est pas une aventurière. La perte de son mari et de son enfant a laissé une plaie qui jamais ne se refermera. Sa dignité et son courage forcent son admiration. Lui-même, a perdu sa fiancée dans un accident d'automobile, à un mois à peine de la date fixée pour leur mariage. Il est bien décidé à la séduire, mais pas n'importe comment, et surtout pas pour une simple passade.

Madeleine, qui a senti en Sam, une certaine forme de force tranquille, lui laisse faire une cour discrète. Au demeurant, Sam ne manque pas de charme. C'est un homme d'environ un mètre quatre-vingt, bien proportionné, au sourire engageant. Les quelques mots d'anglais qu'elle connaît, plus les quelques de français qu'il a acquis depuis son arrivée en Algérie, permettent aux jeunes gens de communiquer d'une manière satisfaisante.

— Vous pas fâchée, si je demande passer journée de dimanche avec moi, en ville.

Madeleine sourit de la tournure maladroite de cette phrase, mais après tout, ce n'est pas la langue natale de Sam.

— Je veux bien, mais vous connaissez ma situation. Je préfère en parler avec mes parents et ceux de mon défunt mari.

— Yes, je comprends, c'est grande misère pour vous de perdre à la fois mari et petit enfant.

À l'évocation de ce douloureux souvenir, une larme perle au coin des yeux de Madeleine. Sam est confus de cette situation.

— Excuse, je ne veux pas faire de peine.

Madeleine comprend que Sam n'est pas responsable de son malheur, il n'a pas voulu la blesser.

— Je ne vous en veux pas, dit-elle.

— OK, je pense prendre repas dans petit restaurant à la plage, et après aller cinéma.

— Ensuite, vous me reconduirez chez mes parents, approuve Madeleine.

Petit à petit, les sentiments évoluent, Sam surtout est très épris de Madeleine. Il sent que l'engagement dans le débarquement en Provence est sur le point d'être lancé. Il veut s'assurer que s'il en réchappe, elle attende son retour.

— Voulez-vous m'épouser, Madeleine.

Elle n'est qu'à moitié surprise de cette demande, plusieurs militaires américains ont, depuis leur arrivée en Algérie, épousé des jeunes femmes. Des sentiments contraires la torturent. Demeurer fidèle à Alfred, que Lucien a déclaré mort, s'engager avec Sam, en acceptant de l'épouser, sachant que dans quelques jours, il risquait lui aussi d'être abattu avec son avion. Elle demande à réfléchir quelques jours. Elle veut en parler avec ses parents et ses beaux-parents. Ne voulant choquer personne. Sam, à qui elle a fait part de ce cas de conscience, se montre très compréhensif.

Le samedi vingt-deux juillet mille neuf cent quarante-quatre, Madeleine unit son destin à celui de Sam en la petite église du quartier d'Arzew. Hans et Katrina sont ses témoins.

***

À partir du vingt-quatre juillet, de nombreux navires civils et militaires jettent l'ancre dans les ports d'Algérie. À Oran une grande concentration de troupe et de matériel laisse supposer que ce qui se murmure depuis longtemps est sur le point de se réaliser.

Début août, Sam et son escadrille rejoignent le porte-avions américain, USS Tulagi CVE 72, qui doit les conduire aux portes de la Provence.

Le sept le deuxième cuirassier embarque sur Liberty chip Tartelan Brown. À bord, Hans à la surprise d'être interpellé par un jeune Brigadier d'une vingtaine d'années.

— Hé, mon adjudant, vous êtes de Saint Pierre d'Aurillac.

— On se connaît ? S'étonne Hans.

— Oui, bien sûr, mais je pense que moi, vous ne me reconnaissez pas. Je suis aussi de Saint Pierre d'Aurillac. Je peux même vous dire que vous avez travaillé pour Monsieur Worms qui habite au quartier Mérigon.

— Oui, c'est bien exact.

— Mon père est le facteur du village et ma mère a tenu le cercle jusqu'en trente-huit.

Hans fait appel à sa mémoire, il se souvient d'un jeune garçon d'allure maladive. S'agit-il de ce soldat qui semble en pleine forme.

— Oui, maintenant que vous me le dites, mais il y a longtemps que vous avez quitté le pays ?

— C'était en quarante et un, j'ai débarqué à Oran le vingt-trois décembre. Je venais d'avoir dix-huit ans.

Hans est impressionné par la détermination qui émane de cet homme, engagé si jeune pour servir son pays.

— Quel est votre nom ?

— Oh vous savez, je fais partie de l'escadron de reconnaissance du capitaine André, vous aurez vite fait de m'oublier, alors appelez-moi simplement Yves, c'est mon prénom. Je suis opérateur radio sur l'auto mitrailleuse FONTENOY.

— Nous allons travailler ensemble, constate Hans. Je suis chef du char ALSACE au quatrième peloton du premier escadron du deuxième cuirassier.

Le neuf il lève l'ancre, cap au nord. C'est une véritable armada de près de mille deux cents navires civils et militaires de tous tonnages qui se rassemblent en Méditerranéen. Durant toute la traversée, Hans et Yves ne manquent pas de se revoir pour parler du pays.

Le quinze août ils sont en vue des côtés de Provence. Depuis cinq heures du matin les zones de débarquements sont soumises à un pilonnage intensif de l'artillerie de marine, mais aussi de l'aviation alliée. Le sixième corps d'armée américain représente la force d'assaut principale.

Le général de Lattre de Tassigny a désigné le, CC1 combat-command, du général Sudre pour suivre immédiatement derrière et être le premier Français à poser le pied en Provence. Le deuxième cuirassier en fait partie, il débarque à son tour dans la soirée sur la plage du Dramont, à Agay.

Vendredi quatre août mille neuf cent quarante-quatre. Pour la énième fois, Manfred Muller vérifié que son char Panther est prêt à combattre. Autour, s'affaire fiévreusement le reste de l'équipage. C'est le char du commandant du premier bataillon, Von Querbecke. Depuis la fin février mille neuf cent quarante-quatre, à la demande de Gontran, il a rejoint la onzième Panzer division que son commandant, le général Wend Von Wietersheim, ne parvient pas à compléter. Des ponctions de plus en plus fréquentes, sont effectuées sur ses effectifs et matériels pour renforcer le front de Normandie.

Il peste d'autant plus, que depuis la veille, son renfort est sollicité par la dix-neuvième armée, pour qui le débarquement en Provence ne fait plus aucun doute. Il espère se mettre en route rapidement, mais l'ordre ne vient pas. Il fulmine intérieurement contre la néfaste habitude prise par Hitler de décider souverainement des mouvements de ses plus lointaines réserves.

Une réunion des officiers se tient à Toulouse.

— Nous n'avons encore pas reçu d'ordre de mouvement, déclare le colonel chef d'état-major.

— C'est vraiment regrettable, car il ne fait aucun doute que la date est proche. Les renseignements apportés par les espions du Reich précisent même que ce sera le quinze, déclare le général.

Gontran comprend que c'est bientôt la fin pour l'Allemagne, la guerre est perdue. Même si la onzième Panzer, affaiblie en matériel et dont l'effectif lui aussi réduit, est composé de recrues dont certaines ne parlent même par Allemand, est mise en route de suite, elle ne pourra pas contenir l'énorme force de débarquement allié.

Manfred Muller guette le retour de Gontran, il l'interroge du regard.

— Toujours rien.

Enfin, l'ordre tant attendu arrive le treize août dans la soirée. La onzième panzer division et mise en route trop tard pour soutenir la dix-neuvième armée qui défend les côtes de Provence. En effet, les premiers éléments ne parviennent à marche forcée, à rejoindre Remoulins que le quatorze août dans la soirée. Les maquis harcèlent les colonnes de blindés et de camions. Ils les retardent considérablement. Les derniers éléments ne rejoignent que le vingt août.

Le débarquement en Provence du quinze août, confirme les craintes du haut commandement de Berlin, de voir leurs troupes prises au piège. En effet, si les armées anglo-américaines débarquées en Normandie, parviennent à faire la jonction avec celles franco-américaines débarquées en Provence, la trouée de Belfort par laquelle ils comptent rejoindre l'Allemagne, ou la Suisse leur serait interdite.

Désormais, la onzième Panzer division, envoyée du Sud-ouest pour combattre les forces du débarquement franco-américain, n'a plus pour mission que de couvrir la retraite. Escorter les colonnes d'infanterie qui remontent le long de la vallée du Rhône. En même temps, les garnisons de Marseille et Toulon ont ordre de résister à outrance pour leur assurer une certaine avance.

Après la libération de la Provence, le deuxième cuirassier franchit le Rhône entre Avignon et Tarascon le mercredi trente août. La route nationale quatre-vingt-six qui longe la rive droite du Rhône est attribuée au général Sudre. La poursuite commence.

L'escadron d'automitrailleuses légères du capitaine André part en reconnaissance. Il remonte à faible allure la première compagnie suivie de ses pelotons, et disparaît loin devant.

Du haut de la tourelle de son Sherman, dont il a lui-même orné les flancs de l'inscription ALSACE, le nom de baptême qui lui est attribué Hans les regarde défiler.

— Voici des gus qui ne manquent pas de courage, dit-il.

Du fond du char une voix s'élève. C'est celle de Michel Scotto, un jeune oranais, servant du canon de 75.

— Et nous alors, on compte pour du beurre ?

— Rien à voir avec nous, rectifie Hans, ceux-là n'ont qu'un blindage bien léger par rapport au nôtre. Et ils sont toujours en avant à la recherche de l'ennemi.

— Ouais, reconnaît Scotto, lorsque nous avons perdu le contact comme c'est le cas aujourd'hui, ce sont eux qui le débusquent et nous renseignent.

— D'autant plus que la reconnaissance, se déroule toujours en terrain inconnu alors que l'ennemi a déposé des mines ou alors, se trouve embusqué, équipé de canons automoteurs capables de les détruire à plus de mille mètres. Tous ces gars, ne peuvent ignorer le danger potentiellement mortel, de telles opérations. Je suis sûr que tous y pensent, mais que personne n'en parle.

— Nous aussi, nous courons les mêmes risques.

— Pas vraiment Scotto, car grâce à eux, nous savons en principe, où se trouvent les Allemands. Croyez-moi, ces gars-là ont quelque chose dans le pantalon.

Les gros accrochages, avec l'arrière-garde allemande commencent vraiment le huit septembre à Beaune, où les entrées de la ville sont fortement tenues.

— D'après les renseignements que j'ai, déclare le commandant de bataillon, la reconnaissance des Américains ne va pas tarder à nous rejoindre.

Un élément de la onzième Panzer division vient d'atteindre Beaune, il n'est pas question de s'y attarder, mais plutôt de protéger la retraite de l'infanterie et des services.

— Von Querbecke, avec votre compagnie, vous allez placer un bouchon pour les ralentir au moins deux heures afin que nous puissions prendre de l'avance.

Il ne faut pas longtemps au commandant Gontran Von Querbecke pour monter sa manœuvre. Il explique.

— Le premier peloton en embuscade derrière le talus de la route qui franchit le passage à niveau.

De la pointe de son crayon, il indique l'endroit sur la carte, à deux kilomètres environ au sud-est de Beaune. Il poursuit.

— Prêt à faire feu, dès qu'ils sont à portée. Ils ne manqueront pas de faire appel à leurs blindés. Laissez-les venir. À ce moment, le deuxième peloton intervient en soutien pour en détruire le maximum.

Il tombe une pluie fine et serrée.

Gontran consulte sa montre.

— Il est seize heures quarante. Le général demande deux heures de répit. Nous ne partirons qu'à dix-neuf heures. Je couvrirai votre retraite. Le mauvais temps nous sera favorable.

À dix-huit heures trente, trois automitrailleuses de l'escadron de reconnaissance André, se rapprochent de la voie ferrée. Ils font preuve de prudence, et roulent à une centaine de mètres de distance les uns des autres.

— Laisse les approcher, murmure Wilfrid Kanpf, comme s'il craignait d'être entendu.

La route est toute droite, aucun abri ne permet aux automitrailleuses de trouver refuge. Elles ne sont bientôt plus qu'à huit cents mètres environ.

— À cette distance, je ne risque pas de les rater, dit le servant du canon.

L'automitrailleuse de tête stoppe net, touchée de plein fouet par l'obus de 75. Quelques instants après, la seconde est entourée d'une grande lueur, touchée à son tour, les munitions viennent d'exploser.

La troisième n'a que le temps de manœuvre pour se tenir hors de portée de tir. Aussitôt, Yves, le fils du facteur, pianote un rapide résumé de la situation.

Il est dix-huit heures quarante. La voix du colonel commandant le deuxième régiment de cuirassier résonne à la radio.

— Vous êtes le plus pré Keller. Portez-vous avec votre peloton en soutien du capitaine André.

Pendant ce temps, les Panther du deuxième peloton de Gontran prennent position en soutien du premier.

— On va voir ce que vaut le matériel américain, dit Wilfrid Kampf.

À dix-neuf heures les Sherman sont en vue, ils se sont déployés de part et d'autre de la route pour tenter de prendre les Allemands en tenaille. C'était sans compter sur la stratégie de Gontran, ils sont tout de suite pris sous le feu de son deuxième peloton. Trois chars Sherman sont tout de suite mis hors de combat. Il y a des morts et des blessés.

La voix de Gontran se fait entendre dans ses pelotons.

— C'est bon, on dégage. Faites mouvement vers moi, je vous protège.

Le quatrième Sherman ne peut à lui tout seul engager la poursuite de la compagnie de Panthers. Hans est légèrement blessé, mais son char est hors d'état de poursuivre, la chenille du côté droit a sauté. Ce n'est pas ce soir que la ville sera libérée.

À la nuit, les Allemands s'enfuient.

L'escadron André poursuit sa recherche des unités allemandes en débandade, ce sont les chars Panther du 1er bataillon, celui de Gontran, pour jeter sur lui les Sherman du deuxième cuirassier dont Hans commande un élément.

8

Vingt août mille neuf cent quarante-quatre. Voyant que la fin de la guerre approche, et qu'elle ne sera pas en faveur de ses maîtres allemands, talonnés de prêt par la résistance, Lucien depuis plus de huit jours, a déserté la Milice. Le débarquement des alliées en Provence a achevé de le convaincre qu'il était temps de changer d'air. Il a trouvé refuge dans un appartement ami du quartier Saint Michel à Bordeaux, au-dessus d'un bar de la rue Carpenteyre. Il n'en sort qu'en prenant de nombreuses précautions. Il a pris soin de modifier son aspect physique, s'obligeant à boiter pour simuler une blessure reçue alors qu'il se trouvait dans un maquis dans la région de Limoges.

Les vols et exactions commis lorsqu'il était milicien, ainsi que la protection des trois jeunes femmes, sous la direction de Maguy, lui a permis de se trouver en possession d'une somme tout à fait honorable. Il était convenu, bien que mal acquise, qu'elle serait partagée avec ses complices Henry et Charles, or, il a quitté le Chat Bleu sans prévenir, gardant le tout pour lui.

— Tu penses que ce bordel va durer encore longtemps, questionne Ernest.

Ernest Beauregard, s'il est toujours prêt à rendre service, est un garçon prudent. Il est connu dans le quartier, et ne s'est jamais compromis ouvertement avec les Allemands, les miliciens ou la résistance. Il se livre à l'honnête occupation de maquereau. Ses deux protégées officient quai Sainte-Croix tous les après-midi, jusqu'à l'heure du couvre-feu.

— Je n'en sais rien, confesse Lucien, en tous les cas, c'est la fin pour les boches, ils n'ont plus qu'à rentrer chez eux.

— C'est ce qu'ils sont en train de faire, je te signale, pourquoi tu ne pars pas avec eux ?

— Et puis quoi encore, je n'ai pas envie de me faire flinguer par l'aviation américaine qui bombarde tout ce qui bouge, ou bien encore par la résistance.

— En attendant, cela commence à jaser dans le quartier. Les gens se demandent ce que tu fiches chez moi.

— Tu n'as qu'à maintenir que je me remets d'une blessure alors que j'étais au maquis. Tu as bien vu que je boite.

— Ouais, tu joues bien la comédie, mais ton histoire de blessure, elle ne tiendra pas longtemps si personne ne peut témoigner pour toi.

— Et tu en connais, des personnes qui peuvent témoigner pour moi ?

— J'en connais au moins une. Et tu peux même obtenir un certificat de résistant.

— Un certificat de résistant ? S'exclame Lucien, je ne savais même pas que ça existait.

— Et bien si ! Ça existe. Ce n'est pas la première fois que j'en fais obtenir pour un ami dans la panade.

Lucien reste muet pendant presque une minute. Un certificat de résistant. Voilà qui pourrait à l'occasion lui faciliter la vie.

— Et bien, tu as perdu ta langue ? L'interpelle Ernest.

— Ton ami, il peut faire quelque chose pour moi ?

— Il faut y mettre le prix.

— Je suppose que je n'ai pas vraiment le choix ?

Ernest sent qu'il y a une bonne affaire à conclure. Il sait bien que Lucien est aux abois. Si quelqu'un, du réseau de Saint Pierre d'Aurillac venait à soupçonner sa présence à Bordeaux, sa vie ne vaudrait pas la rafale de pistolet-mitrailleur, qui y mettrait un terme peu glorieux.

— On a toujours le choix de prendre une bonne décision, à toi de l'assumer ensuite. Il suffit d'un peu de jugeote. Ernest laisse s'écouler quelques secondes, le temps que

Lucien analyse sa réponse, puis il reprend, de la jugeote, du bon sens, je sais que tu n'en manques pas.

— Combien tu veux pour me procurer ce papier ?

— En ce qui concerne mon ami, je pense qu'il se contentera de quelques billets, ou de l'un de ces beaux bijoux que tu ne parviendras pas à négocier en Algérie.

Lucien commence à comprendre, que par les temps qui courent, les amitiés coûtent cher.

— Tu as raison, demande-lui son prix.

— Je vois que tu es raisonnable, dit Ernest, mais…

— Quoi, mais ?

— Il y a encore d'autres choses que tu ne pourras pas emporter avec toi.

— Quoi donc encore ?

— Le Chat Bleu.

— Ouais, c'est vrai le Chat Bleu, mais suppose que son propriétaire survive aux camps de concentration…

— Et alors si par hasard il revenait, ce qui m'étonnerait, j'ai encore les moyens de lui faire comprendre où sont ses intérêts. La Garonne est profonde.

— Ouais, bien sûr, elle est profonde la Garonne, et combien tu m'en donnes du Chat Bleu ?

— Allons, Lucien, nous sommes deux amis, je ne pensais pas qu'il serait question d'argent entre nous. Puisque tu abordes le sujet, je t'en donne le prix que tu l'as payé.

La menace, énoncée sur le ton de la plus parfaite courtoisie, ne laisse aucune échappatoire à Lucien. Un frisson glacé lui parcourt l'échine.

— C'est bon, n'en parlons plus du Chat Bleu, par contre les filles partent avec moi. Il va bien falloir que je m'installe lorsque je serai à Oran.

— Tu n'es pas raisonnable Lucien, tes filles sont déjà très amies avec les miennes. Elles savent très bien qu'à Oran, c'est à l'abattage qu'elles seront soumises sans possibilité de refus, alors qu'ici, si le client est sale, ivre ou violent, sous ma protection et celle de mes amis, elles pourront être heureuses.

— Je n'ai pas le choix, capitule Lucien, tu me prends à la gorge.

— Mais si Lucien, dans la vie nous avons toujours le choix de nos décisions, il suffit ensuite de les assumer, je te l'ai déjà dit.

***

— Allons ! Maguy, ne me dit pas que tu ignores où se trouve Lucien. Je sais que tu es sa préférée et qu'il ne te cache rien, interroge Charles.

— Je n'en sais rien, répète-t-elle pour la énième fois, se faisant un rempart illusoire de ses bras, pour parer la grêle de gifles que lui assène Henry.

— Vous n'êtes que des brutes sans cervelle, il a disparu lorsque nous avons refusé de le suivre en Algérie. Il nous aurait mises à l'abattage dans un bordel militaire de campagne.

— C'est vrai rajoutent en chœur les trois autres filles. Maintenant que les Allemands vont partir, nous travaillerons pour nous-même. Il est temps à nos âges de nous faire un petit pécule, si par hasard quelqu'un demandait notre main, Ernest nous défendra !

— Quant à vous reprend Maguy, avec toutes les saloperies que vous avez faites, vous feriez mieux de ficher le camp en Algérie vous aussi.

— Tu as raison reconnaît Henry, mais ce fumier de Lucien s'est barré avec tout le fric. On n'a même pas de quoi se payer un billet de train pour Marseille.

— Si ce n'est que ça, l'interrompt, Eva, j'ai quelques économies, je suis prête à vous les donner si vous nous laissez tranquille.

— C'est vrai ça, rajoute Lola, barrez-vous, on vous a assez vus.

— Tu entends ça, Henry, elles nous ont assez vus, et elles ont quelques économies.

— J'ai entendu, Charles, soit rassuré. On va les placer en lieu sûr, leurs économies.

Après avoir mis sens dessus dessous tout le Chat Bleu, et raflé jusqu'au dernier billet qu'ils ont pu trouver, ils s'éloignent avec précaution, de peur d'être reconnus par l'un quelconque des cheminots.

— Ouf, s'exclame Gina, on ne sera plus emmerdées par ces tocards.

— Oui, rajoute Lola, mais en attendant, on n'a plus un rond devant nous.

— Attendez les filles, ils n'ont pas trouvé ceux-là, déclare Maguy en retirant une liasse de billets de ses sous-vêtements. J'ai planqué la recette de la semaine quand ces deux cons sont montés fouiller les chambres.

— On ne va pas aller bien loin avec ça, se lamente Lola.

— Ce n'est pas le moment de pleurnicher, tempère Maguy désireuse d'asseoir son autorité sur les trois autres, avec ce que vous avez dans vos culottes, on va la remonter la cagnotte. Allez au travail !

**

Ce n'est pas aussi facile que l'on le pense de gagner l'Algérie, pour se refaire une honnêteté. Pour cela, il faut patienter, attendre que les choses se calment, et surtout que le trafic maritime commercial reprenne à peu près normalement.

— Il paraît que depuis septembre, des cargos espagnols partent de Barcelone. Ils ont repris la ligne avec Marseille et Oran, déclare Ernest en poussant la porte de la chambre de Lucien.

— Ce n'est pas trop tôt, je commence à m'impatienter maintenant que j'ai un certificat de résistant.

— Ouais, si tu veux, je te dépose à la gare sitôt qu'il y aura un train pour Marseille.

— Le train ! Tu n'y penses pas. Je suis trop connu à la gare comme sur le trajet jusqu'à Langon, les cheminots auront vite fait de me reconnaître, même déguisé en curé.

— Ouais, c'est vrai, déclare Ernest qui enfonce le clou, je ne donne pas cher de ta peau s'ils te reconnaissent. Comment tu vas faire ?

— J'ai toujours la Citroën que j'ai volée à Langon, tu vas me conduire jusqu'à Toulouse, après, je prendrai le train.

— Réfléchis, Lucien. Tu me demandes de conduire une voiture volée avec tous les contrôles des gendarmes, des FFI, FTP et résistants de tous poils.

— Les gendarmes et les résistants, ils font la chasse aux collabos, et les FFI ils ont constitué des bataillons. Ils raccompagnent les boches jusqu'à Berlin, à coups de botte dans le cul. Alors, tu sais, celui qui risque le plus, c'est moi.

— Ouais, et bien tu sais quoi ?

— Vas-y, je t'écoute.

— Je te conduis jusqu'à Agen en faisant un détour par les petites routes pour éviter Langon.

— C'est tout ce que tu es capable de faire pour aider un ami ?

— C'est déjà beaucoup ! Je te signale mon bon Lucien, que de cacher chez moi un déserteur de la Milice, peut me causer de graves ennuis. De plus, sans moi, tu aurais déjà douze balles dans la peau. Alors je te dépose à Agen et je garde la bagnole, elle peut toujours servir.

— Ouais, c'est vrai que je ne peux pas l'amener avec moi en Algérie, reconnaît Lucien sur un ton amer.

***

Vendredi vingt-deux septembre mille neuf cent quarante-quatre. Une pluie fine tombe à Marseille, le Mistral souffle en rafales. Charles et Henry poussent la porte du café, Le Mont Ventoux à l'angle de la Canebière et du quai des Belges. Ils ont abandonné à l'entrée de la ville la voiture dérobée à Villenave d'Ornon.

— Cette vieille *cacugne* a bien supporté la route, commente Charles.

— Ouais, en attendant, j'ai la dalle.

Leur maigre bagage en sécurité entre les jambes, ils s'installent à une table d'où, par précaution, ils peuvent voir l'entrée du café. Quelques minutes plus tard, ils dévorent à belles dents la pizza accompagnée d'une bouteille de rosé qu'ils ont commandée.

— C'est bien joli tout ça, déclare Henry, maintenant il nous faut un bateau.

— Tu as raison, je ne serais pleinement rassuré que lorsque nous aurons mis la mer entre les gonzes du maquis et nous.

— Ouais, on va aller se renseigner aux transports maritimes.

494

— C'est ça, tu n'es pas un peu con ? C'est le meilleur moyen de se faire prendre, refuse Charles.

— Alors, on fait quoi ?

— Demande au bistrotier, peut-être qu'il a un tuyau.

Peu soucieux de voir des règlements de comptes, entre résistants et collaborateurs se dérouler dans son établissement, le bistrotier, qui a compris que ces deux-là sont en cavale, s'empresse de les renseigner.

— Il y a un cargo Espagnol qui fait escale le vingt-quatre. Il s'amarre toujours au quai de la Joliette. Il part de Barcelone et complète son chargement de je ne sais quoi, ici, à Marseille. Il repart le lendemain pour Oran. Si vous avez de l'argent, le capitaine ne refusera pas de vous prendre.

Les deux hommes échangent un regard de connivence.

— Il s'appelle comment votre bateau ?

— Le Saragosse, il s'appelle le Saragosse.

***

— Toujours rien ? Questionne Raymond, le chef du dépôt des locomotives de la gare Saint Jean à Bordeaux.

— Rien, que dalle. À croire qu'il s'est volatilisé ou qu'il est au fond de la Garonne, ou dans un trou quelque part.

— S'il est encore vivant, on finira bien par le trouver ce fumier. Tous les cheminots le connaissent jusqu'à Marmande.

— Ce serait dommage qu'il s'en sorte. Il a fait trop de mal ce bon à rien.

— C'est sûr, approuve Louis. Tous les contrôleurs ont sa tronche gravée dans la mémoire.

— À cause de lui, j'ai été obligée de me vêtir de hardes informes, et j'ai failli perdre mon chapeau, rajoute Lydie, revenue occuper son poste, provoquant l'hilarité des deux hommes.

***

Dimanche vingt-quatre septembre mille neuf cent quarante-quatre. Le moteur de la Citroën ronronne déjà dans l'arrière-cour d'Ernest. Le plein est fait, mais deux bidons d'essence supplémentaires sont dans le coffre. Il fait encore nuit noire, il importe de passer la région de Langon et de Marmande le plus tôt possible. Les deux hommes ont pensé qu'un dimanche matin il y aurait moins de contrôle sur les routes. Il est quatre heures lorsque Ernest enclenche la première vitesse.

— Tu passes par Libourne, Bergerac, Villeneuve-sur-Lot et Agen, dit Lucien.

— Rien que ça, s'exclame Ernest. Tu te rends compte d'un détour.

— Ce n'est pas de ta peau qu'il s'agit, mais de la mienne s'énerve Lucien.

Il est assis à l'avant de la voiture, une petite valise contenant quelques vêtements, mais surtout le fruit de ses rapines calé entre le siège et ses mollets. Sur ses genoux, un imperméable dissimule un pistolet-mitrailleur. Il a pris la précaution, de poser sur sa jambe droite, un imposant pansement imbibé du sang d'un poulet égorgé le matin même. L'heure matinale est propice au déplacement de la Citroën.

— Cela fait presque deux heures que nous roulons, et nous n'avons pas eu le moindre contrôle, dit Ernest. On pourrait s'économiser la route pour aller jusqu'à Bergerac et tourner à droite à Sainte-Foy-la-Grande.

— C'est hors de question, s'énerve Lucien, qui a déplié sur son imperméable une carte Michelin. Par cette route, on passe encore trop près de Marmande.

— Ouais, mais ce n'est pas une raison pour t'énerver. Je pensais simplement gagner du temps et éviter une grande ville où il y a toujours trop de flics.

— Des flics il y en a toujours trop partout, mais nous ne sommes pas obligés de traverser Bergerac. Nous prenons la nationale vingt et un à l'entrée de la ville.et aussitôt, direction Villeneuve-sur-Lot.

— Tu oublies qu'il faut traverser la Dordogne, s'il y a des flics, c'est là que nous les trouverons au poste de contrôle.

— Et alors, j'ai un certificat de résistant, et ma blessure à la jambe me permet d'avoir un chauffeur. Les papiers de la bagnole ne sont pas en règle, mais j'ai ma sulfateuse pour calmer les curieux. Alors tu cesses de trembler de trouille, tu ne vas pas chier dans ton froc, quand même.

Il n'est pas encore huit heures lorsqu'ils arrivent en vue du pont qui enjambe la Dordogne. Deux gendarmes à bicyclette se dirigent dans la même direction. Ernest est pris d'un léger tremblement, ses mains sont moites. Lucien a remarqué ce changement.

— Tu ne vas pas te dégonfler à la vue de deux perdreaux à vélo. Tu fais comme moi, baisses ta vitre. Et lorsque nous les dépassons, tu gueules, vive la France.

— Vive la France, la paix et la liberté, répondent en chœur les deux militaires.

Ernest a de la peine à retrouver son calme, de grosses gouttes de transpiration lui inondent la figure.

— Et bé, mon vieux, je comprends pourquoi tu ne t'es pas mouillé pendant l'occupation. Tu n'es pas le genre à risquer la peau de tes couilles.

Ernest n'apprécie pas les remarques acides de Lucien, mais la présence du pistolet-mitrailleur sur ses genoux, l'incite à une certaine réserve.

— La question n'est pas là, tergiverse, Ernest, la guerre est finie, ce serait vraiment con de se retrouver en taule maintenant.

— Ouais, ce serait con de perdre Le Chat Bleu, mes gagneuses et ma bagnole, que je ne peux pas amener en Algérie, rajoute Lucien, acerbe.

— En quelque sorte. Il y a de ça, reconnaît Ernest du bout de lèvres.

Le reste du trajet se déroule dans un silence morose, Ernest n'ose pas ouvrir la bouche de peur d'énerver Lucien. Ce dernier est perdu dans ses pensées. Il n'est pas convaincu qu'Ernest saura tenir sa langue et rester discret sur sa fuite en Algérie, là-bas aussi, il y a la police.

La route est déserte, leur voiture est la seule à circuler. C'est dimanche, la population, s'est endormi dans la sécurité de la paix retrouvée. Il est neuf heures et demie passées. Ici où là, dans la traversée des villages, les cloches des églises appellent les croyants à la prière. La voiture aborde le petit hameau de Caoulet. Lucien a remarqué ce qui reste d'une pancarte sur laquelle il est marqué, Agen cinq kilomètres, en dessous une flèche indique à droite Laugnac.

— Prends à droite vers Laugnac intime Lucien, j'ai envie de pisser.

— Moi aussi déclare Ernest, ça tombe bien.

Quelques centaines de mètres plus loin, un chemin vicinal à peine marqué s'enfonce dans un sous-bois.

— C'est bon, arrête-toi là, on sera tranquille.

Ernest, tenaillé par un besoin pressent, dont il n'avait pas fait état de peur de contrarier Lucien, descend le premier de la voiture, dont il a laissé tourner le moteur. Il a déjà déboutonné sa braguette et arrose copieusement le bas-côté du chemin, lorsqu'un bruit métallique attire son attention. Son envie d'uriner stoppée net, il se retourne. Lucien est descendu à son tour de la voiture. Il marche vers lui, le pistolet-mitrailleur braqué sur sa poitrine.

— Tu déconnes, Lucien, tu ne vas pas me flinguer, moi, ton ami. Je t'ai secouru et caché pour ne pas que tu te fasses descendre par la résistance de ton patelin.

— Je t'ai grassement payé pour ces petits services. De plus, tu n'as pas hésité à me piquer mes gagneuses avec lesquelles j'aurais ouvert un bar à Oran.

À ce moment, le son des cloches de l'église d'un petit village résonne.

— Tu n'aurais pas réussi à les convain...

Étouffée par l'épaisseur du sous-bois, couvert par le tintement des cloches, la rafale du pistolet-mitrailleur empêche Ernest de finir sa phrase. Dans le vide-poches de la voiture, Lucien déniche un morceau de papier. Avant de l'épingler sur la poitrine d'Ernest, il y inscrit.

J'ai vendu le maquis, le maquis s'est remboursé.

D'un pas tranquille, il remonte en voiture, allume une cigarette et prend la direction d'Agen.

***

À la gare, il n'y a aucun contrôle. Il n'a aucune difficulté pour acheter un billet. En attendant l'arrivée de son train, il patiente dans un petit bistrot où, tout en avalant un solide casse-croûte, il peut surveiller l'entrée des voyageurs. Langon, La Réole et Marmande se trouvent derrière lui, mais il n'est pas rassuré. Il arrive fréquemment que des contrôleurs poussent jusqu'à Agen. Il a profité de son séjour chez Ernest pour laisser pousser barbe et moustache. Une casquette laisse déborder une épaisse chevelure sur le col de son veston. La jambe droite de son pantalon, soigneusement retroussée, laisse apparaître le pansement taché de sang.

Lorsqu'il a garé la Citroën derrière la cathédrale Saint Caprais, il a eu l'idée d'introduire un petit caillou rond dans sa chaussure. Ce stratagème l'oblige à une légère claudication. Depuis l'obligation d'abandonner son pistolet-mitrailleur, il se sent vulnérable.

Arrivé à Marseille, il lui faut dénicher un embarquement. Il est beaucoup trop tard pour se rendre sur le port, la nuit est tombée complètement et il ne connaît pas la ville. Près de la gare Saint Charles, rue de la providence, se trouve un petit hôtel où les conducteurs de locomotive semblent avoir leurs habitudes. C'est là, que sans problème, il parvient à louer une chambre, laissant le veilleur de nuit croire qu'il fait partie de l'équipe des cheminots. Malgré la faim qui se fait sentir, après avoir bloqué la porte en engageant le dossier d'une chaise sous la poignée, il se jette tout habillé sur le lit où il ne tarde pas à s'endormir.

***

Lucien n'a pas besoin de réveille-matin. Le tintamarre dans la rue est suffisant pour le tirer de son sommeil. Il consulte sa montre, déjà sept heures. Je perds du temps, il faut que je trouve un bateau aujourd'hui même, se dit-il.

Après une très rapide toilette et un petit-déjeuner avalé aussi vite, il part au hasard en direction de la mer, d'où lui parviennent des cris de mouettes et de sirènes de bateaux.

Le port n'est pas très éloigné de la gare Saint Charles. Il ne prête aucune attention aux quartiers du vieux port, rasé par les Allemands. Toujours guidé par les mouettes il parvient jusqu'au quai. Plusieurs bateaux sont en cours de déchargement, une nuée de dockers s'active dans les cales et autour des grues.

Il néglige ceux qui portent un nom et un port d'attache français. Tout au bout du quai de la Joliette, se trouve un petit cargo dont la cheminée crache une fumée noire. Le Saragosse, port d'attache Barcelone. Un docker poussant un chariot devant lui se trouve sur le quai, il vient à la rencontre de Lucien.

— Il va où celui-là ? Dit-il en montrant Le Saragosse du doigt.

— Peuchère, tu n'as pas l'accent du pays. T'as fait des conneries chez toi et tu te barres ?

— Pas du tout, répond Lucien en relevant davantage la jambe de son pantalon, j'ai été blessé au maquis. Maintenant qu'ils n'ont plus besoin de moi, je vais retrouver ma femme et ma mère que j'avais envoyées là-bas en quarante et un.

— Peuchère, si ça te fait plaisir de raconter des fadaises.

—Alors, il va où ce rafiot ? Insiste Lucien.

— À Oran, mais si tu veux monter à bord il faut te dépêcher. Il est en train de pousser ses feux, d'ici une heure, il sera parti.

— Merci, je fonce.

Lorsque Lucien arrive au poste d'amarrage du Saragosse, les matelots sont occupés à retirer la passerelle.

— Et, attendez les gars, je pars avec vous.

Attiré par les cris de Lucien, le capitaine se penche par-dessus le bastingage. En Français, il s'informe.

— Que se passe-t-il ?

— Simplement que je veux partir avec vous. Vous allez bien à Oran ?

— Oui, nous y allons, mais pourquoi êtes-vous si nombreux à choisir mon bateau ?

Lucien ne prête pas attention aux paroles du capitaine.

— Je peux payer le passage, dit-il.

— C'est bon laissez le monter.

Lucien ne se le fait pas dire deux fois. À peine est-il à bord que le mât de charge enlève la passerelle dans les airs et la dépose sur le pont avant, où elle est amarrée à son emplacement.

— Alors tu veux passer en Algérie, Amigo.

— Ouais, je veux rejoindre ma femme et ma mère qui s'y trouvent depuis mille neuf cent quarante et un.

— Pourquoi tu n'es pas parti en quarante et un toi aussi ?

— J'étais en zone occupée, dans un maquis du côté de Limoges.

Francisco Hernandez, le capitaine du Saragosse n'est pas tombé de la dernière averse.

— Tu as plutôt une gueule à fuir la justice de ton pays, pourquoi tu ne prends pas une ligne française régulière ?

Lucien n'est pas pris au dépourvu. Prévoyant une telle question, il s'est renseigné aux transports maritimes sur les mouvements des navires français.

— Elles ne fonctionnent pas encore correctement, le prochain bateau est dans quinze jours, c'est trop de temps perdu.

Francisco Hernandez n'est pas des plus convaincu, mais après tout Lucien a dit qu'il pouvait payer. Il a déjà embarqué deux autres passagers la veille, qui eux aussi, semblaient désireux de prendre quelques distances avec la France qui vient de se libérer. Ils ont payé leur passage. Il abandonne la manœuvre à son officier en second.

— Viens dans ma cabine.

Le temps que les deux hommes discutent, un remorqueur aide le Saragosse à décoller du quai.

— Je n'ai pas de cabine pour passager, aussi tu dormiras et prendras tes repas avec l'équipage. Je ne veux pas de bordel avec mes hommes. Il y a assez de couchettes pour ne pas se disputer, ni avec eux ni avec les deux autres passagers que j'ai embarqués hier.

— Il n'y aura pas de dispute, promet Lucien.

Maintenant qu'il est à bord du Saragosse, tous les espoirs lui sont permis.

— J'y compte bien, sinon à défaut de chambre passager, j'ai une excellente cellule à fond de cale… et si c'est trop le bordel… la mer est profonde.

Le carré de l'équipage est d'une propreté méticuleuse. Trois hommes se sont attardés à prendre leur petit-déjeuner. En quelques mots, le capitaine leur demande de préparer une nouvelle couchette pour ce nouveau passager.

— Vous prendrez votre repas à onze heures avec ces trois-là, ils sont de quart à midi. Les deux autres passagers déjeuneront avec ceux qu'ils vont relever. Ce sera comme cela pendant les trois jours que dure la traversée. Je précise qu'il n'y a pas de menu particulier, c'est pareil pour tous.

Allongé sur sa couchette, sa valise posée contre la cloison, Lucien commence à respirer. Trois jours de mer, et c'est la liberté. Il a assez d'argent et de bijoux dans sa valise pour acheter un bistrot à Oran. Pour les filles, il verra sur place, ce doit être faisable. Il pense brièvement que deux autres passagers se trouvent à bord, où sont-ils ? Sans doute à visiter le navire.

Le ronronnement des moteurs parvient jusqu'à lui, cela ne l'empêche pas de s'assoupir. Il est tiré de son demi-sommeil par l'appel des hommes de quart.

— Comida !

Il consulte sa montre, onze heures, il n'a pas besoin de plus d'explication, c'est l'heure du déjeuner. Il a faim. Le Saragosse a déjà gagné la haute mer. Le repas est simple, mais copieux pour des hommes habitués à de pénibles tâches, dans des conditions parfois difficiles.

À onze heures cinquante, la table essuyée, la vaisselle repartit à la cuisine, les hommes de quart partent relever l'équipe suivante. Lucien est retourné dans sa couchette, bien décidé à faire une bonne sieste. Des bruits de pas se font entendre dans la coursive. Sans doute le quart descendant, pense-t-il. Pour ne pas être gêné, il se retourne la figure face à la cloison, sa précieuse valise serrée contre lui. Il ferme les yeux, et les ouvre aussitôt. Derrière lui, une voix connue vient de s'exclamer.

— Non, mais, regarde qui est là.

Un frisson glacé lui parcourt l'échine. Il se retourne d'un bond. Assis sur la couchette, il tente de dissimuler la valise à la vue de Charles et Henry.

— C'est vrai ça, pour une surprise, c'est une surprise, dit Charles.

— Quel petit cachottier, nous qui pensions qu'il avait été flingué par les résistants de son bled perdu, il nous a bien baisés, fait observer Henry.

— D'autant plus que lorsque nous sommes passés au Chat Bleu, il n'y avait plus le pognon et les bijoux que nous devions partager.

— Mais… c'est vrai ça, rajoute Charles, il n'y avait plus que les filles. Elles s'étaient faites copines avec celles d'Ernest.

— Attendez les gars, ce n'est pas ce que vous pensez, dit Lucien qui tente tant bien que mal de dissimuler la valise en tirant une couverture dessus. Je vais vous expliquer.

— Explique quoi ? Mon bon Lucien.

— Je m'étais réfugié chez Ernest, et il devait reprendre le Chat Bleu avec mes filles et les siennes. Je lui avais donné une lettre à vous remettre pour vous dire où se retrouver.

— Et alors ! Cette lettre, on ne l'a jamais vue, le coupe Henry.

— Moi, je crois que tu nous prends pour des cons, ajoute Charles, en faisant un pas en direction de la couchette, où Lucien reste obstinément assis devant sa valise.

— Non, les gars, vous vous trompez, Ernest m'a dit qu'il ne vous avait pas vus et qu'il a laissé ma lettre à Maguy.

— C'est bien ce que je pensais, reprend Charles. Tu nous prends pour des cons, parce que Maguy, elle n'avait rien pour nous, pas la moindre lettre et encore moins la plus petite piécette, pas un centime.

— Heureusement que ces braves filles ont du cœur, elles nous ont offert l'argent pour payer le voyage et casser la croûte en route.

Depuis leur arrivée dans le carré de l'équipage, Charles est intrigué par le comportement de Lucien. Lui, coléreux qui se serait jeté sur eux pour moins que ça, reste planté sur sa couchette. C'est alors qu'il remarque la valise incomplètement cachée par une couverture.

— Mais dis donc, il ne voyage pas sans bagage notre ami Lucien.

— C'est vrai ça, rajoute Henry, c'est pour ça qu'il ne voulait pas lever son cul de sa couchette.

— Déconnez pas les copains, c'est juste un peu de linge. Quand j'ai quitté le Chat Bleu, il n'y avait plus de pognon. J'ai toujours pensé que c'était vous deux qui l'aviez piqué.

— Je vois que tu as le sens de l'humour, déclare Charles, mais cette valise, tu vas l'ouvrir devant nous histoire de voir la couleur de tes sous-vêtements.

— Comme il vous plaira, accepte Lucien.

Il se lève doucement, se retourne, de la main gauche il saisit la poignée de sa valise, de l'autre un pan de la couverture. Lorsqu'il se retourne, il la projette sur Charles et Henry et s'enfuit dans la coursive. À ce moment arrivent les hommes du quart descendant. Dans sa précipitation, il heurte le premier, le bouscule contre le bastingage. Se croyant agressé, le matelot ne fait pas de détail. Il décoche un violent coup de poing à Lucien. La douleur lui fait lâcher la poignée de sa valise. Le geste que fait Henry qui arrive derrière, pour tenter de la rattraper, lui donne au contraire un nouvel élan. Après avoir rebondi sur la bâche d'un canot de sauvetage, elle tombe à la mer.

— Hiro de pute !

Les mains crispées sur le bastingage, les trois hommes regardent le fruit de leurs rapines s'engloutir dans les flots.

— Comida ! Interpelle le chef de quart.

— Tu vois Lucien, tu n'es vraiment qu'un sale con. Si tu avais partagé avec nous comme c'était prévu, nous aurions eu de quoi nous refaire en arrivant.

— C'est vrai quoi, rajoute Charles, alors que maintenant, tu n'as même plus un slibard de rechange.

— Ouais, et ne compte pas sur moi pour te prêter un des miens, rajoute Henry.

Toujours occupé à frotter son nez endolori d'où s'écoulent encore quelques gouttes de sang, Lucien ne sait plus que répondre.

— Comida, réitère le chef de quart.

— Allez vient, dit Henry, laisse ce con tranquille, on ne va pas se laisser abattre. J'ai faim.

— Ouais, et toi, rajoute Charles, s'adressant à Lucien, tu ferais mieux de te faire oublier, si tu ne veux pas rejoindre ta valise.

***

— Et maintenant, qu'est-ce que nous faisons ? Demande Henry.

Depuis deux jours qu'ils ont débarqué à Oran, sans un sou en poche, ils ont trouvé leur subsistance en faisant ici ou là de petits boulots. Ils dorment comme ils peuvent sur le port. Il y règne une activité fébrile, et dès le matin de bonne heure ils sont obligés de quitter les lieux.

— On se démerde, comme on a toujours fait, répond Charles. Si ce con de Lucien avait partagé, nous n'en serions pas là.

— Vous commencez à me les briser les gars, vous n'allez pas revenir là-dessus pendant vingt ans, proteste Lucien.

— Ouais, en attendant tu vas te démerder à nous trouver du pognon, parce que j'en ai marre de mendier et chercher la bouffe dans les poubelles.

À ce moment, Lucien remarque une boutique de vêtements, dont la porte ouverte laisse voir qu'il n'y a aucun client à l'intérieur. Derrière la caisse, un vieil homme compte des billets.

— Attendez-moi dehors, dit-il à Henry et à Charles. Vous faites le guet.

— Quoi, tu veux te faire la caisse du vieux ?

— Exactement, je rafle les billets et on se barre aussitôt.

Sans plus attendre, Lucien pénètre dans le magasin, où au même moment, l'homme repousse le tiroir dans lequel il a déposé les billets qu'il venait de compter.

— Vous désirez ? Demande le marchand.

Lucien a sorti un couteau de sa poche. Il menace le vieil homme.

— La caisse et vite, ordonne-t-il.

Loin de se laisser intimider le commerçant, donne un tour de clé au tiroir et se met à hurler.

— Au voleur ! Au voleur !

Surpris, Lucien tente de lui arracher la clé qu'il vient d'enfouir dans sa poche. Le commerçant crie de plus belle. À ce moment, la porte de l'arrière-boutique s'ouvre sous la poussée de deux employés. Devant l'arrivée de ce renfort imprévu, Lucien tente de s'enfuir, pour l'en empêcher le commerçant s'accroche à lui. Loin de venir à son secours, Charles et Henry ont décampé sans demander leur reste. Les deux employés ont vite fait de maîtriser Lucien et de l'entraver à l'aide de bandelettes de tissus.

À l'arrivée de la police, il est conduit au commissariat du quartier Rue d'Arzew. À pied, le poste étant tout proche, menotté, entre deux gardiens. Lucien n'a plus la même arrogance que lorsqu'il brandissait son pistolet-mitrailleur, revêtu de la tenue de la Milice. Il marche tête baissée et ne voit pas deux jeunes femmes qui viennent à leur rencontre sur le trottoir opposé.

C'est Madeleine qui machinalement, jette un regard en direction des policiers. Immédiatement, elle reconnaît Lucien. Attrapant vivement le bras de Katrina qui sursaute, elle lui désigne le groupe.

— Regarde, Katrina, je suis sûre que c'est ton frère Lucien !

Effarée, à son tour, elle reconnaît son demi-frère. Elle comprend immédiatement qu'il a fui la France par crainte des représailles.

— Mais oui, c'est bien lui. Il a encore fait quelques bêtises.

— Suivons-les, décident les deux femmes.

— Si ce n'est pas trop grave, ils vont le relâcher. Nous ne serons pas assez fortes pour le retenir, fait remarquer Madeleine.

— Tu as raison, il est facilement violent, mais regarde, voici le petit voisin de tes parents, demandons-lui d'aller prévenir ton père et Monsieur Chaberchteim, propose Katrina.

Lorsque les policiers et Lucien entrent au commissariat, les deux jeunes femmes restent patiemment dehors à attendre son hypothétique sortie. Quelques minutes plus tard, elles sont rejointes par Étienne et Samuel. En quelques mots, elles relatent les faits.

— Il fallait se douter qu'il fuirait sitôt qu'il le pourrait.

— Nous devrions peut-être entrer au commissariat, pour expliquer son rôle dans la Milice, propose Samuel.

— Attendons de voir ce qui se passe, préfère Étienne.

— Voyons, d'après le certificat de résistant que vous me présentez, vous êtes censés vous nommer Lucien Monsegues.

— C'est exact Monsieur le Commissaire, mais je n'ai jamais voulu cambrioler le commerçant, il n'a rien compris.

— Et le couteau avec lequel vous l'avez menacé, c'était du cinéma ?

— Le couteau, il était par terre dans sa boutique, j'ai voulu le ramasser pour le lui donner, et rien d'autre.

— Ouais, je vois, vous êtes victime d'un mauvais concours de circonstances.

— On peut le dire comme ça Monsieur le Commissaire.

— Vous avez beaucoup d'imagination jeune homme, mais nous avons reçu une circulaire ministérielle, mentionnant que de nombreux, anciens membres de la Milice tentaient de rejoindre l'Algérie. J'ai comme l'impression que vous faites partie de ceux-là.

— Mais pas du tout ! S'écrie Lucien, espérant convaincre le commissaire de sa bonne foi, j'étais dans la résistance.

— Je vois que vous êtes obstiné, alors je vais vous expliquer ce qui va se passer.

— Et que va-t-il se passer ? Avance Lucien, sûr de lui.

— Ce n'est pas compliqué, je vais recevoir la plainte du commerçant, et faire une enquête, mais comme vous êtes sans domicile fixe, le Juge va vous placer en détention provisoire jusqu'au procès.

Lucien commence à se poser des questions, où veut-il en venir ce flicard de merde ?

— Les prisons d'Algérie ne sont pas des plus confortables. Il n'y a pas de cellule individuelle. Mais cela n'est qu'un aspect du problème. Vous serez mélangé avec des assassins et délinquants de toutes espèces, y compris sexuels, avec tout ce que cela comporte.

— Attendez, attendez Monsieur le Commissaire, il y a maldonne. Je n'ai jamais voulu le cambrioler le vieux.

— Cela, c'est vous, qui le dites, il y a quand même deux témoins qui vous ont entendu réclamer la caisse.

— Pendant que vous serez en détention, et de manière à ce que le tribunal prononce un jugement équitable, je serai dans l'obligation de contacter la gendarmerie de votre village, de manière à savoir qui vous êtes exactement.

Lucien transpire à grosses gouttes, la chaleur qui règne dans le bureau n'est pas la seule responsable. Si le commissaire découvre son passé de milicien, ce n'est plus pour une tentative de vol à main armée qu'il risque la prison, mais le rapatriement en France, et douze balles du peloton d'exécution.

— Alors, jeune homme, vous commencez à réfléchir, je pense que pendant l'occupation allemande, vous n'étiez pas du bon côté du drapeau français.

— Je peux tout expliquer, tente Lucien.

— Il n'y a rien à expliquer, réplique le commissaire Makis, il y a qu'une solution pour vous en tirer provisoirement.

— C'est quoi cette solution ? Hasarde Lucien.

— Je vois que vous devenez raisonnable, constate le commissaire. Cette solution, elle est proposée par la même circulaire qui signale la fuite d'anciens miliciens en Algérie.

— Et alors, dit Lucien, cette solution ?

— Vous vous sentez concerné ?

— Pas du tout, c'est par curiosité, fanfaronne Lucien.

— Et bien, cette solution, c'est la Légion étrangère, déclare le commissaire avec un léger sourire.

— La Légion étrangère, lâche Lucien, tout à coup refroidi.

— Je ne vois que cette alternative, confirme le commissaire en empoignant le combiné du téléphone. Je forme quel numéro ? Celui du Juge ou celui de la Légion, ils ont besoin de recrues pour protéger les colonies d'Indochine.

Lucien n'est pas long à se décider, après tout, la Légion étrangère, il n'est pas obligé d'y rester. Une fois sorti du commissariat, rien ne l'empêche de s'échapper avant d'arriver à Sidi bel Abbés, ou de déserter à la première occasion.

Étienne, Samuel et les femmes, patientent devant le commissariat pour s'emparer de Lucien à sa sortie. Leur attente est longue. Trois heures plus tard, une voiture de la Légion étrangère vient se ranger devant le poste, deux militaires entrent et ressortent quelques minutes après avec Lucien, qu'ils embarquent avec eux.

L'opération a été très rapide, Lucien n'a pas eu le temps de voir sa sœur, et celle-ci n'a pu intervenir pour s'informer de la situation.

— Attendez ! Attendez, s'écrie Madeleine.

Son appel n'est même pas entendu ou plutôt ignoré par les deux légionnaires.

Lucien n'a prêté aucune attention à cette intervention.

— C'est foutu, déclare Étienne, nous ne sommes pas près de le revoir.

— C'est peut-être aussi bien, déclare Katrina, le cœur gros malgré tout.

Eh bien se dit le commissaire, avec cynisme, voici une plainte rapidement traitée consultant sa montre. Déjà midi, allez c'est l'heure de l'anisette.

C'était le samedi trente septembre mille neuf cent quarante-quatre.

9

Engagé avec son escadrille de chasseurs dans la bataille pour délivrer la France, Sam, Cunningham ne donne à Madeleine que des nouvelles partielles. Elle n'a pas d'autre solution que de patienter en attendant le retour de son mari.

Petit à petit, les diverses administrations de métropole recommencent à fonctionner tant bien que mal.

Katrina a adressé un courrier à la mairie de Saint Pierre d'Aurillac. Elle reçoit la réponse selon laquelle, elle est attendue pour la reprise scolaire qui, cette année en raison des événements, n'aura lieu, dans le meilleur des cas, qu'à la mi-octobre mille neuf cent quarante-quatre.

Madeleine et Katrina n'ont qu'une hâte, rejoindre leurs hommes. Aussi, dès que possible, elles se mettent en route. Elles débarquent à Marseille le quinze octobre. Katrina arrive à point pour ouvrir sa classe et retrouver Armand.

Madeleine a fait savoir à Sam qu'elle rentrait également à Saint Pierre d'Aurillac, où il lui serait plus facile de venir la voir en attendant qu'ils trouvent un appartement pour s'installer ensemble.

***

À la poursuite des armées allemandes qui retraitent, à la mi-novembre, les alliées, ont atteint la région de Belfort. C'est le début de la campagne d'Alsace. Les combats sont nombreux entre les blindés des deux bords. La résistance allemande est tenace.

Il fait un temps épouvantable, par endroits la neige atteint un mètre, la température se stabilise autour de vingt degrés en dessous de zéro.

Sur sa route, subsiste encore une poche de résistance allemande dans la région de Colmar. Les ordres du haut commandement sont clairs. Liquider ce dernier bastion de l'occupant, et le repousser de l'autre côté du Rhin.

L'offensive se déroule du vingt janvier au neuf février mille neuf cent quarante-cinq. Le plan d'encerclement, prévoit le positionnement d'éléments du deuxième cuirassier, au nord-ouest de Colmar, aux alentours des communes des Trois épis et de Turckheim. De nombreuses mines antichars parsèment le terrain, celui d'Hans est l'un des premiers à en être victime. Par un caprice du destin, il trouve la mort à quelques mètres de l'endroit où le huit juillet mille neuf cent douze, il avait vu le jour, où une autre guerre l'avait rendu orphelin.

***

— Il faut faire quelque chose, déclare Cyprien.

— Sûr, ça commence à leur chauffer les fesses aux fridolins, confirme Émilien.

— Jusqu'à maintenant, nous n'avons pas réussi à faire une action vraiment efficace, rajoute son frère Léonce.

— C'était trop dangereux, le risque de représailles trop important. Mais maintenant, ils sont aux abois, Retranchés dans leurs positions.

— Aux dernières nouvelles, les alliés ont passé Mulhouse au sud et Strasbourg au nord.

— L'idéal, serait de clouer les boches sur place.

— Oui, c'est sûr, mais comment tu vas t'y prendre gros malin ?

— C'est simple, dit Cyprien, on fiche le feu à leur stock d'essence.

— C'est une opération suicide, objecte Léonce.

— On ne risque rien d'essayer, avec le froid qu'il fait en ce moment, les sentinelles pensent davantage à rester au chaud qu'à patrouiller.

Dans la nuit du trente janvier, un groupe de trois individus longe la clôture du dépôt de carburant.

— C'est là, dit Cyprien.

Il désigne un câble électrique de haute tension qui alimente la clôture.

— Fais gaffe, murmure Léonce.

— Ne t'inquiète pas, ce n'est pas la première fois que je leur coupe le jus.

Les camions-citernes pleins de carburant se trouvent à une cinquantaine de mètres derrière. L'espace est à découvert.

Malgré le froid intense, les trois hommes transpirent. Petit à petit, le câble électrique cède sous les efforts de Cyprien. Ensuite vient le tour du grillage. Sitôt que le trou est suffisant pour laisser passer un homme, ils se faufilent l'un derrière l'autre.

Pendant ce temps, une alerte résonne au poste de garde allemand.

— Vite, ça sonne déjà, dit Émilien.

Ce n'est plus la peine de ramper, en quelques pas ils sont rendus aux camions. Chacun connaît son rôle, ouvrir les vannes et laisser l'essence se répandre. Se retirer et une fois en sécurité enflammer le carburant qui s'est répandu au sol sous les véhicules, où il n'y a pas de neige.

L'incendie des premières citernes provoque tout de suite le chaos. Les sentinelles qui se sont laissé surprendre se ressaisissent.

— Vite, fichons le camp d'ici, dit Cyprien.

— Pas la peine de le dire, répondent ensemble Émilien et Léonce.

Déjà les aboiements de chiens se font entendre. Les molosses ont repéré le groupe qui tente de fuir. Une première rafale de pistolet-mitrailleur blesse mortellement les deux hommes qui fermaient la marche. Le troisième dans un élan désespéré atteint la brèche pratiquée dans la clôture. La peur lui fait oublier la douleur de sa jambe droite, qui par temps de grand froid, le fait souffrir. Il plonge dans la neige, et se faufile sous la clôture.

Derrière lui, les explosions se succèdent, les chiens sont excités. Tout le dépôt est en feu. Lorsqu'il se relève, il est repéré par une patrouille. Les coups de feu claquent autour de lui. Courbé pour offrir le moins de prise possible, il tente de gagner le centre-ville. Il s'essouffle, son cœur s'emballe dans sa poitrine, et surtout sa jambe droite le fait affreusement souffrir.

Au moment où il atteint la rue des vignerons, pensant être sauvé, deux énormes chiens, excités par les cris des Allemands, le rejoignent. Le plus proche déjà a refermé ses crocs sur une jambe du pantalon. D'un coup de pistolet, il abat l'animal. Hélas, ralenti dans sa course, il est à portée de tir de la patrouille. Les premières balles l'atteignent au niveau du thorax. Déséquilibré, il chute dans le lit, gelé, de La Lauch qui traverse la ville.

Le sang s'écoule en abondance. La patrouille allemande a rejoint le deuxième chien resté sur le quai, ils remarquent alors l'homme qui bouge encore faiblement. Les dernières rafales de pistolet-mitrailleur l'achèvent. La glace se rompt sous l'impact des balles. Le corps de Cyprien glisse doucement dans le lit de la rivière.

Il est mort en héros.

Après le départ des Allemands, son corps est retiré de la rivière pour être inhumé au cimetière de la ville. Son nom, avec bien d'autres, sera gravé dans la pierre du monument aux morts.

***

La onzième Panzer division a été en partie décimée pendant la bataille des Ardennes, elle continue à se battre jusqu'en mai mille neuf cent quarante-cinq. Ses derniers restes sont capturés par les Américains le quatre mai dans la forêt bavaroise.

Gontran a survécu à la guerre. Après avoir été décoré de la médaille de Chevalier de la croix de fer avec feuilles de chêne et épées. En juillet mille neuf cent quarante-cinq, il est nommé lieutenant-colonel et occupe un poste d'attaché militaire auprès du nouvel ambassadeur d'Allemagne à Paris.

***

Ludwig n'a pas été inquiété par les procès intentés aux criminels nazis. Il quitte l'armée, et en janvier mille neuf cent quarante-six, revient épouser Mariette. Ils liquident les biens qu'ils possèdent à Colmar ainsi qu'en Allemagne et s'installent aux Glycines.

Armand voudrait épouser Katrina, mais la hiérarchie gendarmerie lui impose de démissionner de son poste d'institutrice. En effet, cette hiérarchie pesante, exige arbitrairement à l'époque que les épouses de gendarmes ne travaillent pas.

Il démissionne et épouse sa bien-aimée. Il seconde sa belle-mère Mariette dans la gestion des deux domaines viticoles, agrandis avec l'argent provenant des ventes de Colmar. Ils s'installent dans la grande maison de Mérigon.

***

À la fin de la guerre, l'armée américaine installe plusieurs bases aériennes en Europe. L'escadrille de Sam est désignée pour s'installer dans le Sud-Ouest, à Bussac Forêt, un petit village charentais. C'est là que Madeleine le rejoint et que naîtra leur premier enfant.

***

Plusieurs fois blessé au cours de sa poursuite des divisions allemandes en déroute, Yves, le fils du facteur, nommé au grade de brigadier, est démobilisé en novembre mille neuf cent quarante-cinq. Il est titulaire de nombreuses décorations, dont la prestigieuse Légion d'honneur conquise sur les champs de bataille. Il fera une carrière civile. Il est aujourd'hui retiré en sud Gironde.

***

Les informations ne parviennent qu'au compte-gouttes parmi les déportés du travail employés dans les usines d'armement allemandes. Depuis son arrivée à Berlin, en janvier mille neuf cent quarante-quatre, Alfred, à plusieurs reprises, a tenté de donner de ses nouvelles à Madeleine, sans succès.

Du fait de son classement comme réfractaire du service du travail obligatoire, les courriers qu'il adressait en France étaient aussitôt détruits par les Allemands, à titre de représailles.

Il ignorait tout, des événements survenus après son arrestation. Au village, tous le croyaient mort, abattu lors d'une tentative d'évasion du fort du Hâ à Bordeaux. C'est du moins l'information qu'avait fait répandre Lucien. Il ne perdait pas espoir de revoir la France, et sa Madeleine, bien aimée. Maîtrisant assez bien la langue allemande, il pensait pouvoir s'évader à la première occasion. Avec beaucoup de patientes et d'obstination, il avait réussi à récupérer des vêtements civils.

***

Depuis quelques jours déjà, des bruits de canonnades retentissaient dans le lointain. Berlin avait déjà subi des bombardements, mais jamais, encore, il n'avait eu la possibilité de fuir en profitant du désordre créé par l'alerte, et mettre son plan à exécution.

Depuis le seize avril mille neuf cent quarante-cinq, un feu nourri de l'artillerie soviétique, s'abat sur la ville. Plusieurs fois, il a pensé pouvoir en profiter, toujours sans succès, jusqu'au vingt-huit avril.

La désorganisation est totale. Le chaos règne partout. L'artillerie soviétique pilonne Berlin. Il n'y a plus aucune surveillance, les soldats qui gardaient l'usine sont partis courageusement, se réfugier dans les abris.

D'autres déportés du service du travail obligatoire, comme lui, se terrent dans les caves, quelques-uns dans les abris. Alfred se rend compte qu'une bataille importante est en cours. C'est le moment de tenter sa chance, avant que les Allemands ne se réorganisent.

Après avoir revêtu les effets civils qu'il avait dissimulés, il quitte l'usine. Se réfugiant de maison en maison, son but est de sortir de Berlin. Après, il improvisera. De nombreux cadavres jonchent le sol, il y a de grandes chances pour qu'il soit porté disparu, et de ce fait, ne fasse pas l'objet de recherches. Au hasard de sa fuite, il parvient dans la cave d'un magasin, où, sans retenue, il s'empare de victuailles diverses. Elles sont les bienvenues. Avec l'arrivée de la nuit, les tirs d'artillerie, loin de se calmer, s'intensifient. Il juge plus prudent de rester dans cette cave jusqu'au matin.

Le lendemain, à la levée du jour, alors qu'il se prépare à repartir, un tir d'armes automatiques l'incite à rester à l'abri des balles. Par l'ouverture d'un soupirail, il observe la retraite d'un groupe de soldats, portant l'uniforme des SS. Il les entend au-dessus de lui, pénétrer dans l'immeuble.

Quelques secondes plus tard, plusieurs d'entre eux descendent à la cave, où sa présence est de suite repérée. Le premier d'entre eux, braquant son MG 43, lui intime l'ordre de lever les bras. Alfred n'a pas d'autre choix. Tout en obtempérant, il remarque l'écusson tricolore sur l'épaule gauche du SS. Il ne peut retenir un cri.

— Mais… vous êtes Français !

Surpris d'être interpellé dans sa langue natale, le SS répond.

— Oui mon vieux ! Je suis Français, et mes copains aussi, après un temps d'arrêt, il reprend, La Charlemagne, tu connais ?

Alfred connaît La Charlemagne. Ses camarades du service du travail obligatoire lui en ont parlé. Ce sont ces Français qui ont perdu leurs âmes dans les rangs de l'internationale SS. Ils se sont mis au service d'Hitler, au service du mal. Voici une rencontre dont il se serait bien passé. Il n'a pas la possibilité de répondre, car un char T. Trente-quatre, soviétique, qui tire sans distinction sur tous les immeubles encore debout, vient de les prendre pour cible.

Les gravats chutent autour d'eux. La poussière rend l'air presque irrespirable. Pour ne pas être ensevelis sous les décombres, les SS de la Charlemagne tentent une ultime sortie. Les trois premiers tombent sous le feu des fantassins qui accompagnent les chars. Les deux restants refluent dans l'escalier de la cave. Ils sont à court de munitions. Une seule solution, se rendre ou périr sur place. Ils jettent leurs armes. Voyant l'écusson tricolore, les fantassins soviétiques jubilent

— SS françouski, kaput, kaput.

Puis, apercevant Alfred dissimulé derrière un tas de caisses, ils l'interpellent à son tour.

— Françouski, kaput, kaput.

Malgré ses tentatives, pour expliquer qu'il n'est qu'un déporté du service du travail obligatoire évadé, il est fait prisonnier avec les SS de La Charlemagne, considéré comme en faisant partie. Il est au désespoir. Alors que les autres déportés sont libérés par les alliés et l'armée rouge, lui-même est capturé, et conduit comme prisonnier, par cette même armée.

Cette situation nouvelle n'est pas comparable avec la vie dans l'usine d'armement de Berlin, pourtant déjà pénible. Après avoir été interné dans un camp soviétique installé en Prusse orientale, c'est dans celui de Tambov, situé au sud-est de Moscou qu'il est finalement interné.

C'est la descente aux enfers. Travaux exténuants, nourriture réduite à la portion congrue, à peine la ration de survie. Le manque d'hygiène est effroyable, il est désespéré devant l'injustice qui le frappe de nouveau. Il s'accroche. Malgré les hommes qui meurent comme des mouches, il s'accroche, encore et toujours. Il veut revoir Madeleine.

Malgré la fin de la guerre, les blocages divers pour obtenir la libération des prisonniers se multiplient. Moscou pose des conditions qu'il sait irréalisables, réticent à se séparer d'une main-d'œuvre abondante, et gratuite.

La France, de son côté, n'intervient que mollement en la faveur de ceux qui ont porté les armes contre elle. Le nouveau gouvernement ne veut mécontenter ni les communistes français, dont l'action dans la résistance a été d'un précieux secours, ni les Soviétiques avec qui elle envisage des alliances politiques.

Quelques prisonniers sont libérés en mille neuf cent quarante-sept, d'autres, les deux années suivantes.

Alfred est libéré du camp de Tambov, ainsi que les derniers détenus français qui ont réussi à survivre, le Quatorze juillet en mille neuf cent cinquante-deux, par faveur spéciale envers le gouvernement. Il n'a jamais eu aucune réponse à ses lettres. Il ignore que ses geôliers soviétiques les détruisaient sans les envoyer à leurs destinataires. Madeleine est-elle encore vivante ? L'a-t-elle attendu ?

***

Il est treize heures, le lundi quatre août mille neuf cent cinquante-deux lorsque Alfred, qui dans un premier temps, s'est rendu à l'école pensant y trouver Madeleine, se rend à la maison de Mérigon, où Armand et Katrina sont attablés. Sur le moment, ils ne reconnaissent pas cet homme au crâne dégarni. Puis un cri jailli en même temps de leurs deux poitrines.

— Alfred !

— Oui, c'est moi... Alfred.

Ne pouvant plus retenir leurs larmes, ils se jettent dans les bras les uns des autres. C'est Alfred qui reprend ses esprits et la parole le premier.

— Je pensais retrouver Madeleine ici, dit-il, d'une voix où perce la déception.

Armand et Katrina échangent un rapide regard, gêné. Il n'a pas échappé à Alfred qui craint qu'un malheur ne soit arrivé à sa bien-aimée.

— Que s'est-il passé..., ne me dites pas qu'elle est..., il n'ose pas prononcer le mot, morte.

Katrina a le cœur serré des événements qu'ils doivent révéler à Alfred. Elle ne sait par où commencer. Armand vient à son secours.

— Lorsque les Allemands t'ont arrêté, Lucien nous a fait dire que tu avais été abattu lors d'une tentative d'évasion du fort du Hâ à Bordeaux.

— Quel fumier celui-là ! S'exclame Alfred. Mais..., et Madeleine..., elle l'a cru ?

— Oui, murmure Katrina, qui commence à retrouver une partie de ses moyens, elle l'a cru.

— À ce moment, reprend Armand qui ne sait comment retarder le moment fatidique. Elle a rejoint ses parents et les tiens à Oran.

— Alors, c'est à Oran que je vais la retrouver, conclut Alfred. Si vous saviez comme il me tarde de la revoir, la serrer dans mes bras.

Le silence qui suit ses paroles, alerte Alfred.

— Que se passe-t-il, pourquoi vous ne dites plus rien ? Il lui est arrivé un malheur ?

Armand ne se sent pas le droit de se taire plus longtemps, d'une voix sourde, sépulcrale, il révèle.

— Elle est remariée.

Alfred n'en croit pas ses oreilles, Madeleine remariée, Madeleine dans les bras d'un autre homme, la nuit, le jour.

Les jambes lui manquent tout à coup. Il n'a que le temps de s'asseoir sur la chaise que lui avance Armand.

— C'est la faute de mon frère Lucien, s'accuse Katrina, c'est lui qui a prétendu que tu étais mort. Madeleine a été très malheureuse.

— Ce sont tes propres parents qui lui ont conseillé ce mariage, confirme Armand.

Alfred est anéanti, les coudes appuyés sur la table, le visage entre les mains, il pleure, il pleure sans retenue, il pleure ce bonheur insaisissable. Ce bonheur qui lui glisse entre les mains chaque fois qu'il croit pouvoir le saisir enfin.

— Je veux la voir une dernière fois, dit-il, essuyant ses yeux. Vous savez où elle habite ?

— Oui, nous le savons, mais est-ce raisonnable ? Prévient Armand, tu vas provoquer un beau chaos dans son ménage.

— J'ai dit que je voulais la voir une dernière fois, pas de lui parler ou de me faire reconnaître. Je veux simplement partir avec son image au fond de mon cœur. Et surtout ne lui faire aucun mal.

— Elle habite avec son mari à Bussac la Forêt en Charente. C'est un camp d'aviation installé par les Américains.

— Parce que son mari est un militaire américain ?

— Oui, confirme Katrina, il s'appelle Sam Cunningham, il est pilote de chasse.

— Merci, je tiendrai ma parole de ne pas m'approcher d'eux, mais il me reste encore une adresse à vous demander. Je pense que vous savez laquelle.

Katrina a bien compris que l'adresse désirée par Alfred est celle de son frère Lucien. Elle sait qu'il est déterminé à se venger de tout le mal qui lui a fait. Un moment, elle est tentée de prétendre l'ignorer. Cependant, Alfred a décidé de rejoindre ses parents en Algérie. Samuel a assisté au départ de Lucien, encadré par deux légionnaires. La mort dans l'âme, elle lui révèle.

— Il a été enrôlé de force dans la Légion étrangère à Sidi Bel Abbés. Depuis, nous n'avons aucune nouvelle.

— C'est bien, dit Alfred, c'est là que je le retrouverai.

Quelque temps plus tard, Alfred se rend à Bussac, où il guette pendant plusieurs jours l'apparition de la jeune femme. Il sait, bien que la situation est compliquée, que s'il se présente à elle, Madeleine sera dans une situation inextricable.

Non, il désire juste l'apercevoir. Il ne veut pas briser son ménage, juste la voir, même de loin. Puis disparaître. Pour cela, il déambule régulièrement le long de la rue commerçante du village. Il sait bien, que, tôt ou tard, elle viendra faire des courses. Il pense qu'elle ne le reconnaîtra pas, car sa captivité a beaucoup changé son aspect physique.

L'occasion lui est donnée alors qu'il ne s'y attend plus. Plongé dans ses pensées, il marche la tête basse, lorsque tout à coup, regardant devant lui, il l'aperçoit. Sur le trottoir opposé, elle vient à sa rencontre. Elle avance tranquillement, au bras d'un officier de la base. Ils parlent et rient tout en marchant. Cloué sur place, Alfred regarde ce couple, qui semble heureux. Ils tiennent par la main une petite fille qui semble âgée de quatre ou cinq ans. Cette femme qui avait été la sienne, et qu'il avait tant aimée, tant désirée, et qui chaque fois lui a été volée.

L'immobilité même d'Alfred attire le regard de Madeleine. Elle a un instant d'arrêt, regardant Alfred sans avoir l'air de le reconnaître. Intrigué, Sam lui demande ce qui se passe. Madeleine répond.

— J'ai eu l'impression de voir un fantôme. Je t'ai parlé de mon premier mari, qui a été assassiné par les Allemands à Bordeaux, alors qu'il tentait de s'enfuir de la prison.

— N'y pense plus, soit heureuse, maintenant, et cherche un prénom pour notre second enfant.

Malgré lui, Alfred a entendu les paroles prononcées par le couple. Il remarque alors, il suffit de voir son ventre, pour comprendre que Madeleine est enceinte. Sortant de sa torpeur passagère, il reprend son chemin. Pas une larme ne coule.

Lucien bien malgré lui est à la Légion étrangère. C'est là qu'Alfred ira le chercher.

Quelques mois plus tard, Sam est affecté dans une unité de l'armée de l'air américaine en Californie, au sud de Los

Angeles. Avec Madeleine, qui vient d'accoucher d'un petit garçon, ils élèvent leurs deux enfants.

10

— Ainsi, mon fils c'est cette ordure de Lucien qui est la cause de tous nos malheurs.

— Maintenant que nous sommes réunis, tente Rebecca, pourquoi ne resterais-tu pas avec nous à Oran, et oublier la Légion étrangère.

— Oui, c'est bien lui, le responsable, et rien ne me fera changer d'avis, la Légion étrangère est mon seul espoir de le retrouver, et de lui faire payer la facture.

— Tu vas risquer ta vie pour assouvir cette vengeance, dit Samuel, je te comprends, mais suppose que tu ne le trouves pas et que tu sois tué toi-même.

— J'aurais essayé, je ne peux pas accepter sans broncher qu'il m'ait fait perdre deux fois la femme que j'aime, et surtout, il a tué mon fils Gaétan.

Pendant quelques instants, personne ne dit rien, la conversation semble suspendue à toute une série de questions qui ne se posent pas, et dont les réponses ne pourraient que ranimer des plaies, que chacun s'efforce de supporter.

— C'est ton choix, mon fils dit Samuel, je ne chercherai pas à t'en détourner.

— Tu ne veux pas rester quelques jours avec nous, avance Rebecca, qui ainsi, espère faire revenir Alfred sur son projet.

— Non, ma décision est prise, je partirai demain matin pour Sidi Bel Abbés.

À son arrivée au quartier Vienot, Alfred a souffert pour suivre un entraînement éprouvant. La haine, le désir de vengeance, l'ont soutenu. Sa longue captivité dans l'usine d'armement en Allemagne, puis au camp de Tambov en U.R.S.S a compromis sa santé, mais, vaille que vaille, il s'accroche.

Sa première affectation est pour la compagnie de dépôt qui manque cruellement d'administratifs. Sa formation au secrétariat lui a valu un poste au Groupe de Commandement, il ne pouvait souhaiter meilleure affectation.

Maintenant, tout va bien. Il a retrouvé ses esprits. Il sait exactement ce qu'il veut, la peau de Lucien. Les années écoulées depuis les événements de l'occupation loin d'avoir émoussé ce désir l'ont au contraire exacerbé. C'est devenu une idée fixe, même au prix de sa liberté, voire de sa vie, c'est viscéral.

En consultant, les dossiers individuels pour mise à jour de l'avancement et des décorations, il a noté, que le nommé Monsegues, Lucien, se nomme à présent Monaco, Louis de nationalité espagnole, muté au premier bataillon de la treizième demi-brigade de Légion étrangère.

Il se trouve actuellement en Indochine, depuis le mois de mars mille neuf cent quarante-six, ceci pour la durée de la guerre.

À l'issue de l'opération Castor, le vingt novembre mille neuf cent cinquante-trois, qui a entraîné la prise de la plaine de Diên Biên Phu par l'armée française, il est sur place avec son unité, pour aménager et défendre le site. Le premier bataillon étranger d'infanterie, où il est affecté à la première compagnie, est chargé de la défense du point d'appui nommé Claudine.

Lui-même a dû abandonner son nom de Chaberchteim, Alfred pour reprendre celui de Chaput, André, il est Suisse maintenant. Les mauvais traitements endurés pendant sa captivité en Allemagne ont passablement modifié son aspect physique. Il est quasiment chauve, et porte désormais des lunettes de vue. Au cours de son entraînement, il s'est reconstitué une bonne musculature. De plus pour être dans le ton de l'esprit Légion, il arbore une belle barbe rousse.

Lorsque la nouvelle parvient que le vaguemestre du premier bataillon est rapatrié sanitaire, pour cause de dysenterie amibienne, le deuxième classe Chaput, André, se porte immédiatement volontaire pour assurer son remplacement. Les actes de volontariat étant suffisamment rares, sa demande est immédiatement agréée.

Après un voyage de vingt jours à bord du Athos II, il double le cap Saint Jacques, et débarque à Saïgon le deux février mille neuf cent cinquante-quatre, avec des renforts du troisième bataillon. Le transfert jusqu'à Hanoï est effectué en avion Dakota. Bien que proche, la bataille du désastre n'a pas encore réellement commencé.

Le lendemain de son arrivée à Hanoï, André Chaput perçoit un paquetage adapté au climat, ainsi que son armement individuel. Le surlendemain, à la nuit tombante, il convoie le courrier destiné à son unité, et saute sur Diên Biên Phu avec les hommes du troisième bataillon.

Pour prendre l'axe de largage, le Dakota vire très sec à l'extrémité de la cuvette, avant de prendre la ligne droite et larguer au-dessus des postes de commandement. Chaput, a les yeux braqués sur la lumière clignotante, qui donne le signal du GO. Le largueur fait un signe de la main.

— En position.

Chaput s'installe, un pied en avant, les mains prenant appui sur les bords du fuselage. Un coup de vent le balaye sitôt qu'il saute. Derrière lui, les gars du troisième sautent à leur tour.

Au sol, des bruits fusent de toute part. Rafales de mitrailleuse, départ de mortier, balles traçantes. Chaput cherche à repérer le sol et préparer le contact. Surpris par la rapidité de la descente, il touche terre au ras d'une tranchée, dans laquelle il roule, emporté par le poids de son paquetage et du courrier de son bataillon. Tout en dégrafant les sangles de son parachute, il appelle à voix basse un gars du troisième.

Une rafale de pistolet-mitrailleur lui fait écho. Il s'accroupit complètement dans la tranchée, où le gars du troisième le rejoint en rampant.

— Bon et maintenant, on fait quoi ?

— Je propose d'aller vers le nord, il me semble que les PC sont dans cette direction.

Au bout de quelques mètres, en dehors de la tranchée, les hommes essuient de nouveau un tir de pistolet-mitrailleur. Chaput, du plus fort qu'il peut crier, annonce alors.

— Nous sommes là, vous ne nous avez pas vus sauter tout à l'heure ?

Les tirs cessent immédiatement, et une voix à l'accent du Midi se fait entendre.

— Amenez votre peau, avant que je n'y fasse des trous, et que je vous vois de plus près.

Les deux hommes se lèvent alors, l'homme qui leur a tiré dessus les accueille au bord de son trou individuel.

— D'où venez-vous ?

— Hanoï, je suis le nouveau vaguemestre de la première compagnie du premier bataillon étranger d'infanterie, et mon collègue est pour le troisième.

Par un véritable labyrinthe de tranchées, l'homme les conduits jusqu'à un abri légèrement plus grand, où, devant une carte épinglée à un panneau de bois, deux officiers discutent.

— Mon Commandant, je vous amène deux gars du dernier parachutage.

Chaput et son camarade entrent dans l'abri. Il est bas de plafonds et ils peinent à se tenir debout. Sans s'embarrasser de politesse, le commandant apostrophe rudement les deux hommes.

— Vous étés en renfort de quelles unités ?

Chaput répond le premier.

— Je suis le nouveau vaguemestre de la première compagnie du premier bataillon étranger d'infanterie.

— Et, moi, je suis en renfort du troisième.

Après avoir considéré quelques instants les deux hommes, et jeté un regard rapide à son lieutenant, le commandant répond.

— Vous êtes ici au deuxième bataillon. Il est trop tard pour vous conduire à vos unités maintenant. Je vous ferai guider demain à la première heure. En attendant, vous n'avez qu'à vous installer ici.

Installé sur le point d'appui, Claudine, au sud de la cuvette de Diên Biên Phu, au milieu d'une rizière, le poste de commandement de la première compagnie n'est pas plus confortable que celui du deuxième bataillon. Néanmoins, Chaput, parvient à y caser son paquetage. Il a été accueilli par le lieutenant Pierrot, assurant l'intérim en attendant, la nomination d'un nouveau commandant de compagnie. Le capitaine Marsan, blessé la semaine précédente a été évacué sur Hanoï.

En plus de la distribution du courrier, qui arrive quand il peut, il doit assurer la veille radio pendant les rares instants de repos du titulaire. Les commandants de pelotons viennent seuls chercher le courrier de leurs gars. Ce qui ne fait pas du tout l'affaire d'Alfred. Il aurait préféré, se rendre sur chaque position de combat. Cela lui aurait facilité la tâche pour dénicher Lucien.

Il arrivait, cependant, que trop occupé, le commandant de peloton envoie un adjoint. C'est ce qui arrive au bout de deux semaines d'attente. Le sergent-chef qui vient au courrier ce jour-là est le même qui l'a accueilli le jour de son engagement à la Légion. La discussion roule rapidement sur les anciennes connaissances. Et par la, Alfred, a vite fait, par quelques questions adroites de connaître le poste de combat de Lucien, alias Louis Monaco, à savoir le blockhaus dix-sept à cinq cents mètres à peine du poste de commandement ou il se trouve lui-même.

Depuis quelques jours, le vietminh semble vouloir mener une politique de harcèlement. Chaque nuit, des opérations de pilonnage d'artillerie sont menées. Elles font de gros dégâts, elles sectionnent régulièrement les lignes téléphoniques qui relient les divers postes.

Chaput, désigné par le lieutenant pour assister le téléphoniste, se trouve lesté d'une lourde bobine de fil qu'il déroule derrière lui jusqu'au moment où le chef, un ancien, lui fait signe de se coucher. L'instant d'après, un obus de mortier tombe à quelques mètres d'eux. Sans faire de dégât.

— On a eu chaud, fait observer le téléphoniste sur un ton blasé.

Reprenant leur progression, les deux hommes finissent par trouver la coupure de la ligne. Pendant que le chef répare, Chaput, à la jumelle, scrute le blockhaus dix-sept, à la recherche de Lucien, jusqu'au moment où il aperçoit une silhouette susceptible d'être la sienne. À ce moment, le chef l'interpelle.

— Allez, Chaput, emmène-toi, c'est terminé de ce côté, on se tire.

— OK chef, j'arrive.

Sans se presser, il range ses jumelles dans l'étui, puis, s'emparant de la bobine de fil, il emboîte le pas de son chef.

Au début du mois de mars, Chaput est suffisamment familiarisé avec le terrain pour trouver le chemin de tous les postes qui dépendent de son bataillon. Même de nuit. À plusieurs reprises, il s'est aventuré du côté du blockhaus dix-sept. Il a acquis la certitude que Lucien s'y trouve. Quelques jours plus tard, il est conforté dans cette certitude. Le lieutenant lui demande de porter à l'adjudant commandant ce blockhaus un message particulier sur les opérations du lendemain, qu'il ne désire pas transmettre par le téléphone.

C'est une journée relativement calme. Les pilonnages de la nuit ont été réduits à quelques coups épars. Alfred, cependant progresse en sécurité, profitant de tous les abris et des tranchées qu'il trouve sur sa route. Arrivé à quelques dizaines de mètres du but, il s'arrête pour en scruter les abords à la jumelle. Il voit alors plusieurs sentinelles postées dans des trous individuels. Lucien est légèrement en retrait derrière un arbre qui lui sert de protection.

Avec beaucoup de précautions, il progresse dans sa direction. Avant de mettre son plan à exécution, il veut être reconnu de Lucien. Il veut lui expliquer ce qu'il va faire et pourquoi il veut sa peau.

À ce moment, les tirs de mortier du vietminh reprennent. Le blockhaus dix-sept semble particulièrement visé. Au travers d'un nuage de fumée et de débris divers, Alfred a distingué Lucien, qui s'aplatit dans son trou. En quelques bonds, il est près de lui. Il n'est pas blessé, juste sonné par la déflagration.

— Comment ça va, légionnaire ?

Lucien ne s'attendait pas à être interpellé dans ces conditions scabreuses. Il lui faut quelques secondes pour réaliser la présence d'Alfred auprès de lui. Ce visage lui dit quelque chose, mais quoi, l'a-t-il déjà rencontré ? Il répond machinalement :

— Ça va, mais que fais-tu là ? Et qui es-tu ?

À ce moment, les tirs reprennent de plus belle, obligeant Alfred à s'abriter. Il se laisse glisser dans le trou auprès de Lucien, lequel commence à s'inquiéter de cette rencontre.

— Pousse-toi, fais-moi une petite place auprès de toi, j'ai beaucoup de choses à te dire.

Au son de cette voix, Lucien sent son sang se glacer. Il est sûr de l'avoir reconnu, mais tout son être s'y refuse. Chaput s'aperçoit du trouble de Lucien, et comprend que ce dernier l'a reconnu.

— Je vois Lucien, qu'il est inutile de faire les présentations, et que tu sais pourquoi je suis là.

— Écoute Alfred, je peux tout t'expliquer.

C'est inutile Lucien. Je sais comment, lorsque les Américains ont débarqué dans le Midi, voyant que tout était perdu pour toi, tu as déserté la milice pour te réfugier en Algérie. Et comment aussi, tu as été contraint de t'engager dans la Légion étrangère, et tenter de fuir les saloperies que tu as faites à ta famille, et plus particulièrement à Madeleine ? Je sais qu'au départ, tu ne savais pas qu'elle m'était destinée, la livrant à la prostitution dans ton bordel langonnais. Nous venions de nous fiancer lorsque les Allemands ont envahi notre village, nous contraignant à l'exode.

Lucien sent une sueur froide dégouliner le long de son dos. Il tente de braquer son pistolet-mitrailleur sur Alfred. Mais l'exiguïté du trou où les deux hommes se trouvent le gêne dans sa tentative. Devinant les intentions de Lucien, Alfred, dégaine son poignard et, déviant d'une main le canon de l'arme de Lucien, de l'autre pique la lame du poignard dans sa gorge. Sans forcer, juste pour le tenir. Il reprend alors la parole.

— Je suis venu pour t'expliquer ce que chez nous, israélites, nous appelons la loi du Talion.

Lorsque Alfred a terminé son explication, une lueur d'espoir s'allume dans les yeux de Lucien.

— Mais, écoute Alfred… Je ne t'ai pas blessé ni tué, alors ?

— Tu as fait bien pire. Tu m'as pris Madeleine. Par personnes interposées, certes. Mais c'était toute ma vie. Donc, tu m'as pris ma vie. De plus, tu as lâchement tué mon fils Gaëtan. Et aujourd'hui, c'est ta vie, que je suis venu prendre.

Lucien tente de s'expliquer, en vain. Alfred parvient à retirer le chargeur du pistolet-mitrailleur de Lucien, et le jette hors du trou. Il ne reste donc qu'une seule cartouche engagée dans le canon de son arme. Les deux hommes le savent.

— Tu vois, Lucien, il reste une cartouche dans ton pistolet-mitrailleur. Tu pourrais en finir avec les honneurs. Je vais sortir du trou au prochain pilonnage de mortier.

— C'est à toi de voir.

Juste à ce moment, les tirs de mortier reprennent sur le blockhaus dix-sept. Comme il venait de le dire, Alfred saute hors du trou, mais se laisse immédiatement rouler au sol. Bien, lui en prend, la seule balle qui restait à tirer dans le pistolet-mitrailleur de Lucien lui passe au ras de la tête. Se relevant alors, il lui dit.

— Tu as raté l'occasion de te racheter, tant pis pour toi.

Tout en parlant, Alfred a dégoupillé l'une des grenades quadrillées qui pendent à ses bretelles. Il lâche la cuillère, compte jusqu'à trois.

— Non ! S'il te plaît, Alfred ne fait pas ça.

À la faveur d'une nouvelle salve d'obus, Alfred en même temps qu'il plonge, à terre, jette la grenade dans le trou individuel de Lucien, puis en rampant il apporte le message à l'adjudant, commandant le blockhaus dix-sept.

À la jumelle, le lieutenant observe les impacts des obus sur les blockhaus de sa compagnie. Il tente d'évaluer les dégâts, en hommes et en matériel. Il voit distinctement le geste d'Alfred lorsqu'il balance la grenade dans le trou où se terrait Lucien. Dès son retour au poste de commandement, il l'interpelle.

— Je suppose que ce n'est pas sans raison que tu as exécuté le légionnaire Monaco.

Alfred ne pensait pas avoir été vu, et de toute manière, cela lui est complètement égal. Le premier moment de stupeur passé, il répond.

— Mon Lieutenant, je suis prêt à passer en cour martiale si vous le désirez. J'ai fait ce que j'avais à faire, et je n'ai plus rien à perdre. Vous ne connaissez pas la loi du Talion.

— La question n'est pas de savoir si je connais ou non cette loi. Ce que je veux savoir, c'est pourquoi tu as balancé cette grenade sur le légionnaire Monaco.

Le pilonnage d'artillerie avait pris fin depuis quelques minutes. Aussi Alfred Chaberchteim, devenu le légionnaire André Chaput, explique son geste.

Lorsqu'il eut fini d'exposer ses raisons, le lieutenant à son tour prend la parole.

— Je vous comprends parfaitement Légionnaire Chaput, cependant je ne puis excuser votre geste. Je sais que la vengeance est un plat qui se mange froid. Même si vous avez attendu toutes ces années, contracté un engagement dans la Légion étrangère pour parvenir à vos fins, je ne puis vous approuver. Je suis contraint de faire un rapport au Chef de corps. La décision finale lui appartient. En attendant, je n'ai pas de local pour vous incarcérer, aussi je vous demande votre parole d'honneur de ne pas chercher à fuir, ce qui au demeurant me semble difficile, vu les circonstances et le lieu où nous nous trouvons.

— Vous avez ma parole d'homme, je reste à votre disposition, et je suis prêt à accepter la décision que prendra le Chef de corps.

À peine le légionnaire Chaput a-t-il fini de parler, qu'un obus de fort calibre tombe sur le blockhaus du poste de commandement.

Les premiers secours retirent des gravats le corps sans vie du lieutenant. Le légionnaire Chaput s'en tire avec une jambe cassée et une épaule démise. C'était le vingt-six mars mille neuf cent cinquante-quatre. Le soir même, une rotation du Dakota médicalisé. La dernière, avant que les pilonnages d'artillerie vietminh n'interdisent toute nouvelle tentative, l'évacue sur l'hôpital de Hanoï. Remis de ses blessures, le commandement décide de le garder au service administratif à Hanoï.

Pendant ce temps, Diên Biên Phu est tombé l'Indochine est irrémédiablement perdue pour la France.

***

Des troubles graves viennent de naître en Algérie, Alfred regagne le 1er régiment étranger, à Sidi Bel Abbés, et plus personne n'entend parler de cette affaire.

Là, il apprend que ses parents, ainsi que ceux de Madeleine ont disparu dans la tourmente de la Toussaint rouge le premier novembre mille neuf cent cinquante-quatre, qui marque le début de la guerre d'Algérie. Il sollicite alors, et obtient son affectation au 3e régiment étranger d'infanterie, et part pour les Aurès, où la rébellion a été des plus fortes.

Le légionnaire Chaput, après une carrière brillante dans la Légion étrangère revient à la vie civile après avoir acquis le grade de lieutenant. Il mène une vie paisible à Saint Pierre d'Aurillac, où, il s'est reconverti dans la viticulture. Il ne s'est jamais remarié.

Fin

Les personnages

ALVARES, Francisco. Réfugié Espagnol. Il a fui le régime Franquiste et trouvé refuge chez Ferdinand Worms, avec sa femme Héléna et sa petite fille Isabelle.

ALVARES, Héléna. Épouse de Francisco.

ALVARES, Isabelle. Ses parents sont morts durant la guerre civile.

Antoine. (Prénom seulement). Collaborateur de la police Allemande et ami de Lucien Monsegues. Client assidu du Chat bleu.

BANLOT, (pas de prénom). Conscrit de l'escouade de Ferdinand Worms.

BEAUREGARD, Ernest. Maquereau du milieu bordelais. Tenancier d'un bar dans le vieux bordeaux. C'est chez lui que Lucien se réfugie pour échapper aux résistants de Saint Pierre d'Aurillac.

BINET, (pas de prénom). Un ancien qui a rempilé. Il fait également partie de l'escouade de Ferdinand Worms.

CAPRON, Gilles. Un milicien de la dizaine qu'est censé commander Lucien Monsegues.

CHABERCHTEIM, Samuel. Juif poussé par l'exode de 1940, il se réfugie à Bordeaux chez un couple ami de même confession.

CHABERCHTEIM, Rebecca. Épouse de Samuel.

CHABERCHTEIM, Alfred. Fils de Samuel et Rebecca, il est fiancé avec Madeleine Worms.

CHABERCHTEIM, Gaëtan. Fils d'Alfred et Madeleine.

CHAPUT, André. Nom sous lequel Alfred continue à vivre à Saint Pierre d'Aurillac.

Charles. (Prénom seulement). Mouchard aux ordres du plus offrant. Employé au nettoyage de la gare Saint jean à Bordeaux. Il est le plus souvent en rapport avec Lucien Monsegues.

Clémentine. (Prénom seulement). Fermière chez laquelle se réfugient Ferdinand et Lorpas lors de leur fuite de Sedan.

COUPIAC, Valentin. Il fuit devant l'avance Allemande avec sa femme et ses trois enfants.

COUPIAC, Odette, épouse de valentin.

COUPIAC, Antoine, 10 ans, fils aîné de Valentin et Odette.

COUPIAC, Hélène 7 ans, fille de Valentin et Odette.

COUPIAC, Marie. 5 ans, fille de Valentin et Odette.

CROSETI, Gino. Tenancier du café-restaurant L'Oasis qui est aussi une maison de passe. C'est un maquereau.

CROSETI, Laëtitia. Épouse de Gino. Trop âgée pour continuer à se livrer à la prostitution, elle s'est reconvertie en maquerelle.

CROSETI, Jérôme. Fils de Gino et Laëtitia, il a la même mentalité en pire que celle de ses parents. Camarade d'école de Lucien Monsegues, c'est devenu son « âme damnée », bon pour tous les mauvais coups.

CUNNINGHAM, Sam. Pilote de chasse de l'armée Américaine. Il séduit et épouse Madeleine. Cette dernière est persuadée de la mort d'Alfred lors d'une tentative d'évasion.

Daniel. (Prénom seulement). Inspecteur sous les ordres du commissaire Poinson. Il s'efforce de renseigner le réseau fer chaque fois qu'il le peut. Il est amoureux de Lydie.

DE GRACIE. (Pas de prénom). Descendant d'immigré réfugié en Allemagne.

DE LA BLANCHERIE, Françoise. Médecin de la Préfecture, chargée de l'hygiène dans les maisons closes.

DUCLOT, Armand. Gendarme à la section de La Réole. Fiancé de Katrina Monsegues. Il Fait partie d'un réseau de résistants.

FINTARD, Auguste. Un cheminot indicateur de Lucien Monsegues.

Frantz. (Prénom seulement) servant de la mitrailleuse dans le char de Gontran Von Querbecke.

GARDER, Kasper. Père de Philomène Worms. Beau-père d'honoré Worms.

GARDER, Gaston, fils de Kasper, frère de Philomène, beau-frère d'Honoré.

GARDER, Simon, Tenancier de l'auberge des Sept écus, cousin de Philomène et Gaston.

GARONOS, dit NONOS, Louis. Habitant de Langon. Infirmier psychiatrique, Habitué de l'Oasis, il aime aussi bien les filles que les garçons.

Germaine, (pas de nom). 8 ans, fille de la fermière Clémentine.

Greta, (pas de nom), Employée de maison chez Von Querbecke. Amie de Perrine.

Henry. (Prénom seulement). Mouchard du commissaire Poinson, ami de Lucien, Charles et Antoine.

Karl. (Prénom seulement). Tireur au canon du char de Gontran Von Querbecke.

KEBERT, Gunther. Commandant d'un char de l'escadron de Gontran Von Querbecke.

KELLER, Joachim. Métayer de la famille Worms sur la propriété de Turckheim.

KELLER, Perrine. Épouse de Joachim. Elle occupe les fonctions de gouvernante sur la propriété. Elle a servi de nourrice à Mariette Worms.

KELLER, Jonathan, fils de Keller Joachim.

KELLER-Zeller, Marianne. Épouse de Jonathan.

KELLER, Hans, fils de Jonathan et Marianne.

KURTER, Otto. Commandant du deuxième bataillon Deutschland.

LALOU, Mathieu 20 ans, jeune pêcheur qui secourt Peter dont l'avion a été descendu par la DCA Allemande.

LALOU, Jean-Yves 20 ans jumeau de Mathieu.

LALOU, Séverine. Mère de Mathieu et Jean-Yves.

LARGEAU, Mathurin. Régisseur du domaine viticole de Saint Pierre d'Aurillac, héritage de Mathilde Worms.

LARGEAU, Sébastien. Fils du régisseur, il seconde son père.

LE CHAT BLEU. Café bar dans le quartier de la gare Saint Jean à Bordeaux dont s'est emparé Lucien Monsegues en dénonçant son propriétaire comme communiste. C'est là qu'il vit et prostitue deux jeunes femmes.

Leon, (prénom seulement). L'un des résistants passeurs de Mazeres.

LEPORT, Marcel. Porteur à la gare Saint Jean, complice de Lydie Mollet. Il fait partie du réseau fer.

LORPAS, (pas de prénom). Conscrit de l'escouade de Ferdinand Worms.

LOUBIET, Justin. Le gueuillous. Brocanteur, récupérateur de toutes choses. Il parcourt la campagne et villages alentour pour les besoins de son commerce. Il est sous le pseudo de Mathéo le chef du réseau de résistants de Saint Pierre d'Aurillac.

LOUBIET, Apolline. Épouse de Justin, elle s'occupe de la boutique de vente.

Louis. (Prénom seulement). Membre du réseau fer de la gare Saint Jean à Bordeaux.

Louisa. (Prénom seulement). Une résistante qui se risque à passer du matériel aux résistants de Saint Pierre d'Aurillac.

Louise dite Lola, l'une des prostituées de Lucien Monsegues au Chat Bleu.

LUBIN, Thierry. Résistant du réseau de Saint Pierre d'Aurillac. C'est lui qui recrute Hugues Marrioti.

LUBIN, Gaston. Un résistant d'un réseau du bazadais, cousin de Thierry. Il sait où ont été camouflées des armes et des munitions.

MOLLET, Lydie. Membre du réseau fer de la gare Saint Jean. Petite amie de Daniel, inspecteur de police.

Maguy. (Prénom seulement). Fille perdue. Elle a trouvé refuge auprès de la garnison Allemande installée au café bar L'Oasis. Elle y fait un peu de cuisine, mais pratique surtout la collaboration horizontale. Pour avoir un peu d'argent, elle reçoit aussi chez elle, rue Saint Gervais à Langon.

MARRIOTI, Hugues. Jeune de Saint Pierre d'Aurillac pressenti pour intégrer le réseau. Trop bavard et vantard, il attire l'attention de Lucien Monsegues.

MARSAN. (Pas de prénom). Commandant en titre de la première compagnie de Légion étrangère en Indochine.

MONSEGUES, Justin. Propriétaire de la ferme « Les Glycines » qui jouxte celle de Ferdinand et Mathilde Worms.

MONSEGUES, Mélanie. Épouse de Justin, elle le seconde sur la propriété.

MONSEGUES, Albert. Fils de Justin et Mélanie, il travaille à la ferme avec eux.

MONSEGUES, Jérémy. Frère de Justin, il est patron d'une gabare à moteur avec laquelle il transporte de la marchandise entre Bordeaux et l'arrière-pays.

MONSEGUES, Katrina. Née Von Querbecke, fille de Ludwig et Mariette. Demi-sœur de Lucien.

MONSEGUES, Léopold. Fils de Jérémy, cousin d'Albert et donc neveu de Justin et Mélanie.

MONSEGUES, Lucien, Fils de Mariette et « Albert Léopold » – Demi-frère de Katrina et Gontran. Petit cousin de Madeleine.

MULLER, Manfred. Pilote du char commandé par Gontran Von Querbecke.

MULLER, Wolfgang. Officier Allemand chargé de la surveillance du pont sur la Garonne ainsi que de la gare de Langon. Il s'installe au café bar L'Oasis après avoir viré les tenanciers.

MUROT, Delphin. Un milicien de la Dizaine qu'est censé commander Lucien Monsegues.

Oto. (Prénom seulement). Chargeur du canon dans le char de Gontran Von Querbecke.

Peter. (Prénom seulement). Aviateur Anglais dont l'avion a été abattu à Castets en Dorthe.

PETIT, Yoann. Jeune de Saint Pierre d'Aurillac. Ami de Lucien Monsegues qu'il renseigne sur les habitants du village et plus particulièrement sur sa demi-sœur Katrina.

PIERROT. (Pas de prénom). Lieutenant à la première compagnie du 1er régiment de Légion étrangère.

PIRLOUT. (Pas de prénom). Caporal commandant l'escouade de Ferdinand Worms.

POINSON. (Pas de prénom). Commissaire de police sur le secteur de la gare Saint Jean à Bordeaux. Collabore avec l'occupant et le régime de Vichy.

RAMINON. Jeannine. Élève de Katrina. À son insu elle fait passer des messages à son père qui fait partie du réseau de renseignements.

Raymond. (Prénom seulement). Chef du réseau résistance fer à la gare Saint Jean.

René. (Prénom seulement). Un résistant, passeur de Mazeres.

RICHEPOT. (Pas de prénom). Un conscrit de l'escouade de Ferdinand Worms.

Robert. (Prénom seulement) Un résistant, passeur de Mazeres.

SCHILLER, Gustav. Ami d'Honoré Worms. Il tient un atelier de tonnellerie dans la même rue. Il est le père de Mathilde.

SCHILLER, Mathilde, future épouse de Ferdinand.

THAUROS, Marion. Jeune fille de Saint Pierre d'Aurillac, très délurée. Elle se fait embaucher aux glycines pour les vendanges, puis devient la maîtresse de Léopold et Albert, puis uniquement d'Albert dont elle souhaite se faire épouser.

VON QUERBECKE, Ludwig. Fils de Manfred et Inge. Père des jumeaux Katrina et Gontran, conçus hors mariage avec Mariette Worms.

VON QUERBECKE, Manfred. Il occupe à Colmar, l'équivalent des fonctions de Préfet.

VON QUERBECKE, Inge. Épouse de Manfred, mère de Ludwig.

VON QUERBECKE, Gontran fils de Ludwig et Mariette Worms.

VON QUERBECKE, Katrina fille de Ludwig et Mariette Worms. Elle prend le nom de Monsegues lorsque sa mère épouse Albert Léopold.

WERBERT, Frantz. Ami d'enfance de Ferdinand Worms.

WORMS, Honoré. Tenancier à Colmar d'une importante affaire de négoces de vins.

WORMS, Philomène. Épouse d'honorée. Elle l'assiste dans le négoce.

WORMS, Augustin. Deuxième fils d'Honoré et Philomène. De cinq ans plus jeune que Ferdinand.

WORMS, Ferdinand. Dix-sept ans. Premier fils d'Honoré et Philomène.

WORMS, Etienne. Fils d'Augustin Worms. Neveu de Ferdinand et Mathilde. Cousin de Mariette et Cyprien.

WORMS, Alice. Épouse de Etienne.

WORMS, Madeleine. Fille de Etienne et Alice. Petite cousine de Katrina, Cyprien et Lucien.

WORMS, Cyprien. Fils aîné de Ferdinand et Mathilde. Frère de Mariette.

WORMS, Marie Henriette. Bien vite surnommée Mariette. Deuxième et dernier enfant de Ferdinand et Mathilde. Née sur le tard, elle a dix ans d'écart avec son frère Cyprien. Cousine de Etienne, nièce d'Augustin. Petite cousine de Madeleine.

YVES. (Prénom seulement). Le seul personnage réel de cette histoire.

Table des matières

Maurice.leao@orange.fr

Dépôt légal. 4 ème trimestre 2018.

www.ingramcontent.com/pod-product-compliance
Lightning Source LLC
Chambersburg PA
CBHW030743030726
47497CB00001B/109